천년을 훔치다

천년을 훔치다

조완선 장편소설

엘릭시르

차례

1994년, 낡고 오래된 신문에서 뜻하지 않은 기사를 발견했다.

서울의 문화재 밀매 시장에서 초조대장경 인쇄본이 은밀하게 유통되고 있다는 기사였다. 초조대장경은 팔만대장경의 큰형뻘로, 1011년에 발원하여 무려 칠십육 년에 걸쳐 완성된 고려 시대의 최대 국책 프로젝트였다. 그러나 팔공산 부인사에 소장되어 있던 초조대장경은 몽골군 침입 때 모두 불타 소실되었다. 경판은 물론 이를 인쇄한 책자도 남아 있지 않아 초조대장경은 한때 '전설의 장경'이라고도 불렸다.

초조대장경의 실체가 처음 세상에 알려진 것은 1967년이었다. 일본 교토의 남선사(南禪寺)와 이키노시마의 안국사(安國寺)에서 이천여 권에 달하는 초조대장경 인쇄본이 대량으로 발견되었다. 전설의 대장경으로 알려진 초조대장경이 비로소 천 년 간의 오랜 잠에서 깨어나는 순간이었다. 초조대장경 인쇄본의 발견은 역사학계의 획기적인 사건이었으며, 한국은 물론 중국, 일본에서도 대단한 뉴스였다. 그러나 불행하게

도 이 귀중한 문화재는 한국에서는 단 한 권도 발견되지 않았다.

그런데 기사 중반쯤에 가서 입맛을 당기는 내용이 눈에 확 들어왔다. 이 기사에 따르면, 한국의 전설적인 도굴꾼이 안국사에 원정 가서 이 인쇄본을 훔쳐 왔다는 것이다. 그러니까 국내 문화재 밀매 시장에서 유통되고 있는 초조대장경 인쇄본은 한국 도굴꾼의 작품이라는 내용이었다. 이 사건을 취재한 기자는 어디까지나 소문이라고 조심스럽게 꼬리표를 달았지만, 밀착 취재에 따른 정설(?)임을 은근히 내세웠다.

한국의 전설적인 도굴꾼, 천 년 동안 베일에 가려져 있던 초조대장경, 그리고 원정 도굴……. 이 기사는 여기에서 그치지 않았다. 이 초조대장경 인쇄본이 한국의 국보로 지정되자, 일본 정부는 안국사에서 초조대장경 인쇄본을 훔쳐 간 한국 도굴꾼을 수사하라고 한국 정부를 압박했다. 그러나 한국 정부는 초조대장경 인쇄본이 개인 소장품이라는 이유를 들어 일본 정부의 요구에 응하지 않았다. 한국 정부는 암묵적으로 도굴꾼의 손을 들어 주었고, 결국 2001년 공소 시효가 끝나 영원히 '미제 사건'으로 남게 되었다.

그 후 한국의 도굴꾼들은 너도나도 일본으로 건너가 약탈 문화재를 훔쳐 오려고 눈에 불을 켜고 다녔다. 약탈당한 우리의 문화재가 큰 것 '한 방'과 인생 역전을 노리는 한국 도굴꾼들의 맛난 먹잇감이 된 것이다.

이 소설은 그 짧은 기사가 화근(?)이 되어 태어났다.

그로부터 이 년 가까이 골방에 처박혀 도굴꾼과 초조대장경에 파묻혀 살았다. 때로는 중국 대륙을 누벼 가며 명청(明淸) 시대의 진귀한 보물을 털었고, 때로는 금단의 땅인 북한 개성에까지 건너가 고려의 유물을 털었다. 서툰 우연을 남발하지 않고 필연이라는 그릇에 오롯이 담아내기 위해 나름대로 결사적으로 매달렸다. 제아무리 막돼먹은 도굴꾼을 소설 전면에 내세웠다고는 하지만, 역사를 다루는 문제이기 때문에 씨줄과 날줄에 여간 신경이 쓰이는 게 아니었다. 어찌 됐든 무거운 짐 하나 덜어 세상에 내놓으려 하니 가슴이 바짝 타들어 간다. 벌써부터 매서운 질타의 시선이 느껴지는 것은 천부적으로 상상력의 빈곤이 가져온 결과임을 부인하고 싶지 않다.

끝으로, 가당치도 않은 신출내기의 졸작을 선뜻 받아 주신 문학동네 강태형 사장님께 진심으로 감사를 드린다. 소설 쓰는 일을 업으로 삼는 이에게 그만한 격려와 용기도 없다. 그리고 언제나 삶의 든든한 밑불인 유빈과 하빈, 흔들릴 때마다 열망의 불씨를 지펴 준 혜정의 응원도 빼놓을 수 없다.

소설을 쓰는 동안 노무현 전 대통령이 부엉이 바위에서 투신했다는 비보를 접했다. 눈앞이 캄캄했다. 그 후로 이 소설은 막장 안에 갇힌 것처럼 갈피를 잡지 못했다. 아무리 발버둥 쳐도 몸이 따라 주지 않았다. 백 일 가까이 단 한 줄도 쓰지 못하고 승냥이처럼 이리저리 떠돌아다녔다. 그리움인지 서러움인지 도통 알 수 없는 감정이 밤마다 이부자리를 파고들었다. 노 대통령과는 아무런 인연이 없는데도 그랬다. 그의 치열한 삶 중에서 그나마 유일하게 인연이 닿는 것은 '예비역 육군 병장' 단 하나뿐이었다.

그런 박약한 인연에도 불구하고 굳이 여기에 노 대통령을 적는 까닭은, 소설을 탈고할 때까지 내내 큰 산처럼 머물러 있었기 때문이다.

여름의 문턱에서
조 완 선

천향, 잠에서 깨어나다

1

매서운 칼바람이 등짝을 후려치고 달아났다.

그새 날은 어두워졌다. 저 거대한 돌무덤을 베개 삼아 노닥거리던 땅거미도 스르르 꼬리를 감추었다. 무덤 주위를 유유히 떠다니던 혼기(魂氣)의 자취마저 슬그머니 칼바람 속으로 숨어들었다.

장기봉은 양미간을 모으고 사방을 휘휘 두리번거렸다. 미간에 접힌 두 개의 주름에는 긴장의 빛이 날카롭게 각을 세우고 있었다. 지안(集安)의 경계를 넘어선 것이 지난 입춘이니 벌써 석 달이 훌쩍 지나갔다. 백 일 가까이 압록강의 칼바람을 온몸으로 맞서고 임자 없는 무덤 사이를 이 잡듯이 들쑤시고 다녔다. 마침내 백 리 길 너머 입소문으로 떠돌아다니던 흙무덤 하나가 제대로 걸려들었다.

전기톱을 쥐고 있는 손끝이 파르르 떨려 왔다. 산기슭 주변은 수십 기의 돌무덤과 흙무덤이 서로 어깨를 맞대며 옹기종기 모여 앉아 있었다.

"준비됐느냐?"

장기봉은 콧구멍을 벌름거렸다.

"……."

아들 녀석은 누런 이를 드러내며 마지못해 고개를 까딱거렸다. 가뜩이나 까무잡잡한 녀석의 얼굴에 먹구름까지 덕지덕지 끼어들어 불편한 심기를 건드렸다.

그래도 지 애비 칠순 잔칫상을 번듯하게 차려 주고 싶었던 것일까? 아침에 눈을 뜨자마자 아들 녀석은 대뜸 오늘만은 피해 가자고, 삼사일 늦추면 안 되겠냐고 공연히 까탈을 부렸다. 하필이면 사주팔자 다 주워 모아 어렵게 택일한 날짜가 그의 일흔 번째 생일과 겹치는 날이었다.

'제대로 된 생일상을 받아 본 게 언제였던가?'

새벽이슬을 피해 뜨신 온돌방에 엉덩이 깔고 앉아 밥 한술 뜨면 감지덕지였다. 지난 환갑 때도 강화의 한 무덤을 파헤치느라 환갑잔치는 고사하고 식어 빠진 미역국조차 구경하지 못했다. 일흔의 나이에 아직도 배고픈 승냥이마냥 무덤 주위를 이리 빙빙 맴돌고 있다니, 참으로 모질고 고약한 팔자였다. 이번에 한몫 단단히 챙긴 뒤에 칠순 상다리가 놀라 까무러치게 차려 보라고 등을 토닥거리자, 아들 녀석은 그제야 쭈뼛쭈뼛 따라나섰다.

"가자."

나지막한 능선을 따라 옥수수 밭이 길게 이어졌다. 칼바람의 기세는 여전히 등등했다. 걸음을 옮길 때마다 옥수수 줄기들이 온몸을 뒤척이며 우우 비명을 질러 대고 있었다. 이윽고 옥수수 밭길이 끝나면서 탁 트인 평지와 함께 집채만 한 흙무덤이 드러났다.

장기봉은 지체 없이 무덤 입구를 가로질러 좁다란 널길로 들어섰다. 널길 천장 위에는 온갖 뜨내기 잡귀들이 붕붕 떠다니며 뭐라 홀로 지껄여 대고 있었다. 새삼스레 내세울 일도 아니지만, 이런 무덤 속을 하도 드나든 탓인지 이젠 웬만한 잡귀들과도 대놓고 수다를 떨 경지에 이르렀다.

곧이어 널길이 끝나고 시신을 안치한 널방 입구가 나타났다. 이 무덤의 내부 구조는 다른 고구려 고분에 비해 그 양식이 매우 독특했다. 대개의 고구려 고분은 한 개나 두 개의 방을 갖고 있는데, 이 무덤은 유일하게 세 개의 방을 가지고 있다. 원형으로 된 봉분 안에 세 개의 묘실이 있어서 이 무덤에는 삼실총(三室塚)이란 이름이 붙여졌다.

'히히힛!'

장기봉의 입주름이 가늘게 찢어졌다. 얼마 전 장수왕릉(長壽王陵)의 천장석에 대고 큰절을 올린 효험이 나타난 것일까.

그의 눈길이 널방 벽면을 애무하듯이 차분히 훑어 내려갔다.

"만길아, 저걸 보아라!"

장기봉의 목소리가 널방 안을 쩌렁쩌렁 울렸다. 그가 가리킨 널방 천장에는 상상의 동물을 형상화한 사신도(四神圖)가 병풍처럼 펼쳐져 있었다. 숨이 그대로 멎는 것 같았다. 이제야 아들 녀석의 시커먼 낯짝에도 파릇파릇 생기가 감돌았다.

청룡과 백호가 서로 뒤엉킨 채 널방 안을 역동적으로 누비고 있었다. 고구려의 힘찬 기백이 그대로 드러나는 벽화였다. 청룡의 발톱은 날카롭게 빛나고 있었고, 백호의 뒷다리에는 우모(羽毛)가 선명하게 새겨져 나왔다. 이 우모는 신비한 영물에서만 볼 수 있는 깃털이다.

전기톱을 쥐고 있는 손마디에 시퍼런 힘줄이 돋아났다. 이 진귀한 벽화를 도려내기 위해 전기톱도 가장 작고 단단한 것을 골랐고, 톱날이 부러질 것에 대비해 여분도 넉넉히 준비했다. 아들 녀석은 벌써부터 눈짐작으로 전기톱으로 도려낼 벽면을 짜 맞추고 있었다.

고구려 고분 벽화는 찰흙이나 고령토 등을 여러 겹 발라 벽을 만들고, 그 위에 백회를 두껍게 바른 뒤에 그림을 그려 넣었다. 그래서 톱이나 칼로 벽을 자른 뒤 이를 뜯어내면 그림이 붙어 있는 안팎의 석회층만 감쪽같이 떨어졌다. 전기톱 하나만 있으면 이런 벽화를 떼어 내는 것은 먹다 남은 순대와 김밥을 구별하는 것보다 더 쉬웠다. 장기봉은 3단 사다리를 널방 벽에 붙이고 옆구리에 손을 뻗었다.

"어라……?"

양쪽 허리춤을 이리저리 더듬던 그의 얼굴이 노랗게 굳어졌다.

"왜 그러세요. 아버지."

"자, 자루가 없어!"

허리띠에 둘둘 감았던 자루, 벽화를 챙겨 넣을 마대 자루가 보이지 않았다. 옥수수 밭 너머 바위 위에 마대 자루를 방석으로 대신 깔고 앉아 있다가 그대로 내려온 것 같았다.

"이런 우라질! 바위에 두고 온 모양이다."

자루가 없으면 벽화를 우마차 도로까지 실어 나르는 것은 불가능했다. 벽화를 통째로 들고 갈 수도 없고, 설령 벽화를 낱개로 토막 내 가져간다고 해도 몇 걸음 가지 못해 무덤 관리인에게 발각될 게 뻔했다.

"제가 얼른 다녀올게요."

"아니다. 내가 가마."

장기봉은 무덤을 나와 옥수수 밭길 쪽으로 느적는적 걸어갔다. 나이를 먹어서인지 요즘에 와서 혼백이 쑥 빠져나가기라도 한 듯 뭔가 두고 오거나 깜빡 잊는 일이 부쩍 잦아졌다.

바위 위에는 마대 자루가 무덤으로 내려가기 전의 모습 그대로 놓여 있었다. 칼바람에도 날리지 않고 이리 오도카니 자리를 지켜 준 게 그저 고마울 따름이었다. 옥수수 밭 뒤편 우마차 도로에는 지안 시내까지 데려다 줄 트럭 한 대가 대기하고 있었다. 장기봉은 마대 자루를 허리춤에 둘둘 감고 다시 무덤 쪽으로 발길을 틀었다.

'저건 또 뭔가?'

그때 무덤 주위로 커다란 불똥들이 덩실덩실 춤을 추듯 몰려들고 있었다. 장기봉은 재빠르게 옥수수 밭에 몸을 숨기고 고개만 빠끔 내밀었다. 이 횃불 무리는 바로 묘역 주변을 지키는 관리인과 지역 주민들이 아닌가!

가슴이 철렁 내려앉았다. 눈으로 대충 어림잡아도 서른 명가량은 되어 보였다. 흙무덤 앞으로 각개 전투 하듯이 간격을 좁혀 오고 있는 그들의 모습은, 마치 무덤 속의 돼먹지 못한 원귀들이 보낸 저승사자 같았다. 순간 널방 안에서 열심히 벽화를 잘라 내고 있을 아들이 떠올랐다. 그러나 무덤 안에 들어가 아들에게 이 비통한 소식을 전해 주기에는 너무 늦었다. 무덤 앞은 이미 횃불을 높이 치켜든 저승사자들이 완전히 장악하고 있었다.

아아, 이를 어찌한단 말인가! 아들은 독 안에 든 쥐나 다름없었다. 장기봉은 옥수수 줄기를 붙들고 엄한 발만 동동 굴렀다. 가슴 속은 숯덩이처럼 시커멓게 타들어 가도 어찌해 볼 엄두가 나지 않았다. 잠시 후 짧은 외마디 비명 소리와 함께 아들 녀석의 몸뚱이가 무덤 밖으로 패대기치듯 쓸려 나왔다.

"마, 만길아······."

이미 무덤 안에서 한차례 두들겨 맞았는지 횃불 속에 드러난 아들의 얼굴은 그새 만신창이가 되어 있었다. 콧잔등을 타고 내려온 붉은 피가 아래턱을 거쳐 가슴께로 뚝뚝 떨어졌다. 장기봉은 그런 아들의 모습을, 밧줄에 두 팔을 꽁꽁 묶인 채 산송장처럼 질질 끌려가는 아들의 뒷모습을 하릴없이 바라만 보았다. 거대한 흙무덤 위로는 검은 물감을 뒤집어쓴 붙박이별이 아들 녀석이 가는 길을 오롯이 비추고 있었다.

그 밤 내내 칼바람은 멈추지 않았다.

2

'개떡 같은 날씨로군⋯⋯.'

도쿄 하늘은 검붉게 엎드려 있었다.

오전에 사정없이 내리꽂던 햇살은 온데간데없었다. 잔뜩 찌푸린 북녘 하늘엔 먹구름이 떼거리로 꾸역꾸역 모여들고 있었다. 아무래도 한바탕 빗줄기를 쏟아부을 듯 그 기세가 심상치 않았다.

장기봉은 코트 깃을 귓불 아래까지 바짝 올려 세웠다. 약속 시간이 다가올수록 입술 언저리는 가문 논바닥처럼 쩍쩍 타 들어갔다. 코트 깃 사이에 숨겨진 두 눈은 잠시도 쉬지 않고 사정거리를 훑고 있었다. 평생 개고생으로 막을 내리지 않으려면 달리 도리가 없었다. 여기서 걸려드는 날에는 천수(天壽)는커녕 벽에 똥칠할 때까지 감방에서 썩어야 한다.

그때 이와나미 북 센터 앞으로 중절모를 쓴 노인네가 터벅터벅 걸어왔다. 어깨가 딱 벌어지고 땅딸막한 몸집에는 장물아비 특유의 경계심이 물씬 배어 있었다. 장기봉은 검은 장갑을 낀 손을 가슴께로 슬며시 들어 보였다. 오늘의 접선 표시는 왼쪽 손에 낀 검은 장갑이었다. 중절모는 잠시 주위를 둘러보더니 장기봉 앞으로 바짝 다가섰다.

"서울서 오셨수?"

중절모가 뾰족한 아래턱을 내밀었다.

"그렇소."

"이리 따라 오시오."

장기봉은 서너 발짝 거리를 두고 중절모의 뒤를 따라갔다. 중절모는 여전히 경계심을 늦추지 않고 서릿발 같은 시선을 사방에 뿌려 댔다.

"도쿄는 처음이오?"

"아니오."

오랜만에 도쿄에 온 탓일까? 오후 내내 단내가 풍기도록 입안이 칼칼한 게 좀처럼 흥분이 가라앉지 않았다. 일주일 전 현해탄을 건너올 때만 해도 조바심과 설렘으로 온몸이 근질거렸다. 그러나 진보초 고서점가에 들어서자, 그런 조바심은 눈 녹듯 사라지고 짜릿한 전율이 등줄기를 휘감고 올라왔다. 이 얼마나 목이 빠지게 기다리던 날인가!

출국 금지가 풀린 것은 지난 가을이었다. 지난 삼 년은 그에게는 가혹한 형벌의 시간이었다. 문화재청은 별 뚜렷한 사유도 없이 다분히 재범의 여지가 남아 있다는 이유만으로 그의 발목에 단단히 족쇄를 채웠다. 게다가 시도 때도 없이 문화재 전담 수사관이 연례행사처럼 집 안에 들이닥쳤고, 잊을 만하면 상판대기 바꿔 가며 뒤꽁무니를 졸졸 따라다녔다. 그것이 다 타고난 팔자려니 어물쩍 넘기려 해도 수족마저 옭아매는 것은 도저히 견딜 수 없었다. 손발이 꽁꽁 묶인 채 산해진미를 탐하고 목숨을 부지한들 무슨 소용이 있는가. 송충이는 솔잎을 먹을 때가 가장 행복한 것이다.

"서울은 좀 어떻소?"

중절모가 고개를 삐딱거리며 물었다.

"뭐가 말이오?"

"요즘은 통 쓸 만한 물건이 나오지 않으니 말이오. 이래 가지고서야 어디 입에 풀칠이나 하겠소?"

"때가 되면 제짝 찾아 굴러들어올 게요. 지들도 다 정해진 팔잔데 갈 곳이 예 말고 또 어디 있겠소."

"날씨 한번 되게 더럽군. 아침나절엔 새색시 궁둥짝마냥 뽀얗더니만…… . 카아악!"

중절모는 갑자기 애꿎은 하늘을 향해 가래침을 내뱉었다. 하늘은 어느새 먹구름으로 거머번질하게 물들어 있었다.

진보초 고서점가는 한창 '헌책 축제'가 벌어지고 있었다. 중절모는 큰길을 벗어나더니 헌책방 가게가 즐비한 골목길로 들어섰다.

"여긴 도쿄 토박이들의 자부심이 고스란히 남아 있는 곳이오."

중절모는 자신이 도쿄 토박이라도 된 듯 어깨에 잔뜩 힘을 주었다.

"예전만은 못하지만 세계 어디에도 아직 이만한 곳은 없소. 흠흠."

진보초는 세계에서 손꼽히는 고서점가이며, 일본 최고의 지식 창고다. 아직도 헌책을 다루는 서점이 백오십여 군데 남아 애서가들의 소일거리로서 명맥을 유지하고 있다. 그러나 도굴꾼들에게는 고대 유물의 존재를 알려 주는 시발점에 불과하다.

해방 전 일본 호리꾼들이 남긴 비밀 지도 역시 마찬가지였다. 2차 세계 대전이 막바지에 이르던 1945년 8월, 일본의 한 도굴 조직은 개성의 고찰(古刹)에서 수많은 유물을 도굴했으나 일본으로 가져오지 못했다. 일본의 무조건 항복 선언과 함께 밀반출 통로가 막혔기 때문이다. 그들은 먼 훗날을 기약하며 고려의 찬란한 유물을 비밀 장소에 은닉하고 이를 지도로 남겼다.

지난 육십여 년 동안 이 비밀 지도는 철저히 베일에 가려져 있었다. 한때 도쿄 고서점에 묻혀 있을 것이라는 소문이 파다하게 퍼져 보물 사냥꾼들의 발길을 꼬드겼으나, 실체는 여전히 오리무중이었다.

문화재 밀매 시장 바닥의 소문은 결코 소문으로 끝나는 법이 없다. 쥐도 새도 모르는 곳에 코를 박고 엎드려 있다가 오랜 잠복기를 거친 후 반드시 실체로 드러나기 마련이다.

"이제 다 왔소."

중절모는 한 고서점 문턱을 넘어서자마자 빠르게 지하실로 내려갔다. 지하실 입구에는 화공 약품인 불소산 냄새가 코를 찔렀다. 커다란 지하실 벽에는 가지각색의 도자기가 서로 궁둥짝을 맞대며 가지런히 늘어서 있었다.

'보통 짝퉁이 아니로군.'

그것이 위조품이라는 것을 알아내는 데는 일 분도 채 걸리지 않았다. 진품 도자기는 오랜 세월이 흘러도 빛에 반사되는 광택이 부드럽고 우아하게 보인다. 그러나 위조품은 기름을 묻힌 것처럼 도자기의 광택이 유난히 반짝거린다. 그래서 이 광택을 죽이기 위해 불소산을 사용하고, 땅속에서 갓 출토된 도자기처럼 보이기 위해 과망산가리로 염색을 한다.

이 지하실은 가짜 도자기를 진품으로 둔갑시키는 곳이다. 위조 전문가들은 앞으로 반년 동안 도자기 겉면의 피부를 곱게 다듬고 유약의 기포를 제거하는 데 온 정성을 기울일 것이다. 그리고 몇 년 후면 이 위조품은 만만한 고미술품 애호가들의 호주머니를 털 것이다. 진품과 위조품의 경계는 모호하다. 고미술품 감정가를 속이는 일, 그것이 위조품을 만드는 자들의 오랜 숙원이다.

"올해 나이는 얼마나 됐소?"

중절모는 벽면에 붙어 있는 낡은 철제 금고 앞으로 다가갔다. 지하실에는 개미 새끼 한 마리 없는데도 중절모는 자꾸 주위를 두리번거렸다.

"여든이 코앞이오."

"오호, 그 나이에 아직도 이 바닥에 남아 있다니, 정말 대단하오."

중절모는 기껏해야 환갑이 조금 넘어 보일 나이였다.

"방구들장에 퍼질러 앉아 염병을 떤들 뭘 하겠소. 자고로 뭔 짓거리든 부지런히 수족을 놀려야 늙지 않는 법이오."

"백번 옳은 소리요. 그런데 자식은 있소?"

"⋯⋯."

장기봉의 얼굴에 어둠의 그림자가 꾸역꾸역 몰려들었다. 아들 녀석만 떠올리면 지금도 뻥 뚫린 가슴에 황소바람이 들어왔다. 턱 밑으로 붉은 피를 뚝뚝 흘려 가며 개처럼 끌려가던 아들의 뒷모습⋯⋯. 그날 아들 녀석의 말마따나 칠순 잔칫상을 받고 사나흘만 늦췄어도 그렇게 참혹하게 끌려가는 일은 없지 않았을까. 그것이 두고두고 마음에 걸렸다.

이제 팔순을 코앞에 두고 있으니 그로부터 십 년이라는 세월이 흘러갔다. 아직도 이 바닥에 퍼질러 앉아 있는 것이나, 반백 년 넘은 떠돌이 역마살 인생을 운명처럼 고이 받들고 있는 것이나 그다지 달라진 것은 없었다. 아들 녀석은 산둥(山東) 형무소에서 십 년째 수감 중이고, 하나뿐인 손자 녀석도 기어이 이 바닥에 뛰어들고 말았다. 손자 녀석만은 이 바닥에 얼씬도 못하게 하려고 했지만, 타고난 피는 속일 수 없는지 그것도 뜻대로 잘되지 않았다. 아무리 곱씹어도 정말 고약한 팔자였다.

"무자식이 상팔자요!"

중절모는 철제 금고 안에서 두 손바닥만 한 크기의 지도를 꺼냈다. 지도의 왼쪽 상단에는 둥근 원 안에 오각형 별이 새겨져 있었다. 이는 소문대로 일본 호리꾼들이 남긴 고유 표식이었다.

"어떻소, 댁이 찾는 물건이오?"

지도에는 1940년대의 개성과 개풍군의 위치가 세밀하게 그려져 있었다. 장기봉의 시선이 지도에서 유일하게 붉은 점선으로 표시된 곳에 꽂혔다.

"맞소."

그러나 지도에는 붉은 점선의 위치가 분명하게 나와 있지 않고 아리송한 문구 하나가 붉은 점선 아래 낙점처럼 찍혀 있었다.

'龜四龍.'

구사룡이라…… 이건 또 무슨 표식이람. 장기봉의 얼굴이 살짝 일그러졌다. 일본 호리꾼들은 고려의 유물을 숨기고 그들만이 알 수 있는 암호로 은닉 장소를 표시한 것이다. 이 암호는 앞으로 그가 풀어야 할 숙제였다.

"수고했소."

장기봉은 중절모가 건네준 지도를 품에 넣었다. 그것으로 중절모와의 거래는 깨끗하게 끝난 것이다. 이 비밀 지도가 어떻게 발견된 것인지, 어떤 과정을 통해 중절모의 손에 들어온 것인지는 중요하지가 않다. 상대가 원하는 것을 주고 자신이 원하는 것을 받으면 된다. 그것처럼 이상적인 거래는 없다. 지금쯤 중절모의 집에는 〈사경변상도(寫經變相圖)〉 한 점이 도착해 있을 것이다. 감색 종이에 은과 금을 입힌 〈사경변상도〉는 고려 불화와 함께 한국 불교 미술을 대표하는 그림으로, 고려 예술의 결정체이다.

"서둘러야 할 것이오."

지하실을 빠져나오면서 중절모가 느닷없이 목소리를 낮게 깔았다.

"일본에서도 이 지도를 찾으려고 눈에 불을 켜고 다니고 있소."

"그게 뭔 소리요?"

장기봉의 콧잔등이 씰룩거렸다.

"해방 당시 일본 호리꾼들은 개성을 떠나면서 이 지도를 각자 하나씩 가지고 있었소."

"그럼, 지도가 또 있다는 게요?"

"그렇소. 듣자 하니 지난겨울부터 한 늙은 도굴꾼이 도쿄 고서점가를 이 잡듯이 뒤지고 다닌다는 소리가 있었소."

"기분 잡치는 소리로군."

장기봉의 얼굴이 파지처럼 구겨졌다. 그때 뭔가 꺼림칙한 것이 가슴께로 훑고 지나갔다.

"그건 어디서 들은 게요?"

"며칠 전 교토에 갔다가 귀동냥으로 얻어 들었소."

"교토?"

"그렇다고 너무 신경 쓸 것은 없소. 누구든 간에 먼저 손에 넣는 게 임자 아니오. 하하. 어쨌든 잘해 보시오."

중절모는 입가에 엷은 미소를 매달고 바람처럼 사라졌다.

고서점을 나오자 그새 먹구름은 어디론가 사라지고 폭포수 같은 햇빛이 쏟아졌다. 정말 개떡 같은 날씨였다.

3

부두에 정박해 있는 선박들은 깊은 잠에 빠져 있었다. 죽어 있는 바다에 온 듯 아무런 기적이 없었다. 이따금씩 깜빡거리는 불빛만이 검게 그을린 바다에 간간이 숨을 보태고 있을 뿐이었다. 해안가를 희미하게 비추던 별빛도 그새 구름 속에 묻혀 버렸다.

"이제 들어가요. 할아버지."

하야코는 도쿄 해안에 들어서도 서글서글한 미소를 잃지 않았다.

"하야코……."

이라부는 무슨 말을 하려다가 속으로 재빨리 거두어들였다. 도굴꾼들 사이에는 한 가지 불문율이 존재한다. 미래에 대한 안부를 묻지 않는 것, 그리고 사사로운 예견을 함부로 내뱉지 않는 것이다. 그런 불문율이 언제부터 입에 오르내렸는지 알 길이 없지만, 이 바닥에서는 오래도록 이어져 내려온 그들만의 관습이었다. 장물아비는 그걸 미신이라고 했고, 도굴꾼은 그걸 신앙이라고 여겼다.

'이제 하늘이 응답할 차례야……'

모든 준비는 끝났다. 마침내 일 년여 동안 공들인 발품과 노력이 비로소 결실을 맺을 때가 온 것이다. 이 비밀 지도를 손에 넣기 위해 도쿄의 고서점과 골동품 가게를 뒤진 것이 까마득한 옛일 같았다.

"가장 먼저 동굴이 있을 만한 곳부터 찾아야 한다."

하야코는 고개를 끄떡였다.

"이들은 유물을 그냥 땅속에 묻지 않아. 장마가 지거나 천재지변으로 땅이 유실될 것을 염려해 작게나마 동굴을 만들었을 거야."

"알았어요."

이라부의 얼굴에는 여전히 수심의 그늘이 출렁거렸다. 오만 가지 잡념 때문에 새벽녘까지 잠을 이루지 못하고 내내 뒤척거렸다. 하나밖에 없는 피붙이를 사지에 보내고 누군들 마음 편히 발 뻗고 잘 수 있을까.

이제 천수를 다 누린 것인지 몸도 마음도 예전 같지가 않았다. 신앙처럼 받들던 오감(五感)도 무뎌질 대로 무뎌졌다. 게다가 요즘 들어서는 하는 일마다 불길한 잡념이 끼어들어 사사건건 어긋장을 놓았다.

"이걸 챙기거라."

이라부는 품 안에서 손바닥만 한 천 조각을 꺼냈다. 천 조각 안에는 둥근 원 안에 코끼리 머리가 그려져 있었다.

"코끼리 문양이로군요."

"그래. 이게 널 지켜 줄 거다."

이 낡은 천 조각은 이라부가 잠시 인도에 머물렀을 때 한 늙은 수행자로부터 얻은 것이다. 코끼리 문양은 고대 인도와 티베트, 네팔의 수행자들 사이에서 재앙을 막아 주고 복을 불러들이는 부적으로 전해졌다.

"너무 걱정하지 마세요. 아버지가 도와줄 거예요."

하야코의 차분한 목소리가 그의 등을 슬며시 떠밀었다. 순간 이라부는 자신도 모르게 어깨를 움츠리며 한 발짝 뒤로 물러섰다. 죽은 아들의 얼굴이 하야코의 얼굴과 겹쳐진 것이다. 깊은 탄식과 함께 대못 하나가 슬며시 가슴속으로 들어왔다. 아들의 시신조차 거두어들이지 못한 것은 평생 가슴에 남을 상처였다.

하야코는 제 애비를 닮았다. 치밀하면서도 대범한 성격, 그리고 상대를 배려하는 너그러운 마음까지 꼭 빼다 박았다.

"해주에 도착하는 대로 다카하시를 찾아라. 너를 개성까지 안내해 줄 거다."

하야코는 가볍게 미소로 응답했다. 며칠 전부터 귀가 닳도록 들은 소리였다.

"아니다 싶으면 언제든지 발을 빼거라."

"……"

"괜한 고집을 부렸다가는 화를 입을지도 몰라."

하야코의 능력을 단 한 번도 의심한 적이 없었다. 하야코는 한국에 산 지 오래되어서 한국말이나 한국 문화에도 익숙했다. 그러나 북한은 달랐다. 외지인은 금방 눈에 띄고 어떤 돌발적인 사태가 벌어질지 한 치 앞을 내다볼 수가 없었다. 그곳은 여전히 외부인의 접근을 허락하지 않는 미지의 땅이었다.

"전 잘 해낼 수 있어요."

출렁이는 물결 소리가 아주 가까이서 들려왔다. 하야코는 나긋한 미소만 남기고 검은 바다에 단단히 묶여 있는 화물선 쪽으로 총총히 사라졌다. 이라부는 하야코의 뒷모습이 보이지 않을 때까지 자리를 떠나지 않았다.

4

암호는 하나의 약속이다. 암호를 만든 자들 사이에는 유일한 의사소통의 창구이다. 그러나 이들을 벗어나면 암호는 비밀이 되고 수수께끼가 된다.

'龜四龍.'

일본 호리꾼들이 남긴 이 암호는 어디를 가리키는 것일까?

거북과 용 네 마리……. 절에서 가장 눈에 잘 띄는 장식물 중의 하나가 용이다. 용은 왕과 같은 최고 권위의 상징이자 무구한 능력을 가진 존재로 비유된다. 불교에서 용은 불법을 수호하는 호법신(護法神)으로 묘사된다. 일주문이나 법당 안의 기둥에 용이 그려진 그림을 자주 볼 수 있는 것도 그런 까닭이다.

재석은 고려 왕릉과 사찰을 탐색하면서 거북과 용의 자취를 더듬어 갔다. 이런 암호는 대개가 상징적인 건축물을 표시하기 마련이며, 이를 고안해 낸 사람도 누구든지 알아볼 수 있도록 쉽게 만드는 특성이 있다. 해방 전 개성에 틀어박혀 고려의 유물을 털어 간 일본의 호리꾼이라고 예외는 아니다.

20세기 초 개성은 일본 도굴꾼들에게는 천혜의 땅이었다. 대한제국의 멸망과 함께 일본의 수많은 도굴 조직은 앞다투어 천 년 고도로 몰려들었다. 1910년대 개성을 주 무대로 한 일본의 도굴꾼은 어림잡아 천여 명에 이르렀으며, 이들이 가져간 고려청자만 해도 이만여 점에 달했다. 그들은 왕릉에서 파헤친 껴묻거리(부장품)와 사찰 법당에 봉안된 불교 유물을 닥치는 대로 약탈해 일본으로 가져갔다. 그 무렵 도굴꾼을 뜻하는 은어인 '호리꾼'이라는 말이 처음 생겨났다. 호리꾼은 굴을 판다는 뜻의 '호리(堀)'에 '꾼'을 합친 말로, 이들의 약탈 행위는 조선총독부의 은밀한 지원 아래 해방 전까지 이루어졌다. 당시 일본 호리꾼들이 집중적으로 노린 곳은 삼십여 곳의 유서 깊은 고찰과 십칠 기의 고려 왕릉이었다.

'이 정도야 식은 죽 먹기지.'

일본 호리꾼이 남긴 암호를 푸는 데는 반나절도 채 걸리지 않았다. 삼십여 개의 사찰을 집중적으로 조사하면서 곧 거북과 용이 새겨진 절을 찾아냈다. 그것은 현화사비(玄化寺碑)였다.

"이제 감 좀 잡았느냐?"

그때 밭은 기침 소리가 들리더니 장기봉이 문턱을 훌쩍 넘어섰다. 그는 고개를 뻣뻣이 쳐들고 재석의 앞자리에 가부좌를 틀고 앉았다. 장기봉의 거만하고 두꺼운 낯가죽을 바라보는 재석의 눈길에 시퍼런 가시가 돋아났다.

'바늘로 찔러도 피 한 방울 나지 않을 늙은이…….'

아무리 피로 맺어진 인연이라고 해도 그는 상종할 가치가 없는 늙은이였다. 지하 밀매 시장 사람들은 그를 너구리 영감이라고 불렀다.

어느덧 너구리 영감과 인연을 끊은 지 삼 년이 다 되어 갔다. 지하 밀매 시장에서 아버지 소식을 들은 뒤로 그날 곧장 짐을 싸고 너구리 영감집을 뛰쳐나왔다. 그러고는 삼 년 동안 너구리 영감 집 근처에는 얼씬도 하지 않았다.

그런데 이틀 전, 무슨 헛바람이 들었는지 너구리 영감이 예고도 없이 불쑥 저 두꺼운 낯가죽을 들이밀었다. 뜻밖의 방문이었다. 삼 년 만에 마주친 그의 얼굴은 팔순의 나이답지 않게 여전히 뽀얗고 탱탱했다. 하긴 몸에 좋다는 보약은 가리지 않고 처먹어 대니 혈색이 좋아지는 것은 당연한 일이었다.

— 이걸 건지면 네놈이나 나나 운수 대통하는 게다.

그날 너구리 영감은 대뜸 낡은 지도를 꺼낸 뒤 '구사룡'이라는 암호를 풀라고 주문했다. 이는 해방 전 일본 호리꾼들이 개성에 은닉한 보물 지도였다.

마른하늘이 두 쪽으로 갈라져도 다시는 너구리 영감과는 상종하지 않을 것이라고 굳게 다짐했다. 그러나 한 치 앞을 내다볼 수 없는 게 사람의 속내가 아니던가.

—어떠냐, 한번 해 볼 테냐?

너구리 영감의 제안을 수락하는 데는 그리 오랜 시간이 걸리지 않았다. 삼 년 가까이 가슴속에 단단히 쟁여 놓았던 결심도 저 낡은 보물 지도 앞에서는 흐물흐물 물 먹은 종이처럼 바래졌다. 이런 귀한 보물을 코앞에 두고 나 몰라라 등을 돌리는 것은 전문가가 취할 도리가 아니었다. 그렇게 해서 삼 년 만에 너구리 영감과 다시 마주하게 되었다.

"이게 뭘 말하는 게냐?"

너구리 영감의 짙은 눈썹이 꿈틀거렸다.

"먼저 조건을 말씀해 보시지요."

"순서가 틀렸다. 이게 뭘 뜻하는지 먼저 말해 보거라."

"이건 현화사비를 가리키는 겁니다. 일본 호리꾼들이 현화사비 근처에 도굴품을 은닉한 게 분명합니다."

1022년 고려 현종 때 세워진 현화사비는 현화사를 지은 내력과 연대를 기록한 비석이다. 귀부는 고려시대의 전형적인 용머리형의 양식으로 대리석 몸체 앞면에는 현종의 비명(碑名)이 새겨져 있고, 양 측면에는 서로 싸우고 있는 네 마리의 용(四龍)이 양각되어 있다. 일본 호리꾼들이 지도에 붉게 표시한 곳도 현화사 터와 일치하고 있었다.

"현화사라면 현종이 만든 절이 아니더냐?"

재석은 고개를 끄떡였다. 현화사는 현종이 불우하게 죽은 자신의 부모를 위해 창건한 절이다. 그러나 현화사비는 해방 후 북한 당국이 고려박물관으로 옮기고 지금은 터만 남아 있었다.

"그래도 두 눈깔은 제대로 박혀 있군."

너구리 영감은 이미 알고 있었다는 듯 입술 사이로 가는 헛바람을 토해 냈다.

"조건은 어떻게 되죠?"

"사 대 육이다. 네놈이 사고 내가 육이다. 어떠냐?"

"오 대 오로 하겠습니다."

재석은 너구리 영감 얼굴 앞에 다섯 손가락을 활짝 펼쳤다.

"곰발바닥이 다 되도록 싸돌아다니며 겨우 찾아냈는데, 네놈은 한 일도 없이 입만 헤벌리고 꿀꺽하려는 수작이냐?"

"싫으면 다른 데를 알아보시지요."

너구리 영감 밑에서 온갖 수발 다 들고 뒤치다꺼리하며 배운 게 오년이나 되었다. 재석의 나이 서른도 안 되었지만, 이 바닥에서는 산전수전 다 겪은 몸이다. 그런 배짱과 오기를 가르쳐 준 인물이 너구리 영감이었다. 이제 지하 밀매 시장에서도 그의 이름 석 자를 우습게보지 않았다. 그러나 아직도 장재석이라는 이름보다는 너구리 영감의 손자로 더 통하는 게 사실이었다. 재석은 늘 그게 불만이었다. 그런 후광 따위는 똥물에 처박고 싶었다.

"저 돼먹지 않은 성깔머리하고는…… 좋다!"

너구리 영감은 마지못해 다섯 손가락을 슬며시 움켜쥐었다.

"물어볼 게 하나 있습니다."

재석은 너구리 영감의 눈치를 힐끔 살폈다.

"말해 봐라."

뭔가 음흉한 꿍꿍이가 있는 것은 아닐까? 너구리 영감은 삼국 시대는 물론 고려나 조선의 역사를 훤히 꿰차고 있었다. 웬만한 사학자와 한판 겨뤄도 결코 밀리지 않을 정도로 그 방면에는 박학다식했다. 이런 그의 능력이라면 이따위 암호 정도는 간단히 풀 수 있는 일이었다. 그런데 삼 년 만에 불쑥 찾아와 왜 이런 호의를 베푸는 것일까. 귀한 재물 앞에서는 사족을 쓰지 못하고 득달같이 덤벼들던 노인네가 아니던가. 하여튼 속을 알 수 없는 늙은이였다. 아마 배를 째고 그 안으로 기어 들어가면 능구렁이가 족히 열 마리는 살고 있을 것이다.

"아, 아닙니다."

"싱거운 자식. 대신 조건이 하나 있다. 현화사에 도착할 때까지 쓸 만한 사람 하나 붙여 주마. 네놈에게 큰 도움이 될 거다."

"싫습니다. 혼자 가겠습니다."

재석은 지지 않고 받아쳤다.

"개성은 위험한 곳이야. 주둥아리 한번 잘못 놀렸다가는 그대로 황천길로 가는 수가 있어. 중국과는 달라."

"그런 염려는 사양하겠습니다."

"고집불통 자식!"

셋보다는 둘이, 둘보다는 혼자가 더 편했다. 개성까지 안내해 줄 길잡이 한 명이면 충분했다.

"이제부턴 내가 하는 말 귀담아 잘 새겨 듣거라."

너구리 영감은 개성으로 떠나기 전에 몇 가지 주의 사항을 일러 주었다. 인천에서 단둥으로 가는 배편과 다시 해주로 가는 배편, 거기서 만날 사람들을 꼼꼼히 일러 주었다. 단둥은 한국이나 일본의 도굴꾼들이 북한으로 들어가는 전략 기지였다.

재석은 들뜬 가슴을 주체하지 못했다. 개성은 한 번도 밟아 보지 못한 미지의 땅이며, 아주 매력적인 땅이었다. 그곳에 묻혀 있는 보물들을 떠올리면 자다가도 벌떡 깨어나곤 했다.

"빠진 게 없는지 잘 챙겨라. 거기까지 가서 죽네 사네 염병 떨지 말고."

"그런 걱정은 붙들어 매시고 보약이나 잘 챙겨 드시죠."

"고얀 녀석 같으니."

너구리 영감은 자리를 박차고 일어났다. 여든의 나이에도 그의 등줄기는 대나무처럼 꼿꼿했다. 그는 아직도 웬만한 장정 하나쯤은 간단히 해치울 정도로 훨훨 날았다.

오래전 너구리 영감과 팔씨름하던 기억이 새록새록 떠올랐다. 한때는 너구리 영감과 틈만 나면 팔씨름을 할 정도로 좋은 시절이 있었다. 팔씨름이라는 게 한낱 힘겨루기가 아닌, 그 속에 핏줄만의 끈끈한 정이 흐르고 있다는 것도 그때 처음 알았다. 그러나 지금은 모두 시궁창 속으로 처넣고 말았다.

"서둘러라. 일본에서도 눈독을 들이는 자가 있다!"

5

절터 주위는 고요한 정적이 흐르고 있다. 이따금씩 짝짓기를 앞둔 풀벌레 소리만이 간간이 바람결에 실려 올 뿐이다. 하야코는 지도를 펼쳐 들고 옛 절터의 자취를 세세하게 눈으로 훑어갔다.

'느낌이 아주 좋아.'

문득 절터에 도착하기 전에 한옥 폐가에서 들려오던 까치 울음소리가 떠올랐다. 좋은 징조였다. 한국에서는 아침에 까치 울음소리를 들으면 반가운 손님이 온다는 말이 있지 않은가.

시간이 흐르면서 거슴츠레한 어둠의 경계도 무너지고 모든 것이 눈에 익어 갔다. 계곡 너머에는 양 갈래로 수려하게 펼쳐진 능선이 하늘과 길게 맞닿아 있었다. 어느 모로 보나 천하의 명당이었다.

고려 왕릉은 당시 풍수설에 따라 주산(主山)과 좌우에 청룡백호(靑龍白虎)가 되는 산맥으로 둘러져 있다. 산맥 앞에는 주작(朱雀)을 이루는 안산(案山)이 있고 능의 우측으로는 물이 흐른다. 이것이 바로 장풍득수(長風得水)의 지형이다. 교토를 떠나기 전 『한국의 천 년 고도 개성』에서 본 책의 지형과 너무도 흡사했다.

하야코는 삽을 움켜쥐고 모든 감각 기관을 활짝 열었다. 한 삽 한 삽 누런 흙더미를 퍼 올릴 때마다 손끝에 짜릿한 전류가 흘렀다. 등줄기는 어느새 시큼한 땀으로 흠뻑 젖어 있었다.

개성에 도착하기까지 꼬박 사흘이 걸렸다. 길고 지루한 시간이었다. 단둥으로 향하는 배 안에서 하루를 보냈고, 해주로 오는 데 또 한나절이 걸렸다. 캄캄한 어둠과 깊은 침묵, 그리고 바다 물결 가르는 소리가 전부였다. 개성에 도착했을 때는 동녘 하늘이 뿌옇게 밝아 오고 있었다.

드디어 삽날에 나무 찍히는 소리와 함께 팔뚝만 한 십자형 나무가 드러났다.

"십자형 나무!"

십자형 나무 끝에는 둥근 원 안에 대못으로 새긴 오각형 별 모양이 그려져 있었다. 비밀 지도에서 본 문양과 똑같았다. 이 오각형 별은 1940년대 일본 호리꾼들이 도굴품을 은닉할 때 표시한 증표였다.

흙더미를 조금 더 파헤치자 마른 흙이 맥없이 무너지면서 작은 동굴이 나타났다. 동굴 안은 서너 명이 앉으면 꽉 찰 정도로 좁았고, 동굴 벽은 금방이라도 허물어질 듯이 위태로워 보였다.

'할아버지의 말이 옳았어.'

하야코의 입이 쭉 찢어졌다. 동굴 입구에서 흘러나오는 서늘한 냉기를 온몸으로 받아들이며 안으로 기어 들어갔다. 동굴 끄트머리에는 길쭉한 나무 상자가 시체처럼 누워 있었다. 손끝에 닿는 촉감만으로도 저 찬란한 유산이, 천 년 전 고려 왕조의 섬세한 숨결이 느껴졌다. 나무 상자에는 지나온 세월의 무게만큼 뿌연 먼지가 켜켜이 쌓여 있었다. 하야코는 상자에 박혀 있는 못을 뜯어내고 뚜껑을 열었다.

"아!"

손전등 불빛 사이로 드러난 것은 천연의 색감을 입힌 고려 불화였다. 비천상을 연상시키는 관음보살이 그녀의 방문을 환영이라도 하듯 온화한 미소를 짓고 있었다. 그뿐이 아니었다. 불화 옆에는 연녹색 자기와 놋그릇, 그리고 은으로 치장한 패물이 가득 들어 있었다.

온몸이 자지러들었다. 뱃멀미를 참으며 동토의 경계선에 들어온 지난 사흘간의 노력이 헛되지 않았다. 이제 이 천 년의 유물을 안전하게 일본으로 보내는 일만 남았다. 절터 주변에는 해주까지 운반해 줄 연락책이 차 안에서 대기하고 있었다.

'저게 무엇일까?'

동굴 벽 틈에 고개를 삐쭉 내밀고 있는 것이 시선을 확 끌어들였다. 하야코는 상자 안의 유물을 챙기다 말고 천천히 동굴 벽 쪽으로 다가섰다. 동굴 벽 틈에 비스듬히 박혀 있는 것은 푸른빛의 족자 두루마리였다. 닥종이 두루마리 안에는 날렵하면서 힘차게 뻗어 있는 해서체로 쓴 글자가 빼곡히 적혀 있었다.

붓끝의 솜씨가 예사롭지 않았다.

6

야트막한 구릉은 끊임없이 이어졌다. 트럭은 오백 년 도읍지의 허름한 성곽을 빠져나가면서 속력을 내기 시작했다.

재석은 차창 밖으로 고개를 내밀었다. 능선을 타고 넘어온 바람이 얼굴을 부드럽게 핥고는 차바퀴 속으로 숨어들었다. 갑자기 목젖에 뜨거운 것이 물컥 잡혔다.

드디어 동토의 땅에 접어들었다. 개성에 첫발을 내딛기까지 단 한 차례의 착오도 없었다. 너구리 영감이 일러 준 대로 운반책은 해주항에서부터 목이 빠지게 기다리고 있었다.

"얼마나 더 가야 하오?"

조수석에 앉은 재석이 물었다. 운전대를 잡은 더벅머리 총각은 테이프에서 흘러나오는 노래에 장단을 맞춰 고개를 연신 까딱이고 있었다.

"거의 다 왔으니 조금만 참으시오."

더벅머리는 해주를 떠날 때부터 콧노래를 입에 매달고 있었다.

"무슨 좋은 일이라도 있소?"

"얼마 전 선을 봤소. 히힛."

더벅머리의 입이 반쯤 벌어졌다.

"아주 조신하고 근사한 여자요."

더벅머리는 재석을 현화사 터로 안내해 줄 운반책이었다.

북한에서도 문화재 유출 루트가 치밀하게 구성되어 있다. 북한의 골동품이 외부에 팔려 나가는 것은 이제 새삼스러운 일도 아니다. 이들은 연락책과 운반책, 그리고 판매책으로 촘촘히 엮여 있다. 연락책은 유물이 묻혀 있을 만한 곳을 안내해 주는 길잡이다. 운반책은 개성-평양행, 평양-신의주행의 열차를 이용해 도굴품을 수화물 형태로 실어 판매책에게 넘겨준다. 판매책은 국경 경비대에게 뇌물을 주고 배를 빌린 다음 중국 산둥으로 건너간다. 산둥의 암시장에서는 북한 골동품의 밀거래가 활발히 이뤄지고 있는데, 중국에 진출한 한국의 사업가들이 주요 고객이다.

그러나 한국과 일본의 도굴꾼들은 다른 루트를 활용한다. 북한의 연락책과 운반책만 개별 접촉하고 도굴한 유물은 직접 해주에서 산둥으로 실어 나른다. 따라서 북한의 운반책은 도굴꾼들을 현장에 데려다 주는 일만 할 뿐 역할이 아주 미미하다. 그러나 이 일도 북한 당국에 적발되는 날에는 그날로 숟가락을 놔야 한다.

그동안 수많은 보물 사냥꾼들이 동토의 경계를 넘었다가 북한 당국에 잡혀 쥐도 새도 모르게 사라졌다. 그러나 큰 것 '한 방'을 노리는 이들의 개성행은 멈추지 않았다.

"저기가 공민왕의 무덤이요."

더벅머리가 왼쪽 산허리에 누워 있는 커다란 무덤을 가리켰다. 어둠에 둘러싸여 잘 보이지는 않으나, 왕릉의 흔적은 어렴풋이 드러나 있었다.

"일본 놈들이 다 파헤쳐 먹어서 남은 건 뼈다구뿐이오."

공민왕의 무덤은 1920년대 발굴 당시 여러 차례 도굴당해 무덤 안의 유물은 한 점도 발견되지 않았다. 관대 위에 머리뼈와 몸통뼈 조각만이 일부 남아 있을 뿐이었다.

"남조선의 조선 왕 무덤은 어떻소? 거기도 거덜 나지 않았소?"

"그곳은 안전하오."

"으응? 일본 놈들이 가만 놔두지 않았을 텐데……."

조선 왕릉의 무덤 지하에는 '비밀의 방'이 있다. 이 비밀의 방은 왕과 왕비의 시신이 잠든 석실(石室)을 말한다. 석실 입구는 미닫이 형식의 돌문으로 막고 '이중 돌 빗장'을 채웠다. 석실 외부도 화강암의 이중 방어막으로 단단히 구축되어 있다. 제아무리 날고 기는 도굴꾼이 와도 이렇게 탄탄한 석실의 방어 구조를 뚫기란 불가능하다. 석실은커녕 석실 입구까지 오기도 힘들다. 그래서 조선 왕릉의 석실은 고려 왕조의 무덤과는 달리 도굴된 적이 없다.

천지를 호령하던 권력자들이 가장 두려워했던 인간이 바로 도굴꾼이었다. 칭기즈 칸의 후예는 도굴을 염려해 그의 무덤을 만들거나 알고 있는 자들을 모두 살해했다. 진시황은 지하 궁전을 미로처럼 만들고 화살이 자동 발사되는 부비트랩을 설치해 도굴꾼의 접근을 막았다. 이집트 파라오는 무덤 벽면에 도굴꾼이 침입하지 못하도록 치명적인 독약을 발랐고, 조조는 가묘(假墓)를 무려 일흔두 개나 만들었다.

"허 참, 용한 왕들이로군."

트럭이 비포장도로에 접어들면서부터 마주 오는 차량은 보이지 않았다. 농가의 숫자도 훨씬 줄어들었고, 드문드문 이어지던 인삼밭도 더 이상 보이지 않았다. 허름한 폐가 몇 채만이 벌거벗은 산등성이와 함께 황량한 모습을 드러내고 있었다.

"이제 됐소. 자, 얼른 볼일 보시오."

트럭이 멈춘 것은 비포장도로에 접어든 지 반 시간가량이 지나서였다. 재석은 트럭에서 내리자마자 주변 풍경을 세심하게 둘러보았다.

'명당 중의 명당이로군.'

도굴꾼이 지녀야 할 능력 중의 하나가 풍수지리에 통달한 지관(地官)의 감각이다. 그것을 잘 꿰뚫어야만 땅속에 숨어 있는 유물을 찾을 수 있다. 재석은 너구리 영감으로부터 치밀한 분묘 감식을 전수받았다.

"곧 올 테니 여기서 기다리시오."

"염려 붙들어 매쇼."

현화사 절터를 찾는 것은 어렵지 않았다. 낮고 질편한 땅 위에는 가람을 세워 올린 주춧돌이 군데군데 이정표처럼 남아 있었다. 제아무리 천 년의 세월이 흐르고 온갖 잡초 더미가 질퍽덕하게 들어차도 명당의 윤곽만은 변함없이 그 자리를 지키고 있었다.

―일본 호리꾼들이 절터 근처에 조그만 굴을 만들었을 거야. 절터 주변에 있는 굴을 찾아라.

너구리 영감의 주문이 스르르 떠올랐다. 재석은 얇은 쇠꼬챙이로 산기슭 주변을 더듬어 갔다. 탐침봉이라 불리는 이 쇠꼬챙이는 도굴꾼의 가장 기초적인 장비다. 특수 제작된 쇠꼬챙이만으로 땅속에 무엇이 들어 있는지 금방 알 수가 있다. 도자기가 들어 있다면 사각사각 하는 소리가 나고, 금속 유물이 들어 있으면 드륵드륵 쇠 긁는 소리가 난다. 서울을 떠날 때부터 도굴 장비는 최소한으로 줄였다.

쇠꼬챙이로 산기슭을 더듬어 오던 재석은 우뚝 걸음을 멈추었다. 개울가 쪽의 수풀이 한쪽 방향으로 비스듬히 쏠려 있는 게 아닌가. 반듯하게 솟아 있어야 할 나무들이 어지럽게 누워 있었고, 뿌리째 꺾인 나무들도 더러 있었다. 저것은 무언가를 은폐하기 위해 인위적으로 가린 흔적이 분명했다. 잔가지들을 한쪽으로 치우자, 너구리 영감의 지적대로 수풀 안쪽에 작은 굴이 드러났다.

'드디어 걸렸군.'

재석은 검은 아가리 속으로 머리를 들이밀었다. 제대로 찾은 것 같기는 한데, 왠지 꺼림칙한 느낌이 들었다. 그런 불길한 예감은 금방 맞아떨어졌다. 굴 입구에 선명하게 드러난 삽 자국, 오각형 별이 새겨진 십자형 나무……. 한쪽 구석에는 이곳을 파헤친 지 얼마 되지 않은 듯 누런 속살을 드러낸 흙더미가 여기저기 널려 있었다. 동굴 끄트머리에는 관처럼 생긴 길쭉한 나무 상자가 있었는데, 그 안은 썩은 이파리 하나 없이 텅 비어 있었다.

누군가 벌써 이곳을 다녀간 것이다! 바닥에는 상자 뚜껑을 뜯어낸 쇠못이 어지럽게 뒹굴고 있었다. 재석은 바닥에 털썩 주저앉았다. 굴 안에는 아직도 사람의 숨결이, 미세하게나마 귓불을 간질이는 낮은 숨결이 유유히 떠다니고 있었다.

'이 비밀 지도는 우리만 가지고 있는 게 아니야. 일본 호리꾼들도 여길 노리고 있어.'

온몸을 겹겹이 두르고 있던 긴장의 끈도 맥없이 풀렸다. 너무 아쉽고 분통해서 좀처럼 발길이 떨어지지 않았다.

이대로 빈손으로 돌아갈 수는 없는 일, 재석은 무릎 관절에 단단히 힘을 주고 굴 안을 미친 듯이 파헤치기 시작했다. 혹시 바닥에 흘린 국물이라도 있지 않을까 해서 두 눈을 부릅뜨고 사정없이 삽날을 세워 올렸다. 그러나 굴 안에서는 누런 속살만 우수수 쏟아져 흘러내릴 뿐 아무것도 나오지 않았다. 그나마 한 시간가량 벽을 파헤친 끝에 유일하게 건진 것이 하나 있었다.

그것은 누런 두루마리 족자였다.

7

뛰어나고 멋진 대접이다.

이제까지 세상에 나왔던 대접 가운데 가장 뛰어난 작품으로 손꼽고 싶다. 천 년이 흘러도 변치 않는 화려한 색감, 청자 고유의 그윽하고 유려한 곡선……. 어떻게 이런 자기를 11세기에 만들 수 있단 말인가. 천상의 부름을 받은 명인의 신기(神技)가 불심과 어우러져 천하의 명기

(名器)를 낳았다.

이라부는 무아지경에 빠져들었다. 손길이 닿는 곳마다 천 년 전 도공의 신비로운 숨결이 가슴에 푸근히 안겨 왔다. 고려의 도공은 천상의 수려함을 영혼으로 빚어내듯 자기 안에 그대로 불어넣고 있었다. 가히 천하의 명품이라는 소리를 들을 만하다.

하야코가 개성에서 가져온 고려 유물은 값으로 따질 수 없는 진귀한 보물들이었다. 청자참외형병, 사자뚜껑향로 등의 청자부터 화려한 색상의 고려 불화도 있었다. 고려 불화가 청자와 함께 발견된 것도 극히 드문 경우였다.

'언젠가 이것도 빛을 볼 때가 있겠지……'

이 지하실은 태평양전쟁 당시 방공호로 쓰이던 곳이다. 지하실 안은 적절한 습도를 유지하고 있어서 유물을 보관하기에 적합하다. 교토 문화재 관리국에서 두 눈에 불을 켜고 수색을 나와도 들킬 염려가 없다.

방공호 안에는 명청(明淸) 시대의 유물에서 인도와 베트남, 그리고 한국의 유물까지 벽면을 가득 채우고 있었다. 교토에 있는 웬만한 사설 박물관과 비교해도 걸코 뒤지지 않는 진품들이었다.

"벌써 일어나셨어요?"

방공호 입구에서 하야코의 목소리가 들려왔다.

"그래, 어서 오너라."

어제 새벽 교토의 집에 도착한 하야코는 끼니도 거르고 하루 종일 잠만 잤다. 하여튼 보통내기가 아니었다. 비밀 지도를 찾자마자 대뜸 자신이 개성에 가겠다고 나서는 걸 보면, 여자답지 않게 배짱 하나는 두둑했다. 어찌 모험을 즐기는 것조차 제 애비를 닮았을까.

"하야코, 정말 장한 일을 해냈구나."

"제가 한 일이 뭐가 있어요. 전 그냥 할아버지가 시키는 대로 했을 뿐인데요. 진품은 틀림없죠?"

"물론이지. 이 부드러운 광택을 보거라. 천 년의 세월이 흘러도 변함이 없지 않느냐."

고려자기는 위조품을 만드는 것이 불가능하다. 워낙 작품이 출중하기 때문에 금방 들통이 날 뿐만 아니라 유약의 성분이나 가마의 온도도 도저히 그 시대를 맞출 수가 없다.

"이리 와 보렴. 이것이 바로 청자참외형병이란다."

이라부는 방공호 벽면에서 고려자기를 조심스럽게 꺼내들었다. 고려자기는 중국 자기와는 근본적으로 다르다. 중국 자기가 화려함에 치중한 반면에 고려자기는 은은함과 단아함을 강조했다. 그 누구도 감히 모방할 수 없는 내면의 아름다움이 자기 안에 은은히 녹아나 있었다. 10세기 무렵, 고려는 중국 이외에 자기를 만들어 낸 유일한 국가였다.

"이건 못 보던 유물이네요."

하야코가 학과 사슴이 그려진 접시를 가리켰다.

"15세기 베트남에서 만든 '청화 백자 접시'란다. 베트남의 도자기 전성시대에 만든 유물이지."

이 유물은 하야코가 개성에 있는 동안 교토 밀매 시장에서 구입했다. 중국에서 아들을 잃은 후부터 유물들을 닥치는 대로 모으기 시작했다. 지하 밀매 시장에 유통시키거나 장물아비 손을 거치지 않고 이 안에 고이 보관했다. 때로는 거금을 들여 교토와 도쿄의 골동품 거리를 누비면서 사들인 것도 있었다.

모름지기 사람이란 희망을 먹고 사는 존재다. 희망이 없다는 것은 곧 죽은 목숨과도 같다. 지금까지 단단히 명줄을 붙들고 있던 것도 그런 희망이 있었기 때문이다. 아들의 명예 회복은 그가 무덤에 들어가기 전까지 반드시 치러야 할 몫이고 사명이었다. 이 유물들을 지하 방공호에 차곡차곡 보관한 이유도 여기에 있었다.

하야코는 벽면에 진열된 유물을 찬찬히 뜯어 보았다. 아직도 그녀의 손끝에는 이 유물들을 건져 올릴 때의 짜릿한 손맛이 진득하게 남아 있었다.

'어디에 있는 거지?'

방공호 벽면을 훑어 오던 하야코는 고개를 갸웃거렸다.

"뭘 찾는 거니?"

"족자 두루마리는 어디에 있죠?"

"족자 두루마리라니?"

하야코는 고미술품이 진열된 곳으로 발걸음을 옮겼다. 이곳에는 중국과 한국의 18세기 화가들의 작품이 여럿 있었다. 푸른빛의 족자 두루마리는 한쪽 구석에 둘둘 감긴 채 코를 박고 누워 있었다.

"여기 있군요."

이 두루마리는 고려의 왕족이나 권세가가 쓴 것이 틀림없다. 유연하면서도 힘차게 뻗어 있는 붓놀림은 글쓴이의 강한 의지가 담겨 있었다. 더군다나 두루마리에 적혀 있는 글 중에는 낯익은 글자도 보였는데, 바로 '대장경(大藏經)'이라는 단어였다.

"아직 그것은 제대로 확인하지 못했구나."

이라부는 멋쩍은 듯이 웃었다. 고려자기와 불화에 정신이 팔려 그 두루마리는 펼쳐 보지도 못했다.

"여기 적힌 한자들을 아직 해독하지 못했는데, 혹시 대장경을 일컫는 게 아닌가요?"

"대장경?"

이라부는 두루마리를 펼치고 그 안에 적힌 한자들을 세밀하게 살폈다. 가로는 스물두 행에 세로는 십 열로 된 족자였다. 하야코의 말대로 두루마리 안에는 낯익은 글자들이 눈에 띄었다. 부인지소장(夫仁之所藏), 대장경판본(大藏經版本), 국지대보(國之大寶)…….

"이, 이럴 수가……!"

족자 안에 적힌 한자를 하나하나 더듬어 오던 이라부의 눈빛이 반짝 빛났다.

"왜 그래요, 할아버지?"

"이 두루마리도 그 동굴 속에 있던 거니?"

"맞아요."

두루마리를 쥐고 있는 이라부의 손끝이 가늘게 떨렸다. 두루마리에 적힌 글은 그리 길지 않았으나, 그 안에는 실로 놀랍고도 엄청난 내용을 담고 있었다.

'이건 초조대장경(初雕大藏經)이 남아 있다는 소리가 아닌가!'

이라부는 애써 흥분을 억누르고 다시 한번 두루마리 안의 내용을 더듬었다. 고문서의 필체도 한 획 한 획마다 온 힘을 기울여 쓴 듯 매우 정교하고 우아했다. 두루마리에 적힌 내용대로라면, 이건 보통 고문서가 아니었다. 한국이 목판 인쇄술의 최고 결정체라고 자랑하는 해인사 팔만대장경의 판각도 바로 여기서부터 비롯되었다.

"하야코, 나와 함께 갈 곳이 있다!"

8

"한발 늦은 게야."

장기봉은 찬바람을 일으키며 휑하니 돌아앉았다. 도쿄에 일주일 동안 머물면서 간이며 쓸개며 다 빼 준 치성이 한순간에 물거품처럼 사라지고 말았다.

진보초 고서점가에서 이 비밀 지도를 손에 넣었을 때만 해도 아직 천운이 다하지 않았다고 속으로 쾌재를 불렀다. 그런데 굴이 텅 비어 있다니, 이 무슨 열불 나는 소린가. 운수 대통은커녕 〈사경변상도〉 한 점만 잃고 말았다.

"이젠 이따위 지도도 필요 없는 거죠?"

손자 녀석은 꼬깃꼬깃 접혀 있는 지도를 팽개치듯 내던졌다.

"앞으로는 제대로 좀 하시죠. 이게 뭡니까? 똥개 훈련시키는 것도 아니고."

가뜩이나 속에서는 열불이 나는데, 손자 녀석은 거기에 기름을 마구 들이붓고 있었다. 하여튼 성깔 하나는 고약한 녀석이었다.

"더 이상 할 말 없으면 일어나겠습니다."

"잠깐 앉아 봐라."

장기봉의 카랑카랑한 목소리가 방문턱을 넘어선 재석의 발목을 붙들었다.

"그래서 빈털터리로 온 게냐?"

"그게 무슨 소립니까?"

"정말 아무것도 건진 게 없었냐는 소리다."

"그럼, 제가 뒷주머니에 몰래 꼬불치기라도 했다는 겁니까?"

장기봉은 손자 녀석의 눈을 똑바로 쳐다보았다. 녀석은 뭔가 켕기는지 콧잔등을 실룩거리며 입가에 어쭙잖은 주름을 만들었다.

'네놈이 날 속일 수는 없지.'

이 눈이 어디 보통 눈인가, 온갖 보물을 탐지하는 천리안이 아닌가. 마빡에 피도 안 마른 손자 녀석을 옆구리에 끼고 다니며 무덤 주위에 널린 막사발을 건져 올리게 한 지가 팔 년이 넘었다. 녀석의 미세한 몸짓만 봐도 속 안에 무슨 꿍꿍이가 들어차 있는지 훤히 꿰차고 있었다. 제아무리 날뛰어도 부처님 손바닥이다. 녀석은 현화사 터에서 일본 호리꾼이 은닉한 보물은 아니더라도 뭔가 큰돈이 될 만한 것을 챙긴 게 분명했다.

그러나 목숨을 걸고 사타구니에 땀 뻘뻘 흘려 가며 개성까지 다녀왔는데 그런 하찮은 일로 녀석을 추궁하고 싶지는 않았다.

"알았다. 그만 가 보거라."

"앞으로는 다시 볼 날이 없겠죠?"

녀석은 그렇게 혀를 날름 내밀고는 문을 박차고 나갔다.

'고얀 놈!'

아직도 저 혈기 왕성한 녀석의 낯짝에는 경멸과 분노, 그리고 증오의 빛이 담겨 있었다. 녀석이 사라지자 방 안에는 또다시 적막한 기운이 몰려들었다. 손자 녀석이 구들장에 남기고 간 미지근한 체온마저 그새 감쪽같이 증발해 버렸다.

장기봉의 주름진 얼굴에 아쉬움의 그늘이 물감처럼 번져 갔다. 이번 일만 잘 풀리면 손자 녀석과 다시 예전의 관계로, 술 한잔 걸치고 집에 들어와 녀석의 팔목을 잡고 팔씨름하던 때로 돌아가고 싶었다. 언제 저 승사자가 데려갈지 모르는 몸, 장례라도 제대로 치러 줄 인물이 피붙이 말고 또 누가 있겠는가. 굳이 녀석을 개성에 보낸 것도 나름대로 이유가 있었다. 고려의 유물을 건져 낸 후 녀석과 화해를 하고 싶었다. 어떻게 든 피붙이 하나만은 옆에 끼고 살려고 했지만, 무심한 하늘은 그의 편이 아니었다.

어쩌다 이 지경이 되었는지 한숨만 절로 나왔다. 고국에 돌아온 뒤로 도 아들을 석방시키기 위해 돈을 물 쓰듯 뿌리고 다녔다. 중국 관리와 조금이라도 연줄이 닿는 장물아비나 화상(畵商), 고미술상 등 가리지 않고 찾아다니며 호주머니에 돈다발을 찔러 넣었다. 그 덕분에 아들 녀 석이 사형만은 면할 수 있었으나 그것으로 만족할 수는 없었다. 오죽 답 답했으면 제 발로 정부를 찾아가 두 손 싹싹 빌어 가며 통사정을 했을 까. 그러나 한국 정부는 노쇠한 도굴꾼의 말을 귀담아 듣지 않았다. 오 히려 그에게 돌아온 것은 일주일 내내 잠도 재우지 않고 벌인 취조와 심 문, 그리고 '두더지 애비에 두더지 새끼'라는 욕지거리였다.

'귀신이 따로 없군.'

재석은 너구리 영감의 집을 나오면서 놀란 가슴을 쓸어내렸다. 사람 속 안을 들여다보는 데는 족집게 도사보다 더 뛰어난 인간이었다.

어느 모로 보나 이번 일은 너구리 영감답지 않았다. 너구리 영감은 성격이 더럽고 괴팍해도 일 처리 하나만은 용의주도했다. 그런데 보기 좋게 뒤통수를 얻어맞다니, 이 무슨 꼴인가.

그러나 잃는 것이 있으면 얻는 것도 있는 법이다. 개성에 첫발을 들여 놓은 것은 큰 소득이었다. 골백번 귀가 닳도록 들어도 한 번 현장에 가 본 것만 못하다. 처음 해주에 도착했을 때만 해도 가슴속이 울렁거렸다. 북한 관리와 암구호를 주고받을 때는 양다리가 후들거리고 하늘이 노랗게 보였다. 어찌 됐든 현화사 절터 앞에 도착하기까지 모든 일이 수월하게 풀렸다. 운이 좋았는지 새로운 루트도 확보했고, 앞날을 대비해 북한 관리에게도 적지 않은 공을 들였다. 그들은 달러에 목이 말라 있었다.

'이게 대체 뭘까?'

재석은 품 안에서 누런 족자 두루마리를 꺼냈다.

처음 이 족자 두루마리를 발견했을 때, 아주 특별한 느낌이 머리에 꽂혔다. 뭐랄까, 캄캄한 탄광 속에서 금맥을 발견한 기분이라고나 할까. 갑자기 모든 감각 기관이 쭈뼛거리면서 손아귀에 뭉클한 것이 잡혔다. 이상한 일이었다. 별 대수롭지 않은 족자 두루마리에 왜 이리 흥분을 했는지 알다가도 모를 일이었다. 서울로 돌아오는 길에도 두루마리에서 좀처럼 눈길이 떨어지지 않았다. 두루마리에 적혀 있는 필체나 몇몇 낯익은 글귀도 예사롭지 않았다.

일단 족자 두루마리에 적혀 있는 내용부터 해독하는 게 순서였다.

그곳에 전설은 없다

1

한일 월드컵이 한창이던 2002년 6월, 중앙 일간지 사회면에는 다음과 같은 짤막한 기사가 실렸다.

지난 22일 속초 어항의 한 50톤급 선박에서 50대 남성이 의문의 변사체로 발견되었다. 속초 경찰서는 사체의 목 부위에 예리한 침 자국이 남아 있는 것으로 보아 독침에 의한 살인 사건으로 추정하고 정확한 사인을 위해 사체를 부검하기로 했다. 변사체의 소지품에서는 일본 교토의 한 사찰 지도와 1940년대 조선 총독부의 기밀문서가 나온 것으로 알려졌다. 경찰은 이 사내가 일본에서 건너온 도굴꾼으로 보고 정확한 신원과 한국에서의 행적을 조사중이다.

당시 이 기사를 주목한 사람은 없었다. 그날은 바로 한국이 8강전에서 스페인을 물리치고 월드컵 4강에 오른 기념비적인 날이었다. 광화문

광장엔 육십만의 구름 인파가 모여 그날의 승리를 만끽했고, 새벽 늦게까지 축포를 쏘아 올리며 도심 거리를 뒤덮었다. 그야말로 광란의 도가니였다. 그러나 문화재 밀매 시장은 한참 달랐다. 장물아비와 보물사냥꾼, 그리고 문화재 전문털이범은 월드컵의 열기에서 살짝 비켜나 의혹의 각을 세우고 있었다. 이들은 속초 어항에서 변사체로 발견된 일본 도굴꾼의 정체를 예의 주시하고 있었다.

그는 왜 한국에 왔으며, 그가 찾으려고 했던 유물은 무엇인가? 또 그는 누구에게 살해당한 것인가?

일본 도굴꾼의 갑작스런 의문사는 거나한 손맛에 굶주려 있는 지하 밀매 시장을 후끈 달구었다. 무엇보다 밀매 시장이 주목한 것은 한국에서의 그의 수수께끼 같은 행적이었다. 그러나 월드컵이 끝난 지 두 달이 넘도록 그의 행적은 밝혀지지 않았고, 온갖 무성한 소문도 수면 아래로 가라앉았다.

당시 수십 가지 맹랑한 소문 가운데 단 세 가지만이 사실로 확인되었다. 일본 도굴꾼이 한국에 온 것은 이번이 세 번째였다. 그의 사체 유류품에서는 불교 도구로 쓰이는 금강저(金剛杵) 문양과 조선 승병(僧兵)이 그려진 그림이 추가로 발견되었다. 그리고 그가 한국에서 찾으려고 한 것은 전설로만 떠돌아다니던 고려의 유물로 밝혀졌다.

훗날 사람들은 이 유물을 '천 년 영물' 혹은 '천향(千香)'이라고 불렀다.

2

"할아버지는 안녕하신가?"

절름발이 노인은 족자 두루마리를 살피다 말고 재석을 힐끔 곁눈질했다. 재석은 팔짱을 낀 채 고개를 까딱거렸다.

"타고난 체질이 어디 가겠습니까?"

"하여튼 대단한 노인네야. 허허. 이번 주말에 개고기나 먹으러 가자고 전해 줘."

절름발이 노인은 이 바닥에서 다섯 손가락 안에 꼽히는 고미술품 감정가다. 출처가 분명하지 않은 고미술품 대부분은 그의 손을 거친 후 진품인지 위조품인지 진위가 가려진다. 진품이 확인되면 장물아비를 통해 지하로 유통되는데, 보통 이삼 년의 유예 기간을 거친다. 그 후 엄청난 가격에 기업가나 저명인사의 손으로 들어가고 때로는 일본의 지하 밀매 시장으로 팔려 나간다. 그리고 다시 삼사 년의 잠복기를 거친 후 사설 박물관에 버젓이 그 오묘한 자태를 드러낸다. 그러나 잘 알려진 국보급 유물은 유통시키기가 만만치 않아 오래도록 지하 창고에서 대기하기도 한다.

"어디 다시 한번 살펴볼까. 흠흠."

절름발이 노인은 돋보기를 내려놓고 족자에 붙어 있는 종이를 슬며시 비벼 보았다. 고문서나 족자를 감정하는 방법은 의외로 간단하다. 이를 판별하는 가장 손쉬운 방법은 종이 재질에 달려 있다. 종이 재질에 따라 글쓴이가 활동하던 시대를 정확히 짚어 낼 수 있다.

엄지손가락 끝에 거칠고 질긴 촉감이 닿았다. 상화지(霜華紙)라고 하는 고려의 종이가 틀림없었다. 고려의 종이는 부드러우면서 질기고 은은한 광택이 나는 것이 특징이다. 고려 시대의 제지술은 당대 최고로, 고려지로 불리는 견지(繭紙), 백추지(白硾紙) 등은 중국에서도 최고급 지로 평가받았다. 당시 송나라 귀족들이 가장 받고 싶어 하는 선물 중의 하나가 바로 고려의 종이였다.

"고려의 종이가 틀림없군. 보아하니 명필가의 솜씨인데."

족자 안에 담겨 있는 우아하고 유연한 필체는 한 시대를 주물럭거린 권세가의 솜씨가 분명했다.

"여기 적힌 글을 해독할 수 있습니까? 제가 보기엔 대장경을 언급한 것 같은데요."

재석이 절름발이 노인에게 의뢰한 것은 족자의 제작 연대가 아니라 족자에 적혀 있는 내용이었다. 재석은 너구리 영감 밑에서 오래도록 유물을 탐지하는 법을 배웠다. 그래서 웬만한 한자 해독은 물론 감정가 못지않은 눈썰미를 지니고 있었다. 그러나 족자에 적혀 있는 내용은 자세한 판독이 어려웠다. 족자 중간에 있는 몇몇 한자들은 사전에도 나와 있지 않았다.

"대장경이라, 대장경이라……."

절름발이 노인은 그렇게 홀로 중얼거리더니 어디론가 급히 전화를 걸었다. 그 역시 족자 두루마리에 적힌 내용을 예사롭지 않게 보고 있던 것이다.

"잠깐 기다려 보게. 곧 전문가가 올 테니. 그런데 이게 어디서 난 건가?"

재석은 대답은 않고 살짝 고개를 흔들었다.

"잘만 하면 물건이 될 것도 같아. 요즘은 이런 물건이 귀해."

"……."

"그림은 워낙 새끼 치는 종자들이 많아서 진품이 없어. 열이면 아홉은 위조품이지."

그때 머리가 하얗게 센 노인이 가게 안으로 들어섰다.

"대체 뭔 족자기에 대낮부터 이리 호들갑을 떠는겨?"

흰머리 노인은 대낮부터 술을 했는지 막걸리 냄새가 확 풍겨 왔다. 그는 한자에 대단한 식견을 가진 서예가이지만, 이 바닥에서는 장물아비로서 더 잘 알려져 있었다.

"이 젊은이가 너구리 영감탱이 손자야."

절름발이 노인이 재석을 바라보며 눈을 찡끗거렸다.

"너구리 영감? 그럼 장만길의 아들이란 말인가?"

"그렇다네."

"제대로 된 가문이로군. 헐헐."

이 바닥에서 너구리 영감을 모르는 이는 없다. 그의 명성은 고서점이나 골동품 가게의 장물아비들, 그리고 지하 밀매 시장에까지 자자하다. 문화재 전담 수사관 사이에서는 가장 골치 아픈 일급 감시 대상이기도 하다. 너구리 영감이 머무는 곳마다 소리 소문 없이 국보급 유물이 오랜 어둠의 소굴에서 벗어나 빛의 세계로 모습을 드러냈다. 한때는 그것이 재석에게는 큰 자랑거리며, 가문의 영광으로도 손색이 없었다. 너구리 영감과 골동품 밀매 시장을 누빌 때는 피를 나눈 사이라는 것만으로도 어깨에 잔뜩 힘이 들어갔다.

그러나 지금은 아니었다. 삼 년 전 아버지의 얘기를 들은 뒤로 너구리 영감은 선망의 대상에서 증오의 대상으로 변하고 말았다. 그는 제 자식을 떠넘긴 욕심 많은 늙은이, 피도 눈물도 없는 인간 망종이었다.

"이 족자 두루마린가?"

흰머리 노인이 탁자 위에 펼쳐진 족자를 가리켰다. 그는 술기운이 남아 있는 탓인지 여러 차례 돋보기를 고쳐 쓰기도 하고 고개를 절레절레 흔들기도 했다.

"이, 이건……."

흰머리 노인의 눈매가 가늘게 찢어졌다. 재석은 그의 두 눈이 붉게 달아오르는 것을 놓치지 않았다.

"왜 그러나?"

"백운거사 이규보의 글이야."

이규보라면 시와 술과 문장으로 잘 알려진 고려의 대문장가이며 천재 학자가 아닌가.

"이 족자에 쓰여 있는 건…… 「대장경각판 군신기고문(大藏經刻板君臣祈告文)」의 일부일세."

"이봐, 알기 쉽게 말 좀 해 봐."

절름발이 노인이 다그쳤다.

"그러니까 이규보가 고종에게 팔만대장경을 만들라고 호소하는 상소문인 셈이지."

예나 지금이나 대장경은 오직 하나요, 판각하는 것도 다를 바 없으며, 군신(君臣) 또한 하나일 터인데 어찌 유독 거란병만 물러가고 지금 몽골군은 그렇지 아니하겠습니까? 이제 지성을 다하여 다시 대장경판을 판각하는 것은 그때의 정성에 비하여 조금도 부끄러움이 없으니 모든 부처님과 성현 및 삼십삼천(三十三天)께서 이 지극한 소원을 살피시고 신통한 묘력(妙力)을 내리시어 저 추악한 오랑캐가 다시는 이 나라의 강토를 짓밟지 못하게 하소서.

흰머리 노인은 이규보의 글을 하나하나 해석해 갔다. 이것은 팔공산 부인사(符仁寺)에 봉안된 초조대장경이 몽골군의 침략으로 전량 소실된 후 이규보가 새로운 대장경을 판각해야 한다고 고종에게 올린 글이다. 그러니까 현재 해인사에 봉안된 팔만대장경을 판각하게 된 시발점인 셈이다.

"오오, 이럴 수가……."

흰머리 노인이 나머지 글을 해석하다가 갑자기 탄성을 질렀다.

"대장경이, 초조대장경 경판이 남아 있어……."

화마(火魔)의 재앙 속에도 그것이 비록 소량이기는 하나 천제석(天帝釋)께서 굽어살펴 불심과 함께 남아 있으니 이 또한 삼십삼천의 뜻이 아니고 무엇이오. 몽골군의 저 간악한 침략에도 대장경 경판을 남겨 둔 것은 하늘이 내린 이치며, 불력(佛力)의 이치가 아니고 또 무엇이오. 부디 이 장경판을 자자손손 후대에 남겨 부처의 가피(加被)가 천년만년까지 이어지고 왕조의 국운이 영원히 성대케 하소서.

돋보기를 접은 흰머리 노인의 얼굴이 파랗게 변해 갔다.

"대장경 인쇄본이 아니고 실물 경판이란 말인가?"

"그래. 틀림없는 경판이야."

대장경 경판으로 찍어 낸 인쇄물 책자가 인쇄본이다. 초조대장경 인쇄본 역시 국보급에 해당되는 매우 귀중한 문화재다. 1990년대 초반, 초조대장경 인쇄본은 한때 지하 밀매 시장에서 대형 아파트 두 채 값과 맞먹는 가격으로 은밀히 유통되었다. 그런데 인쇄본도 아니고 실물 경판이라니…….

흰머리 노인은 아직도 믿어지지 않는 듯 고개를 갸웃거렸다. 원래 이규보의 「군신기고문」에는 새로운 대장경을 판각해야 한다는 당위성만 기록되어 있지, 초조대장경이 남아 있다는 내용은 없었다. 그런데 이 두루마리에는 그것이 화마의 재앙 속에도 소량이나마 남아 있다고 하지 않은가. 이 족자 두루마리의 내용대로라면, 초조대장경은 모두 소실된 것이 아니었다.

"사료에는 초조대장경 경판이 몽골군의 침략으로 전부 소실되었다고 나와 있지 않나?"

절름발이 노인이 물었다.

"나도 그런 줄 알았는데…… 이걸 보니 초조대장경 경판은 그때 다 소실된 게 아닌 것 같아. 여기 분명히 나와 있질 않나."

흰머리 노인이 족자 두루마리의 마지막 부분을 가리켰다.

"이것 참 조화로군."

"초조대장경 경판이 남아 있다면…… 이건 정말 보통 일이 아니지 않나?"

두 노인의 시선이 거의 동시에 재석에게로 모아졌다. 재석은 비릿한 미소를 흘리며 이제 볼 것 다 봤다는 듯 족자 두루마리를 거두어들였다.

"이 두루마리가……."

"수고하셨습니다."

재석은 흰머리 노인의 말을 짧게 받아치고 가게를 나왔다.

하늘엔 뭉게구름이 두둥실 떠 있었다. 잿빛 구름 사이로 한 줄기 강렬한 빛줄기가 머리 위로 쏟아졌다. 재석은 그 자리에 멍하니 선 채로 두 손을 가만히 움켜쥐었다. 갑자기 두루마리를 품고 있는 가슴이 쿵쾅쿵쾅

널을 뛰고 있었다. 초조대장경이 남아 있다니, 믿어지지 않는 일이다.

초조대장경 판각은 고려 왕조 최대의 국책 프로젝트로, 무려 칠십육 년에 걸친 대역사의 산물이었다. 초조대장경은 현종 2년인 1011년, 거란의 침입을 계기로 처음 발원하여 선종 4년(1087)까지 칠십육 년에 걸쳐 완성된 고려 최초의 대장경이다. 그 규모는 대략 육천 권 정도의 분량으로서 당시의 한역(漢譯) 대장경으로서는 동양에서 가장 방대한 분량이었다.

그러나 팔공산 부인사에 봉안했던 이 대장경은 1232년 몽골군의 침입 때 모두 불타 버렸다. 그리고 사 년 후 강화도로 도읍을 옮긴 고려는 곧바로 새로운 대장경을 만들기 시작했는데, 그것이 바로 재조(再雕)대장경, 즉 팔만대장경이다.

팔만대장경은 해인사에 그 웅대한 자태를 드러내고 있지만, 초조대장경의 존재는 천 년 가까이 베일에 가려져 있었다. 1970년대까지만 해도 초조대장경의 실물 경판은 물론 경판으로 찍어 낸 인쇄본조차 단 한 점도 발견되지 않았다. 그래서 지난 세기까지 초조대장경에는 늘 꼬리표가 붙어 다녔다. 그것은 '전설의 대장경'이었다.

"여보게, 젊은이."

재석이 뒤를 돌아보자 어느새 흰머리 노인이 턱 앞에까지 다가와 있었다. 절름발이 노인은 저 멀리서 뒤뚱뒤뚱 따라오고 있었다.

"무, 물어볼 게 있네."

흰머리 노인은 금방이라도 저세상으로 갈 듯이 거칠게 숨을 몰아쉬었다.

"말해 보세요."

"그, 그게 대체 어, 어디서 난 건가?"

이런 정신 나간 노인네가 망령이 들었나? 아무리 막역한 사이라고 해도 유물의 출처를 묻지 않는 것이 이 바닥의 오랜 관례이다.

"그건 알 것 없습니다!"

재석은 매몰차게 등을 돌렸다.

3

"이라부, 놀라지 말게."

다케미야의 어깨가 들썩거렸다. 다케미야는 이라부와는 막역한 사이로, 교토 밀매 시장에서는 '한국통'으로 불렸다. 일본의 지하 밀매 시장에서 그만큼 한국 역사에 밝은 인물은 없었다.

"이건 대장경 경판이 남아 있다는 소리야."

"대장경이라면, 한국 해인사에서 소장하고 있는 그 대장경을 말하는 건가요?"

하야코가 물었다.

"아니야. 이건 초조대장경을 말하는 거야. 팔만대장경은 두 번째 만들어졌다고 해서 흔히 재조대장경이라고 하지. 이 글을 잘 봐."

오호, 부인사에 소장한 나라의 큰 보배가 이리 사라지다니 분하고 원통할 일이로다. 그러나 잿더미의 화난(火難) 속에서도 의연하게 생명을 보존한 장경 각판이 남아 있으니 이 어찌 천운이라 하지 않겠는가. 그 수량이 비록 적으나 이 또한 부처의 경법(經法)을 복원하라는 하늘의 뜻이 아니고 무엇인가. 하여 부처님의 은혜를 만분의 하나라도 갚고자 한다면

이 경판을 고이 보존해 만백성과 함께 대해(大海)의 불력을 모으는 데 전력을 다해야 할 것이니라. 그래서 천년만년 왕조의 꿈을 성대히 이루어 가리라.

"이건 누구의 글인가?"

이라부는 다케미야를 찾아올 때부터 이 글을 작성한 글쓴이가 가장 궁금했다. 족자 두루마리를 휘어잡고 있는 필체만으로도 글쓴이의 신분을 짐작할 수 있었다.

"수기대사(守其大師)의 글일세."

"수기대사?"

"고려의 명승이지. 팔만대장경을 판각할 당시 총책임자로 보면 될 걸세."

수기대사는 의상(義相) 균여(均如) 천기(天其)로 이어지는 화엄종 계통의 승려이며, 고종의 명에 따라 팔만대장경 판각 사업에 책임을 맡은 고승이다. 수기대사는 팔만대장경을 제작하는 과정에서 대장경의 목록 작성과 판본 비교와 교정을 보았으며, 이러한 사업의 여정을 일일이 기록으로 남겼다. 그 저작물이 『교정별록(校訂別錄)』이다.

"이 글은 수기대사가 『교정별록』에 남긴 일부의 글이 아닌가 여겨지네."

"그럼 팔만대장경은 이 초조대장경 경판을 기초로 만들어졌다는 건가요?"

"그런 셈이지."

"이 글의 내용대로라면 초조대장경은 몽골군의 침입 때 모두 소실된 게 아니로군."

다케미야는 스스로 감정을 조절하려는 듯 애써 마음을 가라앉혔다.

"몽골군이 고려를 침입했을 때 가장 먼저 한 일이 뭔 줄 아나? 바로 부인사에 소장한 초조대장경을 불태우는 일이었네. 몽골군은 이백여 년 전 거란군이 고려를 침입했을 때 초조대장경이 고려인에게 얼마나 큰 영향을 미쳤는지 잘 알고 있었지."

"고려인이 대항하지 못하도록 아예 그들의 불심을 말살하려 했던 거로군."

"그렇지. 몽골군은 고려의 대보인 초조대장경부터 불태워 고려 왕조의 숨통을 끊으려고 했던 걸세."

"당시 초조대장경 경판이 다 타지 않고 일부가 남아 있었다면…… 왜 지금까지 초조대장경이 남아 있다는 기록은 없는 건가?"

이라부는 고개를 갸웃거렸다. 언제나 그렇듯이 유물의 출처는 과거의 기록으로부터 출발한다. 그리고 그것이 중심 좌표가 되어 유물의 봉안 장소가 드러난다.

"음. 이건 내 짐작인데…… 당시 분위기로 봐서 고려 왕실은 부인사에 남아 있는 초조대장경의 존재를 숨기려고 했을 거야. 고려 왕실은 이 대장경을 대단한 보물로 여기고 있었을 테니 소량이나마 남아 있는 이 경판을 영구히 보존하려고 했을지도 모르지."

"훗날 또 다른 외적의 침입을 대비해 초조대장경을 비밀리에 보관했을 것이라는 소린가?"

"잘 봤네. 고려 왕조는 초조대장경을 국운을 좌우하는 가피력의 증표로 여기고 있었지. 그러니 외부에 새나가지 않고 은밀하게 보관하고 있었을지도 모르지 않나."

"……."

"허허. 이는 어디까지나 내 생각이니 마음에 두지는 말게."

다케미야는 막연한 추측에 불과하다고 했지만, 충분히 납득할 수 있는 소리였다. 나라의 큰 보배를 잃은 고려 왕실이 초조대장경의 존재를 굳이 기록으로 남길 이유는 없어 보였다. 그들에게는 기록의 가치보다는 보존의 가치가 더욱 의미 있는 일이었다.

"이 두루마리를 발견한 곳이 개성이라고 하지 않았나?"

다케미야가 물었다.

"그래. 현화사 근처였지."

"현화사는 고려의 현종이라는 임금이 창건한 절이네. 초조대장경을 발원한 것도 바로 현종이었지. 그뿐이 아닐세. 초조대장경이 처음 만들어진 곳도 바로 현화사일세."

초조대장경의 발원지, 현화사 그리고 현종…… 무엇 하나 빈틈없이 착착 맞아떨어졌다. 수기대사의 글인 이 족자 두루마리가 현화사 터에서 발견된 것도 결코 우연이 아니었다.

전설로만 알려진 초조대장경 경판이 남아 있다니……. 이라부는 들뜬 가슴을 주체할 길이 없었다. 전설이 실재한다는 것은 언제나 흥분되는 일이다.

"이라부, 이걸 보니 누군가 떠오르는 인물이 없나?"

갑자기 다케미야의 눈빛이 매섭게 빛났다.

"으응?"

"잘 생각해 보게."

"……"

"내 기억으로는 팔구 년은 된 것 같은데……."

다케미야는 뭔가 실마리를 잡은 듯 잔잔한 미소를 흘려보냈다. 이라부는 팔구 년 전의 기억의 터널 속으로 빠르게 거슬러 올라갔다. 그때 빛바랜 기억 저편에서 희미한 얼굴이 슬그머니 고개를 내밀었다.

"마에다……?"

"그래. 바로 마에다야!"

다케미야가 손뼉을 치며 응수했다.

"그럼, 마에다가 초조대장경 경판을 찾으려고……."

"충분히 있을 수 있는 일이 아닌가?"

도쿄의 지하 밀매 시장에서는 마에다의 한국행을 두고 이런저런 소문이 끊이지 않았다. 마에다는 사망하기 직전까지 한국을 세 차례 다녀 갔는데, 마지막으로 한국에 간 뒤로는 소식이 끊겼다. 그때가 2002년 6월이었다.

"할아버지, 마에다가 누군가요?"

하야코가 물었다.

"도쿄 밀매 시장에서 주로 불교 유물을 취급하는 장물아비였지."

마에다는 도쿄에 근거지를 둔 도굴꾼으로, 일거리가 뜸할 때는 장물 아비가 되어 한국과 중국의 불교 유물을 일본으로 유통시키는 일을 맡아 왔다. 그런 그가 구 년 전 한국으로 건너간 뒤 한동안 연락이 두절되었다가 몇 개월 후 싸늘한 시신이 되어 도쿄로 돌아왔다. 한마디로 개죽음이었다. 사람들은 그가 어디에서, 어떻게 죽은 것인지 알지 못했다. 살해된 것인지, 사고사인지도 분명하지 않았다.

"믿을 수 없는 일이야……."

이라부는 고개를 절레절레 흔들었다.

"한국에서도 한때 초조대장경을 찾으려고 큰 소동을 피운 적이 있지 않았나. 그때가 바로 마에다가 의문의 죽음을 당한 후였으니…… 혹시 마에다가 초조대장경 경판의 비밀을 알고 있던 것은 아닐까?"

"……."

"이 무렵에 한국 정부에서 파견한 수사관들도 도쿄에 왔었네."

"으응?"

한국 정부가 마에다의 죽음에까지 개입하고 있었다는 것은 처음 듣는 소리였다.

"아마 마에다의 행적을 캐려고 왔었을 걸세."

다케미야의 목소리는 확신에 차 있었다. 오래전 기억의 서랍 속에 묻어 둔 일들이 하나둘씩 어슴푸레 떠올랐다. 한 귀로 무심히 흘려보냈던 빛바랜 기억의 잔해들, 그 기억의 알갱이들이 역사의 장벽을 허물고 성큼 다가서고 있었다.

다케미야의 말대로 마에다의 죽음이 초조대장경과 관련이 있는 것은 아닐까?

초조대장경 경판이 존재한다면, 구 년 전 문화재 밀매 시장을 달구었던 소문은 결코 뜬소문이 아니었다. 당시만 해도 이 고려의 대보는 문화재 밀매 시장에서 으뜸가는 보물이었다. 그래서 몇몇 도쿄의 보물 사냥꾼은 한국의 보물 사냥꾼과 결탁하여 직접 팔을 걷어붙이고 초조대장경을 찾아 나서기도 했다. 도쿄든 서울이든 문화재 밀매 시장 바닥의 소문은 흐지부지 끝나는 경우가 없다. 잊을 만하면 느닷없이 수면 위로 두둥실 떠올라 장물아비들의 애간장을 태우고 기어이 큰 것 한 방에 굶주려 있는 보물 사냥꾼들을 끌어들였다.

"어쩔 텐가?"

다케미야의 눈빛은 어서 도쿄로 가 보라고, 우선 마에다의 행적부터 차근차근 밟아 보라고 은근히 등을 떠밀고 있었다. 아무리 허튼 소문이라고 해도 진귀한 유물을 찾는 데는 이만한 실마리도 없었다. 초조대장경은 지하 방공호를 가득 메운 유물을 모두 합친 것보다 더 진귀한 보물이었다. 일본 정부의 마음을 사로잡는 데도 이만한 유물은 없었다.

"하야코, 도쿄로 가자!"

이라부의 마음은 벌써 도쿄 밀매 시장에 닻을 내리고 마에다의 자취를 휘젓고 있었다. 이것이야말로 저승길에 오르기 전에 하늘이 내린 마지막 선물이 아닐까.

4

"너구리 영감이라……."

문화재청 유물 담당관인 정찬국 실장은 입맛을 쩍쩍 다셨다.

이번에 인사동 거리에서 떠도는 소문은 지난 구 년 전과는 달리 매우 구체적이고 신빙성이 있었다. 무엇보다 초조대장경 경판이 현존하고 있다는 고문서가 나돌고 있었다. 소문의 진상을 파악하기 위해 지난주부터 문화재 전담 수사관이 인사동 골동품 거리를 구석구석 뒤지고 다녔다.

"정확히 말하면 장기봉의 손자입니다. 아마 너구리 영감의 지시를 받고 인사동 거리에 나온 것 같습니다."

최 형사의 눈썹이 꿈틀거렸다. 지하 암거래상들이 가장 두려워하는 존재가 바로 문화재 전담 수사관이다.

"고약한 일이로군."

문화재의 지하 루트는 그 누구도 알 수 없는 미로와 같다. 두더지들 사이에서도 어떤 유물이 유통되고 있는지, 누구에게 양도되었는지 철저히 비밀에 붙여져 있다. 이를 어기거나 입을 잘못 놀렸다가는 어느 누구도 그 바닥에서 살아남지 못한다.

"최근 너구리 영감의 행적이 예사롭지 않습니다. 얼마 전에는 일주일 가까이 도쿄에 머물렀다고 하더군요."

"도쿄는 왜? 초조대장경과 관련된 건가?"

"거기까지는 아직 모르겠습니다. 너구리 영감의 집을 수색해 볼까요?"

"소용없는 짓이야. 거긴 아무리 털어도 먼지 하나 나오지 않을 걸세."

"……."

"미행은 붙였나?"

"네."

"너구리 영감의 눈치는 십 단이야. 미행이 탄로 나면 잠수를 탈지도 모르니 단단히 주의를 시키게."

"염려 마십시오."

"잘못 건드렸다가는 죽도 밥도 안 돼."

공연히 심증만으로 도굴꾼이나 장물아비에게 덤벼들다가는 낭패를 보기 십상이다. 무엇보다 이들을 잡아들이기 위해서는 확실한 물증이 필요한데, 지금으로서는 그럴듯한 소문만 무성할 뿐 손에 잡히는 것이 없었다.

"구 년 전에도 이와 유사한 소문이 있었다면서요?"

정찬국은 고개를 끄떡였다.

"그땐 지금과는 달랐어. 모두 뜬소문인 줄 알았지."

그때의 기억을 떠올리면 지금도 미로의 함정에 빠져든 것처럼 머릿속이 혼란스러웠다. 정찬국은 당시만 해도 일본 도굴꾼의 사인에 대해 강한 의구심을 가지고 있었다. 그의 사체에서 발견된 그림이나 문양은 여전히 오리무중이었고, 그의 행적 역시 오랜 시간이 지나도 밝혀지지 않았다. 그가 지니고 있던 유류품 중에 유일하게 밝혀낸 것은 교토 남선사(南禪寺)의 경내를 그린 지도뿐이었다. 금강저 문양이나 조선총독부의 기밀문서, 그리고 조선 승병이 그려진 그림은 아직도 해독하지 못했다.

"서둘러야 합니다. 너구리 영감은 보통 두더지와는 다릅니다. 돈 되는 일이라면 뭐든 할 수 있는 작자입니다. 이리 넋 놓고 있다가는 쥐도 새도 모르게 사라질지 모릅니다."

최 형사의 말대로 자칫 틈을 보였다가는 국외로 밀반출될지도 모를 일이다. 이들에게는 유물을 빼돌리고 공급하는 긴밀한 유통망이 있을 뿐 국경은 따로 존재하지 않았다. 만약 초조대장경 경판이 존재한다면 국내에서 이를 사들일 인물은 없다. 그러나 이것이 국외로 빠져나간다면 또 한 번 막대한 대가를 치러야 한다. 지금도 무수히 많은 문화재가 이역만리에서 외롭게 둥지를 틀고 있지 않은가. 국내 문화재의 밀반출을 막는 일, 그것은 바로 자신의 일이기도 했다.

"이건 제 생각인데……."

최 형사가 잠시 뜸을 들였다.

"너구리 영감을 만나 보는 게 어떻습니까?"

"으응?"

"일단 운을 떠보는 겁니다. 그렇다면 조금이라도 반응을 보일 게 아닙니까."

"그러다 되레 뒤통수를 맞을지도 몰라. 너구리 영감이 어떤 인간인지 자네도 잘 알지 않나."

장기봉은 일반 잡범 두더지들과는 차원이 달랐다. 그는 1960년대 경주와 공주 등 천 년 고도를 중심으로 무수히 많은 유물을 도굴했다. 경찰의 추적을 비웃으며 무덤 속에서 고이 잠들어 있는 왕조의 유산을 닥치는 대로 끄집어 올렸다. 그러나 수사관들의 집요한 추적 끝에 꼬리가 잡혀 팔 년이라는 세월을 감옥에서 보냈다. 그가 감옥에서 나온 후 소리 소문 없이 날아간 곳이 중국이었다. 중국에서도 그의 뛰어난 솜씨는 유감없이 발휘되었는데, 국내에 유입된 청나라 왕조의 유물은 대부분 그가 가져온 것이라는 소문이 파다했다. 한동안 뜸하던 장기봉이 다시 수사 대상에 오른 것은 일 년 전부터였다. 이제 그의 활동 영역은 북한을 넘보고 있었다.

"장만길을 이용하는 건 어떻습니까?"

"장기봉의 아들?"

"네. 우리 쪽에서 장만길에게 관심을 보이면 너구리 영감의 태도도 달라질 겁니다."

장만길은 중국 산둥 형무소에 십 년째 수감되어 있었다. 보통 이런 범죄자는 국제법상 국내로 인도되기에 마련인데, 중국 정부는 그를 한국에 넘기지 않고 중국 형무소를 고집했다. 다른 도굴범에게 본때를 보여 주겠다는 의도가 다분히 담겨 있는 조치였다. 지하 밀매 시장에서는 장기봉이 중국 지안 시에서 그의 아들은 팽개치고 자신만 홀로 귀국했다는 것이 거의 정설로 굳어져 있었다.

"너구리 영감의 반응에 따라 카드를 꺼내는 겁니다."

"장기봉과 거래를 하자는 건가?"

"분명히 먹혀들 겁니다. 암만 냉혈 인간이라고 해도 제 피붙이 아닙니까?"

"……"

"너구리 영감은 잔머리를 굴리는 것을 가장 경계합니다. 이럴 때는 툭 까놓고 들어가는 겁니다."

"장기봉의 손자는 어떤가?"

"나이에 비해 풋내기는 아닌 것 같습니다."

"콩가루 집안이로군."

그때 기막힌 아이디어가 떠올랐다. 최선의 선택이 아니면 차선이라도 마음의 준비를 해야 한다.

"좋아. 너구리 영감은 내게 맡겨."

마침 일주일 후면 천경준 교수를 비롯한 초조대장경 실사단이 일본으로 건너간다. 이번이 초조대장경 일천 년 기념 학술회를 앞두고 마지막 실사가 되는 것이다. 초조대장경이 떠오를 때마다 오래도록 마음에 두고 있는 곳이 있었다. 그곳은 바로 교토 남선사였다.

5

마에다가 도쿄에 남긴 실마리는 무엇일까?

때로 작은 단서나 실마리가 진귀한 보물을 얻는 데 큰 역할을 한다. 이런 미미한 단서들이 차곡차곡 쌓여서 훗날 나침반 구실을 하고 든든한 밑거름이 되는 것이다. 보물 사냥꾼은 아무리 하찮은 단서라도 이를 결코 소홀히 다루는 법이 없다.

도쿄에 오는 동안 이라부는 차분하게 마에다의 행적을 더듬었다. 지난 2002년 6월, 마에다는 며칠 간격을 두고 한국에 세 차례나 다녀갔다. 그것만으로도 마에다가 초조대장경에 깊이 빠져 있었다는 것을 어렵지 않게 짐작할 수 있었다. 그는 아무런 단서도 없이 무작정 한국에 가지는 않았을 것이다. 중요한 역사적 사료든, 풍문이나 귀동냥이든 간에 무엇이든지 얻고자 하는 게 그들의 오랜 습관이며 본능이다. 이라부는 마에다의 삶이 진하게 배어 있는 터전, 도쿄의 문화재 밀매 시장에서부터 그의 행적을 더듬어 보기로 했다. 비록 구 년이라는 세월이 흘렀다고 하지만, 그의 소문은 교토에까지 전해질 정도로 널리 퍼져 있었다.

그러나 마에다의 행적은 쉽게 드러나지 않았다. 토박이가 별로 없는 탓인지 도쿄의 밀매꾼과 장물아비들은 매우 폐쇄적이었으며, 특히 외지인을 노골적으로 경계했다. 그들은 마에다의 행적커녕 그가 어떤 인물인지조차 알려 주려고 하지 않았다. 게다가 마에다는 워낙에 베일에 가려진 인물이었다. 그는 모든 거래를 혼자만이 알고 있었고, 다른 사람과 상의하는 법이 없었다.

"할아버지, 그만 포기하는 게 좋겠어요."

하야코도 그들을 상대하느라 지쳐 있었다. 몇몇 장물아비는 이라부를 도쿄 문화재 관리국의 끄나풀로 오해하는 이들도 있었다. 나이 여든에 정부 끄나풀이라니, 지나가는 소도 실실대고 웃을 일이었다.

"하루만 더 찾아보자."

그렇다고 여기서 멈출 수는 없었다. 초조대장경은 지난 세기의 보물만이 아닌, 아들의 명예를 회복시킬 수 있는 최상의 유물이었다.

마에다의 행적을 찾아 나선 지 사흘째 되는 날, 이라부는 마에다와 평소 잘 어울리던 장물아비를 만났다. 그는 주로 불교 고미술품을 유통시키는 일을 맡고 있었는데, 그 역시 마에다의 죽음에 강한 의혹을 품고 있었다. 그는 마에다가 한국에 건너간 시기도, 마에다가 싸늘한 시신으로 돌아온 것도 똑똑히 기억하고 있었다.

"마에다는 한국에서 살해된 게 분명하오. 세상에 그런 개죽음이 어디 있소. 제아무리 이런 데서 일한다고 해도 어떻게 죽었는지 사인은 밝혀야 하는 것 아니오? 그게 정부가 나서서 할 일이지 누가 나서서 한단 말이오."

그는 대뜸 마에다의 죽음이 개죽음만도 못하다면서 일본 정부를 맹렬하게 성토했다. 이라부는 그의 성토를 다 듣고 난 후 마에다가 왜 한국에 건너갔는지 넌지시 물었다.

"뭔가 찾으려고 간 것 같소만. 흠흠."

"그게 뭔지 아시오?"

"글쎄올시다. 마에다의 입은 워낙에 자물통 같아서 그런 말을 함부로 내뱉는 사람이 아니오."

"마에다가 찾으려고 한 것이…… 초조대장경이 아니오?"

이라부는 틈을 주지 않고 물었다. 장물아비는 양미간을 모으면서 이라부를 위아래로 빠르게 훑어보았다.

"방금 전 댁의 이름이…… 뭐라고 하였소?"

"이라부요. 교토에서 왔소."

"그럼 중국에서 아들을 잃은……."

"맞소."

장물아비는 겸연쩍은 듯 씩 웃어 보이더니 경계심이 가득한 눈초리를 풀었다. 그는 이라부의 조카뻘 되는 나이였다.

"미안합니다. 진작 알아보지 못해서."

갑자기 그의 말투가 큰 어른을 대하듯 공손하게 변했다. 그도 그럴 것이 이라부는 교토의 밀매 시장에서 '교토의 노신사'로 불렸다. 이라부의 올곧은 인품이나 명성은 도쿄에서도 잘 알려져 있었다.

"괜찮소. 허허."

이라부는 애써 사람 좋은 표정을 지으며 그를 안심시켰다. 다른 장물아비들에게도 진작 이름을 밝히지 않은 게 뒤늦게 후회되었다.

"마에다는 한국에 건너가기 전부터 초조대장경에 유달리 집착을 보였습니다. 초조대장경에 관한 거라면 뭐든 가리지 않고 모으려고 했죠. 교토 남선사에도 가고 이키노시마에 있는 안국사에도 다녀갔었으니까요."

남선사와 안국사…… 두 곳 모두 일본의 유서가 깊은 고찰로, 초조대장경 인쇄본이 발견된 곳이었다.

"언젠가는 제게 이상한 그림을 보여 주며 이 그림이 초조대장경과 어떤 관련이 있는지 묻기도 했습니다. 아마 그때가 한국에 처음 다녀왔을 때일 겁니다."

"그게 어떤 그림이오?"

"승려가 칼을 쥐고 있는 그림 같은데…… 그땐 별로 대수롭지 않게 봐서 잘 기억이 나지 않습니다."

"마에다가 찾으려고 한 게 인쇄본은 아니요?"

"아닙니다. 틀림없이 초조대장경 실물 경판이라고 했습니다. 마에다는 초조대장경 경판이 한국 어딘가에 있을 것으로 굳게 믿고 있었습니다. 두 번째로 한국에 다녀왔을 때는 이상한 문양이 새겨진 걸 보여 주기도 했습니다."

"이상한 문양이라면……?"

"연꽃 속에 만(卍) 자가 그려진 문양이었습니다."

"그 문양이 무얼 뜻하는 것이오?"

"그건 저도 처음 보는 문양이었습니다."

"마에다가 한국 어디에 간다는 말은 없었소?"

"모르겠습니다. 그런 얘기는 혼자만 간직하는 사람이라……."

"혹시 짐작 가는 곳은 없소?"

장물아비는 고개를 절레절레 흔들었다. 승려가 칼을 쥐고 있는 그림, 연꽃 속의 卍 자 문양…… 대체 이게 무얼 뜻하는 것일까. 의혹의 끈은 팽팽하게 늘어나고 있으나, 그는 더 이상 이 끈의 매듭을 이어 주지 못했다. 이라부는 끝으로 그에게 더 알아볼 만한 곳이 있는지를 물었다.

"정 그렇다면 마에다의 아들을 한번 만나 보시지요. 마에다의 아들은 꼼꼼한 성격이니 아마 지금도 마에다의 유품을 간직하고 있을 겁니다."

듣던 중 반가운 소리였다.

"마에다의 아들이 있는 곳이 어디요?"

"오사카입니다."

그는 마에다 아들의 주소를 흔쾌히 적어 주었다.

"마에다의 아들을 만나기 전에 주의할 게 있습니다. 그는 아버지가 무슨 일을 하고 있는지 전혀 모릅니다. 그러니 되도록 말을 가려서 해야 할 겁니다."

"알았소."

도쿄 밀매 시장을 벗어나는 이라부의 발길은 한결 가벼웠다. 하야코 역시 그동안 쌓였던 피로가 한꺼번에 풀리는 기분이었다. 운이 좋으면 마에다의 유품에서 초조대장경의 단서를 발견하게 될지도 모를 일이었다. 그러나 한 가지 신경이 쓰이는 것은 마에다의 아들이었다.

"이해할 수 없는 일이네요. 어떻게 그 나이가 되도록 아버지가 무슨 일을 하는지 모를 수가 있죠?"

"무슨 곡절이 있겠지."

마에다의 아들은 아버지가 밀매 시장에서 일하는 사실조차 모르고 있었다. 그만큼 마에다는 수십 년 동안 철저하게 자신의 일을 숨기며 살아온 인물이었다.

그날 밤 그들은 오사카로 향하는 신칸센 열차에 몸을 실었다.

6

"계십니까?"

장기봉은 한쪽 눈을 가늘게 모으고 철문 틈새에 얼굴을 들이댔다. 문밖에는 검은 정장 차림의 중년 사내가 구두코로 땅바닥을 콕콕 찍고 있었다. 스포츠형의 짧은 머리, 멀대 같이 큰 키……. 정찬국이었다.

이들의 방문은 동냥 거지보다 성가시고 빚쟁이보다 더 귀찮은 일이었다. 지난겨울에도 키가 도토리만 한 문화재청 직원이 예고도 없이 불쑥 찾아왔었다. 기껏해야 마흔도 안 됐을 젊은것이 말끝마다 토를 달며, 애국이 이렇고 선조의 영혼이 어떻고 부덕인지 경고인지 한참 동안 건방을 떨고 사라졌다.

"안녕하십니까? 어르신."

대문을 열자, 정찬국은 깍듯하게 고개를 숙이며 과일 꾸러미를 내밀었다. 지금까지 여러 차례 문화재 전담 수사관이 그의 집을 드나들었지만, 정찬국 같은 거물급이 직접 방문하는 것은 처음이었다.

"댁이 여긴 어쩐 일이오?"

"긴히 드릴 말씀이 있어서 찾아왔습니다."

어쩐지 그의 동태가 수상쩍었다. 정찬국의 몸가짐은 노인 공경이라고는 눈곱만큼도 없는 하급 관리들의 불손한 태도와는 너무도 달랐다. 마치 평소에도 존경해 마지않는 은사를 대하듯 허리를 한껏 낮추며 정중하게 예의를 갖추었다.

"살다 살다 보니 별 희한한 일도 다 있구려. 댁같이 지체 높고 바쁜 양반이 어찌 이리 누추한 곳까지 직접 찾아오셨소."

"말씀 낮추십시오. 어르신."

정찬국은 말끝마다 도통 어울리지도 않는 '어르신' 소리를 붙이면서 생글생글한 미소를 입가에 매달았다. 게다가 자신에게 붙이는 존칭이 어색한지 먼 친척뻘 조카 대하듯이 말을 낮춰 달라고 몇 번이나 주문했다.

"음. 어디 날 찾아온 용건부터 말해 보게."

장기봉은 그가 원하는 대로 말을 밑바닥까지 낮추었다. 굳이 저리 머리를 조아리며 말을 낮춰 달라고 간청하는데, 이를 대놓고 거절하는 것도 나이 든 어른으로서 취할 도리가 아니었다. 정찬국은 최근의 건강과 안부를 살갑게 묻더니 조심스럽게 그를 찾아온 용건을 꺼냈다.

"어르신, 혹시 초조대장경을 알고 계십니까?"

"으응?"

"팔만대장경을 판각하기 전에 만든 고려의 최초 대장경 말씀입니다."

장기봉은 재빨리 자세를 고쳐 앉았다. 이들의 입에서 문화재나 유물이 나오는 것은 못 먹는 감 찌르듯이 그냥 내지르는 소리가 아니었다. 그것은 곧 유물의 출처를 반드시 찾아내겠다는 소리와 다름없었다.

"초조대장경 경판?"

"그렇습니다."

"허허, 밑도 끝도 없이 그게 무슨 소린가?"

"지금 인사동 골동품 거리에서는 초조대장경 경판이 현존하고 있다는 소문이 나돌고 있더군요."

장기봉은 눈꼬리를 가늘게 모으고 정찬국을 뚫어지게 바라보았다. 뭔가 냄새를 맡고 이리 헛바람 불어 찾아온 것은 분명한데, 도통 감이 오지 않았다. 게다가 요 며칠 동안 인사동 거리는 얼씬도 하지 않아 어떤 소문이 나돌고 있는지도 알 수가 없었다.

"그게 나와 뭔 상관이라도 있다는 건가?"

"그건 어르신께서 더 잘 알고 있지 않습니까?"

정찬국은 그 말을 기다리고 있었다는 듯이 매섭게 되받아쳤다.

"대장경이고 대장금이고 간에 난 금시초문일세. 번지수를 잘못 찾은 것 같네. 흠흠."

"어르신, 저희도 다 알고 왔습니다. 어르신의 손자가 그 족자 두루마리를 가지고 있지 않습니까?"

"……."

"족자 두루마리에 적혀 있는 이규보의 글 말입니다."

"이규보?"

"네. 그 족자 두루마리가 어디서 난 겁니까? 결례가 되지 않는다면 두루마리를 한번 볼 수 있게 해 주십시오."

갈수록 태산이었다. 정찬국이 난데없이 들이닥쳤을 때만 해도 이런 뜻밖의 소리가 나올 줄은 꿈에도 몰랐다. 초조대장경이라니, 무슨 자다가 봉창 두드리는 소리인가.

처음엔 도쿄에 다녀온 것을 알고 이를 추궁하기 위해 찾아온 줄 알았다. 하긴 이틀 전부터 뒤통수가 근질거리고 걸음을 옮기는 곳마다 사방 팔방으로 구린 냄새가 진동했다. 한동안 뜸하더니 미꾸라지 같은 놈이 적당한 보폭을 유지하며 졸졸 꽁무니를 따라다녔다. 그런데 정찬국의 말을 가만히 듣고 보니 그게 아니었다. 인사동 골동품 거리에서 은밀하게 떠도는 소문의 진상을 파악하기 위해 찾아온 것인데, 초조대장경을 기록한 고문서를 손자 녀석이 가지고 있다는 게 아닌가. 이제야 비로소 감이 잡혔다.

'녀석이 몰래 꼬불친 게 이것이었군.'

손자 녀석이 현화사 터에서 챙긴 것이 정찬국이 말하는 족자 두루마리였다. 손자 녀석은 거기에 적힌 내용을 해독하기 위해 인사동 거리를 쏘다니며 여기저기 나팔 불고 다닌 게 분명했다. 이 바닥은 아주 좁은 곳이다. 눈에 띄는 문화재는 금방 골동품 거리에 퍼지고 이에 눈독을 들이는 자들은 벌 떼처럼 모여든다. 어느새 족자 두루마리의 존재는 문화재 전담 수사관은 물론 정찬국의 귀에까지 들어간 것이다.

"어르신, 도와주십시오."

"허허, 내가 뭘 알아야 도울 게 아닌가."

정찬국은 이미 몇몇 장물아비들에게 전해 들었다면서 장기봉을 은근히 압박해 왔다. 이거야말로 영문도 모른 채 등신이 된 꼴이었다. 그렇다고 마냥 오리발을 내밀 수도 없는 일이었다.

'환장할 노릇이로군.'

자칫하다가는 엉뚱한 곳에서 된서리를 맞을지도 모른다. 이들이 뒷조사를 하다가 개성에 넘어간 것을 알게 되면 빼도 박지도 못하는 영창감이다. 장기봉은 어찌할 바를 모르고 연신 헛기침만 토해 냈다.

"아드님을 만나 보신 지도 꽤 오래되셨죠?"

그때 정찬국이 느닷없이 산둥 형무소에 수감되어 있는 아들 얘기를 꺼냈다.

"요즘 중국 정부와도 관계가 좋아져서 잘만 하면 어르신의 뜻대로 이뤄질 수도 있습니다."

"……."

"정부가 팔 걷고 나선다면 그리 어려운 일은 아닐 겁니다. 그러나 정부 관계자를 설득하기 위해서는 그에 상응하는 대가가 있어야 순조롭게 일을 진행할 수 있을 게 아닙니까?"

정신이 번쩍 들었다. 가만히 그의 말뜻을 정리해 보니 초조대장경 경판을 찾아내면 아들을 석방시키겠다는 소리가 아닌가.

"어떻습니까, 어르신? 초조대장경은 희귀한 국보일 뿐만 아니라 현존하는 세계 최초의 대장경 경판입니다. 만약 이것이……."

"무슨 말인지 알겠네."

장기봉은 정찬국의 말을 냉큼 잘랐다. 도무지 알다가도 모를 것이 사람 속내라더니 감투 쓴 족속들의 하는 짓거리는 더더욱 가늠할 수가 없었다. 얼마 전까지만 해도 나라 망신시키지 말고 남은 여생을 조용히 보내라고 다그치던 그들이 아닌가.

"자네 지금 이 늙은이를 놀리는 건 아니지?"

"그럴 리가 있겠습니까."

정찬국이 저리 고개를 숙이는 걸 보면 무척이나 애가 타는 모양이었다.

"알았네. 내게도 생각할 시간을 좀 주게나."

"지금으로서는 확약을 할 수 없지만, 아드님을 석방시키는 데 최선을 다하겠습니다. 저희를 믿으십시오."

"허허. 듣기는 좋은 소리지만 그래도 이리 말로만 합의를 할 수는 없지. 거래나 협상이라는 게 원래 물증이 있어야 하지 않겠나. 자네도 그쯤은 알고 왔겠지?"

"물론입니다. 조만간 어르신께서 신뢰할 수 있는 걸 가지고 오겠습니다. 이틀 후 다시 만나는 게 어떻습니까?"

"빠르기도 하구먼. 알았네. 자네를 한번 믿어 보지."

"다음엔 손자분도 함께 나왔으면 합니다."

"손자 녀석은 왜?"

"그건 그때 가서 말씀드리겠습니다. 괜찮겠습니까?"

"알았네."

정찬국은 소문대로 예리한 눈썰미를 지닌 인간이었다. 물러설 때와 다그칠 때를 구분할 줄 알고 상대의 빈틈보다는 뒷문을 열어 놓는 여유로움까지 지니고 있었다. 일단 무작정 윽박지르고 보는 다른 하급 관리와는 격이 달랐다.

정찬국이 사라지고 장기봉은 한동안 깊은 생각에 잠겼다. 아들이 석방되는데 하늘에서 별을 따는 일 말고 무슨 일인들 못할까. 앞날이 어떻게 돌아가든 간에 일단 일을 저질러 보는 게 애비 된 도리였다. 이제 이 나이가 되고 보니 앞뒤 안 가리고 객쩍은 호기만 늘어 갔다. 그것은 곧 더 이상 잃을 것이 없다는 소리와도 같았다.

마음 한편에는 늘 아들에 대한 미안함과 그리움이 사무쳐 있었다. 고국에 돌아와서도 아들의 빈자리는 날이 갈수록 커 보였다. 그런데 이런 비극은 여기서 그치지 않았다. 중국에서 아들을 구하지 못한 것도 서러운데 자신만이 살아남기 위해 아들을 내팽개치고 도망쳤다는 소문이 밀매 시장을 뒤덮었다.

돌이켜 보면 그것은 업보였다. 그는 그동안 너무도 많은 적을 만들었던 것이다.

"이런 등신 같은 자식!"

장기봉은 버럭 소리를 질렀다. 낮에 먹은 뼈다귀 해장국이 목 밑까지 차 올라왔다.

"대체 그놈의 주둥아리는 언제 철이 들 테냐?"

아무리 곱씹어도 분이 풀리지 않았다. 다시는 입도 벙긋 못하게 녀석의 주둥아리를 단단히 꿰매야 직성이 풀릴 것 같았다. 돌다리도 두들겨 보고 건너야 한다고 입이 닳도록 떠들었다. 그래도 돌다리를 건너지 않고 돌아가는 게 이 바닥의 생리다.

손자 녀석이 족자 두루마리를 홀로 챙긴 것은 이해할 수 있는 일이다. 누구나 탐나는 물건이 있으면 마음이 흔들리기 마련이고 그걸 두고 이러쿵저러쿵 따질 형편도 아니었다. 그러나 이를 동네방네 방정맞게 떠들고 돌아다닌 것은 도저히 용납할 수 없었다. 오죽 떠들고 다녔으면 그 소식이 정찬국의 귀에까지 들어갔을까.

"주둥아리 잘못 놀렸다가 된통 당하는 수가 있어. 네놈의 뒤를 캐다가 북에 넘어간 걸 알면 오 년은 썩어야 할 거야."

"……."

재석은 꿀 먹은 벙어리처럼 아무 말도 하지 못했다. 절름발이 노인이나 흰머리 노인에게 족자를 보여 준 것은 큰 실수였다. 별생각 없이 그들에게 족자를 내보인 게 이리 일이 꼬이게 될 줄은 몰랐다. 인사동 골동품 거리에는 이미 이 족자 두루마리에 대한 이야기가 장물아비들 사이에 하염없이 오르내리고 있었다. 뒤늦게 너구리 영감이 늘 입에 매달고 다니던 말이 떠올랐다. 아무도 믿지 말 것, 흔적을 남기지 말 것, 거래는 은밀히 할 것……. 그러나 이미 엎질러진 물이었다.

"앞으로 어떻게 해야 하죠?"

"뭘 어떡해? 엎질러진 물이라고 마냥 뒷짐만 지고 바라만 볼 거야? 주워 담는 데까지는 담아야지."

"……."

"초조대장경이 어떤 것인 줄은 알고나 있느냐?"

"……."

초조대장경은 팔만대장경보다 무려 이백여 년 앞서 만들어졌다. 팔만대장경이 십육 년에 걸쳐 완성된 것에 비해 초조대장경은 그 다섯 배나 되는 칠십육 년이 걸렸다. 그리고 초조대장경은 팔만대장경보다 예술적 가치가 높고 서체나 판각 기법, 목판 인쇄술 또한 뛰어난 것으로 알려져 있다.

"멍청한 자식!"

"형사가 찾아왔다면서요?"

"형사가 아니라 유물 담당 실장이야."

"그 사람 이름이…… 정찬국인가요?"

"그래."

재석도 정찬국이라는 이름 석 자를 익히 들어 잘 알고 있었다. 몇 해 전 일본으로 건너가 북관대첩비(北關大捷碑) 이전을 성사시킨 인물이 정찬국이었다. 북관대첩비는 임진왜란 당시 함경도 의병이 왜군을 무찌른 날을 기념해 함북 길주에 세운 전공비다. 그러나 이 비석은 러일전쟁 당시 함경도에 진출한 일본군이 주민들을 협박해 일본으로 강탈해 갔다. 비석은 그동안 도쿄 야스쿠니 신사에 방치되어 있다가 '북관대첩비 반환추진위원회'의 노력으로 2005년 10월에 한국에 반환되었다. 이 비석을 고국으로 반환받기 위해 온몸을 던진 이가 정찬국이었다.

"정찬국이 뭐라고 하던가요?"

"알면 뭣하게? 등신 같은 자식."

장기봉은 바닥에 펼쳐진 족자 두루마리를 다시 한번 훑어보았다.

화마(火魔)의 재앙 속에도 그것이 비록 소량이기는 하나 천제석(天帝釋)께서 굽어살펴 불심과 함께 남아 있으니 이 또한 삼십삼천의 뜻이 아니고 무엇이오.

이 두루마리는 종이 재질이나 필체로 보아 이규보의 글이 틀림없었다. 이규보는 몽골군의 침략을 불력으로 물리치기 위해 팔만대장경의 판각을 강력히 주장한 인물이었다.

그렇다면 그 소문이 사실이었단 말인가?

해묵은 기억의 파편들이 머릿속으로 맹렬하게 치고 들어왔다. 월드컵이 한창 벌어지고 있던 그해 여름, 지하 밀매 시장은 초조대장경 경판을 둘러싸고 한바탕 난장이 벌어진 적이 있었다. 일본 도굴꾼이 의문의 변사체로 발견된 후 초조대장경 경판이 어딘가에 남아 있을 것이라는 소문이 꼬리를 물고 이어졌다. 소문의 꼬리를 찾아 장물아비나 밀매꾼은 물론 문화재청에서도 초조대장경 경판을 찾기 위해 여기저기 쑤시고 다녔다.

정찬국 역시 초조대장경 경판에 대해서 잘 알고 있는 인물이었다. 구년 전 일본 도굴꾼이 변사체로 발견되었을 때, 그 현장에는 바로 정찬국이 있었다.

"이틀 뒤에 정찬국을 만나기로 했다."

"……."

"정찬국 앞에서는 이 족자 두루마리에 대해서는 절대 입도 벙긋해서는 안 된다. 무조건 모른다고 잡아떼라."

정찬국은 밀매 시장에서 떠도는 소문만 들었을 뿐 아직 이 두루마리의 실체를 알지 못했다.

"이미 골동품 시장에서는 소문이……."

"잔말 말고 시키는 대로 해! 그게 네놈이나 나나 사는 길이야."

"그런데 왜 저도 함께 나오라는 건가요?"

"그걸 내가 어떻게 알아. 왜? 가기 싫어?"

장기봉이 매섭게 쏘아붙였다.

"그게 아니라……."

"정찬국이 네놈도 함께 보자구 하더라. 내키기 않으면 나오지 않아도 된다."

"아니에요. 저도 가겠어요."

"어쩌면 이번이 네 애비를 석방시킬 수 있는 마지막 기회가 될지도 몰라."

"네? 아버지를요?"

"그러니 정찬국이 뭐라 꼬드기거나 똥구멍을 살살 긁어 대는 소리를 나불거려도 넌 산송장처럼 잠자코 있거라."

재석은 멍하니 두 눈만 깜빡거렸다.

"기왕 예가지 왔는데 뭘 못하겠느냐."

장기봉은 아랫입술을 지그시 깨물었다. 한편으로는 전혀 생각지도 못한 그의 방문이 오랜 숙원을 풀 기회가 될 수도 있다. 새옹지마, 호사다마, 전화위복 그게 인생이다. 마른하늘에 날벼락이 칠 수도 있지만,

마른하늘에 단비가 내릴 수도 있다.

8

　요란한 호루라기 소리가 어둠을 갈랐다. 그 소리와 함께 무덤 주위가 대낮처럼 밝아졌다. 아무리 둘러봐도 출구는 보이지 않았다. 무덤에 접근하기 전에 봐 둔 퇴로는 이미 시퍼런 두 눈들이 막아서고 있었다. 저벅저벅, 사람들의 발소리가 귓불을 흔들며 사방에서 들려왔다. 곧이어 벌떼 같은 몽둥이가 사정없이 날아 들어왔다. 그새 아들의 얼굴은 피범벅이 되어 있었다. 콧잔등에도, 입술에도, 가슴에도 온통 피투성이였다. 이마와 정수리에도 붉은 피가 봇물 터지듯이 뿜어져 나왔다. 거대한 무덤 주변은 아들이 흘린 피로 붉게 물들어 가고 있었다.

　"할아버지."

　하야코가 이라부의 어깨를 흔들었다.

　"다 왔어요."

　"으응?"

　"오사카예요."

　이라부는 등받이에서 몸을 떼고 산만하게 주위를 둘러보았다. 아들의 얼굴은 보이지 않았다. 정수리에서 뿜어져 나온 붉은 피도, 무덤 주위에 뜯겨 나간 살점도 없었다. 꿈이었다. 잠깐 눈을 붙인다는 것이 그만 깜박 졸고 말았다.

　이라부는 다시 열차 등받이에 몸을 깊숙이 파묻었다. 사흘 내내 마에다의 흔적을 찾느라 그의 몸은 녹초가 되어 있었다.

한때 중국 대륙은 도굴꾼의 천국이었다. 일본과 한국은 물론 멀리 유럽 대륙에서도 진귀한 유물을 찾아내려고 중국으로 몰려들었다. 때로는 중국인들과 결탁하기도 하고 때로는 단신으로 역사의 숨어 있는 행로를 찾아 대륙을 떠돌아다녔다. 황릉의 묘를 파헤치다가 능지처참을 당하는 수모를 겪기도 했지만, 이들의 여정은 멈추지 않았다.

이라부 역시 아들과 함께 그 대열에 끼어들어 한몫 단단히 움켜쥐었다. 황제의 무덤은 아니어도 벼슬아치의 무덤은 여럿 찾아냈다. 그러나 그에 대한 대가는 너무도 혹독했다. 온갖 보물과 값비싼 유물을 얻었지만, 그보다 더 소중한 것을 잃었다. 바로 하나뿐인 아들이었다. 그때 하야코의 나이 겨우 아홉 살이었다.

마에다 아들의 집을 찾는 것은 어렵지 않았다. 그는 오사카 외곽의 한 마을에서 과수원을 하고 있었다.

마에다의 아들은 이라부를 경계하는 빛이 역력했다. 아버지의 옛 기억을 떠올리고 싶지 않은지 말끝마다 싸늘한 냉기가 흘렀다. 아예 처음부터 조금의 틈새도 보이지 않으려고 마음의 문을 꽁꽁 닫았다. 그러나 이라부가 마에다의 사망에 몇 가지 의문점을 나타내자, 그의 눈빛은 금방 호의적으로 변했다. 하야코도 이라부를 거들면서 마에다의 아들을 차분하게 설득했다. 그 역시 마에다의 사인에 강한 의구심을 지니고 있었다. 그동안 누구도 마에다의 죽음에 관심을 갖지 않았기 때문에 달리 하소연할 곳도 없었다. 마에다의 아들은 그게 더 답답하고 원통했던 것이다.

"벌써 구 년이 다 되어 가는군요."

그는 마에다의 본업을 알게 된 것도 사망 후였다고 씁쓸하게 말했다.

"전 아버님이 불교 유물을 중개하는 일을 하고 있는 줄 알았습니다. 아버님이 한국에 간 것도 좋은 물건을 팔기 위해 출국한 줄 알았죠."

"아버님이 한국 어디에 간다는 말은 없었소?"

"아버님은 일에 대해서는 제게 말하는 법이 없었습니다."

"한국으로 떠나기 전에는 어땠소?"

"사찰을 자주 다녔던 것 같았습니다."

"사찰?"

"네. 가끔 사찰에 다녀오면 뭔가를 가져왔는데, 한국에 갈 때 꼭 필요한 물건이라고 한 말이 기억납니다."

"그게 뭔지 아시오?"

마에다의 아들은 고개를 가로저었다. 사실 마에다 아들에게 큰 기대를 하고 오사카까지 온 것은 아니었다. 도쿄의 장물아비 말대로 이라부가 간절히 원하고 있는 것은 그가 지니고 있는 마에다의 유품이었다.

"지금도 아버님의 유품을 보관하고 있다는 소리를 들었는데, 실례가 되지 않으면 그것 좀 볼 수 있겠소?"

"무슨 일 때문인지 여쭤 봐도 되겠습니까?"

그의 얼굴에 다시 경계심이 몰려들었다.

"내가 알기로는 댁의 아버님은 중요한 문화재를 찾기 위해 한국으로 건너간 것 같소. 아버님의 사인도 거기서부터 비롯된 것으로 보이오."

"그게 어떤 문화재입니까?"

"초조대장경이라고 하는 것이오. 지금으로부터 꼭 천 년 전에 만든 인류의 위대한 유산이오."

마에다 아들은 잠시 애매한 표정을 짓더니 그들을 과수원 별채로 안내했다. 별채 안의 다락방에는 사람이 드나든 지 꽤 오래된 듯 바닥에는 먼지가 뿌옇게 쌓여 있었다.

"오사카로 이사 오면서 아버님의 유품을 모두 태우려고 했습니다. 그러나 훗날 아버님의 사인을 꼭 밝혀야 할 것 같아 그대로 가져왔습니다."

다락방 안에는 퀴퀴한 냄새가 코를 찔렀다. 마에다 아들은 한쪽 구석에서 커다란 종이 박스 두 개를 가지고 왔다. 박스 안에는 낡은 고문서가 잔뜩 쌓여 있었다.

"이게 아버님의 마지막 유품입니다."

이라부는 마에다 아들에게 양해를 구한 뒤 박스 안을 뒤졌다. 박스 안에는 16세기 도요토미 히데요시가 집권할 당시의 고서들이 꽉 들어차 있었다. 특히 불경에 관한 책자가 많았는데, 대부분 필사본이었다. 이라부는 하야코와 함께 박스 안의 문서를 차분하게 살펴 나갔다.

이 박스 안에는 마에다의 직업에서도 드러나듯 불교에 관한 유품이 가장 많았다. 희귀 문화재는 눈에 잘 띄지 않았으나, 가끔 출처나 시대도 분명하지 않은 불교 용품이 눈길을 끌었다.

"할아버지, 이것 좀 보세요."

박스 안을 뒤진 지 반 시간 정도 흘렀을까. 하야코가 남선사 경내를 그린 지도를 찾아냈다.

"도쿄에서 만난 장물아비도 마에다가 남선사에 갔었다고 했잖아요."

지도 안에는 사찰 안의 산문(山門)에서부터 법당, 남선원(南禪院), 누각, 부속 암자 등의 등이 세밀하게 그려져 있었다.

마에다의 행적은 남선사에서 그치지 않았다. 남선사 지도와 흡사한 또 하나의 지도가 나왔는데, 그것은 이키노시마에 있는 안국사 지도였다.

"마에다는 한국에 가기 전에 남선사와 안국사에 다녀간 게로군."

이라부의 목소리는 확신에 차 있었다.

"초조대장경 때문인가요?"

"그렇지. 두 곳 모두 초조대장경 인쇄본이 발견된 사찰이야. 아마 그곳에서 초조대장경에 관한 자료를 찾으려고 했을 거야."

박스 안을 뒤지는 이라부의 손길이 빨라졌다. 다락방 안쪽 창문 너머로 해가 뉘엿뉘엿 기울고 있었다. 이곳에 온 지 벌써 반나절이 흘러갔다. 마에다의 유품에서는 초조대장경에 관한 자료들이 하나둘씩 모습을 드러내고 있었다. 그러나 그들이 절실히 원하고 있는 것, 한국에 대한 자료는 아직 나오지 않았다. 그들은 식사도 거른 채 박스 안을 부지런히 뒤졌다.

"하, 할아버지……"

박스 안을 거의 다 뒤질 무렵, 독특하게 생긴 그림 한 점이 하야코의 눈에 들어왔다. 이 그림에는 승복을 입은 다섯 명의 승려가 그려져 있었는데, 승려들은 하나같이 시퍼런 칼을 움켜쥐고 있었다. 칼날 끝에는 붉은 피가 뚝뚝 떨어지고 있었다.

"도쿄의 장물아비가 말하던 그 그림이에요!"

하야코의 손등에 좁쌀만 한 소름이 돋아났다.

열망을 찾아서

1

"넌 나서지 말고 잠자코 있거라."

너구리 영감은 찻집 앞에서 또 잔소리를 늘어놓았다. 듣기 좋은 소리도 세 번이면 이골이 나는 법인데, 틈만 나면 그 소리를 앵무새처럼 주절거렸다. 그러나 재석은 일절 말대꾸를 하지 않았다.

"공연히 정찬국 앞에서 거들먹거려서는 안 돼."

개성을 다녀온 후 다시는 너구리 영감과 만날 일이 없을 것이라고 여겼다. 그러나 불과 닷새밖에 가지 못하고 너구리 영감 앞에 고개를 조아려야 하는 신세로 전락하고 말았다. 어쩔 수 없는 일이었다. 이번 일만큼은 입이 열 개라도 할 말이 없었다.

너구리 영감은 선뜻 찻집에 들어서지 못하고 문턱 앞에서 어깨를 들썩거리며 옷매무새를 만지작거렸다. 마음의 안정을 찾으려고 할 때 하는 그의 독특한 버릇이다.

'신경깨나 쓰이는 모양이로군.'

너구리 영감은 담판과 흥정에는 아주 뛰어난 늙은이다. 문화재 밀매 시장에서도 능구렁이 같은 그의 말재주에 안 넘어가는 사람이 거의 없다. 그러나 정찬국도 결코 만만한 상대가 아니다. 북관대첩비의 이전은 그의 뛰어난 협상력이 있기에 가능한 일이었다.

"어서 오십시오, 어르신."

찻집에 들어서자 정찬국이 너구리 영감 앞으로 다가와 고개를 숙였다.

"자네는 언제 왔는가?"

"저도 방금 전에 왔습니다."

재석은 그들이 서로 주고받는 호칭에 잠시 어리둥절했다. 정찬국이 너구리 영감에게 하는 '어르신'이라는 존칭에 놀랐고, 너구리 영감이 '자네'라고 하는 낮춤말에 더욱 놀랐다. 이건 누가 봐도 스승과 제자, 혹은 아랫사람이 웃어른에게 대하는 태도와 다름없었다. 늙은 도굴꾼과 문화재청 관리 사이에 어떻게 이런 호칭이 따를 수 있단 말인가. 희한하고 놀라운 일이었다.

"피차 바쁠 테니 본론으로 넘어가는 게 좋겠네."

장기봉이 거만하게 다리를 꼬고 앉았다.

"알았습니다."

그들이 앉아 있는 방의 한쪽 구석에는 가야금이 시체처럼 누워 있었다.

"어르신께서도 잘 알다시피 저는 정부의 일개 직원에 불과합니다. 그러나 때로 정부는 저에게도 큰 힘을 실어 줄 때가 있습니다."

정찬국은 가방에서 종이 한 장을 꺼내 장기봉 앞에 내밀었다.

"이것은 법무부 장관의 서약서로 보시면 됩니다."

정찬국이 내민 서류를 꼼꼼히 읽어 내려가는 장기봉의 얼굴이 환하게 밝아졌다.

"준비를 단단히 해 왔군."

"여부가 있겠습니까. 지난번에도 말씀드렸듯이 아드님이 석방되는 데 최선을 다하겠습니다."

"최선만 가지고는 안 되네. 반드시 실천에 옮겨야 할 걸세. 난 천성적으로 나라에 녹을 먹는 사람은 상대를 하질 않아. 자네는 아주 특별한 경우일세."

"도와주십시오, 어르신."

"하여튼 세상 오래 살고 볼 일이네. 허허. 자네가 나에게 와서 이리 손을 내밀 줄 누가 알았겠나."

재석은 바닥에 펼쳐진 서약서를 힐끔 바라보았다. 아버지의 석방을 약속하는 서약서였다. 서약서의 맨 아래에는 법무부 장관의 날인이 찍혀 있었다.

"이 녀석이 내 손자일세."

재석은 가볍게 고개를 숙이고는 멀뚱멀뚱 천장만 바라보았다. 정찬국은 재석을 위아래로 쓱 훑어본 후 다시 장기봉의 얼굴에 시선을 고정시켰다.

"이번 일은 정부에서 나서기가 쉽지 않습니다. 생각 같아서는 모든 인원을 동원하고 싶지만, 주변국의 시선이 여간 신경 쓰이지 않습니다. 일본에서는 아직도 안국사 도난 사건을 불쾌하게 여기고 있습니다."

"무슨 말인지 알겠네."

"어르신께서도 이번 일은 철저히 비밀로 붙여 주셨으면 합니다. 만약 우리 정부에서 나서는 게 알려진다면 주변 국들도 가만히 있지 않을 겁니다. 초조대장경 경판은 세계적으로 가치를 인정받는 희귀 문화재입니다. 만약 중국이나 일본이 이 사실을 알게 된다면 벌 떼처럼 달려들 겁니다. 비정상적인 방법을 통해서라도 어떻게든 움직일 게 틀림없습니다. 전 이번 일을 복잡하게 만들고 싶지 않습니다."

정찬국이 말하는 비정상적인 방법이란 원정 도굴을 말하는 것이다. 각국 정부는 정부가 직접 나설 수 없는 일을 밀매꾼과 도굴꾼을 전면에 내세워 문화재를 훔쳐 오곤 했다. 지금은 종적을 감추었지만, 1980년대까지만 해도 종종 벌어지는 일이었다. 당시만 해도 도굴꾼과 각국 정부 사이에는 은밀한 커넥션이 있었는데, 이들은 알게 모르게 정부의 협력자가 되기도 했다.

"이번 일만 잘 성사되면 아드님의 석방은 물론 어르신께도 그에 상응하는 답례가 있을 겁니다."

"답례? 허허, 듣던 중 반가운 소리로군."

"달리 원하시는 게 있으면 말씀하십시오."

"이 나이에 뭘 더 바랄 게 있겠나. 흠흠. 시도 때도 없이 나타나는 똥개들이나 치워 주었으면 하네."

"네?"

"내 뒤를 졸졸 따라다니는 똥개 말일세."

정찬국은 그제야 말뜻을 알고 소리 없이 웃었다.

"알았습니다."

"당해 보지 않은 사람은 그 심정 모를 걸세. 변소에 가서도 그 똥개들이 떠오르면 똥이 잘 나오질 않아."

"염려 마십시오. 앞으로 그런 일은 절대 없을 겁니다."

"내 한번 믿어 보겠네."

정찬국은 의자를 바짝 당겨 앉고는 탁자 위에 두 손을 올려놓았다. 이제부터 본격적인 대화에 들어가겠다는 듯 어깨에 잔뜩 힘을 주었다.

"한 가지 여쭤 볼 게 있습니다."

정찬국의 눈빛이 날카롭게 빛났다.

"말해 보게."

"어르신께서는 초조대장경 경판의 행방을 어디까지 알고 계십니까?"

정찬국의 질문에 재석은 급소를 맞은 것처럼 움찔거렸다. 너구리 영감은 초조대장경에 대해 아는 게 아무것도 없었다. 지하 밀매 시장에서 초조대장경의 소문을 들은 게 불과 이틀 전이었다. 너구리 영감이 아는 것이라고는 현화사 터에서 가져온 족자 두루마리가 전부였다. 그런데 너구리 영감의 입에서 뜻밖의 소리가 튀어나왔다.

"자넨 아직 협상의 기본 수칙을 모르고 있군. 허허. 그걸 벌써 말하면 재미가 없지. 속 안에 것을 다 털어 내면 개털 말고 뭐가 남겠나? 이 늙은이도 뭔가 하나 꿍치고 있어야 다음에 자네를 볼 때 체면치레라도 하지 않겠나. 거래라는 게 서로 주거니 받거니 하면서도 비장의 카드 하나 정도는 단단히 쥐고 있어야 하질 않겠나. 안 그런가?"

"……."

"자고로 보물찾기란 결과로 말하는 걸세. 암만 그 뜻이나 과정이 좋은들 결과가 개뿔이면 아무 소용이 없지. 무엇보다 결과물을 손에 쥐고 말하는 게 이 바닥의 생리일세. 아무 걱정하지 말고 날 믿게나. 초조대장경 경판을 반드시 찾아낼 테니. 설마 이 늙은이가 아무것도 없이 세 치 혀만 가지고 바쁜 자네와 이리 마주하고 있겠나."

재석은 놀란 가슴을 쓸어내렸다. 역시 너구리 영감답게 연륜이 물씬 배어 있는 소리였다.

"혹시 북한에 있는 건 아닙니까?"

"그건 아니야."

장기봉은 고개를 내저었다.

"이규보의 글이 적혀 있는 족자 두루마리에는 뭐라고 쓰여 있습니까? 거기에 초조대장경을 언급한 내용이 있습니까?"

"허허. 처음부터 너무 많은 걸 알려고 하지 말게."

"어르신!"

정찬국은 속이 타는지 물컵을 단숨에 비웠다.

"분명한 것 하나만 말해 주지. 몽골군의 침입 때 초조대장경은 모두 불탄 게 아니었네."

"그, 그럼."

"소량이나마 남아 있던 게지. 이제 됐나?"

"하나만 더 말씀해 주십시오. 그 두루마리는 대체 어디서 난 겁니까?"

"그 정도만 알고 있게. 너무 속 깊이 들어가면 자네나 나나 서로 좋을 게 하나도 없어. 앞으로 머리 싸매고 마주쳐야 할 일이 창창하게 남아 있으니 오늘은 이 정도로 하세."

"……."

"이건 내 짐작인데 팔만대장경을 판각할 당시 불에 타지 않고 남아 있던 초조대장경이 본보기가 되지 않았나 하는 생각이 드네. 대장경판의 모델이 있으면 한결 수월하게 판각할 수 있지 않았겠나."

"알았습니다."

"자네는 어디 짚이는 데라도 있나? 보아하니 이번 일이 처음은 아닌 것 같은데."

장기봉은 은근슬쩍 정찬국을 떠보았다.

"그렇습니다. 솔직히 저희는 어르신과 정보를 공유하고 싶습니다. 방금 어르신께서 하신 말씀은 충분히 이해가 갑니다만 이런 일은 개인의 노력으로 이뤄질 수 있는 일이 아닙니다. 일단 저희가 알고 있는 정보를 제공하겠습니다. 저희는 초조대장경 경판이 일본 남선사에 있을 것으로 예상하고 있습니다."

"남선사? 교토에 있는 절 말인가?"

"네. 현재 초조대장경 인쇄본을 가장 많이 소장하고 있는 곳이죠."

"초조대장경 인쇄본은 임진왜란 때 왜군이 가져간 책자가 아닌가. 인쇄본과 경판은 차원이 다른데."

"잘 알고 있습니다. 혹시 어르신께서는 오래전에 일본의 한 도굴꾼이 국내에 잠입했다가 살해된 사건을 알고 계십니까?"

"잘 알지. 그때 개나 소나 다 들고일어나 난리 법석을 떨지 않았나. 내가 듣기로는 자네도 당시 현장에 있던 걸로 알고 있는데."

"그때 일이라면 지금도 정신이 혼란스럽습니다. 해서 드리는 말씀인데…… 이걸 좀 보십시오."

정찬국이 가방에서 꺼낸 그림에는 다섯 명의 승려가 그려져 있었다. 승려들의 손에는 금방이라도 누군가의 목을 댕강 잘라 낼 듯 시퍼런 칼이 쥐어져 있었다. 섬뜩한 그림이었다.

2

대체 이게 무슨 그림일까?

범상치 않은 그림이다. 이 그림은 열 장가량 있었는데, 승려의 몸짓만 조금씩 다를 뿐 거의 비슷한 그림이었다. 그림 속에 나타난 승려들의 얼굴은 하나같이 비장해 보였다. 무엇보다 눈길을 끈 것은 승려들이 옆구리에 끼고 있는 나무판이었다. 그림 속의 승려들은 한 손에는 칼을, 다른 손에는 나무판을 옆구리에 꿰차고 있었다.

"할아버지, 여기 그 문양이 있어요."

하야코가 승려들이 꿰차고 있는 나무판을 가리켰다.

"연꽃 속에 있는 卍 자 문양이에요!"

이 문양은 나무판의 오른쪽 아래 조그맣게 그려져 있었다. 주의 깊게 보지 않으면 그냥 지나칠 정도로 아주 작고 희미했다. 승려들이 꿰차고 있는 나무판에는 하나도 빠짐없이 이 문양이 새겨져 있었다.

"이 그림과 문양이 초조대장경과 관련이 있는 게 아닐까요? 도쿄의 장물아비는 마에다가 유독 이 그림과 문양에 관심을 보였다고 했어요."

"나도 그런 생각이 들기는 하다만……."

이 그림이 나온 후부터 마에다의 유품에서는 한국과 관련된 자료들이 속속 세상 밖으로 드러났다. 마에다는 한국으로 건너가기 전에 초조대장경에 관한 여러 단서들을 확보하고 있었다. 승려들이 칼을 쥐고 있는 그림이나 연꽃 속의 卍 자 문양도 예외는 아니었다.

1943년에 작성된 조선총독부 기밀문서도 종이 박스 안에서 슬며시 고개를 내밀었다. 합천 경찰서 직인이 찍혀 있는 이 문서에는 다음과 같은 글이 적혀 있었다.

사명대사석장비(四溟大師石藏碑)는 미술과 학술적 사료로서 보존의 필요성이 있기는 하나 그 존재가 관할 도경찰부장의 의견대로 현 시국의 국민 통일 사상에 지장이 있고 민족정기를 고취시킬 수 있는 만큼 이를 철거함은 부득이한 일로 사료됨.

"이 문서는 뭔가요?"

"태평양전쟁 당시 조선총독부에서 각 도경찰부장에게 보낸 기밀문서란다. 우리에게는 아주 귀중한 자료이기도 하지."

이 문서는 1940년대 일본의 호리꾼들이 가장 선호하는 자료였다. 이 기밀문서를 바탕으로 일본의 호리꾼들은 한국의 문화재가 어디에 있는지, 그것이 얼마나 역사적 가치가 있는지 확인할 수 있었다. 이를테면 이 기밀문서는 일본 호리꾼들에게는 하나의 도굴 지침서 같은 것이었다. 그러나 한국인에게는 매우 치욕적인 문서였다.

조선총독부는 1943년 11월 24일 총독부 경무국장을 통해 각 도경찰부장에게 한국의 '반시국적 고적'을 임의로 철거 또는 파괴시켜도 좋다는 기밀문서를 보냈다. 일제가 공식적으로 한국의 문화재를 파괴하도록 지시한 최초의 기록인 셈이다. 이때 이성계가 왜구를 격파한 기념으로 지은 '황산대첩비', 여수의 '이순신좌수영대첩비', 고양의 '행주전승비' 등 수많은 문화재가 파괴되거나 사라졌다.

이라부가 개성 현화사 터에 은닉한 비밀 지도를 찾아낸 것도 이런 조선총독부의 문서를 통해서였다. 일제강점기 당시 조선총독부는 한반도의 유물과 유적을 관리하기 위해 특별한 조직을 만들었는데, 그것이 바로 '조선고적연구회(朝鮮古蹟研究會)'였다. 이 연구회는 평양과 경주, 개성을 특별 관리하면서 유물 발굴 작업은 물론 일본인의 도굴 현황에도 큰 관심을 기울였다. 이라부는 이 연구회의 문서를 통해 1940년대 일본 호리꾼들의 비밀 지도가 존재하는 것을 알게 되었다.

이 기밀문서 겉장에는 다음과 같은 짧은 문구가 또박또박 적혀 있었다.

慈通弘濟尊者

자통홍제존자……. 이건 또 무슨 뜻이란 말인가. 이라부는 이 글의 필체를 고문서 갈피에서 나온 메모 용지의 필체와 비교했다.

"이건 마에다가 직접 쓴 글이야. 여길 보거라. 마에다가 적은 필체와 같지?"

"그렇군요."

마에다가 친필로 적은 것으로 봐서 예사롭지 않은 글귀였다. 조선총독부 기밀문서 다음으로 나온 것은 커다란 낱장의 종이였다. 종이의 상단에는 '만당(卍黨)'이라는 큼지막한 두 글자가 적혀 있었다. 그리고 '만당'이라는 글자 아래에는 화살표와 함께 한국인의 이름이 여럿 적혀 있었다. 그것은 마치 어떤 조직이나 단체의 계보도 같았다.

"만당은 또 뭔가요?"

하야코가 물었다.

"글쎄다. 나도 처음 들어 보는 이름인데."

이라부는 마에다의 유품에서 나온 자료들을 한자리에 모았다. 남선사와 안국사 경내 지도, 승려가 칼을 쥐고 있는 그림, 연꽃 속의 卍 자 문양, 1943년 조선총독부 기밀문서, 문서 겉장에 쓰여 있는 '慈通弘濟尊者', 사명대사사적비, 그리고 만당……. 도무지 정신이 없었다. 마에다의 유품을 한곳에 모아 놓고 보니 거대한 수수께끼와 마주한 느낌이

들었다. 그러나 이 많은 유품 중에서 그가 명쾌하게 풀 수 있는 것은 단 하나도 없었다.

이라부는 속이 까맣게 타들어 갔다. 한국의 자료가 봇물처럼 나올 때만 해도 금방 뭔가 풀릴 것 같았으나 아무것도 진척된 것이 없었다.

"한국의 사찰을 암시하고 있는 게 아닐까요?"

이라부는 고개를 끄떡였다. 승려와 연꽃, 卍 자 문양, 사적비…… 그것들은 한국의 사찰과도 무관해 보이지 않았다.

"일단 집으로 돌아가자. 다케미야를 만나야겠다."

이라부는 다락방을 나와 마에다 아들이 있는 과수원 안채로 들어갔다.

"어떻습니까? 아버님의 유품에서 특별한 것이라도 찾았습니까?"

"아직 잘 모르겠으나 몇몇 문서는 아버님의 사인을 밝혀 줄 중요한 단서가 될 것도 같소."

마에다 아들도 이 문서에 상당한 관심을 나타냈다.

"이 문서를 가져가도 되겠소? 전문가를 만나 이 문서가 무얼 뜻하는지 알아봐야겠는데."

"……."

"반드시 돌려드릴 테니 그것은 염려하지 않아도 좋소."

"그렇게 하십시오."

이라부는 마에다 아들에게 양해를 얻은 후 마에다의 유품을 챙겼다. 다시 교토로 향하는 이라부의 발길은 그리 가볍지 않았다. 앞으로 그가 풀어야 할 것은 한둘이 아니었다. 마에다는 이 자료들을 보관만 했지 그에 대해 설명을 단 것은 하나도 없었다.

마에다는 왜 이런 문서나 그림을 보관하고 있던 것일까? 그리고 이것들의 공통점은 무엇일까?

3

"이게 무슨 그림인가?"

장기봉이 고개를 갸웃거리며 물었다.

"임진왜란 때 승병을 묘사한 그림입니다."

"승병? 근데 내게 왜 이 그림을 보여 주는 건가?"

"이 그림은 교토 남선사에서 소장하고 있던 그림입니다. 임진왜란 당시 조선을 침략한 왜군이 조선의 한 사찰에서 이 그림을 발견하고 약탈해 간 듯합니다. 당시 남선사는 도요토미 히데요시 등 일본의 군부 핵심 세력의 집결지로 조선 침공의 시나리오를 짜낸 곳입니다. 뿐만 아니라 전쟁이 끝나고 사명대사가 도쿠가와 이에야스와 강화 조약을 맺기 위해 일본을 건너갔을 때 머물러 있던 절이기도 합니다."

"이보게, 정 실장."

장기봉이 정찬국의 말을 잘랐다.

"역사 강의는 그만하고 본론을 말해 보게."

"이 그림이 바로 그 일본 도굴꾼의 사체에서 나왔습니다."

"으응? 거참 묘한 일이로군."

장기봉은 조선 승병이 그려진 그림을 다시 한번 살펴보았다. 승병들의 기개는 하늘을 찌르고 땅을 뒤흔들고 있었다. 이들의 눈빛은 종이를 갈기갈기 찢고 금방이라도 그림 속에서 뛰쳐나올 것처럼 이글거렸다.

"이 그림이 초조대장경과 관련이 있다는 건가?"

"그렇습니다. 승려들이 옆구리에 품고 있는 것을 잘 보십시오."

그림 속의 승려들은 한쪽 옆구리에 나무판을 꿰차고 있었다.

"이 나무 판때기가 초조대장경 경판이라도 된다는 소린가? 하하하."

장기봉이 큰 소리로 웃었다.

"아직 확신할 수 없습니다만 일본 도굴꾼이 지니고 있는 것으로 봐서 그냥 지나칠 그림이 아닌 것 같습니다. 그는 한국에 잠입하기 전에 뭔가 중요한 정보를 입수하고 남선사에 먼저 들렀던 게 분명합니다."

"도무지 무슨 소리를 하는지 모르겠네. 대체 내게 말하려고 하는 요점이 뭔가?"

"그는 죽기 전에 한국에 세 차례나 다녀갔습니다. 세 번째 한국에 왔을 때 살해된 것이죠."

"그러니까 자네 말은 그 일본 도굴꾼이 한국에서 초조대장경 경판을 찾아 남선사로 옮겼다는 소린가?"

"좀 무리한 추측이기는 하나…… 그럴 가능성을 전혀 배제할 수는 없습니다."

말도 안 되는 소리였다. 아직 초조대장경 경판의 실체도 분명하지 않는데, 어떻게 이것이 남선사에 있다는 소린가.

"정 실장, 자네 직업을 잘못 택한 거 같네."

"네?"

"추리소설가로 전업하면 딱 어울리겠어."

정찬국의 얼굴이 일그러졌다.

"상상력 하나는 아주 풍부하군. 하하하."

"어르신, 임진왜란 때 왜군이 조선을 침략한 후 가장 먼저 손에 넣으려고 했던 게 무엇인 줄 아십니까? 그건 바로 대장경 인쇄본이었습니다."

초조대장경은 중세 일본과도 인연이 깊은 경전이다. 일본 남북조 시대, 권력층 무사들이 간절히 원하던 것 중에 하나가 대장경 인쇄본이었다. 일본 무사들에게 이 경전은 하층민을 다룰 수 있는 유일한 수단이었다. 그래서 이들은 고려는 물론 조선 시대에도 수십 차례나 사신을 보내이 경전을 얻어 갔다. 일본 열도를 장악한 도요토미 히데요시가 조선 정벌 계획을 세우면서 가장 눈독을 들인 것 중의 하나가 대장경 경전이었다. 그들에게 대장경 인쇄본은 권세와 명예를 상징하는 대보(大寶) 같은 물건이었다.

"대장경 인쇄본과 실물 경판은 차이가 있지 않나. 그리고 초조대장경 경판이 남선사에 있다면, 왜 지금까지 발표를 하지 않았겠나?"

"남선사는 그들이 소장하고 있는 문화재가 외부에 공개되는 것을 무척 꺼려하고 있습니다. 지난 1974년 고려 불화가 일본에서 선보일 때도 그 절반은 남선사에서 소장하고 있던 불화였습니다. 그들은 오래도록 이 고려 불화를 외부에 공개하지 않았던 거죠. 어디 그뿐입니까? 초조대장경 인쇄본도 남선사에서 오래도록 소장하고 있지 않았습니까."

"……"

"게다가 남선사는 일본의 사찰 중에서도 가장 은밀하고 비밀이 많은 사찰로도 유명합니다."

상기봉은 비시시 미소를 흘렸다.

"자네 초조대장경에 너무 깊이 빠져 있군. 내 그런 심정 모르는 바는 아니지. 뭔가에 집착하다 보면 가끔 헛것이 보일 때도 있거든. 허허."

"어르신."

"잠시 바람이라도 쏘이며 머리를 식히는 게 좋을 것 같네."

"이걸 보시면 제 말을 이해하실 겁니다."

정찬국은 가방에서 또 다른 종이를 꺼냈다.

"이것은 남선사 경내를 그린 지도입니다. 이 지도도 그 일본 도굴꾼이 살해당했을 때 지니고 있던 겁니다. 여기 별표를 한 곳을 보십시오."

지도 안의 별표는 남선사 법당을 지나 남선원과 누각 사이에 있었다.

"이건 또 뭔가?"

"여기 별표를 한 자리가 바로 석장굴(石藏窟)입니다."

"석장굴?"

"석장굴은 남선사 안에서도 가장 은밀한 곳입니다. 일반 사람들은 남선사 안에 석장굴이 있는 것도 모릅니다. 아직 한 번도 일반에 공개한 적이 없고, 남선사 안내도에도 석장굴은 아예 나와 있지 않으니까요."

장기봉 역시 남선사 경내에 석장굴이 있다는 소리를 들은 적이 있었다. 석장굴에는 한국의 국보급 유물이 잔뜩 소장되어 있어서 한때 한국의 문화재 전문털이범들이 남선사 주위를 얼씬거리기도 했다.

"어떻습니까? 일본 도굴꾼이 이리 분명하게 표시한 데는 그만한 이유가 있을 거라고 보지 않습니까?"

"이보게, 정 실장, 설령 대장경 경판이 남선사에 있다고 해도 거기를 건드리는 것은 불가능해. 오래전에 우리 같은 전문가도 남선사에 들어갈 생각을 한 적이 있었지. 그러나 이내 포기하고 말았네. 거긴 보안이 철통같은 곳이야. 개미 새끼 한 마리도 들어가지 못할 걸세."

정찬국은 그 말을 기다리고 있기라도 한 듯 얼굴이 환하게 밝아졌다.

"그걸 두고 천운이라고 하는가 봅니다. 하하. 마침 남선사에 갈 일이 있습니다. 앞으로 사흘 후 초조대장경 인쇄본의 실사단이 남선사에 방문하기로 되어 있습니다."

"실사단?"

"네. 이번 실사단 방문은 초조대장경이 발원된 지 천 년을 기념하여 추진되는 행사입니다. 일본 정부에서 정식으로 초청한 것이니 마음 놓으셔도 됩니다."

"실사단에 누가 간다는 소린가?"

"천경준 교수입니다. 천 교수는 초조대장경 일천 년 기념 학술 대회의 한국 대표인 분이죠. 일행은 단 네 명뿐입니다. 남선사에서도 그 이상은 허락하지 않았습니다. 그러니까 천 교수와 그의 조교, 기자 한 명, 그리고……."

정찬국은 말을 멈추고 잠시 뜸을 들였다.

"나머지 한 명은…… 석장굴에 들어갈 사람이라는 건가?"

장기봉의 어깨가 들썩거렸다.

"그렇습니다. 실사단에는 문화재청의 수행원으로 참가하게 될 겁니다."

정찬국과 장기봉의 시선이 동시에 재석에게로 모아졌다. 잠자코 그들의 대화를 듣고 있던 재석의 얼굴이 벌겋게 달아올랐다. 장기봉은 그제야 정찬국이 손자 녀석을 반드시 데리고 나오라고 한 이유를 알아챘다. 이번 실사단에 손자 녀석을 끼워 넣어 적당히 활용하려는 속셈이었다.

"내 생각은 다르네. 공연히 헛고생시키지 말게. 밑져야 본전 식으로 덤벼들었다가는 큰 코 다치는 수가 있네."

"어르신, 초조대장경 인쇄본이 처음 발견되었을 때를 생각해 보십시오. 당시 이 인쇄본이 남선사에 있을 거라고 생각한 사람은 아무도 없었습니다."

"그야 그렇긴 하네만."

"그들은 몇백 년 동안 이 귀중한 인쇄본을 소장하고 있으면서도 입을 꼭 닫고 있었습니다."

"……."

"일단 해 보는 데까지는 해 봐야 하지 않겠습니까."

정찬국은 이미 마음의 결정을 내린 듯 강하게 밀어붙였다. 일본 도굴꾼의 사체에서 남선사 경내 지도가 나왔을 때부터 늘 그곳을 마음에 두고 있었다. 이것만으로도 남선사는 한번 건드려 볼 만한 충분한 가치가 있었다. 비록 석장굴 안에 초조대장경 경판은 아니더라도 한국의 국보급 유물이나 희귀 문화재가 있을 것이라고 여겼다.

"이 지도를 잘 챙기십시오. 방금 전에도 말했듯이 여기 별표 모양으로 표시된 곳이 석장굴입니다."

"이보게 정 실장."

"지금이 절호의 기회입니다."

정찬국은 장기봉의 말을 단칼에 잘랐다.

"절대 밑져야 본전 식으로 가는 게 아닙니다. 이번 일이 틀어지게 되면 제 목이 댕강 잘려 나가는 수도 있습니다."

"……."

"전 이번 일에 목을 걸겠습니다. 어르신께서는 무얼 거시겠습니까? 하하하."

정찬국의 관자놀이에 붉은 실핏줄이 선명하게 돋아났다.

4

"승복을 보아하니 조선의 승려를 그린 것이로군."

다케미야는 이라부가 내민 그림을 꼼꼼하게 살폈다.

"조선의 승려?"

"그래. 이를테면 승병인 셈이지."

"나무판에 그려진 이 문양은 뭔가?"

"원래 만(卍)은 부처가 탄생할 때 가슴에 있었던 무늬지. 불교에서는 불심의 상징이며, 존재의 바퀴 또는 윤회 등을 나타내고, 팔길상인(八吉 祥印)의 하나로 알려져 있네."

예로부터 卍 자는 부처의 성덕(聖德)과 길상(吉祥)을 뜻하는 표상으로 전해져 왔고, 불교를 상징하는 대표적인 글자로 여겨져 왔다. 『수행본기경(修行本起經)』에는 부처가 보리수 아래서 수행할 때 풀방석을 깔고 앉았는데, 방석 재료인 잎의 모양새가 卍 자인 길상초였다고 적혀 있다. 이후 卍 자는 불교를 상징하는 기호가 됐다. 또한 불교학자들은 '원초적 에너지를 담은 신성(神性)'으로서 卍 자를 풀이하고 있다.

"연꽃 속의 卍 자라……. 나도 이런 문양은 처음 보는데……."

그동안 수많은 卍 자를 보았어도, 연꽃 속에 있는 卍 자 문양은 처음이었다. 이 문양은 아주 독특하게 새겨져 있어서 금방 눈에 들어왔다.

"이것도 좀 봐 주게."

이라부는 조선총독부 기밀문서 안에 적혀 있는 사명대사사적비를 가리켰다.

"이건 낯이 익은 거로군."

"사명대사가 누군가?"

"자네 송운대사라고는 들어 봤지?"

"물론이지."

"같은 인물일세. 일본에서는 사명대사를 송운대사로 불렀네. 조선 출병(임진왜란) 당시 승병을 모집해 도요토미 군대와 대적했던 조선의 명승이지."

다케미야는 마에다의 유품에서 나온 남선사 경내 지도를 펼쳤다.

"남선사는 사명대사와도 인연이 있는 절이지. 전쟁이 끝난 후 사명대사는 일본으로 건너와 가토와 담판을 벌이고, 교토 본법사(本法寺)에서 도쿠가와 이에야스와 강화 조약을 맺었네. 도쿠가와 강화 조약을 맺을 당시 사명대사가 줄곧 머문 곳이 바로 남선사였지. 남선사에는 당시 사명대사와 도쿠가와가 서로 주고받은 시가 지금도 남아 있을 걸세."

1604년 도쿠가와 이에야스는 강화 사절로 쓰시마 섬에 머물고 있던 사명대사를 그의 본거지인 교토로 불러들였다. 도쿠가와는 사명대사와의 첫 만남에서 다음과 같은 문시(問詩)를 내밀었다.

돌 위에는 풀이 나기 어렵고(石上難生草)
방 안에는 구름이 일기 어렵다.(房中難起雲)
그대는 어느 산의 새이기에(汝爾河山鳥)
봉황의 무리에 찾아왔느냐?(來參鳳凰群)

이 문시에는 도쿠가와가 사명대사의 사람됨을 시험해 보려는 내용을 담고 있었다. 사명대사는 도쿠가와의 마음을 읽고 즉석에서 다음과 같은 답시(答詩)로 받아쳤다.

나는 본래 청산의 학이어서(我本淸山鶴)
항상 오색구름 위에서 놀았는데(常遊五色雲)
하루아침에 구름과 안개가 사라져서(一朝雲霧盡)
들닭 무리 속에 잘못 떨어졌다.(誤落野鷄群)

일개 잡새가 봉황이 노는 곳에 왜 왔느냐는 도쿠가와의 물음에, 사명대사는 자신은 청산의 학이며 너희들은 봉황이 아니라 닭 무리라고 받아친 것이다. 일본을 통일한 도쿠가와 앞에서도 기죽지 않은 사명대사의 기개를 엿볼 수 있는 대목이다.

"당시 사명대사의 기개는 일본 무사들의 간담을 서늘하게 만들었지. 허허."

이라부는 조선총독부 기밀문서 겉장에 쓰인 '慈通弘濟尊者'라는 글자를 내밀었다.

"이 글은 뭘 말하는 건가? 마에다가 직접 쓴 것으로 봐서 꽤 중요한 문구 같은데."

"흠. 이건 모르겠어. 나도 처음 보는 문구일세."

"마에다는 처음부터 한국의 사찰을 염두에 둔 것 같은데…… 이 자료들을 보고 떠오르는 사찰이 없나?"

"사찰이라……. 그렇다면 해인사를 말하는 게 아닐까?"

"해인사? 팔만대장경을 소장하고 있는 곳 말인가?"

"그래. 사명대사사적비가 있는 곳이 해인사일세. 그리고 보니 이 그림도 해인사와 관련이 있군."

"그게 뭔가?"

"사명대사가 조선의 승병을 모집하고 훈련시킨 곳이 바로 가야산의 해인사였네. 이들 조선의 승병은 도요토미 부대와 대적해도 조금도 밀리지 않았지. 그뿐이 아니야. 사명대사가 입적한 곳도 해인사의 한 암자이거든."

이라부의 얼굴에 화색이 돌았다. 이제 마에다의 유품 중에서 마지막 하나가 남았다.

"여기에도 卍 자가 있는데."

이라부는 만당이라고 적혀 있는 종이를 가리켰다.

"만당? 이건 대충 아는 것이로군. 만당은 1930년대 결성된 조선 청년 불자들의 비밀 결사 조직체일세."

1930년 5월 조직된 만당은 항일 독립운동에 앞장섰던 불교 단체다. 만당은 '목숨 걸고 비밀을 지키고(密限死嚴守), 당의 뜻에 절대 복종한다(黨議絶對服從)'는 서약을 받아 결성된 조직으로, 그들이 활동하는 기간 동안 일체의 기록을 남기지 않았다. 또한 선언이나 강령 일체를 암송(暗誦)으로 전수했다. 따라서 조직의 기구나 명단, 구성은 물론 구체적 활동 내용에 관해서도 알려진 바가 거의 없다. 만당이 유일하게 알려진 것은 그들의 회합 장소였다.

"만당이 처음 회합을 가진 곳이 해인사였네. 그 후에는 주로 다솔사(多率寺) 등 여러 사찰에서 모임을 가졌지. 그러고 보니 해인사가 맞는 것 같군. 여길 보게."

다케미야는 조선총독부 기밀문서를 유심히 들여다보았다.

"이 기밀문서는 조선총독부가 합천 경찰서장인 다케우라에게 보낸 걸세. 다케우라는 '해인사 사건'을 진압하고 만당 당원을 검거하려고 한 인물이지. 사명대사사적비를 파괴한 장본인이기도 하네."

이라부는 두 주먹을 불끈 쥐었다. 갈피를 잡지 못하고 이리저리 흩어져 있는 것들이 해인사를 중심으로 하나둘씩 모여들고 있었다. 마에다의 유품에서 나온 것들은 해인사가 중심 지렛대 역할을 하고 있었다.

"그렇다면 마에다는 해인사를 염두에 둔 건가?"

"그런 것 같아. 해인사는 한국에서도 명찰 중의 명찰로 손꼽히는 곳이 아닌가."

'이라부 선생, 이제야 찾았습니까? 허허.'

그때 낯선 목소리가 이라부의 귓불을 흔들었다. 마에다였다. 아직 영혼의 안식처를 찾지 못했는지 마에다의 영혼이 그의 주위를 빙빙 맴돌며 응원의 눈길을 보내고 있었다. 이라부는 그의 혼령에 답례라도 하듯이 고개를 끄떡였다.

'당신이 간절히 원하던 것, 반드시 우리가 찾아내겠소.'

5

"어쩌겠냐. 우박 치면 우박 맞고 벼락 치면 벼락 맞는 거지. 그게 인생이 아니더냐."

찻집을 나오면서 너구리 영감은 남의 일처럼 중얼거렸다.

"왜 갑자기 벌레 씹은 얼굴이냐? 가기 싫어?"

"……."

재석은 찻집에 있는 동안 그들의 대화에 한 번도 끼어들지 않았다. 너구리 영감이나 정찬국은 눈길 한번 주지 않고 저 잘난 소리만 되풀이했다. 그들이 대화 도중에 재석을 바라본 것은 딱 한 번뿐으로, 초조대장경 한국 실사단이 교토 남선사에 방문한다고 했을 때였다. 정찬국은 문화재청 수행원으로 가장하여 남선사에 갈 인물로 자신을 점찍고 있었다. 결국 정찬국이 제시한 대안은 남선사 석장굴에 잠입해 초조대장경 경판을 훔쳐 오라는 것이 아닌가.

"내키지 않으면 지금이라도 말해라. 나중에 죽네 사네 지랄 떨지 말고."

"싫다면 어쩌게요?"

"이놈이 귓구멍에 말뚝을 박았나. 여태껏 뭘 들은 게야. 일이 이 지경이 됐는데 나라도 가야지."

"앞으로 어떻게 하려구 그래요?"

재석은 비로소 찻집에서 하고 싶었던 말을 꺼냈다. 도무지 너구리 영감의 속내를 측정할 수가 없었다.

"뭘 말이냐?"

"대체 뭘 믿고 대장경 경판을 찾을 수 있다고 했어요? 우리가 알고있는 것은 아무것도 없잖아요."

"내가 좀 전에 말하지 않았더냐. 원래 보물찾기는 다 그런 게야. 어느누가 여기 보물이 있소, 하고 네놈처럼 동네방네 떠벌이며 다니더냐? 원래 귀중한 보물일수록 잘 드러나지 않는 법이지. 그걸 찾아내는 게 어차피 우리의 일이야."

"이건 좀 다르잖아요."

"다르긴 뭐가 달라. 다 거기서 거기지."

들도 보도 못한 대장경 경판이 하늘에서 뚝 떨어지기라도 했단 말인가. 너구리 영감은 물론 정찬국도 정상이 아니었다. 찻집에서 나누었던 그들의 말을 곰곰이 되짚어 보면, 한마디로 터무니없는 소리였다. 사실초조대장경 경판이 현존하고 있는지도 불투명했다. 게다가 초조대장경경판이 교토 남선사에 있을 것이라는 소리는 지나가는 소도 웃을 소리였다. 어떻게 일본 도굴꾼이 지니고 있는 그림 하나로 그런 추측이 가능하다는 소린가. 너구리 영감의 말대로 정찬국은 추리소설가로 나서면딱 어울릴 것 같았다.

"머리 복잡하게 굴릴 것 없다. 지금부터라도 발 벗고 찾아 나서면 되지 않느냐. 재수 좋으면 경판은 아니더라도 뭔가 큰 건수를 올릴지 어찌 알아."

"정말 대장경 경판이 남선사에 있을까요?"

"개뿔, 있긴 뭐가 있겠어. 그냥 못 먹는 감 찔러나 보자는 거지."

"그런데도 남선사에 꼭 가야 하나요?"

"정찬국이 저리 목까지 들이밀고 설쳐 대는 걸 보면 뭔가 믿는 구석이 있는 것 같기는 해. 하여튼 군소리 말고 다녀 오거라. 난 여기 남아서 찾아볼 테니."

"……."

"삼사일 여행 다녀온다고 생각해. 공짜로 비행기 태워 주고 먹여 주고 재워 주고 얼마나 좋으냐. 남선사에 다녀온 뒤 나와 함께 본격적으로 찾아 나서자. 어떠냐?"

"……."

"이게 네 애비를 구하는 마지막 길이야."

"알았어요."

"일단 집으로 가자!"

너구리 영감은 집에 들어서자마자 지도를 펼쳤다.

"뭐든 궁하면 통하는 법이야."

너구리 영감은 결코 씨도 안 먹히는 소리를 늘어놓을 위인이 아니다. 이 바닥에서 치밀하고 계획적인 데는 너구리 영감을 따라올 자가 없다. 틀림없이 믿는 구석이 있는 게 분명하다.

"우선 초조대장경의 경로부터 알아야 해. 초조대장경을 처음 만든 곳이 개성의 현화사야. 너도 가 봐서 알겠지만 지금은 사라지고 절터만 남아 있지. 이곳에서 칠십육 년 동안 3대 왕에 걸쳐 만들어졌으니 팔만대장경보다 육십 년은 더 걸린 셈이야."

갑자기 너구리 영감의 얼굴이 근엄하게 변했다. 그의 말투도 정찬국을 만날 때와는 달리 무게가 실려 있었다.

"수 년 후 초조대장경은 대구 팔공산에 있는 부인사로 옮겨졌어. 그곳에서 몽골군의 침입 때 불타 없어졌지. 이때 초조대장경은 모두 소실된 게 아니었어. 족자 두루마리에 이규보가 적은 대로 소량이 남아 있던 게지."

"그럼 부인사에 남아 있지 않겠어요?"

"거긴 이미 이 잡듯이 다 뒤졌지. 천하의 보물인데 정부나 다른 등산객들이 가만 놔두겠냐?"

등산객이란 도굴꾼들이 서로를 높여 주는 호칭이다.

"난 아무래도 선원사(禪源寺)가 마음에 걸린다."

"선원사요?"

"팔만대장경을 만든 곳이 선원사야. 고려 왕실이 강화로 도읍을 옮긴 뒤에 이곳에서 팔만대장경을 만들었지. 당시 불에 타지 않고 남아 있던 초조대장경 경판이 팔만대장경의 모델이 되었을지도 몰라. 그다음은 해인사야. 초조대장경은 팔만대장경의 큰형뻘 되는 셈이니 해인사 어딘가에 함께 봉안하고 있을지도 모르지."

"해인사에서 초조대장경을 보관하고 있다면 왜 지금까지 이런 귀한 보물을 알리지 않겠어요?"

"그건 두 가지로 볼 수 있다. 원래 보물을 오래도록 소장하고 있는 사람들은 이것이 외부에 알려지는 것을 원치 않는 습성이 있어. 방금 전에 정찬국이 한 말 들었지? 남선사는 수십 점에 이르는 고려 불화를 소장하고 있었으면서도 이를 오래도록 외부에 알리지 않았어. 또 하나는 해인사조차 경판이 어디에 묻혀 있는지 모를 수도 있다는 게야. 따지고 보면 해인사에 소장되어 있는 팔만대장경도 마찬가지였지."

팔만대장경이 외부 세계에 알려진 것은 1906년이었다. 일제강점기한 일본 건축가가 해인사에서 우연히 이를 발견한 뒤 비로소 팔만대장경의 실체가 세상에 알려졌다. 그 이전까지 팔만대장경의 존재는 가야산의 승려와 조선의 불교 신자 이외에는 잘 알지 못했다.

이렇듯 20세기 한국의 고찰은 신비하면서도 무지했다. 국보급 보물을 외부에 공개하는 데도 무척 인색했다. 또한 그것이 국보급 보물인지도 모른 채 방치하는 경우도 종종 있었다. 도굴꾼들이 이런 사찰을 주요타깃으로 삼는 것은 당연한 일이었다.

"그다음은 일본이야. 대장경은 우리보다도 일본이 더 많은 관심과 집착을 보였지. 조선 시대의 왜구들은 이 경전을 손에 넣으려고 혈안이 되었어. 당시 우리와는 정반대였지."

조선은 고려와는 달리 유교 국가였다. 불교 유물은 더 이상 조선 왕실의 숭앙의 대상이 아니었다. 고려에서는 대보같이 여기던 경전도 조선에 와서는 한낱 미물에 시나시 않나. 일본의 왜구가 대장경의 인쇄본을 여러 차례 요구하자, 조선의 국왕은 해인사에 소장된 경판을 통째로 일본에 넘겨주려고 한 적도 있었다. 이에 반해 일본은 불상과 불화, 그리고 대장경 경전을 최고의 보물로 꼽았다.

"정찬국이 남선사를 지목한 것도 무리는 아니야. 어쩌면 오래전부터 초조대장경 경판은 일본으로 넘어갔을지도 몰라. 어쨌든 남선사에 가거든 잘 살펴봐라."

"석장굴은 어떤 곳인가요?"

"나 역시 귀동냥으로 들은 것밖에는 없어. 백 번 듣는 것이 한 번 보는 것만 못하니 직접 가 보거라. 정찬국은 언제 다시 만나기로 했느냐?"

"내일이요."

"아마 정찬국이 잘 일러 줄 거다. 그가 말한 대로 재수 없으면 자신의 목도 잘려 나갈 판국이니 세세하게 알려 줄 테지. 정찬국이 준 남선사 지도는 잘 가지고 있지?"

재석은 고개를 끄떡였다. 남선사 경내 지도는 아주 복잡하게 그려져 있었는데, 그곳은 사찰이 아니라 하나의 거대한 공원 같았다.

"아니다 싶으면 그냥 시늉만이라도 하고 와라. 공연히 위험을 자초할 필요는 없다."

"……."

"그리고 시간이 나거든 이키노시마에 있는 안국사도 한번 들러 보 거라."

"안국사요?"

"그래. 너도 오소리 영감탱이 잘 알고 있지?"

"네."

"오래전에 안국사에 들어가 초조대장경 인쇄본을 턴 인물이 바로 오소리 영감이야. 그놈의 영감탱이 때문에 한동안 시끄러웠지. 허허."

"정찬국이 말한 안국사 도난 사건이라는 게 그걸 뜻하는 건가요?"

"그렇지."

1990년대 중반, 안국사에서 초조대장경 인쇄본이 대량으로 도난당한 사실이 세상에 알려졌다. 한국의 지하 밀매 시장에서는 한 도굴꾼이 안국사에 원정 가서 초조대장경 인쇄본을 털었다는 소문이 파다하게 퍼졌다. 이런 소문은 시간이 흐르면서 거의 정설로 굳어져 갔는데, 이 안국사 도난 사건으로 한국과 일본 정부는 큰 마찰을 빚었을 뿐만 아니라 외교 전쟁으로까지 번질 뻔했다.

"그뿐이 아니야. 너는 잘 모르겠지만, 한때 초조대장경 경판 때문에 지하 시장이 난리 법석을 떤 적이 있었어."

"한국에 왔었다는 일본 도굴꾼 때문인가요?"

"그렇지. 이제 또 한차례 태풍이 몰아칠 거다."

역시 너구리 영감다웠다. 그는 이미 초조대장경에 대해 훤히 꿰뚫고 있었다. 정찬국과 말할 때는 연막을 치며 시치미를 뚝 떼고 있던 것이다.

그날 재석은 오랜만에 앨범을 꺼내 아버지의 사진을 바라보았다. 아버지를 마지막으로 본 게 고등학교 졸업할 무렵이었으니 어느새 십 년이 되어 간다. 아버지는 물줄기가 뿜어져 나오는 분수대 앞에서 무표정한 얼굴로 서 있었다. 그것이 재석이 지니고 있는 아버지의 유일한 사진이었다.

6

하야코는 거실을 나와 정원 별채 쪽으로 걸음을 옮겼다. 별채 안에는 할아버지가 아버지의 영정 사진 앞에 앉아 깊은 묵상에 잠겨 있었다.

'아버지……'

하야코는 아버지를 낮게 불러 보았다. 아버지의 최후를 떠올리자 또다시 눈 앞이 핑 돌았다. 아버지는 이십 년 전 중국에서 목숨을 잃었다.

—네 아버지는 중국 놈들에게 잡혀 몽둥이로 처참하게 살해됐어…….

교토의 지하 밀매 시장 사람들은 어린 하야코를 보며 늘 그렇게 수군거렸다. 그러나 하야코는 아버지가 어디에서, 어떻게 목숨을 잃었는지 알지 못했다. 할아버지는 아버지의 죽음에 대해서는 일체 말하는 법이 없었다. 하야코의 입에서 조금이라도 그런 말이 나올 것 같으면, 미리 싹을 잘라 입도 열지 못하게 만들었다. 아버지의 죽음, 그것은 어린 하야코가 꺼내서는 안 되는 금기의 말이었다.

"이 몸이 지금까지 목숨을 부지하고 있는 것은 네 애비 때문이란다. 땅속에 들어가기 전에 반드시 네 애비의 빚을 갚아야 해."

하야코가 스무 살이 되던 그해 겨울, 할아버지는 술에 취해 들어와 처음으로 아버지 죽음에 대해 입을 열었다. 당시 아버지는 할아버지와 함께 중국 대륙을 떠돌고 있었다. 그러던 어느 날 아버지는 중국 청 왕조의 무덤을 도굴하다가 그만 지역 주민들에게 발각되고 말았다. 할아버지는 다행히 그들로부터 빠져나올 수 있었지만, 아버지는 끝내 붙잡히고 말았다.

"네 애비가 그들을 유인한 거지. 나를 구하려고 말이다."

왕조의 무덤은 중국인에게 하나의 신앙이며 지역의 수호신이다. 수호신을 건드린 도굴의 대가는 혹독했다. 아버지는 성난 지역 주민들의 손에 처참하게 살해당했다. 아버지의 몸에 수많은 몽둥이가 날아들었고, 붉은 살점이 뜯겨 나갔다. 간신히 몸을 피한 할아버지는 먼발치서 아버지가 처참하게 죽어 가는 모습을 지켜봐야만 했다. 날이 밝자마자 아버지의 시신이라도 수습하려고 했으나 그것도 뜻대로 되지 않았다. 사흘 내내 그 주위를 뒤졌지만, 끝내 아버지의 시신은 발견되지 않았다. 할아버지는 그날의 일을 평생 가슴에 묻고 있었다.

할아버지의 비극적인 삶은 거기서 그치지 않았다. 아버지가 죽은 뒤로 밑도 끝도 없는 유랑 생활이 시작되었다. 할아버지는 일본으로 돌아가지 못하고 한국 장물아비의 도움을 얻어 부산에 정착했다. 어린 하야코는 할아버지와 함께 고국이 빤히 보이는 부산에서 사 년이라는 세월을 보냈다. 일본 정부가 할아버지를 받아들인 것은 그로부터 한참 후의 일이었다.

교토로 다시 돌아온 할아버지는 정원 안에 작은 별채를 만들고 그 안에 아버지의 영정을 마련했다.

촛불 속에서 환하게 웃고 있는 아버지의 얼굴은 더 이상 나이를 먹지 않았다. 예나 지금이나 온화하게 미소 띤 얼굴로 하야코를 맞이했다.

'하야코, 거기서 뭐하니? 어서 들어오지 않고.'

아버지의 목소리가 옆구리를 할퀴고 달아났다. 분명 아버지의 환영인데도 실물을 보는 것처럼 생생했다. 코끝이 찡하게 울렸다. 아버지의 비참한 최후를 전해 듣고 얼마나 많이 울었던가.

"어서 오너라."

이라부는 하야코의 기척을 눈치채고 자리에서 일어났다. 하야코는 아버지의 영정 앞에 향을 피우고 자리에 앉았다.

"널 개성에 보낼 때도 이리 마음이 심란하지는 않았다."

큰일을 앞두고 잠이 오지 않는 것은 오래전부터 겪어 온 일이었다. 마음 같아서는 당장에라도 홀로 한국에 건너가고 싶지만, 그의 뜻대로 될 수 있는 일이 아니었다. 이라부에게 출국 금지 명령이 내려진 것은 오 년 전이었다. 지금도 두 달에 한 번 꼴로 교토 문화재 관리국 직원이 찾아와 조용한 가슴에 불을 지피고 사라진다.

"염려 마세요. 전 뭐든 할 수 있어요. 그때도 잘 해냈잖아요."

하야코는 여전히 자신감이 넘쳐 보였다. 그러나 이번엔 달랐다. 개성에는 일본 호리꾼들이 남긴 비밀 지도, 현화사 절터라는 뚜렷한 목표 지점이 있었으나 지금은 무엇 하나 확실한 것이 없었다. 마에다가 남긴 유품만 가지고는 초조대장경 경판이 실재하고 있는지, 마에다가 찾아간 곳이 해인사인지도 자신할 수 없었다.

이라부는 표 나지 않게 한숨을 토해 냈다. 하야코가 한국에서 겪게 될 곤혹스런 일이 벌써부터 눈에 훤했다.

"어제 최만준과 통화를 했다. 너도 그 친구 잘 알지?"

"그럼요. 한국에 있을 때, 절 무척 귀여워해 주셨잖아요."

"그 친구가 많은 도움이 될 거야."

"잘됐네요."

그나마 하야코의 길잡이가 되어 줄 인물이 한국에 있다는 것이 다행스런 일이었다. 최만준 역시 이번 일에 지대한 관심을 가지고 있었다.

"그런데 최만준이가 이상한 소리를 하더구나. 한국에서도 초조대장경을 기록한 고문서가 나돌고 있다는 거야."

"고문서요?"

"그래. 듣자 하니 고려의 대학자가 남긴 글이라고 하는데……."

어제 최만준과의 통화에서 뜻밖의 소식을 전해 들었다. 한국의 문화재 밀매 시장에서도 초조대장경에 대한 소문이 흘러나오고 있다는 것이었다. 그런데 공교롭게도 그 소문의 진원지가 장기봉이었다.

'정말 질긴 인연이로군.'

수화기에서 장기봉이라는 이름 석 자가 흘러나왔을 때, 뭔가 불길하고 꺼림칙한 것이 귓불을 타고 기어 올라왔다.

1980년대 장기봉과 함께 중국 대륙을 누비던 때가 있었다. 때로는 서로 정보를 나누며 힘을 모으는 동지가 되었고, 때로는 권모와 술수를 입에 달고 다니는 협잡꾼으로 변모하기도 했다. 그의 오감은 동물보다 더 예민했고, 그가 점찍은 무덤의 십중팔구는 영락없는 유물 단지였다. 특히 그의 역사 지식은 혀를 내두를 정도로 박학다식했고, 직관력도 아주 빼어났다. 그러나 장기봉은 워낙 술수에 능하고 성격 또한 변화무쌍해서 어디로 튈지 종잡을 수가 없는 인물이었다.

한때 장기봉이 단둥에 둥지를 틀고서 지안 시 외곽의 고구려 무덤을 노리고 있다는 소리를 들은 적이 있었다. 하여튼 신출귀몰한 노인네였다. 여든의 나이에도 손을 놓고 있지 않은 걸 보니 아직도 왕성하게 활동하고 있는 모양이었다. 그런데 장기봉은 어떻게 초조대장경의 냄새를 맡았을까?

"해인사에 도착하거든 먼저 마에다의 행적을 찾는 게 빠를 것 같다. 마에다도 그곳에서 뭔가 단서를 잡았을 거야."

"알았어요."

"너에게 너무 큰 짐을 지우는 것 같구나……."

"짐이라뇨, 그런 소리 하지 마세요. 할아버지의 꿈은 곧 나의 꿈이에요. 아마 하늘에 계신 아버지도 이 소리를 듣고 있을 거예요."

하야코는 할아버지가 초조대장경을 찾아 나선 때부터 무엇을 염두에 두고 있는지 잘 알고 있었다. 아버지의 명예 회복, 그것은 할아버지가 꼭 풀어야 할 오랜 숙원이었다. 하야코는 아버지 영정 앞에 큰절을 올렸다.

이제 내일이면 한국으로 건너가야 한다. 그곳에는 할아버지의 간절한 소망이 기다리고 있었다. 할아버지의 꿈, 그것은 아버지의 이름을 딴 박물관을 교토에 세우는 일이었다. 지하 방공호에 온갖 유물을 보관한 이유도 바로 여기에 있었다.

하야코는 절을 올린 뒤 아버지 영정 앞에 다소곳이 앉았다. 그리고 속으로 나지막이 아버지를 불렀다.

'아버지, 제게 힘을 주세요⋯⋯.'

동행

1

1967년 일본 교토의 고찰 남선사에서 불교 역사의 한 획을 긋는 위대한 문화재가 발견되었다. 법당 지하실 바닥 아래서 이천여 권이나 되는 초조대장경 인쇄본이 대량으로 쏟아져 나왔다. 천 년 가까이 전설의 대장경으로 떠돌던 초조대장경이 마침내 깊은 잠에서 깨어나는 순간이었다. 그와 더불어 초조대장경의 장엄한 역사가, 그 위대한 발자취가 비로소 세상에 모습을 드러냈다.

초조대장경 인쇄본의 발견은 불교계는 물론 학계에서도 엄청난 반향을 불러일으켰다. 사람들은 이 낡은 인쇄본 책자를 보고 놀라움을 감추지 못했다. 초조대장경이 발원된 것은 1011년, 당시 고려 목판 인쇄술의 결정체가 이 인쇄본에 고스란히 녹아나 있었다. 초조대장경 인쇄본은 당대 아시아의 지식을 집대성한 거대한 지식 창고였다. 이는 일본에서도 대단한 뉴스로, 당시 일본 언론은 '천 년의 비밀이 벗겨지다' 라는 제목으로 이 사실을 대대적으로 보도했다.

초조대장경 인쇄본이 발견된 후 이제 그 존재를 의심하는 사람은 없었다. 그런데 한편에서는 또 다른 의문이 슬며시 고개를 들었다. 몇몇 사람은 적은 양이나마 초조대장경 경판이 남아 있을지도 모른다고 조심스럽게 의문을 제기하였다. 족히 수만 개에 이르렀을 초조대장경 경판이 단 한 번의 화재로 모두 사라졌다는 것은 쉽게 납득이 가지 않는다는 주장이었다.

그러나 그런 소리에 귀를 기울이는 사람은 거의 없었다. 설령 타다 남은 경판이 있다고 해도 천 년이라는 세월이 흘렀는데, 지금까지 별 탈 없이 보존될 수 있겠느냐고 이의를 달았다.

그런데 1970년대 이후 이런 의문의 발자취를 소리 소문 없이 추적하는 이들이 하나둘씩 생겨났다. 보물 사냥꾼에서 도굴꾼에 이르기까지 이들의 직업은 아주 다양했다. 그중에는 아주 특별한 인물도 있었는데, 바로 교토 남선사의 고승인 미노루 주지였다.

미노루 스님은 초조대장경 인쇄본을 최초로 발견한 인물이었다. 그는 한국에도 잘 알려진 고승으로, 오래전부터 한국과 일본의 사찰을 오가며 초조대장경 자료를 수집해 왔다. 그런데 이 인쇄본을 처음 발견한 지 사 년 후인 1971년 9월, 미노루 스님이 갑작스런 돌연사로 세상을 떠났다. 한국을 다녀온 지 불과 사흘 만에 급사한 것이었다. 미노루 스님의 임종을 지켜본 안국사 주지인 이시하라는 그날의 상태를 다음과 같은 글로 남겼다.

입술이 찢어지고 혀가 문드러졌다. (脣破舌爛)
두 귀가 부어서 커지고 복부가 팽창하고 항문이 벌어졌다. (兩耳脹大, 腹部膨脹, 糞門脹綻)

온몸에 작은 포진이 발생하고 상반신이 푸르게 변했다. (遍身發小皰, 上一半青)

이는 야갈이라는 독초에 중독된 것이 틀림없다. (必野葛毒草中毒)

이 독은 삼 일 밤이 지나야 비로소 증상이 나타난다. (此毒經三宿日)

당시 미노루 스님의 뜻밖의 입적을 두고 여러 의혹의 시선이 있었다. 몇몇 승려는 미노루 스님이 이미 한국에서 야생 독초에 중독되었을지도 모른다는 의견을 조심스럽게 내놓았다. 교토 문화재 관리국은 미노루 스님의 정확한 사인을 위해 부검할 것을 권유했으나, 남선사 승려들은 미노루 스님의 몸에 칼을 대는 것을 있을 수 없는 일이라며 반대 의사를 분명히 했다. 결국 미노루 스님의 사체는 부검되지 않았고, 그의 정확한 사인도 시간의 장막 속에 묻히고 말았다.

미노루 스님은 1967년 초조대장경 인쇄본을 발견한 후 한국을 수시로 드나들며 사 년여 동안 방대한 자료를 입수했다. 그는 입적하기 직전까지도 초조대장경 경판이 어딘가에 남아 있을 것이라고 확신하고 있다. 그러나 남선사 승려들은 미노루 스님이 찾아낸 초조대장경 자료를 외부에 공개하지 않고 이 자료를 석장굴에 오래도록 비장(秘藏)한 채 기약 없는 훗날을 도모했다.

그로부터 삼십 년 후인 2002년 3월, 남선사에서 전대미문의 사건이 발생했다. 지난 수세기 동안 한 차례도 외부인의 침입을 허용하지 않던 남선사 석장굴이 한 도굴꾼에게 털린 것이다. 이 도굴꾼은 석장굴 안에 있는 다른 유물에는 손도 대지 않고 오직 미노루 스님이 남긴 자료만 가지고 달아났다. 기이한 일이었다. 이 사건 이후 석장굴에 안치했던 국보급 유물은 대거 누각 안으로 이전했으며, 사찰 안의 경비는 한층 더 강화됐다.

2

남선사 실사단은 모두 네 명으로 구성되었다. 천경준 교수와 김 조교, 신문 기자인 강현주, 그리고 나머지 한 명은 장재석이었다.

천 교수는 초조대장경 발원 일천 년 기념 학술대회의 한국 대표로, 초조대장경 논문만 해도 수십 편에 이를 정도로 이 방면에는 한국 최고의 권위자였다. 초조대장경 인쇄본이 지하 밀매 시장에서 처음 발견되었을 때, 이를 국보로 지정해야 한다고 강력하게 주장한 인물이 천 교수였다.

이번 실사단은 한국 정부의 정식 요청으로 추진되었다. 초조대장경 발원 천 년을 앞두고 고려대장경 복원을 위한 마지막 작업이었다.

그러나 정찬국의 속내는 다른 데 있었다. 초조대장경의 복원보다는 아예 초조대장경의 실물을 찾고자 했다. 정찬국이 실사단의 핵심 인물인 천 교수보다 재석에게 각별히 신경을 쓴 것도 이 때문이었다. 그래서인지 실사단의 인원 구성은 남선사 방문을 앞두고 정찬국이 급조한 흔적이 역력했다. 애초 실사단 명단에 잡혀 있던 두 명의 스님이 개인 사정으로 불참하고 재석과 강현주가 실사단에 합류했다.

정찬국은 어제 재석을 따로 불러 남선사에서 해야 할 일을 일일이 일러 주었다.

"이번 일을 그르치는 순간, 그날이 바로 자네나 나나 사망 통지서를 받는 날일세."

정찬국의 표정은 교주처럼 근엄했고, 목소리는 독립투사처럼 비장했다. 그의 말마따나 이번 일은 목숨을 건 도박이나 다름없었다.

"그러나 이번 일을 잘 마무리하면 자네 이름은 역사에 영원히 기록될 거야."

정찬국은 통이 크고 의욕이 강한 인물이었다. 요리조리 몸을 사리며 나라의 세금이나 축내는 일반 관리와는 차원이 달랐다. 재석과 헤어질 때는 여행 경비에 쓰라면서 백만 원을 호주머니에 찔러 넣어 주었다.

교토 하늘은 맑고 쾌청했다. 하늘엔 솜사탕을 뽑아내기에 딱 알맞은 실구름이 여러 갈래로 흩어져 있었다.

"환영하므니다."

실사단 일행이 공항 주차장에 대기하고 있는 승합차에 오르자, 조수석의 곰처럼 생긴 승려가 어색한 한국말로 그들을 맞이했다.

"어제 잠 안 잤어요?"

승합차 뒷좌석에 앉자마자 강현주가 볼멘 목소리로 물었다.

"아뇨. 푹 잘 잤소."

"근데 왜 비행기에서 잠만 자요. 혼자 심심해서 죽는 줄 알았잖아요."

강현주는 앵두 같은 입술을 씰룩거렸다. 그녀는 생기발랄하고 적극적인 여자였다. 처음 만나는 사람에게도 전혀 거리를 두지 않고 오지랖이 넓은 중매인처럼 누구와도 잘 어울렸다. 재석은 창밖으로 고개를 내밀고 교토 거리를 물끄러미 바라보았다.

교토는 일본의 전통이 그대로 살아 숨 쉬는 도시다. 이곳은 천 년 동안 일본의 수도였던 곳으로, 중국 한나라의 도읍지인 장안(長安)을 모델로 만들어졌다. 크고 긴 대작대로가 반듯하게 펼쳐져 있었고, 눈길을 주는 곳마다 일본 전통의 냄새가 물씬 풍겨 나왔다. 일본의 전통 의상인

기모노를 입은 여성을 쉽게 볼 수 있는 곳도 교토다. 교토는 일본 역사의 시작이며, 전통과 권위의 상징이다. 무엇보다 교토의 자랑거리는 일본에서도 최고의 문화유산을 보유하고 있다는 점이다.

"알고 보면 교토는 억세게 운이 좋은 도시죠. 이런 문화재 덕분에 원폭의 피해를 면할 수 있었으니까요."

강현주가 심드렁하게 말했다.

"그게 무슨 소리죠?"

앞좌석에 앉은 김 조교가 힐끔 뒤를 돌아다보았다. 김 조교는 한국을 떠날 때부터 천 교수 옆에 그림자처럼 붙어 다녔다.

"2차 세계 대전 당시 미국이 원폭을 투하하려고 했던 곳이 교토였어요. 그런데 교토에 국보급 문화재가 많이 있다는 것을 알고 투하 지역을 바꿨죠."

1945년 일본의 원폭 투하 후보지로 떠오른 곳은 고쿠라, 히로시마, 니가타, 교토였다. 애초 미군은 교토를 원폭 투하의 가장 적합한 지역으로 선정했다. 대도시라는 지형적인 조건 이외에도 시가지가 넓고 삼면이 산으로 둘러싸여 원폭의 폭풍이 최고의 효과를 발휘할 것이라고 여겼다. 또한 이 지역에는 지식인이 많이 거주하고 있어서 그 피해가 일본 정부에 제대로 전달되리라고 믿었다.

그런데 원폭 투하 명령이 내려지기 나흘 전, 교토는 원폭 투하 지역에서 제외되었다. 일설에 따르면 하버드 대학 미술관의 동양부장이 일본의 고도(古都)인 교토와 나라만은 폭격하지 말아 달라고 미국 정부에 강력하게 호소했다는 것이다. 그 덕분에 교토의 문화재는 지금까지 고이 보존할 수 있었다.

"그래서 나가사키가 선정된 건가요?"

"그렇죠. 이를테면 나가사키가 교토 대신 독박을 쓴 셈이죠."

교토 거리는 사찰과 신사(神社)가 즐비하게 늘어서 있었다. 큼지막한 해태상을 앞세운 신사가 눈 깜짝할 사이에 지나쳤다.

일본은 신의 나라이다. 이들이 모시는 신만 해도 그 수가 육백만에 이른다. 일본인은 신을 전지전능한 힘을 가진 불세출의 영웅으로 인식하지 않는다. 자신에게 맞는 상대를 골라 그를 신으로 섬길 뿐이다. 교토는 이런 신사가 가장 많이 모여든 곳으로도 유명하다.

실사단이 남선사에 도착한 것은 오후 두 시 무렵이었다. 실사단 일행을 태운 승합차는 주차장을 한 바퀴 빙 돌더니 사찰 입구에 멈추었다.

차에서 내리자 거대한 목조 문이 장벽처럼 앞을 턱 가로막았다. 절의 입구를 상징하는 삼문(三門)이었다. 이중문으로 된 삼문의 높이는 족히 이십 미터는 되어 보였다. 삼문을 받치고 있는 나무 기둥은 어른 두 명이 양팔을 벌려도 닿지 않을 만큼 굵었다. 이것만 보아도 얼추 남선사의 규모를 짐작할 수 있었다. 삼문 옆쪽에는 남선사 전경이 그려진 안내판이 붙어 있었는데, 이 안에는 크고 작은 건물이 족히 삼사십여 개는 되어 보였다. 재석은 일행에서 벗어나 안내판을 꼼꼼하게 훑어보았다.

"이 안내판만 보더라도 남선사의 규모를 짐작할 수 있겠죠?"

강현주가 재석 옆으로 다가와 고개를 치켜들었다.

"여길 보세요. 이 남선원이 우리가 묵을 곳이에요."

남선원은 본당과 누각에서 그리 멀리 떨어져 있지 않았다. 그러나 아무리 눈을 비비고 찾아봐도 안내판에 석장굴은 없었다. 석장굴은 그들만이 알고 있는 금단의 구역인 것이다.

"어서 들어가요."

실사단 일행은 남선사 승려를 따라 경내 안으로 들어섰다. 남선사 경내는 울긋불긋한 옷차림의 관광객들로 붐비고 있었다. 단체 수학여행을 온 학생들도 보이고, 서양인의 모습도 많이 눈에 띄었다.

"오! 저 다리는 뭐죠?"

경내 안으로 들어서자 김 조교가 탄성을 자아냈다. 빨간색의 거대한 다리누각이 경내 한가운데를 꿰뚫고 있었다. 다리누각은 마치 로마 시대의 유물을 그대로 옮겨 놓은 것 같았다.

"저건 다리가 아니야. 물을 실어 나르는 수로각(水路閣)이지. 교토는 분지 형태의 구조라서 예로부터 물이 귀했어. 그래서 비파호(琵琶湖)에서 물을 끌어다가 공급했지."

천 교수가 빙그레 웃으며 말했다.

"호수의 물을 이리로 끌어들인다는 겁니까?"

"그렇지."

"정말 대단하네요. 저걸 짓는 데만 해도 꽤나 고생했겠는데요."

김 조교는 남선사의 웅대한 장관에 입을 다물지 못했다. 그뿐이 아니었다. 선당의 중심 가람인 법당, 주지승이 기거하는 본당, 로마풍의 수로각 등 그 크기가 한국의 가람과는 비교가 되지 않았다. 경내 안은 연못과 수목으로 이루어진, 전형적인 일본식 정원으로 꾸며져 있었다.

경내 안을 둘러보는 재석의 눈길은 오직 한군데에만 쏠려 있었다. 그곳은 남선사를 관통하는 심장부, 석장굴이었다.

3

부산 앞바다는 눈이 시릴 정도로 푸르렀다.

'꼭 십오 년만이야……'

모든 게 낯이 익었다. 구수하고 익숙한 말투, 무언가에 쫓기듯이 바빠 보이는 사람들, 부둣가 주변을 맴도는 갈매기, 출항을 알리는 뱃고동 소리까지……. 부산 앞바다는 오랜만에 찾아온 하야코를 푸근하게 받아들였다.

그 어느 때보다도 꿈이 많은 사춘기, 하야코는 그 시절을 부산에서 보냈다. 할아버지와 끝을 알 수 없는 유랑 생활에서 마지막으로 정착한 곳이 부산이었다. 사 년이라는 짧지 않은 세월 동안 교토가 그리울 때면 바닷가에 나와 먼 바다를 보곤 했다. 친한 친구도, 가슴을 터놓고 지낼 사람도 없었기에 바다만이 그녀의 유일한 벗이었다. 하야코는 부산 앞바다와 짧은 해후를 끝내고 해운대 호텔 커피숍으로 향했다.

이제 비로소 실감이 났다. 부산 앞바다의 거센 물결을 보자, 가슴 한 구석에 자리 잡고 있는 불씨들이 서서히 열기를 모으고 있었다.

"이게 누구야, 하야코 아니냐!"

그때 등 뒤에서 걸쭉한 목소리가 들려왔다. 최만준이었다.

"아저씨!"

"하하. 우리 꼬마 아가씨가 이제 어엿한 숙녀가 되어 돌아왔구먼."

최만준은 환한 미소를 띠고 하야코 앞자리에 앉았다.

"이게 얼마만이지? 한 십오 년은 된 것 같은데."

"맞아요."

"세월 참 빠르군. 여기서 널 다시 보게 될 줄 누가 알았겠냐. 하하."

아직 한국 사정에 밝지 못한 하야코에게 최만준만 한 길잡이는 없었다. 그는 전형적인 보물 사냥꾼이었다.

수세기 전부터 신화와 전설을 추앙하는 사냥꾼들이 지구촌에 숨겨진 보물을 찾기 위해 미지의 세계를 두드렸다. 그들은 이글거리는 태양을 벗 삼아 사막과 초원을 뒤지고 망망대해에 뛰어드는 것도 마다하지 않았다. 보물을 찾기만 하면 인생 역전을 노릴 수 있는 '한 방'을 건질 수 있기 때문이었다.

보물 사냥꾼은 도굴꾼이나 문화재 전문털이범과는 근본적으로 다르다. 이들은 때로 정부의 허가받은 발굴자가 되기도 하고 권력자와 결탁하는 협상가가 되기도 한다. 분배의 원칙을 철저히 지키고, 상생의 법칙을 지향한다. 이들이야말로 음지에 가려진 역사를 새롭게 복원시키는 또 다른 발굴자이다. 보물 사냥꾼은 역사의 전문 지식은 물론 보물을 탐지할 수 있는 첨단 장비와 막대한 경비가 소요되는 자금력을 갖춰야 한다. 그래서 보물 사냥꾼 주변에는 늘 물질적인 지원자와 정보 제공자가 공생의 역할을 한다. 하지만 이런 지원을 무시하고 직접 보물 탐사 작업에 나서는 이들도 적지 않다.

"할아버지에게 대충 얘기 들었다. 초조대장경 경판이 현존하고 있다니, 놀라운 일이로구나."

초조대장경의 소문은 이번이 처음은 아니었다. 지난 구 년 전, 초조대장경이 지하 밀매 시장을 후끈 달구었을 당시 최만준 또한 모든 일손을 멈추고 이 진귀한 보물에 집중한 적이 있었다.

"아직 확실하지는 않아요."

"모든 게 처음에는 다 그렇게 출발하지. 그러다가 시간이 흐르면서 보물의 윤곽도 차츰 자리를 잡아가기 마련인 게야. 시작은 미약하나 그 끝은 창대한 게 아니더냐. 하하."

"아저씨, 꼭 좀 도와주세요."

"여부가 있겠니. 네 할아버지의 부탁인데 가만히 있을 수 없지. 흠흠."

"할아버지께서 사례금은 원하시는 대로 드리겠다고 약속했어요."

"돈 때문이라면 사람 잘못 봤다. 내가 어떻게 네 할아버지와 거래를 하겠니?"

최만준은 자존심이 상하기라도 한 듯 인상을 찡그렸다. 오래전 이라부가 베푼 은혜를 한 번도 잊은 적이 없었다. 언젠가 기회가 오면 반드시 그 은혜를 갚아야겠다고 마음 한구석에 깊이 새겨 두고 있었다. 이라부는 그의 목숨을 두 번이나 구한 생명의 은인이었다.

"미안해요. 기분이 상하셨다면 사과드릴 게요."

"이제 비로소 네 할아버지의 은혜를 갚을 때가 온 것 같구나."

이라부와의 각별한 인연도 보물 탐사 작업으로부터 시작되었다.

일본 규슈의 하카타 만(灣)은 칭기즈 칸의 무덤과 함께 보물 사냥꾼들이 가장 마음에 두고 있는 지역 중에 하나다. 13세기 일본 정벌에 나선 여몽(麗蒙) 연합군은 이 지역에서 태풍을 만나 수많은 군함이 수몰되었다. 몽골과 고려의 군함에 실려 있는 엄청난 양의 유물은 보물 사냥꾼들의 입맛을 돋우는 데 조금도 부족하지 않았다. 그래서 이곳에는 지난 백 여년 전부터 동서양을 가리지 않고 한탕을 노리는 보물 사냥꾼들의 발길이 끊이지 않았다. 최만준과 이라부도 예외는 아니었다.

십여 년 전, 최만준은 하카다 만에서 침몰된 몽골군의 유물을 찾으려고 이라부와 손을 잡았다. 최만준은 한국 기업의 든든한 지원을 받고 있었고, 이라부 역시 교토의 사업가가 뒤를 받쳐 주고 있었다. 이른바 한일 간의 공동 프로젝트였다. 그러나 13세기의 바닷길은 쉽게 열리지 않았다. 두 달 가까이 망망대해와 싸우며 수중 발굴에 나섰지만, 도자기 한 점도 건지지 못했다. 당시 잠수부와 수중 탐사 요원 등 보물 사냥에 동원된 사람들은 모두 지칠 대로 지쳐 있었다.

한차례 태풍이 몰아친 것은 그날 오후였다. 보물 인양선은 부두로 회항하려 했으나 이미 배는 태풍의 사정권 안에 갇혀 있었고, 어쩔 수 없이 태풍과 맞서는 수밖에 없었다. 그런데 뜻하지 않은 일이 벌어졌다. 뱃머리 가까이에 있던 최만준이 갑작스레 불어 닥친 태풍에 휩쓸려 그만 바닷속에 빠지고 말았다. 눈앞이 캄캄했다. 제아무리 수영 실력이 뛰어나도 산사태처럼 몰아닥치는 거대한 파도를 이겨 낼 수 없었다. 바로 그때 최만준에게 내미는 구원의 손길이 있었다. 이라부가 구조용 튜브를 매고 바다에 몸을 던진 것이다.

"그때 네 할아버지가 아니었으면 난 상어 밥이 되었을 거야. 지금도 그때를 떠올리면 눈앞이 아찔해진다. 후후. 모두들 바다에 빠진 나를 보고 발만 동동 구르고 있었지. 그런데 백발이 성성한 노인네가 바다에 뛰어들 줄 누가 알았겠냐. 무덤에 들어가서도 그 은혜는 가슴에 새겨 둘 거다."

최만준은 지옥의 문턱에 다녀온 사람처럼 긴 한숨을 내쉬었다. 그날 이후 그들의 야심찬 프로젝트도 수포로 돌아가고 말았다. 두 달 넘은 기간 동안 유물 한 점 건지지 못했으나, 최만준은 이라부라는 생명의 은인을 얻었다.

"장기봉이라는 노인은 어떤 분인가요?"

"너구리 영감? 네가 그 노인네를 어떻게 아느냐?"

"할아버지에게 얘기 들었어요."

"후후. 아주 더럽고 비열한 늙은이야. 네 할아버지와는 하늘과 땅 차이지. 그러나 유물 냄새를 맡는 데는 그 영감탱이를 따라올 자가 없어."

"한국에서도 초조대장경을 찾고 있다는 소문이 있다면서요?"

최만준은 고개를 끄떡였다. 장기봉이 직접 발 벗고 나선 걸로 봐서 이번 소문은 결코 헛소문으로 그칠 것 같지가 않았다. 그러나 한편으로는 미심쩍은 구석도 눈에 밟혔다. 용의주도한 너구리 영감이 동네방네 소문을 내고 다니는 게 이해가 가지 않았다.

"마에다의 유품이 어떤 건지 보자."

구 년 전 마에다의 죽음으로 막을 내린 줄 알았던 소문은 부활의 조짐을 보이고 있었다. 이 바닥에서의 소문이란 망자의 영혼까지 불러낼 정도로 그 생명력이 아주 질기고 오래간다.

최만준은 이라부의 전화를 받았을 때부터 아주 독특한 느낌을 받았다. 뭐랄까, 오랜만에 유물다운 유물을 접한 기분이라고나 할까. 하긴 최근 몇 년 동안 눈길을 끌 만한 보물이 나타나지 않아 이 바닥도 예전과 달리 생기를 잃어 가고 있었다. 어느 시장이나 그렇듯이 새롭고 눈길을 확 끌 만한 물건이 나와야 활기를 찾기 마련이다. 초조대장경이야말로 큰손 장물아비들의 구미에 딱 알맞은 보물 중의 보물로, 벌써부터 밀매 시장을 후끈 달구고 있었다.

"어때요? 해인사를 말하고 있는 게 틀림없죠?"

최만준은 조선 승려가 그려진 그림, 연꽃 속의 卍 자 문양, 조선총독부 기밀문서, 만당의 계보 등을 차례대로 훑어보았다.

"사명대사사적비라……"

마에다 유품만으로는 초조대장경의 존재를 확실히 짚어 낼 수가 없었다. 해인사를 지칭하고 있는 것은 분명하나, 초조대장경과는 연결이 닿지 않았다. 이라부의 말대로 일단은 마에다의 행적을 쫓는 수밖에 없었다. 그의 오랜 경험으로 미루어 볼 때 이런 일은 밑도 끝도 없이 막을 내리는 경우가 허다했다. 귀동냥으로 흘러 들어오는 소문은 셀 수 없이 많은데 무엇 하나 확실하게 귀에 꽂히는 것은 없었다. 어찌 됐든 뜬구름 잡기 식의 소문보다 이런 구체적인 자료가 있다는 것이 그나마 다행스런 일이었다.

"이 문서 겉장에 적힌 글은 뭔가요?"

자통홍제존자라는 문구는 교토를 떠나기 전까지 해독하지 못한 글이었다.

"낯이 익은 글귀이긴 한데…… 잘 떠오르지 않는구나."

"이건 마에다가 직접 쓴 글이에요."

"알았다. 일단 해인사부터 가 보자."

최만준은 주스 잔을 비우고 자리에서 일어났다.

"해인사에 잘 아는 스님이 있다고 들었어요."

"그래. 우리에게 큰 도움이 될 거다. 해인사는 내게 맡겨라."

"고마워요, 아저씨."

"고맙기는. 은혜를 입었으면 은혜를 갚는 것이 사람의 도리지."

호텔 커피숍을 나온 그들은 곧바로 버스 터미널로 향했다.

차창 너머 엇비슷한 풍경이 달리는 버스 뒤로 주춤주춤 물러섰다. 실구름만 겨우 걸쳐 입은 하늘은 산속에서 빠져나온 실개천을 넉넉히 굽어보고 있었다. 버스는 해인사 톨게이트를 빠져나오면서 서서히 속도를 줄였다. 이윽고 이차선 국도 위의 표지판에 낯익은 흰색 글자가 눈에 들어왔다. 해인사였다.

4

실사단 일행이 여장을 푼 곳은 남선원이었다.

남선원 안에는 내방객을 위한 방이 따로 마련되어 있었는데, 다다미가 깔려 있는 전형적인 일본식 방이었다. 코끼리와 연꽃이 어우러진 벽지에는 이 방이 극락세계로 가는 입구임을 은근히 과시하고 있었다. 재석은 간편한 옷으로 갈아입고 방을 나왔다.

"사찰 경관이 너무 멋지지 않나요?"

툇마루에 앉아 있던 강현주가 재석에게 다가왔다.

"머리털 나고 이리 큰 절은 처음 봤소."

"일본의 절은 대부분 규모가 크죠. 어때요, 산책하지 않을래요?"

"좋소."

그렇지 않아도 사전 답사하는 기분으로 남선사 경내를 차분히 둘러볼 생각이었다.

"교토가 초행이 아니오?"

재석이 물었다.

"교토는 이번이 세 번째예요. 재석 씨는 일본 말 잘해요?"

"간단한 대화는 나눌 수 있을 정도요. 댁은 어떻소?"

"난 어렸을 때 도쿄에서 자랐어요."

"재일 교포요?"

"아니에요. 아버지가 도쿄에서 무역업을 했어요."

그때 마루로 이어진 끝 쪽 방문이 열리고 천 교수가 고개를 내밀었다.

"자네들 어디 가나?"

"산책 좀 하려구요."

"마침 잘됐군. 나도 끼워 주겠나?"

"물론이죠. 김 조교는요?"

"김 조교는 내일 일정 때문에 할 일이 많아."

남선사 산책길은 한 폭의 동양화처럼 유려하게 펼쳐져 있었다. 기다란 수로에는 맑은 물이 흘러내리고, 작은 연못에는 금붕어가 한가롭게 노닐고 있었다. 경내 정원은 돌과 모래가 함께 어우러져 은은한 정취를 자아냈다. 남선사는 일본 정원 양식의 대표적인 건물로, 한국의 절과는 달리 인공적인 미를 살린 게 특징이다. 그러나 너무 깔끔하게 조성된 탓인지 자연의 순수한 맛은 느낄 수가 없었다. 재석은 그들과 산책하는 동안 경내 구조를 꼼꼼히 새겨 두었다.

정찬국이 준 지도에는 석장굴이 본당과 누각 중간에 표시되어 있었다. 그들이 묵고 있는 남선원에서 오십여 미터 정도 떨어져 있었고, 누각 밖에는 작은 울타리가 쳐져 있었다.

"남선사에는 우리 문화재가 많이 있다면서요?"

강현주가 천 교수 옆으로 바싹 다가서며 물었다.

"초조대장경 인쇄본은 물론 고려 예술의 극치를 이루고 있는 고려 불화도 남선사가 가장 많이 소장하고 있지."

고려 시대의 회화를 살펴볼 수 있는 가장 풍부한 자료는 『어제비장전(御製秘藏詮)』의 판화이다. 이 자료의 서른 권 중 열세 권은 남선사에서 소장하고 있다. 이 그림에는 불교에 대한 고려인들의 신앙관이 잘 드러나 있는데, 대자연을 배경으로 산수가 가미되어 아름다움의 극치를 이루고 있다.

"임진왜란 때 왜군들이 약탈해 간 건가요?"

"그렇지. 당시 남선사는 왜군의 전초 기지였거든."

천 교수는 가는 한숨을 토해 냈다.

"약탈 문화재가 어디 고려 불화뿐이겠나? 이들이 스스로 공개하지 않는 한 얼마나 많은 우리 국보급 문화재가 있는지 알 길이 없어. 남선사는 일본 내에서도 아주 폐쇄적인 절로 알려져 있지. 오죽하면 일본 사학자들 사이에서도 이 절을 가리켜 '은둔의 사찰'이라고 부를까."

본당 뒤편을 거닐던 재석은 걸음을 멈추고 주위를 둘러보았다. 방금 전까지 경내를 산책하던 관광객들이 보이지 않았다. 그러고 보니 본당 쪽으로 들어선 뒤로 인적이 뚝 끊겼다. 본당 입구에는 붉은 글씨로 '출입 금지'라는 팻말이 박혀 있었다.

"여기는 관광객들이 오지 못하는 곳입니까?"

"그렇다네. 사찰 내방객만이 올 수 있는 곳이지. 본당 뒤로는 일반인의 접근이 금지되어 있어. 남선사는 관광객과 특별 내방객, 그리고 승려들이 이용하는 곳이 철저히 구분되어 있지."

"저 사람은 누군가요?"

재석이 본당 난간 앞에 서 있는 중년 사내를 눈짓으로 가리켰다. 본당에 들어선 뒤부터 줄곧 그 중년 사내의 눈길이 그들의 움직임을 따라잡고 있었다.

"이곳 관리인 같군."

"그런데 왜 우리를 계속 지켜보는 겁니까?"

"한때 이곳은 도굴꾼과 문화재 전문털이범이 활개 치는 곳으로 유명했네. 귀중한 보물을 소장하고 있다는 소문 때문에 전국 각지의 도굴꾼들이 몰려들었거든."

"요즘도 그런 도굴꾼들이 있나요?"

"다 지난 일이지. 이젠 제아무리 날고 기는 도굴꾼이 와도 이곳은 끄떡없을 거야."

"그럼, 저 사람은 우릴 감시하고 있는 건가요?"

강현주는 불쾌한 기색을 감추지 않았다.

"어느 누구든 내방객으로 들어서면 예외가 없어."

"이해가 안 가는군요. 방문객을 감시하다니."

"그뿐이 아니야. 저길 보게."

천 교수가 본당 처마에 붙어 있는 감시 카메라를 가리켰다.

"절 안에는 이런 감시 카메라가 수십여 개나 있어."

재석은 경내에 들어섰을 때부터 감시 카메라를 눈여겨보았다. 산책길을 거닐면서 가장 먼저 확인하려고 했던 것도 CCTV의 위치였다.

"수세기 동안 경비가 철통같은 이곳도 한차례 도굴꾼에게 털린 적이 있었지. 내 기억으로는 그때가 월드컵이 열렸던 해 같은데."

"2002년이로군요."

"바로 그때가 실사단이 두 번째로 남선사에 방문했던 해였지. 도굴꾼에게 털린 후부터 경내 경비가 더욱 강화된 것 같아. 본당 쪽에 관광객의 출입을 통제하는 것도 이 때문이지. 이번에 와 보니 그때와는 달리 감시 카메라도 눈에 띄게 많이 설치했더군."

"도굴꾼이 가져간 게 무엇인가요?"

강현주가 물었다.

"그걸 어찌 알 수 있겠나. 남선사 스님들은 경내에서 벌어지는 일은 절대 밖으로 누설하는 일이 없어. 어쨌든 자네들도 이곳에 머무는 동안 공연히 의심 가는 행동은 삼가도록 하게."

"교수님, 저건 뭔가요?"

산책길이 끝나는 곳에 작은 봉분 하나가 외롭게 누워 있었다. 봉분

앞에는 개울물이 졸졸 흐르고 있었고, 그 뒤로는 울창한 나무들이 빼곡히 들어차 있었다.

"무덤일세."

"무덤이요?"

"그래. 남선사 주지를 지낸 미노루 스님의 무덤이지. 미노루 스님은 초조대장경 인쇄본을 처음 일본 언론에 알린 스님이네."

귀가 솔깃한 소리였다. 무덤의 주인공은 천 년 가까이 묻혀 있는 고려의 영혼을 바깥 세계로 끄집어낸 장본인이었다. 그런데 어찌 경내 무덤에 잠든 것일까?

"희한한 일이군요. 절 안에 무덤이 있다니. 스님들은 입적을 하면 화장을 하지 않나요?"

이번엔 재석이 물었다.

"미노루 스님은 초조대장경 인쇄본을 발견하고 사 년 후에 입적했는데, 당시 스님의 사인을 두고 이런저런 말이 많았지."

"자연사한 게 아니로군요."

"그래. 돌연사였지. 어떤 이는 미노루 스님이 교묘하게 살해된 것이라고 주장하기도 했네. 하여튼 여러 말들이 있지만 모두 믿을 게 못 돼."

"타살이라면 근거가 있어야 하잖아요?"

"이를테면 직접적인 타살은 아닌 거지…… . 미노루 스님은 입적을 앞두고 매장을 해 달라는 유언을 남겼다고 하더군. 일본의 스님들이 매장을 하는 것은 아주 드문 일인데, 이런 경우는 뭔가 깊은 곡절을 담고 있을 때 이를 무덤 속으로까지 가져간다는 의미가 담겨 있다고 하네."

천 교수의 말이 귀에 쏙쏙 들어왔다.

"그런데 공교롭게도 미노루 스님이 입적하기 전에 한국에 다녀갔다고 하더군."

그때 봉분을 등지고 돌아서는 천 교수의 입에서 뜻밖의 소리가 튀어나왔다.

"우리나라에요?"

"그렇다네. 미노루 스님은 한국에서 일본으로 돌아온 지 사흘 만에 입적한 거지. 자, 이제 그만 들어가자구."

재석은 그 자리에 홀로 남아 푸른 잔디에 둘러싸인 봉분을 유심히 지켜보았다. 몸 하나 겨우 감쌀 작은 봉분이 황제의 묘처럼 거대하게 다가왔다. 과연 남선사 주지가 무덤 속까지 가지고 가려던 곡절은 무엇이었을까?

산중턱에는 해가 뉘엿뉘엿 지고 있었다.

5

해인사는 통도사, 송광사와 함께 삼보사찰(三寶寺刹)이라고 불린다. 삼보란 불교에서 귀하게 여기는 세 가지 보물이라는 뜻으로, 불보(佛寶)·법보(法寶)·승보(僧寶)를 가리킨다. 불보는 중생을 가르치고 인도하는 석가모니를 말하고, 법보는 부처가 스스로 깨달은 진리를 중생을 위해 설명한 교법이며, 승보는 부처의 교법을 배우고 수행하는 제자 집단을 뜻한다. 해인사는 부처의 가르침을 집대성한 고려대장경을 모신 곳이라고 해서 법보사찰이라고 한다.

'그 느낌 그대로야.'

해인사 초입에 들어선 하야코는 차분하게 주위를 둘러보았다. 산문양쪽으로 곧게 뻗어 있는 나무, 세월의 흐름을 묵묵히 간직한 이름 모를 비석들, 천 년 고찰만이 지닌 상서로운 비경(秘境)…… 계곡 사이에서 들려오는 산새들의 재잘거리는 소리도 그대로였다.

해인사는 할아버지와 부산에 머물 때, 두 번이나 다녀간 적이 있었다. 통도사와 송광사도 마찬가지였다. 할아버지는 한국에 머무르는 동안 유서 깊은 명찰을 자주 찾았는데, 법당에 들를 때마다 그곳에 향불을 피우고 비명에 간 아버지의 영혼을 달랬다.

천 년 고찰을 상징하는 부도(浮屠) 밭 옆에는, 금방이라도 풀썩 주저앉을 듯한 고목 하나가 힘겹게 버티고 있었다. 해인사와 동갑인 천이백 살의 이 느티나무의 법명은 '고사목'이다. 신라 때부터 그 장구한 세월을 해인사와 더불어 장좌불와(長坐不臥)로 수행해 온 몸이다.

해인사 일주문에 이르자 양쪽 기둥에 낯익은 글귀가 눈에 들어왔다.

歷天劫而不古

亘萬歲而長今

수천 년을 거슬러 올라가도 옛날이 아니오,

수만 년을 앞으로 나아가도 항상 지금이다.

— 세월을 이리 잘 표현할 글귀가 또 어디에 있겠느냐.

일주문 기둥 옆으로 어린 하야코의 손을 꼭 쥐고 있는 할아버지의 얼굴이 스르르 떠올랐다. 할아버지는 세월의 심오한 뜻을 담고 있는 이 글귀를 무척 좋아했다.

일주문에서 봉황문, 해탈문을 지나는 동안 기둥과 벽에는 원색의 그림들로 가득 채워져 있었다. 그것은 마치 정토의 세계로 들어가기 전에 반드시 거쳐야 하는 길목 같았다.

사찰 안은 평일인데도 많은 사람들로 붐비고 있었다. 유치원 아이에서부터 나이 지긋한 노인들까지 천 년 고찰의 향취를 만끽하고 있었다. 최만준은 평소 안면이 있는 승려들을 찾아다니며 마에다의 사진을 보여 주었다. 마에다의 사진은 교토를 떠나기 전, 그의 아들에게 얻어 온 것이었다.

백육십 센티미터의 작은 키, 통통한 체구에 시원하게 벗겨진 이마……. 마에다의 인상착의 중에서 무엇보다 눈에 띄는 것은 오른쪽 눈썹 위의 손톱 크기만 한 반점이었다.

그러나 마에다를 알아보는 승려는 없었다. 승방에서 고개만을 빼꼼 내민 승려들은 마에다의 사진을 힐끔 쳐다보고는 약속이나 한 듯이 고개를 가로저었다. 설령 이곳에서 마에다와 짧은 만남이 있다고 해도 그를 기억해 내는 것은 무리였다. 구 년이라는 세월은 결코 짧은 시간이 아니었다.

"팔만대장경이 있는 곳으로 가 보죠."

하야코는 팔만대장경을 보관하고 있는 장경판전(藏經板殿) 쪽으로 걸음을 옮겼다.

장경판전은 해인사에 남아 있는 건물 중 가장 오래된 건물이다. 이 건물은 적절한 통풍을 위하여 창의 크기를 각기 다르게 하고 각 칸마다 창을 내었다. 또한 안쪽 흙바닥 속에 숯과 횟가루, 소금을 넣어 습도를 조절하고 있다. 자연의 조건을 이용하여 합리적이고 과학적으로 설계한 것이 특징이다. 지금까지 대장경판을 보존할 수 있었던 것도 이런 자연 조건을 잘 활용했기 때문이다.

장경각은 모든 벽마다 서로 다른 크기의 살창을 만들어 놓았다. 안쪽은 사람이 만든 공간이고 바깥은 자연이 만든 공간이다. 사람과 자연을 연결시켜 주는 유일한 코드는 살창의 작은 틈새밖에 없다. 바로 이 틈새를 통해 대장경판을 볼 수 있다.

하야코는 몸을 낮추고 살창 틈새에 코끝을 살짝 갖다 댔다. 어린 시절 할아버지와 함께 팔만대장경을 봤을 때와는 느낌이 또 달랐다. 종이에 불경을 적어 넣는 필생(筆生), 필생의 글을 판각하는 각수(刻手)의 고른 숨결이 그대로 전해져 오는 것 같았다.

"이곳에 올 때마다 고려인의 위대한 영혼을 느낄 수 있지."

최만준이 엷게 미소를 지었다.

"지금도 믿어지지 않아요. 이런 어마어마한 작업을 13세기에 할 수 있었다는 게……."

"후후, 이것에 비하면 초조대장경이 한 수 위지. 팔만대장경보다 이백여 년 앞서 제작되었으니 말이야."

팔만대장경 제작은 불력에 온 힘을 쏟은 장대한 역사(役事)였다. 팔만여 장의 대장경 경판을 만들기 위해서는 통나무 만오천 개 이상이 필요하다. 필사에 소요되는 한지의 양만도 십육만 장, 파지 등을 합하면 그 세 배인 오십만 장이 소요된다. 그러나 가장 오랜 시간이 걸리는 것은 판각이다. 판각에는 공덕을 쌓기 위해 자진해서 참여한 승려들이 주축이 되었지만 그 외에도 불심이 두터운 문인 가운데서 필력이 뛰어난 인물들이 참여했다. 경판에 글자를 새기는 작업은 능숙한 기술자가 하루 종일 매달려도 사오십 자가 고작이다. 이런 계산이라면 팔만대장경을 만들기 위해 동원된 연인원은 무려 백만 명이 넘는다. 여기에다 나무를 베어 오고 판자를 켜는 인원까지 계산하면 실로 엄청난 인력과 물자가 동원된 작업임을 알 수 있다. 한마디로 고려의 운명을 걸고 온 나라

백성이 혼신의 힘을 기울여 만든 대작이었다.

"마에다가 한국말은 할 줄 아나?"

최만준의 시선이 한 무리의 관광객들이 모여 있는 곳으로 향했다. 법보전 앞에는 일본인 단체 관광객이 가이드의 말에 귀를 기울이고 있었다.

"그건 잘 모르겠어요."

"스님을 만날 게 아니라 통역사를 알아봐야겠다."

"통역사요?"

"그래. 해인사는 일본 관광객이 많이 찾는 곳이야. 사찰 내에서도 이들의 편의를 위해 통역사가 대기하고 있지."

최만준은 경내 안에 있는 종무소(宗務所)로 향했다. 종무소 안에는 검은 뿔테 안경을 쓴 젊은이가 자리를 지키고 있었다. 마에다의 사진을 보여 주며 인상착의를 말하자, 그는 말이 채 끝나기도 전에 고개를 절레절레 흔들었다.

"해인사에 오는 일본 관광객은 일 년에 수만 명이나 됩니다. 그 많은 사람들을 어떻게 기억하겠어요."

"단체로 온 관광객이 아니오. 이 사람은 홀로 왔소."

"그게 언제쯤인가요?"

"2002년이오."

"전 이곳에서 일을 한 지 이제 이 년밖에 안 됐는데."

그때 사무실 안으로 나이가 지긋해 보이는 오십 대 남자가 들어섰다.

"저분께 물어보세요. 여기에서 가장 오래 근무한 분이에요."

최만준은 중년 사내에게 마에다의 사진을 보여 주며 같은 말을 되풀이했다.

"여기 눈썹 위에 커다란 반점이 있소."

중년 사내는 건성으로 훑어본 젊은이와는 달리 마에다의 사진을 유심히 들여다보았다. 이윽고 그는 사진을 내려놓더니 지난 기억을 되살리려는 듯이 두 눈을 지그시 내리깔았다.

"이 반점을 보니 낯이 익은 얼굴인데…… 그때가 언제였더라……."

"아마 한일 월드컵 때일 것이오."

"월드컵? 아, 그러고 보니 생각나는 것 같소. 아마 그날이 폴란든지 미국인지 한국의 경기가 열리는 날이었소. 당시 월드컵의 열기는 해인사에서도 아주 뜨거웠다오. 하하."

사내의 얼굴에는 아직도 월드컵의 열기가 남아 있었다.

"그날 종무소에서 TV를 지켜보고 있는데, 그때 이 사람이 왔던 것 같소. 사찰 내에는 관광객이 거의 없어서 기억이 나오. 아마 내 기억으로는 이 사람의 키가 매우 작은 걸로 아는데……."

"맞소. 키가 작고 통통한 편이오."

"음. 예의가 바르고 우리 문화재에 특별히 관심이 많은 일본인이었소. 그는 유독 대장경에 대해 많은 질문을 했던 것으로 기억하고 있소."

"그게 무슨 대장경이오? 혹시 초조대장경을 말하지 않았소?"

"초조대장경? 팔만대장경 이전에 만들었던 그 대장경 말이오?"

최만준은 고개를 끄떡였다.

"허허. 내 여기서 오래도록 근무했지만, 초조대장경에 대해 말하는 사람은 댁이 첨이오. 초조대장경은 고려 때 모두 소실되지 않았소."

사내의 말에도 일리가 있었다. 이 대명천지에 누가 초조대장경에 관심을 기울일 것인가.

"대장경 말고 다른 말은 없었소?"

"그건 잘 기억나지 않소. 하도 오래된 일이라……."

"혹시 그 일본인이 뭘 찾지 않던가요?"

이번엔 하야코가 능숙한 한국말로 물었다.

"그러고 보니 어떤 비석을 물었던 것 같은데……."

그때 조선총독부 기밀문서에 적힌 사명대사사적비가 떠올랐다.

"사명대사사적비가 아닌가요?"

"그런 것 같소. 다른 건 잘 기억이 나지 않아도 사명대사라고 한 말은 분명 기억이 나요. 그 일본인은 사명대사를 송운대사라고 불렀던 것 같소."

"해인사에서 어디 간다는 말은 없었나요?"

"그것까지 내 어찌 알 수가 있겠소."

최만준은 하야코와 중년 사내가 대화를 나누는 사이 슬며시 종무소를 빠져나왔다. 그리고는 자책을 하듯 자신의 머리를 쥐어박았다. 조선총독부 기밀문서 겉장에 쓰인 문구가 이제야 떠오른 것이다. 자통홍제존자는 바로 사명대사를 이르는 말이 아닌가.

"하야코, 이제 알았어. 마에다가 간 곳을 찾았다구."

최만준은 조선총독부 기밀문서에 적힌 마에다의 필체를 다시 한번 확인했다. 자통홍제존자 속에 홍제(弘濟)라는 두 글자가 눈에 확 들어왔다.

"그곳이 어딘가요?"

"홍제암(弘濟庵)이야!"

"홍제암이요?"

"그래. 해인사의 부속 암자지. 홍제암은 사명대사가 입적한 곳이야."

"홍제암은 어디에 있죠?"

"해인사 바로 옆이야."

해인사에는 원당암 등 일곱 개의 부속 암자가 있는데, 그중 홍제암은 해인사에서 가장 가까운 곳에 위치하고 있었다.

사명대사사적비는 물론 사명대사 부도가 있는 곳도 홍제암이다. 홍제암이란 암자명은 광해군이 사명대사의 입적을 애도하여 '자통홍제존자' 라는 시호에서 따왔다.

"홍제암이 틀림없어!"

최만준의 입가에 엷은 입주름이 잡혔다. 마에다가 간 곳은 해인사가 아니라 홍제암인 것이다!

6

본당 앞의 조명등이 꺼졌다.

남선원과 누각 사이의 조명등도 칠흑 같은 어둠 속으로 사라졌다. 본당 앞의 노란 조명등을 시작으로, 남선사 경내를 밝히던 모든 조명등이 차례대로 자취를 감추었다.

재석은 조심스럽게 남선원의 미닫이문을 열었다. 그리고는 깨금발로 툇마루를 따라 남선원 뜰로 나왔다. 천 교수와 김 조교, 그리고 강현주의 방은 어둠 속에 푹 잠겨 있었다.

— 새벽에 움직이는 것은 좋지 않다. 자정 전후가 가장 좋은 시간이야.

너구리 영감의 목소리가 등줄기를 슬그머니 떠밀었다. 너구리 영감은 사찰에 대해서는 누구보다 잘 알고 있다. 일본의 절이라고 예외일 수 없다.

낮에 산책로를 거닐면서 남선원에서 석장굴에 이르는 통로를 꼼꼼히 숙지해 두었다. 남선원에서 본당 뒤에 누각까지는 이 분 정도면 충분했다. 석장굴은 누각 뒤편에 있는데 그 주위에는 울타리가 쳐져 있었다. 감시 카메라의 위치도 면밀히 관찰했다. 남선원에 하나, 본당에 둘, 그리고 누각 주변에 세 개의 감시 카메라가 설치되어 있었다.

재석은 감시 카메라가 미치지 않는 길을 따라 발길을 옮겼다. 본당을 지나 누각 쪽에 이르자, 사람 키만 한 울타리가 나타났다. 누각 안에서는 희미한 불빛이 새어 나왔다. 해가 떨어지기 전에 누각 주변을 집중적으로 관찰했는데, 그 안에는 사랑방이라도 있는 듯 승려들이 자주 드나들고 있었다.

본당 뒤의 울타리 기둥을 타고 올라가 재빨리 누각 안으로 들어섰다. 정찬국이 준 지도에는 석장굴이 누각 왼쪽에 위치하고 있었다. 그러나 석장굴이 있을 만한 곳은 눈에 띄지 않았다. 누각 주변을 샅샅이 뒤져도 마찬가지였다.

'제길, 대체 어디란 말인가.'

짜증이 울컥 치밀어 올랐다. 이번엔 지도에 표시된 곳을 포기하고 누각 오른쪽으로 돌아섰다. 그때 작은 돌탑 옆으로 폭격을 맞은 것처럼 바닥이 움푹 팬 곳이 보였다.

'바로 저곳이로군.'

지하 계단으로 통하는 검은 아가리가 어서 오라는 듯 서늘한 입김을 뿜어 댔다. 대리석 계단을 밟고 내려가자 계단 끝에 두터운 철문이 가로막았다. 예상대로였다. 철문은 자물통으로 굳게 닫혀 있었고, 그도 모자라 자물통 앞에는 쇠사슬이 치렁치렁 늘어져 있었다.

재석은 가방 안에서 절단기를 꺼냈다. 쇠사슬을 끊는 데는 절단기만

한 도구가 없다. 절단기 아가리를 쇠사슬에 갖다 대고 손잡이를 힘껏 눌렀다. 그러나 쇠사슬은 어림도 없다는 듯 꿈쩍도 하지 않았다. 이런 무지막지한 쇠사슬은 난생처음이었다. 특수 제작된 쇠톱도 쇠사슬의 완강한 저항을 이기지 못하고 되레 제 몸을 깎아 내고 있었다.

"쨍그랑!"

그때였다. 손아귀에 너무 힘을 준 탓인지 그만 쇠톱을 놓치고 말았다. 손바닥에서 미꾸라지처럼 빠져나온 쇠톱은 철문에 부딪힌 뒤 돌계단에 처박혔다.

재석의 몸이 석고상처럼 딱딱하게 굳어졌다. 낭패였다. 밤과 어둠, 그리고 침묵은 소리를 한데 모으는 특징이 있다. 아무리 작은 소리라고 해도 크게 들리고 들불처럼 빠르게 퍼져 나간다. 잠시 짧은 침묵이 이어지는가 싶더니 어디선가 굵고 탁한 목소리가 흘러나왔다.

"거기 누구요!"

누각 쪽에서 신발을 끄는 소리와 함께 잔기침 소리가 들려왔다. 모든 것이 한순간에 멈춰 버린 듯 정신이 몽롱했다. 지하 돌계단에 갇혀 있는 터라 퇴로는 보이지 않았고, 몸을 숨길 곳도 마땅치 않았다. 어느새 신발 끄는 소리는 머리맡에 멈추었고, 재석의 숨소리도 따라 멈추었다.

"스님, 스님."

그때 석장굴 아래쪽에서 젊은 여자의 목소리가 들려왔다. 강현주였다.

"누, 누구요?"

"서울에서 온 기자입니다."

"밤늦게 여긴 웬일이오?"

"두통약이 있나 해서요."

"두통약?"

"네. 머리가 아파 잠이 오지 않네요."

"허 참. 어떻게 여길 들어왔소?"

"……."

"여긴 아무나 들어올 수 있는 곳이 아니오."

"미안합니다. 스님."

"이리 오시오."

돌계단 위로 긴 머리칼을 휘날리며 강현주가 지나가는 모습이 보였다. 재석은 그 틈을 이용해 간신히 돌계단을 빠져나왔다.

자정이 넘어서고 있었다.

문틈 사이로 뿌연 빛줄기가 스며들었다. 재석은 돌부처처럼 꼼짝도 하지 않고 눈까풀만 반쯤 밀어 올렸다. 가장 먼저 산새 소리가, 그다음으로 사람의 목소리가 두런두런 들려왔다. 날이 밝아 오면서 남선사의 아침은 부산하게 움직이고 있었다.

아찔한 순간이었다. 다시 부랴부랴 남선원으로 돌아온 뒤로는 한동안 잠을 이루지 못하고 뒤척거렸다. 이런 실수는 처음이었다. 손목 부위에 상처가 생긴 것도 뒤늦게 알았다. 쇠톱을 놓쳤을 때 생긴 상처였다. 하늘이 도운 것인지 때마침 강현주가 구세주처럼 나타나 위기를 모면할 수 있었다.

"잘 잤어요?"

정원 앞에서 소나무 분재를 보고 있던 강현주가 환한 얼굴로 인사를 건넸다. 잠을 잘 턱이 없었다. 아무리 강심장을 가지고 있다 한들 잠이 어디 쉽게 오겠는가.

—이번 일을 그르치는 순간, 그날이 바로 자네나 나나 사망 통지서를

받는 날일세.

밤새 정찬국의 비장한 얼굴이 머릿속을 어지럽게 헤집고 다녔다. 그때 강현주가 나타나지 않았으면 어찌되었을까. 그 다음에 벌어질 일은 생각도 하고 싶지 않았다.

"잠을 잘 잔 것 같지가 않네요. 간밤에 무슨 일이 있었어요?"

"별일 아니오."

강현주가 갑자기 묘한 미소를 흘렸다.

"지옥의 문턱까지 다녀온 기분이 어때요?"

"으응?"

"왜 그리 조심성이 없어요? 등산객답지 않게."

강현주는 '등산객'이라는 말에 힘을 주었다. 아직 잠이 덜 깨 헛것을 들은 건가, 재석은 머리를 세차게 흔들었다.

"어서 이 닦고 식사하러 가세요. 교수님이 기다리고 있어요."

"이봐요."

재석이 식당으로 향하는 그녀를 불러 세웠다.

"방금 내게 등산객이라고 했소? 그 말뜻은 무얼……."

"예의가 없군요."

강현주가 재석의 말을 잘랐다.

"이럴 때는 고맙다는 말부터 먼저 하는 게 순서가 아닌가요."

"……."

"우선 아침 식사부터 하세요."

강현주는 한쪽 눈을 찡긋거리고 식당 쪽으로 걸어갔다. 가뜩이나 어젯밤 일로 머릿속이 뒤숭숭한데, 그녀 또한 난데없이 의혹의 불씨만 남기고 총총히 사라졌다.

등산객이라……. 강현주가 툭 던지듯이 내뱉은 말이 자꾸 신경이 쓰였다. 등산객이라는 말은 도굴꾼을 높여 지칭할 때 쓰이는 은어이다. 그러나 도굴꾼들은 여간해서 이런 은어는 잘 쓰지 않는다. 서로가 높여 주는 예는 극히 드물기 때문이다. 도굴꾼 사이에는 주로 '선수'나 '전문가'라는 말을 쓰는데, '두더지'와 '등산객' 중간에 해당되는 말이다.

식당 안은 느지막이 들어온 승려 두 명밖에 없었다. 통 입맛이 없었다. 강현주가 남긴 야릇한 미소의 정체, 이제 비로소 대충 짐작이 갔다. 어젯밤 그녀가 누각 안에 나타난 것은 우연이 아니다.

재석은 두어 숟갈 뜨고 식당을 나왔다. 남선원으로 돌아오자 강현주가 툇마루에 앉아 그를 기다리고 있었다.

"대체 댁의 정체는 뭐요?"

재석은 단도직입적으로 물었다.

"당신을 돕기 위해 온 사람이에요."

"댁이 뭘 돕는다는 거요?"

"난 문화재청에서 파견한 수사관이에요."

"수사관? 짭새?"

재석의 이맛살이 험하게 구겨졌다.

"짭새라니, 세상에 그런 새도 있나요?"

"짭새가 여긴 웬일이오?"

"저는 당신을 지원하려고 왔어요. 이런 일은 홀로 하기가 쉽지 않아요."

"그럼 내가 할 일을 알고 있었단 말이오?"

"네."

강현주는 실사단이 구성되고 남선사에 도착하기 전까지의 상황을 간략히 말해 주었다. 그녀를 남선사에 파견한 것은 정찬국이었다. 정찬국은 하나로는 마음이 놓이지 않았는지 일본 말에 능숙한 수사관을 덤으로 끼워 넣었다. 하긴 남선사에 올 때부터 꺼림칙한 구석이 한둘이 아니었다. 실사단 방문 인원이 급조되었을 때부터 정찬국의 낌새가 심상치 않았다.

'기어이 뒤통수를 치는군.'

정찬국의 음흉한 눈빛이 떠올랐다. 겉으로는 독립투사처럼 비장한 표정을 짓고 있어도 그의 눈빛 속에는 똥물을 담은 주머니가 가득 들어차 있었다. 그런 알량한 계획을 꾸미고도 어찌 단 한마디 상의도 없었을까.

"날 믿지 못했던 거로군."

"달리 생각하세요. 하나보다는 둘이 낫잖아요."

"……"

"어젯밤 그게 증명이 됐잖아요. 내가 아니었으면 어쩔 뻔했어요."

"그걸 왜 미리 말하지 않았소?"

"말할 기회가 없었어요. 자, 지금은 지난 일을 가지고 왈가왈부할 때가 아니에요. 댁이나 나나 어차피 목적은 같아요. 우린 서로 힘을 합해 그 목직을 딜성하면 돼요."

짭새와 손을 잡다니, 세상 참 오래 살고 볼 일이었다. 가만히 더듬어 보니 이는 너구리 영감과 정찬국이 의기투합한 것과도 그리 달라 보이지 않았다. 어쩌다 장씨 가문의 체통이 이리 곤두박질치게 되었는지 참으로 기막힌 노릇이었다.

"아직도 기분이 안 풀렸어요? 이젠 우린 한 배를 탔어요. 이 배가 목적지에 도착한 뒤 서로 각자의 길을 가면 돼요."

강현주의 짧고 명쾌한 말이 재석의 마음을 움직였다. 목적을 위해서는 그 어떤 수단과 방법도 가리지 말아야 한다는 것, 늘 가슴 깊이 새겨

둔 좌우명이었다.

"이제 마음의 준비가 됐나요?"

"알았소. 썩 내키지는 않지만 어디 한번 해 봅시다. 예까지 왔는데 뭘 못하겠소."

"시간이 얼마 남지 않았으니 서둘러야 해요. 어제 간 곳은 어때요?"

"거기는 어렵겠소. 다른 방법을 찾아야 할 것 같소."

"석장굴의 통로는 세 곳이에요. 어제 당신이 들어가려던 곳과 누각 지하실, 그리고 개울가로 이어진 통로가 있어요. 남선사 승려들은 주로 누각 지하실을 이용하죠. 제가 보기엔 개울가의 통로를 이용하는 게 나을 것 같아요."

개울가의 통로도 이미 봐 둔 곳이었다. 석장굴은 누각 쪽에서 개울가로 이어져 있었는데, 그곳에도 비밀 통로가 있었다. 그러나 누각과 붙어 있었고, 본당에서 눈에 잘 띄어 적합한 곳이 아니었다.

"거긴 본당에서 훤히 내려다보이고 누각과도 붙어 있소. 작은 소리라도 나면 금방 발각될 것이오."

"그건 저도 잘 알아요. 일단 제 생각을 말씀드리죠. 우선 작업 시간은 밤보다 땅거미 질 무렵이 좋겠어요."

"땅거미 질 무렵이라니, 지금 제정신이오?"

"밤은 인적이 없고 작은 소리도 크게 들리기 때문에 더 의심이 갈 수 있어요. 댁도 알다시피 스님들의 청각은 매우 예민하잖아요."

일리 있는 소리였다.

"어제 남선사 스님들의 일정을 꼼꼼히 살펴봤어요. 스님들은 보통 다섯 시에 저녁 공양을 하죠. 공양을 마친 후에는 누각 이층에서 담소를 나누더군요. 오늘 아침 식당에서 일하는 사람에게 물어봤더니 그게 스님들의 하루 일과랍니다. 바로 그 시간을 노리는 거예요."

강현주는 어느새 남선사 승려들의 일정까지 파악하고 있었다.

"그래도 그들 면전 앞에서 어떻게 작업을 할 수 있겠소. 만약 들키는 날엔 당신이 책임질 거요?"

"프로답지 않군요."

재석은 프로라는 말에 입을 꾹 다물었다. 강현주는 슬슬 자존심을 건드리면서 머리꼭대기까지 기어오르고 있었다.

"내 말 들어 봐요. 오히려 개울가 통로가 더 안전할지도 몰라요. 등잔 밑이 어둡다고 하잖아요. 나는 저녁 식사를 마친 뒤 스님들이 모이는 누각 이층에서 인터뷰를 할 거예요. 이미 인터뷰 시간도 잡아 놨어요. 내가 스님들의 시선을 끌어모을 테니 그때 당신은 석장굴로 잠입하는 거예요. 어때요?"

승려들의 코앞에서 작업을 하는 게 마음에 걸리기는 했으나, 결코 가당치 않는 소리는 아니었다. 달리 뚜렷한 대안이 없다면 일단 그녀의 말을 따르는 수밖에 없었다.

"그때가 스님들이 한사리에 보이는 유일한 시간이에요."

"알았소."

"이걸 받아요."

강현주가 핸드백에서 소형 카메라를 내밀었다.

"초조대장경 경판의 무게는 상당할 거예요. 그러니 일단 이 카메라로 찍어 오세요. 현장을 먼저 확인하는 게 순서예요. 마침 이곳에 천 교수님도 있으니 초조대장경 경판인지 금방 확인할 수 있을 거예요."

"이게 모두 당신 생각이오?"

"우린 오래전부터 준비하고 있었어요."

"대단하군."

"석장굴 안에 초조대장경이 있다고 해도 굳이 그걸 가지고 나올 필요는 없어요. 자칫 하다가는 일이 더 꼬이게 될지도 몰라요. 우리의 임무는 초조대장경 경판이 그곳에 있는지 확인하는 거예요."

"……."

"절대 욕심을 내서는 안 돼요. 그 뒤로는 정 실장에게 맡기세요. 자, 그럼 건투를 빌어요."

재석은 어안이 벙벙했다. 강현주는 결코 덤으로 따라온 짭새가 아니었다.

7

홍제암은 해인사와는 엎어지면 코 닿는 거리에 있었다. 일주문을 나와 주차장을 지나고 계곡을 끼고 있는 다리를 건너면 곧바로 홍제암이었다.

하야코는 홍제암으로 가는 다리 중간에서 뒤를 힐끔 돌아다보았다. 해인사 일주문을 벗어난 뒤부터 누가 그녀 뒤를 졸졸 따라오는 것 같았다. 그녀 뒤에는 팔짱을 끼고 걸어가고 있는 한 쌍의 젊은 연인 이외에는 아무도 없었다.

"왜 그러니?"

최만준이 물었다.

"아, 아니에요."

하야코는 뒤늦게 그가 누구인지를 알아차렸다. 마에다의 영혼이었다. 구천에서 떠도는 마에다의 영혼이 해인사를 나온 뒤부터 그녀의 길잡이 노릇을 하고 있었다.

마에다도 홍제암을 가기 위해 이 다리를 건너지 않았을까. 마에다 또한 초조대장경을 품에 안을 생각에 온몸이 자지러드는 흥분과 격정을 맛보았을 것이다. 하야코는 마치 자신의 몸이 마에다의 분신이라도 된 것처럼 일체감을 느꼈다. 그런 마에다의 기를 톡톡히 받아서인지. 홍제암이 처음 오는 곳인데도 낯설지가 않았고, 되레 고향집에 온 듯 푸근하고 정겨웠다.

계곡을 타고 불어오는 실바람이 목덜미를 감아올렸다. 해인사에 머물 때와는 달리 느낌이 아주 좋았다. 다리 아래에는 맑은 물이 쉼 없이 흘러내리고 있었다.

"바로 저기다!"

사람 하나가 드나들 만한 좁은 산길을 벗어나자, 탁 트인 부도 밭이 나왔다. 부도는 승려의 무덤과 같은 것으로 유골이나 사리를 모셔 두는 곳이다. 사명대사의 부도는 홍제암 옆의 산기슭에 자리 잡고 있었다. 아랫단이 사각형으로 된 이 부도의 몸체는 거대한 종(鐘) 모양을 하고 있었다.

'여기에도 연꽃이 있어……'

하야코는 사명대사 부도에서 낯익은 문양을 발견했다. 부도 꼭대기에는 연꽃 봉오리 모양의 보주(寶珠)를 올려놓았다.

최만준은 일렬로 늘어선 부도 탑 가운데 중앙에 있는 비석 앞에 걸음을 멈추었다.

자통홍제존자 사명대사석장비(慈通弘濟尊者 四溟大師石藏碑)

사명대사석장비는 현존하는 사명대사 비 가운데 가장 먼저 건립되었다. 거대한 돌기둥에는 사명대사의 행적과 임진왜란 때의 공적이 소상하게 적혀 있었다. 이 비문 내용은 문장이 매우 빼어나고 걸출해서 역사적인 가치가 매우 높다.

"이 글은 조선의 허균(許筠)이라는 학자가 쓴 글이지."

홍길동의 저자인 허균은 이 비문뿐만 아니라 사명대사의 유고집인 『사명집(四溟集)』의 서문을 쓸 정도로 사명대사와 친분이 두터웠다. 사명대사는 조선 중기의 문인, 유학자, 정치인 들과도 자주 교류를 나누었다. 그중에서 가장 절친하게 지낸 인물이 허균의 친형인 허봉(許篈)이었다. 허균은 허봉의 소개로 열일곱 살 때 처음 '법체가 훤칠하고 용안이 엄숙한' 스님과 대면을 했다고 기록했는데, 그가 바로 사명대사였다. 그 이후 허균은 사명대사에게 많은 가르침을 받았으며, 사명대사가 입적한 후에는 서로 늦게 알게 된 것을 한탄할 정도로 사명대사를 존경했다.

"비석이 파괴되었던 것 같아요."

석장비는 온전한 상태가 아니었다. 비석 한가운데는 콘크리트로 접합한 흔적이 선명하게 드러나 있었다.

"이 비석은 1943년 합천 경찰서장이 파괴한 것을 해방 후에 다시 접합한 거야. 비문의 내용이 한국인의 민족혼을 불러일으킬 우려가 있다고 해서 그런 몹쓸 짓을 한 거지. 여길 잘 보거라."

최만준은 비석에 적혀 있는 글을 가리켰다. 석장비 내용에서 일본인의 눈을 가장 거슬리게 한 것은 사명대사가 임진왜란 당시 일본의 수장인 가토 기요마사와 나눈 대화였다.

"조선에는 어떤 보물이 있는가?"(朝鮮有寶乎)

가토가 물었다.(淸正問)

"조선에는 없다. 보물은 일본에 있다."(無有, 寶在日本)

대사가 이에 답했다. (師應聲對曰)

"어찌 그러한가?"(何謂也)

"우리 조선에서는 당신의 머리를 보물로 알고 있다. 그러니 보물은 일본에 있는 것이 아닌가?"(方今我國, 以若頭視寶, 是在日本也)

이런 비문 내용이 일본인 경찰서장을 자극했던 것이다. 그것은 마에다의 유품에서 나온 조선총독부 기밀문서에도 잘 나타나 있었다. 이 기밀문서 역시 1943년에 작성된 것이었고, 그 책임자는 당시 합천 경찰서장인 다케우라였다.

"사명대사석장비는 한국인에게 영험한 비석으로 잘 알려져 있어. 홍제사(弘濟寺)에 있는 사명대사 표충비도 마찬가지야. 이 또한 사명대사의 업적을 기린 비석인데, '땀을 흘리는 비석'이라고 불리기도 하지."

"땀을 흘리는 비석이요?"

"그래. 국가의 큰 경사나 난리가 있을 때마다 비석에서 땀이 흘러내려 붙여진 별칭이야. 한 예로 한국이 해방이 되던 날이나 한국전쟁이 발발하던 날 등 이루 헤아릴 수 없이 많지."

또 하나 진기한 것은 비석에서 흘러내리는 땀이 사람 몸에서 나는 땀과 같이 짠맛이라는 점이다. 과학자들은 이 비석의 땀을 분석한 결과 도저히 해명할 수 없는 신비한 현상이라고 혀를 내둘렀다.

"정말 신기하군요."

"그래서 신통한 영기를 얻으려고 하는 자들은 지금도 이 비석에 찾아와 기도를 올리곤 하지."

최만준은 부도 탑 주변의 땅을 운동화로 콕콕 내리눌렀다.

"어떠냐, 느낌이 오는 것 같으냐?"

최만준의 눈매가 매섭게 빛났다. 그의 미세한 몸짓만으로도 무슨 생각을 하는지 대충 읽을 수 있다. 최만준은 초조대장경을 봉안한 장소로 이 부도 탑을 점찍고 있는 것이다.

유물에는 그 특유의 고유한 냄새가 있다. 그런 냄새는 후각이나 청각 등 인간의 오감만으로는 찾아낼 수 없다. 타고난 오감에 하나를 더한 육감과 오랜 경륜이 결합되어야 그 상서로운 향기를 맡을 수 있다. 제아무리 땅속 깊은 곳에 박혀 있어도 이들의 예민한 육감을 피해 갈 수는 없다.

"어둠이 올 때까지 여기서 기다리도록 하자."

최만준은 고개를 쳐들고 뿌연 하늘을 올려다보았다.

어둠을 기다리는 동안 그들은 앞으로 해야 할 일을 차분하게 숙의했다. 최만준은 초조대장경 경판을 봉안한 장소를 세 곳으로 정리했다.

첫째, 사명대사석장비 주변이다. 예로부터 한국의 진귀한 보물은 부도 밭 주변의 사리탑에서 나왔다. 비석은 이정표 역할을 해 줄 뿐만 아니라 고승의 영기(靈氣)가 스며들어 안전한 곳으로 여겨 왔다. 석장비에 새겨진 비문 내용이나 부도 꼭대기의 연꽃 모양도 마에다의 유품에서 나온 것과 맥이 닿아 있었다.

둘째, 홍제암 법당이다. 애초부터 마에다는 사명대사석장비가 있는 홍제암을 목표로 삼았다. 해인사는 한국 내에서도 관광객이 많기로 유명하고, 지금도 문화재 전문털이범들이 벌떼처럼 득실거리는 곳이다. 해인사 묘길상탑(妙吉祥塔) 안에 있던 통일신라시대 은제 사리병도 도굴꾼에게 털렸다. 이런 해인사보다는 좀 더 안전하고 사람들의 발길이 미치지 않는 곳을 택할 수 있다. 그곳이 바로 홍제암 법당이다. 법당은 사찰이나 암자에서 가장 중심이 되는 가람으로, 도력(道力)과 법력(法力)을 밝히는 곳이다. 불력의 응집체인 초조대장경을 봉안하기에 안성맞춤인 곳이다.

셋째는 홍제암 주변이다. 사실 이곳이 가장 찾기 힘든 곳이다. 진귀한 보물일수록 종종 예상치 않은 곳에서 발견되기도 한다. 홍제암 뒤의 야산이나 계곡 주변은 보물을 은닉하기에 아주 적합해 보였다. 사람들의 발길이 뜸할 뿐만 아니라 근처에 사찰과 암자를 끼고 있기 때문이었다. 홍제암 주변은 무척 넓은 편이기는 하나 이곳 역시 반드시 짚고 넘어가야 할 곳이다.

하야코는 이 세 곳 중에 부도 탑을 가장 유력한 곳으로 꼽았다. 그것은 최만준도 마찬가지였다.

8

천 교수의 손끝이 파르르 떨렸다. 초조대장경 인쇄본을 넘길 때마다 천 년을 이어 온 고귀한 숨결이 품 안에 고스란히 안겨 왔다.

'이번이 마지막 실사로군.'

대장경 인쇄본을 실사하기 위해 남선사를 방문한 것이 세 번째였다. 변한 것은 없었다. 볕이 잘 드는 별실도, 인쇄본을 올려놓은 앉은뱅이책상도 그대로였다. 선조의 위대한 유산을 이역 땅에 방치할 수밖에 없었던 송구한 마음도 여전했다.

처음 남선사를 방문했을 때의 기억은 지금도 머릿속에 또렷하게 박혀 있었다. 초조대장경 인쇄본을 코앞에 마주했을 때의 감격이란 이루 표현할 수가 없었다. 천 년 영물에 또박또박 새겨진 불심의 자태는 경이롭고 신비로웠다. 그러나 한편으로는 역사의 죄인처럼 부끄러워 고개를 들지 못했다.

인쇄본을 실사하는 동안 남선사 승려가 보내는 눈빛을 잊을 수가 없었다. 조소가 가득 담긴 그의 눈빛은 이렇게 말하고 있었다.

'너희들의 선조가 그렇게 잘났다고 떠들어 대면서 어떻게 이런 귀한 문화재 하나 가지고 있지를 못하느냐. 위대한 선조를 둔 후손으로서 부끄럽지 않느냐. 한심하고 우매한 족속이 바로 너희들이다!'

부끄러웠다. 이 위대한 유산을 침략자의 땅에서 실사하는 심정이란, 겪어 보지 않은 사람은 그 마음을 헤아릴 수 없다.

남선사에 머무른 사흘 내내 대장경 판각에 혼신을 바친 고려인들이 속절없이 찾아왔다. 절규에 가까운 그들의 원성이 밤새 신열에 들뜬 그의 몸속으로 파고들어 왔다. 어찌 이런 유산이 이 땅에는 하나도 없냐고, 초조대장경 경판이 모두 잿더미가 된 것도 서러운데 인쇄본조차 한 부 남아 있지 않느냐고 피를 토했다. 이거야말로 후손으로서 직무 유기였다. 천벌을 받아야 마땅할 대역죄였다.

그런데 지성이면 감천이라고 했던가. 1990년대 중반, 드디어 한국에서도 그토록 애타게 찾던 초조대장경 인쇄본이 등장했다. 그런데 초조대장경이 처음 모습을 드러낸 곳은 일본처럼 여느 사찰이 아니라 지하 문화재 밀매 시장이었다.

"좀 쉬었다가 해야겠어."

천 교수는 인쇄본을 덮고 자리에서 일어났다. 노안이 들었는지 눈앞이 침침하고 활자가 제대로 보이질 않았다.

"낮에 정찬국 실장에게 연락이 왔습니다."

별실 밖에는 김 조교가 인쇄본 정리 작업을 하고 있었다.

"뭐라고 하던가?"

"별일 없었느냐고 자꾸 묻더군요."

"싱거운 사람 같으니. 여기서 무슨 일이 있겠어."

"정 실장은 이번 실사가 꽤나 신경이 쓰이는 것 같습니다."

"……."

"무슨 일이 생기면 연락해 달라고 하더군요."

"걱정도 팔자로군. 하여튼 정 실장은 너무 예민해서 탈이야."

이번 실사는 천 교수에게 특별한 의미를 지니고 있다. 남선사에서 초조대장경 인쇄본의 실사가 마지막이 될지 모르기 때문이다. 천 교수는 이미 십여 년 전부터 고려대장경을 복원하기 위해 온 힘을 쏟아 왔다.

초조대장경은 단순한 불교 경전의 집합이 아니다. 당대 아시아 지식, 문화의 집성으로서 아시아 지식 문화사의 상징이었다. 또한 초조대장경은 서지학적 중요성 외에도 각필, 도장, 판화 등 문화사적으로도 가히 '보물창고'라 할 만큼 학술적 가치가 높았다. 천 교수는 이번 일을 마지막 필생의 작업으로 여기고 있었다. 그것이 못난 후손으로서 마지막 남은 과제였다.

"저 친구는 뭘 하는 건가?"

천 교수가 재석을 눈짓으로 가리켰다. 재석은 별실 담에 비스듬히 기댄 채 산책길을 유심히 내려다보고 있었다.

"미노루 스님의 무덤에 관심이 많나 봅니다."

천 교수는 별실 마루 앞에 있는 슬리퍼를 신고 재석 옆으로 다가갔다. 그는 너무 정신이 팔려 있는 터라 옆에 사람이 왔는데도 꿈쩍도 하지 않았다.

"뭘 그리 뚫어지게 바라보나?"

"아, 예. 그냥……."

그제야 재석은 무덤에 쏠려 있는 의혹의 시선을 거두어들였다.

"아직도 저 무덤이 신기해 보이나?"

천 교수는 빙그레 웃었다.

"전 미노루 스님의 사인이 자꾸 마음에 걸리는데요. 그가 무덤 속에
까지 가지고 가려고 했던 곡절이 뭘까요?"

"자네도 나와 비슷하군. 허허. 한때 나도 미노루 스님의 사인에 의구
심을 가진 적이 있었지. 자네 말마따나 뭔가 속 깊은 사연이 있는 것 같
아서 말이야."

"혹시 초조대장경과 관련이 있는 게 아닐까요?"

"그럴 걸세. 당시 미노루 스님은 초조대장경에 집착할 정도로 무척
관심이 많았거든. 초조대장경 인쇄본이 발견된 후 미노루 스님은 여러
차례 한국에 다녀갔었네. 한국의 대소 사찰을 돌아다니면서 초조대장
경에 관한 자료라면 뭐든 모았지. 초조대장경의 고향은 한국이니 그에
대한 자료가 한국의 사찰에 남아 있을 것이라고 판단했던 거지."

"미노루 스님이 모은 초조대장경의 자료가 아직도 남선사에 남아 있
나요?"

"웬걸. 남선사는 이런 자료를 외부에 공개하는 것을 무척 꺼려하지.
그러나 지금도 남선사 어딘가에 이런 자료들이 남아 있을 걸세."

"미노루 스님이 마지막으로 한국에 다녀간 곳이……."

"아마 해인사일 걸세. 미노루 스님은 한국에 오면 봉허 스님을 만나
려고 반드시 해인사에 들르곤 했지. 그러나 서로 인연이 닿지 않았는지

번번이 봉허 스님을 만나지 못하고 일본으로 돌아오곤 했네."

"봉허 스님은 누군가요?"

"당시 해인사의 주지로 독립운동에도 앞장섰던 고승이지. 그러고 보니 미노루 스님과 봉허 스님은 묘한 인연이 있군. 미노루 스님이 입적한 지 얼마 되지 않아 이번엔 봉허 스님이 남선사를 방문했거든. 봉허 스님은 남선사에서 소장한 초조대장경 인쇄본을 외부인으로서는 최초로 본 인물이네. 지금이야 많은 사람이 이 인쇄본을 봤지만, 1970년대 이전까지 남선사는 아무에게도 이 인쇄본을 공개하지 않았네. 그런데 봉허 스님에게만은 특별히 이 인쇄본을 공개한 것이지."

"봉허 스님은 아직도 해인사에 계신가요?"

"허허. 그게 무슨 소린가. 모두 사십 년 전의 일인데. 미노루 스님이 입적한 지 얼마 되지 않아 봉허 스님도 입적했지."

천 교수는 길게 기지개를 켜면서 다시 별실 쪽으로 다가갔다. 그때 남선사 승려들이 누각 쪽으로 올라오는 모습이 보였다. 시계는 다섯 시를 가리키고 있었다. 그들 무리 틈에는 강현주도 끼어 있었다. 강현주는 스님들과도 친숙하게 대화를 주고받고 있었는데, 호탕하게 웃고 있는 사람은 그녀뿐이었다. 하여튼 넉살 하나는 타고난 여자였다.

해가 기울기는 했으나 아직 날은 훤했다.

재석은 빠른 걸음으로 개울가를 지나 누각 쪽으로 다가섰다. 비스듬히 경사진 길을 따라 올라가자, 비탈길 중턱에 양팔을 벌리면 닿을 만한 크기의 나무 문짝이 나타났다. 석장굴의 비상구였다. 일본 무사 시대의 인공적인 동굴은 적의 기습에 대비해 반드시 여러 개의 출구를 만들었다. 일종의 비상구이며 퇴로인 셈이다.

재석은 문짝 주변을 세밀하게 더듬었다. 다행히 감시 카메라는 없었다. 누각의 검푸른 기와만이 낯선 이방인을 내려다보고 있을 뿐이었다. 누각 안에서는 사람의 목소리가 들려왔는데, 그 소리 중에는 강현주의 목소리가 제일 크고 수다스러웠다.

'살판났군.'

문짝은 굴 안으로 단단히 잠겨 있었다. 재석은 가방에서 손삽을 꺼내 문짝 아래를 파들어 갔다. 굴 안으로 들어가는 길은 이 방법밖에 없었다. 땅은 고르고 무른 편이라 개구멍을 만드는 데는 그다지 어렵지 않았다. 다행히 개울가 쪽은 인적이 거의 없어서 사람들의 시선을 의식하지 않아도 되었다. 부지런히 흙을 파낸 후 문짝 밑으로 기어 들어가자 이번엔 땅굴 같은 좁은 통로가 나타났다. 워낙 좁은 길이라 몸을 움직일 때마다 옆구리에 흙더미가 부서져 내렸다. 이윽고 좁은 통로가 점점 넓어지면서 탁 트인 공간이 나타났다.

석장굴은 생각보다 넓은 편이었다. 초등학교 교실 두 개를 합친 정도는 될까. 재석은 손전등을 켜고 굴 안을 비추었다.

굴 안에서 가장 먼저 눈에 들어온 곳은 황금빛의 커다란 불상이었다. 그런데 이 불상은 머리가 잘려 나가고 몸통만이 흉측하게 남아 있었다. 불상 옆에는 부처를 닮은 인형이 허공에 대롱 매달려 있었다. 벽면의 한쪽 귀퉁이에는 낡은 고문서들이 차곡차곡 쌓여 있었고, 그 옆으로 불상과 작은 모형 석탑이 가지런히 정렬되어 있었다.

대체 이 석장굴은 어떤 곳인가. 절 안의 잡동사니를 모아 두는 곳 같기도 하고 누군가 은밀히 조성한 작은 신전 같기도 했다. 정찬국이 말한 것처럼 귀한 유물을 보관하는 곳은 아니었다.

예상과는 전혀 딴판이었다. 순금으로 치장한 보물은 아니더라도 눈길 끌 만한 유물이 잔뜩 쌓여 있을 것으로 여겼는데, 보이는 것이라곤 죄다 고물상에 처박히면 딱 어울려 보이는 잡동사니뿐이었다. 석장굴 중앙에는 미아리 점집에서 본 듯한 괴물 형상의 그림도 걸려 있었다.

그때였다. 목이 잘려 나간 황금 불상 뒤로 기왓장 크기만 한 목판이 눈 끝에 걸려들었다.

"초조대장경이다!"

목판은 얇은 천을 깔고 길게 늘어서 있었는데, 그 숫자가 족히 이백여 개는 되어 보였다. 목판에는 불경에서 따온 경구가 촘촘히 새겨져 있었고, 목판 테두리는 오랜 세월을 거친 흔적이 짙게 배어 있었다. 제대로 찾은 것이다.

'오오, 이것이 천 년을 이어 온 신비의 대장경 경판이란 말인가!'

교토에 도착했을 때만 해도 그 가능성은 일 퍼센트도 두지 않았다. 너무 쉽게 찾아낸 탓인지 코앞에 천 년 경판을 보고도 믿어지지 않았다.

재석은 경판 몇 개를 골라 카메라에 담았다. 그러고는 목판 한 개를 슬그머니 품에 안았다. 이런 보물을 눈앞에 두고 그냥 모른 척 지나치는 것은 전문가로서 예의가 아니있다. 워낙 단단하고 견실한 목판이라 그 무게도 만만치 않았다. 그때 강현주의 말이 스르르 떠올랐다.

—경판은 손대지 말고 카메라에 담을 것.

거기까지가 재석에게 할당된 임무였다. 정찬국 역시 석장굴 안에 초조대장경 경판이 존재하는지 확인만 하라고 누차 당부했다. 재석은 눈물을 머금고 경판을 제자리에 내려놓았다.

'저건 또 뭘까?'

그때 한쪽 끝에 있는 낡은 앉은뱅이책상이 굴을 빠져나가려던 재석의 발길을 붙들었다. 책상 끄트머리에는 두 개의 촛대가, 가운데는 흰 천으로 둘러싸인 나무 상자가 놓여 있었다. 굴 안에 아무렇게나 방치한 잡동사니와는 달리 반듯하게 자리를 지키고 있는 나무 상자의 자태가 예사롭지 않았다. 책상 주변에는 낡고 오래된 고문서가 수북이 쌓여 있었다.

강한 호기심이 다시 발끝을 돌려세웠다. 재석은 앉은뱅이책상 앞으로 다가가 조심스럽게 나무 상자를 열었다. 상자 안에는 낡은 고문서가 얌전하게 누워 있었는데, 또박또박 써 내려간 고문서 안에는 낯익은 글자도 간간히 눈에 띄었다. '장경'이라는 단어가 곳곳에 등장했고, 글쓴이는 이를 기물(奇物)이라고 표현하고 있었다. 재석은 숨을 죽이고 고문서를 차분히 눈으로 훑어 내려갔다.

'이것은 도요토미 히데요시에게 보내는 글이 아닌가!'

얼핏 보아도 보통 고문서가 아님을 단박에 알 수 있었다. 이 글을 작성한 인물은 임진왜란 당시 남선사 주지로, 대장경에 관한 글을 상세히 묘사하고 있었다. 재석은 고문서를 품에 넣고 석장굴을 빠져나왔다.

개울가 주위에는 서서히 어둠이 몰려오고 있었다.

9

동녘 하늘에는 어둠과 빛이 마지막 자리다툼을 벌이고 있었다.

하야코는 가는 한숨을 토해 냈다. 이마에는 굵은 땀방울이 뚝뚝 떨어지고, 등줄기에는 시큼한 땀 냄새가 풀풀 풍겨 나왔다. 몸은 파김치처럼 축 늘어졌다.

'대체 어디에 있단 말인가.'

꼬박 반나절이 걸렸다. 어둠이 가야산 자락을 뒤덮자마자 그들은 첫 목표 지점인 사명대사석장비 주변을 뒤졌다. 석장비를 중심으로 모든 부도 탑 주위를 샅샅이 들쑤시고 다녔다. 그러나 자정 가까이 뒤지는 동안 유일하게 꼬챙이 끝에 걸려든 것은 낡은 기왓장뿐이었다.

자정이 훌쩍 넘은 뒤에는 두 번째로 점찍은 홍제암으로 들어섰다. 홍제암은 법당과 생활 공간 기능을 겸한 인법당(因法堂) 형식의 건물 한 동으로 되어 있었다.

법당에 들어서는 데는 한 시간 남짓 걸렸다. 법당 안에는 스님이 홀로 목탁을 두드리며 독경을 외고 있었다. 암자 담벼락에 기대고 서서 독경 소리가 끝날 때까지 기다리고 또 기다렸다. 독경 소리가 끝나자마자 암고양이처럼 살금살금 법당 안에 기어들어 가 불보살단(佛菩薩壇)과 신장단(神將壇), 그리고 영단(靈壇)까지 모조리 뒤졌으나 초조대장경 경판은 나오지 않았다. 사명대사를 모시고 있는 영자각(影子閣)도 마찬가지였다. 이 법당에는 나무 계단으로 통하는 지하실이 있었는데, 차마 그곳에는 들어가지 못했다. 법당 밖에서 노승의 가래 섞인 잔기침이 들려왔던 것이다. 그때가 새벽 네 시였다.

"일단 내려가자."

최만준은 훗날을 기약하며 홍제암을 빠져나왔다.

"법당 안에 지하실이 있었어요."

"나도 봤다. 다음엔 거길 들어가 보자."

최만준의 얼굴은 지친 기색이 역력했으나, 결코 실망한 표정은 아니었다. 이제 보물을 찾아 나선 지 하루밖에 되지 않았다. 언제나 그렇듯이 보물이 손아귀에 들어오는 데는 그만한 땀과 노력, 그리고 시간이 필요하다. 제아무리 유별난 감각을 지닌 사냥꾼이라고 해도 단박에 보물이 굴러 들어오는 경우는 없다. 인내와 끈기, 특유의 감각과 열정, 그리고 천운이 따라야 보물을 손에 넣을 수 있다. 앞으로 홍제암은 물론 해인사 주변까지 샅샅이 뒤져야 할 일이었다.

"어디 가는 거예요?"

최만준이 걸어가는 방향은 해인사 반대편 길이었다.

"사람들 눈에 띄는 건 좋지 않아."

"……."

"오늘로 끝낼 일이 아니잖아. 너도 그쯤은 각오하고 왔겠지?"

"물론이죠."

첫술에 배부를 수는 없는 일이다. 교토를 떠날 때부터 짧게는 한 달, 길게는 반년을 생각하고 바다를 건너왔다.

"처음부터 너무 서두를 것 없다. 앞으로 시간과의 기나긴 싸움이 시작될 거야."

홍류동 계곡에는 뿌연 물안개 밑으로 맑은 물이 흐르고 있었다. 크기가 다른 바위들을 길잡이 삼아 이리저리 굽은 길을 잘도 빠져나갔다. 그나마 계곡의 아름다운 정취가 허탈한 마음을 위로해 주었다.

하야코는 먼 하늘을 응시하며 터벅터벅 걸어갔다. 새벽별은 남은 생명을 불태우려는 듯 유난히 반짝거렸다.

"잠깐만요. 저게 뭐죠?"

계곡 길을 따라가던 하야코의 발길이 우뚝 멈추었다. 계곡과 이어진 수풀 위로 커다란 흙더미가 층층이 쌓여 있었고, 흙더미 너머에는 평평하게 다진 땅이 살짝 드러났다. 진지라도 구축한 것일까, 아니면 승려들의 동안거(冬安居)나 하안거(夏安居)로 사용하던 장소일까. 안거(安居)는 승려들이 외부와의 출입을 끊고 참선 수행에 몰두하는 행사이다.

하야코는 수풀을 헤치며 흙더미가 쌓인 곳으로 성큼 올라갔다. 이곳은 홍제암과 백여 미터 정도 떨어져 있었는데, 인적이 없고 길이 나 있지 않아 인간 세계로부터 아주 멀리 떨어진 곳처럼 보였다.

"여기 계단이 있어요!"

흙더미 옆으로 지하로 내려가는 계단이 보였다. 커다란 돌을 쌓아 만든 계단 틈새로 잡초 더미가 삐쭉삐쭉 튀어나왔다. 하야코는 돌계단을 밟으며 조심스럽게 한 발짝 한 발짝 내려갔다. 저 돌계단 너머 또 다른 세상이 그녀를 기다리고 있을 것 같았다.

"하야코, 조심해라!"

돌계단을 다 내려가자 금방이라도 허물어질 듯한 낡은 나무 문이 그녀 앞을 가로막았다. 하야코는 잠시 숨을 고르고 둥근 쇠로 만든 문고리를 잡았다. 그러자 맥없이 문이 열리고 널찍한 공간이 드러났다.

"토굴이에요!"

하야코의 뒤를 따라온 최만준이 재빨리 손전등을 켰다.

"오오!"

이런 외진 곳에 토굴이라니, 으스스한 느낌이 들면서도 그리 기분은 나쁘지 않았다. 하야코도 손전등을 켜고 토굴 안을 비추었다.

"보통 토굴 같지가 않아요."

"그래."

"저, 저것 보세요!"

토굴 한쪽 벽을 비추던 하야코가 기겁을 하듯이 소리쳤다. 토굴 벽에는 조선 승려의 그림이 붙어 있는 게 아닌가! 승려들의 부릅뜬 눈, 시퍼런 칼, 칼끝에서 뚝뚝 떨어지는 붉은 피…… 마에다의 유품에서 나온 그림과 똑같았다. 하야코는 놀란 나머지 그만 손전등을 떨어뜨리고 말왔다. 최만준도 어깨를 들썩이며 두어 발짝 뒤로 물러섰다.

승려의 매서운 눈빛이 그들을 집어삼킬 듯이 노려보고 있었다. 어서 이 토굴을 나가라고, 그렇지 않으면 단칼에 목을 베겠다고 으르렁거렸다. 하야코는 그 자리에 꽁꽁 얼어붙어 꼼짝도 하지 못했다. 그림 속의 승려들은 너무도 살기가 등등해 마치 살아 있는 생명체를 보는 것 같았다.

정신이 아득해졌다. 토굴 안에는 이와 흡사한 그림이 여럿 붙어 있었다. 고개를 돌릴 때마다 그들이 손에 쥐고 있는 칼끝의 살기, 수백여 개의 섬뜩한 눈동자가 관자놀이에 매섭게 파고들었다.

하야코는 뒤늦게 정신을 차리고 그림이 붙어 있는 곳으로 천천히 다가갔다. 그림 속의 승려는 마에다의 유품에서 나온 그림처럼 한 손에는 칼을, 다른 손에는 나무판을 허리춤에 품고 있었다.

"여기에도 그 문양이 있어요!"

연꽃 속의 卍 자 문양…… 승려가 허리춤에 꿰차고 있는 나무판에도 이 문양이 선명하게 그려져 있었다.

길에서 길을 묻다

1

"어떻습니까?"

이제 비로소 막중한 임무는 끝났다. 석장굴 안에 길게 줄지어 선 목판은 초조대장경 경판이 틀림없었다. 재석은 마른침을 꿀꺽 삼켰다.

"이게 어디서 찍은 건가?"

천 교수는 A4 용지 크기의 인화지를 물끄러미 바라보았다.

"본당 근처를 산책하다가 우연히 발견한 겁니다. 팔만대장경 경판과 비슷해 보여서 카메라에 담았습니다."

석장굴을 벗어나자마자 곧바로 남선사 밖으로 뛰쳐나갔다. 이제 카메라에 담은 목판이 실제 초조대장경 경판인지 확인하는 절차만 남았다. 출력실에서 뽑은 인화지에는 목판에 새겨진 불경 문구가 또렷하게 찍혀 있었다.

재석은 천 교수의 눈치를 힐끔 살피면서 고개를 갸우뚱거렸다. 이상한 일이다. 지금쯤 천 교수는 북받치는 감격을 주체하지 못하고 닭똥 같은 눈물을 흘려야 하는 것이 정상이 아닌가. 그런데 천 교수는 초조대장경을 마주하고도 되레 벌레 씹은 얼굴로 멀뚱멀뚱 인화지만 바라보고 있었다.

"이게 혹시 초조대장경 경판은 아닌가요?"

강현주가 슬며시 운을 뗐다.

"초조대장경이라니, 그게 무슨 뚱딴지같은 소린가? 초조대장경은 고려 때 모두 소실되지 않았나."

"그럼, 이건 뭐죠?"

"자네가 한번 보게."

천 교수는 인화지를 김 조교에게 넘겼다. 김 조교는 인화지에 찍혀 있는 목판을 보더니 비실비실 웃었다.

"이것은 일본에서 만든 대장경 목판 같은데요."

"제대로 맞혔군."

"네? 일본에서 만든 대장경이요?"

재석의 눈이 휘둥그레졌다.

"이것만 봐도 우리의 대장경 경판이 얼마나 위대한지 알 수 있지."

천 교수는 한국에서 가져온 초조대장경 인쇄본을 펼쳤다.

"이 인쇄본에 새겨진 활자와 인화지 속의 활자를 비교해 보게. 아무리 활자에 문외한이라고 해도 금방 알아볼 수 있지 않나?"

그랬다. 초조대장경 인쇄본의 활자는 매끄러우면서도 정교했고, 서체는 세련되고 우아해 보였다. 그러나 인화지 속에 나타난 활자는 서툴고 조잡해 보였다. 장님이 아닌 다음에야 그 정도의 차이는 쉽게 발견할 수 있었다.

"조선의 명필 추사 김정희는 이 대장경의 서체를 보고 다음과 같이 극찬을 아끼지 않았네."

非肉身之筆 乃仙人之筆

이는 사람이 쓴 것이 아니라 마치 하늘의 신선이 내려와 쓴 것 같다.

"더욱 놀라운 것은 경전에 담긴 수많은 글이 한 사람이 쓴 듯 모두 똑같다는 거야. 고려의 필생이 대장경 서체에 얼마나 많은 공을 들였는지 이제 짐작이 가나?"

"……"

"게다가 초조대장경은 행간이 스물두 행이고 팔만대장경은 열아홉 행으로 되어 있지. 그런데 이건 열여덟 행이 아닌가. 이 행간만 보더라도 우리의 대장경이 아닌 걸 금방 알 수가 있지."

천 교수는 허탈하게 웃었다.

"일본도 우리의 대장경 인쇄본을 모델로 해서 대장경을 판각하려고 여러 차례 시도했었네. 그러나 오랜 세월이 지나도 성공하지 못하자 결국 포기하고 말았지."

중세 일본 권력자의 원대한 목표 중의 하나가 대장경 경판을 직접 만드는 것이었다. 일본은 고려의 대장도감처럼 한 부서에서 대장경 판각을 전담한 것이 아니라 각 사찰마다 판각 부서를 두고 대장경을 직접 만들었다. 그래서 지금도 일본의 유서 깊은 사찰에는 대장경을 만들던 흔적이 곳곳에 남아 있었다.

"당시 일본의 문화 수준과 기술로서는 도저히 대장경 판각 사업을 진행할 수 없었던 거지. 허허. 조선에 온 일본의 사신들이 단식 투쟁을 벌이면서까지 대장경 인쇄본을 얻으려고 한 것은 놀랄 일도 아닐세."

재석은 맥이 빠졌다. 어쩐지 일이 너무 순조롭게 풀리는 것 같아 싱거운 생각마저 들었다. 하긴 이런 천하의 보물을 그따위 허름한 굴속에 처박아 둘 리가 없지 않은가.

"이 목판이 산책길에 있었다고 했나?"

천 교수가 고개를 갸웃거리며 물었다.

"네."

"이상한 일이로군. 이런 목판을 그런 곳에 방치할 사람들이 아닌데 말이야……"

"이건 실패작이 아닌가요?"

"비록 실패작이라고 해도 이들은 아무 데나 내버려 두는 법이 없어. 역사와 관련된 문화재라면 아무리 보잘 것이 없어도 정성을 다해 보존하는 게 이들의 특성이지. 그런 정신만은 우리가 본받아야 할 거야."

"……"

"강 기자는 스님들과 인터뷰는 잘 끝냈나?"

천 교수가 화제를 돌렸다.

"그저 그랬어요. 주지 스님은 아예 인터뷰에 응하지도 않았어요."

맥이 빠지기는 강현주도 마찬가지였다.

"원래 그런 사람들이니 너무 실망할 필요는 없네. 여기 스님들은 언론에 노출되는 것을 무척 꺼려하거든."

"인터뷰 도중에 미노루 스님의 사인 이야기를 꺼내니까 모두 저를 이상하게 보더군요."

"그 얘긴 왜 꺼냈나? 공연한 소리를 했군."

천 교수는 인상을 찡그렸다.

"전 별생각 없이 여쭈어 본 건데요."

"그건 예의에 벗어나는 질문이야. 누군들 감추고 싶은 얘길 꺼내면 좋아하겠나?"

"……."

"다음부턴 조심하도록 하게."

재석은 조용히 남선원을 나왔다.

2

'이게 무슨 냄새일까?'

토굴 한쪽 벽에서 은은한 향기가 코끝을 살살 녹이고 있었다. 하야코는 엉거주춤한 자세로 서서 향기가 나는 쪽으로 손전등을 비추었다. 작은 바위 위의 놋그릇 안에는 향불 연기가 타오르고 있었다. 놋그릇 옆에는 돌로 만든 작은 부처상이 그윽한 눈길로 향불 연기를 바라보고 있었다.

도무지 감을 잡을 수 없는 토굴이었다. 자연 발생적으로 생긴 토굴이 아닌 것만은 분명한데, 어떤 용도로 만들어진 곳인지 분간할 수가 없었다. 바닥에는 작은 불상들이 어지럽게 굴러다니고 있었고, 반쯤 갈라진 목탁과 염주도 보였다.

"마에다도 이 토굴을 발견한 게 아닐까요?"

하야코가 물었다.

"글쎄……."

마에다도 이곳을 다녀간 게 분명하다. 토굴 벽에 붙어 있는 조선 승려의 그림들이 그걸 말해 주고 있지 않은가.

"하야코, 이리 와 봐."

토굴 안쪽으로 깊숙이 들어간 최만준이 하야코를 불렀다. 최만준 앞에는 아주 오래된 나무 궤짝이 망주석처럼 앉아 있었다. 궤짝 뚜껑을 열자 그 안에는 족히 삼십여 개가 되는 칼이 담겨 있었다.

"이건 조선의 칼이로군."

조선의 칼은 일본 칼에 비해 아주 작다. 궤짝 안에 있는 칼의 길이는 일 미터도 채 되지 않았으며, 대부분 녹이 슬어 있었다. 이따금씩 훈련용으로 쓰이는 목검도 나왔다.

"이 토굴은 승병들의 무기고 같아."

"무기고요?"

"그래. 임진왜란 당시 해인사를 포함한 가야산 일대는 승병들의 교육장이었지. 승병들을 모집하고 훈련시킨 인물이 바로 사명대사야."

그러고 보니 토굴 벽에 붙어 있는 그림 중에는 승병들을 훈련시키는 모습도 있었다. 하야코는 궤짝 안에서 칼 한 자루를 빼어 들었다.

"아저씨, 여기에도 卍 자 문양이 있어요."

칼 손잡이에도 연꽃 속의 卍 자 문양이 또렷이 새겨져 있었다.

"음……."

"이곳은 단순한 무기고 같지가 않아요. 대체 이 문양은 뭘까요?"

마에다의 유품에서 가장 눈길을 끈 것이 이 문양이었다. 연꽃과 卍자, 이 두 가지의 결합은 불심 이상의 어떤 독특한 상징성을 나타내고 있었다. 처음 오사카의 과수원 다락방에서 이 문양을 보았을 때부터 아주 생경하면서도 신비로운 느낌이 들었다. 그런데 이 허름한 토굴 안에서 다시 보게 되다니…….

이것은 어떤 집단이나 조직을 상징하는 문양이 아닐까. 집단의 결속이나 명예, 그리고 그들 사이에서만 통용되는 자긍심이 문양 안에 고스란히 담겨 있는 것 같았다.

"저건 또 뭐죠?"

궤짝 맨 밑바닥에 낡은 고문서가 옆구리를 내밀었다. 최만준은 궤짝 안의 칼을 모두 걷어 내고 고문서를 끄집어 올렸다. 낡아 빠진 고문서의 첫 장에는 다음과 같은 글이 적혀 있었다.

권세가가 지배의 쾌락에 탐닉하게 되면 충(忠)과 효(孝)를 함께 잃는다. 그 대신 교활과 잔인함을 얻게 되어 나라를 망치는 불한당 패거리로 둔갑한다. 승(僧)이 도(道)의 규범을 잃고 재물의 마력에 취하게 되면 흉악무도한 산도적으로 변신하는 것과 마찬가지다. 나라 또한 이와 다르지 않다.

옛 고려 때부터 나라의 운명이 백척간두의 위기에 처해 있을 때, 임금과 신하는 물론 온 백성이 뜻을 모아 부처의 지혜를 새기려 했으니, 이것이 바로 '대장경'이다. 허나 세월이 변하여 임금과 신하가 부처를 받들지 않고 온갖 미혹에 빠져 있으니 어찌 이를 통탄하지 않을 수 있겠는가. 작금에 바다 건너 왜구가 물밀듯이 들어와 백성이 도탄에 빠지고 산천이 피로 물들어 미물조차 생명을 부지하기 어렵다 하지만, 십만 대군이 쳐들어온들 두터운 불심이 있으면 결코 소멸하지 않으리라. 부처의 가피력으로 거란병과 몽골병을 퇴치했거늘 어찌 왜구인들 물리치지 못하겠는가.

하여 여기 중생 제도(濟度)의 본분을 지니고 '연화단(蓮火團)'을 만드는 것은 종봉(鍾峯)의 뜻을 이어받아 도량(道場)과 정기를 올곧게 세우고자 함이니, 원각(圓覺)의 대해(大海) 불심이 산천에 영구히 뿌리내리기를 간절히 원하노라.

고문서 안에는 임전(臨戰)을 앞둔 결연한 불심이 절절히 드러나 있었다. 이들이 호국의 주체로 삼고 있는 것은 다름 아닌 '대장경'이었다. 그리고 고문서 아래쪽에는 아주 낯선 단어가 눈길을 확 끌어들였다. 그 것은 연화단이었다.

3

마음껏 하늘을 날다가 졸지에 절벽 아래로 추락하는 기분이 이럴까.

재석은 씁쓸하게 웃었다. 석장굴을 나와 강현주를 만났을 때만 해도 뭐라 표현할 수 없을 정도로 온몸이 자지러들었다. 강현주 역시 이제 홀가분히 돌아갈 수 있을 것이라면서 어린아이처럼 손뼉을 치며 좋아 했다.

"너무 실망하지 말아요."

강현주가 재석에게 다가가 위로의 말을 건넸다.

"실망은 무슨, 내 걱정은 하지 마슈."

매사에 치밀하고 꼼꼼하게 챙겨도 허탕 치는 것은 흔한 일이다. 열 번 달려들어 그나마 한 번이라도 제대로 건져 올리면 성공한 축에 속한 다. 하물며 이런 천하의 보물이 발길 한번 제대로 잡았다고 해서 금방 굴러올 턱이 있겠는가. 그러니 아직 실망하기에는 일렀다. 석장굴 안에 서 이번 일에 중요한 실마리가 될 수 있는 고문서를 얻었다.

"이제 어쩔 거요? 내일이면 여길 떠나야 하는데."

"별수 없잖아요. 돌아가는 수밖에. 그래도 석장굴 안에까지 들어갔으니 우린 할 만큼 최선을 다한 거예요."

"난 돌아가지 않겠소."

재석이 단호하게 말했다.

"그게 무슨 소리예요?"

"이대로 돌아갈 수는 없소. 난 작심을 하면 끝장을 보는 놈이오."

"끝장을 볼 때 보더라도 일단 돌아가는 게 순서예요. 당신은 혼자 몸이 아니잖아요. 팀플레이를 해야죠."

"팀플레이? 아직 우리들의 습성을 모르는가 보군."

"갑자기 왜 그래요?"

"어쨌든 난 여기 좀 더 있다가 가겠소. 정 실장을 만나거든 댁이 잘 좀 말해 주쇼."

강현주는 재석을 매섭게 노려보았다.

'뭔가 꿍꿍이가 있군.'

그렇지 않고서는 저리 완강하게 버틸 이유가 없었다. 틀림없이 다른 속셈이 있거나 그만이 아는 딴 주머니를 차고 있는 것이다.

"석장굴에서 뭔가 챙긴 게 있군요. 그렇죠?"

재석은 급소를 맞은 것처럼 움찔거렸다.

"전 당신을 도우려고 왔어요. 제가 알면 안 되는 건가요?"

"……."

"이번 일은 재석 씨 개인 문제가 아니에요. 국가의 위신이 걸려 있는 문제라구요. 적어도 국가를 생각한다면……."

"국가? 후후. 이 무슨 개뼉따구 같은 소리요. 내 사전에 그런 시답지 않은 단어는 없소."

"재석 씨는 대한민국 사람이 아닌가요?"

"제발 웃기는 소리 그만 좀 하쇼. 아직도 우리 세계를 모르겠소? 난 댁처럼 입만 벙긋하면 조국이니 애국이니 떠벌이는 인간과는 차원이 다른 몸이오."

강현주는 입을 꾹 다물었다. 하긴 도굴꾼에게 애국심 따위의 감정을 호소한다는 것 자체가 우스운 일이다. 그들 세계에서는 지구촌이 거대한 활동 무대이며 거래처라고 하지 않던가. 조국의 유산이니 민족의 보물이니 하는 것도 그들에게는 한낱 돈푼깨나 나가는 장물에 지나지 않는다. 강현주는 공연히 이런 일로 말다툼을 벌이고 싶지 않았다.

"알았어요. 댁이 어떻게 생각하든 상관하지 않겠어요. 그러나 국가는 이번 일이 끝날 때까지 나를 고용했어요. 정 실장에게는 비밀로 할 테니 말해 주세요."

"……"

"나에게도 막중한 임무가 있어요. 그리고 난 어디까지나 당신의 파트너예요. 댁을 여기에 두고 혼자 갈 수는 없어요."

재석은 빠르게 잔머리를 굴렸다. 이 여자도 잘만 하면 여러모로 쓸모가 있지 않은가. 일본말도 능숙하고 수사관 특유의 예리한 면도 있었다. 어차피 이곳에 온 목적은 초조대장경을 찾는 것, 굳이 굴러 온 떡을 매몰차게 거절할 필요는 없었다.

"석장굴에서 고문서를 발견했소."

재석은 품 안에서 고문서를 꺼냈다.

대체 이들의 영험한 재주나 기개는 어디에서 나오는 것인가. 조선의 승려는 퇴각을 모르고 목숨을 초개와 같이 여기며 그 용맹이 산천을 떨게 한다. 시퍼런 칼날 앞에도 무릎 꿇는 이가 없고 머리 조아리며 목숨을 구걸하는 이도 없다. 되레 천지를 원각의 도량으로 삼아 장렬하게 죽음을 택하니 어찌 이들을 다스리고 통제할 수 있단 말인가. 소국(小國)의 열렬한 불심이 정작 대국의 거란을 물리쳤다는 기록은 야사의 허튼소리가 아님을 절절이 목도하니, 하늘을 찌르고 땅을 흔드는 이들의 불심에 탄복하지 않을 수 없다. 이들이 목숨이나 명예보다 더 귀히 여기는 것은 정녕 '장경'이란 말인가.

"이게 무슨 글이죠?"

"임진왜란 때 조선에 왔던 남선사 주지의 글 같소. 이를테면 종군기(從軍記) 같은 것이오."

이 고문서에는 조선 승려를 바라보는 남선사 주지의 심정이 비교적 소상하게 적혀 있었다. 남선사 주지는 도요토미 히데요시가 가장 총애했던 승려로, 임진왜란 때는 종군문서참모부의 수장을 맡고 있었다. 그의 임무는 조선의 유서 깊은 고찰을 뒤져 불경이나 불교 문물을 취합하는 것이었다. 당시 일본의 승려들은 일본 내에서 학식이 가장 밝은 인물들이었는데, 도요토미는 이 고승들을 문사 비서 겸 참모로 기용해 조선의 사찰에서 경전을 찾는 역할을 맡겼다.

남선사 주지의 글은 전쟁중에 목격한 조선의 승려에 많은 부분을 할애하고 있었다.

조선에는 나라의 녹을 먹는 병사보다 더 활개치고 진지를 교란케 하는 무리가 있으니, 이들이 바로 승려 무리입니다. 이들은 교활하나 영특하고 술수에 능하나 신출귀몰하여 일당백(一當百)의 기세로 우리 진지를 유린하고 있습니다. 조선의 교활한 고승(高僧)이 어린 승려를 현혹하여 칼을 들게 하고 목숨을 버릴 것을 강요하니 그 세력이 점점 불어나 조선 정벌의 대의가 후퇴하지 않을까 심히 염려가 됩니다.

우리 군사가 전하는 바에 따르면 이들 승려 무리에게는 가야산 일대에 해괴한 기물(奇物)이 있어 공지(空地)에도 뿌리를 내리고 불심의 꽃을 피운다 하니 심히 염려되는 물건인 줄 아옵니다. 이 기물은 오래전 몽골군이 출몰했을 때 모두 불타 소실된 장경으로 알려져 있었으나, 조선 승려들 사이에 오백여 년 동안 은밀히 전해 내려온 것이라 합니다. 이 해괴한 기물을 배경 삼아 승려 무리들이 저리 방정맞게 날뛰고 있으니 하루 속히 이 기물을 수습하여 우리 군사들의 동요를 막는 것은 물론 부디 후한의 염려가 없도록 해야 할 것입니다. 따라서 가야산 일대에 병력을 대폭 증파하는 것은 물론 이 기물을 가져오는 병사에게 후한 상금을 내려 군사들의 사기를 진작시켜야 할 줄 아옵니다.

"어떻소? 이제 감 좀 잡았소?"

재석이 약간 비꼬는 투로 물었다.

"이 문서는 남선사 주지가 도요토미 히데요시에게 보내는 상소문이로군요."

"먹통은 아니로군."

"여기서 말하는 해괴한 기물이란…… 초조대장경을 말하는 건가요?"

"그야 두말하면 잔소리 아니오. 이는 곧 임진왜란 때도 초조대장경 경판이 존재하고 있다는 것을 의미하는 것이오."

"오오, 이럴 수가!"

그제야 강현주는 자지러지듯이 탄성을 자아냈다.

"이 상소문에서 보듯이 왜군이 현상금까지 내걸었다면 매우 구체적인 게 아니겠소?"

"승병들의 기개를 꺾기 위해 초조대장경을 찾아내려고 한 것이로군요. 일제가 우리의 민족정기를 없애려고 강산에 말뚝을 박았듯이 말이에요."

"이제 왜 내가 여기 남으려는지 알겠소?"

"난 아직 이해가 안 가는데요. 이 고문서만으로는 초조대장경이 어디에 있는지 알 수가 없잖아요. 도요토미가 초조대장경을 찾았다는 기록도 없고…… 여기 남선사에 있는 것도 아니고……."

"그러니까 지금부터 그걸 찾으려고 하는 것 아니오. 이런 일은 이 고문서만으로도 절반은 먹고 들어가는 셈이오. 맨땅에 헤딩하는 것보단 훨씬 낫다는 뜻이오."

과거의 역사는 기록으로 말하고, 그런 기록만큼 충실한 단서는 없다. 그것이 정사든 야사든 문자로 된 기록만으로 충분한 가치가 있다.

"어디 짚이는 데라도 있어요?"

강현주가 고개를 치켜들며 물었다.

"난 자꾸 미노루 스님이 입적하기 전의 행적이 마음에 걸리오. 천 교수님의 말에 따르면 미노루 스님은 인쇄본을 발견한 후부터 사 년여 동안 초조대장경 자료를 찾아다녔다고 했소. 한국에 여러 차례 방문했던 것도 그 때문이었소."

강현주는 고개를 갸웃거렸다.

"그게 이번 일과 무슨 상관이죠?"

"잘 생각해 보시오. 남선사 석장굴은 아무나 들어가는 곳이 아니오. 이를테면 그곳을 드나드는 사람은 극히 제한되어 있을 것이라는 소리요. 미노루 스님은 석장굴 안에 있는 남선사 주지의 문서나 도요토미에게 보내는 고문서의 존재도 알고 있었을 것이오. 다시 말해 초조대장경의 실체를 간파하고 있던 것이오."

"그럼 한국을 방문한 것은……."

"초조대장경의 자료가 아니라 실제 경판을 찾으려고 했을지도 모르오. 더군다나 그는 한국에 다녀온 지 며칠 되지 않아 급사했다고 했소. 그것부터가 냄새가 나지 않소?"

"……."

"아마 그의 죽음 뒤에는 틀림없이 말 못할 곡절이 있을 것이오. 이 고문서에도 드러났듯이 임진왜란 당시에도 초조대장경은 존재하고 있었소. 미노루 스님은 생전에 이런 사실을 잘 알고 있었던 게 분명하오."

"일리 있는 소리군요. 수사관 해도 되겠어요."

강현주가 가볍게 웃어 보였다.

"지금 놀리는 거요?"

"아니에요. 당신에게도 그런 예리한 면이 있는 줄은 몰랐어요."

"미노루 스님은 초조대장경을 빼놓고는 말할 수 없는 인물이오."

"그렇다면 초조대장경은 한국에 있을 것 같은데…… 여기 남아서 어떻게 하자는 거죠?"

"일단 미노루 스님의 사인을 밝혀야 뭔가 풀릴 것 같소."

"남선사 스님들이 저리 입을 꽁꽁 닫고 있잖아요. 게다가 그의 죽음은 사십 년이라는 세월이 흘렀어요."

"방법이 전혀 없는 것은 아니오. 내게도 생각이 있소."

그때 별실에서 천 교수의 목소리가 들려왔다. 천 교수는 김 조교에게 뭔가를 지시하며 밖으로 나왔다.

"그나저나 천 교수님에게는 뭐라고 말하죠?"

"그건 댁이 알아서 잘 둘러대슈. 아니면 천 교수님과 함께 한국에 가든지."

"잘 나가다가 왜 또 삼천포로 빠져요? 원래 사람 속을 긁는 게 취미예요?"

강현주가 눈을 흘겼다.

"그야 사람 나름 아니겠소? 헐헐."

강현주는 더 이상 할 말이 없다는 듯이 피식 웃었다.

4

"연화단은 뭘까요?"

하야코의 목소리가 가늘게 떨렸다. 연꽃[蓮]과 불[火], 그렇다면 불 속에 있는 연꽃을 일컫는 것인가. 토굴 안의 흔적이 하나하나 드러날 때마다 의혹의 빛깔은 짐짐 더 짙어져 갔다. 대상경을 언급한 고문서가 이런 토굴에서 발견된 것도 뜻밖의 일이었다. 해인사와 홍제암, 그 중간에 계곡을 끼고 있는 토굴은 지난 세기의 의혹을 한 아름 짊어진 비밀 창고와도 같았다.

"팔만대장경을 지키려고 만든 승려들의 집단이 아닐까? 가야산 일대의 승려들은 대장경을 지키는데 온 힘을 기울였지. 왜구들은 각 사찰의 불상이나 불경 등을 닥치는 대로 수탈해 갔거든."

이 고문서에는 연화단의 역할이 간략하게 명시되어 있었다. 최만준의 말대로 연화단은 가야산 일대의 승려들이 호국의 기치를 내걸고 만든 집단이었다. 이들은 왜구로부터 팔만대장경을 지키는 것을 가장 큰 과업으로 삼고 조직적으로 이에 대처하고 있었다.

"여기 지도도 있어요!"

고문서 안에는 가야산 일대를 상세하게 그린 지도뿐만 아니라 왜구의 예상 침입로와 승려들의 방어 기지, 그리고 해인사에 소장된 팔만대장경의 위치도 그려져 있었다. 이들은 가야산 일대의 의병과도 접촉하여 왜구의 침입에 대비하고 있었다.

이제 비로소 감이 잡혔다. 이 토굴은 승병들의 무기고와 방어 기지이며, 연화단의 전략 기지인 것이다. 하야코가 이 고문서에서 가장 눈여겨본 것은 연화단의 다음과 같은 임무였다.

고려 수기대사로부터 전해져 내려온 부인사 장경을 보존하고 이를 후대에까지 영구 보존하여 불력(佛力)을 자손만대 널리 전파함이라.

낯익은 이름이 하야코의 눈을 찔렀다. 수기대사는 현화사 터에서 가져온 족자 두루마리 안의 글을 쓴 고려의 고승이라고 하지 않았던가.

"아저씨, 부인사 장경은 초조대장경을 말하는 게 아닌가요?"

"……"

"틀림없어요. 이들은 초조대장경을 보관하고 있던 거예요."

"어떻게 이럴 수가……"

"초조대장경 경판은 조선 정벌 때도 존재하고 있던 거예요. 아마 이들은 팔만대장경뿐만 아니라 초조대장경도 함께 보존하려고 했을 거예요."

고문서에 등장하는 대장경은 팔만대장경을 포함해 초조대장경까지 아우르고 있었다. 연화단은 이 대장경을 왜구로부터 보존하는 것은 물론 후대에까지 계승시키는 것을 당면 과업으로 삼고 있었다.

"이제야 알 것 같군. 마에다가 왜 사명대사에 집착했는지 말이야. 후후."

최만준은 득의에 찬 표정을 지었다. 사명대사사적비, 홍제암, 조선 승병의 그림, 자통홍제존자…… 마에다의 유품에서 나온 것들은 하나같이 사명대사와 연관이 있었다.

최만준은 고문서의 적힌 내용 중에 종봉(鍾峯)이라는 글자를 가리켰다.

"종봉이라는 말은 바로 사명대사를 지칭하는 것이야."

종봉은 사명대사의 별호로, 승려 사이에서 높은 존칭으로 불리는 또 다른 이름이었다.

"초조대장경 경판은 어느 날 갑자기 하늘에서 뚝 떨어진 것이 아니야……. 고려에서 조선을 거치면서 수백 년 동안 승려들 사이에서 은밀하게 이어져 내려온 거지……."

그때 문득 다케미야의 말이 떠올랐다.

─고려 왕실은 초조대장경을 국운을 좌우하는 가피력의 증표로 여기고 있었기 때문에 외부에 드러나지 않고 은밀하게 보관하고 있었을지도 모르지 않나.

하야코의 머릿속은 고려와 조선의 경계를 분주하게 넘나들고 있었다.

수기대사와 사명대사……. 이들은 고려와 조선이 외침으로 위기에 빠져 있을 때 전면에 나선 고승이었다. 수기대사는 초조대장경을 토대로 팔만대장경을 판각하고 사명대사는 초조대장경을 보존하면서 승병들을 모집하고 훈련시켰다.

그렇다면 이 토굴은 조선 승병의 무기고나 전략 기지 이외에 또 다른 용도로 사용된 것이 아닐까? 거기까지 생각이 미치자, 초조대장경이 성큼 턱 앞까지 다가온 느낌이 들었다.

"아저씨, 어서 찾아봐요. 초조대장경이 이 토굴 안에 있을지도 몰라요."

"아, 알았다."

하야코는 어깨에 짊어진 가방을 내려놓고 미친 듯이 토굴 안을 뒤지기 시작했다. 궤짝 안을 더듬어 보고 승려들의 그림이 붙어 있는 토굴 벽 틈을 세세하게 살폈다. 최만준 역시 토굴 안을 더듬는 손길이 빨라지고 있었다.

"거기 누구야!"

그때였다. 토굴 입구에서 선 굵은 목소리가 쩌렁쩌렁 울려왔다. 하야코는 감전된 사람처럼 그 자리에 우뚝 멈추었다.

"······!"

토굴 입구에는 네 명의 승려가 그들을 매섭게 노려보고 있었다. 그들의 눈빛은 그림 속의 조선 승려의 눈빛과 꼭 닮아 있었다.

5

미노루의 사인은 작지만 뜨거운 불씨로 남아 있었다. 산책길에 외롭게 누워 있는 봉분을 보았을 때부터 재석의 가슴속에는 작은 불씨 하나가 똬리를 틀고 있었다. 그 불씨는 남선사에 머무르는 동안 내내 꺼지지 않고 되레 든든한 밑불을 만들었다.

천 교수와는 남선사 앞에서 헤어졌다. 공항까지 배웅하려고 했으나 천 교수는 교토에 오면 꼭 들러 보는 곳이 있다면서 김 조교와 함께 남선사를 떠났다.

"교수님에게는 뭐라고 둘러댔소?"

"알아맞혀 봐요."

강현주는 생글생글한 미소를 입가에 매달았다.

"교토에 온 김에 우리끼리 데이트라도 한다고 했소?"

"어떻게 알았어요? 대단하네요."

"정말 그렇게 말했단 말이오? 지금 제정신이오?"

"농담이에요. 교토 문화재 관리국에 볼일이 있어서 간다고 했어요. 정 실장님의 부탁이라고 하니 별말이 없던데요."

재석은 코웃음을 쳤다. 하여튼 여러모로 웃기는 여자였다.

"원래 그리 실없는 농담을 잘하오?"

"그야 사람 나름이죠."

사람 나름이라……. 보기 좋게 한 방 맞은 꼴이다.

남선사 주변은 교토의 관광 명소답게 깔끔하게 정돈되어 있었다. 사찰 주변은 경내의 유려한 풍광과 어울리도록 공을 들인 흔적이 역력했다.

그들은 남선사 주변의 식당과 찻집, 표구점과 불교 용품점 등을 부지런히 찾아다니며 고개를 내밀었다. 그러나 미노루의 사인을 알고 있는 사람은 없었다. 미노루의 사인은 고사하고 그가 누구인지도 몰랐다. 사십 년이라는 세월은 결코 짧은 시간이 아니었다. 나이가 지긋한 몇몇 노인은 미노루를 기억하고 있었으나, 그가 급사한 것은 까맣게 모르고 있었다. 오히려 그가 어떻게 죽었느냐고 되물었다.

이틀 동안 남선사 주위를 쳇바퀴처럼 빙빙 맴돌아도 별 소득이 없었다. 그들에게 돌아오는 대답은 한결같았다. 그들이 알고 있는 것은 재석도 알고 있었고, 재석이 궁금해하는 것은 그들도 알지 못했다.

"안 되겠어요. 이제 그만 포기하고 돌아가는 게 좋겠어요."

강현주는 첫째 날은 군말 없이 잘 따라오더니 둘째 날부터는 투덜거리는 소리가 잦아졌다.

"딱 하루만 더 찾아봅시다."

애초부터 뚜렷한 계획이 있던 것은 아니었다. 남선사 주변 사람들을 만나 이것저것 묻다 보면 그중에 미노루의 사인을 밝혀 줄 사람이 한 명쯤은 나타날 것이라고 생각했다. 그러나 이틀이 지나도록 깜깜무소식이었다.

사흘째 되는 날, 드디어 한 노인이 제대로 걸려들었다. 그는 남선사 근처에 있는 표구점 주인으로, 팔순은 됐을 법한 노인이었다.

"그럼, 기억나고말고. 그때가 사십 년 전쯤 되었을걸."

노인은 평소 미노루와도 잘 알고 지내던 교토 토박이였다. 그는 초조 대장경 인쇄본을 발견한 날도 똑똑히 기억하고 있었다.

"정말 대단했지. 남선사에 몰려온 기자만 해도 수십 명은 되었어. 허허. 전설로만 알려지던 책자가 거기서 무더기로 발견될지 누가 알았겠나."

"미노루 스님이 책자를 발견한 뒤 얼마 되지 않아 한국으로 갔다면서요?"

강현주가 유창한 일본 말로 물었다.

"맞아. 아마 그때가 가을이었을 거야."

"무슨 일로 한국에 간 건가요?"

"글쎄…… 초조대장경 때문이 아니겠어? 초조대장경의 고향은 한국이니 말이야. 미노루 스님은 그 책자를 발견한 후부터 나들이가 부쩍 잦았지. 듣자 하니 그때 해인사의 고승을 만나러 간다고 했던 것 같은데."

표구점 노인이 말하는 고승은 해인사 주지였던 봉허 스님이었다.

"미노루 스님이 한국에서 돌아온 뒤 갑작스럽게 돌아가셨다고 하던데…… 혹시 알고 계신가요?"

"나도 자세한 건 잘 몰라. 이리저리 떠다니는 소문만 있을 뿐이지. 어찌 됐든 미노루 스님이 급사한 것만은 분명해. 한국에 다녀오자마자 갑자기 시름시름 앓기 시작했거든."

"스님의 정확한 사인은 뭔가요?"

"나도 그때 젊은 스님에게 들은 소린데 온몸이 퍼렇게 변하는 게 독초에 중독된 증상 같다고 하더군."

"도, 독초요?"

그때 표구점 안으로 손님이 들어와 그의 말은 잠시 중단되었다. 작은 불씨는 서서히 열기를 내뿜으며 밑불을 만들어 가고 있었다. 잘만 하면 노인의 입을 통해 미노루의 정확한 사인이 나올 것도 같았다. 표구점에 손님이 나가자 노인은 다시 그들 앞으로 다가왔다.

"내가 어디까지 말했지?"

"미노루 스님이 독초에 중독된 것 같다고 하셨어요."

"당시 미노루 스님은 이미 입적할 것을 잘 알고 있었던 것 같아. 입적하기 하루 전에 이시하라 스님을 애타게 찾았으니 말이야."

"이시하라 스님은 누구죠?"

"안국사 주지 스님이지. 미노루 스님이 눈을 감을 때 이시하라 스님이 끝까지 임종을 지켜봤어."

재석은 고개를 갸웃거렸다. 안국사는 귀에 익은 절이긴 한데 잘 떠오르지 않았다.

"이시하라 스님은 아직 생존에 계신가요?"

"그럴 거야. 지난해도 남선사에 온 것을 봤지. 이시하라 스님은 교토에 오면 반드시 남선사에 들르거든."

표구점 노인은 긴 한숨을 토해 냈다.

"미노루 스님이 입적하고 난 뒤 이시하라 스님은 미노루 스님의 사인을 조사해야 한다고 강력히 주장했어. 이시하라 스님도 미노루 스님이 독초에 중독된 것을 알고 있었던 게야. 그러나 남선사 스님들이 반대하는 바람에 아무것도 할 수 없었지."

"그럼 경찰이 수사를 하지 않았나요?"

"웬걸. 경찰은커녕 개미 새끼 한 마리도 남선사에 얼씬거리지 못했어. 원래 남선사 스님들은 경내에서 벌어지는 일이 경사든 조사든 일체 말하는 법이 없지. 미노루 스님이 입적하고 난 뒤 남선사는 꽤 오래도록 문이 닫혀 있었어. 관광객도 일절 받지 않았네."

표구점 노인은 미노루의 사인이 독초에 의한 중독, 즉 타살에 무게를 두고 있었다. 이제 어느 정도 물꼬가 트이기는 했으나, 그것으로는 여전히 성이 차지 않았다. 그래도 사흘 내내 남선사 주위를 돌아다닌 보람이 있었다.

"어떻게 생각하슈?"

표구점을 나오면서 재석이 물었다.

"……"

"댁은 경찰이니 뭔가 감이 있을 게 아니오."

"내가 보기엔 미노루 스님은 한국에서 독초에 중독된 것 같아요."

"의도된 타살이라는 거요?"

강현주는 고개를 끄떡였다.

"미노루 스님의 사인 뒤에는 특별한 사연이 숨어 있는 것 같아요. 미노루 스님이 화장을 하지 않고 남선사 내에 봉분을 만든 것도 그 때문이 아닐까요?"

미노루 스님은 한국에서 어떤 일을 겪은 것일까? 그리고 무덤 속에까지 가지고 가려던 사연은 무엇일까? 그러나 이에 대한 해답을 줄 수 있는 사람은 이 땅에 존재하지 않았다. 미노루 스님이나 당시 해인사 주지였던 봉허 스님은 모두 저세상 사람이었다. 아니, 미노루 스님의 사인을 잘 알고 있는 또 한 사람이 있었다.

"표구점 주인이 말한 이시하라 스님은 누굴까요?"

강현주가 물었다.

"안국사 주지라고 하지 않았소. 안국사라고 들어 봤소?"

"안국사도 남선사처럼 초조대장경 인쇄본이 발견된 절이잖아요."

"그렇군! 바로 안국사였어!"

재석은 그제야 너구리 영감의 말이 떠올랐다. 오소리 영감이 안국사에 건너가 법당 안에 있던 초조대장경 인쇄본을 털었다고 하지 않았던가. 그것이 이른바 안국사 도난 사건이었다.

"안국사 주지가 미노루 스님의 임종을 끝까지 지켜봤다면 그들은 서로 보통 관계가 아니라는 소린데."

강현주는 고개를 끄떡였다.

"저기요."

그때였다. 표구점을 나온 그들 앞으로 중학생 교복 차림의 여학생이 다가왔다.

"어떤 아저씨가 이걸 전해 주라고 하던데요."

여학생이 꼬깃꼬깃 접혀 있는 쪽지를 내밀었다.

"이게 뭐니?"

"저도 잘 몰라요. 그 아저씨가 표구점에서 나오면 이걸 전해 주라고
만 했어요."

여학생은 그렇게 말하고 길 건너편으로 총총히 사라졌다. 이상한 일
이다. 난생처음 오는 교토 거리에서 누가 이런 쪽지를 전해 주라고 한
것인가. 재석은 쪽지를 펼쳤다.

미행당하고 있으니 조심하시오.

쪽지 안에는 짧은 한 문장만이 적혀 있었다.

"이, 이건 한글인데요!"

강현주의 목소리가 날카롭게 울렸다. 쪽지에 적혀 있는 한글은 급히
휘갈겨 쓴 흔적이 역력했다. 재석은 빠르게 주위를 둘러보았다. 한적한
오후의 거리와는 달리 남선사 주변에는 매서운 불똥이 튀고 있었다. 날
이 훤하게 밝은 대낮인데도 음산한 기운이 감돌았다. 갑자기 머리칼이
바싹 곤두서고 등골이 오싹해졌다.

대체 누가 이런 쪽지를 건네준 것일까?

6

"저 젊은이를 잘 봐 주십시오."

스님은 사무실에 들어선 뒤에도 딱딱한 얼굴을 풀지 않았다. 교토 문
화재 관리국의 이노우에 실장은 멀뚱한 표정으로 스님이 튼 비디오 화
면을 응시했다. 모니터 화면 안에는 검은 그림자가 어둠 속을 헤집고 있

었다.

"여기가 어딥니까?"

이노우에가 물었다.

"남선사 경내입니다."

스님은 애써 감정을 다스리려는 듯 조용히 두 눈을 내리깔았다. 이노우에는 화면 속의 검은 그림자와 코앞에 마주한 스님을 번갈아 바라보았다.

남선사 스님이 교토 문화재 관리국을 직접 방문하는 것은 처음 있는 일이었다. 문화재 관리국과 남선사의 관계는 늘 껄끄러웠고, 서로 왕래도 전혀 없었다. 문화재 관리국이 유물 실사를 나설 때도 가장 비협조적인 사찰이 남선사였다.

그런데 오늘 낮, 남선사 스님이 사전에 연락도 없이 두 개의 폐쇄 회로 테이프를 가지고 교토 문화재 관리국을 찾아왔다.

"남선사 안에 이런 어두운 곳도 있었나요? 보아하니 실내 같은데요."

"이곳은 석장굴입니다."

석장굴은 남선사 경내에서도 가장 온밀한 곳이다. 그렇다면 화면 속의 사내는 석장굴에 잠입했다는 것이 아닌가.

이노우에는 두 눈을 부릅뜨고 화면 속으로 빠져 들어갔다. 굴 안을 기웃거리던 검은 그림자는 곧 목표물을 찾았는지 호주머니에서 뭔가를 꺼냈다.

"저게 뭔가요?"

"카메라 같습니다."

"카메라요? 저 친구가 뭘 찍는 겁니까?"

"대장경 경판입니다. 남북조 시대 때 남선사 내에서 대장경을 판각한 것이지요."

화면 속의 사내는 곧 굴 안쪽으로 자리를 옮기더니 이번엔 앉은뱅이 책상 위에 있는 나무 상자를 뒤졌다. 그러고는 상자 안에서 꺼낸 두루마리를 호주머니에 넣고 이내 화면 속에서 사라졌다.

"저 사내가 누굽니까?"

"한국 정부 실사단에서 온 수행원입니다."

스님의 입에서 가는 날숨이 새어 나왔다.

"초조대장경 인쇄본을 실사하러 온 방문단 말입니까?"

"그렇습니다."

한국 실사단의 수행원이 석장굴에 잠입하다니……. 이노우에는 그제야 스님의 얼굴이 왜 딱딱하게 굳어져 있는지, 오래도록 원수지간처럼 담을 쌓고 있던 교토 문화재 관리국에까지 직접 찾아왔는지 그 이유를 알았다.

"문화재 관리국에서도 이런 사실을 알아야 할 것 같아 찾아온 겁니다. 자칫 이는 외교적으로 큰 결례가 될 수 있습니다."

스님의 말대로 저 사내가 한국의 정식 수행원이라면, 이는 외교적인 결례로 넘길 문제가 아니었다.

"저희도 실사단의 방문 일정이 끝난 후에 발견한 겁니다."

"한국 실사단의 인원은 어떻게 구성되어 있습니까?"

"모두 네 명입니다. 그중 두 명의 신원이 분명하지 않습니다. 화면에 나타난 저 젊은이와 여기자입니다. 저희가 알아본 바로는 여기자가 소속된 신문사에 연락을 했더니 남선사에 출장중인 기자는 없다고 하는군요."

"그럼 대체 저들은 누군가요?"

"그걸 알려고 여기에 온 겁니다."

스님은 또 다른 폐쇄 회로 테이프를 책상 위에 올려놓았다.

"이 테이프는 낮에 촬영한 것이라 이들의 얼굴이 잘 나타나 있습니다. 참고하시기 바랍니다."

"저 사내가 석장굴에서 가져간 것은 무엇입니까?"

"16세기 말 남선사 주지 스님이 도요토미 히데요시에게 올린 상소문입니다."

"그리 귀한 것을 어떻게……."

"그것은 크게 염려하지 않아도 됩니다. 석장굴에 있는 문서는 필사본입니다. 원본은 남선사에 따로 보관하고 있습니다."

"……."

"저 젊은이의 정체를 밝혀야 합니다. 한국 정부에서 파견한 인물이라면 이건 보통 심각한 일이 아니지 않습니까?"

스님은 조금의 미동도 없이 차분하게 말했다.

"한국 실사단은 아직 남선사에 머물고 있습니까?"

"방문 일정을 끝내고 이틀 전에 한국으로 돌아갔습니다. 그런데 저 젊은이와 여기자는 아직 교토에 남아 있는 걸로 알고 있습니다. 듣자 하니 남선사 주변에서 미노루 스님의 사인을 캐묻고 다닌다고 하더군요."

"미노루 스님이요?"

"초조대장경 인쇄본을 최초로 발견한 큰스님이지요."

이노우에 역시 미노루 스님에 대해 잘 알고 있었다. 아직도 그의 사인은 정확하게 가려지지 않았고, 하도 오랜 세월이 지난 터라 이에 대해 의문을 제기하는 사람도 없었다.

"이들이 왜 미노루 스님의 사인을 캐고 다니는지…… 혹시 짐작 가는 데라도 있습니까?"

"그건 초조대장경과 관련이 있는 듯 보입니다."

"초조대장경이라면 인쇄본을 말하는 겁니까?"

"아닙니다. 실물 경판입니다."

"네? 실물 경판이라뇨?"

"저 젊은이가 가져간 상소문에도 초조대장경과 관련된 내용이 적혀 있습니다."

"그것이 어떤 내용입니까?"

"……"

스님은 자신의 역할은 여기까지라는 듯 더 이상 입을 열지 않았다.

"어찌 됐든 저 젊은이의 정체를 밝혀 주시기 바랍니다."

스님은 그렇게 말하고는 자리에서 일어났다.

"알았습니다. 곧 조치를 취하도록 하겠습니다."

이노우에는 스님이 돌아간 뒤 다시 폐쇄 회로 테이프를 틀었다. 석장 굴 안을 헤집고 다니는 화면 속의 사내는 민첩하게 움직이면서도 결코 서두르는 법이 없었다.

대체 저 젊은이의 정체는 무엇이란 말인가!

7

황당한 일은 꼬리를 물고 이어졌다.

난생처음 와 본 곳에서 미행을 당하다니, 어이가 없었다. 더욱 곤혹 스러운 것은 미행당하고 있는 것을 누군가 알려 주고 있다는 사실이었다. 미행하는 자는 누구이며, 또 누가 이런 것을 알려 주는 것인가. 도무지 정신을 차릴 수가 없었다. 쪽지에 적혀 있는 한글은 재석을 더욱 혼란스럽게 만들었다.

표구점 주변에서 송곳처럼 번뜩이는 시선이 느껴졌다. 표구점 길 건너편의 편의점에서는 서늘한 시선이 날을 세우고 있었다.

"뒤돌아보지 말아요!"

편의점 쪽을 돌아보려고 하자, 강현주가 옆구리를 쿡 찔렀다.

"앞만 보고 걸어요."

강현주의 보폭이 빨라졌다. 재석의 걸음도 덩달아 빨라졌다.

"누가 우리를 미행하는 거요?"

"그걸 내가 어떻게 알아요."

"당신은 경찰이니 느낌이라는 게 있을 거 아니오."

"말도 안 되는 소리 그만하세요."

"이제 어떻게 할 거요?"

"뭘 어떻게 해요. 일단 미행을 따돌려야지요."

강현주는 교차로에서 우측 길로 몸을 틀었다. 재석은 그녀를 따라 우측으로 돌아서면서 힐끔 뒤를 돌아다보았다. 이차선 도로 건너편에는 검은 정장을 한 사내가 그들의 발걸음을 빠르게 따라잡고 있었다. 검은 정장의 사내 뒤로 귀에 이어폰을 꼽은 두 명의 사내도 민첩하게 움직였다.

"모두 셋이오."

"……."

강현주는 묵묵히 땅만 보고 걸었다. 몇 걸음 지나 다시 교차로가 나오자 그녀가 나지막이 속삭였다.

"교차로에서 오른쪽으로 돌아서면 버스 정류장이 나올 거예요. 거기서 가장 먼저 눈에 띄는 버스에 올라타요."

"아무 버스나 말이오?"

"그래요. 교차로를 벗어나면 무조건 뛰는 거예요."

"알았소."

그러나 그들의 바람과는 달리 정류장에는 단 한 대의 버스도 보이지 않았다. 텅 빈 버스 정류장 앞에는 나이 든 노인네 한 명만이 목을 길게 빼고 버스가 오기만을 기다리고 있었다.

끼이익—.

그때였다. 흰색 승용차가 그들이 걷고 있는 인도 변에 바짝 옆구리를 들이댔다. 곧이어 유리창이 스르르 내려오고 운전석에서 걸쭉한 목소리가 흘러나왔다.

"어서 타시오!"

사내의 입에서 튀어나온 말은 뜻밖에도 한국말이었다.

"당신들에게 쪽지를 보낸 사람은 나요. 그러니 어서 타시오."

재석은 어찌할 바를 모르고 운전석 안의 사내와 뒤에 따라 오는 사내들을 번갈아 바라보았다. 검은 정장의 사내들은 점점 간격을 좁히며 버스 정류장 쪽으로 다가오고 있었다.

"일단 타고 봐요!"

강현주가 먼저 뒷좌석 문을 열고 차에 올랐다. 재석도 엉겁결에 차에 올라탔다. 그들을 태운 차는 요란한 소리를 내며 버스 정류장 앞을 벗어났다. 뒤늦게 버스 정류장에 도착한 정장 차림의 사내들은 거친 숨을 몰아쉬며 차 꽁무니를 허탈한 표정으로 바라보고 있었다.

"대체 당신은 누구죠?"

강현주가 물었다.

"난 댁들을 데리고 오라는 관장님의 지시를 받았소."

"관장이라니, 누굴 말하는 거요?"

이번엔 재석이 물었다.

"고려미술관 관장님이오."

"으응? 그러면 박상문 관장을 말하는 겁니까?"

"그렇소."

고려미술관은 교토에서 한국의 문화재만을 고집하는 유일한 미술관이다.

"우리를 미행하는 저들은 누굽니까?"

"교토 문화재 관리국에서 나온 직원일 것이오."

"문화재 관리국 직원? 그들이 왜 우릴 미행하는 거요?"

"당신들의 뒷조사를 하고 있는 것 같소. 이곳은 생각보다 좁은 곳이오. 관장님이 잘 설명해 줄 것이니 조금만 기다리시오."

재석은 사내의 서글서글한 미소를 보자 다소 마음이 놓이기는 했으나, 아직 긴장의 끈을 놓지 않았다.

"고려미술관을 알아요?"

강현주가 작은 소리로 물었다.

"물론이오."

고려미술관을 설립한 박상문은 교토에서 신화적인 인물로 통한다. 해방 후 파친코 사업으로 돈을 번 그는 교토의 고미술상들과 어울리면서 한국 문화재와 인연을 맺었다. 1980년대 들어서는 교토뿐만이 아니라 일본 전역을 돌아다니면서 한국 문화재를 닥치는 대로 수집했다. 그가 수집한 한국 문화재만 해도 총 천칠백 점에 이르렀다. 통일신라시대의 금동여래상을 비롯해 고려의 금동팔각사리용기, 조선의 화각삼층장 등 국보급 유물도 다수 있었다.

고려미술관은 교토 시내 북쪽의 조용한 주택가에 자리 잡고 있었다. 미술관 입구에는 돌하루방처럼 생긴 문인석이, 정원에는 한국 고찰에서 흔히 볼 수 있는 오층 석탑이 우뚝 서 있었다.

"어서 오시오. 하하."

박상문은 미술관 앞에까지 나와 그들을 맞이했다. 개량 한복을 입고 나온 그는 육 척이나 되는 거구였다.

"무슨 일로 저희를 보자고 했습니까?"

"허허, 성미가 급하시군. 예까지 왔는데 일단 미술관부터 둘러보시오."

박상문은 그들을 전시실로 안내했다. 일층에 전시된 고미술품은 첫눈에 봐도 값으로는 따질 수 없는 진귀한 유물이었다. 고려미술관은 규모가 그리 크지 않으나, 질적인 면에서는 어떤 미술관에도 뒤지지 않았다. 미술관 내부의 인테리어도 맛깔스런 한국풍으로 꾸며져 있었다.

그들은 전시관을 둘러본 뒤 이층에 마련된 접견실로 들어갔다.

"듣자 하니 남선사 주위에서 뭔가를 찾고 있다고 하던데, 소득은 있었소?"

박상문이 차분한 목소리로 물었다. 고려미술관의 정취에 흠뻑 빠져든 탓인지 재석은 이곳에 온 목적을 깜박 잊고 있었다.

"아닙니다. 그런데 저희들을 어떻게 알고……."

"지금 당신들은 너무 많이 노출이 되어 있소."

"노출이라뇨?"

"교토는 다른 도시와는 다르오. 댁들이 찾는 게 뭔지는 모르지만, 그리 소문내고 다니면 좋을 것이 하나도 없소."

"……"

"아직도 내 말뜻을 모르겠소?"

박상문이 싱겁게 웃어 보였다.

"교토에 오면 주의해야 할 일이 하나 있소. 어떤 문화재든 그것을 드러내 놓고 다녀서는 안 된다는 것이오. 자칫하다가는 호되게 당하는 수가 있으니 말이오. 이곳은 소문에 아주 민감한 곳이오. 당신들의 행적은 나뿐만 아니라 이미 많은 사람들이 알고 있을 것이오."

그제야 재석은 박상문의 말뜻을 알아차렸다. 지난 사흘 동안 남선사 주위를 샅샅이 훑고 다니면서 만나는 사람마다 미노루의 사인과 초조대장경을 입에 올렸다. 그러나 이런 행동을 누군가 주시하리라고는 미처 생각하지 못했다.

'교토까지 와서도 이 모양이라니.'

인사동 골동품 거리에서도 동네방네 떠들고 다닌다고 너구리 영감에게 된통 당하지 않았는가.

"좀 전에 우리를 미행하는 사람이 교토 문화재 관리국 직원이라고 했는데……."

"히히, 그러니 주의해야 할 게 아니오. 아무래도 당신들은 남선사에서부터 뭔가 일이 꼬인 듯하오."

"남선사요? 그럼 우리가 남선사에 머무르고 있는 것도 알고 있었나요?"

강현주가 자세를 고쳐 앉으며 물었다.

"그렇소. 오죽하면 그 소리가 내 귀에까지 들어왔겠소. 아마 교토 문화재 관리국에서도 당신들을 특별하게 주시했을 것이오."

"그래도 미행을 하는 것은 너무 심한 것 아닌가요?"

"그야 댁들 사정이지 문화재 관리국에서는 어디 그렇게 생각하겠소?"

"저희가 한국인이라는 것은 어떻게 알았습니까?"

재석이 물었다.

"한국인이 어찌 한국인을 못 알아보겠소. 그래서 당신들을 이곳으로 초대한 게 아니오."

재석은 인상을 찡그리며 불쾌한 심기를 드러냈다. 아무런 영문도 모른 채 박상문 앞에서 발가벗겨진 느낌이 들었다. 박상문은 그런 재석의 표정을 읽고 애써 목소리를 낮추었다.

"사실은 사흘 전에 천경준 교수가 여기를 다녀갔소."

"천 교수님이오?"

"그렇소. 천 교수는 교토에 올 때마다 반드시 이곳을 들르곤 했소. 천 교수가 여길 떠나기 전에 당신들에 대해 자세히 말해 주었소. 미노루 스님의 사인에 대해 무척 관심이 많은 것 같다고 말이오. 허허. 이제 맘 편히 얘기할 수 있겠소?"

재석의 굳은 얼굴이 다소 누그러졌다. 천 교수가 교토에 오면 반드시 들러 보는 곳이 고려미술관이었다.

"사흘 동안 돌아다닌 결과가 어떻소? 해답은 찾았소?"

"아닙니다."

"정작 당신들이 알고자 하는 것은 미노루 스님의 사인이 아니라 초조대장경 경판이 아니오?"

"……!"

"내가 맞힌 게로군."

"그, 그걸 어떻게?"

"나도 한동안 미노루 스님의 죽음에 의문을 가졌던 사람이오. 물론 당신들처럼 최종 목적지는 초조대장경이었소. 당신들을 이리로 초대한 까닭도 그 때문이오."

박상문은 탁자 아래 서랍에서 낡은 문서 한 장을 꺼냈다.

"당신들에게 보여 줄 게 있소."

박상문이 내민 문서는 합천 경찰서장이 조선총독부에게 보내는 지원
병력 요청서였다.

일조(日朝) 합병 이후 잠잠하던 민심이 들끓고 불온한 승려들이 제멋
대로 날뛰고 있으니, 이는 '장경'의 출현과도 무관하지 않습니다. 이 '장
경'은 조선 정벌 당시에도 도요토미 부대가 해괴한 기물(奇物)이라 여긴
것으로, 이를 색출하기 위해 학식에 밝은 교토의 고승을 조선에 파견한
일도 있습니다. 이 기물은 조선의 교활한 고승이 사라진 뒤부터 행방이
묘연했으나, 최근 다시 가야산 일대에 출현하고 있다는 소문이 들끓어
민심을 교란시키고 있습니다. 이를 기회 삼아 가야산 일대에 잔존하고
있는 승려 집단과 조선의 젊은 학도들이 불손하고 위험한 도당(徒黨)을
만들어 봉기(蜂起)의 선두에 서려 하니 앞으로의 일이 노도(怒濤)처럼
거세질까 심히 우려됩니다. 이들은 조선의 정기를 고취시키고 사회를 혼
란케 할 목적으로 만든 불손한 집단으로 호시탐탐 관공서를 노리는 것은
물론 대동아 공영의 낙토 건설에도 폐해를 끼치고 있으니 속히 이들을
궤멸해야 할 것으로 사료됩니다. 부디 이 서신을 받는 대로 가야산 일대
에 우리 황군을 급파하여 불손 세력을 척결해 줄 것을 신심으로 요청하
는 바입니다.

"이, 이게 대체……."

재석의 입이 쫙 벌어졌다. 강현주도 마찬가지였다. 석장굴에서 가져

온 고문서와 어찌 이리 아귀가 맞아떨어질 수 있을까. 놀랍고도 신기한 일이었다. 이 문서에도 임진왜란 당시 남선사 주지가 쓴 글처럼 낯익은 단어가 곳곳에 눈에 띄었다.

"여기 적혀 있는 해괴한 기물이란……?"

"그게 바로 초조대장경 경판을 지칭하는 것이오."

"오, 이럴 수가!"

초조대장경의 기록이 남아 있는 것은 임진왜란 때뿐만이 아니었다. 일제강점기에도 천 년 영물의 기록이 남아 있었다.

8

칠흑 같은 어둠이 눈 끝을 조여 왔다.

눈을 뜬 것인지 감은 것인지조차 구분이 가지 않았다. 두 눈을 시퍼렇게 뜨고 있는데도 마치 장님이 된 느낌이었다. 온몸을 칭칭 두르고 있는 밧줄은 폐부까지 깊숙이 파고들어 왔고, 팔다리에는 아예 감각이 없었다.

하야코는 길게 한숨을 내쉬었다. 승려 무리가 토굴에서 다짜고짜 끌고 간 곳은 홍제암 법당 아래 지하실이었다. 이곳은 최만준이 다음 살펴볼 곳으로 점찍은 곳이었다. 승려 무리는 최만준이 뭐라 변명을 둘러대도 들은 체도 하지 않고 금단의 성역에 들어온 이교도를 대하듯이 거칠게 다루었다. 그러고는 그들의 몸을 밧줄로 꽁꽁 묶고 바람처럼 휑하니 사라졌다.

잠이 쏟아졌다. 하루를 꼬박 지새운 탓인지 저절로 눈이 감겼다.

'잠이 들어선 안 돼.'

하야코는 감겨드는 눈까풀을 힘겹게 밀어내고 귓불을 곧추세웠다. 암흑천지의 지하실에서 들려오는 것은 최만준의 가는 숨소리뿐이었다.

"아저씨……."

"……."

"아저씨, 괜찮아요?"

"그래……."

"이젠 어떻게 되는 거죠?"

"너무 걱정하지 마라."

"……."

"내게도 생각이 있다."

하야코는 잠을 쫓으려고 아랫입술을 깨물었다. 궤짝 속의 녹슨 칼, 가야산 일대의 지도, 낡은 고문서, 그리고 연화단…… 방금 전 토굴에서 보았던 것이 눈앞으로 휙휙 지나쳤다.

토굴 안은 거대한 비밀 창고였다. 수세기 동안 은밀하게 간직한 비밀이 그곳에 고스란히 저장되어 있었다. 아직도 하야코의 눈 끝에는 고문서에 나타난 연화단의 임무가 또렷이 남아 있었다.

"마에다도 그 토굴에서 잡힌 게 아닐까?"

"……."

"이들은 보통 중이 아닌 것 같아."

최만준의 목소리가 죽음의 장송곡처럼 음울하게 들려왔다. 앞으로 벌어질 일은 어렵지 않게 짐작이 갔다. 이런 거대한 비밀 창고를 발견한 그들을 승려들이 가만 놔둘 리가 없지 않은가.

"하야코, 그 중놈들이 다시 이곳에 올 거야. 그때 너는 아무 말 말고 잠자코 있거라."

"……."

"만약 이들이 네 정체를 물으면 일본에서 왔다고 하지 말고 그냥 내 조카라고 해."

"알았어요."

"호랑이에게 잡혀 가도 정신만 차리면 살 수 있다. 날 믿어라."

뭔가 묘책을 강구했는지 최만준의 목소리에는 자신감이 배어 있었다. 그때 계단을 타고 내려오는 발자국 소리가 저벅저벅 들려왔다. 곧이어 발자국 소리가 멈추더니 지하실 안이 환하게 밝아졌다. 지하실 입구에는 승려 무리가 허리춤에 양손을 올리고 무표정한 얼굴로 그들을 노려보고 있었다.

"네놈들은 어디서 왔느냐?"

그들 중에 가장 나이가 들어 보이는 노승이 한 발짝 앞으로 다가섰다. 노승의 눈빛에 시퍼런 날이 스며들었다.

"스님, 저희는 그곳을 우연히 산책하다가……."

"닥치거라 이놈! 감히 예가 어디라고."

노승이 최만준의 말을 단칼에 잘랐다. 그때 노승 옆에 있던 젊은 승려가 두 개의 가방을 바닥에 휙 내던졌다.

아! 이것은 토굴 안에 두고 온 가방이 아닌가. 가방 안에는 특수 제작된 탐침봉과 손삽, 곡괭이, 절단기, 땅속을 들여다 볼 수 있는 내시경 장비가 들어 있었다.

"이래도 바른 대로 대지 않을 테냐."

"스, 스님. 제발 고정하시고 제 말 좀……."

"목숨이 두 개가 아니라면 묻는 말에 바른 대로 대야 할 것이다."

노승은 틈을 주지 않고 최만준을 몰아세웠다.

"그곳은 어떻게 알고 들어갔느냐?"

"……."

"어서 말하지 못할꼬."

노승의 얼굴은 금방이라도 그들을 요절낼 듯이 붉게 달아올랐다. 하야코는 그런 노승의 노기 띤 얼굴보다 무표정하게 서 있는 젊은 승려가 더 두려웠다. 노승의 명령이 떨어지면 곧장 실행에 옮길 듯 그들은 두 주먹을 단단히 움켜쥐고 있었다.

"스님!"

최만준이 마지막 변명이라도 하려는 듯 의자에서 벌떡 일어났다. 그러나 온몸이 꽁꽁 묶여 있던 터라 그의 몸은 중심을 잡지 못하고 바닥에 풀썩 고꾸라졌다.

"서, 선광 스님을 만나게 해 주십시오!"

바닥에 얼굴을 처박힌 최만준이 간신히 입을 열었다.

"으응? 방금 네놈이 뭐라고 했느냐?"

"서, 선광 스님께 모, 모든 걸 말씀드리겠습니다!"

9

초조대장경은 그리 먼 시대의 유물이 아니었다. 수세기 전 임진왜란을 훌쩍 뛰어넘어 20세기 중반, 일제강점기에도 그 존재가 확연히 드러나 있었다.

"놀라운 일이군요. 일제강점기에도 초조대장경을 기록한 글이 있다니……. 이 문서의 출처는 어디입니까?"

재석은 문서 내용을 두 눈으로 똑똑히 확인하고도 믿어지지가 않았다.

"이것은 합천 경찰서장이 조선총독부에 가야산 일대의 지원 병력을 요청하는 문서요."

"이런 귀한 문서를 어떻게……."

"나는 한국의 문화재를 찾으려고 사십 년 이상을 일본의 고서점이나 고미술품 가게를 이 잡듯이 뒤진 몸이오. 이 문서는 조선의 한 고문서 갈피에 있었소. 여길 잘 보시오."

박상문은 문서 맨 아래를 가리켰다.

"이 문서에는 경찰서장 날인이 찍혀 있지 않은 것으로 봐서 정식 문서는 아닌 것 같소."

"잘못 작성해서 폐기 처분하려던 문서라는 겁니까?"

"그렇게 봐도 무방할 것이오. 병력을 요청하는 문서에는 반드시 경찰서장의 날인이 찍혀 있어야 하오."

"다케우라가 누군가요?"

문서 끝에는 날인 대신에 다케우라라는 이름이 적혀 있었다.

"그는 해방 전에 합천 경찰서장을 지낸 인물이오."

"여기 불온한 승려 집단과 조선의 학도라 함은……."

"그건 만당(卍黨)을 지칭하는 것이오."

"만당이요?"

"1930년대 젊은 승려와 불교 학도들이 만든 비밀 결사 단체요. 이들의 활동은 외부에 알려진 바가 거의 없소."

"……."

"방금 전에도 말했지만 나는 초조대장경을 찾기 위해 오래전부터 한국과 일본을 뒤지고 다녔소. 당신들처럼 남선사에도 가 봤고, 한국의 해인사에도 여러 차례 다녀왔소. 그러나 초조대장경은 나와는 인연이 닿지 않는 것 같았소……. 그래서 그만 포기하고 말았소. 그러던 중 남선사 주위에서 누가 초조대장경을 찾고 있다는 소리를 듣고 당신들을 보자고 한 것이오."

"그럼 관장님은 초조대장경 경판이 지금도 존재한다고 믿으십니까?"

강현주가 물었다.

"물론이오. 이 문서에도 잘 나타나 있지 않소. 비록 날인이 찍혀 있지 않지만 일본 경찰서장이 조선총독부에 보내는 문서인데 허튼소리를 하겠소. 한국이든 일본이든 어딘가에 분명히 있을 것이오. 초조대장경은 지난 천 년 동안 은밀히 전해져 내려온 게 분명하오."

박상문은 마치 그들이 나타나기를 오래도록 기다린 사람처럼 거침없이 말했다.

"미노루 스님이 입적하기 전에 한국에 다녀간 것은 알고 계십니까?"

재석은 화제를 돌려 그동안 가장 궁금하게 여기고 있던 것, 미노루의 사인에 대해 조심스럽게 꺼냈다.

"그렇소."

"남선사 앞의 표구점 주인의 말로는 미노루 스님이 한국에서 돌아오자마자 독초에 중독되어 갑작스럽게 돌아가셨다고 하더군요."

"나도 자세한 건 모르오. 벌써 사십 년이라는 세월이 지났으니, 미노루 스님의 사인은 앞으로도 밝혀질 것 같지 않소."

"이시하라 스님은 누군가요?"

"이시하라? 허허. 그러고 보니 생각보다 많은 것을 알아냈구려. 이시하라는 안국사의 주지로 미노루 스님과는 각별한 사이요."

"이시하라 스님이 미노루 스님의 임종을 끝까지 지켜봤다는 소리를 들었습니다."

"음. 이시하라 스님은 만나지 않는 게 좋을 것 같소."

"네?"

"초조대장경을 찾는 데 별 도움이 안 된다는 소리요."

"방금 전에 해인사에도 여러 차례 다녀가셨다고 했는데…… 혹시 해인사 주지를 지낸 봉허 스님을 알고 계십니까?"

"나도 대충 말만 들었을 뿐 잘 알지는 못하오. 일설에 의하면 봉허 스님이 만당의 당원이라는 소리도 있는 모양이오."

재석은 정신이 혼란스러웠다. 만당과 다케우라, 봉허 스님 등 생소한 이름들이 묘하게 얽혀 정리가 되지 않았다.

"보아하니 당신들도 작정을 하고 초조대장경을 찾아 나선 것 같은데…… 이게 도움이 될지 모르겠소."

박상문은 미리 준비를 한 듯 서류 봉투 안에서 낡은 문서를 꺼냈다.

천 년의 정기는 하루아침에 이뤄진 것이 아니니 지금에서야 비로소 영험한 빛을 발할 때가 왔습니다. 일제가 패망을 목전에 둔 것은 사필귀정인데, 이 또한 영물의 기를 받음이 아니고 무엇이겠습니까. 한 나라의 지속성이 무진할 수 없는 것은 영구불변의 진리이니 또다시 외침으로 백성이 도탄에 빠지지 않는다고 어찌 장담할 수 있습니까. 선대의 고승이 그래 왔듯이 우리 또한 천 년 장경의 기를 받아 천년만년 후대에까지 이 영물을 물려주어야 할 것입니다.

"이게 뭡니까?"

"이건 해방 전에 만당 당원들이 보낸 서신이오. 여기서 천 년 장경이라 함은 초조대장경을 뜻하는 것일 거요."

"그럼 만당 당원들이 초조대장경을……."

"거기까지는 확인할 수 없었소. 만당은 워낙 베일에 가려진 조직이라 이런 자료를 찾는 데도 어려움이 많았소. 부디 고국에 다시 돌아가면 만당에 대한 자료를 찾아보도록 하시오. 모르긴 해도 초조대장경에 관한 자료가 어딘가에 남아 있을 것이오."

뒤늦게나마 박상문을 만난 것은 다행한 일이었다. 지금까지 만난 사람 중에 박상문만큼 초조대장경에 대해 잘 알고 있는 사람은 없었다. 박상문이야말로 초조대장경의 산증인 같았다.

"한 가지 물어봐도 되겠소?"

박상문은 탁자 앞에 놓인 물컵을 단숨에 비우더니 잠시 접견실 주위를 두리번거렸다.

"말씀하세요."

"만약에 초조대장경을 찾으면 어떻게 할 작정이오?"

"……."

박상문의 입가에 서늘한 미소가 흘러나왔다. 상대의 속내를 요리조리 재는 듯한 미소가 아주 불쾌하게 느껴졌다.

"하하. 아직 뚜렷한 계획이 없는 게로군. 하긴 그런 큰 물건을 접하기도 어렵거니와 처치하는 것도 쉬운 일은 아니지……. 해서 하는 소린데, 솔직히 당신들을 이리로 초대한 데는 다른 이유가 있소. 흠흠."

갑자기 박상문의 표정이 묘하게 변해 갔다. 방금 전까지 초조대장경에 대해 차분하게 말해 주던 그의 모습은 이내 꼬리를 감추고 전혀 다른 사람이 코앞에 마주 선 느낌이었다.

"초조대장경을 찾거든…… 나와 거래하는 것은 어떻소?"

"거, 거래라뇨?"

"후후. 당신들도 잘 알다시피 초조대장경은 워낙 큰 보물이니 유통시키기가 만만치 않을 것이오. 적어도 이 바닥에서 수십 년간 다리품을 판 사람이라야 깔끔하고 뒤탈 없이 처리할 수 있을 게 아니오."

뜻밖의 소리였다. 박상문은 거만하게 다리를 꼬고 앉아 재석과 강현주의 얼굴을 번갈아 쳐다보았다. 집념에 찬 보물 사냥꾼의 얼굴은 온데간데없고 불손한 거간꾼의 낯짝이 히쭉히쭉 웃고 있었다. 그의 말투도 방금 전과는 달리 지하 밀매 시장에서나 통용될 법한 사무적인 어조로 변해 있었다. 그의 예상 밖의 태도에 재석도 놀랐고, 강현주도 놀랐다.

"어떻소, 내 값은 후하게 쳐 드리다."

"그게 무슨 소리죠? 그럼 초조대장경을 장물로 만들겠다는 겁니까?"

강현주의 두 눈이 휘둥그레졌다.

"허허, 보물이든 장물이든 거기서 거기 아니오. 어차피 보물을 찾는 목적이 국가에 기증할 게 아니라면 제 속부터 먼저 챙기는 게 맞지 않겠소? 쎄빠지게 목숨 걸고 찾았으면 그만한 대가를 얻어야 하는 것이 인생의 순리가 아니고 뭐겠소."

재석은 속으로 그의 말에 전적으로 동감을 표시했다. 박상문의 말은 구구절절 옳은 소리였다. 산전수전 다 겪은 늙은 거간꾼의 모습이 뒤늦게 정체를 드러내고 입맛을 쩍쩍 다시고 있었다. 그러고 보니 박상문은 어딘가 너구리 영감과 닮아 보였다. 말을 마치자마자 눈꼬리를 가늘게 모으고 상대의 눈을 넌지시 바라보는 것도 꼭 빼다 박았다. 재석은 갑자기 박상문과 어떤 짙은 연대감이 느껴졌다.

"그럴 수는 없어요! 이 위대한 선조의 유산은 어느 개인의 것이 아니에요! 바로 우리의 영혼이 담겨 있는 우리의 소중한 문화재예요!"

강현주의 목소리가 접견실을 쩌렁쩌렁 울렸다.

"재석 씨, 얼른 일어나요. 더 이상 들을 것도 없어요!"

강현주는 분을 참지 못하고 접견실을 박차고 나갔다. 그러나 재석은 꼼짝도 하지 않고 되레 박상문과 단독 협상에 나서겠다는 듯이 고개를 주억거렸다.

"허허. 성질 한번 되게 급하군. 천 교수의 말로는 저 친구가 기자라고 하는데 정말 기자 맞소?"

"좋도록 생각하십시오."

"어쩐지 나라의 녹을 먹는 관리 냄새가 나는군. 흠흠."

박상문의 눈썰미도 만만치 않아 보였다.

"저에게 말씀해 보시지요. 저 친구는 그저 혈기만 왕성하지 아직 세상 물정을 잘 모릅니다."

재석은 탁자에 두 손을 공손히 모았다.

"그런가? 하하. 어쩐지 당신과는 대화가 통할 것 같소."

"저도 마찬가지입니다."

"그렇게 봐 주니 다행이로구려."

"혹시 천 교수님과도 이런 얘길 의논해 본 적이 있습니까?"

"그 친구는 워낙 고지식한 양반이라 뭔 말을 해도 통하지 않소. 그리고 초조대장경이 현존하고 있다는 것조차 모르고 있을 테니 입이 아프게 떠든들 무슨 소용이 있겠소."

"어디 한번 조건을 들어 봐도 되겠습니까? 초조대장경을 찾아오면 어떤 대우를 해 주시겠습니까?"

재석이 먼저 운을 떼었다.

"솔직히 말해 하늘에 있는 별을 따다 달라고 해도 들어주겠소. 이 정도면 내 맘을 짐작하겠소?"

박상문의 그 한마디가 재석의 마음을 확 끌어당겼다. 어차피 이번 일에 뛰어든 목적은 아버지의 석방을 위한 것이었다. 그러나 박상문을 잘 이용하면 꿩도 먹고 알도 먹을지도 모를 일이었다.

"한 가지 여쭤 보겠습니다. 이 초조대장경이 중국에도 먹혀들 것 같습니까?"

"그야 두말하면 잔소리 아니오. 어쩌면 일본보다는 중국이 더 간절하게 초조대장경을 원하고 있을 것이오. 원래 대장경판을 처음 만든 것은 중국 송나라 때 아니오. 허나 송나라 대장경판도 모두 불타 버렸으니 초조대장경의 가치는 그만큼 더 클 것이고, 중국도 이 보물을 나 몰라라 하지는 않을 것 아니오."

"관장님께서는 중국의 화상(畵商)들도 잘 알고 계시는지요?"

"물론이오. 며칠 전에도 이 미술관에 거물급 화상이 다녀갔소."

"중국 관리는 어떤가요? 힘깨나 좀 쓰는 관리 말입니다."

"그들에게 돈으로 되지 않는 일이란 거의 없소. 어쩐지 댁은 나와도 궁합이 잘 맞을 것 같은데, 한번 날 믿어 보시오. 그래도 이 바닥에서 오십 년 가까이 잔뼈가 굵은 몸이오. 초조대장경만 가져온다면 뭐든 다 들어줄 테니 염려 붙들어 매도 좋을 게요."

"……."

"보아하니 중국 거래처를 찾고 있는 것 같은데…… 맞소?"

그때 접견실 문이 열리고 강현주가 들어섰다.

"아직 안 나오고 뭣하고 있어요. 어서 나와요!"

강현주는 재석을 끌고 나가려는 듯 소매를 붙들었다.

"알았으니 좀 진정해요."

재석은 마지못해 자리에서 일어났다.

"솔직히 관장님에게 실망했어요. 우리를 구해 줄 때만 해도 좋은 분이라고 생각했는데, 그런 제안을 할 줄은 정말 몰랐어요."

강현주는 아직도 분이 풀리지 않는지 입가에 찬바람을 연신 토해 냈다.

"그런가요? 하하. 민족의식이 이리 투철한 분인 줄 미처 알아보지 못하고 내가 입을 잘못 놀린 것 같구려. 기분 나빴다면 진심으로 사과하리다."

강현주는 더 이상 들을 것도 없다는 듯 등을 돌렸다. 그때 박상문의 근엄한 목소리로 강현주의 발목을 붙들었다.

"잠깐만 앉아 보시오. 내 마지막으로 긴히 전해 줄 말이 있소."

박상문은 처음 만났을 때처럼 다시 집념에 찬 보물 사냥꾼의 얼굴로 돌아왔다.

"고국에 가거든 해인사 주지 스님을 만나는 게 가장 빠를 것이오."

"해인사 주지 스님이라면……?"

"그분이 바로 선광 스님이오. 지금도 살아 계신지는 잘 모르지만…… 초조대장경에 대해서는 누구보다 잘 알고 계신 스님이오. 난 오래전에 두 차례나 선광 스님을 찾아뵈었소. 그때 선광 스님은 뭔가 알고 있는 눈치였소. 천 년 가까이 이어져 온 초조대장경의 비밀이라고나 할까……."

"초조대장경의 비밀이라뇨?"

재석은 숨을 죽이고 그의 다음 말을 기다렸다.

"그전에 당신들에게 한 가지 주의를 당부하고 싶은 말이 있소. 초조대장경을 찾아 나선 인물은 당신들이 처음은 아니오. 초조대장경 인쇄본이 발견된 후부터 알게 모르게 많은 사람이 초조대장경을 찾아 나섰소. 일본에서도 이를 눈독 들이는 자가 한둘이 아니었소. 그러나 이들은 하나같이 싸늘한 주검이 되어 돌아왔소. 아무래도 이 초조대장경에게는 인간의 손을 허락하지 않는 영험한 기운이 있는 것 같소."

가슴이 뜨끔한 소리였다.

"선광 스님을 처음 만났을 때 그런 느낌이 들었소. 스님은 자세한 말을 하지 않았지만, 그의 눈빛은 끊임없이 내게 말하고 있었소. 초조대장경을 건드렸다가는 목숨을 부지하기 힘들 것이라고 엄중히 경고를 하는 것 같았소."

박상문은 그때의 기억이 떠오르는지 한동안 초점 잃은 눈으로 멍하니 창밖을 내다보았다.

"내가 왜 초조대장경을 찾는 걸 포기한 줄 아시오? 목숨이 두려웠기 때문이오. 선광 스님을 두 번째 만난 후 난 깨끗이 손을 털고 초조대장경을 단념했소……. 목숨이 두 개라면 도전해 볼 만도 하지만, 그게 어디 가능하겠소? 어찌 됐든 당신들도 부디 몸조심하길 바라오."

"……."

"지금에 와서 돌이켜 보니 초조대장경의 비밀은 봉허 스님으로부터 시작된 게 아닌가 하는 생각이 드오."

"선광 스님과 봉허 스님은 어떤 관계인가요?"

재석의 시선이 박상문의 입술에 모아졌다.

"봉허 스님의 수제자가 바로 선광 스님이요."

10

"네놈이 여긴 웬일이냐?"

선광 스님의 노기 띤 얼굴이 험하게 일그러졌다.

"송구스럽습니다, 스님."

최만준은 고개를 조아렸다.

"다시는 네놈의 상판대기를 볼 일이 없을 거라 여겼는데, 아직도 내
게 할 말이 남아 있는 게냐?"

"아, 아닙니다."

최만준이 법당 지하실에서 풀려나올 수 있었던 것은 선광 스님 덕분
이었다. 생사의 갈림길에서 최만준이 지니고 있던 마지막 비장의 카드
가 제대로 먹혀들었다.

1966년 해인사가 전문 도굴꾼의 침입으로 발칵 뒤집혀진 적이 있었
다. 일주문 밖 묘길상탑에 보관돼 있던 통일신라시대 은제 사리병이 도
굴당한 것이다. 문화재 관리국은 이 년도 채 안 돼서 도굴꾼들을 검거해
탑지 네 장 등의 유물은 회수했지만, 은제 사리병의 행방은 찾지 못했
다. 사리병에 모셔져 있던 부처 진신사리와 뚜껑도 마찬가지였다. 그런
데 몇 년 전 이 은제 사리병이 다시 해인사 품으로 돌아왔다. 사십 년 넘
게 속절없이 떠돌던 은제 사리병을 최만준이 도쿄 밀매 시장에서 구입
해 해인사에 기증한 것이었다.

선광 스님에게 이 은제 사리병은 매우 각별했다. 그의 스승인 봉허
스님이 가장 아끼던 유물이 바로 은제 사리병이었다. 선광 스님은 최만
준이 은제 사리병을 선뜻 해인사에 기증한 일을 가슴 깊이 새겨 두고 있
었다.

"고얀 놈, 아직도 그 못된 버릇을 버리지 못한 게로구나."

"……."

최만준은 결코 아무런 대가 없이 은제 사리병을 해인사에 기증한 것이 아니었다. 겉으로는 선광 스님에게 환심을 사고 속으로는 늘 훗날을 염두에 두고 있었다. 언젠가는 선광 스님의 혜택을 톡톡히 볼 것이라고 여겼다. 선광 스님은 불교계에도 적지 않은 영향력을 발휘하고 있기 때문에 여러 모로 활용할 가치가 있을 것이라고 생각했다. 먼 장래를 위한 일종의 보험인 셈이었다. 뿌린 대로 거두리라, 그의 예상은 보기 좋게 맞아떨어졌다.

"이 처녀는 누구냐?"

선광 스님이 눈짓으로 하야코를 가리켰다.

"이 아인 제 조카입니다."

"이젠 아예 콩가루 집안을 만들기로 작정한 모양이구나. 몹쓸 것!"

선광 스님은 꼴도 보기 싫다는 듯이 찬바람을 일으키며 돌아앉았다.

"예까지 온 이유가 뭐냐?"

"사, 사람을 찾으려고 왔습니다."

"사람?"

"네."

"사람을 찾는데 거긴 왜 들어간 게냐? 그곳이 어떤 곳인지 알기나 하느냐?"

"……."

"감히 그곳에 더러운 발을 들여놓다니. 그러고도 네놈이 온전할 줄 알았더냐?"

서릿발 같은 선광 스님의 말에 최만준은 한마디도 대꾸하지 않았다.

홍제암 토굴은 보통 토굴이 아니었다. 조선 승병의 그림이나 녹슨 칼, 그리고 연화단이 적혀 있는 고문서…… 궁금한 것이 한둘이 아니었으나 차마 선광 스님 앞에서는 입을 뗄 수가 없었다.

"방금 사람을 찾는다고 했느냐?"

"네. 스님."

"말해 보거라."

"구 년 전에 해인사에 왔던 일본인입니다."

"일본인?"

"네. 키가 작고 이마에 커다란 반점이 있는데……."

"실없는 놈이로구나. 사람을 찾는데 왜 이런 깊은 산속에 들어왔단 말이냐."

"해인사에 간 뒤로 소식이 끊겼습니다."

"……."

선광 스님의 눈 밑에 미세한 실핏줄이 파르르 떨렸다. 하야코는 선광 스님의 얼굴이 노랗게 변해 가는 것을 놓치지 않았다. 스님도 마에다를 알고 있는 것이다.

"모든 만물은 제자리에 있을 때 빛이 나고 그 생명을 오래 간직할 수 있는 게야. 물고기가 물을 벗어나 살 수 없듯이 말이다."

"……."

"아직도 내 말뜻을 모르겠느냐?"

"스, 스님."

"네놈이 찾으려고 하는 게 어디 그 일본인이겠느냐."

최만준이 번쩍 고개를 들었다.

"영물을 미물로 둔갑시키는 네놈의 간교한 재주가 어디 목숨만 하겠느냐. 뜬구름 잡지 말고 목숨 부지하려거든 똑바로 처신해야 하느니라."

선광 스님은 앞에 놓인 펜을 들었다.

"법보전에는 가 봤느냐?"

"대, 대장경이 있는 법보전 말씀입니까?"

선광 스님은 최만준의 말은 들은 체도 않고 흰 종이에 다음과 같은 글을 적었다.

現今生死卽時

"이게 무슨 뜻인 줄 아느냐?"

현금생사즉시……. 지금 이곳이 생사가 있는 자리라는 뜻이었다. 최만준은 자신도 모르게 어깨를 움츠렸다. 이 글의 의미는 허튼짓을 하면 당장이라도 숨통을 끊겠다는 경고장이 아닌가.

"네. 스님."

그러나 원래 법보전에 있는 글은 그게 전부가 아니었다.

圓覺道場何處

現今生死卽時

원각도량이 어느 곳인가?

지금 생사가 있는 바로 이 자리가 아닌가.

"내가 왜 이 글을 네놈에게 보여 주는지 알겠느냐?"

"……."

"생과 사는 하나야. 생은 사고 사는 생이라는 소리지. 이는 곧 생이 언제 사가 될지도 모른다는 소리와 다름없다. 재물에 눈이 멀어 앞뒤 가리지 않고 덤벼들다가는 그 재물이 언젠가 시퍼런 비수로 변해 네놈의 등짝에 꽂힐 게다."

"스님…… 저는……."

"명줄 재촉하고 싶지 않거든 다시는 내 앞에 나타나지 마라. 알겠느냐."

"……."

"네놈의 지난 일이 기특해서 이리 살려 보낸다만 다시 한번 그곳에 얼씬거리거나 입 밖에 내거든 그날로 저승길인 줄 알아라."

최만준은 옴짝달싹 못하고 선광 스님의 눈치만 살폈다. 가슴속에서는 홍제암 토굴이 어떤 곳인지, 연화단의 정체는 무엇인지, 초조대장경은 존재하는지 부글부글 끓고 있었으나 단 한 마디도 꺼낼 수가 없었다.

"어서 썩 사라지지 않고 뭘 꾸물거리는 게냐!"

최만준은 자리에서 일어나 조용히 선방을 빠져나왔다. 선방 밖에는 이슬비가 추적추적 내리고 있었다. 최만준은 하야코와 함께 쫓겨나듯 일주문을 빠져나왔다.

해인사 밖의 계곡에는 굵은 물줄기가 콸콸 흘러내리고 있었다. 그들은 비를 맞으며 힘없이 계곡을 따라 내려갔다.

하야코는 가는 날숨을 뱉어 냈다. 어찌 됐든 목숨만은 건졌다. 법당 지하실에서 노승의 벼락같은 목소리가 쩌렁쩌렁 울릴 때만 해도 이대로 감쪽같이 사라질지도 모른다는 생각이 들었다. 그러나 그런 안도의 한숨이 지나가자, 또다시 초조대장경이 고개를 들었다.

"아저씨도 들으셨죠?"

하야코는 걸음을 멈추고 최만준 앞으로 바짝 다가섰다. 그녀의 긴 머리칼에서는 빗물이 뚝뚝 떨어지고 있었다.

"스님은 마에다를 알고 있었어요."

최만준은 고개를 끄떡였다. 콧잔등을 타고 흘러내리는 빗물 사이로 선광 스님의 노기 띤 얼굴이 스쳐 지나갔다.

'네놈도 그 일본인처럼 개죽음을 당하지 않으려거든 몸 간수를 잘 하거라……'

최만준은 선광 스님의 매서운 눈빛에서 그런 경고의 메시지를 읽었다. 선광 스님이 '목숨'이나 '명줄'이라는 소리를 얼마나 많이 했는지 아직도 귓가에는 그 소리가 떠나지 않았다.

"이대로 돌아갈 수는 없어요."

"하야코."

"스님은 초조대장경에 대해서도 잘 알고 있는 것 같았어요."

영물을 미물로 둔갑시킨다는 말, 그것은 바로 초조대장경을 일컫는 것이 아닐까. 하야코는 선광 스님과 마주하고 있는 동안 그의 말을 단한 마디도 놓치지 않았다.

"며칠 더 여기에 머물면 안 될까요?"

하야코는 좀처럼 발길이 떨어지지 않았다. 풀리지 않은 의문만을 가득 안은 채 이곳을 떠날 수는 없었다.

"여긴 위험해. 너도 그 중놈들의 눈빛을 보지 않았느냐."

"그럼 이젠 어떡하죠?"

"나 역시 이대로 포기할 수는 없지. 어쩌면 선광 스님을 만나게 된 것은 잘된 일인지도 몰라."

"네?"

"네 말대로 그 중늙은이는 초조대장경을 잘 알고 있는 게 분명해. 흠

224

흠. 이보다 더 확실한 증거가 어디에 있겠느냐."

선광 스님의 말을 가만히 더듬어 보니 초조대장경의 실체가 보다 분명하게 다가오고 있는 것을 느꼈다. 스님의 계산된 발언이든 심중을 떠보려는 말이든 간에 그것은 그다지 중요하지 않았다.

"장각 스님이 계신 곳을 알아봐야겠다. 저 중늙은이가 뭔가 알고 있다면 장각 스님도 잘 알고 있을 게야."

"장각 스님이 누군가요?"

"해인사에서 저 중늙은이와 동고동락했던 중이지."

해인사 일주문을 나오면서 무심코 떠오른 인물이 있었는데, 그가 장각 스님이었다. 선광 스님이 알고 있는 것, 장각 스님이 모를 리가 없었다.

물안개는 가야산 자락을 뽀얗게 물들이고 있었다.

꿈꾸는 영혼

1

"이젠 어떻게 할 거예요? 서울로 갈 거죠?"

강현주는 미술관을 나오면서 여전히 씩씩거렸다. 그녀는 박상문이 재구의 몸을 이끌고 미술관 밖까지 배웅 나왔는데도 눈길 한번 주지 않고 딴청을 부렸다. 박상문은 재석의 호주머니에 명함을 찔러 넣으며, 나중에 꼭 한번 찾아오라는 말을 빠뜨리지 않았다.

"댁이나 가슈. 난 아직 할 일이 남아 있소."

"여긴 위험한 곳이에요. 교토 문화재 관리국에서도 우리를 감시하고 있잖아요. 이제 알 만큼 알았으니 이쯤에서 정리하는 게 좋겠어요."

"그럼 교토를 벗어나면 될 거 아니오."

"설마…… 안국사에 가려는 것은 아니죠?"

"점쟁이로 나서도 되겠소. 기왕에 발을 들여놓았는데 가는 데까지 가봐야 하지 않겠소?"

"거기까지 가서 대체 어쩌려고 그래요."

강현주의 얼굴이 살짝 구겨졌다.

"난 궁금한 건 못 참는 성미요. 내키지 않으면 댁이나 먼저 서울로 가쇼."

"이봐요. 몇 번을 말해야 알아들어요. 우린 파트너라고 했잖아요. 파트너!"

솔직히 서울을 떠날 때만 해도 너구리 영감의 말대로 며칠 여행하는 기분으로 교토에 다녀올 생각이었다. 그러나 초조대장경은 파고들면 들수록 그를 깊은 늪으로 끌어들였다. 재석은 그런 의문의 늪으로 빠져 들어가는 것을 주저하지 않았다.

"잠깐만요!"

강현주가 재석의 소매를 붙들었다.

"어쩐지 느낌이 좋지 않아요. 그냥 서울로 가요. 서울에서도 할 일이 많잖아요. 만당이나 다케우라의 문서에 대해 알아야 하고…… 해인사에도 가 봐야 하지 않겠어요? 그 스님의 법명이 선광이라고 했던가요?"

"……"

"무엇보다 징 실장이 눈이 빠지게 기다리고 있어요."

"붙잡지 않을 테니 당신 좋을 대로 하시오. 난 내 길을 가겠소."

"고집불통!"

강현주는 눈을 흘기며 재석의 뒤를 쭈뼛쭈뼛 따라왔다.

교토에서 안국사까지 꼬박 반나절이 걸렸다. 길고 지루한 여행이었다. 강현주는 안국사에 가는 게 내키지 않는지 오만 가지 인상을 써 가며 내내 투덜거렸다.

안국사는 남선사 다음으로 초조대장경 인쇄본이 발견된 곳이다.

13세기 안국사가 있는 이키노시마는 쓰시마(對馬島), 마쓰우라(松浦)

와 더불어 왜구의 3대 전략 기지였다. 왜구들은 이곳을 기점으로 고려 연안은 물론 내륙 깊숙이 침투해 재물을 탈취하고 사람을 나포해 갔다. 안국사가 소장하고 있는 초조대장경도 이때 김해 부근 서백사(西伯社) 불복에 안치되어 있던 것을 약탈해 간 것이다.

안국사가 한국과 일본 정부로부터 집중 조명을 받은 것은 안국사 도난 사건이 터진 직후였다. 안국사 법당 안에 있던 초조대장경 인쇄본이 감쪽같이 증발하자, 일본 정부는 한국 도굴꾼의 소행이라면서 한국 정부에 강력한 수사를 요구했다. 일본 정부가 이번 사건의 주범이 한국의 도굴꾼이라고 단정 짓는 데는 그만한 이유가 있었다. 당시 한국에는 초조대장경 인쇄본이 한 권도 없었는데, 이 사건이 터진 후 한국의 지하 밀매 시장에서 초조대장경 인쇄본이 은밀하게 유통되고 있던 것이다. 그러나 한국 정부는 개인 소유의 문화재를 조사할 수 없다는 이유를 달아 일본 정부의 수사 요구에 응하지 않았다. 되레 지하 밀매 시장에서 유통되던 초조대장경 인쇄본 두 권을 사들여 한국의 국보로 지정했다. 그때 팔을 걷고 나선 인물이 천경준 교수였다. 초조대장경 인쇄본은 한국에서 그렇게 처음 모습을 드러냈고, 천 교수의 강력한 주장 덕분에 곧바로 두 권의 책자가 국보 256호와 257호로 지정되었다.

이 사건으로 한국과 일본 정부 사이에는 꽤 오랫동안 미묘한 기류가 흘렀다. 그 후 안국사 도난 사건은 문화재 공소 시효도 지나 한국 정부의 판정승으로 일단락되었다. 이를 두고 지하 밀매 시장에서는 한국 정부의 강력한 외교적 성과라고 추켜세웠고, 정부는 도굴꾼들의 기상천외한 솜씨에 찬사를 아끼지 않았다. 이때 처음으로 '약탈된 문화재를 약탈하는 것은 죄가 성립되지 않는다'는 불문율이 생겨났다.

안국사 도난 사건은 한국 정부가 도굴꾼들을 인정한 최초의 사건이며, 도굴꾼과 정부가 뜻을 함께 한 유일한 사건이었다. 그 이후로 한국의 도굴꾼들이 줄줄이 일본으로 원정 가는 일이 생겨났다. 물론 그들이 노리는 것은 일본 안의 한국 문화재였다.

안국사에 도착했을 때는 날이 어두워지고 있었다. 안국사는 남선사보다 규모가 작았으나 인공적인 맛이 덜해 일본 고찰의 향취가 물씬 풍겼다. 안국사로 통하는 입구에는 나이 든 몇몇 관광객들이 가람 위에 걸터앉은 붉은 노을을 감상하고 있었다.

재석은 잠시 발길을 멈추고 안국사 주위를 기웃거렸다. 꽤 오랜 세월이 흘렀지만, 이곳에는 오소리 영감의 체취가 느껴졌다.

오소리 영감은 어떻게 안국사를 털 생각을 했을까.

1990년대 중반, 안국사에 원정 가서 초조대장경 인쇄본을 턴 인물이 오소리 영감이었다.

교토로 가기 전에 너구리 영감이 들려준 오소리 영감의 이야기는 한 편의 영화 같았다. 오소리 영감은 안국사를 털기 위해 무려 반년이라는 시간을 보냈다. 아예 안국사 주변에 기거하면서 하루도 빠짐없이 안국사의 내부 구조는 물론 스님들의 동태를 살폈다. 하늘은 그런 오소리 영감의 인내와 끈기, 그리고 보물에 대한 끝없는 집착과 열망을 외면하지 않았다. 오소리 영감이 치밀한 작전을 위해 스무 차례 가까이 사전 답사를 한 일화는 지금도 풋내기 도굴꾼들에게 훌륭한 교범이 되고 있었다. 하여튼 너구리 영감이나 오소리 영감이나 대단한 인간들이었다.

"왠지 기분이 찜찜해요."

강현주는 안국사 앞에까지 와서 또다시 투정을 부렸다.

"대체 언제까지 투덜거릴 거요?"

"직감이라는 게 있잖아요. 자꾸 이상한 생각이 들어요."

"허튼소리 그만하구 어서 따라오쇼. 내키지 않으면 여기서 기다리고 있던지."

"내가 없어도 안국사 주지와 의사소통이 되겠어요?"

"마음대로 하쇼. 나 혼자라도 가겠소."

재석은 빠른 걸음으로 절 안으로 들어섰다.

"함께 가요!"

이시하라는 족히 아흔은 됐을 법한 노승이었다. 작고 깡마른 체구에 얼굴은 마른 가죽을 덮어쓴 것처럼 쭈글쭈글했다.

애초 그를 만나기조차 어려울 것이라는 예상은 보기 좋게 빗나갔다. 이시하라는 집 나간 손자를 맞이하듯 반색을 하며 그들을 호의적으로 맞이했다. 방석을 손수 챙겨 주었고, 마른 작대기 같은 손으로 차를 끓여 주었다. 예상치 못한 그의 호의에 재석도 놀랐고, 강현주도 놀랐다.

"남선사에서 오는 길이라구 했나? 쿨럭쿨럭."

이시하라는 병색이 완연했다. 몇 마디 말에도 손으로 입을 가리며 잔기침을 토해 냈다. 강현주는 자신을 아사히신문 기자라고 밝혔고, 재석은 도쿄대 고고학 연구소 연구원이라고 소개했다.

"그렇습니다. 스님."

강현주가 공손하게 말했다.

"뭘 알고 싶은 건가?"

"미노루 스님에 대해 알고 싶어서 왔습니다."

"미노루 스님?"

"남선사에 취재를 갔다가 우연히 미노루 스님의 사인에 대해 전해 들었습니다. 스님께서는 미노루 스님과도 각별한 관계라고 들었습니다."

"으음. 정말 오래된 이야기로군. 쿨럭쿨럭."

"저희가 알기로는 미노루 스님이 한국에 다녀간 뒤 급사한 것으로 알고 있는데요……."

"남선사 중놈들은 뭐라고 하던가?"

이시하라가 빠르게 되물었다.

"……."

"아무 말도 하지 않았겠지. 흠. 안 봐도 뻔해. 못된 중놈들."

갑자기 그의 목소리에 날이 스며들었다. 이시하라는 찻잔을 내려놓으며 어깨를 들썩거렸다.

"미노루 스님은 독살당한 거야!"

"독살이요?"

재석은 정신이 번쩍 들었다.

"난 미노루 스님의 임종을 끝까지 지켜보았어. 그 당시 스님은 험한 야산에서 자생하는 독초에 중독되어 있었지. 아마 그건 야갈독(野葛毒)이거나 단장초(斷腸草)라는 독풀일 거야."

"단장초라면 중국의 신농(神農)이 먹고 죽었다는……."

"잘 알고 있군."

신농은 중국 고대 전설에 나오는 삼황(三皇)의 하나로 보통 농업의 신, 혹은 의학의 신으로 불린다. 지금까지 전해지고 있는 한의학을 창시한 신인 셈이다. 그는 온갖 야생초를 찾아다니며 약효를 시험하다 단장초라는 독풀을 먹고 사망했다.

"그걸 먹으면 처음엔 별 이상이 없다가 삼사일 후에나 증상이 나타나지. 귀가 붓고 입술이 찢어지며, 아랫배가 팽창하고 항문이 벌어져. 미노루 스님의 증상과 똑같지. 그런데도 남선사 중놈들은 미노루 스님의 사망 원인을 조사하려고도 하지 않고…… 못된 놈들!"

"삼사일 전에 중독되었다면…… 이미 한국에서 중독되었다는 건가요?"

"시기적으로 봐서 그럴 거야. 쿨럭쿨럭."

"미노루 스님은 한국에 왜 간 건가요?"

"……."

이시하라의 뾰족한 턱에 이상야릇한 미소가 흘렀다. 고려미술관에서 박상문에게 흘러나왔던 그 불쾌한 미소와 아주 흡사했다.

"그건 자네들이 더 잘고 있지 않나?"

"네?"

"날 찾아온 이유도 바로 그것 때문으로 알고 있는데, 쿨럭쿨럭. 내 말이 틀렸나?"

강현주는 갑작스런 이시하라의 질문에 마땅한 말을 내놓지 못하고 허둥거렸다.

"흠. 그럼 어디 내가 맞혀 볼까? 자네들은 미노루 스님 때문이 아니라 초조대장경 때문에 온 게 아닌가?"

이시하라는 실실 비웃음을 흘리며 그들을 번갈아 바라보았다. 재석의 얼굴이 벌겋게 달아오르고 강현주의 얼굴은 하얗게 변해 갔다.

"맞는가 보군. 쿨럭쿨럭. 이 먼 곳까지 힘들게 왔는데 뭘 더 숨길 게 있나. 속내를 홀홀 털어놓으면 마음이 편해지지."

이시하라는 이미 그들의 속을 훤히 꿰뚫고 있었다.

'보통 능구렁이가 아니로군.'

이시하라가 선방에서 뛰쳐나와 과장된 몸짓으로 그들을 맞이할 때부터 느낌이 그리 좋지 않았다. 재석은 뒤늦게 박상문이 이시하라를 만나지 말라고 한 말을 떠올렸다.

"말 돌리지 말고 솔직히 말해 봐. 그래야 나도 도울 일이 있으면 도울 게 아닌가. 내 말이 맞나?"

"그렇습니다."

이번엔 재석이 또렷한 일본 말로 말했다.

"자네들 말고도 간간이 날 찾아오는 사람들이 있었지. 그런데 그들은 하나같이 약속이라도 한 듯 미노루 스님 얘기부터 꺼내는 거야. 쿨럭쿨럭. 그러다가 나중에는 꼭 초조대장경을 말하더군."

"미노루 스님도 초조대장경 때문에 한국에 간 건가요?"

"그렇지. 미노루 스님은 한국으로 가기 전에 이곳에 잠시 들렀어. 그때 처음으로 초조대장경 얘길 꺼내더군. 한국 어딘가에 초조대장경 경판이 남아 있을지도 모른다면서 말이야. 솔직히 그때만 해도 난 미노루 스님의 말을 곧이듣지 않았어. 천 년이 다 된 경판이 지금까지 남아 있으리라고는 생각하지 못했던 거지. 쿨럭쿨럭. 그런데 그게 아니었어. 초조대장경 경판은 분명히 존재하고 있던 거야. 미노루 스님은 그것이 한국에 있을 것이라고 확신하고 있었지."

"미노루 스님이 마지막으로 남긴 말은 없었나요?"

"그땐 말도 제대로 하지 못했어. 독초에 중독되면 가장 먼저 입술이 찢어져서 말하기가 무척 고통스럽지. 겨우 내게 남긴 한마디는……."

"그, 그게 뭡니까?"

"아무것도 찾지 말고 그냥 내버려 두라고 했어……."

"그냥 내버려 두라니요? 그게 초조대장경을 말하는 건가요?"

"그것 말고 또 뭐가 있겠나. 쿨럭쿨럭."

이시하라는 힘겹게 몸을 일으키더니 낡은 서랍에서 작은 천 조각을 꺼냈다.

"이게 미노루 스님이 마지막으로 남긴 거야."

손바닥만 한 천에는 다음과 같은 문양이 그려져 있었다.

2

"어서 오십시오."

이노우에는 자리에서 일어나 정중하게 이라부를 맞이했다. 그러나 이라부는 이노우에를 거들떠보지도 않고 차갑게 내뱉었다.

"무슨 일로 날 보자고 했소?"

"일단 자리에 앉으시지요."

이라부는 마지못해 이노우에가 권한 자리에 앉았다. 교토 문화재 관리국은 그에게 유형지와도 같은 곳이었다. 고국에 들어오지 못하게 발목에 족쇄를 채운 곳도, 어렵게 고국 땅을 밟은 뒤로는 출국 금지 명령을 내려 그의 손발을 꽁꽁 묶은 곳도 문화재 관리국이었다. 대부분 이름깨나 떨친 도굴꾼들이 그렇듯이 이라부 역시 이래저래 문화재 관리국과는 악연의 고리를 끊지 못했다.

"도움이 필요해서 부른 것이니 마음 놓으십시오."

이노우에의 태도는 예전과는 확연히 달랐다. 목소리도 깃털처럼 부드러웠고, 말끝마다 애써 온화한 표정을 지어 보였다. 이라부는 오히려 그런 나긋한 태도가 더 불안했다.

"어서 용건부터 말해 보시오."

아무리 이들이 편하게 대한들 마음은 늘 갸시방석을 깔고 앉은 기분이었다. 잠시라도 이곳에 머물고 싶지 않았다. 문화재 관리국에만 들어서면 공연히 등줄기에 식은땀이 흐르고 숨이 막혀 왔다.

"이 화면을 잘 보십시오."

이노우에는 대답 대신 폐쇄 회로 테이프를 집어넣었다. 화면의 배경이 되는 곳은 남선사 경내의 남선원으로, 한 젊은이가 툇마루 기둥에 기대고 서서 소나무 분재를 물끄러미 바라보고 있었다. 키가 훤칠하고 이목구비가 또렷한 게 아주 잘생긴 젊은이였다.

"혹시 아는 얼굴입니까?"

"처음 보는 젊은이요."

"다시 한번 잘 보십시오."

"모르겠소. 저 젊은이 때문에 날 보자고 한 거요?"

"그렇습니다."

이라부는 겉으로는 불쾌한 기색을 노골적으로 드러냈으나 속으로는 안도의 한숨을 내쉬었다. 교토 문화재 관리국 직원이 찾아왔을 때만 해도 이런 사소한 일로 호출한 줄은 몰랐다. 하야코가 한국에 간 것이나 얼마 전 개성에 다녀온 사실을 알고 이를 조사하려는 줄 알았다. 어찌됐든 그게 아니라면 다행한 일이었다.

"대체 저 젊은이가 누구요?"

"한국에서 온 실사단 일원 중의 한 명입니다."

"으응?"

"남선사에서 소장하고 있는 초조대장경 인쇄본을 실사하기 위해 온 한국 정부의 정식 수행원이지요."

이라부의 어깨가 움찔거렸다. 초조대장경이라니, 벌써 교토 문화재 관리국에서 냄새를 맡았단 말인가. 방금 전의 안도의 한숨은 그새 탄식의 한숨으로 변해 그의 가슴을 지그시 내리눌렀다.

"아직 확실히 단언할 수는 없으나, 저 젊은이는 한국에서 온 도굴꾼으로 보입니다."

"도굴꾼? 방금 전에는 한국 실사단의 정식 수행원이라고 하지 않았소?"

"수행원으로 가장한 겁니다. 이 화면을 보십시오."

이노우에는 다른 폐쇄 회로 테이프를 틀었다.

"남선사 안에 석장굴이 있는 것은 잘 아시죠?"

이라부는 고개를 끄떡였다.

"저곳이 석장굴 안입니다. 어둠 속에 있는 젊은이가 방금 전 남선원 뜰에 있던 젊은이와 동일 인물입니다."

화면 속에는 검은 그림자가 석장굴 안을 헤집고 있었다.

"대체 날 예까지 부른 이유가 뭐요? 저 젊은이와 나와 무슨 관계라도 있다는 거요?"

"한국에서 꽤 오랫동안 살았다는 소리를 들었습니다."

이노우에는 진정하라는 듯이 차분한 어조로 다독거렸다.

"그렇소."

"얼마나 됩니까?"

"사 년 가까이 있었소."

"이라부 씨는 한국의 도굴꾼들을 잘 알고 있다고 하던데요."

"그럼, 저 젊은이의 정체를 알아내기 위해 날 부른 거요?"

"겸사겸사해서요."

"기가 막힌 일이로군. 문화재 관리국에서 내게 협조 요청을 다 할 때가 있으니 말이오."

"부탁합니다."

"모르겠소. 그리고 나는 댁이 아는 것처럼 한국의 도굴꾼을 잘 알지 못하오. 사람을 잘못 찾은 것 같소."

이라부는 자리에서 일어났다.

"잠깐만요. 이라부 씨도 미노루 스님을 알고 계시죠?"

"남선사 주지를 지낸 스님 말이오?"

"그렇습니다. 저 젊은이는 미노루 스님의 사인에도 꽤 관심이 많은 것 같습니다. 남선사 주위를 다니면서 미노루 스님의 사인을 캐고 다녔다고 하더군요."

"난 무슨 소릴 하는지 도통 모르겠소."

"저 젊은이가 석장굴에서 찾으려고 했던 게 뭔지 아십니까?"

"……."

"바로 초조대장경 경판입니다."

"……!"

이라부는 슬그머니 다시 자리에 앉았다. 그러고는 두 손으로 의자를 바싹 앞으로 끌어당겼다. 어쩐지 대화가 이상한 방향으로 흘러가고 있었다.

"석장굴에 잠입한 것이나 미노루 스님의 사인을 캐고 다니는 것으로 봐서 뭔가 특별한 이유가 있는 것 같습니다. 우린 이라부 씨의 도움이 필요합니다."

"내가 뭘 도울 수 있다는 거요?"

"일단 저 젊은이의 신원을 확인해 주십시오."

"남의 뒤를 캐는 거라면 문화재 관리국이 더 빠르고 정확하지 않소. 나 같은 늙은이가 뭘 알겠다고……. 댁들은 장물아비나 밀매꾼들의 집에 개가 몇 마리 있는지도 훤히 알고 있지 않소."

이라부가 비꼬는 투로 말했다.

"우리 문화재 관리국으로서는 한계가 있습니다. 한국 정부의 협조를 받으려고 해도 외교적으로 껄끄러운 문제가 한둘이 아닙니다. 게다가 저 젊은이가 정말로 한국 정부에서 파견한 인물이라면 두 나라 사이의 문제가 복잡해질 수 있습니다. 무엇보다 우리는 이번 일을 은밀히 처리하고 싶고 나아가서는 저 젊은이가 정말 초조대장경 경판을 찾으려고 한 것인지 알아보고 싶습니다."

"저 젊은이는 아직 남선사에 있소?"

"아닙니다. 실사단 중에 두 명은 한국으로 돌아갔고, 저 젊은이와 여기자는 교토에 남아 있습니다."

"……."

"저 젊은이의 정체를 밝혀낸 후에는 저희도 후속 조치를 취할 예정입니다. 도와주십시오."

가당치 않은 것! 그동안 일본 정부가 자신에게 한 일을 돌아본다면 감히 이런 부탁을 할 수는 없었다.

"한번 알아보리다."

"고맙습니다."

"그러나 큰 기대는 하지 마시오."

이노우에는 사무실을 나서는 이라부에게 사진 한 장을 내밀었다. 사진 안에는 남선원에서 촬영한 젊은이의 얼굴이 또렷하게 찍혀 있었다.

대체 이 젊은이는 누구란 말인가.

한국에서도 초조대장경에 관한 소문이 나돌고 있는 것은 익히 알고 있었다. 최만준은 소문의 진원지가 장기봉이라고 했고, 인사동 거리에도 초조대장경을 기록한 고문서가 존재하고 있다고 말했다. 그때는 대수롭지 않게 여기고 한 귀로 흘려 버렸지만 지금은 상황이 달라졌다.

이라부는 젊은이의 정체를 알아내기 위해 교토 밀매 시장으로 들어섰다. 결코 이노우에의 간절한 요청 때문이 아니었다. 문화재 관리국과는 그 어떤 경우에라도 손을 잡거나 도움을 주고 싶은 생각이 눈곱만큼도 없었다. 이노우에의 부탁이 아니더라도 저 젊은이의 정체는 꼭 밝혀야 할 일이었다. 그것은 이노우에의 일이 아니라 바로 자신의 일이었다.

이라부는 평소 안면이 있는 문화재 중개인을 찾아 나섰다. 교토의 문화재 중개인은 대략 세 부류로 나누어진다. 중세 유럽의 유물을 담당하는 부류, 이집트 이라크 이란 등 이슬람 문화권을 담당하는 부류, 그리고 중국과 인도 한국을 담당하는 부류가 있다. 동양을 담당하는 부류는 대부분 불교 유물을 취급하는데, 그중에서 한국의 고려 유물의 인기가 가장 높았다.

한국 담당 중개인들은 평소에도 서울의 인사동 거리를 제집처럼 드나들고 있었다. 이들은 보다 긴밀한 지하 유통망을 확보하기 위해 한국의 장물아비는 물론 밀매꾼이나 도굴꾼과도 잘 알고 지냈다. 대부분 한국이 파는 쪽이고 일본은 사들이는 쪽이었다. 이라부는 한국 담당 중개인을 만날 때마다 이노우에가 준 사진을 내밀었다. 그러나 이들은 사진 속의 젊은이의 얼굴을 기억하지 못했다. 이십 대 후반의 젊은이가 밀매 시장에 전면으로 나서는 경우는 거의 없다는 것이었다. 이 바닥에서는 연륜이라는 미덕을 가장 소중한 덕목으로 손꼽는 데 주저하지 않는다. 새파란 젊은이에게 출처도 분명하지 않은 문화재를 유통시키는 것을 금기시하는 것이다. 그것은 일본도 마찬가지였다.

"낯이 익은 얼굴이야……."

그런데 얼마 전 서울을 다녀온 한 중개인이 젊은이의 얼굴을 똑똑히 기억하고 있었다.

"잘 생각해 보게."

"음…… 삼 년 전쯤엔가 인사동 골동품 거리에서 본 것 같아. 그때 장기봉이 이 젊은이를 데리고 왔었지……."

"장기봉이라고?"

이라부의 입이 쫙 벌어졌다.

"그래. 자네도 그 친구 잘 알지 않나?"

"무, 물론이지. 장기봉과는 어떤 관계인가?"

"장기봉의 손자라고 했던 것 같은데……."

"자세히 보게. 장기봉의 손자가 틀림없나?"

"맞아. 잘생긴 얼굴이었지. 그런데 이 젊은이는 갑자기 왜 찾는 건가? 사진까지 가지고 다니는 걸 보면 보통 일이 아닌가 본데."

"별일 아닐세. 어쨌든 고맙네."

장기봉의 손자가 석장굴에 들어갔다니, 이걸 어떻게 설명할 수 있단 말인가. 그러나 가만히 따져 보면 그리 놀랄 일도 아니었다. 장기봉이 초조대장경을 찾아 나섰다는 소문은 이제 정설로 굳어지고 있었다. 그의 손자라고 예외일 수 없었다. 마에다의 유품에서 나왔듯이 남선사는 초조대장경과는 뗄 수 없는 사찰이었다.

그런데 장기봉의 손자가 어떻게 한국 실사단의 일원으로 남선사에 온 것일까? 그것은 아무리 곱씹어도 납득이 가지 않았다.

3

"이게 무엇입니까?"

강현주의 큰 눈이 끔뻑거렸다. 하얀 천에는 특이한 문양이 그려져 있었는데, 얼핏 봐서는 삼지창 같기도 하고 두 개의 촛대를 나란히 겹친 것 같기도 했다.

"미노루 스님이 입적하기 전에 남긴 부적이야."

"부적이요?"

"그래. 한국에서 유통되는 부적이지. 미노루 스님은 눈을 감기 직전까지도 이 부적을 지니고 있었어."

이시하라의 마른 가죽 같은 얼굴이 살짝 달아올랐다.

"이게 뭘 뜻하는 부적인가요?"

"그건 나도 잘 몰라. 내가 무슨 부적이냐고 여러 차례 물어도 대답을 하지 않더군. 오히려 스님은 매장할 때 이 부적을 무덤에 함께 넣어 달라는 유언을 남겼지."

"그런데 어떻게 이 부적이……."

"난 미노루 스님의 유언을 따를 수가 없었어. 무엇보다 스님의 사인을 밝혀야 했거든."

"이 부적이 모종의 단서가 되리라고 믿었던 거로군요."

"그렇지. 그런데 아직 아무것도 밝히지 못했으니……. 남선사 중놈들이 반대하는 바람에 검시조차 못했어."

"초조대장경과 이 부적이 관계가 있는 건가요?"

"그럴 거야. 미노루 스님의 눈빛만 봐도 알 수 있지. 입은 자물통처럼 꾹 다물고 있었지만, 눈빛은 많은 말을 하고 있었어. 쿨럭쿨럭. 쿨럭쿨럭."

한동안 뜸하던 기침 소리가 거푸 튀어나왔다.

"미노루 스님은 임종 직전까지도 초조대장경에 대한 미련을 버리지 못했던 게야."

이시하라는 말을 멈추고 그들의 눈치를 힐끔힐끔 살폈다. 그러고 보니 그는 대화 중간에 상대의 눈을 매섭게 바라보는 버릇이 있었다.

"자네가 기자라고 했던가?"

이시하라의 입가에 또다시 기분 나쁜 미소가 흘러나왔다.

"네."

"거짓말을 하면 못써!"

"……!"

"젊은것이 늙은이를 희롱하면 되겠나?"

이시하라는 그동안 한 차례의 의심도 없이 고분고분 설명해 주다가 갑자기 공격적인 자세로 돌변했다.

"스, 스님……."

"제 아무리 마빡에 쇠철판을 간들 내 눈을 속일 수는 없지. 자네들에게도 냄새가 나. 똥개마냥 아무 데나 들쑤시며 보물을 쫓는 고약한 냄새지."

"……."

"예전부터 초조대장경 경판을 노리는 호리꾼들이 여기저기 깔려 있었지. 한동안 잊을 만하면 집 나간 사냥개처럼 날 찾아와 통사정을 하며 머리를 조아렸어. 쿨럭쿨럭. 몇 년 전에도 짜리몽땅한 친구가 도쿄대 교수라고 하면서 미노루 스님에 대해 꼬치꼬치 캐물은 적이 있었지. 쳇, 제깟 놈이 무슨 얼어 죽을 놈의 교수야. 그놈 역시 호리꾼인 게 분명해. 그놈들에게는 구린 냄새가 나거든. 후후. 남의 무덤이나 뒤지고 다니니 썩은 시체 냄새밖에 더 나겠어? 쿨룩쿨룩. 그놈 역시 처음에는 요리조리 잘 피해 가더니만 나중에서야 초조대장경을 찾으러 한국에 간다고 고백하더군. 그런데 한국에 다녀오거든 반드시 날 찾아오겠다더니 여태껏 깜깜무소식이야."

이시하라는 옆에 있는 낡은 대접에 가래를 내뱉었다.

"짐작건대 그 친구도 한국에서 변을 당한 것 같아……. 그 친구뿐만이 아니야. 그동안 많은 사람들이 초조대장경을 찾아 나섰다가 개죽음을 당했어. 쿨룩쿨룩. 아무래도 이 경판에는 영기(靈氣)가 담겨 있는 것 같아. 천 년의 신비를 지닌 영물이니 어찌 무매한 인간의 손을 허락하겠나. 후후. 그래도 초조대장경을 찾아 나설 텐가?"

"……"

"굳이 자네들이 뭘 하는 젊은이인지는 묻지 않을 테니 솔직히 말해 봐. 쿨룩쿨룩."

"꼭 찾고 싶습니다."

강현주가 다부지게 말했다.

"이 경판에는 피의 냄새가 있어. 인간의 손을 허락하지 않는 피의 냄새지. 미노루 스님도 그걸 잘 알고 있던 게야."

이시하라의 매서운 눈빛이 다소 누그러졌다.

"내가 자네들에게 이리 속속들이 말해 준 데는 다 이유가 있어. 천 년의 신비가 담긴 대장경 경판을 이 땅이 품고 있으면 그 얼마나 은혜를 받는 일인가. 내 소원은 그것 하나밖에 없어. 그것을 찾으려는 사람의

신분은 중요하지 않아. 쿨럭쿨럭. 어찌 됐든 마음을 정했으면 반드시 그
것을 찾게나. 그것을 어떻게 하든 상관하지 않을 테니 공연한 곳에 휘둘
리지 말고 이 땅이 품을 수 있도록만 해. 이 나이에 내 무슨 욕심이 있겠
어. 그저 이 땅이 품고 있는 것만으로 족할 뿐이지."

늙은 능구렁이로군. 재석은 속으로 그를 비웃었다. 저승길을 코앞에
둔 늙은 중이 그래도 국가를 생각하는 게 가소롭게 보였다.

"명심하겠습니다."

"부처님이 길을 열어 줄 테니 잘 찾아봐."

"알았습니다. 그런데 이 부적을 저희가 가지고 가도 되겠습니까?"

"그건 어디에 쓰게?"

"한국에 가면 쓰일 용도가 있을 것 같습니다. 곧 돌려드리겠습니다."

"알았어."

강현주가 자리에서 일어나자 이시하라가 떨떠름한 표정을 지으며 물
었다.

"자네들도 초조대장경을 찾으면 날 찾아올 텐가?"

"……."

"후후. 굳이 날 찾아올 필요까지는 없으니 몸 간수나 잘해. 쿨럭쿨럭."

재석은 안국사를 나오면서 두 주먹을 가만히 움켜쥐었다. 안국사에
온 것은 정말 잘한 일이었다. 미노루 스님의 사인이나 그가 한국에 간
이유도 명쾌하게 풀렸다. 이시하라 역시 박상문처럼 초조대장경의 존
재를 확신하고 있었다. 이제 더 이상 초조대장경에는 '전설'이라는 꼬
리표가 어울리지 않았다.

—천 년의 신비를 지닌 영물이니 어찌 무매한 인간의 손을 허락하

겠나.

문득 이시하라가 남긴 말이 떠올랐다. 그의 말대로 과연 이런 고귀한 영물이 한낱 미혹에 눈먼 인간의 품에 안길 수 있을까.

재석은 거칠게 고개를 흔들었다. 제아무리 진귀한 보물이라고 해도 땅속에 처박혀 있으면 아무런 소용이 없다. 빛의 세계로 나와 오묘한 자태를 드러내야 진정한 가치가 있는 것이다. 거기에 거창한 사연이나 의미를 붙이며 거들먹거리는 것은 먹물들이나 할 짓이다. 보물을 찾는 것은 그의 운명이고, 그런 운명을 한 번도 부인한 적이 없었다.

'초심으로 돌아가자!'

그렇게 마음을 잡자 한결 마음이 편해졌다.

"이시하라의 말을 듣고 뭔가 느낀 게 없어요?"

안국사 앞은 어느새 한밤중이었다. 어디선가 부엉이 우는 소리가 들려왔다.

"뭘 말이오?"

"초조대장경을 찾거든 반드시 일본으로 가져오라고 했잖아요. 그 와중에도 자신의 조국을 생각하다니……. 본받아야 할 게 많아요. 일본인의 문화재에 대한 애착은 유별나죠. 우리로서는 감히 따라갈 수가 없어요."

"그게 뭐 대수란 말이오. 늙은 중이 노망이 난 거지. 난 오히려 아주 음흉하고 교활한 중늙은이처럼 보였소."

"어떻게 같은 사람을 봐도 생각이 이리 다르죠?"

"그건 내가 할 소리요."

재석도 지지 않고 받아쳤다.

"그만해요. 이런 일로 댁과 다투고 싶지 않아요. 이제부턴 교통정리가 필요한 것 같아요. 이렇게 다짜고짜 나서는 것은 너무 무모해 보여요."

"어디 말해 보쇼."

"초조대장경의 단서는 그래도 박상문 관장의 말에 더 무게가 실려 있는 것 같아요. 일제 때 활동했던 조직 이름이 만당이라고 했던가요?"

재석은 고개를 끄떡였다.

"그 단체부터 먼저 밝혀야 할 것 같아요. 그리고 일본인 합천 경찰서장이 남긴 문서도 중요한 단서가 될 거예요."

"옳은 소리요. 이젠 군이 임진왜란이나 고려 시대로 거슬러 갈 필요가 없소. 최근의 자료를 찾는 게 가장 빠른 길이오."

재석은 안국사에 도착하기 전부터 앞으로 풀어야 할 숙제를 차분하게 정리했다. 첫째, 해인사의 선광 스님이다. 박상문은 선광 스님이 초조대장경의 존재는 물론 천 년 가까이 내려오는 비밀을 알고 있는 인물이라고 했다. 그뿐이 아니다. 선광 스님은 봉허 스님의 수제자라고 했으니 미노루 스님과 봉허 스님의 관계도 잘 알고 있을 것이다. 이번 일에 가장 핵심적인 인물이 바로 선광 스님이다. 둘째, 만당의 정체이다. 만당은 해방 전에 활동했던 비밀 단체라고 하지만 이들의 정체를 밝혀내는 것은 불가능한 일이 아니다. 만당의 조직원이 보낸 서신에는 초조대장경의 흔적이 어렴풋이 드러나 있었다. 이들의 주요 활동 무대인 가야산 일대는 팔만대장경을 봉안한 해인사와도 맥이 닿아 있었다. 게다가 봉허 스님도 만당의 조직원이라고 했으니 만당의 뒤를 캐면 뜻밖의 결과를 얻어 낼지도 모른다. 셋째, 일본인 합천 경찰서장인 다케우라다. 그가 조선총독부에 지원 병력을 요청하는 문서는 이번 일에 중요한 실마리가 될 수도 있다.

"하나가 더 추가되어야 할 것 같은데요."

강현주가 품속에서 천 조각을 꺼냈다.

"이 부적은 대체 뭘까요?"

"그런 거라면 누워 떡 먹기요. 서울에 가면 전문가가 수두룩하오."

"잘됐군요. 이젠 어떻게 할 거예요? 여기서 할 일이 더 남은 건 아니죠?"

"알았소. 일단 서울로 갑시다."

"서울에 가면 이 세 가지부터 알아봐야겠어요. 이것만 푸는 데도 시간이 꽤나 걸리겠는걸요."

"그건 염려하지 않아도 되오. 지금쯤 한 노인네가 정신없이 찾고 있을 테니."

"네?"

"그런 게 있소."

재석은 속으로 비시시 웃었다. 안국사에 도착하기 전에 이미 너구리 영감에게 이 세 가지 숙제를 전달했다. 지금쯤 너구리 영감은 똥줄 타게 이 자료들을 찾고 있을 것이다.

4

'여든의 나이에 이 무슨 꼴값이란 말인가.'

어쩌다 손자 녀석의 뒤치다꺼리를 하는 지경에 이르렀는지, 참으로 꼬락서니가 한심하기 이를 데 없었다. 녀석은 수화기에 대고 연신 키들거리며 감 놔라 대추 놔라 말끝마다 부아를 돋웠다. 그러나 한편으로는 녀석이 불러 주는 것을 군말 없이 고분고분 받아 적으면서 내심 은근히 기대되는 것도 있었다. 녀석은 뭔가 월척에 비견할 만한 것을 찾은 것이다. 그렇지 않고서야 팔십 노인을 노리개 삼아 저리 오두방정을 떨 일이 없지 않은가. 녀석은 큰 건을 잡았을 때는 늘 두서없이 길길이 설쳐 대는 편이었다.

장기봉은 어두컴컴한 구석 자리에 앉아 찻집 안을 휘휘 둘러보았다. 카운터에는 곱게 한복을 차려 입은 중년 여인이 병든 암탉처럼 꾸벅꾸벅 졸고 있었고, 스피커에서는 귀에 익은 가야금 곡조가 간드러지게 흘러나오고 있었다.

합천에 부랴부랴 내려온 것은 이틀 전이었다. 손자 녀석의 전화를 받자마자 아침 식사도 거른 채 합천행 버스에 몸을 실었다. 강화에서 대구로, 이제는 본의 아니게 합천까지 내려오고야 말았다.

손자 녀석을 교토로 보내고 장기봉은 본격적으로 초조대장경 탐사 작업에 나섰다. 초조대장경을 떠올릴 때마다 오래전부터 마음속에 담아 둔 곳이 있었는데, 그곳은 강화의 선원사 절터와 팔공산의 부인사였다. 선원사는 팔백 년 전 팔만대장경을 처음 판각한 곳이다. 강화로 도읍을 옮긴 고려 조정은 이곳에서 역사에 남길 거대한 이정표를 세웠다. 선원사는 이규보의 「대장경각판 군신기고문」의 시발점이 된 곳으로, 고려 민초의 간절한 염원을 담아 대역사의 서막을 열었다. 부인사는 몽골군의 침입 당시 초조대장경을 소장한 곳으로, 역사의 참혹한 현장을 고스란히 간직한 곳이다.

그의 오랜 경험에 미루어 보면, 보물에게는 특유의 귀소 본능이 있다. 이리저리 시계불알처럼 떠돌다가도 결국은 발 뻗고 편히 누울 곳을 찾아 인연의 보금자리로 돌아온다. 선원사와 부인사는 초조대장경과는 뗄 수 없는, 천 년 대장경의 숨결을 고이 간직한 사찰이었다.

닷새 동안 선원사 절터와 부인사 주변을 헤집고 다녔다. 선원사 절터는 사 년 전 한 대학의 고고학 연구소에서 대대적인 발굴 작업이 있었다. 당시 이들이 작성한 발굴일지도 어렵게 구했지만, 절터에서 발굴된 것은 고려 시대 기왓장 따위의 허접한 유물뿐이었다. 부인사도 마찬가지였다. 이곳은 지은 지 얼마 되지 않은 가람만이 세워져 있을 뿐 천 년 고찰의 흔적은 온데간데없었다. 부인사 주지는 초조대장경에 관심이 꽤 많았으나 그것이 얼마나 위대한 보물인지는 잘 이해하지 못했다. 혹시나 해서 오래전 부인사를 재창건할 당시의 사찰 설계도를 입수했으나 별다른 실마리를 찾지 못했다.

그 후 번지수를 잘못 짚은 것 같아 재빨리 탐사 일정을 바꾸었다. 오래전 기억을 되살리면서 초조대장경의 소문의 근원지를 찾아다녔다. 한국에 온 일본 도굴꾼의 의문사는 여전히 풀리지 않는 수수께끼였다. 평소 아는 척도 하지 않던 장물아비를 만나 구걸하듯 허리를 굽실거리며 초조대장경의 정보를 알려 달라고 소매를 붙들고 늘어졌다. 그러나 모두 허탕이었다. 그들이 인심 쓰듯 제공한 정보는 그 역시 익히 알고 있는 내용이있다. 그들에 초조내장겅은 한물산 선설 속의 유물일 뿐이었다.

눈뜬장님이 따로 없었다. 가는 곳마다 번번이 헛발질이었고, 흔한 귀동냥조차 얻어듣지 못했다. 그런데 엊그제 새벽 깜깜무소식이던 손자 녀석에게 연락이 왔다. 아직도 교토에 있냐고 물었더니, "그건 알 것 없어요." 하고 퉁명하게 받아쳤다. 녀석은 안부 인사는커녕 대뜸 지금부터 자신이 하는 말을 똑바로 받아 적으라면서 건방을 떨었다.

'버르장머리 없는 놈 같으니.'

녀석은 대목 만난 무당처럼 잔뜩 기가 살아 있었다. 그것까지는 그런

대로 봐줄 만했으나 아랫사람 부리듯 말하는 꼬락서니는 도저히 밸이 꼴려 참을 수가 없었다. 그래도 마냥 손 놓고 있기는 뭣해서 종이를 펼쳐 들고 녀석이 주절거리는 것을 일일이 받아 적었다.

손자 녀석이 제시한 것은 네 가지였는데, 앞뒤 가리지 않고 불러 준 터라 무슨 내막인지는 도통 알 길이 없었다. 그러나 대충 네 가지를 엮어 보니 초조대장경과 관련된 것만은 분명해 보였다.

두 가지는 아예 거들떠보지도 않았고, 나머지 두 가지는 그런대로 해볼 만했다. 봉허 스님이나 남선사 주지의 행적은 사십 년 전의 일이었다. 생전 들도 보도 못한 고승의 자취를 이 대명천지에 어디에서 찾을 수 있단 말인가. 해인사 선광 스님을 만나는 것도 가당치 않은 일이었다. 선광 스님을 다시 보는 것은 발가벗은 채로 불구덩이에 들어가는 것과 같았다. 워낙 성질이 고약한 늙은이라 혹을 떼려다가 혹을 붙이고 올 것이 뻔한 일이다. 이 두 가지는 능력 밖의 일이라 생각할 것도 없이 제쳐 놓았다.

이에 반해 해방 전 비밀 결사 단체인 만당과 합천 일본인 경찰서장의 행적은 가능해 보였다. 그래서 만사를 제쳐 두고 이들의 주요 거점지인 합천으로 내려왔다. 손자 녀석은 모든 것을 초조대장경과 꼭 결부시키라는 말도 빠뜨리지 않았다. 그러고는 "서울에 도착할 때까지 꼭 준비하셔야 합니다"라는 말로 끝을 맺었다. 거만함의 극치였다. 녀석과 통화하는 동안 내내 일개 졸병이 된 기분을 지울 수가 없었다.

찻집에 걸려 있는 벽시계는 오후 여섯 시를 가리키고 있었다. 이제 곧 박춘식이 나타날 시간이었다.

원하는 자료를 빠르고 손쉽게 구하는 방법은 의외로 간단하다. 그 방면의 뛰어난 전문가를 수배한 후, 그가 예상치 못한 돈을 처발라 구워삶으면 된다.

이틀 전 합천 문화원의 사서인 박춘식을 만났다. 그는 나이 마흔 정도의 깡마른 체구였는데, 첫눈에 봐도 돈이 꽤나 절실하게 생긴 얼굴이었다. 장기봉은 그에게 자료를 제공받는 대가로 이백만 원을 제시했다. 자료의 질이 좋으면, 약속한 돈에 절반을 더 얹어 주겠다고 기름을 발랐다. 박춘식은 이백만 원이라는 액수에 두 눈이 휘둥그레지더니 그 자리에서 오케이 사인을 보냈다. 그는 제대로 된 자료를 찾으려면 나흘 정도가 걸릴 것이라고 했지만, 장기봉은 이틀 안에 끝내 달라고 요구했다. 박춘식은 무리한 요구인 줄 뻔히 알면서도 장기봉의 제안을 차마 거절하지 못했다.

장기봉은 입이 찢어지도록 크게 하품을 했다. 찻집 건너편의 생고기 전문 식당에서는 한 무리의 중년 부인들이 우르르 쏟아져 나왔다. 그들은 하나같이 이쑤시개를 자근자근 씹어 대며 관광버스에 오르고 있었다. 해인사로 향하는 단체 관광객들이었다. 절 구경 온 인간들이 선문에 들어서기 전에 생고기 집부터 찾다니, 도무지 예의라고는 눈곱만큼도 없는 인간들이었다.

"일찍 나오셨네요."

약속 시간이 조금 덜 되어 박춘식이 찻집에 들어섰다. 그는 자신이 늦었는지 시계를 힐끔 쳐다본 후 자리에 앉았다.

"나도 방금 왔네."

박춘식은 잠시 숨을 돌린 후 쇼핑백에서 자료 뭉치를 꺼냈다. 탁자 위에 수북이 쌓아 올린 자료는 예상한 것보다 훨씬 많은 분량이었다.

"이걸 다 혼자 준비한 건가?"

"아뇨. 세 명이나 매달렸습니다."

그는 '세 명'이라는 말에 힘을 주었다.

"이틀 동안 밤을 꼬박 샜습니다. 한 친구는 급히 서울에까지 올라가서 자료를 구했습니다."

"어디 보자구."

장기봉은 박춘식이 가져온 자료들을 차분하게 검토했다. 대부분이 복사한 서류였는데 간간이 친필 편지로 보이는 원문 자료도 섞여 있었다. 만당을 스크랩한 자료 중에는 조직원으로 보이는 빛바랜 흑백 사진도 더러 있었다.

"만당은 워낙 비밀스런 조직이었더군요. 하하. 저도 이런 비밀 조직이 있는 줄 까맣게 몰랐습니다."

만당의 자료는 비밀 조직이라는 이름에 걸맞지 않게 비교적 자세하게 나와 있었다. 만당은 1930년 5월, 범어사 출신의 승려인 김법린, 해인사 재적승으로 있던 조학유 등이 주축이 되어 만든 비밀 결사 단체였다. 만당의 중심 조직원은 대략 50여 명 정도로, 이들은 각 지방에 분서를 둘 정도로 전국적으로 퍼져 있었다. 박춘식이 가져온 자료 중에는 만당의 선언문도 있었다.

보라, 삼천 년 법성이 허물어져 가는 꼴을. 들어라, 이 천만의 동포가 헐떡이는 소리를. 우리는 참을 수 없는 의분에서 감연히 일어났다. 이 법성을 지키기 위하여, 이 민족을 지키기 위하여. 향자(向者)는 동지요, 배자(背者)는 마권(魔眷)이다. 단결과 박멸이 있을 뿐이다. 우리는 안으로 교정을 확립하고 밖으로 대중 불교를 건설하기 위하여 신명을 다하고 과감히 전진할 것을 선언한다.

만당은 무장 항일 조직이라기보다는 불교를 중심으로 민족정기를 되찾고자 하는 애국 결사 단체에 더 가까웠다. 만당 당원들은 불교계 내부에서는 친일파를 축출하고 불교에 대한 일제 총독부의 정치적 지배를 배제하는 데 전력을 기울였다. 이런 만당의 행위는 일제 경찰에게는 눈엣가시 같은 존재였다.

"만당 자료를 찾다가 눈길 끄는 것을 발견했습니다. 만당의 당수가 한용운 선생이었더군요."

"만해 스님 말인가?"

"그렇습니다."

"여기에 만해 스님은 없는 것 같은데."

"만당의 조직원들은 서신이나 문서에는 절대 실명을 남기지 않았습니다. 여기 보시면 큰스님이라는 호칭이 자주 나오는데, 이분이 바로 만해 스님입니다. 이들에게 만해 스님은 정신적인 지주였죠. 만해 스님의 법명을 적지 않은 것은 일제 경찰에 발각될 것을 대비해 만해 스님을 보호하려고 했던 것입니다."

만당의 조직원들은 겉으로는 만해 스님과 만당이 직접적인 관계가 없는 것으로 꾸몄다. 여러 분야에서 지도자로 애쓰고 있는 만해 스님에게, 만당으로 인해 누가 되지 않도록 하기 위한 배려였다.

"어떻게 이런 자료들을 구했나?"

"만당은 해방 후에도 거의 알려지지 않았습니다. 이들이 세상에 알려진 것은 지난 몇 년 전부터였죠. 일본으로 건너간 한 당원이 사망하기 전에 모아 둔 자료가 뒤늦게 발견되었던 겁니다. 그때부터 만당이 세상에 알려지고 그와 관련된 문서나 서신들도 빛을 보게 되었습니다."

"당시 조직원 중에 지금도 생존에 있는 분이 계신가?"

"만당이 처음 모임을 가진 것은 1930년입니다. 벌써 팔십 년이라는 세월이 흘렀는데…… 여기에 있는 편지나 자료들은 그들의 자제분이 가지고 있던 겁니다. 운이 좋게도 그 자제분 중의 한 명이 이 자료들을 가지고 있었더군요. 훗날 만당을 재조명하기 위해 만당에 관한 자료들을 취합하고 있었습니다."

만당의 주요 활동 무대는 가야산과 금강산 일대였다. 이들이 회합을 가질 때는 반드시 깊은 산속의 사찰을 이용했는데, 다솔사와 해인사가 만당의 주요 회합 장소였다. 그러나 박춘식이 애써 수집한 자료에는 특별히 건질 만한 것이 없었다. 아무리 살펴봐도 대장경과 관련된 것은 눈에 들어오지 않았다.

"내가 사전에 부탁한 것은 어떻게 됐나?"

"대장경 말씀이죠?"

장기봉은 고개를 끄떡였다.

"이걸 말씀하시는 것 아닙니까?"

박춘식은 형광펜으로 밑줄을 그은 부분을 가리켰다.

일제의 탄압이 날이 갈수록 극악하기 이를 데 없으니 가야산 영물도 정체가 위태하여 하루속히 이전해야 할 것으로 보입니다. 며칠 전에는 합천 경찰서에서 홍제암의 사명대사사적비를 파괴하는 불미스런 사건이 있었습니다. 게다가 일본인 경찰서장이 이 영물의 냄새를 맡고 가야산 일대를 수색하고 있어 시급한 조치가 있어야 할 줄 압니다. 현재 몇 곳을 물색하고 있으나, 새 보금자리가 될 만한 곳을 잡지 못하고 있어 답답하기 이를 데가 없습니다. 영물의 뜻을 이어받아 백두대간의 줄기로 삼아 그 정기를 이어받음이 어떠한지요? 서신이 도착하는 대로 답신을 주면 이를 실행토록 하겠습니다.

"이것은 만당의 조직원이 만해 스님께 보내는 편지입니다. 여기서 말하는 가야산 영물이 대장경을 뜻하는 거 아닙니까?"

"으응?"

"팔만대장경도 가야산 해인사에 있으니…… 아마 이때 팔만대장경을 다른 곳으로 옮기려고 한 듯싶습니다."

그건 아니다. 팔만대장경을 이전하려면 수십 대의 트럭이 필요하다. 이런 거대한 물량을 일본 경찰의 눈을 피해 옮기는 것은 현실적으로 불가능한 일이다. 박춘식은 이 편지에서 말하는 대장경을 팔만대장경으로 착각하고 있었다.

"어, 어떻습니까?"

박춘식은 장기봉의 눈치를 살폈다.

"음. 수고했네."

장기봉은 겉으로 드러나지 않게 미소를 지었다. 이 편지에서 말하는 '천 년 영물'이란 초조대장경을 지칭하고 있는 게 분명했다.

'손자 녀석이 이를 어찌 알았을까?'

사실 녀석을 교토에 보낼 때만 해도 일말의 기대는커녕 남선사 승려들에게 발각되지 되지 않으면 그것으로 몸값은 충분히 한 것이라고 여겼다. 그런데 녀석은 그곳에서 생각지도 못한 단서를 찾은 게 틀림없어 보였다.

"일본인 경찰서장 자료는 어디에 있나?"

"여기 있습니다."

박춘식은 다른 자료 꾸러미를 내밀었다.

"그의 이름은 다케우라입니다. 아주 악질적인 놈이더군요. 좀 전에
본 편지에서 나타났듯이 사명대사사적비를 파손한 장본인입니다. 게다
가 다케우라는 만당의 냄새를 맡고 추적하고 있었습니다."

5

"그간 잘 지내셨습니까?"
최만준은 장각 스님에게 넙죽 큰절을 올렸다.
"되게 똥줄이 탔던 게로군. 네놈처럼 굼뜬 것이 예까지 날 찾아온 걸
보면 말이야."
어깨까지 치렁치렁 내려온 머리, 붉은 천으로 동여맨 머리띠, 입술을
뒤덮고 있는 텁수룩한 콧수염…… 하야코는 장각 스님을 보고 자신도
모르게 주눅이 들었다. 그는 영락없는 도인, 아니 기인의 모습이었다. 다
낡아 빠진 승복을 걸쳐 입은 그의 몸은 비쩍 말라 있었지만, 눈빛만은 신
새벽의 별빛처럼 총총히 빛나고 있었다. 보통 인물이 아니었다. 겉 차림
새뿐만 아니라 그 내면에서도 범접할 수 없는 기운이 뿜어져 나왔다.
최만준은 마지막으로 장각 스님에게 큰 기대를 걸고 있었다. 장각 스
님은 초조대장경의 길을 밝혀 줄 마지막 등불이었다.
장각 스님은 삼십여 년 넘게 해인사 장경판전을 떠나지 않았다. 그는
팔만대장경을 보관하는 총책임자로, 법보전에 기거하면서 팔만대장경
과 동고동락했다. 그런 장각 스님이 해인사에서 나온 것은 오 년 전이었
는데, 이를 두고 여러 말들이 많았다. 일설에 따르면 선광 스님과의 마
찰로 인해 스스로 해인사를 나왔다는 말이 있고, 어떤 불미스런 일로 쫓

겨났다는 말도 있었다. 그러나 그의 파계(破戒)의 진짜 사유가 무엇인지 확인하는 방법은 없었다.

정처 없이 떠돌던 장각 스님이 가야산의 암자에 기거한 것은 삼 년 전이었다. 이곳은 암자라기보다는 바람막이 구실이나 제대로 할지 의심이 가는 허름한 별채였다. 해인사를 떠나기 전에 계곡 아래서 만난 젊은 스님을 꼬드겨 장각 스님의 거처를 알아냈다.

"이 처년 누구냐?"

장각 스님이 야릇한 눈길로 하야코를 훑어 내렸다. 그가 앉아 있는 뒤편에는 반인반수(半人半獸)의 괴물들이 삼지창을 쥐고 두 눈을 부릅뜨고 있었다.

"일본에서 왔습니다."

"흠. 애비가 객지에서 재수 없게 뒈졌군."

"……!"

하야코의 두 눈이 토끼눈처럼 커졌다.

"아직도 구천에서 떠돌고 있어. 개죽음을 당하면 하늘길이 잘 열리지 않는 법이지."

장각 스님의 눈길이 다시 최만준에게 돌아왔다.

"네놈은 또 뭔 잡것을 잡으려고 그리 쏘다니는 게야?"

최만준은 대답은 않고 희멀건 입주름을 달았다.

"이놈 봐라, 감히 어따 대고 멀건 낯짝을 비비 꽈 대는 게냐?"

"스님께서는 연화단이라고 들어 보셨습니까?"

"연화단? 허허. 네놈이 그걸 어찌 아느냐?"

"홍제암에 갔다가 우연히 계곡 주변에 있는 토굴을 발견했습니다."

"으응? 고얀 놈, 거기까지 간 걸 보니 네놈의 명줄이 다된 모양이로구

나. 암만 두더지처럼 땅속을 뒤지더라도 가선 안 될 곳이 있는 법이야."

또 명줄 타령인가. 선광 스님에게 귀가 이골이 나도록 들은 소리였다. 그러나 최만준은 개의치 않았다. 오히려 선광 스님 앞에서 하지 못한 말을 장각 스님에게는 모조리 뱉어 낼 생각이었다.

"홍제암 토굴은 어떤 곳입니까? 그곳엔 이상한 그림이 붙어 있더군요. 녹슨 칼도 있고…… 임진왜란 당시 승병들이 사용하던 무기곤가요? 아니면…… 팔만대장경을 지키려던 승병들의 전략 기지인가요?"

최만준은 장각 스님을 만나기 전에 준비한 말을 거침없이 토해 냈다.

"허허, 이놈 봐라. 네놈이 이승에서 명줄이 끊어졌다고 해서 그게 끝인 줄 아느냐. 육신은 사라져도 혼백은 남아 있거늘 어찌 그리 오두방정을 떠는 게냐."

"……."

"거긴 연화단의 혼백이 쉬어 가는 쉼터 같은 곳이야. 죽어서도 네놈 같은 뜨내기 영혼은 얼씬도 못하는 곳이지. 다시 한번 그 주둥아릴 놀렸다가는 벼락을 맞을 줄 알아라. 돼먹지 못한 놈 같으니."

최만준은 이미 단단히 각오한 듯 장각 스님의 엄중한 경고를 한 귀로 흘려버렸다.

"토굴 안의 궤짝에 낡은 고문서가 있더군요. 이 고문서에는 수기대사의 부인사 장경을 뜻하는 글이 있었습니다. 이게……."

최만준은 더 이상 말을 잇지 못했다. 장각 스님의 시뻘건 두 눈이 그를 집어삼킬 듯 노려보고 있기 때문이었다. 스님의 관자놀이에는 어느새 붉은 핏줄이 구름처럼 몰려들었다.

"이제 네놈이 날 찾아온 이유를 알겠구나. 아무리 재물에 눈이 멀어도 탐을 내야 할 것이 있고, 그렇지 않은 것이 있거늘. 네놈이 마음에 두고 있는 건 사람의 손에 들어가서는 안 될 영물이야. 그런데 감히 네놈이 선승의 영기에 눈독을 들이다니…….”

“그 재물이라는 것이 초조대장경인가요?”

최만준은 틈을 주지 않고 물었다. 예까지 온 이상 말을 돌릴 필요도, 아낄 이유도 없었다.

하야코는 장각 스님을 빠르게 훔쳐보았다. 초조대장경 소리가 튀어나오자, 되레 장각 스님의 입가에는 이상야릇한 미소가 번졌다. 도무지 그의 표정으로 봐서 무슨 생각을 하고 있는지 분간할 수 없었다.

“흠, 망조가 들어도 단단히 든 게로구나. 꼴도 보기 싫으니 그만 물러가거라.”

장각 스님은 더 이상 상대하기 싫다는 듯 손 사례를 쳤다.

“스님!”

“네놈 낯짝을 보니 올해를 넘기기 힘들겠어. 내 지금까지 한 소리는 안 들은 걸로 할 테니 썩 물러가거라.”

“이대로는 돌아갈 수 없습니다.”

최만준은 등줄기를 꼿꼿하게 세웠다.

“사명대사가 연화단을 만들어 초조대장경을 영구 보존하려고 한 건가요? 그래서 대사가 입적한 후 홍제암 토굴에 모셔 둔 건가요?”

“닥치거라, 이놈!”

“어찌 그 귀한 영물을 그런 초라한 토굴에 처박아 두는 겁니까?”

“어허, 그래도 이놈이…….”

최만준은 끝장을 보려는 듯이 매섭게 밀어붙였다. 하야코는 무슨 일이 터질 것 같아 가슴이 바짝 졸아들었다.

“거기까지만 아는 게 좋아. 아니, 그조차도 알아서는 안 될 것이지.

사람에겐 타고난 팔자가 있듯 영물에게도 기가 있는 게야. 그런 영기를 건드렸다가는 네놈은 물론 삼족의 씨가 마를 것이야."

장각 스님의 완강한 태도로 보아 쉽게 말문이 열릴 것 같지가 않았다. 그러나 최만준은 공세를 늦추지 않았다. 이제 장각 스님을 떠나면 달리 갈 곳도, 뒤져 볼 곳도 없었다.

"스님께서 해인사를 나온 것도 초조대장경 때문이 아닌가요?"

"……!"

그 말이 압권이었다. 장각 스님의 거친 숨결이 단박에 멈추고, 부들부들 떨리던 스님의 손끝도 서서히 잦아들었다. 곧이어 스님은 편안히 가부좌를 틀고 지그시 두 눈을 내리깔았다.

그들 사이에 긴 침묵이 흘렀다. 그러나 누구도 그런 침묵이 불편하게 느껴지지 않았다.

"초조대장경은 바람이며 빛이야."

이윽고 장각 스님이 무거운 침묵을 깨고 말문을 열었다.

"바람과 빛이라뇨?"

"귓구멍에 말뚝을 박았느냐, 왜 그리 말귀를 못 알아듣는 게냐. 네놈은 바람이나 빛을 손으로 잡을 수 있겠느냐?"

"스님, 초조대장경에 대해 말씀해 주십시오."

장각 스님은 고개를 뒤로 꺾고 목을 한 바퀴 빙 돌렸다. 부득부득, 목뼈 부딪치는 소리가 암자 안을 흔들었다.

"언젠가는 내 이런 날이 올 줄 알았지……. 초조대장경을 값비싼 유물이나 문화재 따위로 봐서는 안 돼. 거기엔 새로운 세상을 꿈꾸는, 고귀한 영혼들의 절규가 담겨 있는 게야. 네놈은 감히 상상도 할 수 없는 영험한 기운인 게지."

장각 스님의 얼굴에 회한의 빛이 스쳐 지나갔다. 두 눈을 지그시 감은 그의 얼굴에 지난 세월의 그림자가 어둑어둑 몰려들었다. 시퍼렇게 날이 서 있던 장각 스님의 말투도 한결 누그러졌다.

　　"조선의 임금이 부처를 업신여긴들 어찌 대해 같은 불심마저 통제할 수 있겠느냐. 조선 조정의 온갖 멸시를 받으면서도 스님들이 왜놈들의 침입에 궐기한 것도 천 년 영물의 가피 때문이 아니더냐. 그런 영물이 없었던들 네놈이나 나나 이 산하에 어찌 발을 딛고 있을 수 있겠느냐."

　　"연화단은 무엇입니까?"

　　"방금 네놈의 주둥아리에서 기어 나오지 않았더냐."

　　"그럼 정말 초조대장경을 지키려고 했던……."

　　"왜놈들은 별동대까지 만들어 이를 찾아내려고 가야산 일대를 샅샅이 뒤지고 다녔어. 왜놈들 역시 초조대장경이 조선을 지켜 주는 영물이라고 믿었던 게야. 어디 그뿐이더냐. 일본 놈들의 비렁뱅이 앞장이가 판치던 일제 시대 때도 마찬가지였지. 그러나 천 년의 불력이 담긴 초조대장경이 어찌 그런 잡것들에게 넘어갈 수 있겠느냐."

　　"지금도 그 연화단이 존재하는 겁니까?"

　　"……."

　　"스님."

　　"선광 스님은 만나 봤느냐?"

　　장각 스님은 갑자기 화제를 돌렸다.

　　"네."

　　"뭐라 하시더냐?"

　　"달리 말씀이 없으셨습니다."

　　"용하구나. 그래도 네놈이 목숨을 부지하고 있으니. 이 또한 하늘이 놀랄 일이로구나. 허허."

"스님……."

"천 년 영물을 마음에 두고 있는 놈치고 제명을 산 놈을 못 봤다. 아마 죽어서도 하늘길이 열리지 않고 화마에 혼백마저 내주고 말 거야."

"스님, 방금 초조대장경을 빛이라 하지 않았습니까. 그 빛이 온 누리에 비추려면 밝은 세상으로 나와야 하지 않겠습니까."

"……."

"스님!"

"하긴 이젠 빛의 세계로 나올 때도 되었지……. 그 영물이 있을 곳은 그런 곳이 아니야……."

"……."

"천 년을 저리 떠돌아다녔으니 이 어찌 넋 놓고 바라만 볼 수 있는가……."

"스님, 초조대장경이 있는 곳을 말씀해 주십시오."

장각 스님은 동요하는 빛이 역력했다. 등줄기는 여전히 꼿꼿하게 세우고 있지만, 손마디가 떨리고 두 눈은 쉴 새 없이 깜빡거렸다. 하야코는 숨을 죽이고 장각 스님의 눈빛 속으로 하염없이 빠져 들어갔다.

"붓을 가져오너라."

이윽고 장각 스님은 몸을 구부리더니 바닥에 화선지 한 장을 펼쳤다. 그리고는 최만준이 가져온 붓으로 다음과 같은 그림을 그렸다.

"이, 이게 무슨 문양입니까?"

"멍석을 깔아 놨으니 이젠 네놈 맘대로 해 보거라."

"네?"

"이게 네놈이 바라던 게 아니더냐?"

"스, 스님……."

"영물이든 미물이든 타고난 운명이 있고, 천 년이든 일 초든 간에 머물러야 할 자리가 있는 법, 하늘의 뜻이 곧 부처의 뜻이거늘 내 어찌 세월의 흐름을 막을 수 있겠느냐."

장각 스님은 그렇게 말하고 조용히 자리에서 일어났다.

"부처가 네놈에게 빛을 내리면 그 또한 운명이 아니겠느냐."

6

다케우라가 합천 경찰서로 부임해 온 것은 1943년이었다. 그는 합천에 오자마자 가야산 일대에 일제가 박은 말뚝도 모자라 일왕의 비석을 세우고 학승을 탄압했다. 해인사에 소장된 불교 유물을 일본으로 빼돌리는 일도 서슴지 않았다.

박춘식이 가져온 다케우라의 자료에는 임진왜란 당시 승병 교육장으로 쓰였던 가야산 일대를 샅샅이 수색하라는 공문도 있었다. 이 공문 중에 가장 눈에 띄었던 것은 야서(野鼠)에 대한 내용이었다.

"야서라 하면…… 이게 무얼 뜻하는 건가?"

"우리말로 두더지를 이르는 말이죠. 다케우라는 만당을 야서라고 했습니다."

흥미로운 것은 다케우라와 야서와의 미묘한 관계였다. 다케우라의 공문에는 만당이라는 용어 대신에 야서라고만 기록되어 있었다. 아직 그는 만당의 정체를 파악하지 못하고 대략 짐작만 하고 있던 것이다. 다케우라는 1943년 말부터 야서에 이상할 정도로 집착을 보이고 있었다.

가야산 일대의 야서 도당 무리들이 천 년 영물이라 하여 근거 없는 소문을 퍼뜨리며 조선의 민족정기를 심어 주는 바, 시급히 이 도당 무리를 포획하는 것이 당면 과제인 줄 아옵니다. 이들은 대화민족(大和民族, 일본인)과 조선민족 간의 내선융화를 해칠 뿐만 아니라 일진통합(日進統合)을 부정하여 훗날 대동아 번영의 장애가 되고 있으니 하루속히 야서 무리들을 궤멸해야 할 것입니다.

"1944년 이후의 자료는 없나?"

다케우라의 자료는 1944년 3월 이후에는 보이지 않았다.

"다케우라는 그해 사망했습니다."

"사망?"

"네. 그런데 그의 사망에 대해 의견이 분분합니다."

"그게 무슨 소린가?"

"해인사 사건 후에 사망한 것은 분명한데…… 여러 설이 있어서 저도 어떤 게 확실한지 모르겠습니다."

해인사 사건? 귀가 솔깃한 소리였다.

"해인사 사건이라는 게 뭔가?"

"1943년 해인사의 고경 스님과 학승 이십여 명이 일본 경찰에 체포된 사건이죠. 이 사건으로 많은 학승과 스님이 고문을 당했고, 고경 스님은 끝내 숨졌습니다."

해인사 사건의 발단은 1943년 다솔사에 있던 만당의 주역들이 해인사에 몰려들면서 시작되었다. 이 무렵 만당은 그 세력이 점점 위축되고 있었고, 일제 경찰의 극악한 탄압은 거세지고 있었다. 해체 위기에 놓여 있던 만당은 새로운 전기를 마련하기 위해 속속 해인사로 몰려들었다. 무엇보다 이들에게 필요한 것은 민족 사상의 고취였다. 해인사의 고경 스님은 만당 당원과 학승 들에게 민족혼을 일깨워 주기 위해 조선어 강좌와 사명대사, 서산대사, 안중근 의사의 업적을 가르쳤고 순국선열들의 사적들을 교육시켰다. 고경 스님의 이런 교육은 일제의 황국신민화 교육에 반하는 것이었다.

그러나 만당을 재건하고 불심을 통해 새로운 세상을 갈구하던 이들의 꿈은 오래가지 못했다. 당시 해인사 주지인 변설호가 이들의 모임을 일본 경찰에 밀고하였던 것이다. 해인사를 감시하고 있던 다케우라는 고등계 형사 십여 명을 대동하고 학승들을 강의한 법보학원으로 쳐들어갔다. 학승들의 방에서 순국선열들의 사적이 적힌 공책이 나왔고, 고경 스님의 방에서는 사명대사의 업적을 기록한 『임진록(壬辰錄)』이 나왔다. 고경 스님은 해인사 학승들에게 민족의식 고취와 독립운동을 지시했다는 죄명으로 합천 경찰서에 투옥됐다. 그는 일본 경찰의 혹독한 고문을 받아 중병을 얻었고 보석된 지 삼 일 만에 사망했다. 고경 스님과 함께 투옥된 학승들도 모진 고문을 받았다.

해인사 사건은 여기에서 그치지 않았다. 다케우라는 한술 더 떠서 아예 조선의 민족정기를 말살할 계획을 세우고 해인사 홍제암에 세워져 있는 사명대사사적비를 파괴하였다. 비문 속에 적혀 있는 사명대사의 업적이 눈에 거슬렸던 것이다. 다케우라는 휘하 경찰과 석수(石手)를 데리고 홍제암의 사명대사사적비를 쓰러뜨리고 비신(碑身)을 사 등분 하여 사이사이를 정으로 쪼고 망치로 내려쳤다.

"여기서부터 다케우라의 행적이 묘연합니다. 일설에 의하면 다케우라는 사명대사사적비를 파괴한 후 급한 복통으로 사흘 만에 급사했다고 합니다. 당시 이를 두고 사명대사의 영혼이 그를 죽게 만들었다는 얘기가 있었죠."

"또 다른 행적이 있다는 소린가?"

"그렇습니다. 다른 기록에는 다케우라는 사명대사 비석을 파괴한 공로로 통영(지금의 충무) 경찰서장으로 영전되었다고 합니다. 이곳에 부임한 뒤에도 다케우라는 이순신 장군을 모신 충렬사에 침범하여 사당의 현판과 충무공의 영정을 훼손하였습니다. 그리고 이순신 장군의 영정을 훼손한 지 열흘 만에 전염병에 걸려 급사했다고 합니다."

"이런, 대체 어떤 게 맞는 건가?"

박춘식은 난처한 표정을 지었다.

"앞의 다케우라가 급사하거나 전염병에 걸려 숨진 것은 조선인들 사이에서 민족적 울분으로 나온 얘기 같습니다. 제가 보기에는 이 두 가지 사인보다 독침을 맞고 사망한 것이 가장 신빙성이 있어 보입니다."

"독침?"

"그렇습니다. 여길 보십시오."

박춘식이 내민 자료는 당시 경성일보에 게재된 기사를 복사한 것이었다.

　합천 경찰서장을 지낸 다케우라 씨가 지난 17일 강원도 고성의 한 야산에서 싸늘한 주검으로 발견되었다. 다케우라 씨의 몸을 안시(眼視)한 경성 의대 오하라 교수는 다케우라 씨의 목 부위에 예리한 침이 박혀 있는 것으로 미루어 독침을 맞고 절명한 것으로 추정했다. 조선총독부는 이번 사건이 금강산 일대의 조선 승려 및 반역 무리의 소행으로 추정하는 바, 사건 발생지인 고성에 경찰국장을 급파해 사건을 조속히 종결지으라고 독려했다.

장기봉의 눈빛이 예리하게 빛났다. 이 기사는 다케우라의 사망에 여러 가지 의혹을 제기하고 있었다. 다케우라가 갑자기 고성에 간 것, 독침에 의한 의문의 살인, 조선총독부의 개입 등 당시에는 보기 드문 살인이었다.

"그 뒤의 자료는 없나?"

"조선총독부에서도 이번 사건을 예의 주시하고 있었습니다. 해인사 사건으로 인해 조선의 학승들이 궐기한 것으로 판단했던 것이죠. 그러나 한창 전쟁중이었던 탓에 제대로 된 수사가 이루어지지 않았습니다. 그리고 해방이 된 후에는 흐지부지되었습니다."

"가만있자…… 좀 전에 말한 사명대사사적비는 그 후에 복원되지 않았나?"

"그렇습니다. 1958년 봉허 스님이 철봉으로 비석의 속을 연결하고 파손된 부분을 석회로 때워서 홍제암 부도 밭에 다시 세웠죠."

"자네…… 방금 봉허 스님이라고 했나?"

봉허 스님이라면 엊그제 손자 녀석이 말한 바로 그 스님이 아닌가.

"그렇습니다."

"봉허 스님에 대해 아는 대로 말 좀 해 보게."

"그분도 만당의 일원이었습니다."

"으응?"

"봉허 스님이야말로 불교계의 진정한 애국자였습니다. 해방 전에는 일제에 협력하거나 친일을 했던 승려가 꽤 많았습니다. 이들은 시국 행사에 적극적으로 참여해 내선일체를 강조하고 잡지나 신문에 우리의 젊은 학도들의 참전을 독려하고, 자신의 이름을 내버리고 창씨개명하는 것도 서슴지 않았죠. 그러나 봉허 스님은 끝까지 절개와 지조를 지키셨던 분입니다. 1940년대 들어서 만당이 일제 경찰의 탄압에 위축되자, 이를 재건하려고 힘쓴 스님이기도 합니다. 봉허 스님은 해인사 사건에도 연루되어 다케우라에게 심한 고문을 당한 적도 있었습니다."

다케우라, 봉허 스님, 선광 스님…… 손자 녀석이 말한 것이 뚝방에 물꼬 터지듯이 한꺼번에 쏟아져 나왔다.

"뭐 좀 여쭤 봐도 되겠습니까?"

박춘식이 물었다.

"말해 보게."

"이 자료를 어디에 쓰려고 하시는 건지…… 혹시 친일파 연구 때문에 이런 자료가 필요한 건 아닙니까?"

"……."

"저도 이번에 자료를 조사하면서 느낀 건데, 해방 직전의 불교계도 아주 혼탁했더군요. 당시 제법 큰절의 주지들 중에는 일제에 협력하지 않았던 승려가 거의 없었습니다. 게다가 만당 결성을 주도한 당원들마저 친일파로 전향한 사례도 심심찮게 등장하구요……. 그뿐이 아닙니다. 사찰의 주지가 되기 위해 창씨개명에 앞장서고 일본 경찰서장과 결탁하여 애국자들을 밀고하고…… 난장판이 따로 없었습니다."

"그건 아닐세. 너무 오버하지 말게나."

"제가 공연한 소리를 했나 보군요."

"어쨌든 수고했네."

장기봉은 그에게 합의 가격에서 백만 원을 더 얹어 주었다.

"고맙습니다."

박춘식의 입이 쭉 찢어졌다. 그는 필요한 자료가 있으면 언제든지 연락하라는 말을 남기고 총총히 사라졌다. 장기봉은 탁자 앞에 펼쳐진 문서들을 다시 한번 차분하게 훑어보았다.

가야산 영물도 그 정체가 위태하여 하루속히 이전해야 할 것으로 보입니다. 게다가 일본인 경찰서장이 천 년 영물의 냄새를 맡고 가야산 일대를 수색하고 있어 시급한 조치가 있어야 할 줄 압니다.

만당 당원이 만해 스님에게 보낸 편지였다.

대체 교토에서 무슨 일이 있었던 것일까?

장기봉은 길게 한숨을 내쉬었다. 손자 녀석을 만나면 어디서부터, 무엇부터 물어봐야 할지 정리가 되지 않았다.

찻집을 나오자 저 멀리 뭉게구름을 떠받치고 있는 가야산 봉우리가 한눈에 들어왔다. 장기봉은 어디로 가야 할지 방향을 잡지 못하고 허둥거렸다. 해인사를 가 봐야 한다고 마음먹으면서도 발길은 그의 마음대로 따라 주지 않았다. 선광 스님이 턱 버티고 있는 해인사는 여전히 그에게는 금단의 구역이었다.

7

"그만 물러가겠습니다!"

최만준은 무릎을 펴고 자리에서 일어났다. 하야코도 주춤주춤 그를 따라 일어났다. 하도 오래 무릎을 꿇고 있던 터라 양다리에는 감각이 없었다. 문 밖을 나서는데 아찔한 현기증이 일어났다. 장각 스님은 여전히 가부좌를 튼 채 꼿꼿하게 앉아 있었다.

대단한 힘 겨루기였다. 장각 스님의 불호령이 떨어져도 최만준은 꿈쩍도 하지 않고 묵묵히 구들장을 지켰다. 최만준으로서는 더 이상 기댈 언덕이 없었다. 장각 스님은 그에게 마지막 보루였다.

자정이 넘어서자 장각 스님은 최만준을 쫓아내는 것을 포기했는지 가부좌를 틀고 수도승의 모습으로 돌아왔다. 이에 질세라 최만준 역시 장각 스님 앞에 무릎을 꿇고 앉아 무력(無力) 시위를 벌였다. 동이 터오르고 해가 중천에 올라와 있어도 이들의 자세는 흐트러지지 않았다. 둘 중 누군가 쓰러지지 않는 한 좀처럼 이들의 싸움은 끝날 기미가 보이지 않았다. 결국 이들의 팽팽한 줄다리기는 최만준이 자리에 일어나면서 장각 스님의 승리로 끝났다.

"못된 중늙은이 같으니!"

최만준은 암자를 나서면서 가래침을 내뱉었다. 애초부터 장각 스님을 당해 내는 것은 무리였다.

"스님이 초조대장경이 있는 곳을 알고 있을까요?"

"틀림없어. 선광 스님 얘기가 나올 때 눈빛부터가 달랐지. 그들은 초조대장경 봉안 장소를 잘 알고 있는 거야."

최만준은 아직도 미련이 남는지 발길을 떼지 못하고 암자 주위를 서성거렸다.

"그렇다고 여기서 포기할 수는 없지. 내일도 모레도, 저 중늙은이의 입이 열릴 때까지 계속 찾아갈 거다. 어디 누가 이기나 해 보자구."

그러나 장각 스님의 입은 쉽게 열릴 것 같지가 않았다. 장각 스님이 묵언의 수행으로 버티고 있는 자세는 종교의 또 다른 의식으로, 마치 하나의 거대한 산자락을 보는 것 같았다.

"그래도 이 문양을 얻었잖아요."

하야코는 장각 스님이 그려 준 문양을 내밀었다.

"그깟 문양이 무슨 대수더냐."

최만준은 코웃음을 쳤다.

"전 그렇게 생각하지 않아요. 이 문양에는 스님이 하고자 하는 얘기가 함축된 것 같았어요. 차마 말은 하지 못하고 이 문양으로 대신한 게 아닐까요?"

"……."

"스님이 했던 말을 잘 생각해 보세요. 스님도 이제는 초조대장경이 세상에 나오기를 바라고 있는 것 같았어요."

하야코는 장각 스님이 내뱉은 말을 곰곰이 더듬었다. 장각 스님의 동요하는 몸짓이나, 회한에 잠겨 있는 눈빛은 이제 초조대장경도 빛을 볼 때가 다가오고 있음을 암시하고 있었다.

"이 문양이 무얼 뜻하는지 알아야겠어요."

"그건 내게 맡겨라. 그렇지 않아도 생각나는 사람이 있다."

그때였다. 가야산 중턱쯤에 이르러 하야코는 걸음을 우뚝 멈추었다. 아주 낯익은 기운이 그녀의 등덜미를 낚아채는 것 같았다. 하야코는 몸을 움츠리고 힐끔 뒤를 돌아다보았다.

"왜 그러니?"

등 뒤에는 아무도 없었다. 산새 소리도 들려오지 않았고, 간간히 등줄기를 스쳐 지나가던 바람도 멈추었다. 이상한 일이었다. 암자를 떠난 후로 누군가 졸졸 따라오는 것 같았다.

아! 뒤늦게 하야코는 마에다의 영혼이 동행하고 있는 것을 깨달았다. 홍류동 계곡에서 그녀의 길잡이가 된 후로 한동안 뜸하더니 암자를 벗어나면서 다시 그의 독특한 기운이 느껴졌다.

"장각 스님이 해인사를 나온 게 언제였어요?"

"오 년은 되었을 거야."

"그렇다면 마에다에 대해서도 여쭤 볼걸 그랬어요. 선광 스님은 마에다를 알고 있었잖아요."

"그렇군."

그때 한 번도 본 적이 없는 마에다의 사체가 부스스 떠올랐다. 그와 동시에 멀찍이 떨어져 있던 마에다의 영혼이 그녀 곁으로 바짝 다가섰다.

"마에다의 사체가 발견된 곳이 어디라고 했죠?"

"음. 그것은 확실하지 않아. 처음엔 속초라고 했고, 누군가는 강화라고도 했지."

처음 마에다의 사체가 발견된 곳은 속초로 알려져 있었다. 그런데 소문이 점점 구체적으로 드러나면서 강화라는 설도 있었고, 또 어떤 이는 통도사 근처라고도 했다.

"가야산에서 발견된 것은 아닌가요?"

"그건 아닐 거야."

"아저씨, 마에다의 사체가 발견된 곳을 알아야겠어요. 그러면 좀 더 가깝게 접근할 수 있지 않겠어요?"

마에다의 유품이 단서가 되어 예까지 오게 되었지만, 아직 그의 사체가 발견된 곳이나 사인은 알지 못했다. 그것은 마에다의 행적을 찾는 데 중요한 실마리가 될 수도 있었다.

"우린 마에다가 사망한 것만 알고 있을 뿐이지 그가 어디서, 어떻게 죽었는지 모르잖아요."

"……."

"마에다가 사망한 곳은 초조대장경과 가까운 곳에 있을지도 몰라요."

"듣고 보니 그렇구나."

최만준은 고개를 끄떡였다. 사실 지하 밀매 시장 사람들은 마에다가 한국에 왜 왔는지, 또 무엇을 찾으려고 했는지에 혈안이 됐을 뿐 그의 사체가 발견된 장소나 사인에는 그다지 관심이 없었다. 하야코의 말대로 마에다의 사체가 발견된 장소는 초조대장경이 봉안된 곳과 밀접한 관계가 있을 수도 있었다.

"그렇다면 경찰의 협조를 받아야 할 텐데……. 하야코, 일단 서울로 올라가자."

마에다기 남긴 유품온 헤인사와 총제암에 국한되이 있었다. 이 유품은 그가 한국을 두 번째 다녀갔을 때 남긴 것이었다.

마에다의 마지막 행선지는 여전히 베일에 가려져 있었다.

8

국립중앙박물관에서는 근래 보기 드문 전시회가 열리고 있었다. 북한의 국보급 유물을 한자리에 모은 대형 전시회였다. 고려 불화와 고려 왕건상, 청자, 적회 등 북한의 국보 오십여 점과 중요 문화재 구십여 점이 황홀한 자태를 드러내고 있었다. 〈북녘에서 온 우리 문화재〉는 해방 후 두 번째 맞이하는 남북 교류전이지만, 평양에서 온 국보급 유물이 이처럼 대규모로 전시되는 것은 이번이 처음이었다.

장기봉은 전시회장을 대충 둘러보고 일층에 있는 사무실 안으로 들어갔다.

"어서 오십시오."

정찬국은 자리에서 일어나 가볍게 고개를 숙였다.

"바쁜가 보군."

"아닙니다."

이번 전시회는 지난 삼 년 전부터 공들인 정찬국의 작품이었다. 그는 이번 전시회를 개최하기 위해 평양을 세 차례나 방문할 정도로 지극한 열성을 보였다.

"날 보자구 한 이유가 뭔가?"

장기봉은 자리에 앉자마자 용건부터 꺼냈다.

"선원사 절터에 간 일은 어떻게 됐습니까?"

"첫술에 배부를 일이 있나. 흠흠."

"몇 년 전 그곳에서 한 대학의 고고학 연구팀의 대대적인 발굴 작업이 있지 않았나요?"

"잘 아는군."

"아마 거긴 없을 겁니다. 저희도 오래전에 샅샅이 뒤졌거든요."

고얀 자식 같으니, 장기봉은 마빡에 붉은 핏대를 올려 세웠다. 진작 말을 해 주었으면 선원사 절터에서 이틀 내내 공을 치는 일은 없었을 것이다. 선원사 절터에 간다고 했을 때는 아무 말이 없더니 이제 와서 이 무슨 개떡 같은 소리란 말인가.

"어르신, 혹시 만당이라는 조직을 들어 본 적 있습니까?"

정찬국이 지나치는 투로 그렇게 슬쩍 운을 떼었다. 그러면서도 장기봉의 눈치를 유심히 살폈다.

"만당이라고?"

"네."

"처음 듣는데. 그게 뭔가?"

"……."

"초조대장경과 관련이 있는 건가?"

"아, 아닙니다."

정찬국은 별일 아니라는 듯 재빨리 말을 거두어들였다.

'네놈이 아무리 잔머리를 굴려도 소용없지.'

장기봉의 날카로운 눈매가 정찬국의 뒤통수를 사정없이 후려쳤다. 정찬국이 서로 정보를 공유하자는 소리는 공염불에 지나지 않았다. 그는 처음 세 치 혀로 달콤하게 꼬드길 때와는 달리 이제는 볼일 다 봤다는 듯 입에 단단히 자물통을 채우고 있었다. 기껏 그가 제공한 정보라고 해야 이미 누구나 다 아는 낡아 빠진 것들이었고, 새롭게 드러난 것은 하나도 없었다. 되레 정찬국은 팔십 노인의 똥구멍을 살살 긁어 대면서 뭔가 빼내려고만 들었다. 저 자물통 같은 입에서 만당이 나올 정도라면, 그 역시 어느 정도 초조대장경에 접근해 있다는 소리였다.

"손자 녀석은 언제 오는 건가? 아직도 교토에 남아 있나?"

장기봉이 퉁명한 목소리로 물었다.

"안국사로 간다고 하더군요. 아마 오늘 안으로 올 겁니다."

"남선사에 간 일은 어떻게 됐나? 뭣 좀 쓸 만한 거라도 건졌다고 하던가?"

"어르신께는 연락이 오지 않았습니까?"

"그 녀석은 집 밖에만 나가면 함흥차사야. 어딜 가도 통 연락을 하는 법이 없지."

"신통치 않은 모양입니다."

손자 녀석이 찾고 있는 것은 아직 정찬국에게 알리지 않은 모양이었다. 그건 잘한 일이었다.

장기봉은 정찬국을 탐탁지 않게 여기고 있었다. 몇 번 그를 만나 보니 대충 어떤 인간인지 알 것 같았다. 사람 보는 눈 하나만은 귀신이라고 자부하는 그가 아닌가. 정찬국은 명예욕이 매우 강한 인물이었다. 그가 입버릇처럼 떠벌이는 선조의 위대한 유산은 그에게는 출세 도구에 지나지 않았다. 겉으로는 애국이니 뭐니 쉴 새 없이 떠들어 대지만, 속내는 다른 데 있었다. 문화재청 안에서 정찬국처럼 고속으로 승진한 인물은 없었다. 북관대첩비 반환은 그의 이름 석 자를 이 바닥에 널리 알린 계기가 되었다. 만약 초조대장경마저 그의 손에서 세상에 밝혀진다면 고관대작 자리는 떼어 놓은 당상이었다.

"어르신께서도 최만준이 잘 아시죠?"

정찬국이 갑자기 뭔가 생각이 난 듯 고개를 휙 돌렸다.

"최만준? 날다람쥐 말인가?"

"네."

"허허. 내 어찌 그 친구를 모르겠나. 갑자기 그 친구는 왜?"

"최만준이도 초조대장경을 찾아 나섰다는 소문이 있습니다."

최만준은 박쥐 같은 인간이다. 한국에서는 한국인이었고, 일본에서는 일본인이었다. 그에게는 국적이 따로 없었다.

"그 보물 사냥꾼이 어떻게 냄새를 맡았을까요? 최만준이 보물을 찾는 데는 귀신같다면서요?"

"재수가 좋은 거지."

사실 보물을 찾는 데는 이 나라에서 최만준을 따라올 인물이 없었다. 그래서 그의 뒤에는 늘 자금을 대는 익명의 기업가들이 줄을 서고 있었다.

"원래 그런 놈들은 귀동냥 하나 얻고서 여기저기 쑤시고 다니는 게 일이야. 요즘 할 일도 없으니 그냥 한번 쑤셔 보는 것일 게야. 그런데 그 소리는 어디서 들었나?"

"해인사에서 최만준을 본 사람이 있다고 합니다."

"해인사?"

"네. 어떤 젊은 여자와 함께 다닌다고 하더군요."

"흠. 그새 새장가를 들었나? 하여튼 재주도 좋아."

최만준이 해인사에 왜 나타난 것일까? 그 개코 같은 인간도 벌써 냄새를 맡았단 말인가? 갑자기 뭔가 더럽고 불길한 예감이 가슴께를 스치고 지나쳤다.

"왜 그러십니까, 어르신? 안색이 안 좋아 보이는데요."

"아, 아니야."

장기봉은 해인사를 코앞에 두고도 발길을 돌린 것이 못내 아쉬웠다. 그러나 다시 그의 몸이 합천에 머물러 있다고 해도 선광 스님 앞에 나설 용기는 없었다.

9

법당 안을 밝히던 촛불은 꺼졌다.

선광은 일주문을 나와 산속으로 길을 잡았다. 비 갠 후라 산속은 후텁지근했다. 몸이 예전과 달라 몇 걸음만 걸어도 금방 땀이 승복에 스며들었다. 간밤에 선잠을 잔 탓인지 무릎이 더 팍팍했다.

계곡에 마음을 씻으면 좀 나아질까. 선광은 샛길을 따라 홍류동 계곡으로 접어들었다. 계곡물은 뽀얀 물안개를 끼고 쉼 없이 흘러내리고 있었다.

요 며칠 사이 제대로 잠을 이루지 못했다. 최만준이 다녀간 후부터 머릿속이 뒤숭숭하고 목덜미가 뻐근했다. 사리사욕을 앞세워 감히 신비의 영물을 입에 올리다니, 생각만 해도 괘씸하고 분통이 터졌다.

"봉허 스님……."

선광은 바위에 앉아 봉허 스님을 낮게 불러 보았다. 그때 어디선가 청아한 목탁 소리가 들려왔다. 홍제암 쪽이었다.

"목탁이란 게 물고기 형상이 아니고 무엇이더냐. 물고기는 잠을 자면서도 눈을 뜬다 하니 언제나 깨어 있으라는 '소리 없는 법문'이 아니겠느냐."

거울처럼 맑은 계곡물 사이로 스님의 얼굴이 어슴푸레 비추었다. 언제나 그랬듯이 봉허 스님은 가만히 앉아 있는데도 의연한 기백과 광채가 느껴졌다. 그것은 비단 득도의 경지에 이르는 빛만은 아니었다. 젊은 날을 누구보다 치열하게 살아온 호국과 정열의 빛이었다. 때로 그의 모습은 거대한 산자락처럼 보였고, 때로 온화한 강물처럼 느껴졌다. 오늘따라 봉허 스님이 유독 그리운 것은 무엇 때문일까?

선광은 바위에서 일어나 계곡을 따라 천천히 올라갔다. 마음이 무거울 때는 지척의 거리도 천리처럼 느껴졌다. 고개를 들자 홍류동 계곡 위로 먼 시대의 혼백들이 하나둘씩 모여들고 있었다. 봉허 스님은 이곳을 '생련굴(生蓮窟)'이라 불렀다.

화마생련(火魔生蓮)
불에 탄 잿더미 속에도 연꽃은 살아 있지 않는가

이곳에 오면 언제나 봉허 스님의 자취가 느껴졌다. 그뿐이 아니다. 사명대사의 혼백, 연화단의 기개, 만당의 혈기가 고스란히 스며 있었다. 이곳은 그들에게 성역과 같은 곳이었다.

'괘씸한 것!'

또다시 부아가 치밀어 올랐다. 이곳을 거쳐 간 속인치고 제명을 산 인간이 없었다. 어떻게 알고 이리 발길을 잡아 왔는지는 모르나, 그것은 곧 그들에게 저승으로 안내하는 지름길이었다.

이곳이 어떤 곳인 줄 아느냐?

봉허 스님의 목소리가 굴 안을 울렸다. 선광은 생련굴 앞에서 가지런히 두 발을 모았다. 지난날의 아련한 기억이 스르르 떠올랐다.

비가 억세게 퍼붓는 날이었다. 하안거(夏安居)에서 돌아온 선광은 그때 처음으로 봉허 스님에게 이끌려 생련굴에 들어섰다. 그 안에는 일찍이 경험하지 못한, 아주 생경하고 독특한 기운이 흐르고 있었다. 굴 입구에서부터 산 자와 죽은 자의 영혼이 은밀한 교감을 나누고 있었다.

—이곳은 연화단의 혼백이 쉬어 가는 곳이니라. 하여 그들의 체취를 이리 고이 묻어 두니 혼백들도 어찌 기뻐하지 않겠느냐. 허허. 이들의

기개는 산천을 떨게 하고 강물을 휘어잡았지. 수많은 왜군이 몰려와도 물러서지 않고 일당백의 기세로 물리쳤으니 이런 기백이 어디에서 왔겠느냐. 허허.

봉허 스님은 연화단을 말할 때면 늘 어린아이처럼 즐거워했다. 그러나 초조대장경이 화두에 올라오면 수심의 그늘이 스님의 얼굴을 가득 덮었다.

─앞으로가 걱정이로구나. 이 몸도 이제 자연의 한 조각으로 돌아갈 날도 얼마 남지 않았거늘 이 큰 짐을 누구에게 지울 것인고.

그때 선광은 봉허 스님의 마음을 읽고 있었다. 봉허 스님의 뒤를 이어 천 년 영물을 후대에 계승시키고 위대한 영혼을 보듬는 것이 자신에게 주어진 몫임을.

생련굴을 다녀온 후부터 봉허 스님은 틈이 나는 대로 선광을 데리고 천 년 영물의 행로를 찾아 다녔다. 봉허 스님이 머무는 곳마다 선승의 불심이, 천 년을 이어 온 초조대장경의 족적이 뚜렷하게 남아 있었다. 어느새 선광의 마음속에서도 역사 속에서 멸망해 버린 고려의 왕국이 생생하게 부활하고 있었다. 연화단을 비롯한 수천의 승려, 그리고 이름 모를 민초들의 영혼이 그의 몸속에서 꿈틀거리고 있었다. 그 중심에는 언제나 초조대장경이 있었다.

"스님……."

그때 생련굴 입구에서 낯익은 목소리가 들려왔다. 굴 입구에는 혜원이 우뚝 서 있었다.

"네가 여긴 어쩐 일이냐?"

혜원은 선광이 가장 총애하는 승려였다.

"허허. 네놈도 잠이 오지 않는가 보구나."

"스님……."

"그놈이 어디에 갔는지 알아봤느냐?"

"장각 스님을 찾아간 것 같습니다."

"장각?"

"네. 젊은 스님에게 장각 스님의 거처를 물었다고 합니다."

"이런 고얀 것!"

선광의 얼굴이 파지처럼 구겨졌다.

"어떻게 하면 좋겠습니까?"

"내버려 둬라."

까맣게 잊고 있었던 장각의 얼굴이 아스라이 떠올랐다. 장각을 떠올리면 아직도 수족이 잘려 나간 듯한 고통이 밀려왔다. 천향고(千香庫) 안에서 장각과 함께 장경을 판각하던 때가 언제였던가.

금강산 끝자락, 연꽃 꽃술 자리…… 성불의 향은 끊임없이 타오르고 불심의 밤은 오롯이 깊어 갔다. 대패질을 할 때나 붓끝에 경구를 적어 넣을 때도 부처의 일심을 잃지 않았다. 부처의 손을 빌린 필생의 손끝에도, 선승의 영기를 내려 받은 각수의 굵은 손마디에도 전향의 기운이 넘쳐흐르고 있었다. 그랬다. 천 년의 시간이 흘러도, 모진 바람이 거대한 불을 일으켜도 연꽃의 향기는 변함이 없었다.

그러나 아직 초조대장경은 빛의 세상으로 나올 때가 아니었다. 그들이 꿈꾸던 세상, 불력이 지배하는 세상은 아직 오지 않았다.

10

공항 대합실에서 나오자, 거리에는 가랑비가 뿌리고 있었다.

"원래 비행기만 타면 잠이 들어요?"

강현주는 공항 리무진 버스에 오르며 또 볼멘소리로 비아냥거렸다.

"이번에도 심심해서 죽을 뻔했소?"

"난 체질적으로 비행기가 맞지 않나 봐요. 괜히 답답하고 불안하고……."

재석은 대꾸하기도 귀찮은 듯 버스 창밖으로 고개를 돌렸다.

"댁이 잠만 자니까 더 불안하잖아요. 말을 나눌 상대도 없구."

파란 우산, 꽃무늬 우산, 물방울 우산……. 거리에는 갖가지 우산이 종이배처럼 떠다니고 있었다. 신기하게도 똑같은 우산은 하나도 보이지 않았다. 색깔이 같으면 모양이 달랐고, 모양이 같으면 색깔이 달랐다. 몸 하나 가릴 뿐인 우산에도 제각기 표정이 있는 것 같았다.

"기분이 참 이상해요. 뜬구름을 잡는 것 같기도 하고, 이상한 늪에 빠져든 것 같기도 하고…… 역사의 비밀이라는 건 참으로 오묘한 것 같아요."

"그것도 자주 겪다 보면 익숙해지기 마련이오."

"비행기 안에서 곰곰이 생각해 봤는데…… 초조대장경에는 정말 신비로운 불력이 있다는 생각이 들어요. 감히 인간이 접근할 수 없는……."

재석은 빙그레 웃었다. 역사의 비밀이라는 것, 알고 보면 이는 패자(敗者)들의 요란한 숨바꼭질 놀이에 불과하다. 권력에서 밀려나거나 정사(正史)를 은폐하려는 자들이 만든, 요리조리 잘 엮은 변명과 허구에 지나지 않는다. 그것을 확대 재생산해 내는 것이 후대 역사가들의 몫이다. 역사의 기록은 언제나 승자들의 유쾌한 뒤풀이에 지나지 않지 않는가.

"정말 우리가 초조대장경을 찾을 수 있을까요? 대장경을 손에 넣으려다가 벌써 많은 사람들이 변을 당했다고 했어요……."

"지금 무슨 소릴 하는 거요? 댁이 한 말을 벌써 잊었수? 수단과 방법을 가리지 말고 목적을 달성하자고 하지 않았소."

"그것은……."

"내키지 않으면 지금이라도 손을 떼시오. 난 한입으로 이러쿵저러쿵 주절대는 사람은 딱 질색이오."

재석이 매몰차게 몰아세우자 강현주는 어설프게 웃었다.

"알았어요."

"따지고 보면 보물이라는 게 다 기구한 사연이 있기 마련이오. 그러나 이런 사연도 알고 보면 후대의 잘난 역사학자들이 세인의 관심을 끌기 위해 기름칠을 한 것에 불과하오. 그러니 너무 신경 쓸 것 없소."

그러나 강현주의 생각은 달랐다. 그녀는 교토와 이키노시마에 머무는 동안 가슴 한복판에 초조대장경의 영험한 광채가 오롯이 자리 잡고 있는 것을 느꼈다. 그랬다. 초조대장경의 기구한 족적은 역사학자들이 감히 엄두도 내지 못할 정도로 파란만장했다. 강현주는 초조대장경을 등에 짊어지고 역사의 물줄기를 빠르게 거슬러 올라갔다. 고려에서 조선으로, 다시 일제강점기의 암흑으로 빨려 들어갔다. 길고도 캄캄한 터널이었다. 그러나 저 어둠의 터널 끝에는 강렬한 빛줄기가 보였다.

"댁은 초조대장경에 남아 있는 자취를 보고도 뭔가 느끼는 게 없나요?"

"보물을 보고 뭘 또 느낀단 말이오. 보물은 그저 보물일 뿐이오."

"댁도 박상문 관장과 다르지 않군요. 난 그래도 댁이 초조대장경의 저 굴곡진 사연을 알고 뭔가 깊이 느끼리라고 생각했어요."

"하하, 내가 뭘 하는 사람인지 깜빡했소? 나는 내 본분에 충실할 뿐이오. 그런 감상적인 얘기는 문화재청에 가서 세금이나 축내는 관리들과 실컷 하도록 하시오."

"……"

"이 세상에는 오직 두 가지 보물만이 존재할 뿐이오. 하나는 손에 넣을 수 있는 보물이고, 다른 하나는 그렇지 못한 보물이오. 그 이외는 아무것도 없소."

강현주는 더 이상 대화가 통하지 않는 듯 입술을 씰룩 내밀었다. 버스는 어느새 서울로 향하는 국도로 접어들고 있었다.

"서울에 도착하는 대로 정 실장부터 만나야겠어요."

"아니오. 그보다 먼저 만나야 할 사람이 있소."

"누군데요?"

"만나면 알 것이오."

"나도 아는 사람이에요?"

"글쎄…… 댁이 모르면 아마 그 인간도 섭섭해할 것이오."

강현주가 눈을 흘기며 재석을 째려보았다.

"혹시 이 바닥에서 너구리 영감이라고 들어 봤소? 하하하."

재석은 큰 소리로 웃었다. 너구리 영감이 얼마나 준비해 놨을까. 시간이 워낙 촉박했던 터라 큰 기대는 하지 않았다.

아득한 순간들이 휙휙 머리를 스치고 지나쳤다. 일본에 머문 지난 팔일 간은 길고도 짧은 시간이었다. 때로는 팔 개월처럼, 때로는 여덟 시간처럼 느껴졌다. 석장굴의 고문서, 박상문이 넘겨준 자료, 이시하라에게 받은 문양…… 이 모든 것은 초조대장경의 존재를 암시하는 증표였다. 서울을 떠날 때만 해도 이런 거대한 곡절과 마주치리라고 어찌 상상이나 했을까.

초조대장경은 결코 전설의 대장경이 아니었다. 지난 천 년 동안 불력의 구심점이 되어 이 산하에 굳건히 뿌리를 내리고 있었다. 바람 불면 바람 맞고, 눈보라 치면 눈보라 맞고……. 지금도 어디선가 그처럼 오롯이 버티고 서서 천 년의 세월을 품에 안고 있지 않을까.

"다 왔소."

그새 비는 그쳐 있었다. 팔 일 간의 탐사를 마치고 마침내 초조대장경의 고향으로 돌아왔다. 이제부터 본격적인 보물찾기가 시작될 것이다.

숨은 그림 찾기

1

서울 하늘은 검푸르게 누워 있었다.

상서로운 날씨다. 비가 그친 동녘 하늘엔 붉은 햇살이 슬그머니 고개를 내밀었다. 잿빛 구름은 서서히 뒷걸음질 치면서 꼬리에 오색찬란한 광채를 매달았다. 채운(彩雲)이었다.

'기가 막히게 좋은 날씨로군.'

장기봉은 찻집 앞에서 하늘을 물끄러미 올려다보았다. 채운은 구름 입자의 크기에 따라 색채가 변하는 희귀한 현상이다. 예로부터 걸출한 영웅이 등장할 때 오색 채운이 나타나며, 큰 경사가 있을 징조로 여겨져 왔다. 밝은 앞날을 점치는 데는 이보다 더 상서로운 상징물은 없었다.

느낌이 좋았다. 채운은 봉황의 날개처럼 잿빛 구름을 감싸 안으며 태양과 멀어지고 있었다. 오색 채운을 본 것은 이번이 두 번째였다. 첫 번째는 중국 난징에서 명나라 고관대작의 무덤을 뒤지고 있을 때였다. 그때도 하늘엔 부채꼴 모양의 채운이 검푸른 구름을 깔고 앉아 그의 손길을 지그시 내려다보고 있었다. 바로 그날, 연꽃무늬 백자 접시를 건져 올렸다.

손자 녀석이 오는 날에 오색 채운이라니, 이 또한 길조가 아닌가.

찻집에 들어서자 간드러진 가야금 소리가 뼈마디를 살살 구워삶고 있었다. 인사동 거리가 훤히 내다보이는 창가에는 손자 녀석이 웬 조랑 말만 한 처녀를 옆구리에 꿰차고 앉아 옆에 사람이 와 있는 것도 모르고 뭐라 열심히 주절대고 있었다.

"누구냐, 이 아가씬?"

장기봉은 강현주를 위아래로 빠르게 훑어보았다. 생긴 건 곱상하니 봐 줄 만하나 한 성깔 하는 얼굴이다. 저런 관상은 둘 중 하나, 사기꾼이 거나 짭새가 분명하다.

"전 강현주라고 합니다."

강현주가 자리에서 벌떡 일어나 가볍게 고개를 숙였다.

"댁의 이름을 물어본 게 아니라 뭣 하는 사람인지를 물었소."

"문화재청 직원이에요."

"문화재청?"

"어르신 성함은 익히 들어 잘 알고 있습니다."

초면인데도 여자는 전혀 거리를 두지 않고 생글거렸다. 그러나 장기 봉은 그녀의 나긋한 태도를 고이 받아들이지 않았다.

"어쩐지 구린 냄새가 나는구만."

"무슨 냄새요?"

"똥강아지!"

"네?"

"남의 뒤를 졸졸 따라다니는 똥개 말이야."

강현주가 무슨 말인지 몰라 고개를 갸웃거리자, 장기봉은 "짭샌가?" 하고 대놓고 물었다. 그제야 강현주는 말귀를 알아차리고 빙그레 웃었다.

"재석 씨와 똑같은 소릴 하네요. 전 재석 씨 파트너예요."

"파트너?"

장기봉이 재석을 매섭게 노려보았다.

"자자, 그만하시고 내 말 좀 들어 보세요."

재석이 그들 사이에 끼어들려고 하자, 장기봉은 더 들을 것도 없다는 듯이 대뜸 그의 목덜미를 낚아채고는 찻집 밖으로 끌고 나갔다.

"교토에서 연애질이나 하고 다녔냐?"

"일이 그렇게 됐어요. 차차 말씀드릴게요."

"흠. 정찬국이 딸려 보낸 거로군. 안 봐도 눈에 훤하다."

장기봉은 코웃음을 쳤다. 오늘 낮에도 정찬국을 만났는데 짭새를 딸려 보냈다는 소리는커녕 실사단 구성원에 대해서도 단 한 마디 없었다.

"제가 부탁한 거는 어떻게 됐어요?"

"이놈아, 내가 때와 장소를 가리라고 그렇게 말하지 않더냐. 이번 일은 우리만 알고 있어야 해. 저 짭새 처녀 귀에 들어가면 단박에 정찬국에게도 들어갈 게 아니냐. 이럴 때는 딴 주머니를 차고 있다가 요긴할 때 야금야금 써먹어야지. 간도 쓸개도 다 빼 주면 뭐가 남겠냐? 그땐 보기 좋게 폐기처분되는 거야. 알겠어?"

"무슨 뜻인지 잘 알아요. 그런데 지금은 아니에요. 어차피 저 여자도 다 알게 될 텐데요."

"그게 무슨 소리냐?"

재석은 그동안 강현주와 동행하던 얘기를 간단히 들려주었다. 교토 남선사, 고려미술관 박상문, 그리고 안국사의 이시하라까지 팔 일간의 일정을 짤막하게 늘어놓았다.

"박상문을 만났다고?"

"네. 박상문도 오래전에 한국과 일본을 넘나들면서 초조대장경을 찾아다녔다고 하더군요."

한국의 밀매꾼이나 장물아비치고 박상문을 모르는 사람은 없었다. 박상문이 수집한 문화재 중에 절반은 한국과 일본의 지하 밀매 시장에서 구입한 것들이었다. 그는 문화재를 긁어모으는 데 뛰어난 수완을 발휘했으며, 한번 마음먹은 것은 반드시 손에 넣어야 직성이 풀리는 성격이었다.

"초조대장경을 찾으면 한번 찾아오라고 하던데요."

재석은 주머니에서 박상문이 찔러준 명함을 꺼냈다.

"거래를 하자는 거죠. 조건도 아주 좋아요."

"싸가지 없는 것! 감히 이런 진귀한 보물에 눈독을 들이다니."

"중국 관리들도 잘 알고 있다고 하던데요. 잘만 하면 정찬국보다 더 좋은 조건에 넘길 수도 있어요."

"어림 반 푼어치도 없는 소리! 박상문에게 밀려들었다가 본전도 못 건지고 개털 된 장물아비가 한둘이 아니야."

장기봉은 반쯤 열려 있는 찻집 문을 힐끔 쳐다보았다. 창가 쪽 자리에 다소곳이 앉아 있는 강현주의 모습이 눈에 들어왔다.

"그래서 지금까지 저 짭새 처녀와 함께 있었던 게야?"

"저도 어쩔 수 없었어요."

"저쪽 인간들은 믿을 게 못 돼. 언젠가는 칼을 빼들고 목을 내려칠 거다. 그것도 뒤에서 말이야."

"알았어요."

"난 정찬국이가 자꾸 마음에 걸려."

"네?"

"뭔가 다른 꿍꿍이가 있는 것 같다는 소리야."

"그 얘긴 다음에 하고 일단 들어가죠."

"잠깐."

장기봉이 재석의 소매를 붙잡았다.

"석장굴은 어떤 곳이냐? 그 안에 달리 쓸 만한 유물이 있더냐?"

"소문과는 영 딴판이었어요. 그냥 잡동사니를 모아 둔 허름한 굴이에요."

"잡동사니?"

"오래전에 석장굴이 한 번 털린 적이 있었대요. 그래서 그곳에 안치했던 국보급 유물들은 다른 곳으로 옮긴 것 같아요."

"석장굴이 털리다니, 그것 참 별일이로군."

그들은 다시 찻집 안으로 들어갔다. 장기봉은 강현주 앞에 거만하게 다리를 꼬고 앉았다. 그리고는 뒷주머니에서 휴지를 꺼낸 후 보란 듯이 코를 휑 하고 풀었다.

"무슨 작전 회의를 그리 오래 하세요? 이젠 오해가 풀렸나요?"

"오해라고 할 게 뭐가 있나. 당신네들 하는 수작이 뻔하지."

"재석 씨가 부탁한 것은 어떻게 됐어요?"

"찬물도 위아래가 있는 법이야. 일단 네놈 것부터 보자. 설마 빈털터리로 온 건 아니겠지?"

재석은 교토에서 가져온 자료를 장기봉 앞에 내밀었다.

"이건 석장굴 안에 있던 고문서예요."

고문서를 훑고 있는 장기봉의 얼굴에 파릇한 생기가 돌았다. 이 낡은 고문서에도 초조대장경을 지칭한 글이 있었다.

"이건 누가 작성한 문서냐?"

"남선사 주지가 도요토미에게 올린 글입니다. 이를테면 상소문인 셈이죠. 왜군은 초조대장경을 없애려고 현상금까지 내걸었어요."

"조선의 해괴한 기물……?"

"그게 바로 초조대장경을 말하는 거예요."

강현주가 박상문에게 얻은 자료를 뒤척거리며 끼어들었다.

"초조대장경은 일제강점기에도 존재하고 있었어요. 여기 적혀 있는 불손하고 위험한 도당은 애국 단체인 만당을 가리키는 겁니다. 이 문서는 합천 경찰서장인 다케우라가 조선총독부에 지원 병력을 요청하는 글이에요."

장기봉은 겉으로는 내색을 하지 않았으나, 속으로는 입을 헤벌리며 덩실덩실 춤을 추고 있었다. 이 문서는 박춘식에게 얻은 자료와 정확하게 일치하고 있었다.

"선광 스님은 만나 봤어요? 박상문은 선광 스님이 초조대장경에 대해 잘 알고 있을 거라고 했어요."

"거긴 포기하는 게 좋아. 그 중늙은이가 얼마나 고약한데."

그렇게 말하면서도 장기봉은 아쉬움을 숨기지 않았다. 만당의 조직원이나 다케우라, 그리고 봉허 스님은 이 세상 사람이 아니었다. 손자녀석이 제시한 사람 중에 유일하게 생존해 있는 인물이 바로 선광 스님이었다. 해인사가 코앞에 있는 합천까지 내려갔으면서도 그를 만나지 못한 게 두고두고 마음에 걸렸다.

"미노루 스님의 행적은요?"

"그것도 어림없는 짓이야. 미노룬지 뭔지 사십 년 전의 일을 어찌 알

아닐 수 있겠느냐. 이거나 잘 봐라."

장기봉은 박춘식에게 받은 자료를 탁자 위에 올려놓았다.

"네놈이 가져온 것보다 훨씬 알짜배기일 거다. 흠흠."

재석은 두툼한 서류 뭉치를 빠르게 훑어보았다. 이 자료는 분량이 꽤 많았으나 중요한 부분은 밑줄을 치거나 따로 표기해서 파악하는 데는 그리 오랜 시간이 걸리지 않았다.

가야산 영물, 만당의 정체, 해인사 사건, 그리고 다케우라의 의문의 죽음……. 너구리 영감의 말은 결코 과장된 표현이 아니었다. 이 자료들은 교토에서 풀지 못한 의문을 상당 부분 해소시켜 주고 있었다.

어떻게 그 짧은 시간에 이런 귀한 자료를 구했단 말인가. 교토를 떠나기 전, 너구리 영감에게 부탁할 때만 해도 이런 알짜배기 자료는 전혀 기대하지 않았다. 하여튼 신출귀몰한 늙은이였다.

"이 편지에는 나타나지 않았지만 만당의 당수가 한용운이라고 하더라."

"만해 스님이요?"

"그래. 이것은 만당 당원이 한용운에게 보낸 편지야."

이 편지에서 가장 눈에 띄는 것은 다음과 같은 내용이었다.

현재 몇 곳을 물색하고 있으나, 새 보금자리가 될 만한 곳을 잡지 못하고 있어 답답하기 이를 데가 없습니다……. 백두대간의 줄기로 삼아 영물의 정기를 이어받음이 어떠한지요?

"이 서신대로라면 해방 전에 초조대장경을 어디론가 급히 옮기려고 한 게 아닌가요?"

장기봉은 고개를 끄떡였다.

"백두대간의 줄기라면 어디를 가리키는 거죠?"

"그걸 내가 어찌 알겠느냐. 백두대간이 뉘 집 앞마당도 아니고……."

만당의 문서나 편지에는 천 년 영물의 새 보금자리로 '백두대간의 줄기'로만 표시하고 있었다. 다른 자료를 아무리 뒤척거려도 백두대간 이외에 눈에 띄는 지명은 나오지 않았다. 또 한 가지 의아스러운 것은 다케우라의 사망 관련 기사였다. 다케우라의 살해 방법은 매우 충격적이었다. 임진왜란 당시 왜군을 쓰러뜨렸던 독침을 그대로 사용했던 것이다. 다케우라의 살해 배경에는 만당과의 피치 못할 곡절이 뒤엉켜 있었다. 그러나 만당이나 다케우라의 자료는 1944년 이후에는 보이지 않았다. 그 무렵 다케우라는 강원도 고성에서 살해되었고, 만당은 해방과 함께 해체되었다.

"그럼 대체 초조대장경은 어디에 있는 거죠?"

강현주가 물었다.

"그걸 알면 내가 지금 자네와 이리 할 일 없이 노닥거리고 있겠나?"

장기봉이 가당치 않다는 듯 콧바람을 강현주 앞에 쏟아 냈다.

"네놈이 가져온 것은 이게 다냐?"

"재석 씨, 그걸 보여 주세요. 이시하라에게 받은 거 말이에요."

강현주가 재석의 옆구리를 쿡 찔렀다. 재석은 삼지창 같은 문양이 그려진 종이를 꺼냈다.

"이시하라가 누구냐?"

"안국사 주지예요. 미노루 스님과는 각별한 사이였답니다. 이시하라도 박상문처럼 초조대장경이 한국에 있을 거라고 굳게 믿고 있었어요. 이것은 미노루 스님이 임종 직전까지 가지고 있었던 문양이에요."

"……."

"우리나라에서 유통되는 부적이라고 하는데…… 아는 문양입니까? 어쩐지 초조대장경과도 관련이 있어 보이는데요."

장기봉은 재석이 내민 문양을 유심히 바라보았다. 낯이 익은 문양이었다.

2

"어떤가, 이 문양이 뭔지 알아보겠나?"

최만준은 하야코와 함께 서울에 올라오자마자 인사동 거리에 있는 서길도 가게부터 찾았다. 이런 문양을 푸는 데는 서길도만 한 인물이 없었다. 서길도는 인사동에서 불교 용품 가게를 운영하고 있지만, 지하 밀매 시장에서는 이름깨나 알려진 중개인으로 더 잘 통했다. 주로 일본의 장물아비를 상대로 중개를 맡아 왔는데, 최근에는 중국의 화상들과도 활발한 교류가 이뤄지고 있었다.

"첨 보는 처년데 누구야?"

서길도는 대답은 않고 가게 안을 둘러보는 하야코를 눈짓으로 가리켰다.

"이라부의 손녀일세."

"이라부?"

"그래. 어서 이 문양이 뭘 뜻하는지 말해 주게."

"이건 금강저 문양이야."

"금강저라면…… 불교 의식에서 사용하는 도구가 아닌가?"

"그렇지."

금강저란 원래 절에서 승려가 수행할 때 사용하는 용구이다. 재료는 철이나 동으로 만드는데 양 끝을 한 가지로 만든 것을 독고(獨鈷)라 하고 세 가지로 만든 것을 삼고(三鈷), 다섯 가지로 만든 것을 오고(五鈷)라 한다. '저(杵)'라는 말은 인도에서 무기라는 뜻을 지니고 있다. 또한 금강저는 보살의 의미로 쓰이며, 수행할 때 이를 쥐고 있으면 온갖 잡념과 방해물을 물리치는 효험이 있다고 전해진다. 즉 금강저는 깨끗한 불성의 세계로 인도하는 길잡이 같은 도구이다.

최만준은 실망감을 감추지 않았다. 장각 스님이 이 문양을 그려 준 까닭은 결국 탐욕에 빠지지 말고 수양을 하라는 뜻이 아닌가!

"금강저 문양은 간절한 소망을 원하거나 잡귀를 물리치는 부적으로도 쓰였지. 그러나 조선 시대에는 이 금강저 문양이 승병들 사이에서는 암호로도 사용하곤 했네."

"승병들의 암호?"

귀가 번쩍 뜨이는 소리였다.

"임진왜란 당시 왜군들의 눈을 피하기 위한 승병들의 의사소통 도구인 셈이지. 이를테면 승병이 매복하고 있는 것을 암시하거나 그들만의 통로를 알리고자 할 때 이 문양을 사용했네. 즉 독고와 삼고, 오고 등을 적절히 이용해서 적군과 아군의 동태를 공유했지."

"절에서도 이런 문양을 자주 사용했나?"

"물론이지. 주로 금강산 일대의 사찰에서 여러 용도로 사용했네. 아마 지금도 이 문양이 통용되는 사찰이 제법 있을 걸세."

승병들의 암호, 금강산 일대의 사찰…… 듣기에 따라서는 뜬구름 같은 소리지만, 임진왜란이나 조선 승병이 등장하는 것으로 봐서 그냥 지나칠 소리가 아니었다. 마에다의 유품과 홍제암 토굴에서도 조선 승병의 그려진 그림이 있지 않았는가.

"자네 요즘…… 등산을 다시 시작했다고 하던데…… 맞나?"

서길도가 하야코를 의식한 듯 귓속말로 물었다. 등산을 한다는 말은 도굴할 목표물을 찾아 나섰을 때 쓰는 그들 세계의 은어이다.

"……."

"이 문양이 초조대장경과도 관련이 있는 건가?"

"자네가 그걸 어떻게 아나?"

최만준은 나쁜 일을 모의하다가 들킨 아이처럼 흠칫거렸다.

"뭘 그리 놀래나? 후후. 자네가 초조대장경을 찾아 나선 것은 벌써 이 바닥에 쫙 퍼져 있는데."

"으응?"

"얼마 전에는 너구리 영감도 여기를 다녀갔었네."

"너구리 영감이?"

"그래. 너구리 영감도 눈에 불을 켜고 초조대장경을 찾아다니고 있어."

"너구리 영감이 뭐라고 하던가?"

"보아하니 아직 감도 못 잡은 것 같더군. 귀동냥이나 얻으려고 이리 저리 돌아다니는 것 같아."

어느새 인사동 골동품 거리에는 초조대장경에 관한 소문이 쫙 퍼져 있었다.

"자넨 어디까지 간 건가? 정말 그걸 찾을 수 있겠나?"

"힘들겠어. 자네도 알다시피 그게 어디 보통 보물인가."

서길도는 또다시 하야코를 쳐다보더니 목소리를 내리깔았다.

"그걸 찾거든 반드시 날 찾아오게. 지금 인사동에는 중국 화상이 와 있네. 아주 거물급이지."

"중국 화상이 이곳엔 왜?"

"그 친구도 초조대장경 소문을 듣고 온 것 같아. 지금 중국 정부는 각국에 흩어져 있는 중국의 국보급 문화재를 엄청난 가격에 사들이고 있지 않나. 정부뿐만 아니라 거물급 화상들을 동원해 마구잡이로 거두어들이고 있지. 자네도 얼마 전 원명원(圓明園) 문화재가 프랑스 경매장에서 유찰된 사건 알고 있지?"

제2차 아편전쟁이 끝난 후 영국과 프랑스 연합군은 청나라 황제의 여름 별장인 원명원을 파괴하고 청동 십이지신상 등의 문화재를 약탈해 갔다. 중국 정부는 백여 년 동안 이 문화재의 반환을 요구했으나, 프랑스 정부는 번번이 이들의 요구를 거부했다. 그런 가운데 이 유물은 얼마 전 경매에 붙여져 중국인 수집상에게 낙찰됐다. 그러나 이 수집상이 대금 지급을 거부해 결국 청동 십이지신상은 유찰되고 말았다. 이를 두고 배경에 중국 정부가 있었다는 말이 끊이지 않았다. 청동 십이지신상이 중국 이외의 국가에 낙찰되는 것을 중국 정부가 조직적으로 방해했다는 것이었다.

"초조대장경도 따지고 보면 중국과도 인연이 깊은 문화재가 아닌가. 대장경판이 세계 최초로 판각된 것이 중국 송나라 때니 말이야. 게다가 2011년은 초조대장경이 발원된 지 꼭 천 년이 되는 해이니 그 가치가 더욱 클 걸세. 중국 화상이 이런 보물에 눈독을 들이는 것은 당연한 일이 아닌가."

기가 막힌 일이다. 발 없는 말이 천리를 간다더니, 어떻게 중국 화상에게까지 초조대장경이 전해졌단 말인가.

"중국 화상과 거래해 볼 생각은 없나?"

"너무 앞서가지 말게. 아직 감도 못 잡았네."

"내 말은 미리 점찍어 두라는 소리지."

"……"

"중개는 내가 맡을 테니 자네는 뒷짐 지고 지켜만 보면 되네. 이참에 나도 자네 덕 좀 보자구."

최만준은 할 말을 잃었다. 이는 아직 걸음마도 떼지 못한 아기에게 뛰기를 바라는 소리와 다름없었다.

"그런데 이라부 손녀는 왜 데리고 다니나?"

서길도의 시선이 다시 하야코에게로 향했다. 하야코는 가게 안에 진열된 불교 용품을 둘러보면서도 그들을 주의 깊게 바라보고 있었다.

"이번에도 이라부와 손잡은 건가?"

"그만하게."

최만준은 금강저 문양을 품 안에 넣고 서길도를 찾아온 두 번째 목적을 조심스럽게 꺼냈다.

"한 가지만 더 도와주게나."

"말해 보게."

"자네 친척 중에 경찰이 있다고 했지?"

서길도의 친척 중에 제법 높은 직위의 경찰이 있다는 것은 이 바닥에서 잘 알려진 일이었다. 그래서 장물아비들이 문화재 전담 수사관에게 걸려들면 그의 가족은 서길도에게 돈다발을 싸들고 와 도움을 요청했다. 이렇게 해서 얻은 수입이 본업보다 더 짭짤했다.

"그래. 막내 조카가 경찰청에 근무하고 있지."

"구 년 전에 일어난 사건인데 알아봐 줄 수 있겠나?"

"허허. 감히 누구 부탁인데 거절하겠나. 무슨 사건인데?"

"자네도 기억하고 있을 거야. 일본에서 건너온 도굴꾼이 살해당한 사건 말이야. 그 친구 이름이 마에다라고 하는데."

"그럼, 기억하고말고. 그 도굴꾼도 초조대장경을 찾으러 한국에 왔다고 하지 않았나."

최만준은 고개를 끄떡였다.

"뭘 알아봐 주면 되겠나?"

"마에다의 사인과 변사체가 발견된 곳을 알아봐 주게."

3

남선사 본당 앞의 조명등이 꺼지고 경내는 깊은 어둠 속에 묻혔다.

이라부는 본당 담벼락에 등을 기대고 있다가 빠르게 남선원 앞을 지나쳤다. 그러고는 곧장 산책길 끝에 있는 승영관(僧靈館) 쪽으로 발길을 잡았다. 여든의 노구에도 불구하고 그의 몸은 여느 젊은이 못지않게 빠르고 민첩했다.

승영관은 남선사 고승들의 유품을 소장한 곳이다. 경내에서도 가장 후미진 곳에 자리 잡은 터라 승려는 물론 관광객의 발길도 닿지 않았다.

이라부가 승영관 앞에 모습을 드러내자, 어둠 속에 대기하고 있던 한 노인이 쭈뼛쭈뼛 그 앞으로 다가왔다. 승영관 관리인이었다.

"이쪽으로 오시오."

그는 산만하게 주위를 둘러보면서 승영관 정문 앞으로 느릿느릿 걸어갔다. 승영관 건물은 남선사의 다른 웅장한 건물과는 달리 아주 작고 초라해 보였다. 관리인은 승영관 문을 따고 안으로 들어섰다. 오늘 낮,

이라부는 승영관 관리인에게 그의 한 달 급여에 해당하는 돈을 미리 지불했다.

"어서 볼일 보시오."

관리인의 목소리가 낮게 울렸다.

"몇 번이라고 했소?"

"사십칠 번이오."

남선사에는 수세기 전부터 독특한 전통이 내려오고 있었다. 남선사 고승이 입적한 후에는 그의 승복 안에 평소 즐겨 쓰던 글귀를 넣어 두는 것이다. 대부분 불교 경전에서 인용한 경구이거나 고승이 살아생전 특별히 아끼던 글귀였다. 이런 글귀를 승복에 넣어 두는 것은 극락에 가서도 이 글귀와 함께 왕생하라는 의미가 담겨 있었다.

혹시 이 안에 미노루 스님의 사인을 밝혀 줄 단서가 있지는 않을까?

사실 큰 기대를 갖고 승영관을 찾아온 것은 아니었다. 미노루 스님의 사인은 사십 년이 지난 지금도 베일에 가려져 있었다. 설령 미노루 스님의 사인을 밝혀낸다고 해도 그것이 초조대장경을 찾는 데 도움이 될지는 의문이었다. 그러나 이대로 망연히 지켜볼 수는 없는 노릇이었다. 아무리 하찮은 것이라도 초조대장경을 찾는 일이라면 뭐든 해야 했다. 어쩌면 이것이 작은 실마리가 되어 한국에 있는 하야코에게 큰 힘을 실어 줄지도 몰랐다.

홍제암 토굴, 낡은 고문서, 연화단, 선광 스님과 장각 스님……. 하야코와 통화하는 동안 이라부는 초조대장경의 실체가 코앞까지 다가온 느낌을 받았다. 홍제암 토굴에 조선 승병의 그림이 붙어 있다는 소리를 들었을 때는 온몸에 찌르르한 전류가 흘렀다.

"초조대장경은 더 이상 전설의 유물이 아니에요!"

하야코의 목소리는 확신에 차 있었다. 해인사와 가야산 암자에서 만난 두 스님의 말은 초조대장경의 존재를 보다 확실하게 심어 주었다. 그러나 아직 초조대장경의 행방은 묘연했다. 서울에 올라온 하야코는 마지막으로 마에다의 변사체가 발견된 곳에 기대를 걸고 있었다.

승영관 내부는 오래도록 방치한 탓인지 사람의 손길이 느껴지지 않았다. 승영관 안에는 백여 개에 이르는 작은 캐비닛이 늘어서 있었는데, 캐비닛 안에는 남선사 고승들이 생전에 쓰던 일상 용품이 담겨 있었다.

'사십칠 번이라…….'

손전등 불빛이 캐비닛 손잡이에 붙어 있는 아라비아 숫자를 차례차례 더듬어 갔다. 이윽고 이라부는 사십칠 번 숫자가 적혀 있는 캐비닛 앞에서 걸음을 멈추었다. 이곳이 미노루 스님의 유품이 담겨 있는 곳이다.

캐비닛 안에는 승복과 양말 두 켤레, 그리고 밑창이 다 떨어져 나간 신발과 염주밖에 없었다. 관리인의 말대로 미노루 스님은 매장을 했기 때문에 그의 유품은 다른 고승에 비해 아주 적었다. 이라부는 미노루 스님의 승복을 꺼내 이리저리 뒤집었다. 그때 승복 안주머니에서 꼬깃꼬깃 집은 종이가 바닥에 툭 떨어졌다. 이 종이에는 기는 붓으로 쓴, 대어섯 문장이 적혀 있었다. 첫눈에 봐도 달필이었다.

'이게 무슨 글귀일까?'

얼핏 보아 경전에서 인용한 경구 같지는 않았다. 이라부는 종이를 품에 넣고 승영관을 빠져나왔다.

"볼일 끝났으면 어서 가시오."

관리인은 승영관 문에 자물통을 채우고 어서 사라지라는 듯 손을 내저었다.

"고맙소."

이라부는 산책길을 내려와 누각 옆의 개울가로 들어섰다. 그리고는 남선원 우측의 숲 속으로 들어가 담을 훌쩍 뛰어넘었다.

그때였다. 담장을 넘어서자마자 손전등 불빛이 그의 얼굴에 폭포수처럼 쏟아졌다. 이라부는 그 자리에 우뚝 선 채 두 눈을 질끈 감았다. 손전등 불빛이 너무 강렬해서 눈을 뜰 수가 없었다.

"이라부 씨!"

이윽고 손전등 불빛이 어둠 속으로 사그라지면서 담장 앞에 있던 희미한 그림자가 터벅터벅 이라부 앞으로 다가왔다. 이노우에였다.

4

한동안 긴 침묵이 흘렀다.

찻집 안에 유유히 떠다니던 가야금 소리도, 주방 안에서 흘러나오던 그릇 닦는 소리도 멈추었다. 건너편 탁자에서 다기에 차를 따르는 소리만이 졸졸졸 들려왔다.

장기봉은 두 눈을 지그시 감았다. 손자 녀석이 안국사 주지에게서 가져온 것은 금강저 문양이었다. 금강저 문양은 인도에서 처음 전래되었으나 그 후 중국과 베트남, 한국 등에서 더 자주 사용된 불교 용구였다.

'환장할 노릇이로군……'

미노루가 임종 직전까지 이 문양을 지니고 있었다면, 초조대장경과도 깊은 관련이 있어 보였다. 그러나 아무리 머리를 쥐어짜도 금강저 문양과 초조대장경은 아귀가 들어맞지 않았다.

이제 마지막 고비였다. 아직 그들은 정점에 이르지 못하고 그 언저리를 빙빙 맴돌고 있었다. 팔 부 능선쯤에 왔다고나 할까, 거의 막바지에 이른 것 같은데 정상의 문은 좀처럼 열리지 않았다. 대체 초조대장경 경판이 있는 곳은 어디란 말인가.

"다시 시작해 보자."

장기봉은 흐트러진 문서를 한데 모았다.

"초조대장경은 임진왜란 때나 일제강점기에는 가야산 영물이라고 하여 가야산 일대에 있었어. 그러다가 해방 전 만당 조직원은 일제 경찰의 눈을 피해 이를 어디론가 옮길 계획을 세웠지."

"편지에 나타난 대로라면 그곳이 백두대간 줄기를 말하는 거군요."

"그렇지."

장기봉은 자료 더미에서 다케우라의 사망 기사를 끄집어냈다.

"여길 봐. 다케우라가 살해당한 곳은 강원도 고성이야."

"다케우라가 갑자기 고성에는 왜 간 걸까요?"

"초조대장경 때문일지도 모르지. 다케우라는 만당의 조직원을 검거하려고 혈안이 되었던 인물이야. 만당을 추적하다가 초조대장경의 냄새를 맡았을지도 모르잖아? 이 문서에도 나타났듯이 '야서'라고 하는 것은 곧 만당을 가리키는 거지. 내가 보기엔 다케우라는 이미 초조대장경의 존재를 알고 있었던 것 같아. 그래서 조선총독부에 이를 색출하기 위해 지원 병력을 요청했던 거지."

다케우라가 조선총독부에 보낸 문서에는 초조대장경을 뜻하는 단어가 곳곳에 눈에 띄었다. 또한 다케우라가 살해된 시기는 해인사 사건이 일어나고 사명대사사적비가 파괴된 직후였다. 시기적으로 봐도 불과 몇 개월밖에 차이가 나지 않았다.

"미노루가 독초에 중독되어 사망했다고 했나?"

"네. 안국사 주지는 야갈독에 중독된 것 같다고 했어요."

"미노루의 사인도 다케우라의 살해 방법과 비슷해 보이는군. 미노루는 독초에 중독되었고, 다케우라는 독초를 바른 침을 맞고 사망했으니 말이야."

"그렇군요."

"예로부터 금강산은 독성이 강한 풀이 많기로 유명한 산이기도 하지."

만당 조직원의 편지에 나타난 대로 이 백두대간 줄기에서 명산(名山)을 찾는 것은 그리 어렵지 않았다. 다케우라의 변사체가 발견된 곳, 독초가 자생하는 지역, 만당의 주요 활동 지역……. 그곳은 바로 금강산이었다. 이 모든 것이 금강산을 중심으로 톱니바퀴 물리듯이 돌아가고 있었다. 그러나 더 이상 진도가 나가지 않았다.

"이제 알겠어요!"

강현주가 의미심장한 소리로 말했다.

"제 생각엔 금강산 쪽이 유력해 보이는데요. 아니, 금강산이 분명해요!"

장기봉이 한심하다는 듯이 피식 웃었다.

"쯧쯧. 그걸 이제 알았나."

"무슨 말씀을 그렇게 하세요. 금강산이라도 찾아낸 게 어디예요."

"금강산이 뉘 집 똥개 앞마당인가. 봉우리만 해도 일만 이천 개야."

"금강산 사찰에 봉안한 게 아닐까요? 아무래도 일제 경찰의 눈을 피하기 위해서는 산사(山寺)나 암자가 적당해 보이는데요."

재석은 초조대장경 봉안 장소로 금강산 사찰에 무게를 두었다. 어느 모로 보나 이런 귀중한 보물을 봉안하는 데는 사찰만큼 용이한 곳도 없었다. 그러나 금강산의 사찰만 해도 수십여 개에 이르고, 이름 없는 암자까지 합한다면 수백여 개에 이른다. 더군다나 그곳은 북한 땅이 아닌가.

"만당이 초조대장경을 다른 곳으로 옮기려고 했다면 아무 곳이나 선택하지는 않았을 거야."

"봉안 장소에 특별한 의미를 담고 있다는 소리군요."

"그렇지. 보물의 영험한 기를 그대로 전할 수 있는 곳을 찾았을 테지……"

장기봉은 임진왜란 때 남선사 주지가 썼다는 고문서를 뒤척거렸다.

"초조대장경은 오래전부터 사명대사와도 깊은 인연이 있는 것 같아. 조선의 승병을 말할 때 사명대사를 빼고는 말이 되지 않지. 이 글의 배경도 가야산 일대로 나와 있고, 사명대사가 왜군과 일전을 벌인 곳도 가야산 일대야. 그뿐이 아니야. 가야산의 홍제암은 사명대사가 입적한 곳이기도 하지."

임진왜란 당시 사명대사가 혁혁한 전과를 올린 곳은 가야산과 금강산이었다.

"음. 곳곳에 사명대사의 흔적이 보여……"

"만당의 수장이 만해 스님이라고 했죠?"

재석이 뭔가 떠오르는지 고개를 번쩍 치켜들었다.

"그래."

"만해 스님과도 관련이 있는 곳은 아닐까요? 만당은 만해 스님을 정신적인 지주로 모시고 있었으니……"

그들은 역사의 장막을 헤치면서 기억의 강물 위를 하염없이 거슬러 올라갔다. 이제 더 이상의 기록은 존재하지 않는다. 오로지 감에 의존하는 수밖에 없다.

"사명대사가 수행에 전념하던 곳, 만해 스님과도 인연이 닿는 곳, 백두대간 줄기……"

'미치겠군.'

천 년 영물은 좀처럼 그 위용을 드러나지 않았다. 감히 네놈들이 나를 찾을 수 있겠냐는 듯 야금야금 흔적만 흘리고는 저 까마득한 세월 속으로 묻혀 들어갔다. 그때 문서 틈에 섞여 있던 금강저 문양이 눈길을 확 빨아들였다.

"앗!"

장기봉의 입에서 외마디 비명이 튀어나왔다.

"왜 그러세요?"

"도, 돌기둥!"

초조대장경의 자취를 더듬어 가던 장기봉의 머리맡으로 거대한 돌기둥 하나가 불쑥 떠올랐다. 그와 동시에 금강산 자락의 한 고찰이 옆구리를 쿡 찔렀다. 한때 조선 4대 사찰이라고 불리던 곳…….

"이 금강저 문양은 불교 도구를 뜻하는 게 아니야!"

금강저 문양을 꼭 쥐고 있는 그의 손이 부르르 떨렸다.

"그, 그럼……?"

"일주문에 새겨진 문양도 바로 이 금강저 문양이었지. 거대한 돌기둥에 새겨진……"

장기봉은 너무 흥분한 나머지 말을 제대로 잇지 못했다.

"일주문이요? 대체 어느 절의 일주문이라는 거죠?"

강현주가 두 눈을 동그랗게 뜨며 물었다.

"찾았어! 드디어 찾았다구!"

장기봉은 자리에서 벌떡 일어났다. 드디어 초조대장경의 윤곽이, 천 년 세월을 품에 안고 있는 영롱한 자태가 어슴푸레 드러났다.

5

"승영관엔 왜 들어간 겁니까?"

이라부는 배신감에 치를 떨었다. 남선사 담장 밖에 이노우에가 기다리고 있으리라고는 전혀 예상하지 못했다. 그동안 미행을 당하고 있던 것이다. 겉으로는 도움을 요청하면서 뒤로는 미행을 하다니, 어쩐지 이들이 쳐 놓은 덫에 꼼짝없이 걸려든 것 같았다.

'하야코가 한국에 간 것을 알고 있는 게 아닌가.'

교토 문화재 관리국으로 오는 동안 이라부는 하야코 생각에 좌불안석이었다. 이들의 수사 방법을 너무도 잘 알고 있기 때문이었다. 교토 문화재 관리국은 미행을 하기 전에 반드시 뒷조사를 한다. 아무리 자질구레한 것도 놓치는 법이 없다. 거기에 한번 걸려들면 아무도 빠져나올 수 없나.

"미노루 스님의 유품을 찾으려고 했던 거 아닙니까?"

이노우에는 아랫니를 드러내며 입맛을 쩝쩝 다셨다.

"……"

"이라부 씨, 우리 문화재 관리국에서도 이번 일을 철저히 조사했습니다. 석장굴에 들어간 젊은이는 예상대로 한국의 도굴꾼이었더군요."

이라부는 더욱 처참한 기분이 들었다. 하여튼 몹쓸 인간들이었다. 그렇게 조사하면 알게 될 걸 왜 도움을 요청해서 사람을 이리 비참하게 만드는 것일까.

"이라부 씨도 알고 있었습니까?"

"……."

"그 젊은이의 이름은 장재석, 한국의 유명한 도굴꾼의 손자라고 하더군요."

"그렇소."

"그런데 왜 우리에게 알리지 않았습니까?"

"……."

"좋습니다. 이제 와서 그걸 추궁하고 싶지는 않습니다."

이노우에는 깍지 긴 손을 탁자 위에 슬며시 올려놓았다. 이제부터 본격적인 심문을 하려는 듯 안면 근육이 꿈틀거렸다.

"며칠 전에는 도쿄의 밀매 시장에 갔었죠? 그곳에서 다시 오사카로 가서 도쿄 장물아비인 마에다의 아들을 만났구요."

이미 이들은 도쿄와 오사카의 행적까지 훤히 꿰차고 있었다.

"오사카에는 왜 간 겁니까?"

"마에다의 사인을 알려고 갔소."

"이상한 일이군요. 왜 갑자기 구 년 전에 죽은 인물을 찾아다니는 걸까요? 저희가 알기로는 이라부 씨는 마에다와는 일면식조차 없는 사이라고 들었는데. 내 말이 맞습니까?"

"……."

"손녀딸은 지금 어디에 있습니까?"

이라부의 입에서 가는 탄식이 새어 나왔다.

"아직도 한국에 있습니까?"

"맞소."

"한국에는 왜 갔습니까?"

"……."

"이건 한 개인에 국한된 일이 아닙니다. 국가의 중대한 사안이 걸려 있는 문제입니다. 개인보다는 국가를 먼저 생각해야 합니다."

"댁이 알고 있는 그대로요."

"그럼, 초조대장경을 찾으러 한국에 갔다는 겁니까?"

이라부는 고개를 끄떡였다. 이미 뒷조사를 끝낸 그들 앞에 잔머리를 굴려도 소용없는 일이다.

"놀라운 일이군요. 정말 초조대장경이 존재하는 겁니까?"

"그건 아직 모르오."

이노우에는 자리에서 일어나더니 커피포트의 스위치를 올렸다. 잠시 후 물이 끓자 종이컵에 녹차 티백을 넣고 이라부 앞에 내밀었다.

"혹시 저희가 도울 일이라도 있습니까?"

갑자기 이노우에의 목소리가 부드럽게 변했다. 날이 바짝 곤두서 있던 그의 얼굴 표정도 서서히 누그러지면서 입가에 엷은 미소를 매달았다.

"짐작하시고 계시겠지만 정부도 이번 일을 예의 주시하고 있습니다. 그러니 힌국괴의 미묘한 관계 때문에 선뜻 나서지 못하고 있습니다. 따라서 저희는 이라부 씨 같은 민간인의 도움이 필요합니다. 이번 일을 깔끔하게 해결해 준다면 그에 상응하는 대가를 반드시 지불하겠습니다."

이노우에는 '민간인'과 '해결'이라는 말에 힘을 주었다. 그 말은 곧 초조대장경을 찾는 데 아낌없이 후원을 하겠다는 소리였다.

"원하는 게 있으면 뭐든 말씀하십시오."

"지금 협상을 하자는 거요?"

"아닙니다. 저희는 예우를 갖추려는 것뿐입니다. 이런 귀한 보물을 우리가 소장하고 있다면 개인이나 국가나 큰 영광이 아니겠습니까."

"……."

이라부는 마땅한 답변을 찾지 못했다. 중국 대륙을 누빌 당시 일본 정부와 손을 잡았다가 호되게 당한 적이 있었다. 실컷 이용을 한 후 그 가치가 소멸되면 매정하게 폐기 처분하는 게 그들의 예정된 수순이었다.

"달리 마음에 두고 있거나 원하시는 게 있습니까?"

"음."

"저희가 알아본 바에 의하면 이라부 씨는 아드님의 이름으로 된 박물관을 짓는 게 소원이라고 들었습니다."

"……."

"아드님의 명예를 회복하는 데 그만한 영예는 없겠지요. 어떻습니까, 지금이라도 교토의 목 좋은 곳을 물색해 볼까요?"

이노우에는 뒷조사뿐만 아니라 그의 오랜 숙원까지 들여다보고 있었다.

"우리 정부를 믿으십시오. 정부와 국가가 존재하는 이유가 무엇이겠습니까? 오직 국민을 위해서 존재하는 것 아닙니까?"

대화가 전혀 예기치 않은 방향으로 흘러가고 있었다. 아니, 가만히 따져 보면 그것은 자신이 간절히 원하던 방향이기도 했다. 어차피 초조대장경을 찾아 나선 목적도 이노우에가 제시하는 조건과 꼭 맞아떨어졌다.

"댁의 의견은 참조하겠소."

"참조만 해서는 안 됩니다."

"정 그렇다면 초조대장경을 찾은 뒤 협상을 해도 늦지는 않을 것이오."

"하하. 역시 예상대로 현실적이군요. 알았습니다. 그럼 무엇을 먼저 도와드릴까요?"

"아직 도움은 필요 없소."

이라부는 정중하게 거절했다.

"어디까지 진척된 것인지 알 수 있습니까?"

"그건 아직 나도 모르오."

"이런 귀한 보물을 찾는 데 손녀딸에게만 의지하는 것은 무리가 아닌가요?"

"그건 두고 보면 알게 될 것이오. 그 아이를 도와주는 전문가가 있으니 너무 염려하지 않아도 될 것이오."

"좋습니다. 일단 저희도 시간을 갖고 지켜보겠습니다. 그런데 승영관에서 가지고 나온 것은 뭡니까?"

이라부는 품 안에 있는 종이를 꺼냈다.

　以正其誼 不謀其利

　明有日月 暗有鬼神

　苟非吾之所有 雖一毫而莫取

　그 의로움을 바르게 하고, 그 이익은 꾀하지 않는다

　밝음에는 해와 달이 있고, 어둠에는 귀신이 있다

　진실로 나의 소유가 아니라면 비록 털끝만큼이라도 가져서는 안 된다

"이게 무슨 글입니까?"

"모르겠소. 나도 첨 보는 글이오."

"미노루 스님의 승복에 다른 것은 없었습니까?"

"없었소."

"불교 경구는 아닌 것 같은데……."

이노우에는 고개를 갸웃거렸다.

"내가 보기엔 미노루 스님이 한국에 건너갔을 때 가져온 글 같소."

이라부는 글귀가 적혀 있는 종이를 손가락으로 슬며시 문질렀다. 종이 재질로 봐서 그리 오래된 것이 아니었다. 이는 1970년대에 유행하던 갱지였다.

"그렇다면 미노루 스님이 생전에 남긴 마지막 글이라는 소린데. 이 글귀가 초조대장경과 관련이 있는 겁니까?"

"그걸 내 어찌 알겠소. 일단 이 글이 무엇을 뜻하는 것인지 해독하는 게 순서일 것 같소."

"알았습니다. 날이 밝는 대로 한국학 전문가를 만나 봐야겠군요."

6

서울의 밤은 깊어 가고 있었다.

하야코는 커튼을 걷고 창밖을 내려다보았다. 어둠에 푹 파묻혀 있는 인사동 거리가 한눈에 들어왔다. 자정이 다가오면서 거리에 진을 치고 있던 노점상들은 사라지고 사람들의 숫자도 눈에 띄게 줄어들었다.

인사동 거리는 어렸을 때 할아버지와 함께 몇 차례 온 적이 있었다. 할아버지는 부산에 머무르면서도 간간히 인사동 골동품 거리에 들러 한국의 문화재를 둘러보곤 했다. 그때와는 달리 인사동 거리는 깔끔하게 정비되어 있었고, 거리에는 일본어로 된 푯말도 자주 눈에 띄었다.

최만준에게는 아직 소식이 없었다. 그는 서울에 도착하자마자 마에다의 사인을 밝히기 위해 분주히 돌아다니고 있었다. 하야코와 함께 다니는 게 부담스러웠는지 인사동의 한 모텔에 그녀를 묵게 하고는 홀로 뛰어다녔다.

'이 글귀는 무얼 뜻하는 것일까?'

하야코는 방금 전 할아버지가 일러 준 글귀를 바라보았다. 이상한 일이다. 교토는 물론 한국에 도착한 뒤에도 빠지지 않고 등장하는 인물이 있었다. 바로 사명대사였다. 이제는 사명대사를 빠뜨리고는 초조대장경을 말할 수 없을 정도로 그의 존재는 뚜렷하게 각인되어 있었다. 미노루 스님의 승복에서 나온 이 글귀도 사명대사의 글이라고 하지 않는가. 그때 노크 소리와 함께 최만준이 들어섰다.

"어떻게 됐어요? 마에다의 사체가 발견된 곳이 어디래요?"

"아직은 모르겠다. 시간이 좀 더 걸릴 것 같아."

최만준은 힘없이 의자에 걸터앉았다.

"이걸 좀 보세요."

하야코가 탁자 위에 있는 메모지를 가리켰다.

"방금 전 할아버지에게 연락이 왔어요. 이 글은 할아버지가 불러 준 것을 그대로 받아 적은 기예요."

최만준은 하야코가 내민 글귀를 꼼꼼히 바라보았다.

"이게 무슨 글이냐?"

"할아버지가 남선사 승영관에서 가져온 거예요."

"승영관?"

"승영관은 남선사 고승의 유품을 모아 둔 곳이에요. 미노루 스님의 승복에서 이 글이 나왔대요."

"미노루 스님이라면……?"

"초조대장경 인쇄본을 최초로 발견한 남선사 고승이에요. 미노루 스님도 초조대장경을 찾으려고 한국에 여러 차례 다녀갔다고 하더군요."

메모지를 훑고 있는 최만준의 눈에 불똥이 튀었다. 낯이 익은 글귀였다.

"이 글귀는 조선 정벌 당시 사명대사가 일본 장군에게 써 준 글이래요. 할아버지는 이 글을 썼던 곳이 금강산의 한 사찰이라고 하는데, 그곳을 찾아보라고 했어요."

"……."

"미노루 스님이 마지막으로 한국에 다녀간 곳도 이 사찰일지 모른다고……. 혹시 짐작 가는 사찰이라도 있어요?"

"글쎄…… 잘 모르겠는데."

최만준은 그렇게 모르쇠로 얼버무렸지만, 한 군데 확실하게 짚이는 사찰이 있었다. 사명대사와 일본 적장이 만난 곳, 금강산의 한 사찰이 틀림없었다.

그때 핸드폰이 요란하게 울렸다. 서길도였다.

"잠깐 나갔다 오마. 넌 여기 있거라."

최만준은 숨 돌릴 틈도 없이 자리에서 일어났다.

서길도가 가져온 문서에는 마에다의 사망 원인이 상세히 나와 있었다. 마에다의 부검 소견서에는 사체를 발견했을 당시의 변사 상태는 물론 그를 죽음에 이르게 한 독소 성분도 적혀 있었다.

피해자의 사망 원인은 독소가 묻은 침의 관통으로 인해 절명한 것으로 판단됨. 피해자의 목 부위에는 주사침흔(注射針痕) 및 자창(刺創)이 남아 있음(첨부 자료 1). 검시 결과 흉부에는 기포(氣泡) 현상이 발생하였고 일부 장기가 손상되었음. 독소의 성분은 '아미타닌(첨부 자료 2)'으로 판명되었음. 아미타닌은 호흡 기관을 마비시키고 질식에 따른 급속한 고통으로 사망에 이르게 하는 독성이 강한 독소임.

"그럼 마에다의 사망 원인이……."

최만준은 말끝을 흐렸다.

"독침을 맞은 거지."

"사체가 발견된 곳은 어딘가?"

"속초항이야. 조카 녀석은 마에다가 다른 데서 살해된 후 속초항에 버려진 것 같다고 하더군. 이를테면 사체를 유기한 거지."

"그럼 속초 근처에서 살해됐다는 건가?"

"그야 잘 모르지. 어쨌든 속초항의 한 통통배에서 발견되었다고 했네. 더 보겠나?"

서길도는 다른 수사 기록을 내밀었다.

"이건 자네니까 특별히 복사해 준 거야. 보통 이런 자료는 외부로 유출되이서는 안 된다고 하디고. 흠흠."

마에다의 수사 기록은 미제 사건 파일에 남아 있었는데, 이 사건은 독특한 살해 수법임에도 불구하고 두 달도 채 안 돼 미제 사건으로 종결되었다.

"경찰은 투구꽃이라고 하는 풀에서 독을 추출해 낸 거라고 하더군. 이는 금강산에서 자생하는 독초라고 하던데."

"금강산이라……."

"어디 짐작 가는 데라도 있나?"

"……."

수사 기록 일지에는 마에다가 의문의 변사체로 발견되었을 당시 세 가지의 유류품을 소지하고 있었다고 나와 있었다. 남선사 경내를 그린 지도, 조선 승병이 그려진 그림, 그리고 금강저 문양이었다.

'여기에도 금강저 문양이 있어……'

이제 비로소 금강저 문양에 담긴 뜻이 풀렸다. 장각 스님이 그려 준 금강저 문양은 결코 정신 수양을 하거나 깨달음 따위의 의미로 준 것이 아니었다. 하야코의 말대로 이 문양에는 장각 스님이 말하고자 하는 것이 함축적으로 담겨 있었다. 초조대장경이 봉안된 곳을 표시하는 증표인 것이다.

"고, 고맙네."

최만준이 가게를 나가려고 하자, 서길도가 그의 소매를 붙들었다.

"이보게, 내 호의를 잊어서는 안 되네. 그걸 손에 넣거든 반드시 날 찾아와야 하네."

최만준은 어설픈 미소로 대답하고 가게를 나왔다.

인사동 거리는 을씨년스러웠다. 술에 취한 몇몇 젊은이만이 꺼져 가는 거리에 간신히 숨을 보태고 있었다. 금강저 문양, 마에다를 사망에 이르게 한 독초, 마에다의 사체가 발견된 곳, 이라부가 보내온 사명대사의 글귀……. 이 의문의 파편 조각들은 성을 쌓듯 차곡차곡 한곳으로 모여들더니 곧 거대한 성채(城砦)를 만들었다. 그곳은 바로 금강산의 고찰, 건봉사(乾鳳寺)였다.

이제 모든 의혹의 매듭은 풀렸다. 사명대사가 일본 적장에게 그 글귀를 적어 준 곳도 건봉사였다. 마에다는 건봉사 근처에서 살해된 후 속초항에 버려진 것이다. 마에다를 사망에 이르게 한 독초는 건봉사가 위치한 금강산 자락에서 자생하는 독초였다. 그뿐이 아니다. 건봉사는 홍제

암과 마찬가지로 사명대사의 영혼이 깊게 배어 있는 곳이다. 처음 사명
대사가 승병을 모집한 곳이 건봉사가 아닌가.

무엇보다 가장 확실한 증표는 장각 스님이 그려 준 금강저 문양이었
다. 건봉사 일주문 기둥에는 이 금강저 문양이 또렷하게 새겨져 있었다.
금강저 문양은 곧 천 년 고찰 건봉사의 상징이었다.

7

의심의 여지가 없었다.

건봉사로 결론을 내리자 모든 의혹이 한순간에 눈 녹듯이 사라지고
그 자리에 섬광 같은 빛줄기가 또렷하게 내려앉았다. 여러 갈래로 흩어
진 물줄기를 푸는 데는 오랜 시간이 걸렸지만, 의혹의 물줄기를 하나의
강물로 모으는 것은 눈 깜짝할 사이였다.

"건봉사는 지금도 사명대사의 유물을 가장 많이 소장한 곳이야. 가야
산과 더불어 임진왜란 당시 승병 교육장으로도 쓰였고, 사명대사가 서
산대사의 명을 받들어 승병을 최초로 모집한 곳도 건봉사지."

장기봉이 차분한 어조로 말했다.

"그뿐이 아니야. 건봉사는 만해 스님이 오래도록 수행을 하던 곳으로
도 잘 알려져 있지. 훗날 만해 스님은 건봉사와 관련된 책을 쓸 정도로
이곳에 애착을 보였어. 만당은 가야산에 있던 초조대장경을 사명대사
와 만해 스님의 인연이 깊은 이곳으로 옮긴 거야."

"다케우라도 이를 알고 고성으로 갔던 거로군요."

"그렇지. 건봉사는 행정 구역상 고성군 거진읍으로 되어 있어. 다케

우라는 초조대장경의 냄새를 맡고 고성에 갔다가 살해된 거야. 건봉사가 위치한 곳도 금강산의 끝자락이지."

"오오, 이럴 수가……."

강현주는 탄성을 자아냈다.

"결정적인 것은 금강저 문양이야."

"이 문양은 무엇을 뜻하는 건가요?"

"건봉사 일주문에는 지금도 금강저 문양이 새겨져 있지. 미노루는 건봉사를 표시하기 위해 이 금강저 문양을 지니고 있던 게 분명해. 금강저 문양은 건봉사를 상징하는 문양으로 알려져 있거든. 그리고 건봉사는 해방 전 만당의 지부가 설치된 곳이기도 하지."

"미노루 스님이 독초에 중독된 것도……."

"다케우라를 사망에 이르게 한 독초와 같은 것일 게야……. 봉허 스님은 다케우라와도 악연이 있는 인물이지. 해방 전 만당의 일원이었던 봉허 스님은 해인사 사건에 연루되어 고초를 겪었어. 해방 후 사명대사 사적비를 복원한 사람도 바로 봉허 스님이야."

"그럼, 미노루 스님도 초조대장경이 건봉사에 있는 것을 알고 있었다는 건가요?"

강현주가 물었다.

"아마 그럴 것이오."

이번엔 재석이 나섰다.

"이 금강저 문양이 말해 주고 있지 않소."

"오오, 믿을 수가 없어요."

이제 의혹의 회오리는 사라졌다. 회오리 안에 갇혀 있는 천 년 영물을 끄집어내는 일만이 남았다. 그러나 또 다른 의문이 회오리 속의 빈틈을 비집고 들어섰다.

"그래도 전 여전히 확신이 서지 않는데요."

강현주가 토를 달았다.

"뭐가 말이오?"

"설령 그 당시 초조대장경을 건봉사에 봉안했다고 해도 벌써 육십여 년의 세월이 흘렀어요. 그 긴 세월 동안 무슨 일이 벌어졌는지, 아직도 건봉사에 초조대장경을 봉안하고 있는지 알 수가 없잖아요."

일리가 있는 소리였다. 그러나 장기봉이나 재석은 강현주의 말을 들은 체도 하지 않고 콧방귀를 내뿜었다. 이제부터는 초조대장경이 건봉사에 있든 없든 간에 하늘에 맡기는 수밖에 없었다.

"이제 어쩔 테냐?"

장기봉이 재석을 힐끔 쳐다보았다.

"그야 두말하면 잔소리죠."

장기봉은 자리에서 일어나 찻집 창밖을 물끄러미 바라보았다. 오색 채운은 말 그대로 길조의 상징이었다. 초조대장경이 건봉사에 있는지 아직 확신할 수 없으나, 예까지 온 것만 해도 대단한 일이었다.

그때 창가 너머 정찬국의 음흉한 얼굴이 떠올랐다.

'아아, 어떻게 이런 실수를……'

장기봉은 뒤늦게 강현주가 코앞에 앉아 있는 것을 깨우치고 소스라치게 놀랐다.

이제 무덤에 들어갈 때가 온 것인가. 어찌 이리 앞뒤 안 가리고 주둥아리를 함부로 놀려 댔는지 스스로 놀랄 지경이었다. 평소 하찮은 유물에도 철저히 입단속을 하던 그였다. 오히려 다른 두더지들이 접근하지 못하도록 갖은 술수를 부리고 연막을 쳤다. 그런데 건봉사를 찾아내고 너무 흥분한 나머지 강현주가 코앞에 있는 것도 깜빡 잊은 채 모든 것을 구구절절 다 털어 내고 말았다. 이 처녀 짭새를 통해 정찬국의 귀에 들어갈 것은 불을 보듯 뻔한 일이 아닌가.

"정 실장과 연락은 했나?"

장기봉이 인상을 찡그리며 강현주를 힐끔 쳐다보았다.

"서울에 도착한 후로 아직 못했어요. 안국사를 떠날 때 잠깐 통화를 했을 뿐이에요."

강현주를 바라보는 장기봉의 눈길에 험한 가시가 돋아났다. 그러나 이제 와서 땅을 치고 후회해도 소용없는 일이었다.

"이제 댁은 빠지쇼!"

재석은 장기봉의 의도를 알겠다는 듯이 강현주의 얼굴에 대고 매섭게 쏘아붙였다.

"그게 무슨 소리죠?"

"당신의 임무는 남선사까지만 동행하는 것이었으니 이쯤에서 손을 터는 게 좋을 것 같소. 이제부턴 내가 알아서 하겠소."

"그럴 수는 없어요."

"그럼 건봉사까지 쫓아오겠다는 거요?"

"쫓아가다니요? 동행하는 거죠. 난 댁의 파트너잖아요."

강현주의 얼굴에는 득의에 찬 미소가 흘렀다.

"언제 출발할 거죠?"

재석은 아무런 대꾸도 하지 못하고 멀뚱멀뚱 천장만 바라보았다. 장기봉은 땅이 꺼져라 한숨만 푹푹 내쉬고 있었다.

"하루 정도는 쉬고, 내일 출발하는 게 좋겠어요. 괜찮겠죠?"

건봉사, 또 하나의 세계

1

따사로운 오후의 햇살이 창가로 쏟아졌다.

'어서 오십시오. 고성군입니다.'

차창 밖으로 고성군을 알리는 팻말이 눈 깜짝할 사이에 지나쳤다. 버스는 고속도로 톨게이트를 빠져나온 뒤부터 서서히 속력을 줄이고 있었다.

강현주는 손마디가 으스러질 정도로 두 손을 꼭 쥐었다. 앞으로 반 시간 후면 목적지에 도착한다. 조선 시대 4대 사찰로 불리던 곳, 금강산 자락 끝 민통선에 묻혀 민간인의 접근을 허락하지 않던 곳, 사명대사와 만해 스님의 숨결이 고스란히 배어 있는 곳, 건봉사에 도착하는 것이다.

과연 그곳에 초조대장경이 있을까?

확률은 꼭 절반이다. 처음 초조대장경을 찾아 나설 때만 해도 확률은 제로에 가까웠다. 역사적 고증은 물론 눈에 띄는 단서나 실마리도 없었다. 그러나 남선사 석장굴과 고려미술관, 안국사를 거치면서 확률은 절

반으로 껑충 높아졌고, 기어이 금강산 끝자락에 있는 유서 깊은 천 년
고찰을 찾아냈다. 신기하고 경이로운 일이었다.

'잠 귀신이 달라붙기라도 한 것일까.'

강현주는 옆 좌석에 앉은 재석을 바라보며 피식 웃었다. 그는 등받이
에 몸을 깊숙이 파묻은 채 곯아떨어져 있었다. 버스가 서울을 벗어나면
서 '절대 깨우지 마쇼'라고 툭 내던지듯이 말하고는 죽은 듯 잠만 잤다.
버스가 휴게소에 멈추어도 도통 깨어날 줄을 몰랐다.

장재석과 장기봉, 이들은 단순한 도굴꾼이 아니었다. 이들은 해박한
역사 지식과 변화무쌍한 추리로 무장한 전사였다. 막연한 가설과 추리
를 정설로 바꾸는 마법사였고, 온갖 나물을 잘 섞어 맛난 비빔밥으로 만
드는 요리사였다. 고고학자보다 유연했고, 족집게 점쟁이보다 정확했
다. 별 대수롭지 않은 문장이나 글귀도 놓치는 법이 없었다. 이들의 집
요한 추적으로 천 년 세월을 이어져 온 초조대장경의 비밀은 하나하나
벗겨지고 있었다.

이제 남아 있는 절반의 확률을 위해 혼신의 힘을 쏟아야 한다. 어쩌
면 천 년 영물을 찾아가는 이 여정은 역사에 남을 위대한 발자취로 기록
될지도 모른다. 거기까지 생각이 미치자, 갑자기 가슴이 벅차오르고 온
몸이 자지러들었다. 그러나 한편으로는 돌덩이를 한 짐 진 것처럼 마음
이 무거웠다. 결국 이들의 활약은 일회용 소모품에 지나지 않은가.
칼자루를 쥔 인물은 따로 있었다.

"이걸 다 어찌 알아냈지? 수십 명의 연구원이나 수사관보다 두 명의
두더지가 더 낫군. 하하."

서울을 출발하기 전에 만난 정찬국은 그들의 능력을 한껏 추켜세우
면서 흥분을 감추지 못했다. 그러나 막상 초조대장경의 봉안 장소로 건

봉사가 수면 위로 떠오르자, 비로소 정찬국의 본색이 드러났다.

"이 두더지 새끼들은 애국이라고는 눈곱만큼도 없는 놈들이야. 조국이 뭔지 국가가 뭔지 아무 생각이 없는 놈들이라구. 위대한 선조의 영혼을 팔아먹는 인간쓰레기라구!"

일본에서 돌아온 후에도 정찬국의 속셈을 눈치채지 못했다. 그가 장기봉에게 제시한 협상 조건을 처음부터 아무런 의심 없이 받아들였다. 그때 정찬국은 초조대장경에 반쯤 미쳐 있었다. 문화재청에 파견된 수사관을 모두 풀어 밀매 시장 주변을 뒤지고, 그 자신은 이들의 지하 루트를 기웃거렸다. 구 년 전 한 번의 쓰디쓴 좌절을 맛봤기 때문인지 정찬국은 소문의 진원지를 집요하게 파고들었다. 이번엔 대담하게도 노쇠한 도굴꾼인 장기봉을 끌어들이면서까지 초조대장경에 강한 집착을 보였다.

그러나 애초부터 정찬국에게는 그들과의 거래나 협상 따위는 존재하지 않았다. 정찬국은 이들을 교묘하게 이용하려 했고, 그의 계획은 정확히 맞아떨어졌다. 정찬국이 그들에게 제시한 법무부 장관의 서약서도 그가 임의대로 만든 한낱 종잇조각에 지나지 않았다. 이들은 정찬국의 잔꾀에 걸려든 일회용 소모품에 불과했다.

"그 두더지 새끼들을 끝까지 잘 감시해야 해. 갑자기 이놈들이 마음이 돌변해 대장경 경판을 일본이나 중국에 빼돌릴지 어떻게 알아? 그리고 초조대장경을 발견하기 직전에 내게 꼭 연락하라구. 나도 곧 건봉사로 갈 테니 말이야."

이게 아닌데, 하고 여기면서도 차마 정찬국의 말에 토를 달지 못했다. 하긴 정찬국의 말에도 일리는 있었다. 그들 세계에서는 애국이나 민족이니 하는 말을 입에 올리는 것조차 사치스런 일이었다. 이들에게 국가 간의 경계는 존재하지 않았다. 지구촌 전체가 거대한 유통망이고 활동무대였다.

정찬국은 강현주를 건봉사로 보내면서 다시 한번 달콤한 말로 그녀의 마음을 바로잡아 주었다. 이 위대한 발굴에 우리의 이름 석 자가 역사에 새겨질 것이라고.

'어쩔 수 없는 일이야.'

강현주는 흐트러진 마음을 추슬렀다. 정찬국의 말대로 공연히 사사로운 연민에 휩싸일 필요가 없다. 그저 적당히 앞가림하면서 정찬국이 원하는 방향대로 따라가면 된다. 그것이 그녀 스스로 터득한 삶의 지혜가 아니던가.

"이봐요, 이봐요."

강현주는 재석을 흔들어 깨웠다. 버스는 잘 닦인 아스팔트 도로를 따라 읍내로 접어들고 있었다.

"끄응, 벌써 다 왔소?"

"어서 일어나요. 여기 놀러 온 줄 알아요?"

재석은 스르르 눈을 떴다. 그의 입가에는 마른 침 자국이 덕지덕지 붙어 있었다. 차창 밖에는 어둠이 꾸물꾸물 몰려오고 있었다.

"내가 방금 무슨 꿈을 꾼 줄 아쇼?"

재석은 양팔을 벌리고 길게 기지개를 켰다. 시계는 오후 다섯 시를 가리키고 있었다. 한 시에 서울을 출발했으니 꼬박 네 시간이 걸린 셈이다.

"허연 수염을 단 산신령이 나타났소."

"산신령이요?"

"그렇소. 내게 초조대장경이 있는 곳을 알려 주었단 말이오."

"그게 어딘 데요?"

"비밀이오. 하하."

"싱거운 소리하지 말고 어서 내려요."

"일단 어디 가서 해장국부터 먹읍시다."

재석은 아랫배를 움켜쥐었다. 오늘따라 유난히 숙취가 가시질 않았다. 아침에 선지 해장국을 남김없이 비웠는데도 속이 풀리기는커녕 역한 트림만 새어 나왔다. 아직도 뱃속에서는 지렁이 한 마리가 스멀스멀 기어 다니는 것 같았다.

어젯밤 오랜만에 많은 술을 마셨다. 초조대장경을 안주 삼아 잔을 비우고 또 비웠다. 초조대장경의 환상은 한시도 그의 곁을 떠나지 않고 신주 단지처럼 머물러 있었다. 투명한 술잔 속에도, 접시 위에서 꿈틀대는 산낙지 앞에서도 대장경 경판은 덩실덩실 춤을 추고 있었다.

그 누구도 이 짜릿한 맛을 알지 못한다. 천 년 대장경과 마주하는 기쁨, 감히 짐작조차 할 수 없다. 초조대장경만 손에 넣으면 아버지 석방은 물론이고 그 덤으로 평생 노후 걱정하지 않고 살 수 있도록 단단히 한몫 챙겨야 할 일이다.

버스는 터미널 주변을 한자례 맴돌더니 승강장 쪽으로 미끄러지듯이 멈추었다.

"어, 저기……"

그때였다. 재석은 버스에서 내리려다 말고 창가 쪽으로 다가섰다. 창밖에 낯익은 얼굴이 보였다. 모자를 푹 눌러쓴 오십 대 중반의 사내였다. 사내 옆에는 선글라스를 낀 이십 대 후반으로 보이는 여자도 있었다.

재석은 버스에서 내려 빠르게 주위를 둘러보았다. 그러나 사내는 그새 자취를 감추고 말았다.

"왜 그래요?"

"……."

"꿈에 본 산신령이라도 나타났어요?"

"아, 아니오."

누굴까? 낯이 익은 얼굴이긴 한데 언뜻 떠오르지 않았다. 그가 알고 있는 중년 사내들은 대부분 지하 밀매 시장의 장물아비이거나 문화재 전문털이범이었다. 이런 외지에서 낯익은 얼굴이 눈에 띄는 것은 흔치 않은 일이었다.

터미널 앞의 해장국집에서 식사를 한 뒤 그들은 곧바로 건봉사가 있는 해상리 쪽으로 향했다. 그새 날은 컴컴해졌고, 인적이 끊긴 거리는 어둠에 잠겨 있었다.

"건봉사는 내일 둘러보기로 하고 일단 숙소부터 잡읍시다."

그러나 여관을 잡는 일은 의외로 쉽지 않았다. 읍내를 벗어나 해상리에 이르자, 농가와 신축 건물만 늘어서 있을 뿐 숙박업소는 보이지 않았다. 그나마 어렵게 찾아낸 여관도 보수 공사중이었다.

반 시간을 돌아다닌 끝에 겨우 한옥으로 지어진 구닥다리 여관을 찾았다. 여관 문을 열자 고가(古家) 특유의 널따란 앞마당이 나오고 처마 밑의 빨랫줄에는 여자 속옷이 펄럭이고 있었다. 마당을 중심으로 쪽방들이 다닥다닥 붙어 있는 게 지은 지 족히 사오십 년은 되어 보였다. 방 안에는 고물 TV 한 대만이 덩그러니 놓여 있었다.

"화장실은 없어요?"

강현주의 물음에 여관 주인은 마당 끝에 있는 허름한 별채를 턱으로 가리켰다. 그곳이 공동 화장실 겸 샤워실로 쓰이는 곳이었다. 강현주는 어이가 없다는 듯이 한숨을 내쉬었다.

"방이 하나 더 필요한데요."

"각자 방을 따로 쓰겠다는 소리요?"

여관 주인이 고개를 갸웃거리며 물었다.

"네."

"이를 워쩐다요. 방이 하나밖에 없는데. 허구한 날 방 구들장이 텅텅 비더니만 오늘따라 방이 꽉 차고 말았네. 서로 한 방 쓰면 안 되는 사이요?"

여관 주인은 그들을 위 아래로 쓱 훑어보더니 비시시 웃어 보였다.

"어떻게 할 거요?"

재석이 물었다. 강현주는 대답은 않고 입술을 씰룩 내밀었다.

"염려 푹 붙들어 매슈. 난 그리 간땡이가 부은 놈은 아니오."

"그게 무슨 소리죠?"

"뭔 짓거리를 하더라도 사람 봐 가면서 한다는 소리요."

"네?"

"댁은 형사가 아니오. 하하."

강현주가 눈을 흘겼다.

"할 수 없죠. 이불이나 낳이 넣어 주세요."

2

대체 무슨 꿍꿍이가 있는 것일까?

하야코의 가슴은 새카맣게 타 들어갔다. 서울에서 버스를 타고 네 시간이나 걸려 도착한 곳이 강원도의 한 작은 마을이었다. 서울을 떠날 때부터 목적지가 어디냐고 물어도 최만준은 속 시원히 대답을 하지 않았다. '곧 알게 돼' '나도 확신이 서질 않아' 따위의 애매모호한 말만 앵무새처럼 늘어놓았다.

불과 하루 사이에 최만준은 다른 사람으로 변해 있었다. 말수도 부쩍 줄어들었고, 작은 일에도 공연히 짜증을 부렸다. 해인사에 있을 때와는 너무도 딴판이었다. 더군다나 마에다의 사체가 발견된 곳은 속초라고 했는데, 왜 이런 외진 곳에 왔는지 알 길이 없었다. 최만준은 마에다의 사인에 대해서도 굳게 입을 다물었다.

그러나 감이 잡히는 게 있었다. 서울에 올라와 이틀 동안 분주히 발품을 팔고 돌아다닌 사이, 그는 새로운 단서를 찾아냈거나 초조대장경을 봉안한 곳의 내막을 알아낸 게 분명하다. 그렇지 않고서야 무턱대고 이런 외진 곳에 올 리가 없지 않은가.

사람이란 겉과 속이 다른 종족이다. 귀중한 보물을 앞에 두고 마음이 흔들리는 것은 어쩔 수 없는 일이다. 최만준은 할아버지와의 특별한 인연을 입버릇처럼 내세우고 있지만, 언제 그것이 악연으로 돌변할지 장담할 수 없다. 인연이 악연으로 돌변하는 것은 시간문제가 아닌가. 하야코의 가슴 한편에는 어느새 그에 대한 경계심이 뿌리를 틀고 있었다.

최만준은 허름한 여관을 잡은 뒤 근처 식당으로 들어갔다. 그는 정종과 오뎅을 시켰고, 하야코는 벽에 큼지막하게 써 붙인 칼국수를 주문했다.

"네 할아버지도 정종을 무척 좋아했지."

최만준은 술잔을 비우고 하야코에게 빈 잔을 건넸다.

"너도 한잔할래?"

"전 됐어요."

"긴장을 풀 때는 조금 마시는 것도 좋아."

식당 안쪽에는 칼 써는 소리가 규칙적으로 들려왔다. 열린 문 틈 사이로 매서운 칼바람이 등줄기를 쓸어내렸다.

"여기가 대체 어디죠?"

"한국에서 가장 북쪽에 위치한 곳이지. 코앞이 북한이야."

"설마 북으로 넘어가려는 것은 아니죠?"

"그럴 리가 있나. 이제 곧 알게 돼."

또 그 소리, 짜증이 울컥 치밀어 올랐다. 하야코는 자신의 잔에 정종을 가득 채우고 단숨에 들이켰다. 온몸에 알싸한 기운이 퍼지면서 들뜬 마음이 다소 가라앉았다.

하야코는 재빨리 냉정을 되찾고 자신의 처지를 돌아보았다. 최만준에게 맥없이 끌려다니는 것이 못마땅하지만, 지금으로서는 달리 도리가 없었다. 일단 그의 태도를 예의 주시하면서 빈틈을 보이지 않는 것이 중요하다. 하야코는 읍내 버스 터미널에 도착한 후로 주변 풍경을 세세하게 머릿속에 입력시켰다.

"하야코는 한국의 최고 명산이 무슨 산인 줄 알아?"

"……."

"금강산이지. 한국 속담에 금강산도 식후경이라는 말이 있어. 그만큼 금강산이 빼어나서 생긴 속담이야. 하하."

"여기가 금강산인가요?"

"금강산 끝자락이야. 사실 볼 만한 곳은 다 북에 있지."

금강산이라……. 할아버지는 사명대사가 그 글귀를 일본 적장에게 써 준 곳이 금강산이라고 했다. 짐작건대 초조대장경이 봉안된 곳 근처에 온 것만은 확실해 보였다. 그러나 최만준이 저리 입을 꼭 다물고 있는 한 알아낼 길이 없었다.

"이곳이 속초 근처인가요?

"그리 멀지는 않지."

"마에다의 사인은 뭔가요?"

"그건 잘 모르겠어. 이런저런 말들만 많지 무엇 하나 확실하게 드러난 게 없어……. 하야코는 이곳에 오는 동안 뭔가 특별한 게 눈에 띄지 않았나?"

최만준은 재빨리 화제를 돌렸다.

"군복을 입은 군인들 말이야."

최만준의 말대로 군인은 물론 도로변에도 군용 트럭이 유난히 눈에 띄었다.

"한국이라는 나라는 세계에서 유일한 분단국가야. 하야코는 비무장지대라는 말을 들어 봤어?"

"……."

"바로 코앞에 휴전선이 있어. 남과 북이 휴전선을 맞대고 육십 년 가까이 서로 총부리를 겨누고 있는 거지."

하야코는 최만준의 빈 잔에 정종을 따랐다. 그러면서 그의 눈을 슬쩍 훔쳐보았다.

"아저씨, 내게 숨기는 것 있어요?"

하야코의 목소리는 부드럽고 조심스러웠다. 상대의 심기를 건드리지 않으면서도 날이 숨어 있었다.

"내가 뭘 숨기는 게 있겠어?"

"아저씨는 이곳에 오는 동안 아무 말도 해 주지 않았어요. 이제 여기까지 왔으니 말할 때가 된 게 아닌가요?"

"하야코, 모든 일에는 순리가 있는 법이야. 우리가 찾는 유물이 품 안으로 들어오는 데는 절차가 있어. 이는 사람의 힘만으로는 될 수 없다는 뜻이지."

"……."

"모든 유물은 하늘이 점지하는 거야. 하늘의 뜻을 거역하면 아무것도 이룰 수 없어……. 난 지금 하늘의 뜻을 기다리고 있지. 내 말 무슨 소린지 알겠지?"

씨도 안 먹히는 소리였다. 그러나 하야코는 토를 달지 않고 되레 진지한 표정을 지으며 그의 다음 말을 기다렸다.

"오래전부터 나에겐 한 가지 특별한 규칙이 있지. 보물을 손에 넣기 전까지는 아무 소리도, 아무 생각도 하지 않는 거야. 이를테면 무욕무심인 셈이지. 그렇게 하지 않으면 꼭 부정을 타거든."

잠시 그들 사이에 서늘한 침묵이 흘렀다. 식당 안쪽에서 흘러나오던 칼 쓰는 소리도 멈추었다. 그러나 하야코는 그런 침묵이 하나도 불편하지 않았다. 그녀는 매섭지만 여전히 부드러운 눈길로 최만준의 두 눈을 응시했다.

"하야고는 유물과 사람이 다른 게 뭔 줄 알아? 바로 영원불멸하다는 거지. 인간은 고작 백 년이면 흙으로 돌아가는데 유물은 영원하지 않는가."

"……."

"네 할아버지는 이런 말을 자주 했어. 모든 유물에는 영험한 혼이 깃들어 있다고 말이야."

하야코 역시 그 소리의 의미를 잘 알고 있었다. 할아버지는 유물을 캐낼 때는 언제나 혼신의 힘을 기울였다. 갓난아이를 다루듯 조심스럽게, 때로는 당신의 분신을 대하듯 진지하게 유물과의 교류를 시도했다.

인간은 길어야 백 년을 살지만, 유물은 천년만년을 산다. 유물 안에는 이를 만든 사람의 혼과 정성이 깃들어 있다……. 처음에는 정신과 영혼으로, 그리고 차차 몸과 몸을 맞대면서 유물과 은밀한 대화를 나누었다. 할아버지는 아무리 보잘것없는 유물이라고 해도 결코 소홀히 다루는 법이 없었다. 어떤 유물도 하나의 소중한 생명체로 여겼다. 그게 유물의 가치는 고사하고 돈이나 밝히는 다른 도굴꾼들과의 차이점이었다. 그래서 교토의 장물아비는 할아버지에게 '교토의 노신사'라는 별명 이외에도 '유물 접신'이라는 별칭까지 붙여 주었다.

"할아버지에게 연락은 했니?"

최만준은 더 이상 정종은 마시지 않고 오뎅 국물만 간간이 입에 댔다.

"어디를 가는지 알아야 연락을 하죠."

"너무 신경 쓰지 마라. 이제 곧 알게 될 거야."

"할아버지가 보내온 글귀는 무슨 뜻인가요?"

"그것은 네 할아버지의 말대로 사명대사가 일본 적장에게 적어 준 글이야."

"초조대장경과 관련이 있는 건가요?"

"글쎄, 거기까지는 모르겠다."

"……."

"해가 저무니 날이 제법 쌀쌀하군. 하야코, 예까지 오느라 피곤할 테니 오늘은 일찍 자도록 해."

과연 그의 말대로 순순히 잠을 부를 수 있을까. 저 탐욕스런 눈빛을 앞에 두고 세상모르게 잠에 빠질 수 있을까. 깊은 잠에 빠진 사이 그는 홀로 여관을 빠져나가지 않을까. 어쩐지 오늘은 쉽사리 잠이 올 것 같지가 않았다.

식당 문틈 사이로 다시 칼바람이 들어오고 있었다.

3

잠이 오지 않았다.

재석은 베개에 얼굴을 파묻고 이리저리 뒤척거렸다. 버스에서 세상 모르게 곯아떨어졌으니 잠이 올 리가 없었다. 창밖에는 쟁반 같은 보름달이 두둥실 떠 있었다.

강현주는 몸을 구부리고 벽을 향해 누워 있었다. 깊은 잠이 들었는지 잡초 더미에 퍼질러진 돌기둥처럼 꼼짝도 하지 않았다.

"자는 거요?"

재석이 나지막한 소리로 물었다.

"……."

"자냐구 묻지 않소?"

목소리를 조금 높이자 강현주의 몸이 실뱀처럼 꿈틀거렸다.

"어서 자요. 내일 일찍 나가려면."

"잠이 오지 않소."

"당연하죠. 꼬박 네 시간이나 퍼질러 잤으니. 그러고도 또 잠이 오면 그게 사람이에요, 송장이지."

"결혼은 했소?"

"참 일찍도 물어보네요."

"했소, 안 했소?"

"신경 끄세요. 약혼자가 있는 몸이니까."

"약혼자도 경찰이오?"

"평범한 회사원이에요."

"그런데 댁은 어쩌다 경찰이 되었소?"

"어쩌다라뇨? 경찰이 어때서요?"

그제야 그녀의 몸이 들썩거리며 재석을 향해 돌아누웠다.

"난 경찰과는 천성적으로 체질이 맞지 않소."

"그거야 댁의 생각이지, 경찰이 없는 사회를 한 번이라도 생각해 봤
어요?"

"……."

"누구든 위험이 닥치면 경찰부터 찾잖아요."

"듣고 보니 댁의 말에도 일리가 있군. 하긴 짭새도 짭새 나름이니까."

"또 그 소리. 이젠 짭새라는 소리 좀 그만할 수 없어요?"

"미, 미안하오. 하도 입에 배어서…… 원래부터 경찰이 되려고 했
소?"

"난 어려서부터 국가에 봉사하는 길을 택하려고 했어요. 그게 아버
지가 바라는 거였죠. 처음엔 외교관이 되려고 외무고시를 준비했다가
세 번 낙방 끝에 진로를 바꿨어요."

"국가에 봉사라는 길이라……. 거창하군."

"그런 댁은 어쩌다 이 바닥에 들어섰어요?"

"……."

"대대손손 이어지는 가업이 끊어질까 봐 발 벗고 나선 건가요?"

강현주의 목소리에는 비아냥거림이 섞여 있었다.

"그건 아니오."

재석의 인생 항로가 바뀐 것은 대학 1학년 때였다. 그때만 해도 그의

꿈은 세계의 문화 유적을 누비고 다니는 고고학자였다. 일찍이 어려서 부터 아버지를 따라 전국의 사찰과 왕릉, 그리고 박물관을 돌아다녔다. 아버지는 어린 그에게 유물을 보는 법, 진품과 가품을 구별하는 법을 가르쳐 주었다. 보잘것없는 사발에도 장인의 혼이 깃들어 있다는 것도 아버지를 통해 배웠다.

그러나 고등학교를 졸업할 무렵, 아버지가 중국 형무소에 투옥된 후 그의 진로도 바뀌었다. 대학을 중퇴하고 너구리 영감을 따라 나선 것이다. 너구리 영감은 아버지와는 달랐다. 아버지는 역사를 가르쳤지만, 너구리 영감은 실전을 가르쳤다. 유물의 역사나 그 주변 환경이 아니라 유물을 캐내는 법, 유물이 묻혀 있을 만한 명당을 가르쳤다. 처음 너구리 영감을 따라 나선 길에 강화의 한 무덤에서 캐낸 백색 항아리를 지금도 잊을 수 없었다. 무덤 속에 고이 잠든 항아리를 보았을 때의 그 감격, 그것을 직접 손으로 건져 올렸을 때의 느낌은 난생 처음 맛보는 전율의 극치였다. 그 손맛은 마약과도 같았다.

"유전이오."

"네?"

"내 몸에는 남다른 DNA가 있는가 보오. 어린 시절 아버지는 틈만 나면 나를 데리고 사찰이나 박물관에 데리고 갔었소. 후후, 그러고 보니 난 어렸을 때부터 싹수가 노랗던 모양이오. 박물관 진열장에 있는 도자기를 보고 저걸 어떻게 내 손에 넣을 수 있을지를 먼저 생각했으니 말이오."

"조숙했군요."

"댁은 우리 같은 전문가가 없는 세계를 생각해 본 적이 있소? 방금 댁이 경찰이 없는 사회를 지적한 것처럼 말이오."

"……"

"저 찬란한 고대 유물의 팔 할은 우리 같은 전문가들의 작품이오. 고대 이집트와 그리스, 인도와 중국의 유물도 예외는 아니오. 만약 그들의 집념이 없었다면 어떠했을 것 같소? 대영 박물관이나 루브르 박물관도 한낱 동네 박물관에 지나지 않았을 것이오."

이들 박물관의 팔 할은 약탈품이고, 그중 칠 할은 도굴품이다. 세계 유명 박물관은 약탈과 도굴의 거대한 전시장과 다름없다.

"비유가 너무 거창한데요."

"난 있는 사실을 그대로 말했을 뿐이오."

도굴의 역사는 곧 문화와 인류의 역사다. 인류가 화려한 유물에 눈을 떴을 때부터 도굴의 역사는 시작되었다.

도굴의 전성시대는 19세기였다. 고대의 도굴꾼들은 영생불사를 원하는 권력자의 무덤을 집중적으로 노렸다. 무덤 안에는 온갖 보물과 진귀한 유물이 가득했기 때문이다. 무소불위의 권력자들은 죽어서도 달콤한 영예를 뿌리치지 못했다. 그래서 이들이 애용하던 유물은 부장품과 함께 무덤 속에 묻혔다. 도굴꾼들은 이들의 무덤을 파헤치고 이들의 권력과 영혼을 교란했다.

이에 반해 19세기 도굴꾼들은 한 걸음 더 나아가 세계 각지의 문화 유적지를 누비고 다녔다. 때로는 야심찬 사냥꾼으로, 때로는 미지의 탐험가로 변신했다. 그리고 그들은 인류의 위대한 문화유산을 빛의 세계로 꺼내는 데 혁혁한 성과를 이루었다. 역사의 음지에서 양지의 역사를 창조한 것이다. 그러나 후대의 사람들은 이들의 치열한 여정을 기록하지 않았다. 무엇보다 도굴꾼들은 역사에 남는 것을 원치 않았기 때문이다.

"이번 일이 잘되면 아버지를 만날 수 있다는 소리를 들었어요."

"댁도 정 실장에게 우리의 거래 조건을 들었소?"

"아, 예……."

강현주는 방금 꺼낸 말을 슬그머니 거두어들였다.

"그 때문에 댁이나 나나 족보에도 없는 인연을 만든 게 아니오. 아버지 얼굴을 본 지 하도 오래되어서 가물가물하오."

"할아버지와는 왜 관계가 좋지 않죠?"

"그 얘긴 꺼내지도 마쇼."

"삼 년 전까지는 사이가 좋았다고 하던데요."

"이젠 남의 뒤까지 캐고 다니는 거요?"

"이게 뭐 나만 알고 있는 사실인가요? 알 만한 사람은 다 알고 있던데. 할아버지와 대판 싸웠어요?"

"싸울 일이 뭐가 있겠소."

"참으로 박식한 분이에요. 난 지금까지 역사 지식이 그처럼 해박한 사람을 보지 못했어요. 마치 걸어 다니는 백과사전 같더라구요."

"뭘 제대로 알아야 이 짓도 해먹는 거요. 흠흠."

강현주는 고개를 들고 창가 쪽을 물끄러미 바라보았다. 네모진 사각 창틀 안에는 나뭇잎이 가늘게 흔들리고 있었다.

"오늘 버스를 타고 오는데 문득 이런 생각이 들더라구요. 천 년 가까이 흘러오는 동안 초조대장경이 출현한 시기를 가만히 더듬어 보니 아주 특별한 공통점이 눈에 띄더군요."

"……."

"거란과 몽골의 침입, 임진왜란과 정유재란……. 모두 나라가 위기에 처해 있을 때 나타났어요. 초조대장경은 국가가 평안하던 시기에는 드러나질 않다가 국가의 존립이 위태로울 때 수호신처럼 나타난 거예요. 일제강점기라고 예외는 아니죠."

"그게 뭐 어쨌다는 거요?"

"생각해 봐요. 신기하고 비범해 보이지 않나요?"

"내가 전에도 말하지 않았소. 그깟 잘나 빠진 사연들은 다 후대의 역사가들이 지어낸 거라고."

"뭐라고요? 당신도 고문서에 적힌 내용을 똑똑히 봤잖아요. 이게 어디 나만의 생각인가요?"

"……."

"몽골이나 일본은 이런 초조대장경의 신비로운 영험을 익히 알고 있던 거예요. 그래서 몽골이 고려를 침입할 때 가장 먼저 부인사에 소장했던 초조대장경을 불태웠던 것이고, 일본 역시 훗날을 염려해 초조대장경을 없애려고 혈안이 되었던 거죠. 이를테면 그들은 한민족의 정기를 말살하려고 했던 거예요."

"그만하시오. 난 솔직히 그런 민족이니 뭐니 하는 것 따위에는 관심이 없소. 스무 살 되던 그해 간이며 쓸개며 다 빼놓기로 작정한 몸이오."

"말이 되는 소리를 하세요. 간이며 쓸개를 다 빼놓고 어떻게 살 수 있어요? 그거야말로 인간 허깨비 아닌가요? 집에 도둑이 들어도 그냥 멍하니 지켜만 볼 건가요?"

"애국자 나셨군. 어디 잘해 보쇼."

"더군다나 초조대장경은 온갖 시련과 곡절을 안고 있기에 그 느낌은 더욱 오묘한 것 같아요. 난 초조대장경에 이런 별칭을 붙여 주고 싶어요. 국난 속에 수호신처럼 나타나는 위대한 영물!"

"헐헐. 제발 웃기지 좀 마쇼. 그러고 보니 댁도 직업을 잘못 택한 것 같소."

"그게 무슨 소리죠?"

"역사 소설가로 나서면 잘 어울리겠다는 소리요. 정 실장은 추리 소설가에, 댁은 역사 소설가니 궁합이 아주 잘 맞겠소."

"지금 절 놀리는 거예요?"

"보물은 그저 보물일 뿐이오. 제발 그 이상한 망상 따위는 버려요."

그때 문밖에서 인기척이 들려왔다. 재석은 이불을 젖히고 문가에 바싹 다가섰다.

"왜 그래요?"

"밖에 무슨 소리가 들린 것 같지 않소?"

재석은 문을 열고 고개를 삐쭉 내밀었다. 검은 그림자가 빨랫줄이 늘어진 마당을 가로질러 여관을 빠져나가고 있었다.

"무슨 일이에요?"

"누군가 여관을 빠져나가고 있소."

시계는 자정을 가리키고 있었다.

4

'하야코를 데리고 오는 게 아니었어.'

서울에서 따돌려야 했는데, 그만 기회를 놓치고 여기까지 오고야 말았다. 거진읍에 도착한 뒤에도 몇 번이나 하야코를 떼어 놓으려 했지만, 그게 뜻대로 되지 않았다. 하야코도 낌새를 눈치챘는지 버스에 오른 후부터는 거리를 두지 않고 찰거머리처럼 따라붙었다. 사실 이라부의 은혜를 생각하면 도저히 있을 수 없는 일이었다. 그러나 어제와 오늘이 다르듯이 사람 마음 또한 한 치 앞을 내다볼 수 없었다. 유물은 하늘이 점지하는 것이라고 이라부 또한 누누이 말하지 않았던가.

하여튼 좀 더 두고 볼 일이다. 초조대장경을 찾은 뒤에 하야코를 떨쳐 내도 늦지는 않는다.

여관을 빠져나온 최만준은 곧 어깨를 추스르고 건봉사를 향해 휘적휘적 걸어갔다. 여관에서 이 킬로미터의 거리니 걸어서 이십여 분이면 충분했다.

건봉사로 향하는 길은 한적했다. 곱게 뻗은 이차선 국도에는 병사들을 태운 군용 트럭만이 어둠 속을 질주하고 있었다. 이윽고 건봉사를 가리키는 팻말과 함께 넓은 공터가 달빛 아래 드러났다. 건봉사 주변은 그동안 대대적인 보수 작업을 했는지 제법 예전의 위용을 갖추고 있었다.

멀리 대웅전 쪽에서 희미한 불빛이 새어 나왔다. 사찰로 들어서는 주차장 옆에는 사명당의 승병 기념관이 꼿꼿하게 자리를 지키고 있었는데, 기념관 입구는 자물통으로 단단히 잠겨 있었다. 건봉사 역시 이래저래 사명대사와는 뗄 수 없는 사찰이었다.

최만준은 낮게 몸을 움츠리고 부도 밭 쪽으로 걸음을 옮겼다. 건봉사 부도 밭은 지난날의 위세를 말해 주듯 각기 크기와 모양이 다른 부도가 즐비하게 늘어서 있었다. 이곳의 부도는 해인사보다 곱절은 많아 보였다. 최만준은 부도에 새겨진 비명을 차례대로 확인하며 잡초 더미를 헤쳐 나갔다.

'바로 이 느낌이야!'

부도 밭 주변을 탐색하는 그의 손이 가늘게 떨려 왔다. 홍제암의 사명대사석장비를 뒤질 때와는 느낌이 또 달랐다. 상서로운 기운이 손끝에서 쇠꼬챙이를 거쳐 몸속으로 빠르게 퍼져 갔다.

그때였다. 부도 밭 옆의 건봉사 경내에서 이상한 소리가 들려왔다. 최만준은 발소리를 죽이고 귓불을 세워 올렸다.

이 한밤중에 무슨 소리일까? 바퀴가 굴러다니는 소리 같기도 하고, 뭔가 땅에 긁히는 소리 같기도 했다. 그는 부도 밭 위의 산기슭으로 기어 올라가 건봉사 경내를 굽어보았다.

'저건 수, 수레가 아닌가.'

최만준의 두 눈이 휘둥그레졌다. 명부전(冥府殿) 쪽에서 나온 수레는 대웅전을 지나 만일염불원(萬日念佛院)으로 향하고 있었다. 한 명의 승려가 앞에서 수레를 끌고 뒤에서는 두 명의 승려가 수레를 밀고 있었다.

희한한 광경이었다. 이 한밤중에 수레를 끌고 어디를 가는 것인가. 수레 위는 검은 천으로 둘러싸여 안에 실린 짐은 보이지 않았다. 예사롭지 않은 일이었다. 한동안 멍하니 수레를 바라보던 최만준은 부도 밭을 벗어나 사찰 경내로 들어섰다. 그의 발길은 귀신에 홀린 듯 능파교를 지나 수레 뒤를 따라잡고 있었다.

수레는 사찰 후문을 빠져나와 우마차 길로 들어섰다. 최만준은 적당한 거리를 두고 그들의 뒤를 따라갔다. 구름 속에 반쯤 고개를 내민 보름달도 그와 나란히 보폭을 맞추었다.

오 분 정도 수레 뒤를 따라갔을까. 숲 속 나무에 몸을 숨기고 있던 최만준은 갑자기 귀머거리가 된 듯 먹먹한 느낌을 받았다. 수레바퀴 소리가 들리지 않았다. 그는 우마차 길로 나와 산만하게 주위를 두리번거렸다. 그런데 이게 어찌된 일인가.

"……!"

수레가 사라졌다! 방금 전까지 달빛을 받아 가며 우마차 길을 따라가던 수레가 감쪽같이 사라진 것이다. 눈 깜짝할 사이였다.

귀신이 곡할 노릇이었다. 하늘로 올라간 것인가, 땅으로 꺼진 것인가. 아무리 주위를 둘러보아도 수레가 사라질 만한 곳은 눈에 띄지 않았다.

난생처음 겪는 공포가 엄습해 왔다. 팔뚝에는 좁쌀만 한 소름이 오돌오돌 돋아났다. 마치 주위에 있는 모든 것이 한순간에 멈춰 버린 것 같았다. 어디선가 자신을 노려보고 있는 매서운 시선이 느껴졌다. 수풀 속인 것 같기도 하고, 저 멀리 건봉사 쪽인 것 같기도 했다. 어서 이 길을 빠져나와야 한다고 여기면서도 양다리는 말을 듣지 않고 우마차 길에 꽁꽁 얼어붙어 있었다.

'어서 여기를 벗어나야 해.'

최만준은 겨우 정신을 차리고 오던 길로 몸을 틀었다. 그때 어디선가 날카로운 침 끝이 어둠을 갈랐다.

"윽!"

짧은 비명과 함께 최만준은 그 자리에 풀썩 고꾸라졌다.

5

네모진 창틀에 동이 터 오르고 있었다.

하야코는 문가에 몸을 기대고 앉아 골똘히 생각에 잠겼다. 뜬눈으로 밤을 새웠는데도 조금도 피곤한 줄 몰랐다.

예상은 그리 벗어나지 않았다. 어젯밤 식당에서 여관으로 들어온 후 한숨도 자지 않고 옆방을 예의 주시했다. 자정이 조금 지나 옆방에서 문 따는 소리가 들리더니 여관 앞마당에 검은 물체가 어른거렸다. 최만준이었다. 그를 따라 나서야 할지, 이대로 가만히 있어야 할지 판단이 서지 않았다. 자칫 그의 뒤를 밟다가 발각이라도 나면 모든 일이 수포로 돌아갈지도 모를 일이다. 그를 따라 나서는 것을 포기하고 도리 없이 방 구석을 지켰다. 최만준이 스스로 돌아오기를 기다리는 수밖에 없었다. 그러나 창가에는 날이 훤히 밝아 오는데도 최만준은 깜깜무소식이었다.

'대체 어디로 사라진 것일까?'

하야코는 무거운 몸을 일으켰다. 더 이상 그가 돌아오기를 기다리는 것은 무의미한 일이었다.

여관을 나오자 길을 잃은 미아라도 된 듯 막막하고 허탈했다. 너무 이른 아침이라 휑한 거리에는 사람들이 하나도 보이지 않았다. 아직 허 기를 채우지 못한 검은 고양이만이 쓰레기통을 부지런히 뒤지고 있었 다. 마땅히 갈 곳도 없었고, 자신이 서 있는 곳이 어디인지도 몰랐다. 그 때 여관 주위를 서성거리던 그녀의 눈에 나무 팻말 하나가 잡혔다.

'금강산 건봉사 2km'

건봉사라……. 처음 듣는 절이었다. 하야코는 건봉사보다 그 앞에 적혀 있는 '금강산'이라는 글자를 더 주목했다.

─금강산 주위의 사찰을 찾아봐라.

할아버지의 말이 스르르 떠올랐다. 팻말이 가리키는 화살표를 따라 천천히 걸음을 옮겼다. 홍혜교라는 아담한 다리를 건너고 수풀에 둘러 싸인 이차선 국도를 따라 하염없이 걸어갔다. 그렇게 반 시간 정도 걸어 갔을까. 멀리 야트막한 능선에 반듯하게 세워 올린 가람이 보이고 그 앞 으로 탁 트인 벌판이 드러났다. 그리고 벌판 끝에 우뚝 서 있는 거대한 동상 하나가 눈에 들어왔다. 사명대사의 동상이었다.

"오오, 이것은……."

교토를 떠난 뒤부터 어김없이 나타난 인물이 바로 사명대사가 아닌

가. 이제 사명대사만큼 확실한 이정표는 없었다.

사명대사는 근엄한 자세로 앉아 한 손에는 지팡이를, 다른 손에는 뭔가를 적고 있었다. 동상 왼쪽에는 조선 승병과 함께 장렬하게 싸우는 모습이, 오른쪽에는 일본 장수를 설득하고 훈계하는 모습이 부조로 조각되어 있었다. 그러고 보니 이 부조에 나타난 승병의 모습은 홍제암 토굴에서 본 그림과도 비슷해 보였다.

하야코의 확신을 더욱 굳게 만든 것은 건봉사 일주문에 새겨진 문양이었다. 불이문(不二門)이라 쓰인 현판 아래의 돌기둥에 낯익은 문양이 또렷하게 새겨져 있던 것이다. 그것은 바로 금강저 문양이었다.

"아아, 바로 이곳이었어!"

금강저 문양을 본 순간 정신이 번쩍 들었다. 장각 스님이 그려 준 것과 똑같은 문양이 돌기둥에 박혀 있었다. 사명대사 동상, 주차장 앞의 사명당의 승병 기념관, 그리고 일주문에 새겨진 금강저 문양……. 제대로 찾아온 것이다. 최만준이 점찍은 곳은 건봉사가 틀림없다. 어느 정도 짐작은 하고 있었지만, 이리 확연하게 드러날 줄은 몰랐다. 최만준이 사라졌을 때만 해도 눈앞이 캄캄했는데, 저 금강저 문양이 희망의 빛을 내려 주고 있었다.

일주문 앞에는 한 젊은 승려가 돌계단을 쓸고 있었다. 사찰 앞의 커다란 주차장은 텅 비어 있었고, 아스팔트 대로변에는 차량 한 대 지나가지 않았다. 산기슭에서 내려온 스산한 바람이 그녀의 긴 머리칼을 감아 올렸다.

하야코는 오던 길로 몸을 틀었다. 지금 당장에라도 사찰 안으로 들어가고 싶었지만, 애써 흥분을 가라앉히고 발길을 돌렸다. 절에 들어가기에는 너무 이른 시간이었다. 공연히 승려들의 눈에 띌 필요는 없었다.

사람들이 적당히 모여드는 오후 시간에 들어가 사찰 안을 살펴도 늦지 않았다.

다시 여관으로 돌아온 하야코는 103호실부터 살폈다. 그러나 최만준은 아직 돌아오지 않았다.

"일찍 일어났구려."

그때 쪽방 문이 열리고 안채에서 여관 주인이 하품을 하며 다가왔다.

"함께 온 아저씨는 어디 갔수?"

"사, 산책을 나간 모양입니다."

하야코는 그렇게 둘러대고 104호실로 들어갔다.

'이제 어떻게 할 것인가.'

묵직한 쇳덩이가 어깨를 지그시 눌렀다. 여관에 남아 최만준을 기다려야 할지, 좀 더 시간을 두고 건봉사에 가야 할지 판단이 서지 않았다. 아직도 그녀의 눈 끝에는 사명대사 동상과 돌기둥에 새겨진 금강저 문양이 불티처럼 어지럽게 휘날렸다. 몸은 여관방에 눌러 있어도 마음은 건봉사 경내를 휘젓고 있었다.

'이건 아니야……'

마음의 결정을 내리는 데는 불과 일 분도 채 걸리지 않았다. 이제 여관에 머무를 이유도, 최만준을 기다릴 필요도 없었다. 더 이상 최만준은 그녀의 동료도, 길잡이도 아니었다. 할아버지와의 각별한 인연도 이쯤에서 접는 것이 현명한 일이었다. 하야코는 지체 없이 여관을 빠져나왔다. 그리고는 뚜렷한 목적지도 없이 거진 읍내 쪽으로 발길을 잡았다.

최만준이 벌써 초조대장경을 찾은 것은 아닐까? 그리고 쥐도 새도 모르게 이곳을 빠져나간 것은 아닐까? 건봉사를 발견한 후로 마음이 더 조급해졌다. 갑자기 그와 함께 건봉사에 오기까지 겪은 일들이 부질없이 느껴졌다.

"저, 저기 사, 사람이야!"

그때 등 뒤에서 머리채를 낚아채듯 날카로운 비명 소리가 들려왔다. 하야코는 걸음을 멈추고 소리 나는 쪽으로 고개를 돌렸다.

저수지 앞에 한 여학생이 몸을 바르르 떨고 있었다. 여학생의 비명 소리와 함께 저수지 주변에 있던 사람들이 하나둘씩 모여들었다. 하야코도 무심코 그들 무리 틈에 끼어들었다.

"시, 시체 같아요."

저수지 안에 사체 한 구가 물 위로 두둥실 떠올랐다. 물속에 반쯤 잠겨 있는 사체는 양팔을 길게 벌린 채 물길을 따라 유유히 떠내려 오고 있었다. 사람들은 사체를 멀뚱멀뚱 바라보기만 할 뿐 어찌할 바를 모르고 발만 동동 굴렀다. 뒤늦게 한 젊은 사내가 휴대전화에 대고 경찰을 부르는 소리가 들려왔다.

하야코는 저수지 난간에 바짝 다가서서 사람이 모여든 곳을 향해 흘러 내려오는 사체를 유심히 바라보았다. 사체의 얼굴은 물속에 처박혀 잘 보이지 않았으나, 그가 누구인지 단박에 알아차렸다. 청색 재킷과 회색 면바지, 바로 최만준이었다.

"아!"

하야코는 재빨리 저수지를 벗어났다.

6

"밤새 화통을 구워 먹고 잤어요?"

여관 마당으로 나오자 강현주가 입술을 삐쭉 내밀었다.

"난데없이 그게 무슨 소리요?"

"웬 코를 그리 골아요? 코 고는 소리 때문에 한숨도 못 잤잖아요."

"난들 어쩌겠소. 생리적인 건데."

재석은 비실비실 웃으며 문 앞에 있는 신발을 찾았다. 밤새 뒤척이다가 겨우 눈을 붙인 것이 새벽 세 시 무렵이었다.

그때 여관 문이 열리고 긴 생머리의 젊은 여자가 들어섰다. 여자는 103호실 안을 힐끔 쳐다보더니 곧바로 104호실로 들어갔다. 잠깐 마주친 여자의 얼굴은 석고상처럼 딱딱하게 굳어 있었다.

'어디서 봤더라……'

재석은 고개를 갸웃거렸다. 그녀가 입고 있는 줄무늬 티셔츠가 낯설지가 않았다.

"여기서 건봉사까지는 얼마나 걸리죠?"

강현주가 운동화 끈을 바짝 조여 매며 물었다.

"반 시간 정도 걸릴 거요."

"어서 서둘러요."

"알았소."

재석은 긴 생머리의 여자가 들어간 104호실에서 눈길을 떼지 못했다. 새파란 나이에 치매가 온 것인가. 분명 최근에 본 여자인데도 기억이 가물가물했다.

"왜 그래요?"

"아, 아니오."

"그저 남자들이란, 어디 잘해 보지 그래요."

강현주는 104호실을 바라보며 피식 웃었다.

"거기 102호 양반."

여관 주인이 쪽방 내실에서 나오며 재석을 불렀다. 재석은 그제야 자신이 묵었던 방이 102호라는 것을 알았다. 그렇다면 어젯밤 여관을 빠져나간 사람은 103호실의 사내가 아닌가. 별일이 아닌데도 자꾸 신경이 쓰였다.

"하루 더 묵을 거요? 방이 필요하면 지금 예약하는 게 좋을 텐데."

재석은 강현주의 눈치를 살폈다.

"볼일 본 뒤에 전화 드릴게요."

강현주가 시큰둥한 표정을 지으며 말했다.

"좋도록 하슈."

"자, 이제 됐으면 어서 가요."

강현주는 전쟁터에 나가는 전사처럼 당당하게 여관을 나섰다.

건봉사는 조선 시대 삼보 사찰인 송광사, 해인사, 통도사와 어깨를 나란히 견줄 정도로 큰 사찰이었다. 한때 사찰 규모가 삼천 칸에 이르렀으며, 절에서 수행하는 승려도 천 명이 넘었다. 일제강점기 때는 조선총독부가 실시한 31본산제의 본사로, 백담사, 신흥사, 낙산사 등 강원도 일대의 사찰 대부분을 말사(末寺)로 관할할 정도로 그 위세가 대단했다.

그러나 이처럼 화려했던 건봉사의 역사는 하루아침에 잿더미로 변하고 말았다. 한국전쟁이 한창이던 1951년 5월, 유엔군이 인민군의 중간 집결지인 건봉사를 무차별 공습하는 바람에 절은 쑥밭이 되고 만 것이다. 이때의 폭격으로 국보 제412호인 『금니화엄경』 권46과 도금원불, 오동향로 등 사명대사의 유물이 모두 사라졌다. 건봉사 가람 역시 불이문만 남고 모두 잿더미로 변했다. 한국 전쟁이 끝난 뒤에는 절이 민통선 안에 있던 탓에 사람의 발길이 끊어졌고, 헐벗고 잡초만 우거진 빈터로 남아 있었다. 그렇게 겨우 명맥만 유지해 오다가 민통선이 해제되면서 건봉사는 조금씩 복원되기 시작했다.

"저길 봐요, 만해 스님의 시비예요!"

건봉사 주차장 한쪽에 큼지막한 비석이 눈에 들어왔다. 이 비석에는 만해당 대선사시비(萬海堂 大禪師詩碑)라는 비명과 함께 '사랑하는 까닭'이라는 시의 전문이 새겨져 있었다. 만해 스님은 건봉사에서 최초의 선(禪) 수업인 수선안거(修禪安居)를 성취하였고, 바로 이때 건봉사에 머물면서 『건봉사급 건봉사말사사적(乾鳳寺及 乾鳳寺末寺史蹟)』을 집필했다. 만해 스님뿐만 아니라 대로변 안쪽 공터에는 사명대사의 동상도 우뚝 서 있었다. 동상은 지은 지 오래되지 않은 듯 아주 깨끗해 보였다.

"저기 금강저 문양이에요!"

주차장에서 벗어나 일주문 앞으로 다가서자, 강현주의 입에서 탄성이 새어 나왔다. 금강저 문양은 불이문 돌기둥에 선명하게 새겨져 있었다. 불이문은 건봉사의 산문에 해당하는 것으로, 한국전쟁 당시 포탄의 불바다에서 유일하게 살아남은 건물이다.

사명대사 동상, 만해 스님 시비, 금강저 문양……. 건봉사 주위를 둘러보니 미묘한 기분이 들었다. 아직 건봉사 안에는 한 발짝도 들어가지 않았는데 주위는 온통 그들이 찾아낸 증표가 자리 잡고 있었다. 이제 더 이상 의구심이 들어설 틈은 없었다.

"느낌이 어때요?"

강현주가 물었다.

"아주 좋소. 후후."

재석의 눈빛이 반짝 빛났다. 서울에서 너구리 영감과 함께 온갖 문서들을 짜 맞출 때와는 느낌이 또 달랐다. 건봉사 현장에 직접 와 보니 이 상야릇한 전율이 온몸을 감싸 안았고, 눈길을 주는 곳마다 천 년 영물의 기운이 물씬 묻어 나왔다.

"댁의 말을 따랐다가는 아마 건봉사를 영원히 찾아내지 못했을 것이오."

재석이 눈을 흘기며 말했다.

"그게 무슨 소리예요?"

"벌써 잊은 거요? 안국사에 들르지 않았으면 어찌 될 뻔했소?"

"……."

"이시하란지 뭔지 하는 늙은 중을 만나 금강저 문양을 얻어 온 게 아니오."

"그렇군요. 그러고 보니 이시하라가 이번 일에 중요한 실마리를 제공한 셈이네요."

강현주는 씁쓸하게 웃었다.

"어쩐지 좀 으스스한 기분이 드는데요."

강현주의 시선이 불이문 옆쪽의 부도 밭으로 쏠렸다.

"미노루 스님은 독초에 중독되어 급사했고, 다케우라는 독침에 맞아 죽었어요……. 그뿐이 아니라 한국에 온 일본 도굴꾼도……. 이들의 공통점은 모두 초조대장경을 찾으려고 나선 사람이에요. 박상문 관장의 말이 이제 좀 실감 나는데요."

"재수 없는 소리 그만하쇼. 예까지 와서 꼭 그렇게 티를 내야 되겠소."

재석이 톡 쏘아붙였다.

"그냥 내 말은……."

"내키지 않으면 지금이라도 늦지 않았으니 썩 돌아가시오."

"또 그 소리."

강현주 역시 건봉사에 직접 와 보니 사뭇 느낌이 달랐다. 정체를 알수 없는 살의(殺意)가 건봉사 주위를 에워싸고 있었다.

"일단 절 안으로 들어가 봐요."

그들은 불이문을 지나 경내로 들어섰다. 건봉사의 가람 구조는 양쪽 배후 산지 사이로부터 동서로 길게 뻗어 있었다. 골짜기의 중앙을 흐르는 작은 계류를 중심으로 양쪽 평탄면에 가람이 형성되어 있었다. 건봉사는 대웅전 지역, 팔상전 지역, 극락전 지역, 낙서암 지역 등 네 개의 각기 독립된 영역을 확보하고 있는데, 지금은 대웅전과 팔상전 지역을 제외하고는 모두 빈터만 남아 있었다.

불이문을 지나 계곡을 따라 올라가자, 작은 돌다리인 능파교(凌波橋)가 나왔다.

"능파교라…… 이름이 참 아름답군요."

능파란 가볍고 아름다운 미인의 걸음걸이를 뜻한다. 여기에는 고해의 파도를 헤치고 부처의 세계로 건너간다는 뜻이 담겨 있다.

"우리 사찰에는 이런 다리들이 자주 눈에 띄는군요."

"사찰 안에 있는 물은 정화(淨化)의 의미를 지니고 있소. 사찰 내에 다리를 만든 것은 곧 몸을 깨끗이 씻고 들어오라는 뜻이오."

사찰 마당 앞으로 흐르는 물은 성스러운 세계와 속된 세계를 구분하는 경계로 풀이된다. 물 밖의 세계는 속(俗)이고, 물 안의 세계는 성(聖)이다. 물은 곧 잡스러운 귀신이 건너올 수 없는 철조망 구실을 하고 있다. 즉 절이라는 성스러운 공간에 들어올 때는 물로써 정신과 육신을 깨끗이 씻고 들어오라는 뜻이다. 그래서 유서 깊은 명찰일수록 절 진입로는 방문자가 여러 개의 다리를 건너서 들어오도록 장치되어 있다.

"저것 봐요!"

강현주가 능파교를 건너자 짧게 소리쳤다. 대웅전으로 진입하는 양쪽 계단에 커다란 돌기둥이 세워져 있었다. 십바라밀(十波羅蜜) 석주였다. '바라밀'이란 범어로 지혜의 세계를 건너간다는 뜻이다.

"여기에도 금강저 문양이 있어요."

십바라밀 석주는 기둥 한 면에 다섯 개씩 독특한 상징 문양이 새겨져 있었다. 둥근 달 문양은 보시바라밀로서, 보시를 베풀 때는 보름달의 광명이 두루 비치는 것과 같이 해야 한다고 해서 둥근 달로 묘사한 것이다. 반달과 별 모양의 지계 바라밀은 계율을 지키는 것을 의미하며, 가위 모양의 정진바라밀은 올곧이 정진하는 승려의 수행하는 자세를 상징한다. 금강저 문양의 지혜 바라밀은 맑고 예리한 금강저로 난관을 물리치고 피안(彼岸)에 도달한다는 뜻이다. 이 십바라밀 석주는 다른 사찰에서는 볼 수 없는 건봉사의 상징물이자 경배의 대상이다.

그들은 부처 진신 치아 사리를 모셔 둔 세존영아탑 쪽으로 발길을 옮겼다. 탑 주변에는 적멸보궁(寂滅寶宮)이라 적힌 현판이 눈에 들어왔다.

"적멸보궁이 뭐죠?"

"부처의 사리를 모신 곳이오."

적멸보궁은 언덕 모양의 계단(戒壇)을 쌓고 불사리를 봉안함으로써 부처를 상징하는 곳이다. 진신 사리는 부처와 동일체로, 부처가 열반 후 불상이 조성될 때까지 가장 진지하고 경건한 숭배 대상이었다.

"건봉사는 부처의 진신 사리를 모신 5대 적멸보궁 중의 하나요. 이 진신 사리를 일본에서 가져온 사람이 바로 사명대사요."

이 진신 치아 사리는 신라 시대 자장 법사가 643년 중국에서 들여와 통도사에 오래도록 보관하고 있었다. 그러나 임진왜란 때 통도사에 난입한 왜군이 금강 계단에 모셔진 사리를 일본으로 약탈해 갔다.

1604년 강화사절단으로 일본으로 건너간 사명대사는 조선인 포로 삼천 명과 함께 이 진신 치아 사리를 되찾아왔다. 사명대사는 진신 치아 사리 중 십이 과를 건봉사와 다른 네 곳의 사찰에 각각 나누어 봉안했다. 귀중한 진신 치아 사리가 다시 약탈될 것을 우려해 여러 사찰에 분장(分藏)한 것이었다.

"아는 것도 많네요."

"서울을 떠나기 전에 자료 좀 찾아봤소. 이 정도는 기본 아니겠소?"

재석은 사찰 안의 구조를 세밀하게 관찰했다. 건봉사 경내는 워낙 비밀스런 곳이 많고 일반 사찰의 가람 구조와도 달라 잠시도 긴장을 늦출 수가 없었다. 사찰 안은 아직도 중건 작업을 하고 있는지 곳곳에 건축 자재가 널려 있었다. 그들은 한 시간가량 사찰 경내를 둘러본 뒤 건봉사를 나왔다.

"이젠 어떻게 할 거죠? 이번에도 남선사처럼 도둑고양이가 될 건가요?"

"달리 도리가 없지 않소."

"그래도 석장굴보다는 한결 수월해 보이네요. 이곳엔 감시 카메라가 잘 보이지 않아요."

수사관다운 소리였다. 재석도 그것을 유심히 지켜보았다.

"어디 짚이는 곳이라도 있나요?"

"서울을 출발하기 전에 봐 둔 곳이 있소. 일단 어디 가서 식사부터 합시다. 금강산도 식후경이라고 하는데……."

"여긴 먹을 곳도 마땅치 않으니 읍내로 나가는 게 좋겠어요."

마침 건봉사 주차장에는 방금 관광객을 내린 택시가 멈춰 있었다. 그들은 택시에 올라탔다.

"읍내로 가 주세요."

재석은 택시 안에서 오늘 밤에 할 일을 차분하게 정리했다. 금강저 문양이 새겨진 십바라밀 석주도 가볍게 지나칠 곳이 아니었다. 십바라밀로 상징된 문양들은 대장경이 원래 지향하는 수행의 자세와도 깊은 관계가 있었다.

"시간이 제법 걸릴 것 같지 않아요?"

강현주가 물었다.

"남선사처럼 뚜렷한 목표 지점도 없으니…… 사찰 안을 여기저기 다 살펴보려면 하루 이틀 가지고는 부족하겠어요."

"원래 이런 일은 시간으로 따질 일이 아니오. 일 이 년이 걸려서라도 원하는 것을 손에 넣는 게 중요하지, 그깟 시간 따위가 뭐 그리 대단하겠소. 내가 보기엔 아무리 빨라도 한 달은 족히 걸릴 것 같소."

"아저씨, 잠깐만요!"

그때 창밖을 바라보던 강현주가 택시를 세웠다.

"왜 그래요?"

"저길 봐요."

도로변 끝에 있는 저수지에 사람들이 모여 웅성거리고 있었다. 그들 사이에는 제복을 입은 경찰도 보였다. 저수지 주변에 뭔가 일이 터진 게 분명했다. 강현주는 택시에서 내려 제복 입은 경찰에게 다가갔다.

"무슨 일이죠?"

강현주가 신분증을 제시하며 경찰관에게 물었다.

"저수지에서 변사체가 발견되었습니다."

저수지에서 발견된 사체는 거진읍의 한 병원 냉동실에 안치되어 있었다. 피해자의 나이는 오십 대 후반으로 보였으며, 눈가에는 가는 실핏줄이 드러났고 목 부위는 통통 부어 있었다. 몸 전체가 엷은 푸른빛을 띠고 있는 게 독살로 추정되는 사체였다.

"피해자의 신원은 확인했나요?"

강현주는 사체의 얼굴에 흰 천을 덮었다.

"신원을 증명할 수 있는 게 아무것도 없소."

머리가 훌러덩 벗겨진 대머리 형사가 시큰둥한 얼굴로 말했다.

"익사한 것 같지는 않은데요."

"맞소. 어디선가 살해된 후 저수지에 버려진 것이오."

"정확한 사인이 뭐죠?"

"그야 부검을 해 봐야 알겠지만…… 목 부위에 독침을 맞은 것 같소."

"독침이요?"

강현주의 입이 쫙 벌어졌다. 이는 다케우라의 살해 방법과 같지 않은가. 대체 이 중년 사내는 누구란 말인가.

"피해자의 유류품은 어디에 있죠?"

대머리 형사는 비닐봉지에 담긴 것을 강현주에게 내밀었다. 비닐봉지 안에는 자잘한 것이 잔뜩 들어 있었는데, 그중에 눈길을 확 사로잡는 것이 있었다.

"이, 이건……."

강현주의 얼굴이 노랗게 변해 갔다.

"왜 그러슈?"

대머리 형사가 물었다.

"아, 아니에요."

사체의 유류품에서 나온 종이에는 금강저 문양이 그려져 있었다. 종이는 물에 젖어 있었지만, 문양의 형태는 그대로 남아 있었다.

"재석 씨, 이리 들어와 봐요."

강현주가 병원 복도 의자에 앉아 있는 재석을 불렀다.

"이 사람을 잘 보세요. 혹시 아는 얼굴인가요?"

사체의 얼굴을 가린 흰 천을 내리자, 재석의 얼굴이 살짝 일그러졌다. 터미널에서 본 중년 사내였다.

"이 사체의 유류품에서 나온 거예요."

강현주가 물에 젖은 금강저 문양을 내밀었다.

"이건 금강저 문양이 아니오?"

그제야 낯익은 얼굴 하나가 수면 위로 떠오르면서 사체의 얼굴과 겹쳐졌다.

"이제 알겠소. 이 사람은 날다람쥐, 최만준이오."

"최만준?"

"보물 사냥꾼 말이오."

최만준이 어떻게 냄새를 맡고 건봉사까지 찾아왔을까? 건봉사로 떠나기 전에 너구리 영감으로부터 최만준도 초조대장경을 찾아 나섰다는 말을 전해 들었다. 그런데 이곳에서 최만준을 보게 되다니, 놀라운 일이었다.

재석은 빠르게 지난 기억을 더듬었다. 버스 터미널에서 보았던 낯익은 중년 사내가 바로 최만준이었고, 그때 그의 곁에는 20대 후반의 젊은 여자도 있었다. 선글라스를 낀 줄무늬 티셔츠…… 그녀는 바로 아침에 여관 마당에서 마주쳤던 104호실의 여자가 아닌가!

"여관으로 가 봐야겠소."

"갑자기 여관에는 왜요?"

"우리가 묵고 있던 여관에 최만준도 묵고 있었소. 최만준에게는 일행이 있소."

"아침에 보았던 젊은 여자 말인가요?"

"그렇소. 최만준은 103호실에, 그 여자는 104호실에 묵었던 거요."

그러고 보니 그들과는 거의 같은 시기에 거진읍에 도착한 것 같았다.

"어떻게 그럴 수가……."

"어서 가 봅시다."

재석은 여관에 들어서자마자 104호실부터 찾았다. 그러나 104호실은 텅 비어 있었다.

"왜 또 왔수? 하루 더 묵을 거요?"

여관 주인이 쪽방 창문에 고개를 내밀었다.

"여기 104호실에 묵었던 여자가 어디로 갔는지 아십니까?"

"모르겠는데. 아침에 나간 후로 통 보이지 않았소."

"이 여자가 언제부터 여기에 묵었나요?"

"어제 저녁이요. 댁들보다 한두 시간 정도 빨리 왔을 거요."

"혼자 온 게 아니죠?"

"그렇소. 나이 든 남자와 함께 왔는데."

"그 사람은 103호실에 묵었나요?"

여관 주인은 고개를 끄떡였다.

"그들이 어떤 사인가요?"

"허허, 그걸 내가 어찌 알겠소. 보아하니 젊은 여자가 아저씨라고 부르는 것 같던데."

최만준과 동행한 젊은 여자, 그녀는 대체 누구일까?

7

누가 최만준을 살해한 것일까?

최만준의 사인은 결코 단순한 익사가 아니다. 최만준은 할아버지와 하카타 만에서 보물 탐사 작업을 벌일 때, 잠수부를 지원할 정도로 수영 실력이 매우 뛰어났다. 그런 그가 저수지에 빠져 익사했다는 것은 있을 수 없는 일이다. 최만준은 어디선가 살해된 후 저수지에 버려진 게 분명하다. 최만준의 가증스런 침묵 속에 감추어진 탐욕의 눈빛, 그 결과는 처참하게 나타났다.

—네놈 낯짝을 보니 올해를 넘기기 힘들겠군. 천 년 영물을 마음에 두고 있는 놈치고 제명대로 산 놈을 못 봤다…….

문득 가야산 암자에서 만난 장각 스님의 말이 떠올랐다. 그때 장각 스님이 보내는 눈빛 속에는 엄중한 경고를 담은 강렬한 살의가 번뜩이고 있었다. 결국 그의 예언대로 최만준은 초조대장경을 앞에 두고 목숨을 잃었다. 가만히 더듬어 보면, 최만준의 사인은 마에다와도 흡사한 점이 많았다. 마에다의 사체 역시 속초항에 버려진 채 발견되었다고 하지 않았던가.

이들을 살해한 인물은 동일범이 아닐까? 연화단의 후예…… 하야코는 홍제암 토굴에서 본 고문서가 자꾸 신경이 쓰였다. 고문서 안에 적혀 있는 이들의 불심은 단순한 종교적인 의식을 넘어 어떤 숭고한 대상을 지향하고 있음을 보여 주고 있었다. 비록 이들이 조선 시대에 활동한 집단이라고 하지만, 지금까지 이어져 내려온 인상을 지울 수가 없었다. 홍제암 토굴에서 마주친 승려 무리들도 마찬가지였다.

하야코는 아스팔트 도로에서 상처 입은 짐승처럼 서성거렸다. 넋이 나간 그녀의 모습은 금방이라도 무너질 것처럼 위태로워 보였다. 불과 하루 사이에 전혀 예기치 않은 일이 두 번이나 연거푸 일어났다. 최만준의 변심, 그리고 그의 의문의 죽음은 이번 일이 얼마나 험난한 것인지를 예고하고 있었다. 그녀는 곧 냉정을 되찾고 읍내로 방향을 잡았다.

읍내에 들어서자마자 학교 앞의 한 서점에 들렀다. 한국 고찰을 자세하게 설명한 책에서 건봉사에 대한 정보를 입수했다. 6세기에 창건된 유서 깊은 사찰, 한때 조선 4대 사찰로 꼽히던 큰절, 조선 정벌 당시에는 사명대사가 승병을 모집하던 사찰이었다. 조선의 승병이 왜군과의 전투에서 가장 혁혁한 전과를 올리던 곳도 건봉사가 있는 금강산 일대였다.

하야코는 읍내의 한 모텔을 잡은 후 이라부에게 전화를 걸었다.

8

서늘한 바람이 방공호 안으로 스며들었다.

이라부는 입구 계단에 앉아 방공호 벽면을 차분하게 훑어 내려갔다. 이십 년 이상을 모은 인류의 찬란한 유산이 벽면을 가득 메우고 있었다. 때로는 목숨을 잃을 위기에서 간신히 건져 올린 것도 있고, 때로는 오랜 방랑 생활에서 얻어진 것도 있었다. 그러나 이런 귀한 유물들도 목숨과는 맞바꿀 수 없었다.

최만준이 살해되다니, 믿을 수 없는 일이다. 하야코와 통화하는 동안 내내 심장이 걷잡을 수 없이 요동쳤다. 최만준의 죽음을 전하는 하야코의 목소리는 가늘게 떨리고 있었다. 하야코에게 사명대사의 글귀를 전해 줄 때만 해도 그런 위험은 감지되지 않았다. 그런데 건봉사에 도착하자마자 최악의 사태가 벌어지고 말았다.

정말 최만준이 홀로 건봉사에 갔다가 변을 당한 것일까? 이라부는 하야코의 말을 그대로 받아들이지 않았다. 최만준은 결코 은혜를 저버릴 위인이 아니었다. 그에게 뭔가 말 못할 곡절이 있었을 것이다.

하야코가 받았을 충격은 보지 않아도 훤히 짐작이 갔다. 홍제암 토굴에서도 한차례 위험한 고비를 넘겼다고 하지 않았던가. 사실 하야코를 한국에 보낼 때 그런 위험을 예상하지 못한 것은 아니었다. 천하의 보물을 얻기 위해서는 그만한 위험쯤은 각오해야 한다. 어떤 유물이든 저절로 굴러 들어오는 법은 없다. 하늘의 뜻을 기다리는 것은 모든 노력과 정성을 다 한 후에 마지막으로 기댈 천운의 언덕이다.

이라부는 주머니에서 미노루 스님의 승복에서 나온 글귀를 꺼냈다. 장기봉의 손자가 석장굴에 잠입한 화면을 본 후 그는 며칠 동안 남선사 주위를 기웃거렸다. 초조대장경은 마에다의 유품에서도 나왔듯이 남선사와는 아주 인연이 깊은 절이었다. 그는 곧 사십여 년 전 미노루 스님이 입적하기 전에 초조대장경에 관한 자료를 상당수 지니고 있었다는 것을 알아냈다. 그러나 남선사에서 가장 은밀한 곳, 석장굴은 감히 넘볼 수 없는 곳이었다. 그나마 겨우 건진 것이 승영관에 있는 미노루 스님의 승복에 있던 이 글귀였다.

苟非吾之所有 雖一毫而莫取

진실로 나의 소유가 아니라면 비록 털끝만큼이라도 가져서는 안 된다.

간단한 구절이기는 하나 이 안에는 속 깊은 사연을 담고 있는 것 같았다. 다케미야는 하루 만에 이 글귀의 출처를 밝혀냈는데, 조선 정벌 당시 사명대사가 금강산에 침입한 일본 장수에게 적어 준 글귀였다.

이라부는 뒷짐을 진 채 방공호 안을 어슬렁거렸다. 마에다에 이어 이번엔 최만준마저 저세상으로 가고 말았다. 하야코 역시 의문의 죽음의 대열에서 결코 자유로울 수가 없었다. 생각 같아서는 초조대장경이고 뭐고 간에 다 집어치우고 당장 하야코를 교토로 불러들이고 싶었다. 그러나 초조대장경은 너무도 가까운 곳에 있었다. 금강산 건봉사…….

'하야코가 위험해.'

방공호를 나온 이라부는 방 안으로 들어가 외출할 채비를 서둘렀다. 지금이야말로 이노우에의 도움이 절실히 필요할 때였다.

오랜 유랑 끝에 겨우 고국 땅을 밟은 뒤로는 단 한 차례도 이 땅을 벗어나지 않았다. 그에게는 출국 금지 명령이 족쇄처럼 따라다니고 있었다. 일본 정부의 명령을 따르는 것이 고국에 정착할 수 있는 유일한 길이라고 여겼다. 그러나 지금은 아니었다. 하나뿐인 피붙이를 이역 땅에 두고 이대로 망연히 앉아 있을 수는 없었다.

"어서 오십시오. 그렇지 않아도 조만간 찾아뵈려고 했습니다."

이노우에는 이라부를 깍듯하게 맞이했다.

"미노루 스님의 유품에서 나온 글귀가 무엇인지 알아냈습니다."

"……."

"그것은 조선의 명승인 사명대사가 일본 장수에게 적어 준 글이더군요."

이라부는 다케미야로부터 전해 들은 내용을 이노우에에게는 알리지 않고 서울에 머물고 있는 하야코에게만 전해 주었다.

"이 글귀가 초조대장경과 관련이 있는 겁니까?"

"그건 나도 잘 모르겠소."

"그것 참 알다가도 모르겠군요. 미노루 스님이 왜 이 글귀를 지니고 있었을까요?"

이라부는 입을 꾹 다물었다. 앞으로는 어떤 경우에도 그에게 협조하는 일은 없을 것이다.

"그런데 절 보자고 한 용건은 뭡니까?"

"부탁할 일이 있소."

"뭐든 말씀해 보십시오. 기꺼이 도와드리겠습니다."

이라부는 잠시 뜸을 들였다.

"출국 금지를 풀어 주시오."

"그, 그건……."

이노우에는 뜻밖의 부탁이라는 듯 말끝을 흐렸다.

"한국에 급히 가야할 일이 생겼소."

"무슨 일 때문인가요? 초조대장경과 관련된 일입니까?"

"그렇소."

"정확한 사유를 말씀해 보십시오. 그래야 저희도 도울 수 있습니다."

"손녀딸이 위급한 상황에 처해 있소. 그 아이는 지금 자신을 도울 사람이 필요한 듯 보이오."

"지난번에는 손녀딸이 한국의 전문가와 동행하고 있다고 하지 않았습니까?"

"그 사람은 지금 없소."

"그게 무슨 소립니까?"

"나도 아직 자세한 내막은 알지 못하오."

교토 문화재 관리국에게 미행을 당한 후부터 되도록 그들 앞에서는 말을 아껴야겠다고 생각했다. 겉으로는 무슨 일이든 도와줄 것처럼 생색을 내면서도 뒤통수를 치는 게 그들의 수법이었다. 얼마 전 한국 도굴꾼을 알아봐 달라고 하고는 뒤로는 미행을 하지 않았던가. 게다가 처음 이노우에의 제안을 받았을 때부터 정부의 개입 없이 독자적으로 움직일 생각이었다. 초조대장경을 손에 넣는다고 그들이 약속을 제대로 지킬지도 의문이었다.

"손녀딸이 있는 곳이 어디입니까?"

"서울이오."

굳이 건봉사를 그에게 알릴 필요도 없었다. 만약 이노우에도 건봉사를 알게 되면 교토 문화재 관리국 직원을 당장 그곳에 파견할 것은 불을 보듯 훤한 일이었다.

"어서 서둘러 주시오."

"그 대신 조건이 하나 있습니다."

"무엇이오?"

"우리 문화재 관리국 직원과 동행하십시오."

이노우에도 껄끄러운 제안을 내밀었다.

"아니오. 수행원은 사양하겠소. 처음 당신이 말했듯이 정부가 개입하면 좋을 것이 하나도 없소. 게다가 한국 정부에서도 이번 일을 주시하고 있을 테니 그들의 눈에 뜨이게 되면 일이 더 복잡해질 것이오."

"……."

이노우에는 가는 실눈으로 이라부를 빤히 쳐다보았다.

"날 믿지 못하는 게요?"

"그건 아닙니다만."

"시간이 급하오. 이번이 아니면 기회가 영영 사라질지도 모르오."

이라부는 이노우에를 우회적으로 압박해 갔다.

"알았습니다. 빠른 시간 내에 조치를 취하겠습니다."

연꽃의 비밀

1

'날다람쥐가 건봉사에까지 오다니……'

최만준의 사체를 확인한 정찬국은 입술을 끌끌 찼다. 며칠 전에는 해인사에 모습을 드러내더니 언제 또 이곳으로 왔단 말인가. 하여튼 귀신 같은 인간들이다. 동에 번쩍 서에 번쩍, 홍길동이 따로 없었다.

"장재식은 어디에 있나?"

정찬국이 병원을 나서며 물었다.

"읍내 여관에 있을 거예요."

강현주의 목소리에는 힘이 없었다. 그녀의 얼굴은 서울을 떠나기 전보다 훨씬 수척해져 있었다.

"최만준까지 여기에 온 걸 보면 건봉사가 틀림없군."

최만준은 그의 명성답게 보통 보물 사냥꾼이 아니었다. 최만준이 어떤 경로로 건봉사를 찾아냈는지 알 수 없으나, 이 또한 그의 확신을 굳게 심어 주었다.

"최만준은 어떻게 건봉사를 알아낸 걸까요?"

"그걸 내 어찌 알 수가 있나. 흠흠."

"이걸 보세요. 최만준의 유류품에서도 금강저 문양이 나왔어요."

"으응?"

강현주는 최만준이 지니고 있던 금강저 문양을 꺼냈다.

"거참, 신기한 일이로군."

이 금강저 문양은 일본 도굴꾼의 사체에서 나온 것과 똑같았다. 그뿐이 아니었다. 강현주와 장재석이 안국사 주지에게서 받아 온 문양과도 정확히 일치했다. 그런데 어찌 이 금강저 문양을 최만준이 지니고 있던 것일까.

"며칠 전에 최만준이 해인사에 머물고 있는 것을 본 사람이 있었다고 했죠?"

정찬국은 고개를 끄떡였다.

"그렇다면 해인사에도 초조대장경을 잘 알고 있는 사람이 있는 게 아닐까요? 박상문 관장은 한국에 가거든 선광 스님을 꼭 만나 보라고 했어요. 선광 스님이 초조대장경의 비밀을 알고 있을 거라고 했거든요."

"선광 스님이라…… 고약한 일이로군."

선광 스님 애기가 나오자 정찬국의 얼굴이 일그러졌다. 오래전부터 문화재청과 선광 스님의 관계는 그리 좋지 않았다. 선광 스님은 불심에 담긴 숭고한 뜻은 안중에도 없이 국보급 문화재에만 열을 올리는 문화재청을 못마땅하게 여겼다. 문화재청 또한 해인사의 유물이 일반인에게 공개되는 것을 꺼려하는 선광 스님을 탐탁지 않게 여겼다. 대소 사찰 중에 해인사처럼 문화재청 직원을 업신여기는 곳도 드물었다. 선광 스님은 성질이 하도 고약해서 문화재청 직원이 해인사에 들어서면 문전

박대하기가 일쑤였다. 지난여름 정찬국도 선광 스님을 설득하려고 해인사에 갔다가 호되게 쫓겨난 아픈 기억이 있었다.

"최만준과 동행한 여자가 있다고 했는데…… 혹시 그 여자 소식은 못 들었나?"

정찬국은 해인사에서부터 최만준과 동행한 젊은 여자가 자꾸 신경이 쓰였다. 그녀 역시 최만준과 함께 건봉사에 왔을 것이다. 최만준이 초조대장경에 대해 알고 있는 것, 그녀 또한 잘 알고 있을 게 아닌가. 자칫하다가는 두 눈 멀쩡히 뜨고 초조대장경을 그녀에게 빼앗길지도 모를 일이었다. 다솔사에서 만당의 자료를 찾다가 강현주의 전화를 받자마자 부랴부랴 이곳으로 달려온 것도 그 때문이었다.

"젊은 여자 말인가요?"

"그래."

"저희와 같은 여관에 묵었어요."

"으응? 최만준도 그 여관에 함께 묵었다는 건가?"

"네."

"그 여관이 어디야? 어서 가 보자구. 그 젊은 여자가 누구인지 알아야겠어."

"지금 여관에는 없어요. 오늘 낮에 확인하고 오는 길이에요."

심상치 않은 일이다. 지금쯤 그녀는 건봉사 근처에서 호시탐탐 기회를 엿보고 있을 게 아닌가. 정찬국은 마음이 조급해졌다.

"누가 최만준을 살해한 걸까요?"

"……"

"최만준은 독침을 맞고 살해됐어요. 일본 도굴꾼이 살해된 수법과 똑같아요."

"그야 경찰이 알아서 할 일이 아닌가. 우린 초조대장경만 찾으면 돼."

"범인이 누구인지 밝혀야 초조대장경도 쉽게 찾을 수 있지 않겠어요?"

"음."

구 년 전에도 일본 도굴꾼의 살인범보다는 한국에서의 그의 행적에 더 집중한 게 사실이었다. 그러나 지금으로서는 이것저것 가릴 형편이 아니었다. 초조대장경은 바로 코앞에 있었다.

"건봉사 안에는 들어가 봤나?"

"네."

"법당 지하실은?"

"거긴 아직 가 보지 못했어요."

"후후. 법당 지하실은 아니야⋯⋯."

처음 정찬국이 초조대장경을 봉안한 곳으로 점찍은 곳은 법당 지하실과 사명당의 승병 기념관이었다. 장기봉의 지적대로 건봉사는 사명대사의 숨결이 고스란히 배어 있는 곳이었다. 그런데 초조대장경을 봉안한 장소는 따로 있었다. 그런 막연한 감보다 확실하게 손에 잡히는 것이 있었다.

"강 형사, 이게 뭔 줄 아나?"

정찬국이 품 안에서 낡은 지도 한 장을 꺼냈다.

"만당 당원이 건봉사 경내를 그린 지도야."

"만당 당원이요?"

"잘 생각해 봐. 그들이 이런 귀한 보물을 봉안하는데 어찌 흔적을 남기지 않았겠나? 하하하. 하늘이 돕지 않고서는 있을 수 없는 일이지."

정찬국은 큰 소리로 웃었다. 해방 전 초조대장경의 실체는 장기봉이 밝혀낸 것처럼 만당이 깊숙이 개입하고 있었다. 정찬국 역시 며칠 전 교토에 머물고 있는 강현주로부터 만당의 존재를 전해 들었다. 그때부터 만당에 관한 자료를 수집하려고 물불 가리지 않고 뛰어다녔다. 고려미술관의 박상문 관장까지 나섰다면 이는 실로 보통 일이 아니었다. 어찌 됐든 장기봉과 그의 손자가 몇몇 자료만으로 만당의 지난 흔적까지 찾아낸 것은 놀라운 일이었다. 그러나 이들의 능력은 거기까지가 한계였다.

사실 처음부터 장기봉이나 그의 손자에게 큰 기대를 한 것은 아니었다. 한국이든 일본이든 초조대장경의 흔적이 조금이라도 남아 있는 곳이라면 어디든지 찾아갈 생각이었다. 그런데 첫 단추를 잘 끼웠는지 장기봉을 이용한 계획은 그의 바람대로 착착 맞아떨어졌다. 따지고 보면 건봉사를 찾아낸 것도 남선사에서 시작된 것이나 다름없었다.

"이제 모든 것은 끝났어."

정찬국은 무엇인가를 쟁취한 자만이 누릴 수 있는 상기되고 포만감에 젖은 얼굴이었다.

"건봉사 주지를 만날 건가요?"

"자네 지금 제정신인가?"

정찬국은 강현주를 보며 피식 웃었다.

"우리는 지금 사적 발굴단으로 여기 온 게 아니야. 만약 이들이 초조대장경을 가지고 있다면, 지금까지 이를 공개하지 않고 나름대로 비밀리에 소장하고 있는 까닭이 있을 게 아닌가. 그런 그들 앞에서 그걸 내달라면 여기 있소, 하고 순순히 내줄 것 같나?"

"……."

"공연히 일을 복잡하게 만들 필요는 없어. 일단 초조대장경을 찾아내는 게 순서야. 그 뒤에 주지를 만나도 늦지 않아."

"조심하셔야 될 겁니다. 최만준을 보세요."

"그런 걱정은 하지 않아도 돼."

정찬국의 눈빛이 이글거렸다. 강현주는 그의 눈가에 욕망의 불꽃이 꿈틀대는 것을 놓치지 않았다. 초조대장경은 그의 이름을 다시 한번 만천하에 떨칠 수 있는 절호의 기회였다. 이런 기회를 놓칠 정찬국이 아니었다.

"강 형사, 그동안 고생이 많았어."

정찬국이 목소리를 낮게 깔았다.

"이젠 이 일에서 손을 떼게."

"실장님……."

"이제부턴 내가 직접 나서겠어. 이 위대한 유산을 두더지 놈들에게 넘겨줄 수는 없지."

"……."

"이젠 올 때까지 다 왔어……."

앞으로 넉넉잡아 하루 이틀이면 초조대장경이 드러날 것이다. 천 년의 장막을 걷어 내고 어둠의 그늘에서 빛의 세계로 나올 것이다.

"장재석에게는 뭐라고 말하죠?"

"이젠 그놈을 만날 필요도 없어. 후후, 앞으로는 그놈을 다시 볼 수도 없을 거야."

"그, 그럼……."

"인간 쓰레기들이 갈 곳은 뻔하지 않나. 이번 일이 마무리되면 그 두더지 새끼들을 감방에 처넣을 거야!"

정찬국은 한술 더 떠서 장재석을 영창에 보내려고 단단히 벼르고 있었다. 장재석이 얼마 전에 개성에 넘어갔었다는 것이 그 이유였다. 한국의 도굴꾼들이 북한에까지 손을 뻗치고 있는 것은 어제오늘의 일이 아니었다.

강현주는 재석이 측은한 생각이 들었다. 그의 아버지가 산둥 형무소에서 풀려 나오기는커녕 그 역시 영어의 몸이 되는 게 아닌가.

"지금에 와서 생각해 보니 그 두더지 놈들이 개성에 넘어갔을 때 이규보의 글이 적힌 족자 두루마리를 발견한 것 같아. 교활한 능구렁이 같으니, 그깟 두루마리 하나로 감히 내게 사기를 치려고 들어?"

"……"

"지들이 암만 날뛰어도 별수 없지. 아마 이번에 영창에 들어가면 꽤 오래 썩을걸."

"장기봉 노인은 어디에 있나요? 함께 온 건가요?"

"아니야."

정찬국은 고개를 흔들었다.

"하지만 그 능구렁이 영감탱이가 가만히 있을 턱이 없지. 어쩌면 벌써 이곳 어딘가에 와 있을지도 모르지."

2

"그 처녀 짭새는 어디 갔냐?"

장기봉은 불판에서 잘 익은 고기 한 점을 젓가락으로 건져 올렸다. 재석은 말없이 불판 아래로 흐르는 번지르르한 기름만 바라보고 있었다.

"연락이 끊겼지?"

"……."

"내 그럴 줄 알았다. 네놈은 먹다 남은 돼지 뼈다귀도 안 되는 게야."

재석의 얼굴이 붉게 달아올랐다. 삼겹살을 바짝 구워 내고 있는 불판 때문도, 불판 아래서 엄청난 화력을 뿜어 대는 숯불 때문도 아니었다. 그의 얼굴은 고깃집에 들어서기 전부터 이미 벌겋게 익어 있었다.

하루 종일 강현주와 연락이 닿지 않았다. 그녀의 휴대전화는 내내 먹통이었고, 어젯밤에는 여관에도 들어오지 않았다. 최만준이 살해된 후 쥐도 새도 모르게 종적을 감춘 것이다.

"이제 막바지에 이르니 슬슬 본색을 드러내는 게야."

"본색이라뇨?"

"넌 아직 멀었다. 그렇게 인간 낯짝을 볼 줄 몰라서 뭔 일을 하겠냐. 끌끌. 그 처녀 짭새를 남선사에 딸려 보낼 때부터 진작 알아봤어야지."

"정찬국 말인가요?"

"그럼, 그 친구 말고 누가 또 있겠어?"

너구리 영감의 말에도 일리는 있었다. 한마디 상의도 없이 강현주를 남선사에 보낼 때부터 정찬국이 미덥지 않았다.

"앞으로 그 처녀 짭새는 찾을 필요 없다. 지금쯤 정찬국과 어딘가에서 작당을 하고 있을 테니 말이야."

"정찬국도 여기에 와 있습니까?"

"내가 늘 말하지 않더냐. 나라에 녹을 먹는 저쪽 인간들을 경계하라고. 그 친구는 감이 떨어질 때까지 순순히 뒷짐만 지고 있을 인간이 아니야. 어떻게든 그걸 제 혼자 따먹으려고 별짓을 다할 인간이란 말이지."

"그럼 이제 어떻게 하죠?"

재석은 자신의 빈 잔에 술을 가득 채웠다.

"뭘 말이냐?"

"그들이 초조대장경을 가져가는 걸 빤히 보고만 있으라는 건가요? 여기까지 쌔빠지게 왔는데."

"멍청한 자식! 그래도 말귀를 못 알아들어?"

장기봉은 고기를 쌈에 싸서 한입에 처넣었다.

"당분간 산송장처럼 꼼짝 않고 있어야 해. 날다람쥐가 살해된 것을 봐. 여긴 위험한 곳이야. 지금은 우리가 나설 차례가 아니다."

재석은 여전히 이해가 안 된다는 듯이 고개를 갸웃거렸다.

"이럴 때일수록 침착해야 해. 정찬국이 예까지 왔으니 아마 크게 일을 벌일 거다. 앞으로 우린 그 짭새 연놈들이 뭘 하는지 가만히 지켜보면 돼. 후후. 아무리 초조대장경이 건봉사 안에 있다 하더라도 쉽게 찾아내지는 못할 게다."

최만준이 살해된 것은 곧 두 가지 의미로 해석되었다. 초조대장경은 건봉사 내에 있다는 것, 그리고 이들의 목숨을 노리는 집단이 어딘가에 도사리고 있다는 것이었다.

"아마 오늘이니 내일 중에 틀림없이 정찬국이 움직일 게다. 이니면 하야코가 나서던지……."

"하야코라니요?"

"네놈이 여관에서 봤다고 하는 그 젊은 여자가 하야코야. 이라부의 손녀딸이지."

"이라부라면 교토에 사는……."

"그래. 아들이 중국에서 개죽음 당했다고 하던 일본의 호리꾼 말이다."

이라부라는 이름은 지하 밀매 시장에서 간간이 들은 적이 있었다. 유물을 탐지하는 그의 동물적인 감각은 아무도 따라올 자가 없다고 했다.

너구리 영감이 한창 중국 대륙을 누비고 있을 당시 그 또한 중국에서 왕성하게 활동하고 있었다. 그의 성품은 대나무처럼 곧고 심지가 굳어 일본에서는 그를 따르는 도굴꾼들이 적지 않다는 소문도 들었다. 너구리 영감과는 근본부터 다른 인간이었다.

"최만준은 여기에 혼자 온 게 아니야. 해인사에서부터 이라부 손녀딸과 동행하고 있던 게지."

"그건 어떻게 아셨어요?"

"정찬국이 말해 주더군. 후후. 날다람쥐를 해인사에서 본 사람이 있었다고 말이야. 날짜를 보니 해인사에서 이틀 정도 머물다가 곧장 서울로 온 것 같아. 인사동 거리에도 최만준이 하야코와 다니는 걸 본 사람이 한둘이 아니야."

"……."

"아마 최만준이 살해됐을 때 하야코도 근처에 있었을 게다."

재석은 탁자 앞에 놓인 술잔을 단숨에 비웠다. 갑자기 머리가 지끈거리고 목젖이 뜨거워졌다. 엊그제만 해도 초조대장경을 금방 손에 넣을 것 같았다. 건봉사 일주문 기둥에 새겨진 금강저 문양을 봤을 때는 초조대장경을 찾아낸 것처럼 가슴이 북받쳐 올랐다. 그러나 최만준의 갑작스런 죽음으로 초조대장경의 행방은 묘연한 곳으로 빠져들고 있었다. 밤새 치밀하게 준비하던 계획도 다시 수정하지 않으면 안 되었다.

"최만준이 저리 개죽음을 당했지만 하야코는 쉽게 포기하지 않을 게야. 일본에서 예까지 건너왔을 정도면 단단히 각오하고 있을 테지."

"최만준은 어떻게 건봉사를 알아냈을까요? 그의 유류품에는 금강저 문양이 그려진 종이가 있었어요."

"음. 나도 그게 이상해. 아무리 날다람쥐가 냄새를 잘 맡는다고 해도 건봉사까지 온 것은 납득이 가질 않아. 어쩌면 이라부의 사주를 받고 있었는지도 몰라."

"사주라뇨?"

"이라부의 똘마니라는 소리다."

최만준은 겉으로 뻔지르르하게 의리나 명분을 내세우는 것 같지만, 알고 보면 그도 돈밖에 모르는 속물이었다. 게다가 그는 이라부의 꽁무니를 따라다니며 간도 쓸개도 다 내놓고 다녔다.

"최만준이 해인사에 갔었다면…… 혹시 선광 스님을 만난 건 아닐까요?"

"……"

"박상문도 선광 스님 얘기를 했었어요."

"그 얘긴 그만하거라. 박상문이 아직 그 중늙은이를 잘 몰라서 하는 소리야. 그 중늙은이를 만났다가는 되레 날벼락을 맞을 게다."

장기봉은 슬며시 젓가락을 내려놓았다. 선광 스님 얘기가 나오자 입맛이 뚝 떨어졌다. 이번 일에 이라부는 물론 선광 스님마저 끼어들고 있다는 것은 여간 껄끄러운 일이 아니었다.

"며칠만 차분하게 기다려 보자. 분명 둘 중 하나가 움직일 거다. 우리는 그다음을 노리는 게야."

장기봉은 입술을 쩍쩍 다셨다.

"마지막에 웃는 자가 진정한 승리자지. 껄껄."

"하야코……."

이라부의 가슴 한구석이 소리 없이 무너져 내렸다. 하야코를 오랜만에 만난 기쁨도 잠시였다. 하나뿐인 핏덩이를 사지로 내몬 자책감에 차마 얼굴을 들지 못했다.

하야코의 얼굴은 그새 반쪽이 되어 있었다. 희고 고왔던 얼굴은 누렇게 떠 있었고, 윤기가 흐르던 입술은 마른 논바닥처럼 쩍쩍 갈라져 있었다. 한국에서 겪었을 고통의 흔적이 얼굴 곳곳에 그대로 묻어 나왔다.

"전 괜찮아요."

말은 그렇게 하고 있지만, 하야코는 피곤한 기색이 역력했다. 어제는 잠도 제대로 자지 못했는지 눈꺼풀에는 긴 그림자가 드리워 있었다. 그러나 여전히 눈빛만은 매섭게 빛나고 있었다. 초조대장경을 반드시 찾아야겠다는 일념, 그것이 하야코의 눈빛에 또렷이 새겨져 있었다.

하야코를 찾아오는 동안 이라부의 마음은 여러 갈래로 찢어지고 있었다. 초조대장경이 코앞에 있다고 해도 모든 걸 포기하고 하야코와 함께 일본으로 돌아가고 싶었다. 온갖 보물을 손에 넣은들 하나뿐인 피붙이를 잃으면 무슨 소용이 있을까. 이십 년 넘게 그를 옥죄어 왔던 운명의 수레바퀴, 그런 비극은 아들을 잃은 것으로 족했다.

"초조대장경은 건봉사에 있는 게 틀림없어요. 일주문에는 금강저 문양이 새겨져 있었어요."

하야코의 저 다부진 얼굴을 보자, 차마 일본으로 돌아가자는 말이 나오지 않았다.

"절 안에는 들어가 봤느냐?"

"아직 경황이 없었어요."

최만준이 살해된 후 하야코는 다시 건봉사 주위에 가 보았지만, 아직 사찰 안으로는 들어가지 못했다. 처음 건봉사 앞에 왔을 때와는 달리 사찰 주위에는 정장 차림의 수상한 사내들이 진을 치고 있었던 것이다. 게다가 관광객들도 거의 보이지 않았다.

"누굴까요? 아저씨를 살해한 사람은……. 마에다도 이들에게 살해당한 게 아닐까요? 전 자꾸 연화단이라는 집단이 신경 쓰여요. 이걸 보세요."

하야코는 홍제암 토굴에서 발견한 고문서를 이라부에게 내밀었다.

"이게 그 토굴에서 가져온 거예요."

이라부는 하야코가 내민 고문서를 차분하게 훑어보았다. 고문서 안에는 연화단의 임무와 그들의 역할이 간략하게 적혀 있었다.

"연화단이 아직도 존재하는 건 아닐까요?"

"글쎄다."

저수지 안에서 최만준의 사체를 봤을 때, 무심코 떠오른 것이 연화단이었나. 처음 이 고문서에서 연화난이라는 이름을 발견했을 때부터 느낌이 예사롭지 않았다.

"할아버지, 서둘러야겠어요."

"하야코, 너무 서두르지 마라. 지금쯤 한국 정부가 최만준의 신원을 파악했을 거야. 그들도 초조대장경을 찾아 나섰을지 모르니 한 걸음 늦추는 게 좋아."

초조대장경은 손을 벌리면 금방이라도 닿을 만한 곳에 있지만, 지금은 섣불리 나설 때가 아니었다. 한국 정부는 이미 최만준의 죽음이나 그가 건봉사에 온 목적을 파악했을 것이다. 어쩌면 최만준을 조사하는 과

정에서 하야코의 행적도 드러났을지도 모른다. 어느 모로 보나 최만준의 죽음은 그들에게는 악재였다.

"그러다가 그들이 먼저 찾기라도 하면……."

"현재로서는 달리 방법이 없어. 하늘의 뜻을 기다려야지."

이라부는 긴 한숨을 토해 냈다. 이곳은 어디 한 군데 비빌 언덕도 없는 이역의 땅이다. 오직 자신의 감과 의지, 그리고 판단을 믿어야 한다. 최만준이 누구에게, 어떻게 살해됐는지 알 길이 없지만, 그것만으로도 아주 위험한 곳이다. 영문도 모른 채 덤벼들다가는 그대로 황천길이 될 수 있다.

"그렇다고 이대로 있을 수는 없잖아요."

"……."

이라부는 하야코가 너무 서두르는 것 같아 지레 걱정이 되었다. 때로 젊은 혈기는 이성을 마비시키고 판단을 흐리게 만들어 종종 최악의 사태를 불러오는 구실을 제공하기도 했다. 바쁠수록 돌아가는 것도 이런 위기에 대처하는 좋은 방법이다.

"일단 건봉사 근처로 자리를 옮기는 게 좋을 것 같구나."

"알았어요."

그들은 모텔에서 나와 건봉사행 버스에 올랐다.

4

건봉사 경내로 들어서자, 정찬국은 발끝을 모으고 어깨를 잔뜩 움츠렸다. 불이문에 들어설 때부터 그의 몸속에는 두 가지 기류가 세차게 역류하고 있었다. 하나는 곧 천 년 영물을 만날 수 있다는 '감격의 기류'였고, 다른 하나는 최만준을 저세상으로 보낸 서슬이 시퍼런 '살기의 기류'였다. 두 기류는 정확히 양분되어 그의 몸을 지배하고 있었다.

그래서일까. 사찰 안은 마치 다른 세계에 온 것처럼 낯설었다. 경내에서 마주친 스님들의 표정도 하나같이 딱딱하게 굳어 있었다. 그러나 경내 안으로 깊이 들어갈수록 무언가 발길을 강하게 잡아끄는 오묘한 기운이 느껴졌다.

'그때 왜 이걸 눈치채지 못했을까?'

불이문에 새겨진 금강저 문양을 보자, 구 년 전의 기억이 슬금슬금 머리채를 잡고 기어 올라왔다. 사실 다시는 떠올리고 싶지 않은 기억이었다.

일본 도굴꾼의 사체가 발견된 곳은 속초항의 한 선박이었다. 변사체를 검시한 경찰은 그가 독침을 맞고 살해된 후, 범인들이 속초항에 사체를 유기한 것으로 잠정 결론을 내렸다. 사체의 유류품에서는 남선사의 경내 지도와 금강저 문양, 그리고 조선총독부 기밀문서가 나왔다. 정찬국은 당시만 해도 이 금강저 문양을 불교 행사에 사용되는 도구 정도로 여기고 사체가 발견된 속초를 중심으로 강원도 사찰을 이 잡듯이 뒤졌다. 그해 여름휴가를 반납하면서까지 백담사, 신흥사, 낙산사 등 설악산과 오대산을 누비고 다녔다. 그러나 모두 헛걸음이었다. 일본 도굴꾼의 목표 지점이 강원도의 한 사찰이라고 여겼으나, 그 많은 사찰 중에 잿더미에서 겨우 되살아난 건봉사일 줄은 꿈에도 생각하지 못했다. 건봉사는 한 시대를 풍미했으나 아직 그 형태조차 복원되지 않은 절이었다. 그러나 해방 전의 건봉사는 백담사와 낙산사, 신흥사를 말사로 거느릴 정도로 웅대한 사찰이었다.

건봉사는 평일이라서 그런지 사람은 별로 없었다. 단정한 옷차림의 노부부만이 십바라밀 석주 앞에 앉아 담소를 나누고 있었다. 건봉사에는 다른 사찰에 비해 유난히 눈에 띄는 조형물이 있었는데, 그것은 하늘 높이 치솟은 커다란 석주였다. 건봉사의 명물인 십바라밀 석주에는 불교의 지혜를 뜻하는 열 개의 문양이 새겨져 있었다. 그뿐이 아니었다. 연지(蓮池) 앞쪽에 있는 두 개의 석주 또한 사람들의 눈길을 붙들었다. 석주에는 다음과 같은 글이 새겨져 있었다.

龍蛇活地, 放生場界
이곳은 용과 뱀이 함께 사는 땅이요, 모든 생명이 자유를 얻는 곳이다.

건봉사는 예전의 위세가 한풀 꺾이기는 했어도 여전히 유서 깊은 고찰의 기운을 간직하고 있었다. 장기봉의 지적대로 사명대사와 만해 스님, 그리고 백두대간의 정기를 이어받은 곳이었다. 또한 이번 일에 가장 큰 실마리를 제공한 만당의 지부가 설치된 곳이기도 했다. 천 년 영물을 봉안할 장소로는 조금도 손색이 없었다.

정찬국은 석주를 지나 후문 쪽으로 천천히 다가섰다. 후문으로 다가갈수록 그윽하고 신비로운 향기가 코끝을 적셔 왔다.

'바로 이게 천 년 영물의 기운이 아닌가!'

정찬국은 품 안에 있는 지도를 떠올렸다. 이것은 해방 전 만당 당원이 남긴 지도로, 건봉사 경내와 후문 밖의 위치가 상세하게 그려져 있었다. 후문에서 이삼백 미터 정도 떨어진 곳에는 다음과 같은 문양이 표시되어 있었다.

연꽃 속의 卍 자 문양이었다.

초조대장경의 봉안 장소로 건봉사가 떠오른 후 정찬국은 만당에 관한 자료를 찾으려고 사방팔방 뛰어다녔다. 이 방면에 뛰어난 역사학자의 도움을 얻어 해방 전 한국사 사료를 보관한 대학 박물관과 역사 박물관을 집중적으로 뒤졌다. 만당이 초조대장경을 건봉사로 옮겼다면 틀림없이 이에 대한 정보를 남겼으리라는 것이 그의 생각이었다. 그의 예상은 적중했다. 한 역사학 교수는 만당의 거점지가 해인사와 더불어 다솔사도 주요 활동 무대였다고 짚어 주었다.

정찬국은 다솔사에 남아 있는 만당의 자료 중에서 이 지도를 천신만고 끝에 찾아냈다. 해방 전의 다솔사는 만당의 피난처임과 동시에 회합 상소로 자주 이용된 사찰이었다. 해인사 사선을 겪은 만당은 합천 경찰서장인 다케우라의 눈을 피해 그들의 전략지를 다솔사로 옮겼던 것이다. 이들은 초조대장경을 건봉사로 옮긴 후 이를 지도로 남겼는데, 마침 이 지도가 다솔사에 남아 있었다.

이거야말로 하늘이 돕지 않고서는 있을 수 없는 일이었다. 어느 누군들 이 지도가 초조대장경의 위치를 표시한 지도라는 것을 알 수 있겠는가. 단지 이 지도에는 건봉사의 중심 가람과 연꽃 속의 卍 자 문양만이 그려져 있을 뿐이었다.

예로부터 건봉사를 가리켜 '연꽃의 꽃술 자리'라고 했다. 이 지도에 표시한 연꽃무늬는 금강저 문양과 더불어 건봉사를 지칭하는 상징물이었다. 초조대장경 역시 연꽃의 생명력과 비교되기에 조금도 부족함이 없었다.

후문 쪽으로 다가서는 그의 발걸음이 날개를 단 듯 가벼웠다. 이 얼마나 애타게 손꼽아 기다리던 날인가. 초조대장경을 찾아내는 것은 북관대첩비 이전을 성사시킨 것과는 비교도 될 수 없었다. 이런 진귀한 보물을 은밀히 보관하는 것도 국가로서 큰 손실이 아닐 수 없었다.

―최만준도 일본 도굴꾼과 똑같은 방법으로 살해됐어요…….

문득 강현주의 말이 옆구리를 찔렀다. 그와 동시에 냉동실에서 본 최만준의 사체도 슬며시 떠올랐다. 정찬국은 고개를 절레절레 흔들었다. 신경을 쓰지 말자고 다짐하면서도 틈만 나면 최만준의 검푸른 얼굴이 눈앞에 어른거렸다.

그때 승사 앞에서 마당을 쓸고 있던 한 스님이 다가왔다. 빗자루를 내려놓은 스님은 그에게 합장을 올렸고, 정찬국도 엉겁결에 두 손을 모았다.

"마음이 평화로워 보이지 않습니다……."

스님이 나지막한 소리로 중얼거렸다. 정찬국은 어깨를 움찔거렸다.

"눈을 보면 알 수가 있지요……. 육신은 헛것이어서 생(生)이 있고 멸(滅)이 있지만 참마음은 허공과 같아 끊어지지도 않고 변하지도 않습니다. 집착을 버리면 모든 걸 얻을 수 있지요."

"그게 무슨……."

"많은 사람들이 제행무상(諸行無常)의 도리를 망각하고 헛된 욕심 속에 인생을 살고 있습니다. 인생 백 년이 수유(須臾)에 불과하고 잠깐 꿈속을 헤매는 것인데 집착과 소유의 욕심으로 자신을 스스로 소멸시키고 있습니다. 이런 거짓과 나에 대한 집착에서 벗어날 때 진정으로 참된 나의 존재를 찾을 수 있고 그 존재 가치는 더욱 찬란하게 빛날 것입니다. 그럼……"

스님은 다시 합장을 하고 난 뒤 대웅전 쪽으로 쭈뼛쭈뼛 걸어갔다. 정찬국은 스님에게 뺨이라도 한 대 맞은 듯 얼떨떨한 기분이 들었다. 아무런 대꾸도 하지 않았는데 스님은 그 앞에서 난데없이 그렇게 중얼거리고 사라졌다. 기분이 아주 불쾌했다. 처음 보는 사람에게 다가와 이 무슨 헛소리란 말인가.

'이상한 중이로군.'

해는 산중턱에 엇비스듬히 걸려 있었다. 굳이 훤한 대낮에 움직일 필요는 없었다. 지금으로서는 어둠에 대비해 후문 쪽의 위치를 파악하는 것이 중요했다. 정찬국은 경내를 둘러보고 건봉사 후문으로 빠져나왔다.

'이건 또 무슨 징조일까?'

후문을 나서는데 자꾸 뒤통수가 근질거렸다. 무심결에 힐끔 뒤를 돌아보자, 저 멀리서 한 스님이 우두커니 서서 그를 바라보고 있었다.

'……!'

좀 전에 이상한 소리를 주절거리던 중이었다.

5

승사에서 새어 나오던 불빛이 꺼졌다.

승려들의 잰걸음도 사라지고 희미하게 산사를 울리던 목탁 소리도 끊어졌다. 이제 건봉사 안은 칠흑 같은 어둠에 파묻혔다.

산 중턱에 자리를 잡은 지 벌써 네 시간이 훌쩍 지나갔다. 이라부는 고개를 빳빳이 치켜들고 산 아래를 내려다보았다. 어둠에 익숙해진 탓인지 경내 조형물도 서서히 눈에 익어 갔다. 아직 건봉사 안에는 특별한 움직임이 감지되지 않았다. 산기슭을 타고 올라오는 실바람만이 나뭇가지를 가늘게 흔들고 있을 뿐이었다.

땅거미가 질 무렵, 건봉사 경내가 훤히 보이는 산 중턱에 자리를 잡았다. 지금으로서는 몸을 낮추고 사찰 주변의 동태를 파악하는 게 중요하다. 사찰 주변은 여전히 섬뜩한 살기가 감돌고 있었고, 곳곳에 수상한 시선이 잠복해 있었다. 짐작건대 최만준이 살해된 후 인위적으로 형성된 매복의 눈길 같았다.

지루하고 막연한 기다림은 끝없이 이어졌다. 무엇을 기다리고 있는지, 누구를 기다리고 있는지 상대도 없었고, 뚜렷한 목적도 없었다. 다만 건봉사와 멀찌감치 거리를 두고 앞으로 벌어질 일을 조금씩 예단하는 것이 지금 그가 할 수 있는 최선의 선택이었다. 언제나 그랬듯이 기다림은 그에게 숙명이나 다름없었다. 청나라 고관대작의 무덤을 도굴할 때는 무덤 앞 숲 속에서 이틀 동안 꼼짝 않고 기다린 적도 있었다. 한자리에서 간단히 요기를 채우고 대소변도 그 자리에서 해결했다. 나설 때와 기다릴 때를 아는 것, 그 간발의 차이로 날벼락을 맞기도 하고 보물을 손에 넣기도 한다.

"할아버지, 그런데 어떻게 이곳에 올 수 있었죠?"

하야코가 건봉사 쪽을 보다 말고 고개를 휙 돌렸다. 너무 경황이 없던 터라 할아버지가 출국 금지에서 풀린 것도 뒤늦게 알았다.

"네가 한국에 있는 동안 많은 일이 있었다."

이라부는 그동안 교토에서 벌어진 일을 차분하게 말해 주었다. 남선사

석장굴에 한국 도굴꾼이 잠입했던 일, 그로 인해 교토 문화재 관리국에 불려 갔던 일, 그곳에서 이노우에로부터 특별한 제안을 받은 일 등…….

"석장굴에 잠입한 인물이 장기봉 노인의 손자라고요?"

"그래. 나도 무척 놀랐다. 장기봉이 초조대장경을 찾아 나선 것은 최만준을 통해 전해 들었다만, 그의 손자가 남선사에까지 올 줄은 몰랐지."

"최만준 아저씨도 인사동에 머물 때 그 노인에 대해 말한 적이 있어요. 초조대장경이 적혀 있는 족자 두루마리를 그 노인의 손자가 가지고 있었다고 하더군요."

"그것 참 희한한 일이로구나."

이라부는 씁쓸한 표정을 지었다. 처음 최만준의 입에서 장기봉이라는 이름이 흘러나왔을 때부터 영 기분이 마뜩치 않았다. 그런데 시간이 흐르면서 그의 이름 석 자는 물론 그의 손자까지 곁가지를 치고 점점 가까이 다가서고 있었다. 참으로 기이한 인연이었다. 어찌 이리 비슷한 시기에, 똑같은 보물을 겨냥하고 있는지 그저 놀라울 따름이었다. 여든의 나이에도 왕성하게 활동하고 있는 것이나 그 짜릿한 손맛을 삼대에 걸쳐 대물림해 주고 있는 것이니 매한가지였다.

장기봉을 처음 본 것은 중국 산둥에 있는 문화재 암거래 시장에서였다. 산둥은 한국과 일본, 그리고 중국의 도굴꾼들이 자주 모여드는 곳으로, 유물 정보를 나누기도 하고 한국과 일본의 밀매 시장을 연결시켜 주기도 했다. 지금은 중국 당국의 서릿발 같은 감시 때문에 꿈같은 이야기지만, 1980년대는 수많은 도굴꾼들이 큰 것 한탕을 노리며 중국 대륙을 밟았다. 장기봉은 산둥 암거래 시장에서 술수에 능한 인물로 정평이 나 있었다. 그에 대한 평가는 썩 좋은 편은 아니었으나, 그의 유물 탐지 능력만큼은 모두 인정하고 있었다.

"이번 일만 잘되면 교토 문화재 관리국에서 목 좋은 곳에 박물관 자리를 알아보겠다고 하더라."

"잘됐군요. 할아버지 생각은 어때요?"

"난 솔직히 그들이 미덥지 않아……."

이라부는 교토 문화재 관리국 직원이 자신을 미행했었다는 사실을 말하려다가 그만두었다. 가뜩이나 마음이 편치 않을 하야코에게까지 공연한 걱정거리를 안기고 싶지 않았다.

"어차피 이번 일에 뛰어든 것도 아버지 때문이잖아요. 초조대장경이라면 일본 정부의 마음을 움직일 수 있을 거예요."

"그것은 좀 더 생각해 보기로 하자."

그때였다. 저 멀리 경내에서 미세한 움직임이 느껴졌다. 검은 그림자가 칠흑 같은 어둠을 헤집고 건봉사 안에 나타난 것이다. 대웅전 쪽이었다. 경내는 어둠에 둘러싸여 있어도 검은 그림자의 움직임은 또렷하게 시야에 잡혔다.

"드디어 나타났군."

이라부가 혼자말로 중얼거렸다.

"누, 누굴까요?"

검은 그림자는 석주를 가로질러 후문 쪽으로 빠르게 이동하고 있었다. 그때 능파교 쪽에서 바퀴 굴러가는 소리가 희미하게 들려왔다.

"수레예요!"

하야코가 자지러지듯이 소리쳤다. 한 명의 승려가 수레를 끌고 있었고, 두 명의 승려는 그 뒤를 따라가고 있었다.

이 깊은 밤에 웬 수레일까? 뜻밖의 수레가 나타난 탓인지 검은 그림자는 발걸음을 멈추고 석주 뒤에 몸을 숨겼다. 능파교를 건넌 수레는 천천히 경내 후문 쪽으로 이동하고 있었다. 이윽고 문을 따는 소리가 들리고 수레는 유유히 후문을 빠져나갔다. 이라부의 눈길이 석주 뒤에 숨어 있는 검은 그림자를 따라잡았다.

그런데 어찌 된 일인가. 석주 뒤에 몸을 숨기고 있던 검은 그림자도 수레 쪽으로 방향을 트는 게 아닌가. 검은 그림자는 승려에게 들킬세라 몸을 낮추면서 수레 뒤를 바짝 따라붙고 있었다.

"대체 어디를 가는 거죠?"

잠시 후 수레와 승려, 그리고 검은 그림자는 시야에서 완전히 사라졌다. 수레가 후문을 빠져나간 뒤에는 더 이상 그들의 움직임은 포착되지 않았다. 건봉사 경내에는 다시 긴 정적과 침묵, 그리고 어둠의 잔해만이 꾸물꾸물 모여들고 있을 뿐이었다.

대체 검은 그림자는 누구이며, 수레는 또 무엇인가.

6

"어떻소?"

대머리 형사가 인상을 찌그리며 물었다.

"인상착의만으로는 확실히 모르겠어요."

강현주는 선뜻 결론을 내리지 못했다. 그러나 경찰서에 접수된 변사체의 인상착의는 정찬국과 너무도 흡사했다. 백팔십 센티가 넘는 큰 키에 비쩍 마른 체구, 그리고 짧은 머리……

"변사체를 확인하기 위해서는 사건 현장에 가야할 텐데…… 현장에 가 보겠소?"

"네."

고성경찰서를 나오면서 강현주는 불길한 생각에 사로잡혔다. 오전
내내 정찬국과 연락이 닿지 않았다. 어젯밤 여관을 나선 뒤로 그의 행방
은 묘연했고, 휴대전화도 불통이었다. 정오가 넘어서자 혹시나 하는 생
각에 고성경찰서에 전화를 걸었는데, 한 폐가에서 의문의 변사체가 발
견되었다는 신고가 접수되어 있었다. 강현주는 곧바로 고성경찰서에
들렀고, 대머리 형사를 따라 사체 발견 장소로 향했다.

국도를 벗어난 차는 좁은 우마차 길을 숨 가쁘게 달렸다. 차가 저수
지를 건넌 뒤부터 넓은 들판이 나왔고, 띄엄띄엄 농가들이 보였다.

강현주는 뒷좌석에 앉아 창밖을 물끄러미 바라보았다. 이제 더 이상
민가는 보이지 않았다. 간혹 수풀에 뒤덮인 농가가 보이긴 했는데, 대
부분이 오래 비운 폐가 같았다. 먼 산 뒤로 소 울음소리가 길게 울려 퍼
졌다.

"이게 대체 무슨 날벼락이래. 살인 사건커녕 강도 사건 하나 없던 곳
에……. 내 참 기가 막혀서……."

대머리 형사는 뒤를 힐끔 돌아보았다.

"댁이 찾는 사람이 문화재청 직원이라고 했소?"

강현주는 말없이 고개만 끄떡였다.

"그런데 이 외진 곳에는 어쩐 일이오?"

"공무 집행중입니다."

"여기는 언제쯤 온 거요?"

"며칠 안 됐습니다."

"이상한 일이로군. 한 번도 아니고…… 댁은 꼭 사체의 신원을 확인
하기 위해 온 사람 같소."

대머리 형사의 말투는 다분히 시비조였다. 그도 그럴 것이 최만준의 신원을 처음으로 밝혀낸 인물이 강현주였다. 그때까지 대머리 형사는 변사체의 신원을 몰라 애를 먹고 있었다. 그런데 이번에도 변사체의 신원을 확인을 위해 그녀를 대동하고 있으니 난감한 일이 아닐 수 없었다.

우마차 길 옆으로 야트막한 산등성이가 드러나자, 가장 먼저 경찰차가 눈에 들어왔다. 곧이어 병풍처럼 둘러싸인 산등성이 옆으로 듬성듬성 모여 있는 사람들이 보였다. 대머리 형사는 차를 주차시키고 현장을 향해 성큼 올라갔다. 강현주도 그를 따라 올라갔다.

변사체가 발견된 폐가에는 고요한 적막이 흐르고 있었다. 창호지가 찢겨 나간 창틀, 깨진 장독대, 강아지풀들로 덮인 낡은 기와……. 앞마당에는 제멋대로 뻗은 잡초들이 뒤엉켜 있었다.

"사체는 어디에 있는 거야?"

대머리 형사가 폐가 앞을 지키고 있는 경찰에게 다가갔다.

"방금 119 구급차가 와서 싣고 갔습니다."

"뭐야? 동작 한번 빠르군. 어디로 데려갔나?"

"읍내 병원입니다."

"이런 제기랄. 한발 늦었네."

강현주는 조심스럽게 사체 발견 현장 안으로 들어갔다. 폐가 마당 한가운데는 흰 스프레이로 사람 형상을 그린 흔적이 보였다.

범인들은 사체를 유기할 장소로 이곳을 염두에 두고 있던 게 분명해 보였다. 야트막한 능선에 파묻힌 폐가는 사체를 은닉하기에 아주 적합한 장소였다. 아무리 소리를 지르고 발광해도 외부에 노출되지 않을 것 같았다.

"여기는 어떤 곳인가?"

대머리 형사가 물었다.

"폐가가 된 지는 꽤 오래됐는데…… 마을 주민은 예전에 독립운동가의 후손이 살던 집이라는군요."

강현주의 입에서 가는 탄식 소리가 새어 나왔다. 범인들은 독립운동가의 영혼을 달래기 위해 이곳을 택했던 것은 아닐까. 해방 전 건봉사는 만당의 지부가 설치된 곳이었다.

"용의자는 차를 몰고 왔을 텐데…… 용의 차량을 목격한 사람은 없나?"

"저도 그게 이상합니다. 좀 전에 마을 사람들을 만나 봤는데 낯선 차는 본 적이 없다는군요."

"최초 목격자는 누굽니까?"

이번엔 강현주가 물었다.

"이 근처에 사는 농부입니다. 약초를 캐러 산에 갔다가 발견했다는군요. 만나 보시겠습니까?"

제복을 입은 경찰이 친절하게 말했다.

"아닙니다."

대머리 형사는 인상을 찡그리며 강현주에게 다가왔다.

"사체가 읍내 병원에 있다는데, 가 보겠소?"

"물론이지요."

"사람 여럿 고생시키는군. 이봐, 조 형사. 읍내로 다시 가야겠어."

강현주는 빈터에 주차된 차 앞으로 가려다 말고 우뚝 걸음을 멈추었다. 어디에선가 자신을 노려보고 있는 매서운 시선이 등덜미에 꽂혔다. 그녀는 그 자리에 선 채 폐가 주위를 휘휘 둘러보았다.

저 멀리 잡초가 무성한 무덤 앞에 밀짚모자를 눌러쓴 승려가 보였다.

승려는 무표정한 얼굴로 사건 현장을 물끄러미 바라보고 있었다.

7

드디어 가장 우려하던 일이 벌어지고 말았다.

폐가에서 발견된 사체의 주인공은 정찬국이었다. 목 부위에는 독침 자국이 선명하게 나 있었고, 온몸은 푸른빛을 띠고 있었다.

"맞소?"

대머리 형사가 물었다.

"네……."

강현주는 두 눈을 질끈 감았다. 어젯밤 정찬국과 헤어질 때, 원인을 알 수 없는 불길한 조짐을 느꼈다. 한창 들떠 있는 정찬국과 헤어지고 난 뒤 뒤늦게 그에게 해 줄 말이 떠올랐다. 어디를 가든 절대 홀로 나서 서는 안 된다고, 반드시 경찰을 대동하라는 말이었다. 이제 와서 후회해 도 소용없는 일이다. 정찬국은 그녀의 우려대로 싸늘한 주검으로 돌아 오고 말았다.

"나 좀 잠깐 봅시다."

대머리 형사가 병원 냉동실을 나서려는 강현주를 붙들었다.

"어디 짐작 가는 데라도 있소?"

대머리 형사의 눈꼬리가 치켜 올라갔다. 경찰에 입문한 지 이십 년 동안 이런 해괴한 사건은 처음이었다. 아무리 그녀가 서울에서 온 수사 관이라고 해도 이대로 어물쩍 넘어갈 일이 아니었다.

"이번엔 그때와 다르지 않소. 이 피해자는 당신 상사 아니오?"

"……"

"우선 아는 대로 설명 좀 해 주시오."

"저로서는 달리 할 말이 없어요."

"이봐요. 이게 어디 보통 사건인 줄 아슈. 지금 경찰청에서도 난리가 났소. 이러다가는 내 목이 댕강 달아날지도 모르오. 댁이 경찰이라면 내 입장을 잘 알 것 아니오. 어찌 됐든 당신을 이대로 보낼 수는 없소. 수사에 협조해 주시오."

"오늘 안으로 문화재청에서 조사관이 파견될 겁니다. 그들이 이번 사건에 대해 상세하게 설명해 줄 거예요."

"문화재청?"

"그래요. 이젠 가 봐도 되죠?"

"잠깐만."

대머리 형사가 강현주의 앞을 막아섰다.

"마지막으로 딱 하나만 물어봅시다. 방금 전에 공무 집행중이라고 했는데, 대체 이곳에 온 목적이 뭐요?"

강현주는 잠시 망설였다. 어디서부터 말을 해야 그가 알아들을 수 있을까. 천 년 동안 이어져 온 초조대장경의 비밀을, 아직도 밝혀지지 않은 신비한 영물의 정체를 어떻게 설명할 수 있을까. 그것은 너무 복잡하고 난해해서 하루 종일 시간을 주어도 모자랄 것 같았다.

"조사관이 잘 설명해 줄 겁니다."

강현주는 그렇게 말하고 병원 냉동실을 나섰다. 병원 복도 의자에는 재석과 장기봉이 나란히 앉아 있었다.

"정찬국이 틀림없소?"

재석은 자리에서 일어났다.

"네."

"허허, 요상한 일이로구먼. 정 실장이 언제 도둑괭이처럼 여길 왔는고. 흠흠."

장기봉이 비꼬는 투로 말했다.

"욕심이 화를 부른 게야. 가만히 뒷짐 지고 있으면 목숨이나 건질 걸 공연히 한 건 올리려고 저리 나대다가 개죽음을 당한 게지."

"말이 너무 지나치지 않나요?"

강현주가 매섭게 쏘아붙였다.

"내 말이 틀렸남. 굿이나 보고 떡이나 먹을 인간이 뭔 떡고물을 챙기려고 이 촌구석까지 왔단 말이야. 흠흠. 여럿이 나눠 먹어도 될 밥그릇을 혼자 챙기려다 저 꼴이 된 게지."

강현주는 달리 할 말이 없었다. 장기봉도 이미 정찬국의 의도를 꿰뚫어 보고 있었다. 그의 말대로 정찬국은 스스로 죽음을 자초한 것이나 다름없었다. 그의 불같은 명예욕이 화를 부른 것이다.

"통화가 안 돼서 많이 걱정했소. 당신은 괜찮소?"

재석의 진지한 목소리가 그녀의 가슴속을 파고들었다. 그에게서 이처럼 차분하고 진정성이 담긴 소리를 듣는 것은 처음이었다. 강현주는 재석을 볼 낯이 없었다. 걸핏하면 파트너라는 소리를 입에 매달고 다녔는데, 가장 중요한 시기에 그와 연락을 끊고 말았다. 정찬국의 사체가 발견된 소식을 듣고서야 부랴부랴 그에게 전화를 걸었다.

"미안해요. 미리 연락을 하지 못해서……."

강현주는 힘없이 병원 복도에 몸을 기댔다. 그리고는 그를 부른 이유를 조심스럽게 꺼냈다.

"전 이번 일에서 손을 뗄 거예요."

"그게 무슨 소리요?"

재석의 두 눈이 휘둥그레졌다.

"이번 일은 내게는 안 맞는 것 같아요. 정 실장도 죽기 전에 저보고 손을 떼라고 했어요."

"이봐요, 당신답지 않게……."

"잘 생각했소. 허허."

장기봉이 그들 대화에 끼어들었다.

"임자 있는 몸이니 기다리는 서방 생각도 해야지. 공연히 물불 안 가리고 덤벼들다가 처녀 귀신이 될지 어찌 아는가. 아니다 싶으면 깨끗하게 손 터는 게 장땡이지. 헐헐."

"곧 문화재청에서 다른 직원이 올 거예요."

"혀, 현주 씨……."

"미안해요. 끝까지 함께하지 못해서……."

강현주는 그 말을 남긴 채 병원 정문을 향해 터벅터벅 걸어갔다. 재석은 재빨리 그녀 뒤를 따라나섰다.

병원을 나오자 폭포처럼 쏟아지는 햇살이 눈주름 속으로 파고들었다. 강현주는 병원 앞을 떠나지 못하고 멍하니 먼 하늘을 바라보았다.

"정말 손을 뗄 거요?"

재석이 병원 앞에 우두커니 서 있는 그녀 곁으로 다가섰다.

"네. 댁은 여기 남아 있을 건가요?"

"그야 물론이오."

강현주는 재석에게 악수를 청했다.

"난 초조대장경을 찾아 나설 자격이 없는 것 같아요."

"……."

"여기서 헤어지는 게 좋겠어요."

"터미널까지 배웅해 줄게요."

"아니에요. 경찰서에 들러야 해요. 잠시 후에 문화재청의 조사관이 온다고 했어요."

재석은 그녀의 손을 꼭 잡았다.

"끝까지 파트너가 되어 주지 못해 미안해요."

강현주는 그렇게 말하고 대로변 쪽으로 힘없이 걸어갔다. 그녀는 재석의 시아에서 완전히 벗어날 때까지 세 번이나 뒤를 돌아보았는데, 맨 마지막으로 눈이 마주쳤을 때는 어둠의 그늘이 그녀의 얼굴을 뒤덮고 있었다.

8

강현주가 사라진 뒤에도 발길이 쉽사리 떨어지지 않았다.

그래도 싫든 좋든 오래도록 인연을 맺어 오지 않았는가. 사사건건 밀꼬리를 붙들고 다투었지만, 그녀는 그런 대로 괜찮은 파트너였다. 그녀와의 만남이 엉뚱하게 다가왔듯이 이별 또한 전혀 뜻밖의 상황에서 찾아왔다. 그러나 재석은 그녀와의 이별을 받아들일 아무런 준비가 되어 있지 않았다.

"보기보단 현명한 여자로군. 우리도 보따리를 싸자."

병원에 들어서자 장기봉이 자리 털고 일어났다.

"이제 볼 것 다 봤어. 어서 서둘러라."

"……."

"최만준은 그렇다 치고 정찬국까지 개죽음을 당했다. 공연히 명줄을 재촉할 필요는 없어."

그러나 재석은 꿈쩍도 하지 않았다.

"전 여기에 남겠어요. 아버지를 위해서도 그럴 수는 없어요."

"멍청한 자식!"

장기봉이 피식 웃었다.

"내가 엊그제 뭐라고 하든. 분명 정찬국이 나설 거라고 했지? 후후."

"……."

"이게 뭘 뜻하는지 알아? 정찬국은 우릴 이용하려고 했던 게야."

"네?"

"한심한 자식 같으니. 넌 정말 정찬국의 말을 그대로 믿었던 게냐?"

장기봉은 처음부터 정찬국의 말을 믿지 않았다. '어르신'이라는 호칭을 쓰면서 접근해 올 때부터 그의 속을 훤히 들여다보았다. 감투를 버젓이 쓰고도 허리를 낮추는 인간일수록 음흉한 잔꾀를 부리는 인간이 많다. 정찬국이 말 한마디 없이 강현주를 딸려 보낸 것이나 홀로 건봉사에 날아간 것만 봐도 무슨 꿍꿍이가 들어차 있는지 짐작이 갔다. 그는 운이 좋아 초조대장경을 찾아낸다고 해도 아들의 석방은커녕 후환을 없애기 위해 무슨 짓거리를 할지도 모를 인간이었다.

"그건 다 그놈이 지어낸 거야. 지가 무슨 빽이 있다고 네 애비를 빼낼 수 있겠어."

"정찬국이 가져온 서약서는……."

"가짜야. 그놈이 우리를 꼬드기려고 만든 게지."

"그걸 알면서도 정찬국에게 협조했단 말이에요?"

"협조는 무슨 얼어 죽을 협조냐. 어디든 뛰는 놈 위에 나는 놈이 있기 마련이야. 정찬국이 날 이용했듯이 나 역시 그놈을 이용하려고 했던 게지. 그런데 이용도 해먹기 전에 저리 황천길로 갔으니……. 초조대장경만 손에 넣으면 그놈과 협상할 게 아니라 그보다 더 높은 놈과 해야 하지 않겠어. 아니, 차라리 중간 것들 다 빼고 중국 정부와 직접 하는 게 훨씬 낫겠지. 그놈이 아무리 용을 써도 내 눈을 속일 수는 없어."

"어쨌든 전 여기에 남겠어요. 이대로 갈 수는 없어요."

"내 말 잘 듣거라. 상대는 우리를 알고, 우리는 상대가 누군지 하나도 몰라. 이런 싸움은 백전백패야. 어쩌면 이들은 우리의 동태도 훤히 꿰차고 있을 게다."

"……."

"게다가 이들은 초조대장경을 지키는 일이라면 뭔 짓을 할지 몰라. 하나뿐인 목숨을 걸고 저리 나서는 데는 암만 용 쓰고 덤벼들어도 당해낼 재간이 없다. 우리와는 근본적으로 다르단 말이다. 애초부터 상대가 되지 않는 싸움이야. 아무래도 초조대장경은 우리와는 인연이 닿지 않는 것 같다."

'이런 겁쟁이 늙은이!'

너구리 영감은 두려움에 사로잡혀 있었다. 한번 찍으면 반드시 손에 넣어야 직성이 풀리는 집념이나 중국 대륙을 누비던 기개는 어디로 사라졌는가.

"평소 길고 짧은 건 대봐야 한다고 했잖아요. 아직 붙어 보지도 않았는데 꼬리부터 감출 필요는 없잖아요."

"이놈아, 이리 길고 짧은 게 뻔히 드러나 있는데 뭘 재고 자시고 할 게 있어."

장기봉은 재석의 얼굴을 쓰윽 훑어보았다. 그러고는 목소리를 낮게 깔았다.

"솔직히 난 네놈을 잃고 싶지 않다. 이건 진심으로 하는 소리야. 저승에 삼천 궁녀나 산해진미가 있다 한들 무슨 소용이 있겠냐. 암만 개같이 살아도 이승에 발붙이고 사는 것만 하겠느냐."

"……."

"난 돌아가겠다. 너 혼자서 죽을 쑤든 회를 처먹든 맘대로 하거라."

장기봉이 찬바람을 일으키며 휙 돌아섰다. 그는 뒤도 돌아보지 않고 병원 문을 박차고 나갔다. 재석은 그를 따라 나서며 기어 들어가는 목소리로 말했다.

"할아버지……."

"……!"

장기봉의 발길이 우뚝 멈추었다. 방금 저 녀석의 입에서 무슨 소리가 튀어나왔는가. 할아버지라고? 삼 년 전 집을 나간 후로 손자 녀석은 하늘이 내린 인연을 끊겠다는 듯 단 한 번도 할아버지라는 소리를 입에 담은 적이 없었다.

"도와주세요, 할아버지……."

9

'이런 고집불통 같으니…….'

이라부는 인상을 찡그렸다. 입이 닳도록 알아듣게 구구절절 설명을 해도 꼼짝도 하지 않았다. 되레 저 총총한 눈빛을 반짝이며 자신을 설득하려고 들었다.

하야코는 지금까지 단 한 번도 자신의 말을 거역한 적이 없었다. 언제나 말 잘 듣는 아이처럼 순응하고 무슨 일이든 고분고분 잘 따랐다. 그러나 이번엔 달랐다. 말끝마다 한마디도 놓치지 않고 토를 달며 고집을 부렸다. 교토로 돌아가자고 수차례 말해도 들은 척도 하지 않았다.

"할아버지, 이제 다 왔어요. 조금만 더 가면 돼요."

"……"

"앞으로 며칠 후면 초조대장경을 손에 넣을 수 있을 거예요."

그러나 사람의 생명을 앗아 가는 보물치고 순순히 그 자태를 드러내는 보물은 없다. 그것은 건드려서는 안 될 금기의 영물인 것이다. 아쉽고 억울해도 이쯤에서 손을 떼는 게 옳은 일이다. 살인범의 정체도 모른 채 벌써 두 명이나 살해되지 않았는가. 다음 차례는 하야코나 자신이 될 수도 있었다.

"지금 건봉사 주위에는 경찰이 쫙 깔려 있어. 우리에겐 조건이 아주 좋지 않아."

"그건 문제가 되지 않아요. 언제 우리가 경찰들의 시선을 의식했나요."

하야코는 뻔히 고개를 치켜들었다.

"하야코, 내 말 듣거라. 미련이 남아도 발길을 돌리는 게 순리다."

"전 지금까지 한 번도 할아버지의 말을 거역한 적이 없어요. 그건 할아버지도 잘 아시잖아요."

최만준이 살해됐을 때만 해도 이처럼 초조하지는 않았다. 그러나 두 번째 피해자가 나왔을 때는 생각이 달라졌다. 한국 정부의 문화재 담당 관리마저 살해됐다면 이건 보통 심각한 일이 아니었다. 두 번째 피해자는 엊그제 산속에서 보았던 검은 그림자가 틀림없었다. 짐작건대 건봉사 후문 쪽에서 승려들이 끌고 가는 수레를 따라가다가 변을 당한 것 같았다.

"이대로 일본으로 돌아가게 되면 평생 후회할 것 같아요."

"하야코!"

"제 안전이라면 걱정하지 않아도 돼요. 지금까지 잘 견디어 왔어요."

이라부는 하야코의 고집을 꺾는 게 불가능하다는 것을 잘 알고 있었다. 하야코는 너무 젊고 의욕에 차 있었다. 그런 왕성한 욕구 앞에 두려움이나 불안감 따위의 감정이 들어설 틈은 없었다.

"그 수레가 예사롭지 않아요. 그 수레를 따라가면……."

"……."

"할아버지, 다시는 이런 기회가 오지 않을 거예요……. 제발……."

하야코의 울먹이는 소리가 이라부의 가슴을 뒤흔들었다. 나이 여든이면 살 만큼 살았다. 아들의 명예 회복 말고는 더 이상 바랄 것도, 이룰 것도 없었다. 한때 삶의 강한 애착을 보였던 것도 아들의 이름을 딴 박물관을 세워야 한다는 일념 때문이었다. 그런 일념 하나 꼭 쥐고 여기까지 왔지만, 앞으로의 길은 너무도 험난하고 불투명해 보였다. 하야코는 아직 서른도 채 되지 않은 꽃다운 나이가 아닌가.

"하야코, 난 네 애비를 생각하면 지금도……."

"할아버지!"

"……."

"걱정 마세요. 아버지가 도와줄 거예요."

하야코의 커다란 눈망울 속에 아들의 얼굴이 스쳐 지나갔다. 아들은 입가에 희미한 미소를 달고 소리 없이 하야코를 응원하고 있었다.

아아, 이것도 운명이란 말인가! 사실 이런 운명 따위는 하야코에게까지 대물림해 주고 싶지 않았다. 그러나 이미 그들 앞에는 도저히 거부할 수 없는 운명의 수레바퀴가 업보처럼 돌아가고 있었다. 이라부는 그것이 사람의 힘으로는 멈출 수도, 다른 곳으로 이끌 수도 없다는 것을 잘 알고 있었다.

"좋다. 그 대신 내 말을 따라야 한다. 절대 나서서는 안 된다."

"알았어요."

그제야 하야코의 얼굴이 환하게 밝아졌다.

"절 안은 위험하니 당분간 산속에서 사태를 지켜보자."

이제 어쩔 수 없는 일이다. 그다음에 벌어질 일은 하늘에 맡기는 수밖에 없었다.

10

정찬국의 변사체가 발견된 후 읍내에는 흉흉한 소문이 떠돌아 다녔다.

외부의 침입자가 금강산 자락의 보물을 강탈하려고 왔다는 것, 앞으로 더 많은 희생자가 나올 것이라는 소문이었다. 이런 소문은 읍내 안에 돌림병처럼 빠르게 퍼져 갔다. 읍내 사람들은 이번 사건의 피해자가 보물 사냥꾼과 문화재청 직원이라는 것에 유달리 관심을 가졌다. 그들의 직업만으로도 이번 사건의 초점이 고성의 보물이라는 것을 어렴풋이 짐작하고 있던 것이다. 그러나 읍내 사람들은 이들을 살해한 범인에 대해서는 무척 호의적이고 관대한 편이었다.

다른 한편에서는 사명대사의 부활을 점치는 소문도 있었다. 외부의 침입자를 막아 내기 위해 사명대사의 영혼이 떨쳐 일어났다는 것이었다. 듣기에 따라서는 유치하고 턱도 없는 소리 같지만, 그 진위를 더듬어 보면 꽤나 일리 있는 소문이었다. 이곳 사람들에게 사명대사는 조선의 명승 이상의 의미를 지니고 있었다. 사명대사는 만해 스님과 더불어 마을을 지켜 주는 수호신 같은 존재였다. 게다가 읍내 사람들은 이미 한 차례 이와 유사한 경험을 치른 적이 있었다.

1986년 6월, 전문 도굴꾼들이 건봉사 적멸보궁에 봉안하고 있던 진신 치아 사리를 훔쳐 간 사건이 발생했다. 이 진신 치아 사리는 임진왜란이 끝나고 사명대사가 일본에 건너가 가져온 것으로, 그동안 오래도록 도굴꾼들의 표적이 되어 왔었다. 손에 넣을 수 있을 만큼 크기도 작고, 지하 밀매 시장에서도 이를 구하려는 의뢰인이 끊이지 않았기 때문이었다.

당시 도굴꾼들은 한 대학의 '건봉사 복원 조사단'이란 위장 출입증을 만들어 건봉사에 접근했다. 이때만 해도 건봉사는 민통선 이북 지역에 위치하고 있어 민간인의 출입을 통제하고 있었다. 그들은 건봉사 부도 밭에서 제초 작업을 벌이면서 건봉사 경내와 사리탑 주변을 세밀하게 관찰한 후, 마침내 사리탑에 봉안되어 있는 진신 치아 사리를 털어 달아났다.

이 사실이 언론에 보도되자 불교계는 물론 온 사회가 발칵 뒤집혔다. 진신 치아 사리는 전 세계에 십오 과밖에 없는 희귀한 보물로, 건봉사에 십이 과, 스리랑카에 삼 과만 남아 있었다. 그런데 해괴한 일은 그로부터 두 달 뒤에 벌어졌다. 진신 치아 사리를 훔친 도굴꾼들이 아무 조건 없이 이 진귀한 유물을 건봉사에 되돌려 준 것이다. 이들은 서울 봉천동의 한 호텔에 사리를 맡겼고, 이를 문화재 관리국 직원이 되찾아 건봉사에 넘겨주었다. 힘겹게 손에 넣은 보물을 어찌 그리 순순히 내놓았던 것일까?

전문 도굴꾼은 사건이 발생한 지 석 달 만에 부산에서 문화재 전담 수사관에게 붙잡혔다. 왜 이 진귀한 사리를 고분고분 되돌려 주었냐는 질문에 그들이 수사관에게 털어놓은 이유는 이랬다. 사명대사가 꿈에 매일같이 나타나 사리를 되돌려 주라고 꾸짖었다는 것이었다. 그 도굴꾼은 불면증에 시달리고 나중에는 헛것이 보여 아무런 일도 할 수 없었다고 고백했다. 이를 두고 지하 밀매 시장에서는 죽은 사명대사가 살아 있는 도굴꾼의 영혼을 조종했다고 호들갑을 떨어 댔다. 지금도 불교계에서는 건봉사 도굴 사건을 '불사리의 이적(異蹟)'이라고 불렀다. 그러나 그들이 훔친 열두 개의 사리 중에 여덟 개만이 돌아왔고, 나머지 네 개의 사리는 지금도 행방이 묘연했다.

읍내 사람들은 이번에도 사명대사의 영험한 기운이 고성의 보물을 굳게 지켜 줄 것이라고 믿었다. 경찰이나 서울에서 올라온 문화재청의 관계자들도 이런 소문의 내막을 굳이 부인하지 않았다.

경찰은 이번 사건의 근원지로 건봉사를 점찍고 있었다. 두 구의 변사체가 발견된 곳은 건봉사와는 멀리 떨어진 곳이 아니었다. 경찰은 범인들이 피해자의 사체를 서수지와 폐가에 유기한 것으로 판단하고 있었다. 그러나 건봉사 안을 수색하는 것은 쉽지 않았다. 경찰은 벌써 세 차례나 건봉사를 방문했으나 그때마다 번번이 주민들의 완강한 반대에 부딪혀 발길을 돌려야 했다. 백담사와 신흥사 등 인근 사찰의 승려들이 항의의 뜻을 전달했고, 읍내에 거주하는 불교 신자들도 거세게 저항했다. 나중에는 불교 신자뿐만 아니라 일반 주민들도 이들의 뜻에 동참하는 사태가 벌어졌다. 경찰은 이번 일이 종교 탄압으로까지 비칠지 몰라 바짝 몸을 사리고 있었다.

11

강현주는 서울행 차표를 끊고 대합실 의자에 힘없이 앉았다. 막상 이곳을 떠나려고 하니 발길이 선뜻 떨어지지 않았다. 아직도 그녀의 눈 끝에는 초조대장경의 여운이, 보일 듯 말 듯 천 년 가까이 이어져 내려온 영기가 어른거리고 있었다. 그것은 사람들의 손길을 거부하는, 아니 속세의 검은 손길을 결코 용납하지 않는 희대의 영물이었다. 일본에 머물러 있을 때만 해도 이 유물에 큰 의미를 부여하고 싶지 않았다. 그러나 초조대장경의 기구한 사연을 접하고 이곳에서 두 구의 시신을 똑똑히 확인하자, 비로소 이 영물이 간직하고 있는 비범한 자태가 느껴졌다.

'그런데 왜 이곳을 떠나려고 하는가?'

강현주는 자신에게 그렇게 물었다. 정 실장이 손을 떼라고 한 것은 치졸한 변명에 지나지 않았다. 그렇다고 두려움 때문도, 목숨 때문도 아니었다. 정찬국의 사체를 본 순간, 그녀의 머리는 오만 가지 잡생각으로 가득 찼다. 그중에서 가장 선명하게 떠오른 것은, 하늘은 그 누구에게도 이 초조대장경을 허락하지 않을 것이라는 확신이었다. 최만준이 살해되었을 때는 잘 몰랐다. 그러나 정찬국도 저리 싸늘한 주검으로 변하자, 박상문과 이시하라의 말이 천상의 소리처럼 울려 퍼졌다. 그들의 예언은 한 치도 벗어나지 않았다. 그뿐이 아니었다. 폐가 현장에서 마주친 승려의 눈빛은 그들의 예언을 증명이라도 하듯 매섭게 번뜩이고 있었다.

'이제 그만 돌아가거라……'

승려는 그렇게 말하면서 어서 가라고, 부질없는 보물찾기는 그만두라고 그녀의 등을 떠밀고 있었다.

처음 정찬국의 제안을 너무 쉽게 받아들인 것부터가 실수였다. 더군다나 그의 속내를 잘 알고 있는 그녀로서는 앞으로 재석과 다시 뭉칠 자신이 없었다. 그것은 인간에 대한 예의가 아니었다.

강현주는 품 안에서 낡은 지도를 꺼냈다. 정찬국이 살해당했을 당시 호주머니에 지니고 있던 지도였다. 이 지도에는 건봉사의 중심 가람과 후문 쪽의 위치가 상세히 그려져 있었다. 정찬국은 이 지도가 초조대장경의 봉안 장소를 풀 수 있는 유일한 증표로 여기고 있었다.

'이젠 이런 지도도 필요 없어……'

모두 소용없는 짓이었다. 허튼 욕망에 사로잡힌 인간들을, 그들이 내미는 저 추악한 손길을 하늘은 결코 용납하지 않을 것이다.

"아직 출발하지 않았소?"

지도를 찢으려는 순간, 낯익은 얼굴이 그녀 앞에 불쑥 고개를 내밀었다. 장재석이었다. 강현주는 그의 갑작스런 출현에 잠시 어리둥절했다.

"경찰서에 갔더니 방금 나갔다고 해서 이리로 달려왔소."

재석은 그녀 옆자리에 앉았다. 그의 얼굴은 아직 작별 인사가 끝나지 않은 듯 뭔가 할 말이 남아 보였다.

"여기까지 어쩐 일이에요?"

"실은 한 가지 물어볼 게 있어서 왔소."

"말해 보세요."

"정찬국이 우리에게 제시한 서약서 말이오. 댁도 그 사실을 알고 있다고 하지 않았소."

강현주는 고개를 끄떡였다.

"그 약속이 사실이었소? 초조대장경을 찾으면 아버지를 석방시켜 준다는 것 말이오."

"……"

"정찬국이 우리를 끌어들이기 위해 임의대로 만든 것은 아니오?"

강현주는 가슴이 뜨끔했다.

"그것 때문에 날 찾아온 거예요?"

"그렇소. 진실을 말해 주시오. 당신은 잘 알고 있을 게 아니오."

"이제 와서 그게 무슨 소용이 있어요. 정 실장은 이미 죽은 목숨인데."

"내가 정작 궁금한 건 당신도 그런 사실을 알고 있었느냐 하는 것이오."

"그건 저도 잘 몰라요. 정 실장의 마음을 내가 어떻게 알 수 있겠어요. 그리고 설마 정 실장이 이런 중대한 일에 그 같은 거짓말을 하겠어요."

강현주는 그렇게 둘러댔다. 더 이상 그에게 마음의 상처를 주고 싶지 않았다.

"알았소. 그러면 됐소."

재석은 자리에서 일어났다.

"다른 이유 때문에 날 찾아온 건 아닌가요? 솔직하게 말해 봐요. 댁의 말대로 보물을 찾으려거든 간이며 쓸개며 다 빼내고 덤벼들어야 한다고 했잖아요."

"……"

"정 실장에게서 뭔가 새로운 단서가 없나 알려고 온 거죠? 혹시 할아버지가 시킨 건 아닌가요?"

"겸사겸사해서요."

그의 눈빛이 맑게 빛나고 있었다. 정찬국의 욕망의 눈빛과는 다른, 간절한 염원이 담겨 있는 눈빛이었다. 강현주는 그런 재석을 보자 더욱 쓸쓸한 기분이 들었다.

"내가 전에 이런 소리를 한 기억이 나요. 초조대장경에는 우리가 알 수 없는 그 무언가가 있다는……. 인간의 손길을 허락하지 않는……."

"그게 어쨌다는 거요? 나 역시 댁에게 이런 말을 한 기억이 나오. 보물은 그저 보물일 뿐이라고."

"초조대장경을 끝까지 찾을 건가요?"

"그야 두말하면 잔소리 아니오. 아직도 내 마음을 모르겠소?"

강현주는 손아귀에 움켜쥐고 있는 지도를 펼쳤다.

"정 실장의 소지품에서 나온 거예요. 정 실장은 이 지도가 해방 전 만당 당원이 그린 지도라고 했어요."

"……"

"초조대장경을 찾는 데 도움이 될 거예요. 내가 보기엔 지도에 붉게 표시된 곳이 정 실장이 찾아 나서려고 했던 곳 같아요. 이젠 이것도 필요 없으니 댁이 가져가세요."

그녀가 품 안에서 꺼낸 것은 최만준의 사체에서 나온 금강저 문양이었다.

"앞으로 어떤 불미스런 일이 생겨도 날 원망하지 말아요……."

"……"

강현주는 시계를 보더니 자리에서 일어났다.

"이시하라 주지가 말한 거…… 미노루 스님이 눈을 감으면서 그냥 놔두라고 했던 말 기억나요?"

재석은 고개를 끄떡였다.

"이제 비로소 그게 무슨 뜻인지 알 것 같아요……. 부디 몸조심하세요."

강현주는 그렇게 말하고 서울행 버스에 올랐다. 버스는 대로변에 멍하니 서 있는 재석을 남겨 두고 서서히 미끄러지면서 터미널을 벗어났다.

서울에 올라간 뒤에도 모든 것을 깨끗이 잊을 수 있을까? 초조대장경의 굴곡진 여정을 잊고 일상의 삶으로 되돌아갈 수 있을까? 솔직히 자신이 없었다. 교토의 남선사와 이키노시마의 안국사, 그리고 건봉사에서 있었던 일은 평생 곁을 따라다닐 것 같았다.

12

"좀 쉬었다 가자."

장기봉은 건봉사 입구에 있는 바위에 걸터앉았다. 사찰 주변에는 매서운 불똥이 튀고 있었다. 산속 수풀 안에도, 주차장 안의 공동 화장실에도, 일주문 앞의 차 안에도 송곳 같은 시선이 느껴졌다.

'제기랄, 사방팔방이 가시밭이로군.'

그뿐이 아니었다. 문화재청에서 파견된 조사관, 그리고 정체를 알 수 없는 살의……. 금방이라도 어디선가 날카로운 비수가 날아들 것 같았다. 손자 녀석의 간곡한 부탁 때문에 이곳에 남아 있지만, 여전히 내키지 않는 발길이었다.

살인 사건 이후 건봉사에는 관광객의 발길도 뚝 끊겼다. 건봉사를 찾아온 관광객은 일주문에서 발길을 돌려야 했고, 사찰 안은 스님들만이 바깥세상과는 무관하게 수행에 정진하고 있었다. 스님들은 살인 사건이 일어난 것을 아는지 모르는지 마냥 초연하기만 했다.

"아직도 늦지 않았다."

장기봉은 다시 손자 녀석의 마음을 은근슬쩍 떠보았다.

"나야 살 만큼 살았지만, 네놈은 앞길이 구만 리 아니더냐."

"이제 그만하세요."

손자 녀석은 아예 들은 체도 하지 않고 콧바람을 내뿜었다. 녀석의 눈빛은 두려움을 애써 뒤춤에 꼬불치고 불구덩이에라도 달려들 듯 호기에 차 있었다. 핏줄은 못 속이는 것일까. 겁없이 날뛰던 젊은 날의 패기와 열정, 그리고 보물에 대한 집념과 근성이 녀석의 눈빛에 그대로 묻어 나왔다. 녀석의 강단진 얼굴은 젊은 날의 자신을 쏙 빼다 박았다.

"여기가 대체 어딜까요?"

손자 녀석이 강현주에게 받아온 건봉사 지도를 꺼냈다.

"이건 만당 당원이 그린 지도라고 했어요."

"거 봐라, 내가 뭐라고 하든. 정찬국이 틀림없이 뭔가 지니고 있을 거라고 했지 않더냐. 하여튼 날랜 놈이로군. 이런 지도는 그새 어디서 얻었을까?"

정찬국이 남긴 지도에는 붉게 표시된 곳이 있었는데, 그곳에는 연꽃 모양 안에 卍 자 문양이 그려져 있었다.

"연꽃 속의 卍 자 문양이라……."

"처음 보는 문양인가요?"

"그래."

"이 지도는 다솔사에서 찾아낸 것이라고 하던데요."

박춘식이 건네준 자료에도 다솔사와 관련된 내용이 제법 많았다. 어찌 됐든 보통 지도가 아닌 것만은 분명해 보였다. 무엇보다 지도에 그려진 연꽃 문양이 예사롭지 않았다. 건봉사는 예로부터 연꽃과도 깊은 인연이 있는 사찰이었다.

"그 처녀 짭새에게 다른 말은 없었냐?"

"……."

"왜 그러느냐?"

"아, 아니에요."

"흠. 뭐라 또 헷갈리는 소릴 늘어놓은 게로군. 그만 일어나자."

그때 공동 화장실 앞의 차 안에서 미세한 움직임이 느껴졌다. 사복 경찰이 그들을 주시하고 있었다. 장기봉은 조용히 자리에서 일어나 건봉사 산속으로 발길을 잡았다. 팔순 노인답지 않은 빠른 발걸음이었다.

"어디 가는 거예요?"

손자 녀석이 숨을 헐떡거리며 따라붙었다.

"산속으로 들어가자. 아직 건봉사에 들어가기에는 일러."

이윽고 장기봉의 발길이 멈춘 곳은 건봉사가 훤히 내려다보이는 산 중턱이었다.

"일단 여기서 지켜보는 게 좋겠다."

건봉사 안은 철 지난 피서지처럼 고요했다. 사찰 안에는 정장 차림의 중년 사내들이 간간히 보였는데, 서울에서 파견한 문화재청의 조사관 같았다.

"저기 등공대(騰空臺)는 뭔가요?"

손자 녀석이 가리킨 조그만 푯말에는 '등공대 1km'라고 적혀 있었다.

"건봉사는 우리나라에서 처음으로 만일염불회(萬日念佛會)를 연 곳이야. 저쪽으로 넘어가면 커다란 부도 탑이 나올 게다."

등공이라는 말은, 육신이 살아 있는 그대로 허공으로 날아오르면서 육신은 벗어 버리고 마음만 부처의 연화세계로 들어가는 것을 말한다. 신라의 발징 화상은 건봉사의 전신인 원각사(圓覺寺)를 중수하고 최초로 만일염불회를 개설하였다. 만 일째 되는 날 기도에 참여했던 스님 삼십일 인은 극락왕생하였는데, 이것이 만일염불회의 효시이다. 등공대

410

는 스님들이 회향한 후 오랜 세월 다비 장소로 이용되었으나, 세월이 지나 황폐해지자 1915년 이곳에 기도를 다녔던 한 보살이 시주를 내놓아 부도 탑을 세울 것을 제안하여 만들어졌다. 등공대에서 건봉사를 내려다보면 건봉사가 연꽃 모양을 하고 있는데, 이를 가리켜 '연꽃의 꽃술자리' 라고 불렀다.

"대체 누가 그들을 살해한 걸까요?"

손자 녀석도 그들의 정체에 몹시 신경이 쓰이는 모양이었다. 오늘만 벌써 세 번째 듣는 소리였다.

"네놈도 무섭긴 한 모양이로구나."

"무섭다기보다는…… 조금 신경이 쓰이는 건 사실이에요. 혹시 이들은 만당의 후손이 아닐까요?"

"으응?"

"강현주는 정찬국이 발견된 폐가가 독립운동가의 후손이 살던 집이라고 했어요."

"만당인지 무당인지 그런 거 따위는 잊어버려. 복잡하게 생각하면 일도 비비 꼬이기 마련이야."

말은 그렇게 하고 있지만 장기봉 역시 그들의 정체가 신경 쓰이기는 마찬가지였다. 최만준이나 정찬국이 그렇게 맥없이 당할 정도라면 그들의 솜씨는 가히 짐작하고도 남았다.

"읍내에 퍼진 소문은 알고 계시죠?"

낮에 읍내의 한 음식점에서 식사를 하는데, 손님들의 화제는 온통 두 건의 살인 사건이었다. 그들이 주절거리는 동안에는 밥이 제대로 넘어가지도 않았다. 읍내 주민들은 최만준이나 정찬국에게는 조금도 동정의 빛을 보이지 않았다. 오히려 사명대사가 외부에서 보물을 노리고 온

자들을 가만 놔두지 않을 것이라고 목소리를 높였다.

"모두 개소리야. 신경 쓸 거 없다."

장기봉이 가방 안에서 군만두를 꺼냈다. 산속에 오래 처박혀 있을 것을 생각하고 미리 준비한 음식이었다.

"먹을 테냐?"

"됐어요."

"뱃속이 든든해야 잡생각도 들지 않는다."

장기봉은 만두를 한입에 털어 넣었다. 아들 녀석과 중국 지안을 누빌 때, 비상식량으로 늘 군만두를 준비했다. 그날 묘지 관리인들에게 끌려갈 때도 아들 녀석의 봇짐에는 군만두가 들어 있었다.

"네 애비 생각은 나니?"

"……."

"하도 오래되어서 기억이나 할지 모르겠다……."

벌써 강산이 한차례 변한다는 십 년이 흘러갔다. 장기봉은 군만두를 먹다 말고 뿌연 하늘을 쳐다보았다. 실구름 끝에 아스라이 걸려 있는 아들의 얼굴엔 여전히 붉은 피가 뚝뚝 떨어지고 있었다. 마대 자루를 옥수수 밭 바위 위에 두고 온 게 행운인지 불행인지 지금도 알 수 없었다. 그때의 아픈 기억이 또다시 가슴께로 파고들었다.

십 년 전, 중국에서 돌아왔을 때 그를 기다리고 있는 것은 손자 녀석한 명뿐이었다. 며느리는 아들이 투옥되자 기다렸다는 듯이 집을 뛰쳐나갔다. 모질고 독한 인간이었다. 자식을 팽개치고 어찌 그리 매정하게 떠날 수 있는지, 날짐승만도 못한 인간이었다. 며느리는 평소에도 틈만 나면 밖으로 싸돌아다녔지 집안 살림에는 영 젬병이었다. 그나마 힘들게 모은 재산을 반이라도 남겨 놓고 떠난 것이 천만다행이었다. 그때는 손자 녀석이 대학 입학을 코앞에 둔 터라 신경 쓸 일이 한둘이 아니었다. 다행히 손자 녀석은 애비와 생이별을 겪고 어미는 집을 나갔는데도 보란 듯 대학에 합격했다. 그때처럼 손자 녀석이 기특하고 자랑스러워 보인 적은 없었다. 그런데 핏줄은 속일 수 없는 것인지 녀석은 곧 대학을 자퇴하고 장씨 가문의 대를 잇고자 이 바닥으로 들어섰다. 지금에 와서 돌이켜 보니 손자 녀석을 이 바닥으로 끌어들인 것은 가장 큰 실수였다. 녀석은 어느새 이 바닥에 흠뻑 빠져들어 도무지 헤어 나올 기미가 보이지 않았다. 그렇게 손자 녀석과 함께 오 년 가까이 지하 밀매 시장을 누비고 무덤과 사찰 주변을 떠돌아다녔다. 아들이 있어야 할 자리를 손자 녀석이 대신하고 있었다.

그동안 아들의 얼굴만이라도 보려고 여러 차례 중국을 다녀왔다. 중국 관리에게 쏟아부은 뇌물만 해도 그들의 일 년 치 월급과 맞먹은 돈이었다. 그러나 끝내 아들과의 면회는 이뤄지지 않았다. 그들은 뇌물만 꿀꺽 받아 처먹고 나 몰라라 등을 돌렸다.

"난 네 애비를 버린 게 아니야. 나도 네 애비와 함께 빠져나오려고 했지만, 어쩔 수 없었다."

장기봉의 목소리는 힘이 없었다. 손자 녀석이 집을 나가기 전까지 이 소리를 얼마나 많이 되풀이했던가. 수십 번은 더 하고도 남았을 이 소리는, 끝내 녀석의 발길을 붙들지 못했다.

"난 그동안 적을 너무 많이 만들었어. 장물아비들이 말도 안 되는 헛소문을 퍼뜨린 게야. 아무리 인간 망종이라고 해도 어찌 자식을 팽개치고 도망칠 수 있겠느냐."

"더 이상 듣고 싶지 않아요."

손자 녀석은 세차게 고개를 흔들었다.

아무리 생각해도 기가 찰 일이었다. 십 년 전 중국 지안의 그 흙무덤 앞에서 벌어진 일을 본 사람은 아무도 없었다.

그런데 어쩌다가 제 한 몸 챙기려고 자식을 내팽개친 인간 망종이 되었을까. 이런 기괴한 소문은 지하 밀매 시장에서부터 적당히 살이 붙어 은밀하게 나돌기 시작했다. 다분히 그를 해코지하려는 의도가 담겨 있는 악성 소문이었다. 따지고 보면 이런 소문도 자신의 입방정으로부터 시작되었다.

아들을 산둥 형무소에 두고 홀로 귀국한 장기봉은 술자리에서 몇몇 장물아비들에게 아들이 형무소에 갇히게 된 일을 털어놓았다. 그렇게 넋두리라도 하지 않으면 미칠 것 같았다. 그런데 그게 화근이었다. 며칠이 지나자 그날 자신이 털어놓은 넋두리가 지하 밀매 시장에서는 이상하게 변질되어 있었다. 자신만이 살아남기 위해 자식을 내팽개치고 홀로 도망쳤다는 이야기로 둔갑해 있던 것이다. 술자리를 함께했던 장물아비들이 악의적으로 소문을 퍼뜨린 것이었다. 그때만 해도 그런 허튼 소문은 대수롭지 않게 여겼다. 자식과의 생이별을 겪었던 터라 그런 소문 따위에 신경 쓸 마음의 여유가 없었다.

그렇게 육 년 가까운 세월이 흘렀다. 지하 밀매 시장에서 그에 대한 악성 소문도 흘러가는 세월 속에 묻혀 버렸다. 그런데 까맣게 잊고 있던 이 소문이 삼 년 전 다시 망령처럼 되살아 기어이 손자 녀석의 귀에까지 흘러 들어가고 말았다. 소문은 현실이 되어 있었고, 그런 소문을 가라앉히기에는 때가 너무 늦었다. 아무리 구구한 변명을 늘어놓아도 손자 녀석은 그의 말을 믿으려 하지 않았다.

인생 말년에 이런 모진 풍파가 또 어디에 있는가. 아들은 이역만리에 갇혀 있고, 손자 녀석은 인연을 끊겠다는 듯 코빼기도 비치지 않았다.

죽을 맛이었다. 살아도 산목숨 같지가 않았다. 목숨이 끊어지기 전까지 이 두 가지만은 원래 제자리로 돌려놓고 싶었다.

"내가 예전에 했던 말 기억 나냐? 나 죽거든 무덤은 만들지 말고 화장해 달라는 것 말이다."

"……."

"그래도 내 뼈를 챙겨 줄 인간은 네놈밖에 없지 않느냐."

손자 녀석은 대답 없이 나무 잎사귀만 뜯고 있었다.

"내 운명은 내가 잘 알고 있지. 난 분명히 객사하거나 어디서 맞아 뒤질지 모를 운명이다……."

"……."

"병원이나 집에서 죽으면 상관없다만 객지에서 죽거든 내 뼈를 그곳에 뿌려 주었으면 좋겠다."

"그건 왜요?"

손자 녀석이 겨우 입을 열었다.

"다시 인간으로 태어나면 역마살 좀 없게 해 달라고 하늘에 간청하는 게야. 어디 한곳에 푹 눌러 살게 해 딜라고 밀이다. 해 줄 수 있겠나?"

"생각 좀 해 보고요."

"이놈아, 그게 무슨 생각이고 자시고 할 게 있어. 뼈만 추려서 나 뒈진 곳에 뿌려 주면 되는 건데."

"……."

"정 네놈이 나서기 싫거든 오소리 영감이라도 찾아라."

"오소리 영감이요?"

오소리 영감은 안국사에 원정 가서 초조대장경 인쇄본을 턴 장본인이 아닌가. 그는 한때 너구리 영감과 잘 어울려 다니면서 지하 밀매 시장을 쥐락펴락한 거물이었다.

"그래. 그 영감탱이는 믿을 만해."

뜻밖의 소리였다. 도굴꾼이든 누구든 간에 인간의 말은 절대 믿어서는 안 된다고 두 눈을 부라리던 너구리 영감이었다.

"넌 아직 오소리 영감탱이를 잘 몰라. 그 영감탱이가 겉으로는 괴팍해 보여도 잔정이 있는 늙은이야."

"……"

"건봉사에 오기 전에 오소리 영감탱이와 오랜만에 술 한잔했어. 그날 그 영감탱이가 날 보고 이런 소리를 하더라. 둘 중에 누가 먼저 저세상에 가거든 장례라도 간단히 치러 주자고 말이야."

장기봉의 얼굴에 어둠이 몰려들었다.

"오소리 영감탱이는 그 나이가 되도록 피붙이가 하나도 없거든. 쯔쯧. 하여튼 누구든 간에 먼저 저세상에 가거든 장례를 치러 주기로 약조했으니 내게 무슨 일이 생기면 오소리 영감에게 꼭 연락해라. 알겠냐?"

그때였다. 장기봉이 갑자기 수풀 사이로 낮게 몸을 움츠렸다. 그리고는 소리를 내지 말라고 손가락을 입술에 갖다 댔다.

어디선가 인기척 소리가 들려왔다. 장기봉은 소리가 들려오는 쪽으로 귀를 세웠고, 재석은 본능적으로 방어 자세를 취했다.

'누가 이쪽으로 다가오고 있다!'

인기척 소리는 점점 가까이 들려오고 있었다. 수풀을 밟는 소리, 나뭇가지가 몸에 부딪히는 소리, 그 소리 틈에 간간히 사람의 숨소리도 섞여 있었다.

장기봉은 가방에서 손도끼를 꺼내 손자 녀석에게 건네주었다. 그리고 자신은 손삽을 움켜쥐었다. 여차하면 한바탕 일을 치를 태세였다. 어차피 마주칠 것이라면 기선을 제압하는 것이 중요하다.

'몇 명이나 될까?'

수풀이 흔들리는 것으로 봐서 두세 명 정도 되어 보였다. 이 정도는 한번 붙어 볼 만했다. 장기봉은 상대의 어느 부위를 가격할지 머릿속에 그려 넣었다. 무릎 정강이가 일차 목표다. 일단 상대를 고꾸라뜨린 뒤에 도망치는 게 상책이다. 손도끼를 쥔 손자 녀석의 손끝이 가늘게 떨리고 있었다.

그들은 소나무 옆에 바짝 기대고 서서 목표물이 오기를 기다렸다. 서너 발치 앞에서 나뭇가지가 가늘게 흔들리고 있었다.

바로 지금이다! 장기봉은 소나무에서 튀어나와 손삽을 치켜 올렸다. 순간 번뜩이는 삽날이 공중에서 멈추었다.

"……!"

이게 누군가! 장기봉의 두 눈에 잡힌 것은 자신과 엇비슷한 노인이었다. 햇빛에 반사된 흰 머리칼이 그의 두 눈을 찔렀다.

"……!"

노인은 장기봉이 나무에서 불쑥 튀어나오사 한 발싹 뒤로 주춤 물러섰다. 그러고는 그의 얼굴과 공중에 붕 떠 있는 삽날을 번갈아 바라보았다. 곧이어 노인의 입에서 그의 이름 석 자가 흘러나왔다.

"자, 장기봉……."

장기봉의 입에서도 탄식 같은 비명이 흘러나왔다.

"자, 자넨…… 이, 이라부……."

장기봉은 슬그머니 삽날을 거두어들였다.

재회, 그리고 운명

1

"자네도 많이 늙었군."

장기봉은 이라부의 잔에 맥주를 가득 채웠다. 변한 것은 없었다. 두 툼한 입술과 납작한 주먹코, 어눌한 말투, 말끝마다 상대를 넌지시 응시하는 눈빛까지 모두 그대로였다. 온갖 풍파를 이겨 낸 잔주름만이 훈장처럼 이마에 조금 더 늘어나 있을 뿐이었다.

"세월엔 장사가 없다지 않나."

이라부 역시 장기봉과의 재회가 믿어지지 않는 듯 입술을 끌끌 찼다.

"벌건 대낮에 뿔난 도깨비를 만나도 이리 황당하지는 않을 걸세."

"마찬가지네. 대체 이 무슨 기구한 인연이란 말인가."

장기봉은 맥주잔을 단숨에 들이켰다.

'판박이 인생이 따로 없군.'

내일 모레면 흙으로 돌아갈 노구의 몸을 이끌고 이슬과 바람을 벗 삼아 중국 대륙을 누비고 다녔다. 거기에서 하나는 아들을 잃고 하나는 아들이 수감되는 곤욕을 겪었다. 팔순의 나이에도 아직 그 버릇을 털어 내지 못하고 오히려 이게 무슨 가문의 영광이라도 되는 듯 손자 손녀에게까지 대물림해 주고 있었다. 전생에 모진 악연이 있거나 분신(分身) 같은 존재가 아니고서는 이럴 수 없는 일이다. 어찌 됐든 그를 만난 게 악연이 될지 인연이 될지는 좀 더 두고 볼 일이었다.

"따지고 보면 우리의 만남은 꼭 우연만은 아닌 것 같네."

이라부가 입가에 엷은 미소를 매달았다.

"그게 무슨 소린가?"

"한국에 오기 전에 자네 소식을 전해 들었네. 최만준으로부터 말일세."

장기봉은 쓴웃음을 지었다. 그랬다. 이라부와의 만남은 결코 객쩍은 우연이 아니었다. 최만준이 이라부의 손녀와 함께 해인사나 인사동 거리에 얼굴을 들이밀었을 때부터 그의 등장을 은근히 마음에 두고 있었는지도 몰랐다. 최만준이 건봉사 근처에서 개죽음 당했을 때는 그의 존재감이 보다 분명하게 다가왔다. 그의 예상대로 이라부의 손녀는 건봉사 주위에 진을 치고 이번 사태의 흐름을 예의 주시하고 있었던 것이다. 그러나 건봉사 산 중턱에서 그의 주먹코와 마주칠 줄은 꿈에도 생각하지 못했다.

"하나도 녹슬지 않았어. 하긴 냄새를 맡는 데는 자네의 주먹코를 당할 자가 없지."

장기봉이 비시시 웃어 보였다.

"냄새라면 자네가 한 수 위지. 누가 자네 코를 사람의 코라 하겠나. 하하."

이라부도 지지 않으려는 듯 가볍게 응수했다.

"하여튼 운이 억세게 좋은 건 여전하구먼."

"으응?"

"내 삽날에 맞았으면 어쩔 뻔했나. 아마 무르팍이 두 동강 났을걸."

간발의 차이였다. 까딱했다가는 삽날을 그의 무릎에 찍을 뻔했다. 머리가 희끗한 노인네라 한 발짝 늦춘 것이 다행이었다.

"이 처녀가 하야코가?"

장기봉은 이라부 옆에 다소곳이 앉아 있는 하야코를 쓰윽 훑어보았다. 하야코는 가볍게 고개를 숙이며 눈빛으로만 인사를 건넸다.

"고운 얼굴이 많이 망가진 것 같군……. 말만 한 처녀가 여기까지 와서 이 무슨 개고생인가."

"이 젊은 친구는?"

이라부가 재석을 눈짓으로 가리켰다.

"내 손자일세."

이라부는 재석의 얼굴을 꼼꼼히 뜯어보았다. 이노우에가 준 사진보다 실물이 훨씬 잘생겼다.

"얼마 전에 교토 남선사에 오지 않았나?"

"그, 그걸 어떻게……?"

재석은 어깨를 움찔거렸다.

"항상 주위를 잘 살펴보게나. 한시라도 방심해서는 안 되지."

"어지간히 할 일이 없는 게로군. 자네답지 않게 남의 손자 녀석 뒤꽁무니나 캐고 말이야."

식당 안의 손님은 그들밖에 없었다. 창가 구석에서는 주인아주머니가 TV 연속극에 푹 빠져 있었다.

'이리 마냥 노닥거릴 때가 아니야…….'

장기봉은 굳이 초조대장경에 대해 이러쿵저러쿵 늘어놓고 싶지 않았다. 이라부가 건봉사에까지 온 것은 뻔한 일, 그 역시 알 만큼 다 알고 있는 것이다. 이라부가 원하는 것은 곧 자신이 간절히 원하는 것이기도 했다.

"무슨 바람이 들어 이 먼 곳까지 행차하셨나? 저승길에 노잣돈이라도 챙기려고 왔는가?"

그래도 한 번은 건드려 보는 게 예의일 것 같아 조심스럽게 운을 떼었다.

"이만한 노잣돈이면 한번 해 볼 만하지. 안 그런가?"

"……"

"자네나 나나 이제 한세상 다 살지 않았나. 허나 저승길에 오르기 전에 꼭 해야 할 일이 남아 있지."

장기봉은 이라부의 속뜻을 금방 짚어 냈다. 중국에서 개죽음을 당한 아들을 마음에 두고 있는 것이다. 그의 간절한 소망이 아들의 이름을 딴 박물관을 짓는 거라고 하지 않았던가.

"피차 잘 알고 있을 테니 딴소리는 하지 않겠네."

장기봉은 잠시 뜸을 들였다.

"내게 좋은 묘안이 있는데 한번 들어 보겠나?"

"말해 보게."

장기봉의 얼굴이 진지하게 바뀌었다.

"우리가 예까지 온 것은 서로 잘 알고 있지 않은가. 해서 하는 소린데…… 앞으로 힘을 합하는 게 어떤가?"

"힘을 합한다고?"

"그래. 여긴 매우 위험한 곳일세. 자네도 알다시피 벌써 두 명이나 저승사자가 데려갔어. 우린 그들의 상판대기가 어떻게 생겼는지, 무슨 짓

거리를 하는 인간인지도 잘 모르고 있지 않나. 지금 이 시간에도 들짐승
마냥 목 빼들고 우리의 목숨을 노리고 있을지도 모르지."

이라부가 계속 말해 보라는 듯이 고개를 끄떡였다.

"지금으로서는 제갈공명이 무덤에서 나와도 달리 뾰족한 수가 없네.
자네도 살고 나도 사는 길……."

"묘안이라는 게 뭔가?"

"초조대장경 경판은 한두 개가 아닐 걸세."

"그렇지."

"그걸 찾거든 함께 나누세."

초조대장경을 절반으로 나누자는 생각은 결코 즉흥적으로 떠오른 것
이 아니었다. 이라부와 함께 산을 내려오면서 쉼 없이 머리를 굴리고 또
굴려서 얻어 낸 비책이었다. 누구도 포기하지 않고 함께 사는 길, 그것
이 가장 현명한 길이다. 이제는 적으로서가 아니라 동지로서 그가 절실
히 필요한 때다.

"천하의 보물을 얻은들 무슨 소용이 있겠나. 목숨만큼 중요한 게 없
지 않은가."

이라부는 장기봉의 제안을 차분히 음미했다. 그의 말대로 초조대장
경을 반이라도 손에 넣을 수만 있다면, 목표를 달성한 것과 같다. 엄밀
히 말해 경판의 숫자는 큰 의미가 없다.

그때 식당 문이 열리고 정장 차림의 두 사내가 들어왔다. 그들은 의
자에 앉자마자 칼국수 두 그릇을 주문했다.

"죽을 맛이로군. 대체 정 실장이 이 험한 산골에는 왜 온 거래?"

키가 큰 사내가 투덜거렸다.

"초조대장경 때문일 거야."

몸이 뚱뚱한 사내가 말을 받았다.

"초조대장경이 정말 있기는 한 건가?"

"그야 알 수 없지. 하여튼 정 실장은 오래전부터 그걸 찾으려고 눈에 불을 켜고 달려들었어. 듣자 하니 며칠 전에는 다솔사에도 다녀온 모양이더군."

"다솔사는 왜?"

"모르지."

"정말 집요한 사람이로군. 팔 년 전에 깨끗이 손 턴 줄 알았는데 아직도 뒤질 만한 곳이 남아 있었나?"

"그런데 왜 주위 사람들에게는 한마디 말도 없이 혼자 온 거야?"

"그야 뻔하지 않나. 혼자 한 건 크게 올리려고 했던 거겠지. 정 실장 성격은 자네도 잘 알지 않나."

"그나저나 일이 점점 복잡해지겠어. 경찰도 저리 손을 놓고 있으니."

그들의 대화가 오가는 사이 건너편에 있는 탁자 앞은 쥐 죽은 듯이 조용했다. 장기봉은 맥주잔을 홀짝홀짝 기울였고, 이라부는 턱에 손을 괴고 창밖을 내다보았다. 재석과 하야코는 귀를 쫑긋 세우고 그들의 대화를 하나도 놓치지 않았다. 그들이 누구인지 알아내는 것은 어렵지 않았다. 그들은 칼국수를 비우면서도 계속 대화를 주고받았다.

"건봉사 안은 어떤 것 같나?"

키가 큰 사내가 물었다.

"번지수를 잘못 찾은 것 같아. 설마 스님들이 그런 엄청난 일을 저질렀겠나?"

"아냐. 내가 보기엔 뭔가 냄새가 나."

"냄새라니?"

"아무래도 스님들의 태도가 수상해 보여."

"너무 오버하지 말게. 스님들을 잘못 건드렸다가는 공연히 골치 아픈 일만 생길 테니 조심해야 할 걸세."

"정 실장이 여기까지 온 걸 보면 뭔가 단서를 잡았다는 소린데."

키가 큰 사내는 칼국수를 먹다 말고 긴 한숨을 내쉬었다.

"저수지에서 발견된 사체가 최만준이라고 했지?"

몸이 뚱뚱한 사내가 물었다.

"그래."

"귀신이 곡할 노릇이로군. 그 친구는 어떻게 알고 건봉사까지 온 거야?"

"……."

"정 실장처럼 초조대장경 때문에 온 게 아닐까?"

"글쎄."

"어쩐지 난 이곳이 영 마음에 들지 않아. 스님들의 눈빛부터가 아주 거슬린단 말이야. 아무래도 조만간 뭔가 큰일이 터질 것 같아."

키가 큰 사내는 시계를 보더니 자리에서 일어났다.

"경찰이 기다리고 있을 테니 어서 가세."

그들이 식당을 나가고 잠시 짧은 침묵이 이어졌다. 재석은 맥주잔을 기울이면서 하야코의 얼굴을 넌지시 바라보았다. 그녀의 얼굴은 한옥 여관에서 보았을 때보다 훨씬 수척해 보였다.

"좀 전에 하던 말이나 계속 해 보게."

이라부가 먼저 말문을 열었다.

"우리가 힘을 모으는데 못할 게 뭐가 있겠나. 안 그런가?"

"……."

"일이 끝나면 빼도 박지도 말고 초조대장경 경판을 정확히 반으로 나누어 가지는 걸세."

이라부는 옆에 앉아 있는 하야코를 쳐다보며 '네 생각은 어떠냐?' 하고 눈빛으로 물었다. 하야코는 고개를 끄떡였다.

"좋은 생각이네. 하긴 묘안을 짜내는 데는 자네만 한 인물이 없지. 허허."

이라부는 자신의 빈 잔을 장기봉에게 건네고 맥주를 가득 채웠다. 마무리가 어떻게 될지 몰라도 지금으로서는 그게 가장 현명한 방법이었다.

"예전에 자네가 한 말이 떠오르는군."

장기봉은 맥주를 반쯤 비우고 잔을 내려놓았다.

"보물을 손에 넣으려면 하늘의 허락이 있어야 한다고 하지 않았나."

"그렇지."

"하늘도 우리의 노고를 외면하지 않을 걸세."

이라부가 오랜 해후를 확인이라도 하려는 듯 거친 손을 내밀었다. 장기봉은 그의 손을 꼭 잡았다.

2

노쇠한 두 도굴꾼이 합의점을 찾는 데는 그리 오랜 시간이 걸리지 않았다. 모두가 사는 길, 그것만큼 명쾌한 대안은 없었다. 서로 원하는 것을 손에 넣는 것, 그보다 더 절실한 명분은 없었다.

그들은 읍내의 여관방을 잡자마자, 누가 먼저랄 것도 없이 건봉사에 오기까지의 과정을 속 시원히 털어놓았다. 그동안 온갖 고비를 넘기며 챙긴 고문서와 자료들이 한자리에 모여들었다. 그것은 하나의 거대한 금맥 줄기로, 그 안에는 금맥을 찾아가는 과정이 촘촘히 엮어져 있었다. 그들은 서로가 가지고 있던 자료를 비교하면서 수차례 탄성을 자아냈고, 서로의 노고를 높이 추켜세웠다.

홍제암 토굴, 남선사 석장굴, 연화단과 만당, 금강저 문양, 다케우라, 사명대사와 만해 스님……. 모든 게 빈틈없이 착착 맞아떨어졌다. 각자 의문으로 남겨 둔 것이나, 석연치 않은 의혹들도 금세 풀렸다. 그러나 이들이 가장 '우려하는 것'과 '원하는 것'은 여전히 베일에 가려져 있었다. 무엇보다 그들이 풀어야 당면 과제는 두 가지였다. '보이지 않는 적의 정체'와 '초조대장경의 봉안 장소'였다.

"여기 연화단이라는 게 뭐요?"

재석이 하야코가 가져온 낡은 고문서를 바라보며 물었다.

"연화단은 조선시대 초조대장경을 보존하기 위해 만든 승려들의 집단 같아요. 여길 보세요."

하야코가 고문서의 한 부분을 가리켰다.

여기 중생 제도(濟度)의 본분을 지니고 '연화단(蓮火團)'을 만드는 것은 종봉(鍾峯)의 뜻을 이어받아 도량(道場)과 정기를 올곧게 세우고자 함이니, 원각(圓覺)의 대해(大海) 불심이 산천에 영구히 뿌리내리기를 간절히 원하노라.

"종봉은 사명대사의 다른 호칭인데……. 이 고문서가 홍제암 토굴에 있었다고?"

장기봉이 물었다.

"네."

홍제암 주변에 토굴이 있다는 것은 뜻밖의 소리였다. 하야코는 그곳을 연화단의 전략 기지이거나 초조대장경을 보관한 장소로 보고 있었다. 가만히 살펴보니 고문서에 적혀 있는 글은 현화사 절터에서 가져온 이규보의 글과도 맥이 닿아 있었다.

"보통내기가 아니로군."

장기봉의 얼굴이 살짝 일그러졌다.

"누굴 말하는 건가?"

"최만준 말일세."

최만준이 천수를 못 누리고 저세상에 가긴 했어도 그의 탁월한 능력만은 인정해 주어야 했다. 장기봉의 예상대로 최만준은 하야코와 함께 해인사에서 선광 스님을 만났던 것이다. 홍제암 토굴에서 그가 운이 좋게 풀려나온 것도 선광 스님과의 각별한 관계 때문이었다. 그러나 그의 천운(天運)은 거기가 끝이었다.

"선광 스님은 뭐라고 하던가?"

"별말은 없었어요. 그러나 초조대장경에 대해 잘 알고 있는 것만은 분명해 보였어요."

"그 중늙은이가 문제로군. 이 금강저 문양은 어디에서 난 건가?"

장기봉은 최만준의 사체에서 나온 금강저 문양을 꺼냈다. 물을 먹은 종이는 색이 누렇게 바래 있었지만, 그 안에 그려진 금강저 문양만은 또렷이 남아 있었다. 강현주가 버스 터미널에서 재석에게 주고 간 것이었다.

"어떻게 이 문양을……?"

하야코의 두 눈이 휘둥그레졌다. 최만준이 지니고 있던 금강저 문양이 어떻게 그의 손에 들어간 것일까. 놀랍고 희한한 일이었다.

"가야산 암자에 있는 장각 스님이 그려 준 겁니다."

"장각 스님? 허허, 그러고 보니 장각 스님도 초조대장경이 건봉사에 있는 걸 알고 있던 게로군. 하여튼 요상한 늙은이들이야……."

"장각 스님이 누군가?"

이라부가 물었다.

"해인사에서 오래도록 수행한 고승이지. 그러나 해인사를 나올 때는 선광 스님과 사이가 좋지 않았어."

"장각 스님은 선광 스님과는 생각이 달라 보였어요. 이제 초조대장경이 빛의 세계로 나와야 한다면서 몹시 아쉬워하는 눈치였어요."

하야코가 분명한 어조로 말했다.

"이제 대충 알겠군. 이걸 보게."

장기봉은 안국사 주지에게서 가져온 금강저 문양을 꺼냈다.

"이, 이것도 금강저 문양이 아닌가?"

이라부의 어깨가 들썩거렸다. 종이 크기만 서로 다를 뿐 하야코가 장각 스님에게 받은 것과 똑같은 문양이었다.

"이 금강저 문양은 안국사 주지에게서 가져온 겁니다."

재석이 말했다.

"안국사 주지라면…… 이시하라 스님을 말하는 건가?"

이라부 역시 교토에서 미노루 스님의 사인을 조사하다가 이시하라 스님과 각별한 관계라는 것을 알고 있었다.

"그렇습니다. 미노루 스님은 임종 직전까지 이 금강저 문양을 지니고 있었습니다."

그들이 금강저 문양을 접하게 된 과정은 달랐지만, 이 문양이 실마리가 되어 건봉사에까지 올 수 있었던 것은 매한가지였다. 그러나 아직 금강저 문양만으로는 초조대장경이 건봉사에 있는지 확실하지가 않았다.

"최만준 아저씨나 한국 정부의 관리를 살해한 사람은 누구인가요?"

하야코가 화제를 돌렸다.

"……"

잠시 짧은 침묵이 이어졌다. 그들이 승려인지 민간인인지도 분명하지 않았다. 그들에 대해 알고 있는 것은 단 하나, 초조대장경을 노리는 자들을 표적으로 삼고 있다는 것뿐이었다.

"연화단이나 만당이 아직도 존재하는 건 아닌가요? 이를테면 연화단의 후예라든가……"

하야코가 그들의 정체를 조심스럽게 입에 올렸다.

"그런 헛소리는 집어치워!"

갑자기 장기봉이 신경질적으로 내뱉었다.

"지금은 호랑이 담배 피던 시절 가지고 호들갑을 떨 때가 아니야. 연화단이고 개뿔이고 간에 그게 뭐가 중요해! 우리가 그들을 잡아들일 것도 아니잖아."

"……"

"골치 아프게 생각할 것 없어. 우린 초조대장경만 찾으면 돼. 얼른 그걸 찾아서 여길 떠나자구. 치고 빠지는 게 상책이란 말이지."

"그야 그렇긴 하네만……"

"초조대장경이 어디에 있는지 그거나 잘 생각해 보자구."

다음 해결 과제는 자연스럽게 초조대장경의 봉안 장소로 모아졌다.

"이라부, 자네가 얼마 전에 본 게 건봉사 후문 쪽이라고 했나?"

"맞네."

어둠을 등지고 수레를 따라가던 검은 그림자가 슬그머니 떠올랐다. 이라부는 그날 산 중턱에서 본 광경을 차분히 말해 주었다.

"정찬국이 틀림없구만."

"정찬국?"

"두 번째로 살해당한 인물 말일세. 그가 바로 한국 정부의 관리야. 그 수레에 뭐가 담겨 있었나?"

"어두워서 잘 볼 수가 없었네."

"건봉사 후문 쪽이라면…… 처녀 짭새가 준 지도 좀 꺼내 봐라."

재석은 지도를 꺼내 바닥에 펼쳤다. 순간 하야코의 두 눈이 벌겋게 달아오르고, 이라부의 양미간에 주름이 모여들었다.

"할아버지, 연꽃 속의 卍 자 문양이에요!"

하야코가 자지러지듯이 소리쳤다. 그와 동시에 까맣게 잊고 있었던 지난날의 행적이 아스라이 떠올랐다. 이 문양을 처음 본 것은 마에다의 유품, 조선 승려가 그려진 그림에서였다. 그리고 홍제암 토굴에서 발견한 고문서에도 이 문양이 또렷하게 새겨져 있었다.

"이 문양이 무얼 뜻하는 건가요?"

하야코가 물었다.

"혹시 연화단을 상징하는 문양이 아닌가요?"

"또 그놈의 연화단인지 뭔지 타령이야?"

장기봉이 하야코의 얼굴에 대고 매섭게 쏘아붙였다.

"이 지도는 만당 당원이 그린 거야. 다시 말해 이들이 초조대장경을 봉안하면서 그 위치를 지도에 남긴 것 같아."

"그럼 이 문양이 표시된 곳에 초조대장경이 있다는 건가요?"

"그야 아직 확신할 수는 없지……. 무엇보다 이 문양은 건봉사와도 깊은 연관이 있어. 건봉사는 산꼭대기에서 보면 연꽃과 같은 모양을 하고 있지. 그래서 건봉사 경내 안에는 다른 사찰에 비해 연꽃과 관련된 문양이 많아."

"맞아요. 경내 안에는 연지(蓮池)도 있었어요."

재석이 장기봉의 말을 거들었다.

"건봉사 후문 쪽이라……."

장기봉은 이라부를 힐끔 쳐다보았다. 이라부의 얼굴은 백짓장처럼 하얗게 변해 있었다. 이마에는 송골송골한 땀이 맺혀 있었고, 가쁜 숨을 연신 토해 내고 있었다.

"자네 괜찮은가?"

장기봉이 걱정스런 얼굴로 물었다. 이라부의 몸 상태는 정상이 아니었다. 그러고 보니 여관방에 들어설 때부터 그는 안색이 좋아 보이지 않았다. 차마 자리를 뜨지 못하고 힘겹게 이마를 맞대고 있으나, 금방이라도 쓰러질 듯 힘겨워 보였다.

"염려 말게."

"쯧쯧. 몸보신 좀 해야겠구먼."

"난 괜찮으니 어서 하던 말이나 계속 하게."

"이 연꽃 속의 卍 자 문양은 건봉사를 지칭하고 있는 것일 게야."

"금강저 문양처럼 말인가요?"

하야코가 바싹 얼굴을 들이댔다.

"그렇지. 정찬국은 이 지도에 표시된 대로 초조대장경이 건봉사 후문 쪽에 있다고 판단한 것 같아. 그래서 후문에 대기하고 있다가 그 수레를 따라간 건지도 모르지……."

그의 추측이 맞는다면 굳이 법당 지하실이나 부도 밭, 사리탑에 갈 필요도 없었다. 초조대장경은 바로 이 문양이 표시된 곳에 봉안했을 확률이 가장 높았다.

"일단 이 주위를 찾아봐야겠어. 자네 생각은 어떤가?"

"……."

이라부는 대답은 않고 이마에서 흐르는 땀을 손수건으로 연신 닦아내고 있었다.

"자네 어디 아픈 거 아닌가? 날도 덥지 않은 데 웬 그리 땀을 흘리나?"

"아, 아닐세. 날이 밝는 대로 일단 그곳부터 찾아보자구. 그럼 먼저 일어나겠네."

갑자기 몸이 왜 이럴까. 여관에 들어선 후로 내내 몸이 천근만근 무거웠다. 정신을 차리려고 관자놀이를 힘껏 눌러도 소용이 없었다. 나중에는 눈앞이 침침해서 바닥에 펼쳐진 지도를 보는 데도 초점이 잡히지 않아 애를 먹었다.

"어이쿠!"

여관 복도로 나온 이라부는 두 걸음도 채 걷지 못하고 쓰러지듯이 벽에 몸을 기댔다. 어깻죽지가 축 늘어지고 등골에는 칼바람이 들어왔다.

"괜찮아요, 할아버지?"

하야코가 이라부의 몸을 부축했다.

"그래. 한숨 자면 나아질 거다."

다음 날 이라부는 자리에서 일어나지 못했다.

뜻하지 않은 열병이 찾아온 것이다. 처음에는 이마에 미열이 있는가 싶더니 얼마 되지 않아 온몸이 불덩이처럼 활활 타올랐다. 손길이 닿는 구석구석마다 그의 몸은 뜨겁게 달아올랐다. 밤늦게 약국 주인을 깨워 사 온 해열제도 소용이 없었다. 이라부는 뜻 모를 소리를 중얼거리기도 했고, 무언가 헛것이 보이는지 손으로 허공을 내젓기도 했다. 그는 간 간이 누군가를 부르는 것 같았는데, 하야코는 그가 아버지라는 것을 알 았다.

'할아버지, 어서 일어나세요.'

하야코는 밤새 뜬눈으로 이라부 곁을 지켰다. 찬 물수건으로 몸을 적 셔 주었고, 이마에 맺힌 땀방울을 닦아 주었다. 이라부는 새벽녘까지 엄 청난 양의 수분을 몸 밖으로 쏟아 냈다. 언제나 듬직해 보이던 그의 등 줄기가 오늘은 앙상한 나뭇가지를 보는 것처럼 안쓰러워 보였다.

어느새 동녘 하늘에는 날이 훤히 밝아 오고 있었다. 그러나 이라부는 좀처럼 일어날 기미가 보이지 않았다.

"어제부터 몸이 영 시원치 않아 보이더니만……."

장기봉은 남의 일이 아니라는 듯이 입술을 끌끌 찼다. 이라부는 반쯤 눈을 뜬 채 중병 든 노인처럼 잔기침을 토해 냈다. 가슴에 통증이 오는 듯 인상을 찡그리면서 거칠게 숨을 몰아쉬었다.

"가끔 신경을 많이 쓰면 이럴 때가 있어요. 곧 나아질 거예요."

그러나 다음 날도 이라부의 몸은 회복되지 않았다. 식은땀이 다소 줄 어들기는 했으나, 여전히 꼼짝도 하지 못하고 이부자리를 지켰다. 하루 종일 식사도 거른 채 여관 앞의 식당에서 특별 주문한 전복죽만 겨우 먹 었다.

"이러다가 여관에서 초상 치를지도 모르겠네."

땅거미가 질 무렵, 보다 못한 장기봉이 결단을 내렸다.

"안 되겠다. 병원으로 가야겠어."

결국 이라부는 그 밤을 넘기지 못하고 읍내 병원으로 실려 갔다. 젊은 의사는 이라부의 몸 상태를 꼼꼼히 진찰하더니 급성 폐렴 증상이라 진단했다. 그는 이라부가 나이 든 노인네라 합병증이 올 수 있다면서 입원할 것을 권유했다. 전혀 예상치 못한 일이었다.

"이게 다 하늘의 뜻이다."

병실을 나오면서 장기봉이 혼잣말로 중얼거렸다. 환자복으로 갈아입은 이라부는 영락없이 저승길을 코앞에 둔 노인네였다.

"이젠 어떻게 하죠?"

재석이 물었다.

"하는 수 없지. 우리만이라도 나서는 수밖에."

기왕에 나선 걸음이라면 뜸 들일 필요 없이 서둘러 처리하는 게 좋다. 사실 이런 일에 여러 명이 떼거리로 달려들 필요도 없었다. 손자 녀석 하나면 충분하다.

"하야코, 나 좀 보자."

장기봉은 병실에 있는 하야코를 밖으로 불러냈다.

"더 이상 늦추어서는 안 된다."

"……."

"우리가 나설 테니 넌 할아버지 곁을 지켜라."

"저도 가겠어요."

"우릴 못 믿는 게냐?"

"그게 아니에요."

"그렇다고 네 할아버지를 두고 갈 수는 없지 않느냐. 갑자기 할아버지에게 무슨 일이 생기면 어쩔 테냐?"

하야코는 대답은 않고 장기봉의 얼굴을 또렷이 바라보았다. 그녀의 눈빛은 이라부를 간병할 사람으로 자신을 점찍고 있었다.

"허허, 지금 나보고 네 할아버지 수족을 돌보라는 게냐?"

장기봉은 어이가 없다는 듯 피식 웃었다. 그러나 하야코는 당찬 표정을 지으며 짧게 내뱉었다.

"할아버지도 그걸 원할 거예요."

이라부를 간병하라니, 참으로 독한 주문이었다. 그러나 장기봉은 하야코의 속내를 깊이 헤아렸다. 하야코는 자신을 믿지 못하고 있는 것이다. 초조대장경을 찾아내 감쪽같이 사라지는 걸 염려하고 있는 것이다. 하긴 이 바닥에서 남을 믿는 것처럼 못난 짓은 없다. 최만준 역시 홀로 초조대장경을 차지하려다가 저세상으로 가지 않았는가.

"잘 생각해라. 이건 매우 위험한 일이야."

"지금까지 여러 고비를 넘겼어요."

"정말 할 수 있겠느냐?"

"물론이죠."

하야코는 아랫입술을 잘게 깨물었다.

3

'여복이 터지겠어!'

신년 운세에 나온 점괘는 이걸 두고 하는 소린가. 재석은 병원을 나오면서 홀로 비실비실 웃었다. 용하다고 소문난 미아리 점집을 찾아간 것이 올 초였다. 곱게 한복을 차려입고 나타난 처녀 점쟁이는 재석을 보자마자, 대뜸 그렇게 소리를 질렀다. 돌이켜 보니 처녀 점쟁이 말은 족집게처럼 정확했다. 강현주, 하야코…… 불과 며칠 사이에 듣도 보도 못한 여자들이 서로 자리를 바꿔 가며 파트너가 되었다.

'올해 안에 운수대통하거나 호되게 당하는 일이 생길 게야!'

그날 처녀 점쟁이는 또 하나의 점괘를 내밀었는데, 올해 안에 평생 한 번 있을까 말까 하는 큰일을 치를 것이라며 여러 차례 주의를 당부했다. 올해의 사주가 모 아니면 도라는 것이었다. 두고두고 생각해도 용한 점쟁이였다.

하야코와의 만남도 숙명적이었다. 이미 그녀와는 버스 터미널과 여관에서 두 번이나 마주쳤다. 비록 멀뚱멀뚱 바라보고 옷깃만 겨우 스치고 지나쳤지만, 외진 산골임을 감안하면 보통 일이 아니었다. 게다가 천년 영물을 찾으러 가는 파트너가 되었으니 이 어찌 보통 인연이라고 할 수 있을까.

"한국말은 어디서 배웠소?"

버스 정류장 쪽으로 걸어가면서 재석이 물었다.

"어렸을 때 부산에서 살았어요."

"그런데 어찌 사투리는 쓰지 않소?"

"그런가요, 호호."

하야코는 전형적인 일본 미인형의 얼굴이었다. 짙은 눈썹에 쌍꺼풀이 진 큰 눈, 달걀처럼 갸름한 얼굴선, 특히 붉고 도톰한 입술이 매력적이었다. 화장기가 전혀 없는 얼굴인데도 화사한 빛깔을 안면에 가득 품고 있었다. 재석은 문득 그녀가 기모노를 입으면 잘 어울릴 것이라는 생각이 들었다.

"엄한 곳에 와서 고생이 많소."

"피차일반이죠. 댁도 얼마 전에 교토에 갔었다면서요?"

"그건 어떻게 알았소?"

이라부의 입에서 남선사가 나왔을 때는 공연히 등줄기에 식은땀이 흘러내렸다. 석장굴 지하 계단 안에서 오도 가도 못하고 숨만 죽이고 있었을 때가 떠올랐다. 대체 이들은 남선사에 다녀온 것을 어떻게 알고 있었단 말인가.

"할아버지가 남선사 석장굴에서 당신 모습이 찍힌 폐쇄 회로 테이프를 봤다고 하더군요."

"폐쇄 회로 테이프요?"

"네. 교토 문화재 관리국에서 당신을 수배하고 있었대요."

석장굴 안에 CCTV가 있는 줄은 까맣게 몰랐다. 문득 남선사 주변에서 교토 문화재 관리국 직원들에게 미행당하던 기억이 스쳐 지나갔다.

"그런데 어떻게 한국 정부의 실사단에 참여하게 된 거죠?"

"설명하자면 꽤 복잡하니 그 정도만 알고 있소."

"한국 정부에 스카우트된 거로군요."

"스카우트? 하하. 끄나풀보다는 듣기가 좋은 소리군. 그런 댁의 할아버지는 어떻게 석장굴에 들어간 날 본 거요? 혹시 댁의 할아버지도 일본 정부에 스카우트된 거 아니오?"

"호호. 듣고 보니 말이 되는 소리네요."

하야코는 손으로 입을 가리며 웃었다.

"그나저나 빨리 완쾌되어야 할 텐데……."

"할아버지는 가끔 저런 열병에 시달릴 때가 있어요. 할아버지의 말로는 아버지의 영혼이 몸속으로 들어오는 거라고 했어요."

"빙의(憑依)를 말하는 거요?"

"그와 비슷한 거죠."

하야코는 아버지의 이야기가 나오자 표정이 딱딱하게 굳어졌다. 그녀에게도 저 가슴 밑바닥에 아픈 사연이 있는 걸까. 촉촉이 젖어드는 그녀의 눈빛이 그런 사연을 대신해 주고 있었다.

"댁의 할아버지 명성은 익히 들어서 잘 알고 있소."

"……."

"신기한 일이오. 댁의 할아버지 같은 분이 이 바닥에서 저리 장수할 수 있다는 게 말이오. 한국에서는 꿈도 꿀 수 없는 일이오."

이 바닥에 들어선 지 어느덧 햇수로 팔 년이 다 되어 갔다. 그동안 수많은 도굴꾼과 장물아비, 그리고 문화재 전문털이범을 만났다. 그들은 서로의 틈새를 파고들어 유물을 가로채기도 하고, 비열한 방법으로 장물을 취득하고 유통시켰다. 그들에게 의리나 신념, 명예 따위는 안중에도 없었다. 그러나 이라부는 달랐다. 그는 명예와 의리를 지닌 일본의 대쪽 선비였다. 너구리 영감과는 근본부터가 다른 인물이었다. 여관에서 회의를 할 때도 그의 성품은 그대로 드러났는데, 자신의 의견을 내세우기보다는 상대의 말에 더 귀를 잘 기울였다.

"최만준은 어떻게 된 거요? 당신의 파트너가 아니었소?"

"나도 설명하자면 꽤 길고 복잡하니 그 정도만 알고 있어요."

"흠. 안 봐도 훤하오. 혼자 초조대장경을 가로채려다가 그 꼴을 당한 거 아니오?"

하야코는 다시 생각하기 싫은 듯 인상을 찡그렸다. 그때 건봉사행 버스가 그들 앞에 미끄러지듯이 멈추었다.

건봉사 후문은 을씨년스러웠다. 시간이 흐르면서 유서 깊은 고찰의 아늑한 풍경은 어둠 속으로 서서히 묻혀 갔다. 멀리 승방 안의 불빛만이 희미하게 새어 나왔다.

건봉사 근처에 온 것이 오늘로서 꼭 세 번째였다. 처음 이곳에 올 때만 해도 호기심과 설렘, 그리고 야릇한 흥분으로 가슴이 벅차올랐다. 초조대장경을 손에 넣을 수 있다는 흥분 때문에 시간 가는 줄 모르고 경내를 샅샅이 훑었다. 그러나 두 번째 왔을 때 그런 호기심과 흥분은 말끔히 사라졌다. 최만준의 죽음은 결코 남의 일이 아니었다. 그와는 무늬만 다를 뿐 서로 같은 옷을 입고 있었다. 정찬국의 죽음은 더 큰 충격이었다. 이들의 살해 대상은 특정 세력에 국한되지 않고 초조대장경을 노리는 자들을 모두 아우르고 있었다. 이제 건봉사는 더 이상 명승의 숨결이 배어 있는 유서 깊은 고찰이 아니었다. 외부의 침입자를 단칼에 저세상으로 보내는, 보물 사냥꾼들의 무덤이었다.

'낄낄낄, 네 연놈들도 이젠 명줄이 다 됐다…….'

어디선가 낯익은 소리가 귓불을 간질거렸다. 정찬국의 목소리였다. 아직 승천하지 못한 그의 영혼이 머리 위를 휘휘 떠다니고 있었다.

'히히히. 저승길 길동무가 여기 또 있네.'

이번엔 최만준의 목소리가 산허리를 휘감고 올라왔다. 재석은 정신을 차리려고 자신의 뺨을 힘껏 후려쳤다.

"갑자기 왜 그래요?"

뺨을 때리는 소리가 워낙 컸던지 하야코가 깜짝 놀라며 물었다.

"별거 아니오. 날벌레가 성가시게 굴기에……."

정신이 번쩍 들었다. 이제 더 이상 잡귀들의 허튼소리는 들려오지 않았다.

"정찬국이 처음 나타난 곳이 어디쯤이오?"

"저기 커다란 돌기둥 보이죠?"

하야코가 가리킨 돌기둥은 십바라밀 석주였다. 어둠 속에서도 십바라밀 석주의 윤곽은 또렷하게 보였다.

"저곳에 있다가 수레를 따라갔어요."

"정찬국이 살해된 곳도 그곳이오?"

"그건 모르겠어요. 그날 후문 쪽으로 수레를 따라가는 모습만 봤거든요. 후문을 나선 뒤로는 볼 수 없었어요."

재석의 눈길은 건봉사 후문에서 잠시도 떨어지지 않았다. 하도 오랫동안 그곳을 본 탓인지 눈 끝이 아려 왔다.

"오늘도 그 수레가 나타날 것 같소?"

"그야 두고 봐야죠."

건봉사 후문은 우마차길 옆으로 개간하다 만 밭이 보였고, 그 위로는 수풀이 우거져 있었다. 산골 어디에서나 볼 수 있는 전형적인 시골 풍경이었다.

"고향이 교토라고 했소?"

"네."

"고려미술관은 가 봤소?"

"그럼요. 교토의 박물관은 안 가 본 곳이 없죠. 고려미술관은 한국의 향취가 물씬 풍기는 곳이죠. 갑자기 고려미술관은 왜요?"

"아니오."

재석은 박상문을 만났다는 이야기를 하려다가 그만두었다.

"두렵지 않아요?"

하야코가 몸을 움츠리며 물었다.

"벌써 두 명이나 저세상으로 갔는데 어찌 안 두려울 수 있겠소."

두려움이 없다면 거짓말이었다. 너구리 영감 앞에서는 별것 아니라는 듯이 큰소리를 쳤어도 가슴 밑바닥에는 두려움이 팽배해 있었다. 그렇다고 이제 와서 꽁무니를 내빼는 것은 자존심이 허락하지 않았다.

"댁은 두렵지 않나 보오."

"저도 마찬가지예요……. 일본에 있을 때는 잘 몰랐는데…… 초조대장경을 찾으러 다니면서 공통적인 얘기를 들었어요."

"……."

"초조대장경을 함부로 건드려서는 안 된다고 경고했지요……. 선광 스님도, 장각 스님도…… 모두 목숨을 잃을 것이라고 했어요."

그건 재석도 마찬가지였다. 박상문이나 안국사 주지도 약속이나 한 듯 그와 비슷한 말을 했다. 얼마 전 서울로 올라간 강현주도 그런 불길한 소리를 줄줄이 쏟아 내며 불타는 가슴에 찬물을 끼얹지 않았던가.

"그건 요상한 중늙은이들이 다 지어낸 얘기요. 신경 쓸 거 없소."

"아니에요. 느낌이 달라요. 홍제암의 토굴이나 건봉사 입구에 들어섰을 때부터 아주 색다른 느낌을 받았어요."

재석은 마뜩치 않은 얼굴로 하야코를 바라보았다. 큰일을 앞두고 왜 하필이면 그린 재수 없는 소리를 늘어놓는 걸까.

"벌써 우리가 알고 있는 사람만 해도……."

"이봐요!"

재석이 하야코의 말을 잘랐다.

"그런 재수 없는 소리를 대체 왜 하는 거요? 그렇게 떠벌리면 두려움이 조금이라도 사라진단 말이오?"

"난 그냥……."

"다시 그런 소리를 하려거든 여관 가서 발이나 닦고…… 우욱!"

하야코가 재석의 입을 손으로 틀어막았다.

"바퀴 소리예요!"

어둠에 잠겨 있던 건봉사 후문이 스르르 열렸다. 곧이어 승려 한 명이 유령처럼 나타났고, 그 뒤로 수레와 함께 두 명의 승려가 모습을 드러냈다. 시계는 자정을 가리키고 있었다.

'저게 무슨 수레일까?'

말로만 듣다가 실제로 수레를 보니 기괴한 전율이 등줄기를 타고 스멀스멀 기어 올라왔다. 후문을 빠져나온 수레는 우마차 길을 따라 가고 있었다.

"놓치면 안 돼요!"

수레가 우마차 길로 들어서자 하야코가 먼저 몸을 일으켰다. 재석은 엉겁결에 일어나 하야코의 뒤를 따라갔다. 단단히 마음먹고 달려왔지만, 막상 수레가 눈앞에 나타나자 금세 그런 작심은 사라지고 다리가 후들후들 떨려 왔다.

그들은 몸을 은폐할 수 있는, 우마차 길 옆의 숲 속 길로 들어갔다. 숲 속 길은 발길이 드물어 아주 험했는데, 하야코는 날렵하게 나뭇가지를 헤치며 빠르게 수레를 따라잡았다.

그렇게 숲 속 길을 따라 오 분 정도 걸어갔을까. 하야코의 발걸음이 우뚝 멈추었고, 뒤를 따르던 재석의 발길도 멈추었다.

"무슨 일이오?"

"수, 수레가 사라졌어요!"

그들은 사라진 수레를 찾으려고 숲 속 길에서 우마차 길로 뛰쳐나왔다. 그러나 아무리 주위를 둘러보아도 수레는 보이지 않았다. 어둠을 따라 길게 이어진 우마차 길과 그 옆의 논두렁, 그리고 하늘을 반쯤 가린 수풀뿐이었다. 땅바닥을 규칙적으로 할퀴고 지나치던 수레바퀴 소리도 들려오지 않았다.

사방은 깊은 어둠에 잠겨 있었다. 갑자기 등골이 오싹해지고 양어깨에 찬바람이 스며들었다. 금방이라도 유령이 나올 것 같은 괴괴한 느낌이 목덜미를 강하게 후려쳤다. 재석은 하야코의 손을 덥석 잡았다.

"어서 뛰어요!"

그러고는 오던 길로 몸을 틀어 빠르게 뛰어갔다. 하야코는 영문도 모른 채 재석이 이끄는 대로 우마차 길을 벗어났다. 그들의 뜀박질 소리에 놀랐는지 산속의 날짐승이 어둠 속으로 차올랐다. 이윽고 우마차 길이 끝나는 숲 속으로 들어서자 재석은 안도의 한숨을 길게 몰아쉬었다.

"대체 왜 그래요?"

하야코도 가쁜 숨을 몰아쉬었다.

"수레가 사라진 곳에서 수, 수상한 시선을 느꼈소."

"수상한 시선이라뇨?"

"누군가 우리를 지켜보는 것 같았소."

4

날이 밝아 오고 있었다.

재석은 눈까풀을 반쯤 밀어 올리고 방 안을 둘러보았다. 방 안에는 빈 소주병과 오이 한 조각만이 덩그러니 남아 있었다. 한 잔만 마시고 잠을 부른다는 것이 한 병을 다 마셔 버리고 말았다.

어젯밤 여관에 들어서기 전에 구멍가게 주인을 깨워 소주 한 병을 샀다. 이대로는 도저히 잠을 부를 수 없을 것 같아 여관방에 처박혀 홀로 술잔을 기울였다.

'낄낄낄. 재수가 좋구나……'

술잔 속에는 최만준과 정찬국의 영혼이 허연 이를 드러내며 저승길을 안내하고 있었다. 사라진 수레, 그리고 등줄기에 꽂힌 매서운 시선……. 정찬국이 살해된 곳도 바로 그곳이 아니었을까. 마지막 잔을 비우는 순간에도 수레의 어슴푸레한 환영과 숲 속에 도사리고 있는 광기의 시선은 사라지지 않았다.

이상한 일이었다. 분명 수레가 사라질 만한 길은 없었다. 우마차 길은 길게 뻗어 있기 때문에 그 길이 아니고서는 달리 샐 곳도 없었다. 대체 수레는 어디로 사라졌단 말인가.

그때 노크 소리와 함께 하야코의 목소리가 들려왔다.

"일어났어요?"

"잠깐 기다리시오."

재석은 옷을 주섬주섬 챙겨 입고 여관 앞마당으로 나왔다. 하야코도 밤새 잠을 이루지 못했는지 얼굴이 푸석푸석해 보였다.

"일이 끝날 때까지 술은 삼가는 게 좋겠어요."

하야코는 방 안에 처박혀 있는 소주병을 보더니 눈살을 찌푸렸다.

"아무 방해 안 될 테니 신경 끄시오."

소주 한 병을 다 비웠지만 이상하리만치 정신이 또렷했다. 잠을 부르려고 마신 술인데 되레 정신이 더 맑아졌다.

"준비됐죠?"

어젯밤 하야코와 여관에 들어오면서 내일 날이 밝으면 수레가 사라진 곳을 다시 찾아가 보기로 약속했다.

"물론이오."

재석은 신발 끈을 조여 매면서 힐끔 뒤를 돌아보았다. 문 앞에는 104호 팻말이 붙어 있었다.

"며칠 전 당신은 이 방에 묵지 않았소? 103호에는 최만준이 묵었고."

하야코의 두 눈이 휘둥그레졌다.

"그걸 어떻게 알았죠?"

"그날 난 102호에 묵고 있었소."

"그럼, 그때 본 사람이……."

하야코도 그날의 기억이 새록새록 떠올랐다. 최만준의 사체를 목격하고 여관에 들어섰을 때, 마당에는 한 젊은 사내가 외출 준비를 하고 있었다.

"눈썰미가 대단하군요."

"이 짓 해먹으려면 별수 있겠소. 그거라도 밝아야지."

"그러고 보니 우린 초면이 아니로군요."

"그걸 이제 알았소?"

"네?"

"난 당신이 처음 이곳에 왔을 때부터 봤소. 버스 터미널에서 말이오. 그때 당신은 선글라스를 끼지 않았소?"

하야코의 입이 반쯤 벌어졌다.

"그걸 왜 이제 말하는 거죠?"

"그게 뭐 대수로운 일이라도 된단 말이오."

"그래도……."

"자, 어서 가 봅시다!"

바람 한 점 없었다. 우마차 길은 대낮인데도 어두컴컴했다. 어젯밤 수풀 사이를 헤집고 다닌 길이 한눈에 들어왔다.

"이곳이 맞나요?"

하야코는 주위를 세심하게 둘러보았다. 수레가 사라진 곳에 들어서자 어젯밤의 불쾌한 느낌이 다시 등줄기를 감아올렸다.

"정신없이 뛰는 바람에 잘 모르겠어요."

"여기가 틀림없소. 저 쌍바위를 보면 알아요."

재석은 우마차 길 왼편에, 아이 몸만 한 쌍바위를 가리켰다. 길을 잃지 않기 위해서는 주위의 특이한 물체를 이정표로 삼는 게 좋다. 이 또한 너구리 영감에게 배운 것이다.

재석은 쌍바위를 중심으로 사방을 둘러보았다. 그러나 수레가 사라질 만한 곳은 나타나지 않았다.

"그 지도 좀 볼 수 있어요?"

하야코는 수레의 흔적을 찾다말고 쌍바위에 걸터앉았다.

"여기 보세요. 이 우마차 길과 卍 자 문양은 서로 동떨어져 있어요."

지도에 표시된 연꽃 속의 卍 자 문양은 건봉사 후문에서 제법 멀찍이 떨어져 있었다. 수레가 사라진 곳은 건봉사 후문과 卍 자 문양이 표시된 곳의 중간 지점이었다.

"우마차 길을 계속 따라가면 卍 자 문양이 표시된 곳과는 점점 멀어지게 되는 거죠."

"우마차 길 중간으로 들어가야 지도에 표시된 곳이 나온다는 거 아니오?"

"그래요."

"그런데 우마차 길 중간으로 통하는 길이 없으니……."

재석은 고개를 갸웃거렸다.

"거기서 뭘 하는 게야?"

그때였다. 우마차 길옆의 논두렁에서 가래 섞인 목소리가 들려왔다. 밀짚모자를 쓴 노인이 허리를 곧추세우고 그들을 유심히 바라보고 있었다. 지도에 너무 집중한 탓인지 노인이 다가오는 것도 모르고 있었다. 노인의 손에는 시퍼런 낫이 들려 있었다.

"네?"

하야코는 얼떨결에 바위에서 일어났다.

"귓구멍에 말뚝을 박았나. 거기서 뭐 하고 있냐고 묻잖아."

"저희들은……."

"돈이라도 잃어버린 게야? 낄낄낄."

노인은 어린아이처럼 천연덕스럽게 웃었다.

"어르신, 여쭈어 볼 게 있는데요."

재석은 우마차 길에서 나와 노인이 있는 논두렁 쪽으로 다가갔다.

"말해 봐. 낄낄낄. 난 네 연놈들이 뭘 찾고 있는지 다 알지."

"혹시 이 근처에서……."

"땡중 놈들이 끌고 가는 수레를 말하는 게지? 낄낄."

"어, 어떻게 아셨어요?"

"며칠 전에도 한 놈이 거기서 똥개처럼 코를 내밀며 수레를 찾고 있었지."

"그, 그 사람이 누구죠?"

재석이 말을 더듬거리며 물었다.

"그걸 내가 어떻게 알아."

"그 사람의 키가 크고…… 머리가 짧지 않았나요?"

"그래. 키가 멀대 같이 컸지. 말하는 폼이 영 싸가지 없는 놈이었어."

정찬국이 틀림없다. 정찬국도 지도를 보고 이 우마차 길에 왔던 것이다.

"그래서 어떻게 됐나요?"

"뭐가 어떻게 돼? 뭐라 홀로 지껄이면서 휑하니 사라지더라구. 관상도 시원치 않은 놈이……."

노인은 논두렁에서 나오더니 재석의 얼굴을 이리저리 훑어보았다.

"보아하니 네놈의 관상도 개뿔딱지로군."

노인은 쌍바위 옆에 멀뚱하게 서 있는 하야코의 얼굴도 유심히 바라보았다.

"이년은 더 개판일세. 낄낄낄. 그게 다 팔자 소관이지."

노망이 든 걸까. 괴상한 노인이었다. 아무래도 정상적인 사람은 아닌 것 같았다. 그러나 이 노인은 그냥 가볍게 지나칠 사람이 아니었다. 우마차 길에서 감쪽같이 사라진 수레의 흔적을 풀어 줄 유일한 인물이었다.

"손 좀 내밀어 봐."

노인은 재석의 손을 덥석 잡더니 바닥이 보이게 뒤집었다. 손금을 보려는지 유달리 생명선 쪽에 시선을 고정시켰다.

"거 봐. 팔자가 되게 더럽잖아. 이건 꼭 도둑놈 팔자네. 낄낄낄."

노인은 입술을 삐쭉 내밀고는 다시 논두렁 쪽으로 다가갔다.

"어, 어르신."

재석이 빠른 걸음으로 노인의 뒤를 따라갔다.

"왜 그래?"

"여쭈어 볼 게 있습니다."

"나 지금 배고파 죽겠어."

"……."

"밥은 먹었어? 밥 좀 줄까?"

"좀 전에 말한 그 수레가……."

"배고프면 따라 와!"

동문서답이었다. 재석은 더 이상 묻는 것을 포기하고 조용히 노인의 뒤를 따라나섰다.

5

지금은 때가 아니다.

재석은 서두르지 않았다. 노인의 뒤를 따라가면서도 수레나 승려, 정찬국에 대해서는 일절 입을 열지 않았다. 공연히 정신 나간 노인의 비위를 건드렸다가는 아무것도 얻어 낼 게 없다. 일단 노인의 말을 고분고분 잘 듣다가 적당한 틈을 봐서 사라진 수레를 끄집어내야 한다.

노인의 집은 건봉사 후문에서 십여 분 정도 떨어진 곳에 있었다. 노인의 집 옆에는 두 채의 집이 더 있었는데, 두 곳 모두 사람이 살지 않는 폐가였다.

"여기서 잠깐 기다려."

노인은 안방과 이어진 넓은 마루를 가리키더니 부엌으로 냉큼 들어갔다.

"이젠 어떻게 할 거죠?"

하야코가 작은 목소리로 물었다. 부엌 안에서는 노인이 밥상 위에 찬거리를 올려놓고 있었다.

"지금 노인은 제정신이 아니오. 일단 노인이 하자는 대로 따르는 게 좋을 것 같소. 노인은 내게 맡겨요."

재석은 하야코와 나란히 마루에 걸터앉았다.

그때 마당 한쪽에 사람 키만 한 높이로 쌓아올린 장작더미가 눈에 들어왔다. 땔감으로 사용하기 위해 만든 장작이었는데, 장작더미 옆에는 빨래판 크기의 나무 판이 뒤죽박죽 쌓여 있었다. 어쩐지 일정한 두께로 쌓아 올린 나무 판의 크기와 모양새가 예사롭지 않았다. 재석은 뭔가 이끌리듯 그곳으로 다가갔다.

"이, 이것은……."

나무 판을 물끄러미 바라보던 재석의 입이 쫙 벌어졌다.

"왜 그래요?"

"대, 대장경 목판이오."

해인사에 있는 팔만대장경 경판의 크기와 모양새가 똑같았다. 목판의 크기나 두께도 자로 잰 듯 일정했고, 목판의 겉면은 글을 쓰거나 판각할 수 있도록 반듯하게 다듬어져 있었다. 대패로 깎아 낸 흔적이 틀림없었다. 나무 판 옆에 쌓아올린 장작더미는 이 목판을 도끼로 토막 낸 것들이었다.

"누가 이걸 만들다가 버린 걸까요……?"

목판 겉면에는 판각하다가 만 한자들이 촘촘히 새겨져 있었다. 불교 경전에 있는 경구가 틀림없었다. 마당에 널려 있는 목판은 대부분 반쯤 판각하다가 그만둔 것이었다. 어떤 것은 고작 두 줄 정도 판각하고 버려진 목판도 있었다. 이 목판은 대장경판을 만들려다가 실패한 미완성품이었다. 목판의 나뭇결도 방금 건조한 듯 아주 매끄러웠다. 놀라운 일이었다. 어떻게 이런 목판이 장작더미로 둔갑해 노인의 집 앞마당에 쌓여 있는 것일까.

"거기서 뭣하고 있어? 어여 일루 와."

노인이 밥상을 들고 부엌에서 나왔다.

"할망구가 죽은 뒤로 밥맛이 없어."

그들은 노인이 가져온 밥상 앞에 나란히 앉았다.

"밥은 여럿이 먹어야 제맛이지. 찬이 없더라도 많이 먹어. 돈은 안 받을 테니까. 낄낄."

"고맙습니다. 어르신."

재석은 깍듯하게 고개를 숙이고 숟갈을 들었다. 밥맛은 없었으나 노인이 자꾸 쳐다보는 바람에 이것저것 가리지 않고 입에 쑤셔 넣었다. 노인은 그런 재석을 바라보며 미소를 지었다.

"어때? 입에 맞아?"

"네. 아주 맛있습니다."

"할망구가 죽은 뒤로 밥맛이 없어."

노인은 방금 전에 한 말을 똑같은 표정을 지으며 되풀이했다. 짐작건대 노인의 아내가 죽은 지 얼마 되지 않아 보였다. 그 때문에 약간 정신이 나간 것이 아닐까. 전깃줄에 걸린 옷 중에는 여사 속옷도 보였고, 마루 밑에는 굽이 낮은 여자 구두도 보였다.

"자제분은 안 계세요?"

"내 새끼? 여기 없어. 소식 끊긴 지 십 년이 다 돼 가는걸. 몹쓸 놈 같으니, 지 어미가 죽었는데 코빼기도 비치지 않고……. 이건 자식이 아니라 웬수야 웬수."

재석은 별로 입맛이 없는데도 고추장에 비벼 밥 한 공기를 뚝딱 해치웠다. 하야코 역시 밥 한 톨 남기지 않고 깨끗이 공기를 비웠다. 그러나 노인은 반도 채 비우지 않고 숟가락을 내려놓았다.

"어르신, 방금 전에 스님들이 끌고 가는 수레를 봤다고 하지 않았습니까?"

재석이 노인의 눈치를 살피며 조심스럽게 물었다.

"수레? 땡중 놈들이 끌고 가는 수레 말이야?"

"네."

"그래, 봤지."

"그 수레가 어디로 가던가요?"

"흠. 거긴 중놈들만이 아는 길이 따로 있어. 밖에서 볼 때는 아무도 모르지. 낄낄. 중놈들이 염불은 안 외고 만날 이상한 짓거리나 하고 있으니."

"이상한 짓거리라뇨?"

"그런 게 있어. 하여튼 웃기는 중놈들이야. 낄낄."

"그 수레에 뭐가 담겨 있나요?"

"그건 나도 잘 몰라. 하여튼 오밤중이면 수레를 끌고 굴로 기어 들어가지. 두더지처럼 말이야."

"굴이요?"

"그래. 동굴."

노인의 입에서 뜻밖의 소리가 한 무더기로 쏟아져 나왔다. 재석은 밥상 위에 있는 물을 단숨에 들이켰다.

"어르신도 그 동굴에 가 본 적이 있습니까?"

"거긴 아무나 못 들어가. 중놈들이 그 근처에는 얼씬도 못하게 해."

"동굴 속에 스님들이 있습니까?"

"그렇다니까. 땡초 중놈들이 사람 보기를 우습게 알고 말이야. 괘씸한 중놈들 같으니."

노인은 승려들에게 좋지 않은 감정을 지니고 있는 것 같았다. 승려들을 지칭할 때면 여지없이 욕지거리가 입에 붙어 다녔다.

"스님들이 그곳에서 뭘 하던가요?"

"나도 잘 몰라. 듣자 하니 귀신들을 쫓으려고 저리 염병을 떤다고 하던데."

"귀, 귀신이요?"

"그래. 낄낄. 밥 좀 더 줄까?"

"됐습니다."

"할망구가 죽은 뒤로는 밥맛이 없어⋯⋯."

노인은 긴 한숨과 함께 먼 하늘을 바라보았다.

"저 장작은 뭔가요?"

재석의 시선이 마당 앞에 쌓아올린 장작더미에 쏠렸다.

"중놈들이 버린 거야. 덕분에 땔감으로 쓰고 있지."

"어르신, 그 동굴이 있는 곳을 알려 줄 수 있습니까?"

"거긴 왜?"

"구, 궁금해시요."

"그야 어렵지 않지. 밥 다 먹었으면 따라와."

수레가 사라진 곳, 노인을 따라 다시 쌍바위 앞으로 돌아왔다. 우마차 길 뒤편으로는 건봉사 후문이 보이고 오른쪽에는 울창한 숲이, 그 반대쪽에는 논두렁이 펼쳐져 있었다.

"자, 이걸 봐."

노인은 수레가 사라진 우마차 길 옆으로 다가섰다. 그러고는 길가에 한쪽으로 비스듬히 기울어진 나뭇가지를 걷어 올렸다. 나뭇가지는 수풀과 이어지는 곳에 얇은 끈으로 촘촘히 엮여 있었다. 노인이 한데 묶여 있는 나뭇가지를 한 손으로 슬쩍 밀자, 양팔 길이보다 조금 더 넓은 샛길이 나왔다.

"이제 알겠어?"

노인이 비시시 웃었다. 이런 곳에 또 다른 샛길이 있다니, 정말 감쪽같았다. 우마차 길에서 샛길로 통하는 길목을 나뭇가지로 위장했던 것이다.

"이것도 땡초 중놈들이 만들어 놓은 거야. 예전에는 이곳으로 통하는 길이 있었는데, 중놈들이 이 나무로 가렸지. 그래서 여기에 샛길이 있는지 아무도 몰라."

그제야 수레가 사라진 까닭이 풀렸다. 우마차 길을 따라가던 승려들은 중간에 이 샛길을 통해 오른쪽의 숲 속 길로 빠져들어 갔던 것이다. 이 샛길은 승려들만의 비밀 통로였다.

샛길 안으로 들어서자 좁고 완만한 경사길이 사라지고 탁 트인 평지가 나타났다. 오른쪽에는 우마차 길과 낮은 구릉이 어깨동무하듯이 이어져 있었다. 햇빛을 가리던 울창한 나무들도 좁은 도로를 끝으로 멀찍이 물러나 있었다.

"동굴은 어디에 있습니까?"

노인은 샛길을 따라 몇 걸음 더 들어가더니 걸음을 멈추었다.

"바로 저기야!"

노인의 손끝이 낮은 구릉을 가리켰다.

"이젠 됐어?"

"고맙습니다. 어르신."

"그런데 그 동굴은 왜 찾는 게야?"

"……"

"거긴 안 가는 게 좋아……."

갑자기 노인의 목소리가 착 가라앉았다.

"오래전부터 저곳엔 괴상한 소문이 나돌아 다녔어……. 6·25 난리 때 많은 사람들이 거기서 죽었대. 그래서 밤마다 귀신들이 나타나곤 하지……."

"……."

"중놈들이야 귀신을 물리치는 재간이 있으니 괜찮긴 하지만…… 자네는 무슨 재주로 귀신들을 물리칠 거야?"

노인은 재석과 하야코를 빠르게 위아래로 훑어보았다.

"거기에 가면 가끔 목탁 소리도 들려오곤 해. 중놈들이 저승에 올라가지 못하고 밤낮없이 떠돌아다니는 귀신들을 달래 주려는 거래……. 그래도 가 볼 테야?"

재석은 말없이 눈만 깜빡거렸다.

"죽든 살든 알아서 해. 낄낄."

"마당에 있던 장작도 저곳에서 가져온 건가요?"

"그래. 중놈들이 버린 것들이지. 땔감이 필요할 땐 종종 그 근처에 가기도 하는데, 밤에는 절대 안 가."

노인은 유령이라도 본 듯 몸을 파르르 떨었다.

"난 이제 가 봐야겠어. 배고프면 언제든지 와……. 할망구가 죽은 뒤로는 밥맛이 없어……."

노인이 사라지고 재석은 동굴이 있는 구릉 쪽을 바라보았다. 하야코는 미간을 가늘게 모으고 재석의 눈길을 따라잡았다.

"이제 어떻게 할 거예요?"

하야코의 눈빛은 이미 동굴 앞에 도착해 있었다.

"댁과 같은 생각이오."

"그럼 슬슬 가 볼까요?"

하야코가 동굴 쪽으로 몸을 틀자 재석이 그녀의 손을 잡았다.

"갈 때 가더라도 지금은 아닌 것 같소."

"네?"

"어두워질 때까지 기다리는 게 좋겠소."

6

또다시 지루한 매복이 시작되었다. 이번엔 매복 지점을 샛길로 통하는 숲 속에 자리를 잡았다.

"기분이 어때요?"

멀리 건봉사 쪽에는 불빛 한 점 새어 나오지 않았다.

"그저 그렇소."

"그 노인의 말이 사실일까요? 귀신들의 영혼을 달래 준다는……."

"귀신은 무슨 얼어 죽을 귀신이오."

때마침 정신 나간 노인을 만난 덕분에 수레가 사라진 샛길을 찾았다. 그러나 이 샛길은 끝이 아닌 새로운 시작이었고, 또 다른 세계와 접선하는 길목일 뿐이었다. 불경이 새겨진 목판, 승려들의 비밀 통로, 그리고 저쪽 어딘가에 웅크리고 있는 동굴 속에는 감히 상상할 수 없는 세계가 기다리고 있었다.

"저게 무슨 별자린지 알아요?"

하야코는 고개를 들고 밤하늘을 바라보았다. 구름 한 점 없는 하늘엔 수많은 별들이 반짝거리고 있었다.

"저건 백조자리예요……. 이 백조는 그리스 신화에 나오는 제우스신을 상징하는 거죠. 제우스는 스파르타 왕의 왕비 레다를 사랑하고 있었는데 질투심이 많은 아내 헤라에게 들킬까 봐 레다를 만나러 갈 때는 언제나 백조로 모습을 바꾸었어요. 그 백조를 하늘로 올린 것이 바로 백조자리죠. 잘 봐요. 긴 목을 늘이고 날갯죽지를 크게 펼친 것이 누군가를 만나러 가는 모습 같지 않아요?"

"그러고 보니 비슷한 것 같소."

하야코는 축축한 분위기를 바꿔 보려는 듯 밝은 표정을 지었다.

"이 우주에는 셀 수 없을 정도로 많은 별이 있어요. 떠돌이별, 붙박이별, 거대한 성운에서 은하수에 이르기까지 다들 하나씩의 사연과 꿈을 가지고 있지요."

"오호, 별에 대해 이처럼 해박한 지식을 가지고 있는 줄은 미처 몰랐소."

"어렸을 때 꿈이 천문학자였어요."

"그런데 어쩌다 이 길로 들어섰소?"

하야코가 한심한 질문이라는 듯 가볍게 미소 지었다.

"내 몸에는 특별한 유전자가 있나 봐요."

"으응?"

그건 바로 자신이 강현주에게 해 주던 소리가 아닌가.

"DNA가 있다는 소리요?"

"잘 아시는군요."

"쉿!"

그때 샛길로 통하는 수풀 앞에서 인기척이 들려왔다. 두 명의 승려가 우마차 길에 멈춰 서더니 샛길을 막고 있는 나뭇가지를 걷어 올렸다. 곧이어 샛길로 들어선 수레는 우측 숲 속을 옆에 끼고 천천히 이동하기 시작했다. 그들은 승려들과 적당한 거리를 두고 뒤를 밟았다. 수레 안은 잔뜩 짐이 실려 있었는데, 검은 천으로 가리고 있어 무엇이 실려 있는지 확인할 수가 없었다. 이윽고 샛길을 따라가던 수레는 넓은 평지로 들어서더니 낮은 구릉 쪽으로 방향을 틀었다.

"잠깐!"

재석이 하야코 앞을 막았다.

"더 이상 그들을 쫓는 것은 위험하오. 여기서 지켜보는 게 좋겠소."

수레가 가고 있는 길은 평지이기 때문에 숲 속 길과는 달리 몸을 가릴 만한 은폐물이 없었다. 그들은 숲 속에서 고개만 빠끔 내밀고 수레의 행로를 지켜보았다. 수레는 희미한 달빛을 등에 지고 노인이 가리킨 낮은 구릉 쪽으로 가고 있었다.

"수레가 보이지 않아요."

하야코는 자리에서 일어나 멀찍이 시선을 던졌다. 이번에도 수레는 얼마 가지 않아 어둠 속으로 사라졌다.

"동굴로 들어간 게 아닐까요?"

"……"

"어서 가 봐요."

그들은 숲 속에서 나와 낮은 구릉 쪽으로 다가갔다. 발소리를 죽이기 위해 신발 밑창을 바닥에 밀착시키고 몸을 최대한 낮추었다. 너무 긴장한 탓인지 무릎 관절에 바람이 숭숭 들어왔다. 뒤에서 슬금슬금 따라오는 하야코의 입에서는 숨소리조차 들려오지 않았다.

수레가 사라진 구릉 쪽에 이르자, 어디선가 그들의 방문을 환영이라도 하는 듯 희미한 독경 소리가 들려왔다. 재석은 독경 소리가 흘러나오는 곳으로 고개를 돌렸다.

"아!"

그때 달빛을 떠받치고 있는 거대한 아가리가 한눈에 들어왔다. 동굴이었다. 드디어 수풀 속에 둘러싸인 야트막한 능선 한가운데에 거대한 동굴이 모습을 드러냈다.

'대체 이 동굴은 뭐란 말인가.'

몸이 으스스 떨렸다. 재석은 오도 가도 못하고 동굴 앞에 고목처럼 서 있었다. 독경 소리는 더 낮고 더 빠르게 들려왔다.

금강저 문양, 연화단, 만당, 연꽃 속의 卍 자 문양……. 그동안 초조대장경의 뒤를 쫓을 때마다 어김없이 나타나던 정체불명의 문양과 집단이 동굴 안에서 기다리고 있을 것 같았다.

재석은 두 눈을 질끈 감았다. 늙은 승려가 영생을 꿈꾸는 자들 앞에서 이상한 주문을 외고 있는 것은 아닐까. 그를 따르는 광신도들이 울며불며 발을 구르는 것은 아닐까. 그러나 다행히 그런 광란의 소리는 들려오지 않았다. 독경 소리만이 악마의 주문처럼 온온히 들려올 뿐이었디. 재석은 비로소 막연한 환상에서 깨어났다. 그들의 은거지가 대단히 비밀스런 장소에 있으리라는 예상은 했어도 이처럼 완벽하게 고립된 곳에 있을 줄은 몰랐다. 그랬다. 이 동굴은 천연의 요새였다. 바깥 세계와는 철저히 차단된 거대한 장막이었다.

"뭐 해요……."

하야코가 재석의 옆구리를 쿡 찔렀다.

"아, 아니오."

그제야 재석은 환상의 굴레에서 겨우 빠져나왔다. 하야코는 암괭이

처럼 한껏 몸을 낮추며 동굴 입구까지 살금살금 다가갔다. 재석도 곧 그
녀의 뒤를 따라갔다. 동굴 입구는 커다란 나무 문이 막고 있었는데, 문
틈 사이로 희미한 불빛이 새어 나왔다. 그들은 불빛이 흘러나오는 문틈
에 얼굴을 바싹 들이댔다.

동굴 안은 아주 크고 넓었다. 동굴 벽에 붙어 있는 수십여 개의 등불
이 동굴 안을 훤히 밝히고 있었다. 그 불빛 아래 족히 삼사십 명이 되는
승려가 앉아 있었다. 그들은 하나같이 목판을 꿰차고 있었는데, 노인의
집 마당에서 본 그 목판이었다.

'저들은 대체 무얼 하는 것인가.'

동굴 오른쪽에 있는 승려들은 앉은뱅이책상을 끼고 앉아 뭔가를 열
심히 적고 있었다. 경구를 적어 넣는 필생(筆生)이었다. 나머지 승려는
나무망치와 자귀를 들고 목판을 부드럽게 다듬고 있었다. 그들은 목판
에 경구를 새겨 넣고 있는 각수(刻手)였다. 그리고 목판 겉면을 대패로
다듬는 승려도 있었고, 목판 위에 고루 풀칠을 하는 승려도 있었다.

'저들은 대장경을 만드는 것이 아닌가!'

심장이 그대로 멎는 것 같았다. 동굴 중앙에는 나이 지긋한 노승이
목탁을 두드리며 불경을 외고 있었다. 재석은 너무 놀라 두어 발 뒤로
물러섰다. 하야코도 마찬가지였다.

"……!"

"……!"

재석의 안면 근육이 험하게 꿈틀거렸다. 하야코의 관자놀이에는 붉
고 미세한 실핏줄이 드러났다. 그들은 이 놀라운 광경을, 도무지 해석이
불가능한 기이한 장면을 서로 눈빛으로 주고받았다. 그때 동굴 입구 위
에 걸려 있는 작은 팻말 하나가 시선을 끌어들였다.

'千香庫'

천향고……. 천 년 향기를 저장한 곳이라는 소린가.

재석은 정신을 가다듬고 다시 동굴 안을 들여다보았다. 동굴의 한쪽 구석에는 경판 제작에 필요한 도구들이 길게 늘어서 있었다. 끌과 자귀, 대패, 대못 등의 도구가 일렬로 늘어서 있었다. 글자 새김에 필요한 각기 다른 크기의 나무망치들도 한쪽을 차지하고 있었다.

동굴 안에 있는 승려들의 눈빛과 표정은 마치 한 사람을 보듯 똑같았다. 그들의 표정은 하나같이 무뚝뚝해 보였지만, 눈빛만은 불꽃처럼 활활 타오르고 있었다. 그들은 목판에 한 글자를 적어 넣고 큰절을 올렸다. 한 글자를 판각한 후에는 두 손을 모아 합장을 했다. 그들은 무언가 강렬한 염원을 담아 목판 안에 혼신의 힘을 불어넣고 있었다.

'초조대장경, 초조대장경……'

재석은 뒤늦게 이곳에 온 목적을 떠올리고는 동굴 안을 주의 깊게 둘러보았다. 동굴 안은 초조대장경을 봉안하기에 적합한 장소였다. 주위에 있는 모든 풍경이, 경판을 만들고 있는 승려나 그 주위에 깔려 있는 갖가지 도구들이 초조대장경과 너무도 잘 어울려 보였다. 가장 먼저 노승이 독경을 읊고 있는 자리가 눈에 띄었다. 노승은 동굴 중앙에 있는 커다란 바위에 앉아 있었는데, 그 뒤에는 붉은 천으로 가린 나무 상자가 얌전하게 누워 있었다.

그때였다. 노승의 독경이 끝나자 승려들은 약속이나 한 듯이 동작을 멈추었다. 그러고는 그 자리에 다소곳이 가부좌를 틀고 앉았다. 이제는 아무런 소리도 들려오지 않았다. 깊은 정적이 한순간에 동굴 안을 휘어잡았다. 너무도 조용한 터라 옆에 있는 하야코의 숨소리도 크게 울렸다.

재석은 물결 위를 걷듯 조용히 뒷걸음쳤다. 하야코도 주춤주춤 물러서며 그의 뒤를 따랐다. 그들은 쏟아지는 별빛을 한 아름 짊어지고 천천히 동굴을 벗어났다.

"방금 우리가 본 게…… 뭐였죠?"

하야코가 쌍바위를 지나면서 나지막이 물었다.

"저건 대장경을, 대장경을 만들고 있는 게 아닌가요?"

"……."

하야코의 입술이 가늘게 떨렸다.

"미, 믿을 수가 없어요……."

"마찬가지요……."

재석은 자신의 뺨을 사정없이 후려쳤다. 눈앞이 핑 돌았다. 그제야 몸에서 훌쩍 빠져나간 혼백이 되돌아왔다.

꿈은 아니었다.

재석은 거칠게 술잔을 비웠다. 동굴을 빠져나온 후로 목구멍이 간질거려 도저히 참을 수가 없었다. 읍내에 들어서자마자 해장국집부터 찾았다. 벽시계는 새벽 두 시를 가리키고 있었다.

'어서 환상에서 깨어나라, 장재석!'

재석은 이건 틀림없는 환상이라고, 이 땅에 존재하지 않는 허깨비를 본 것이라고 계속 중얼거렸다. 그러나 너무도 또렷한 승려들의 모습은 그에게 정직한 현실의 몫을 강요하고 있었다. 이제 와서 더듬어 보니 노승의 독경 소리는 악마의 주문이 아니라 되레 악마가 다가오지 못하게 하는 부처의 주문이었다.

"이제 그만 마셔요."

재석이 두 잔을 거푸 비우자 하야코가 얼굴을 찡그렸다.

"이대로는 도저히 견딜 수가 없소."

"그럼, 나도 한잔 줘 봐요."

재석은 하야코의 잔에 술을 가득 따랐다. 하야코는 단숨에 잔을 비웠다. 알코올 특유의 알싸한 기운이 혈관 속으로 빠르게 퍼져 갔다.

"어떻게 이런 일이 있을 수가 있죠?"

투명한 술잔 속에 그들의 모습이 출렁거렸다. 필생과 각수, 끌과 자귀, 노승의 독경 소리, 그리고 새로운 영혼을 불어넣는 그들의 강렬한 눈빛……. 막연하게나마 그곳에 특별한 세계가 있을 것이라고 여겼지만, 거기서 대장경 경판을 만들고 있으리라고는 감히 꿈도 꾸지 못했다.

그들은 천 년 전의 모습을 그대로 재현하고 있었다. 가장 원시적인 방법으로, 고려인과 똑같은 모습으로 대장경을 판각하고 있었다. 승려들이 쓰고 있는 연장도 모두 저 먼 시대의 것들이었다.

"독경을 읊고 있는 스님 뒤에 있는 나무 상자 보았죠?"

하야코의 눈빛이 예리하게 빛났다.

"붉은 천으로 가린 상자 말이에요. 내가 보기엔 그 안에 초조대장경이 있을 것 같은데……."

하야코 역시 그 상자를 염두에 두고 있었다. 동굴 안에서 유독 그 상자 주변만이 오묘한 광채가 뿜어져 나왔다. 그것이야말로 천 년 영물을 감싸고 있는 신비의 광채가 아닌가. 재석은 말없이 술잔을 기울였다.

"이제 그만 마시고 일어나요."

"어디 갈 데라도 있는 거요?"

"어서 이 사실을 할아버지에게 알려야죠."

"그런다고 무슨 뾰족한 수가 있겠소."

"이대로 앉아 있을 수는 없잖아요. 무슨 방법이라도 찾아야지요."

재석은 마지막 술잔을 비운 뒤 두 눈을 지그시 감았다.

대체 그들은 누구이며, 대장경은 왜 만드는 것인가.

지금까지 살아오는 동안 이처럼 큰 의문과 마주친 적은 없었다.

7

"지금 뭐라고 했냐? 대장경을 만들고 있다고?"

장기봉의 이맛살이 꿈틀거렸다.

"그렇다니까요."

"미친놈! 나더러 그 소리를 믿으라는 게냐?"

이틀 동안 코빼기도 비추지 않더니 술 한잔 걸치고 와서 한다는 소리가 이런 터무니없는 소리였다. 사실 건봉사 후문 쪽에 동굴이 있다는 소리는 그런 대로 들어 줄 만했다. 장기봉 역시 건봉사 주변에 승려들만의 비밀 은거지가 있을 것이라고 생각했다. 그런데 그 동굴에서 대장경을 만들고 있다니, 이 무슨 해괴망측한 소린가.

"동굴 입구에는 천향고라는 팻말이 붙어 있었어요."

"천향고?"

"천 년 향기를 저장한 곳이라는 뜻이죠. 이게 뭘 말하는 거겠어요?"

"그게 초조대장경이라는 게냐?"

"그래요."

손자 녀석은 꼿꼿하게 고개를 쳐들고 눈 한번 깜빡이지 않았다.

'맛이 간 게로군…….'

장기봉은 그런 손자 녀석의 마음을 이해했다. 사람이 뭔가에 집요하게 매달리다 보면 종종 헛것이 보이기도 한다. 반쯤 미쳐 있지 않고서는 그런 허깨비조차 보이지 않는다. 그 역시 시도 때도 없이 유물 단지가 무덤 위에서 붕붕 떠다니는 걸 본 적이 있지 않은가.

"아직도 제 말을 믿지 못하겠어요?"

"헛소리 좀 작작해라. 지나가는 소도 웃겠다."

"이건 나만 본 게 아니에요. 하야코도 분명히 동굴 안을 봤다고 하잖아요."

"그럼 둘 다 헛것을 봤거나 몽달귀신에게 홀린 게지. 너희들은 지금 제정신이 아니야."

"정 그렇다면 저랑 함께 가 보시겠어요?"

"……."

"이 두 눈으로 똑똑히 봤다니까요."

손자 녀석은 이마에 붉은 핏대를 세워 올렸다. 저리 목청을 높이는 걸 보니 헛것을 본 건 아닌 모양이다. 그렇다면 정말 그 동굴에서 대장경을 만들고 있단 말인가.

'환장할 노릇이로군.'

어쩐지 건봉사에 들어섰을 때부터 영 마뜩치 않았다. 정찬국이 개죽음을 당한 후로는 단 일 분도 이곳에 엉덩이를 깔고 싶지 않았다. 손자 녀석의 부탁을 뿌리치지 못하고 마지못해 남아 있지만, 마음은 늘 가시방석을 깔고 앉은 기분이었다. 틈만 나면 서슬 퍼런 망조의 칼날이 옆구리를 할퀴고 지나쳤다.

참으로 기이한 일이다. 지금이 어느 땐데 대장경을 만들고 있는 것인가. 설마 정신 나간 중들이 모여 소일거리로 그것을 만드는 것은 아닐 텐데, 도무지 그들의 속내를 가늠할 수가 없었다. 하긴 승려들이 우마차 길에 외부인이 접근하지 못하도록 은밀한 샛길을 만든 것부터가 심상치 않았다.

"그래서 어떻게 했느냐?"

"뭘 어떻게 해요. 곧장 이리로 온 거죠. 천향고 안에는 무려 사십여 명의 승려가 있었어요."

"그 안에 대장경 경판이 있는 것 같더냐?"

"확실하지는 않지만 짐작 가는 곳은 있어요. 그런데 그들이 왜 대장경을 만들고 있는 거죠?"

"신경 쓸 거 없다. 그걸로 엿을 바꿔 먹든 뭘 하든 간에 네놈이 상관할 일이 아냐."

승려들이 동굴에서 대장경을 만들든, 머리를 맞대고 앉아 화투를 치든 신경 쓸 일이 아니다. 이곳에 남아 있는 목적은 오로지 단 하나, 초조대장경을 찾으면 되는 것이다. 그러나 지금으로서는 동굴 안에 초조대장경이 있다고 해도 그림의 떡이나 다름없었다. 그곳에는 사십여 명의 승려가 있다고 하지 않던가.

"앞으로 어떡하면 좋죠? 동굴 안에 들어갈 수도 없잖아요."

"……."

"읍내 소식은 어때요?"

"달라진 게 뭐가 있겠냐."

읍내는 여전히 두 건의 살인 사건으로 뒤숭숭했다. 경찰은 아직 실마리조차 잡지 못하고 건봉사 주위를 조심스럽게 맴돌고 있었다. 그들은 건봉사를 염두에 두고 있는 것 같았으나, 불교계와의 마찰을 우려해 선뜻 나서지 못하고 사찰 주위만 기웃거렸다.

"하야코 할아버지는요?"

"시원치 않아. 아무래도 며칠 더 입원해야 할 것 같다."

이라부는 열이 다소 내리긴 했으나 여전히 가래 섞인 잔기침을 토해냈다. 나이가 있는 탓인지 약발도 제대로 받지 않았다.

"대체 이 무슨 뒤웅박 팔자란 말이냐!"

평생 팔자에도 없는 병간호를, 그것도 강원도 외진 곳에서 이라부의 수족을 돌볼 줄 어디 상상이나 했을까. 나이 든 노인네 두 명이 병실 침대를 마주하고 앉아 노닥거리는 것도 꼴불견이었다.

이라부의 병실을 지키는 동안 지나온 날들이, 반세기 넘게 이어 온 역마살 인생이 줄기차게 떠올랐다. 한 고비가 끝나면 또 다른 고비가 찾아왔고, 그때마다 그것을 운명이라고 순순히 받아들였다.

초조대장경을 찾는 것이 이라부와 마지막 인연이라면 얼마나 좋을까. 그야말로 멋진 인생이요, 아름답고 우아한 마무리가 아닌가. 그 소리를 농담 섞어 들려주자 이라부는 병실에 입원한 뒤 처음으로 환하게 웃었다.

"이대로 돌아갈 수는 없고……. 무슨 방법이 없겠어요?"

손자 녀석은 한숨만 푹푹 내쉬었나.

"좀 더 기다려 보자. 궁하면 통하는 법이다."

말은 그렇게 툭 내뱉어도 달리 묘안이 있는 것은 아니었다. 장기봉은 자리에서 일어나 창가 쪽으로 다가갔다. 여관 방 건너편에 이라부가 누워 있는 병원이 한눈에 들어왔다.

8

진작 손을 털고 돌아갔어야 하는 게 아닌가.

이라부는 병실 침대에 비스듬히 기대앉았다. 이 외진 산골에 첫발을 내디뎠을 때의 음습한 기운이 또다시 꾸역꾸역 몰려들었다. 기이한 일은 꼬리를 물고 이어졌다. 당대 명승의 영기를 이어받은 까닭인가, 아니면 최고 명산의 정기를 타고난 까닭인가.

대장경을 만들고 있다니, 놀랍고 신기한 일이다. 천향고라는 동굴 이름부터 예사롭지 않았다. 천 년 동안 이어져 온 그들의 속 깊은 곡절이 그 안에 생생하게 담겨 있는 것 같았다.

"그날 수레에 실려 있던 것은 대장경을 만들기 위한 목판이었어요."

하야코는 다소 마음의 안정을 찾은 듯 침착한 어조로 말했다.

"놀라운 일이구나."

"저도 얼마나 놀랐는지 몰라요. 지금도 그 모습을 떠올리면 가슴이 두근거려요."

하야코가 얼마나 놀랐을지 짐작이 갔다. 말로만 들어도 이리 놀라운데 그 모습을 직접 봤으니 얼마나 당혹스러웠을까.

"장기봉은 뭐라고 하더냐?"

"아직 믿어지지 않는 모양이에요. 무슨 미친 소리를 하냐고 버럭 소리를 지르더라구요."

장기봉이 그리 화를 낸 이유, 짐작이 가고도 남았다. 아마 두려움 때문일 것이다. 그 역시 초조대장경에 다가갈수록 팔십 평생 겪어 보지 못한 섬뜩한 기운을 감지했을 것이다. 어젯밤 장기봉이 흰 이를 드러내며 한 말이 떠올랐다.

—과연 우리가 이 천 년 영물을 품에 안을 수 있을까?

　장기봉은 그렇게 말하면서 힘없이 웃어 보였다. 이라부는 그의 얼굴에서 두려움을, 그리고 잡초보다 더 질긴 생명력을 동시에 엿보았다. 초조대장경은 함부로 접할 보물이 아니라는 것을 그 또한 잘 알고 있었다.

　"몸은 좀 어떠세요?"

　"많이 좋아졌다. 그나저나 네가 고생이 많구나."

　"그런 말씀 마세요."

　이라부는 병실 침대에서 일어나 창가로 다가갔다. 유리창에 비친 얼굴이 마치 다른 사람을 보는 것처럼 낯설었다. 면도하지 않은 까칠한 얼굴, 험하게 패인 주름살, 핏기 없이 누렇게 떠 있는 얼굴⋯⋯. 환자복을 입은 것도, 병원에 입원한 것도 처음 있는 일이었다. 가끔 미열에 시달린 적은 있으나 이처럼 꼼짝 못하고 병실에 갇혀 있던 적은 없었다. 하루 종일 어깨가 결리고 허리가 쑤셔 왔다. 하야코를 위해 한국에 온 것인데 되레 짐이 되고 말다니, 한숨이 절로 나왔다.

　"왜 스님들이 대장경을 만드는 걸까요?"

　"⋯⋯."

　"제가 보기엔 그들은 뭔가 준비를 하고 있는 것 같았어요⋯⋯."

　"준비라니?"

　하야코는 승려들의 눈빛 속에서 어떤 강렬한 염원의 빛을 발견했다. 그 빛 속에는 잃어버린 영혼을 불러내고 인간의 한계를 넘어서는 초월적인 힘 같은 것이 담겨 있었다. 그때 문득 가야산 암자에서 만난 장각 스님의 말이 떠올랐다.

　—초조대장경은 나라가 평온할 때는 나타나지 않아. 풍전등화의 국난에 바람처럼 나타나 빛이 되었지⋯⋯. 초조대장경은 그들에게 새로

운 세상을 꿈꾸는, 불심 이상의 가치를 지닌 영물이었던 게야.

과연 그들이 꿈꾸는 세상이란 무엇이란 말인가? 21세기에도 그들만의 불력이 필요한 걸까?

"저도 뭐라 말로는 표현할 수가 없네요."

하야코는 말끝을 흐렸다.

"어찌 됐든 예사로운 일이 아니로구나."

"앞으로가 걱정이에요. 스님들이 저리 지키고 있으니 동굴에 들어갈 수도 없고……."

하야코는 아쉬움을 숨기지 않았다.

"당분간 기다려 보자. 아마 장기봉이 방법을 찾아낼 게다."

"네?"

"묘책을 찾는 데는 그를 따라올 사람이 없지."

이라부는 장기봉의 성격을 잘 알고 있었다. 지금쯤 장기봉은 묘안을 짜내느라 머리를 싸매고 있을 것이다.

9

'두드려라, 그러면 열릴 것이다.'

하루 종일 여관방에 틀어박혀 그렇게 주문을 걸고 머리를 쥐어짜도 묘안은 떠오르지 않았다. 애초부터 묘안이나 비책 따위가 있을 수 없었다. 사십여 명의 승려가 두 눈 시퍼렇게 뜨고 있는데, 어떻게 그 안에 들어갈 수 있겠는가. 게다가 동굴 안에 초조대장경이 있는 것도 확실하지 않았다.

장기봉은 몸을 일으켰다. 온몸이 근질거려 더 이상 방구들을 끼고 앉아 있을 수가 없었다.

"어딜 가시게요?"

"여관방에 처박혀 있는들 뭐가 나오겠냐. 어디든 간에 발을 놀려야지."

하도 답답해서 여관방을 뛰쳐나오긴 했으나 마땅히 갈 곳도 없었다. 손자 녀석은 두어 발짝 뒤에서 뒤뚱뒤뚱 따라오고 있었다. 녀석 역시 무척이나 답답한 모양이었다. 하긴 어렵사리 동굴을 찾아내고도 발길을 돌려야 했으니 오죽 답답할까.

"꼭꼭 숨어라, 머리카락 보인다……."

여관 앞 골목에서 팔등에 얼굴을 묻고 있는 술래 아이의 목소리가 바람결에 실려 왔다. 좀 전에 술래였던 아이는 다시 술래가 되어 그 소리를 반복하고 있었다.

장기봉은 걸음을 멈추고 술래잡기 놀이를 하는 아이들을 물끄러미 바라보았다. 술래만 외롭게 남겨 놓은 채 다른 조무래기들은 골목길 주변의 각자 미리 점찍어 둔 곳으로 머리카락 보일세라 몸을 낮추고 있었다. 아직 숨을 곳을 찾지 못해 허둥대는 아이의 뒷모습이 이릿하게 눈을 적셔 왔다.

'정말 초조대장경이 그 동굴에 있는 것일까?'

가도 가도 끝이 없었다. 산을 넘으면 강이 막아섰고, 강을 건너면 또 산이 막아섰다. 어렵사리 건봉사를 찾아냈을 때만 해도 이런 거대한 동굴이 앞을 턱하니 막아설 줄은 몰랐다. 최만준과 정찬국이 살해된 곳도 동굴 근처가 아닐까. 그렇다면 그 동굴은 뜨내기들의 접근을 허락하지 않는, 불온한 침입자들의 무덤이 아닌가. 지금이라도 미련 없이 손을 털고 일어나고 싶은 마음이 굴뚝같았다.

장기봉의 눈길이 큰길가 쪽으로 달려가는 술래 아이를 뒤쫓아 갔다. 그때였다. 술래 아이 머리 위로 사차선 도로변에 걸려 있는 현수막이 눈에 잡혔다.

　'아침에 염불하고 저녁에 감사하자!'

　현수막에 큼지막하게 적혀 있는 문구 아래에는 만일염불회를 알리는 내용이 적혀 있었다. 현수막 안에는 건봉사의 상징이기도 한 분홍빛 연꽃 문양과 卍 자 문양이 나란히 그려져 있었다. 어제만 해도 보지 못했던 현수막이었다.

　장기봉은 큰길가로 나가 빠르게 주위를 둘러보았다. 사거리 교차로에는 두 명의 중년 사내가 사다리에 올라가 만일염불회를 알리는 현수막을 걸고 있었다. 이번 현수막의 문구는 또 달랐다.

　'힘차게 신나게 멋있게 염불합시다!'

　이게 하늘이 내린 계시일까. 현수막을 본 순간 아주 상서로운 느낌이 발끝을 흔들었다.

　"넌 잠깐 여기 있거라."

　장기봉은 횡단보도를 건너 현수막을 걸고 있는 중년 사내들에게 다가갔다.

　"뭣 좀 물어봅시다."

　장기봉이 고개를 빳빳이 쳐들고 물었다. 사다리에 올라간 중년 사내는 현수막 끈을 바짝 조여 매고 있었다.

　"말해 보쇼."

　"만일염불회를 언제 개최한다는 거요?"

　"여기 적혀 있지 않소."

　현수막에 적혀 있는 날짜는 앞으로 사흘 뒤였다.

"이번 염불회는 건봉사에서 주최하는 거요?"

"보면 모르오. 여기 건봉사 말고 다른 절이 어디 있소."

"염불회에 대해 알려면 어디를 가야 하오?"

"이 노인네가 지금 누굴 놀리구 있나. 그야 건봉사지 어디요."

그러나 건봉사는 쉽사리 접근할 수 있는 곳이 아니었다.

"건봉사 말고 다른 곳은 없소?"

"읍내 사무소로 가 보시오."

"고맙소."

만일염불회는 불교계에서는 매우 큰 법회 중의 하나다. 중소 사찰에서는 감히 시도조차 할 수 없는 엄청난 행사이다.

"무슨 일이에요?"

어느새 손자 녀석이 옆에 다가와 입술을 삐쭉 내밀었다.

"잘하면 방법이 생길 것도 같다."

"네?"

장기봉은 눈짓으로 현수막에 걸린 만일염불회를 가리켰다.

"민일염불회가 뭔데요?"

"말 그대로 만 일 동안 염불 수행을 하는 것을 말하는 게야. 건봉사 산속에 있을 때 등공대 푯말 봤지?"

"네. 기억나요."

"그게 만일염불회를 최초로 연 걸 기념해서 만든 부도 탑이야. 어쩌면 이게 마지막 기회가 될지도 모른다."

손자 녀석은 아직 감도 잡지 못했는지 고개를 갸웃거렸다. 장기봉은 택시를 잡으려고 도로변으로 나왔다.

"어딜 또 가는 거예요?"

"따라와 보면 알아."

깜깜한 암흑의 터널에서 이제 겨우 한 줄기 빛을 발견했다. 그것이 역마살 인생을 접어 줄 빛이 될지, 저승길을 비추는 빛이 될지는 더 두고 봐야겠지만, 그것만으로도 갈증을 채워 주기에 충분했다. 건봉사는 우리나라에서는 최초로 만일염불회를 개최한 사찰이 아닌가!

장기봉은 만일염불회에 실낱같은 희망을 걸었다.

천 년의 유혹

1

읍내 사무소 앞의 다방에는 트로트풍의 가요가 잔잔하게 흐르고 있었다.

장기봉은 물고기가 한가롭게 노니는 어항 옆의 소파에 앉았다. 상대의 얼굴을 자세히 뜯어보면 그에 맞는 액수를 단박에 짚어 낼 수 있다. 사안에 따라 흥정 액수가 고무줄처럼 늘어나기도 하나, 대부분 진자한 액수에서 그리 벗어나지 않았다. 읍내 사무소 직원은 십만 원이면 딱 어울릴 액수였지만, 장기봉은 그 세 배가 되는 삼십만 원을 선뜻 내주었다.

'이게 웬 떡이냐!'

사무소 직원은 뜻밖의 횡재를 만난 듯 입이 쭉 찢어졌다. 그는 자료를 찾는 데는 넉넉잡아 한 시간이면 충분하다면서 허리를 굽실거리며 사무소 앞의 다방까지 안내해 주었다.

"사무소 직원에게 돈은 왜 줬어요?"

손자 녀석은 다방에 들어온 뒤에도 내내 시큰둥한 얼굴이었다.

"곧 알게 돼. 이게 가장 빠르고 현명한 길이다."

"만일염불회가 초조대장경과도 관련이 있는 건가요?"

"그야 좀 더 지켜보면 알게 되겠지."

만일염불회가 건봉사에서 열리는 것은 결코 우연이 아니다. 무언가 간절히 염원하는 사람에게 우연이란 존재하지 않는다. 우연과 필연의 차이는 그것을 인식하느냐 못하느냐에 달려 있다. 만일염불회의 내막을 알지 못했다면 이런 절호의 기회를 잡지도 못했을 것이다. 천향고 안의 승려들을 한데 끌어모으는 길, 장기봉은 염불의 힘이 어디까지인지 믿어 보기로 했다.

건봉사 역사 중에 가장 빛나는 대목은 만일염불 도량으로서의 명맥이다. 신라 때부터 오늘날까지 내려오는 만일염불회는 아미타불의 극락정토(極樂淨土), 즉 왕생극락에 뿌리를 둔 법회다.

만일염불회는 서기 758년 건봉사의 발징 화상이 처음 결성하였다. 이는 최초의 염불회를 알리는 결사 모임이었다. 『삼국유사』에 따르면 이때의 결사에는 서른한 명의 스님과 천팔백이십 명의 신도가 참여했는데, 다수가 극락왕생의 가피를 입었다고 전해지고 있다. 두 번째 만일염불회는 1802년 용허 스님이 결사했으며, 이때에도 왕실과 지방 관료들의 지원이 끊이지 않았다. 1851년에 개설된 만일염불회 결사에서는 십여 명의 스님들이 치아와 눈에서 이십육 과의 사리가 나오는 등 이적(異蹟)이 속출했고, 이때의 사리들이 모셔진 사리탑은 지금도 건봉사 부도 밭에 전해지고 있다.

건봉사의 만일염불회를 기점으로 한국의 대소 사찰에는 염불당이 들어서고 염불 결사 운동이 끊임없이 이어졌다. 조선 시대에는 함허, 서산, 사명대사 등의 고승이 선(禪)과 염불을 융합한 선정일치 차원의 염불을 역설했다. 지금도 이 염불은 승속을 막론하고 가장 대중적인 수행법으로 자리 잡고 있다.

만 일 동안 매일 일정한 시간을 정해 '나무아미타불'을 염하며 수행하는 이 염불 결사는 찬란한 불교 문화를 꽃피웠다. 또한 이 염불회는 국난 극복을 위한 전 국민의 힘을 모으는 데 기폭제 역할을 하기도 했다.

사무소 직원이 다방에 들어선 것은 약속한 대로 꼭 한 시간 후였다. 그는 자리에 앉자마자 서류 뭉치를 탁자 앞에 내밀었다.

"이번 만일염불회는 건봉사에서 주최하고 우리 사무소에서 지원을 하고 있습니다. 이 자료는 우리 사무소에서 정리한 내용인데 도움이 될 겁니다."

사무소 직원이 가져온 자료는 적지 않은 분량이었다. 그러나 이런 자료는 형식적인 절차에 불과할 뿐, 장기봉이 가장 궁금하게 여긴 것은 다른 데 있었다.

"염이란 지킴을 뜻하고 불이란 깨달음을 말합니다. 염불이 지금처럼 중요한 수행법의 하나로 자리 잡게 된 것은 정토 신앙과도 관련이 깊습니다. 성토 신앙은 부처님에 의시하여 정토에 왕생하고자 하는 신앙으로, 염불이야말로 중생들이 가장 가깝게 접근할 수 있는 정토왕생의 수행법이기 때문이었죠."

사무소 직원은 마치 부처의 제자라도 된 듯 인자한 미소를 띠며 말했다.

"만일염불회는 불교가 한반도에 들어온 후 건봉사에서 처음으로 열렸습니다. 숭유억불 정책을 폈던 조선 시대는 물론 일제강점기였던 20세기 초에도 건봉사에서 대법회를 가졌습니다. 만 일 동안의 염불 수행을 단 하루도 거르지 않았죠."

"일제강점기라…… 그럼 혹시 만당이란 조직은 들어 보았소?"

장기봉이 그가 가져온 자료를 뒤척이며 물었다.

"물론이죠. 건봉사가 한때 만당의 집결지 아니었습니까. 어르신께서도 건봉사 주차장에 있는 시비(詩碑) 보셨죠?"

"만해 스님 시비 말이오?"

"네. 만해 스님은 만당의 정신적인 지주 역할을 하신 스님으로도 잘 알려져 있습니다. 만해 스님이 팔만대장경을 번역한 곳도 건봉사였습니다. 바로 이때의 경험으로 『건봉사급 건봉사말사사적』이라는 책을 서술하였죠. 바로 이 책에도 만일염불회에 대해 상세히 나와 있습니다."

"만일염불회가 사명대사와도 관련이 있나요?"

옆에서 잠자코 있던 재석이 물었다.

"그렇습니다. 만일염불회는 신라 시대의 원효대사를 거쳐 고려의 지눌·보우 스님과 서산대사, 사명대사 등의 고승을 통하여 맥이 이어져 내려왔습니다. 이를테면 침체된 불교계에 힘을 불어넣은 것이죠. 특히 고려 시대의 만일염불회는 국난 극복을 위한 전 국민의 힘을 결집하는 데 활용되기도 했습니다."

"국난 극복이라면…… 대장경을 판각한 것과 비슷하군요."

"잘 보셨습니다. 대장경이 국가가 위기에 처해 있을 때 백성의 단합된 힘을 보여 주었듯이 만일염불회 또한 염불 수행을 통해 백성의 힘을 한 곳에 모았죠. 몽골군의 침입 때는 요세 스님이 염불회의 일종인 백련결사 운동을 주도하면서 몽골군과의 항쟁 의지를 다지기도 했습니다."

만일염불회도 초조대장경의 판각 동기와 여러모로 닮아 있었다. 사명대사나 만해 스님이 어김없이 등장하고 만당 또한 한자리를 차지하고 있었다. 몽골군의 침입은 물론 일제강점기에도 만일염불회가 국난 극복의 전령으로 전면에 나서고 있었다.

'도토리 키 재기로군.'

어째 돌아가는 낌새를 보아하니 염불회나 대장경이나 거기서 거기였고, 그 나물에 그 밥이었다. 나라의 위기가 어쩌고저쩌고 하며 떠들어대는 폼이 서로 붙들고 호형호제해도 조금도 어색해 보이지 않았다. 어찌 됐든 장기봉이 사무소 직원에 듣고 싶었던 것은 그런 시시콜콜한 역사 강의가 아니었다. 그 동굴 속에 승려들이 나올 수 있느냐, 없느냐 하는 것이었다.

"이번 만일염불회는 건봉사 주지가 주도하는 거요?"

"원래는 그렇게 되어 있는데…… 이번에는 해인사 주지 스님이 주도한다고 합니다."

"해인사 주지라니, 선광 스님을 말하는 것이오?"

"네."

여기서 또 그 중늙은이 소식을 듣게 되다니, 참으로 고약한 일이었다. 갑자기 하늘이 내린 절호의 기회가 그대로 폭삭 주저앉은 느낌이었다. 지금까지 선광 스님이 끼이드는 일치고 제대로 되는 일이 하나도 없었다.

"희한한 일이로군. 어째서 해인사 주지가 이곳까지 온단 말이오?"

"건봉사는 선광 스님과도 오랜 인연이 있는 절입니다. 선광 스님이 봉허 스님을 모시고 계실 때 건봉사에서 수행한 적이 있습니다."

장기봉의 얼굴이 노랗게 변해 갔다. 대체 이 무슨 희한한 족적이란 말인가, 당대의 고승들이 모여 한판 잔치라도 벌일 참인가. 사명대사나 만해 스님도 모자라 선광 스님은 물론 봉허 스님마저 끌어들였다. 어쩐지 이곳에서도 이들의 이름이 오르내리는 게 영 개운치가 않았다.

"봉허 스님은 해인사 주지를 지냈던 스님이 아니오?"

"잘 아시는군요. 봉허 스님은 한국전쟁 당시 건봉사가 잿더미로 변하자 이를 중건하기 위해 애를 쓰신 스님입니다. 지금 그나마 건봉사가 조금이라도 복원된 것은 모두 봉허 스님과 선광 스님의 각별한 애정이 있었기 때문에 가능했죠."

"그것 참, 별일이로군."

"왜 그러십니까?"

"아, 아니오."

장기봉은 아무 일도 아니라는 듯 손 사례를 쳤다. 대화가 점점 엉뚱한 곳으로 흘러가고 있었다. 건봉사가 선광 스님이나 봉허 스님과도 그처럼 속 깊은 인연이 있으리라고는 예상하지 못했다. 장기봉은 일단 이들과 건봉사와의 관계는 접어 두기로 하고 삼십만 원 값어치에 해당하는 질문을 꺼냈다.

"만일염불회가 열리면 건봉사 스님들도 모두 참여하오?"

"물론이죠. 백 년에 한 번 있을까 말까 하는 법회인데 스님들이 빠지겠습니까."

"그래도 예외라는 게 있지 않소?"

"예외라니요?"

"이를테면 수행에 전념하고 있는 스님이라든가……."

"만일염불회의 첫날은 전통적으로 모든 스님들이 참가하게 되어 있습니다. 하안거(夏安居)를 수행하는 스님도 예외가 아닙니다."

"하안거에 들어간 스님마저 참가한다면 보통 법회가 아니로군."

"그렇습니다. 이날은 백담사와 신흥사, 그리고 낙산사 스님들도 참가하게 될 겁니다."

바로 이것이야! 장기봉은 속으로 쾌재를 불렀다. 이는 삼십만 원이 아니라 삼천만의 가치가 있는 소리였다. 그가 가장 절실하게 듣고 싶었던 것도 바로 이 소리였다.

"이제 알겠느냐?"

다방을 나서는 장기봉의 얼굴에는 화색이 돌았다.

"천향고에 있는 승려들도 염불회에 참가한다는 소린가요?"

"여태껏 뭘 들은 게냐."

그러나 재석은 사무소 직원의 말이 미덥지가 않았다. 설령 건봉사 승려들이 모두 염불회에 참가한다고 해도 동굴을 비워 둘지는 의문이었다.

"과연 동굴을 비워 두고 염불회에 참가할까요?"

"그야 두고 봐야지."

재석은 사무소 직원의 말을 차분히 곱씹었다. 선광 스님이나 봉허 스님도 이래저래 건봉사와는 인연이 닿고 있었다. 염불회든 뭐든 간에 선광 스님마저 건봉사에 온다는 것은 그리 환영할 만한 일이 아니었다. 얼굴 한번 본 적 없는 신광 스님이지만, 그의 법명이 아주 까칠까칠하게 느껴졌다.

"대체 선광 스님은 어떤 분인가요?"

"그 얘긴 꺼내지도 마라."

장기봉은 고개를 절레절레 내저었다. 선광 스님은 도굴꾼들 사이에서는 저승사자라고 불렸다. 그가 감옥으로 보낸 도굴꾼만 해도 족히 한 트럭분은 되고도 남았다. 선광 스님이 가장 혐오하는 인물이 선승(禪僧)의 유물을 탐하는 자로, 그에게 걸려드는 날에는 그 주변의 곡소리가 사나흘간 이어졌다. 불교 문화재를 취급하는 장물아비들은 문화재 전담 수사관보다 선광 스님을 더 두려워했다.

"어쩐지 느낌이 좋지 않은데요. 염불횐지 뭔지도 별로 내키지 않고, 알 만한 고승들이 줄줄이 등장하는 게……."

"이놈아, 거기까지는 복잡하게 머리 굴릴 필요 없어. 이제부턴 오직 하나만 보고 뛰는 거야."

"근데 선광 스님이 건봉사에는 왜 온다는 거죠?"

"제발 그만하지 못해!"

장기봉은 버럭 소리를 질렀다.

"다시 한번 그 중늙은이를 입에 올렸다가는 주둥아릴 확 꿰매 버릴 테다."

2

이제 목탁 소리는 들려오지 않았다.

선광은 선방 문을 활짝 열었다. 새벽안개가 해탈문과 봉황문을 지나 경내로 꾸역꾸역 밀려오고 있었다.

가야산 자락은 안개로 뒤덮여 어디가 속세이고 어디가 극락인지 구분할 수가 없었다. 언제나 그랬듯이 안개의 정체는 참으로 모호했다. 부처가 속세의 어두운 그늘을 가리려고 안개로 둔갑해 중생의 품으로 다가온 것인가. 안개에 눈을 홀리다 보면 때로 그 안에 부처가 보이고 때로 희미한 전생의 족적이 눈 끝을 희롱했다.

선광은 차를 끓이기 위해 전기 주전자의 스위치를 올렸다. 그리고는 익숙한 솜씨로 차통에서 푸른 찻잎을 손가락으로 꺼내 다기(茶器) 속에 털어 넣었다. 스위치를 올린 주전자에는 금방 물이 끓었다. 선광은 주전자 주둥이에서 모락모락 김이 올라가는 것을 물끄러미 바라보았다.

우르르꽝!

그때였다. 갑자기 머리가 지끈거리면서 거대한 굉음이 귀청을 찢었다. 선광은 다기를 저만치 물리고 산만하게 주위를 두리번거렸다. 선방 안에는 낡은 법복만이 걸려 있을 뿐, 아무것도 없었다.

"뭘 놀라는 게냐!"

봉허 스님의 목소리가 매섭게 허공을 갈랐다.

"사방에는 잡것들이 날뛰고 있는데 네놈은 세월 좋게 차나 마시고 있구나, 고얀 것!"

"스, 스님……."

선광은 봉허 스님이 코앞에 있는 것처럼 머리를 조아렸다. 대웅전까지 치고 들어온 안개는 조금씩 뒷걸음치고 있었다.

그 뒤로 봉허 스님의 목소리는 다시 들려오지 않았다. 늘 그랬듯이 봉허 스님은 그렇게 한두 마디만 불쑥 내뱉고는 내내 침묵이었다. 짧지만 강한 울림이있다. 그 울림이 워낙 매서운 터리 선방 안이 다시 평상을 찾는 데는 적지 않은 시간이 걸렸다.

봉허 스님의 여운이 가라앉자 선광은 가늘게 한숨을 내쉬었다. 요즘처럼 봉허 스님이 자주 나타난 적은 없었다. 홍류동 계곡에 나설 때도, 생련굴에 들를 때도 문득문득 스님의 사자후 같은 목소리가 귀청을 때렸다. 봉허 스님도 마음이 놓이지 않는 걸까.

"스님."

그때 선방 앞에서 혜원의 목소리가 들려왔다.

"준비 다 됐습니다."

"알았다."

혜원은 뭔가 할 말이 있는 듯 선광의 눈치를 살폈다.

"무슨 할 말이라도 있는 게냐?"

"스님…… 소식 들으셨습니까?"

"무슨 소식 말이냐?"

"이번에도 건봉사에서……."

"흠. 제 놈들이 스스로 무덤을 판 게지. 그깟 놈들의 명줄이 어디 하늘이 주신 목숨이더냐."

선광의 목소리에는 날이 바짝 곤두서 있었다. 얼마 전부터 몹쓸 두더지들이 천향고 주위에 나타나 건봉사 주변을 들쑤시고 다녔다. 그들이 해인사나 홍제암을 기웃거릴 때만 해도 이쯤에서 손을 털고 물러설 줄 알았다. 그러나 그 더러운 상판대기를 들이대고 천향고까지 염탐하는 것은 도저히 용납할 수 없는 일이었다. 말귀를 알아듣도록 수차례 경고를 해도 듣지 않으면 달리 도리가 없었다.

선광은 차를 마신 후 선방을 나섰다. 그새 대웅전 도량을 장악하던 안개는 말끔히 사라졌다. 다시 대웅전 쪽에서 청아한 목탁 소리가 들려왔다. 목탁 소리 밑으로 염불 소리가 낮게 깔려 흘러가고 있었다.

대웅전의 앞문은 활짝 열려 있었다. 열린 문 안으로 황금 불상이 수십 개의 촛불의 호위를 받으며 신비로운 미소를 띠고 있었다. 가늘게 떨고 있는 촛불 사이로 봉허 스님의 얼굴이 희미하게 떠올랐다.

"고경 스님은 이를 두고 천향이라고 했지……. 천 년을 이어 왔으니 천향이요, 천 가지 향기가 나니 천향이오, 하늘이 내린 향기니 이 또한 천향이 아니겠느냐!"

천향이야말로 선승의 뜻이 고스란히 담긴, 아직 세속과 접하지 않은 가피의 상징이었다. 어지러운 국난 속에서도 많은 사람이 천향을 지키려고 피를 흘리고 목숨을 잃었다. 이들의 숭고한 피와 불력으로 천향은 지난 천 년을 굳건히 버틸 수 있었다. 앞으로 다가올 새로운 제국, 새로운 천 년을 준비하는 것은 선광의 몫이었다.

"혜원아, 앞장서거라."

선광은 일주문을 벗어나 주차장으로 발길을 잡았다.

'이번이 마지막 법회가 될지도 모르겠군.'

건봉사의 마지막 염불회가 1908년에 끝마쳤으니 백여 년 만에 맞이하는 대법회였다. 그러나 선광의 머릿속은 만일염불회보다 천향에 대한 생각으로 가득 찼다. 천향의 그윽한 향기를 오롯이 품고 있는 천향고도 마찬가지였다.

아직 첫걸음을 떼지도 않았는데 벌써부터 마음 한구석에는 금강산자락이 품에 와 닿았다. 그 산기슭을 옆구리에 꿰차고 푸근하게 누워 있는 천향고의 자태도 어렴풋이 느낄 수 있었다.

'천향을 만나러 가는 것이 몇 년 만인가.'

선광은 차에 오르기 선에 힐끔 뒤를 돌아보았다. 일주문 앞에는 봉허 스님이 우뚝 서서 환한 미소로 그를 배웅하고 있었다. 그러나 건봉사로 향하는 선광의 발걸음은 그리 가볍지 않았다.

3

"자네 생각은 어떤가?"

장기봉은 이라부의 얼굴을 물끄러미 바라보았다.

"글쎄."

"만일염불회 첫날은 모든 승려들이 참가한다고 하더군. 내 짐작으로는 천향곤가 뭔가 하는 동굴에 있는 승려들도 이날만은 자리를 비울 것 같은데……."

"동굴이 비어 있는 틈을 노리자는 건가?"

"그렇지. 백 년 만에 이런 대법회를 갖는데 그들이라고 빠질 수 있겠나."

이라부는 선뜻 답을 주지 못했다. 한 치 앞을 내다볼 수 없는 것이 사람의 일이다. 언제나 그렇듯이 여러 경우의 수를 염두에 두지 않을 수 없다. 만약 계산된 각본에 조금의 착오라도 생기는 날에는 큰 화를 입게 된다.

"이제 다른 선택은 없네. 짐을 챙기고 이곳을 떠나든지, 아니면 동굴 속에 있는 초조대장경을 찾아오든지 둘 중 하나야."

주사위는 던져졌다. 때로 인생은 무지막지한 선택을 강요하고 강요당하기도 한다. 선택의 기로에서 중간이란 없다.

"어떻게 하겠나?"

"가겠어요."

그때 하야코가 장기봉 앞에 나섰다.

"하야코!"

"여기서 포기할 수는 없어요. 제가 어떻게 하면 되는 거죠?"

"그야 간단하지. 마음만 먹으면 어린애들도 할 수 있는 일이야."

"과연 승려들이 초조대장경을 두고 동굴 안을 비우겠나?"

이라부가 토를 달았다. 장기봉은 이미 예상이라도 한 듯 살짝 인상을 구겼다.

"손자 녀석과 똑같은 소릴 하는군. 하하."

장기봉은 옆에 멀뚱히 서 있는 재석을 힐끔 쳐다보았다.

"이보게, 대체 뭘 걱정하는 건가. 동굴 안에 승려들이 있다면 그만 손 털고 나와야지, 우리가 무슨 항우장사라고 그 많은 승려들을 당해 낼 수 있겠나."

"그래요. 일단 천향고 안에 승려들이 있는지 알아보는 게 순서 같아요."

하야코가 장기봉의 말을 거들었다.

"그야말로 밑져야 본전이고 감인지 사과인지 한번 찔러나 보는 셈이 아닌가. 정작 문제가 되는 것은 동굴 앞에 한두 명의 승려가 지키고 있을 때야."

장기봉 역시 이런저런 경우의 수를 염두에 두었다. 동굴 안에 아무도 없다면, 하늘이 내린 은덕이라 여기고 주저 없이 초조대장경을 가져오면 된다. 동굴 안에 승려들이 자리를 굳게 지키고 있다고 해도 큰 문제가 되지는 않는다. 그때는 눈물을 삼키고 미련 없이 손을 터는 것이다. 승려들과 대적하거나 용을 쓰는 것은 명줄을 재촉하는 것이니 아쉬워도 발길을 돌려야 한다. 그러나 한두 닝의 승려가 동굴 잎을 지키고 있다면 문제가 다소 복잡해진다. 그의 가장 큰 고민은 여기에 있었다.

"어찌 됐든 미리 걱정할 필요는 없네. 여기서 시시콜콜 떠들어 봤자 아무 소용이 없어. 자네가 늘 말하던 대로 하늘의 뜻을 기다리는 수밖에."

"염불회가 열리는 날은 언제인가?"

"사흘 후 자정일세. 염불회가 열리기 서너 시간 전에는 동굴 근처에 도착해야 할 거야."

"……"

"아직도 생각할 시간이 필요한가?"

이라부는 여전히 내키지 않는 표정이었다.

"이틀 정도 여유가 있으니 그때까지 잘 생각해 보게."

장기봉은 그렇게 말하고 병실을 나섰다.

'이라부도 많이 약해졌군⋯⋯.'

지난날의 그 화려했던 명성도 다 꿔다 놓은 보릿자루에 지나지 않았다. 이따위 일 가지고 저리 몸을 사리는 걸 보니 나이 드는 것은 어쩔 수 없는 일이다. 한편으로는 그런 이라부의 어정쩡한 태도가 잘 납득이 가지 않았다. 한국에까지 온 걸 보면 단단히 작심하고 왔을 텐데 왜 저리 몸을 사리는 것일까.

"그 동굴에 가 보자. 내 눈으로 직접 확인해 봐야겠다."

"틀림없다니까요."

재석의 눈 끝에는 아직도 동굴 안 승려들의 모습이 어른거렸다. 그들의 정돈된 몸짓이나 강렬한 눈빛은 평생토록 그의 가슴에 문신처럼 박혀 있을 것 같았다.

"그전에 잠깐 들를 때가 있다."

장기봉은 버스 정류장 앞에 있는 가게 안으로 들어갔다.

"여기 포대 자루 같은 거 있소?"

"뭔 포대 자루요?"

가게 주인이 고개를 삐딱거리며 다가왔다.

"자루 안에 뭣 좀 담으려고 하는데⋯⋯ 빈 자루라도 있으면 파시오. 클수록 좋소."

"예전에 쓰던 쌀자루가 있는데, 그거라도 드릴까요?"

가게 주인은 잡동사니를 모아 둔 곳에서 쌀자루를 꺼내 왔다.

"좀 더 큰 자루는 없소? 값은 후하게 쳐 드리리다."

"잠깐 기다려 보세요."

가게 주인은 창고 안에서 쌀자루보다 두 배는 더 큰 자루를 가져왔다. 장기봉은 이 정도면 됐다는 듯 고개를 끄떡였다. 그러고는 자루를 하나 더 요구했다.

"얼마 드리면 되겠소?"

"그냥 가져가시오."

"고맙소."

장기봉은 자루를 여러 겹으로 접은 뒤 호주머니에 찔러 넣었다.

"그 자루는 어디에 쓰시려구요?"

"다 쓸 데가 있다."

묘책이라는 것은 여기 있소, 하고 하늘에서 우박 내리듯이 뚝 떨어지는 게 아니다. 쉴 새 없이 머리를 굴리고 방정을 떨고 집요하게 매달리는 자만이 그런 비책을 만들어 낼 수 있다.

장기봉은 여러 경우의수 중에 이미 두세 수 앞을 내다보고 있었다. 그래서 이 자루가 필요한 것이다.

4

이라부는 병실 창가에 서서 읍내 거리를 내려다보았다. 병원 앞에는 방금 전 병실을 나선 장기봉과 그의 손자가 나란히 걸어가고 있었다.

"너무 걱정하지 마세요. 잘될 거예요."

하야코가 엷은 미소를 띠우며 창가로 다가왔다.

"……."

"할아버지."

"그래."

왜 이리 마음이 뒤숭숭한 것일까? 이라부는 다시 침대로 돌아와 힘없이 걸터앉았다. 장기봉의 계획은 쉽고 간단해 보였으나, 여전히 마음이 놓이지 않았다. 아무리 손쉬운 일이라고 해도 종종 예상치 못한 돌발 상황이 벌어지기 십상이다. 아들이 중국에서 지역 주민들에게 붙잡혔을 때도 그랬다. 그들이 무덤 주위에 시퍼렇게 눈을 뜨고 매복하고 있으리라고는 예상하지 못했다.

"난 아무래도 느낌이 좋지 않다."

이것도 우연의 일치일까? 이번 일에 뛰어들면서 빠지지 않고 등장하는 고승이 있었는데, 그가 바로 사명대사였다. 마에다의 유품과 홍제암 토굴, 연화단 등 가는 곳마다 사명대사의 흔적이 널려 있었다. 그런데 한국에 온 후로 사명대사는 저만치 물러나고 그 자리를 새로운 고승이 끼어들었다. 그가 바로 선광 스님이었다. 건봉사 역시 선광 스님과는 각별한 인연이 있는 사찰이라고 하지 않았는가. 그뿐이 아니었다. 선광 스님은 이미 하야코와도 한차례 만난 적이 있었고, 이번 염불회를 주도하는 고승으로 알려져 있었다. 어찌 이를 우연으로만 받아들일 수 있단 말인가. 장기봉도 이번 일에 선광 스님이 번번이 끼어드는 것을 매우 못마땅하게 여기는 눈치였다.

초조대장경이 눈앞에 다가올수록 점점 미묘한 늪에 빠져드는 기분이었다. 한시라도 긴장을 늦출 수 없었고, 그때마다 가슴속은 시커멓게 타들어 갔다. 이미 오랜 경험으로 잘 알고 있듯이 사연이 깊은 유물일수록 제값을 톡톡히 치르고 어딜 가나 쉽사리 그 모습을 드러내는 것은 없었다.

"선광 스님 때문인가요?"

하야코가 그의 속내를 콕 짚어 냈다.

"그래. 이번 염불회도 선광 스님이 주도한다는 게……."

"……."

그것은 하야코도 마찬가지였다. 해인사에서 선광 스님이 보낸 경고의 메시지, 결국 그의 예언대로 최만준은 싸늘한 주검으로 변하고 말았다.

"난 지금이라도 네가 그만두었으면 좋겠다."

"그런 소리 마세요."

"……."

"할아버지……."

"알았다."

"저를 믿으세요."

하야코는 품 안에서 코끼리 문양이 그려진 천 조각을 꺼내 보였다. 그것은 하야코가 개성으로 떠날 때 이라부가 준 부적이었다.

"이게 절 지켜 줄 거예요."

하야코는 애써 밝은 표정을 지었다.

이제 이틀 후면 모든 게 결판이 날 것이다. 그때쯤이면 할아버지도 훌훌 자리 털고 일어날 것이다. 달리 생각할 것도, 머리를 싸매며 고민할 필요도 없었다. 장기봉 노인의 말대로 천향고가 비워지기를 바라는 것, 그것만이 유일한 희망이었다.

5

만일염불회가 다가오면서 건봉사는 예전의 활기를 되찾고 있었다. 산문 입구도 활짝 열렸다. 차 한 대 보이지 않던 주차장은 외지에서 온 차들로 가득했고, 예불을 드리러 온 신자들은 삼삼오오 절 안으로 들어서고 있었다. 사찰 안의 승려들도 밀려드는 신자들을 맞이하느라 정신이 없었다.

그동안 건봉사는 두 건의 살인 사건으로 침울하게 가라앉아 있었다. 산문이 열려 있기는 했으나 그 안을 드나드는 인물은 극히 제한되어 있었다. 대부분이 경찰이거나 문화재청에서 나온 조사관들이었다. 그러나 이제 그 자리를 염불회에 참여하려는 신도들이 가득 메우고 있었다. 만일염불회는 건봉사를 다시 예전의 위치로 돌려놓는 데 조금도 부족함이 없었다. 이 대법회는 비단 건봉사 승려나 몇몇 불교 신자만의 행사가 아니었다. 만일염불회를 고대하던 수많은 불자들의 법회였고, 일반인에게도 풍성한 볼거리를 제공하는 행사였다.

읍내 거리도 들썩거리기 시작했다. 한동안 읍내를 장악하던 두 건의 살인 사건은 어느새 주민들의 관심 밖으로 밀려났다. 염불회에 참가하는 신도는 거진읍에만 국한되어 있는 게 아니었다. 속초나 춘천, 서울과 부산에서 오는 신자들도 있었다. 거진읍의 숙박업소는 밀려드는 외지인으로 즐거운 비명을 지르고 있었다.

만일염불회가 세 번째 열리던 1908년의 자료에는, 염불회 첫날을 다음과 같이 기록하고 있었다.

건봉사 십 리 되는 길이 사람들로 인산인해를 이루니 끝이 어디인지

도무지 가늠할 수가 없다. 장사치들은 가판을 벌려 주머니를 넉넉히 채우고 아이들은 마냥 즐거워 입이 다물어질 줄 모르니 만 일 염불 도량이 여기가 아니고 또 어디겠는가.

　재석은 건봉사 후문을 벗어나 우마차 길로 들어섰다. 일주문까지 오는 동안 만일염불회를 알리는 현수막은 끊임없이 이어졌다. 그러나 후문 쪽에는 아직 염불회의 열기가 미치지 않았다. 재석은 샛길로 빠져드는 곳에서 걸음을 멈추고 나뭇가지를 걷어 올렸다.
　"이 나뭇가지로 위장한 거예요."
　"중놈들이 별짓을 다 하는군."
　장기봉은 코웃음을 쳤다.
　"이쪽으로 오세요."
　샛길 안으로 몇 걸음 더 들어가자 탁 트인 벌판이 나왔다.
　"바로 저기예요!"
　재석은 동굴이 있는 쪽을 손으로 가리켰다. 장기봉은 뒷짐을 진 채 멀리 시선을 던졌다. 동굴이 있는지 눈으로 확인할 수는 없으나 대략 어디쯤인지 짐작이 갔다.
　"더 가까이 가 보겠어요?"
　"됐다."
　"직접 눈으로 확인한다면서요."
　"이 정도면 됐어."
　"그럼 뭣하러 여기까지 오자고 했어요."
　재석이 인상을 찡그렸다.
　"그만 칭얼대고 이제부터 내가 하는 말 잘 들어라."

샛길 주변에는 아무도 없는데도 장기봉은 누가 엿들을세라 목소리를 낮추었다.

"동굴 앞에 승려가 지키고 있으면 절대 나서지 말고 그냥 돌아와라."

"……."

"아쉬워도 발길을 돌리는 게 명줄을 늘리는 길이다. 알겠냐?"

재석은 마지못해 고개를 끄떡였다.

"동굴이 비어 있다면 가장 먼저 초조대장경부터 찾아라."

"그야 당연하죠."

"내 얘기는 하야코보다 먼저 찾으라는 소리다."

"네?"

장기봉은 앞으로 벌어질 일을 차곡차곡 머릿속에 그려 넣었다. 만약의 경우를 대비해 여러 수를 맞춰 놓고 그에 대한 치밀한 시나리오를 만들었다.

"하늘에 태양이 두 개일 수는 없다."

"그게 무슨 소리죠?"

"멍청한 자식. 보물은 하나일 때 더욱 빛나는 법이야. 두 개로 나눠지면 그만한 가치가 줄어드는 셈이지. 무슨 뜻인지 알겠냐?"

"그, 그럼……."

"이걸 챙겨라."

장기봉은 가게에서 구입한 두 개의 자루를 내밀었다.

"동굴 안에 들어가면 어떻게든지 하야코를 따돌려라. 하야코가 눈치채지 못하도록 해야 한다. 조금이라도 빈틈을 보여선 안 돼."

"……."

"사람 일이란 게 다 제 뜻대로 되면 무슨 걱정거리가 있겠느냐. 후후."

재석은 장기봉의 말을 꼼꼼히 새겨들었다.

6

또 하루가 지났다.

결전의 날이 코앞에 다가왔기 때문일까? 오후 내내 너구리 영감은
어디 한군데 엉덩이를 붙이지 못하고 상처 입은 짐승처럼 여관방 안을
빙빙 맴돌았다. 갑자기 말수도 부쩍 줄어들었고, 공연히 헛기침만 토해
내며 가래만 뱉어 냈다. 바람을 쏘이고 오겠다면서 슬그머니 여관을 나
간 뒤에는 한 시간도 채 되지 않아 다시 줄레줄레 돌아와 아랫목을 끼고
누웠다. 겉으로는 한마디도 꺼내지 않고 저리 입을 꼭 닫고 있었지만,
내일 벌어질 일이 몹시도 신경이 쓰이는 모양이었다. 그렇게 여관방 안
에서 내내 뒤척거리다가 땅거미가 창문에 내려서자, 재석을 억지로 끌
고 읍내로 나갔다.

너구리 영감은 이미 봐 둔 곳이 있다는 듯 망설이지 않고 한 식당 안
으로 들어갔다. 식당 안은 빈자리가 없을 정도로 꽉 들어차 있었다.

"이 고깃집을 보니 생각나는 거 없냐?"

너구리 영감이 식당을 둘러보며 말했다. 재석은 그 말뜻을 금방 알아
차리고 속으로 비시시 웃었다. 큰일을 치르기 전에 너구리 영감은 항상
고깃집을 찾았다. 재수가 옴 붙어 감방에라도 끌려가면 못 먹을 거라면
서 원 없이 고기를 사 주었다. 그러나 그것도 삼 년 전, 세월 좋을 때의
일이었다.

"소주 한잔할 테냐?"

너구리 영감이 능글맞은 미소를 흘려보냈다. 목소리도 예전과는 달리 살가운 정이 붙어 있었다. 그래서일까, 오늘은 너구리 영감의 저 어설픈 미소가 그다지 싫어 보이지 않았다.

"가끔은 소주 한 잔이 천하의 보약일 때가 있지. 오늘이 바로 그런 날이다."

재석은 너구리 영감이 따라 주는 술을 두 손으로 받았다.

"이번이 진짜 마지막이야. 초조대장경만 손에 넣으면 이젠 이 짓도 때려치울 거다. 부처나 예수가 돈다발을 싸들고 와서 통사정을 해도 소용없다."

"……."

"이젠 기력도 예전 같지가 않아. 몸에 좋다는 약도 잘 받지 않고……. 이만큼이라도 벽에 똥칠하지 않고 몸 성히 왔으면 됐지 뭘 더 바라겠냐."

재석은 말없이 잔을 비웠다.

"젊었을 때 멋모르고 달려든 게 예까지 올 줄은 몰랐다. 허허. 세 살 버릇 여든까지 간다더니, 바로 이 늙은이를 두고 한 말인가 보다."

수년 간 그의 뒤꽁무니를 따라다니면서도 손을 끊겠다는 것은 처음 듣는 소리였다. 하긴 얼마 전부터 너구리 영감에게 이상한 조짐이 나타나기 시작했다. 너구리 영감은 뭔가 하나 찍으면 반드시 손에 넣어야 직성이 풀리는 성격이었다. 그런데 정찬국이 살해된 후로는 슬슬 꼬리를 내리면서 그답지 않게 나약한 모습을 보여 왔다. 지금도 마지못해 눌러 있는 눈치였다.

"서울에 올라가면 앞으로 네 애비 석방시키는 데 모든 걸 걸어야겠다. 그동안 짬나는 대로 이리저리 에둘러 알아봤는데 방법이 전혀 없는 건 아니더라. 조만간 날 잡아 중국에 가 볼 생각이다."

"중국에요?"

"그래. 이번엔 뚜쟁이들이 아니라 중국 정부에 힘깨나 쓰는 인간을 직접 만나야겠어. 큰돈이 들더라도 하는 데까지는 해 봐야지. 한국 정부에 기대하느니 차라리 똥개에게 절하는 게 낫겠다."

너구리 영감은 불판에 있는 고기를 뒤척거렸다.

"이대로는 눈도 못 감을 것 같아……. 넌 잘 모르겠지만 그동안 네 애비를 한국에 데려오려고 별의별 짓 다 해 봤다. 그러나 중간 뚜쟁이들에게 돈만 뜯겼지 뭐 하나 제대로 된 게 없었어. 제길, 한국 감방에라도 처넣으면 명절날 떡이라도 집어넣어 줄 것 아니냐. 아마 이번엔 잘될 거다. 왠지 느낌이 좋아……."

너구리 영감이 잔을 비우자 재석은 두 손으로 공손히 술을 따랐다.

"만나는 여자는 있냐?"

"……."

"자고로 여자를 잘 만나야 해. 네 어미 봐라. 그 나이에 팔자를 고치겠다고 나가는 걸 보면…… 참으로 모진 인간이다."

"그만하세요."

잠시 짧은 침묵이 흘렀다. 재석은 빠르게 잔을 비웠고, 너구리 영감은 잘 익은 고기를 재석의 접시에 올려놓았다.

"너도 이번 일만 끝나면 다른 일을 찾아봐라. 평생 새벽이슬 맞아 가며 이 짓거리를 하고 살 수는 없지 않느냐. 지금에 와서 생각해 보니 널 데리고 다닌 게 할애비로서 못할 짓을 한 것 같다. 너만 원한다면 고깃집 하나 차려 주마. 뭐니 뭐니 해도 먹는장사가 최고지."

너구리 영감은 고기 한 점을 입에 넣고 식당 안을 둘러보았다.

"여긴 오늘 대박이 터졌군. 허허."

"……"

"네놈이 집을 나가고 사는 게 사는 것 같지 않았다……. 이게 어디 사람 사는 꼴이냐……."

그새 소주 한 병이 비워졌고, 재석은 소주 한 병을 더 주문했다.

"집에 다시 들어올 생각은 없냐?"

"……."

"집에 들어오기 싫거든 근처에 방 하나 마련해 주마……. 네놈이 집 근처에라도 있었으면 좋겠구나. 이젠 땅속에 묻힐 때가 됐는지 혼자 있는 게 외롭다……. 하루 종일 엉덩짝 붙이고 벽만 마주 보는 것도 지겨워. 후후. 한때는 실버타운인지 뭔지 하는 곳에 갈 생각도 해 봤다……."

"할아버지……."

"네놈이 그동안 무슨 생각을 하고 있었는지 잘 안다. 날 원망하고 있다는 것도, 다시는 이 늙은이와 만나지 않으려 한 것도 잘 알아. 그러나 내가 예전에 말했듯이 인사동에서 떠도는 헛소문을 액면 그대로 믿어서는 안 돼. 너도 잘 알다시피 내게는 적이 많았어. 이 바닥에서 살아남기 위해서는 어쩔 수 없는 일이었지."

"……."

"암만 인간 망종이라고 해도 제 자식을 팔아넘기는 부모는 없다."

눈앞이 핑 돌았다. 재석은 눈물을 참으려고 아랫입술을 잘게 깨물었다. 사실 밀매 시장에서 떠도는 소문을 그대로 받아들인 건 아니었다. 짐승이 아니고서야 어떻게 제 몸 살자고 자식을 내팽개치고 홀로 도망칠 수 있을까. 정작 재석이 참을 수 없었던 것은 너구리 영감이 고국에 돌아온 뒤에도 아버지의 석방을 위해 이렇다 할 움직임을 보이지 않았다는 것이었다. 너구리 영감은 잠도 잘 자고 끼니 한번 거르지 않았다.

기분 좋은 일이라도 생기면 술이 거나하게 취해 껄껄 웃으면서 집으로 들어왔다. 어떻게 자식을 이역만리에 두고 저리 코까지 골면서 편히 잠을 잘 수 있을까. 아버지는 어떻게 되었냐는 질문에도 너구리 영감은 늘 잘될 거라는 말만 늘어놓았지 제대로 아버지 석방을 위해 힘을 쏟는 것을 본 적이 없었다.

"중국 놈들은 돈이라면 환장하니까 잘될 거다……. 그렇지 않아도 중국 화상 중에 몇몇 아는 놈팡이가 있는데, 이번엔 힘 좀 쓰겠다고 약속했다. 게다가 초조대장경만 손에 넣으면 네 애비 석방시키는 건 일도 아닐 거야. 아마 한국 정부든 중국 정부든 그걸 달라고 바짓가랑이를 붙잡고 늘어질 게다."

"저도 함께 가요."

"너도? 그야 좋지. 허허."

너구리 영감은 빠르게 술잔을 비웠다. 그리고는 빈 잔을 재석에게 건넸다.

"네 애비가 돌아오면 삼대가 함께 사는 거야. 암만 지지리 볶고 싸워도 이디 핏줄만 흰 게 있다더냐. 집안에 여자기 없이 히건히겠지만, 그도 잠시지 뭐. 네 애비는 아직 펄펄하니 새장가 들면 되고, 너도 이제 나이가 꽉 찼으니 장가가면 되고……. 이제 우리도 좀 사람답게 살아야 하지 않겠느냐."

너구리 영감은 마치 동화 속 장면을 상상하듯 입가가 찢어졌다. 재석도 잔잔한 미소를 흘려보냈다.

"애비 돌아오면 어디 여행이나 다녀오자. 암만 역마살이 껴도 제 돈 내고 여행 한번 해 보는 게 소원이었다."

"여행이요?"

"그래. 기왕이면 물 건너 멀리 떠나자구나. 어디가 좋겠느냐?"

"전 아직…… 봐 둔 곳이라도 있어요?"

"난 아프리카에 가 보고 싶다."

"아프리카요?"

"그래. 늘 그곳에 한번 가 보고 싶었어. 거 뭐시더냐, 가젤인지 뭔지도 보고 코끼리나 사자가 넓은 초원에서 뛰노는 것도 직접 보고 싶었지. 인생 말년에 왜 이리도 야생 동물이 보고 싶은지……. 네 애비도 아프리카에 가 보는 게 꿈이었다."

"좋아요."

갑자기 너구리 영감이 탁자 위에 있는 야채 접시를 한쪽으로 치웠다.

"뭐 하세요?"

"손 좀 이리 줘 봐라."

재석은 가만히 그에게 손을 내주었다.

"어떠냐, 오랜만에 팔씨름 한번 해 볼 테냐?"

한때 너구리 영감과도 좋은 시절이 있었다. 너구리 영감은 가끔 술에 취해 들어오면 재석을 붙들고 팔씨름하는 것을 무척 즐겼다. 손자가 조금씩 커 가고 힘이 붙는 것을 팔씨름으로 확인하려고 했다. 삼 년 전 너구리 영감의 집을 나오기 전까지는 늘 재석의 완패였다.

"여기서요?"

"아무 데든 어떠냐?"

너구리 영감은 엉덩이를 빼고 팔씨름할 자세를 취했다.

"사람들이 보잖아요."

"걱정도 팔자로구나. 손자 녀석과 오랜만에 팔씨름 한번 하겠다는데 설마 내쫓기야 하겠느냐. 어서 힘주어라."

재석은 오른손 마디에 힘을 불어넣었다.

"지는 사람이 술값 내는 거다."

너구리 영감의 손등에 퍼런 실핏줄이 돋아났다.

"알았어요."

7

"날씨 한번 되게 더럽군."

이 또한 불길한 징조는 아닐까. 병원 창밖에는 가랑비가 부슬부슬 내리고 있었다. 장기봉은 이라부의 병원에 오는 동안 내내 하늘만 바라보았다. 아침부터 날씨가 종잡을 수 없이 제멋대로 날뛰었다. 오전에는 해가 중천에 떠 있는데도 여우비가 쏟아지는가 하면, 오후에는 난데없이 퍼런 하늘에 무지개를 쏘아 올렸다.

오래전부터 궂은 날씨와는 이상하리만치 궁합이 맞지 않았다. 아들이 잡혀 들어간 닐에도 아침부터 비바람이 몰아쳤다. 더군다나 오늘은 아주 특별한 날이기에 날씨에 더욱 신경이 쓰였다. 이런 날, 오색 채운이 두둥실 하늘에 걸려 있으면 얼마나 좋을까. 채운은 아니더라도 그저 오락가락 저 청승맞은 가랑비 따위나 뿌리지 않으면 좋겠다.

"제길, 무슨 작별 인사가 이리도 길어……."

장기봉이 병실을 바라보며 투덜거렸다.

현재 시각 저녁 여섯 시, 앞으로 여섯 시간 후면 염불회가 열린다. 적어도 서너 시간 전에는 천향고 근처에 도착해야 한다.

"기분은 어떠냐?"

재석은 말없이 씩 웃어 보였다.

"동굴 안에 승려들이 있으면 볼 것 없이 곧장 이리로 돌아와야 한다."

"네."

장기봉은 호주머니에서 조그만 염주를 꺼내 재석에게 내밀었다.

"이걸 챙겨 넣어라."

"이게 뭐죠?"

"불사의 염주라고 하는 거야. 내 분신과도 같은 거다. 이 염주가 널 지켜 줄 거다."

"할아버지……."

장기봉이 희미하게 웃어 보였다. 어제 저녁 식당에서 팔씨름을 한 뒤부터 녀석의 입에서 할아버지라는 소리가 자연스럽게 흘러나왔다.

"그래. 너나 나나 이번이 진짜 마지막이다."

"서울에 올라가면…… 할아버지 집에 들어갈게요."

"그것 참 듣던 중 반가운 소리구나. 허허. 네놈도 그동안 꽤나 적적했나 보구나. 잘 생각했다."

"그동안 미안했어요."

"아니다. 이제부터라도 오순도순 잘 지내면 되지. 아예 이참에 어디 목 좋은 곳에 고깃집이라도 내주련?"

"아니에요. 아직 거기까지는 생각해 보지 못했어요."

"그래그래. 그건 차차 생각해 보기로 하자."

장기봉은 병실 쪽을 힐끔 바라보며 목소리를 깔았다.

"엊그제 내가 한 말 명심해야 한다."

"……."

"가방에 자루는 넣었느냐?"

"네."

자루를 떠올리자, 까마득한 옛일이 머리를 스쳐 지나갔다. 아들에게
는 안된 소리지만, 그날 옥수수 밭 너머 바위에 두고 온 마대 자루가 그
를 살린 셈이었다. 마대 자루를 가지러 흙무덤에서 나오지 않았다면, 널
방 안에서 꼼짝없이 묘역 관리인에게 붙들렸을 것이다.

"딴 생각 말고 내가 시키는 대로 하거라."

"……."

"어차피 인생이란 그런 거다."

그때 병실 문이 열리고 하야코가 나왔다. 열린 문 틈 사이로 이라부
가 힘없이 침대에 걸터앉아 있는 모습이 보였다. 아직도 안심이 되지 않
는지 그의 얼굴은 수심의 그늘이 가득 차 있었다.

"저희 할아버지 잘 부탁해요."

하야코의 얼굴도 그다지 밝아 보이지 않았다.

"오늘 새벽에는 열이 심했어요. 아직 입맛이 없어서 점심도 드시지
않았구요."

"알았나. 여긴 신경 쓰시 말거라."

"그럼……."

하야코는 가방을 어깨에 둘러매고 힘없이 병원 복도를 나섰다. 재석
은 두어 발짝 그녀 뒤를 따라갔다. 그들의 뒷모습이 사라진 후에도 장기
봉은 한참 동안이나 그 자리를 떠나지 않았다.

비는 그쳤다.

이제 모든 게 낯이 익었다. 간간이 들려오는 새소리도, 샛길 따라 펼쳐
진 꽃향기도, 옆구리를 애무하듯 스치고 지나치는 바람마저 익숙했다.

앞으로 이곳에 다시 오는 일은 없을 것이다. 오늘로서 모든 걸 끝내야 한다. 미련 없이 떠나든지 동굴 안의 초조대장경을 가져오든지, 몇 시간 후면 결정이 날 것이다.

천향고 주변엔 고요한 정적이 감돌았다. 시간이 정지한 듯 모든 생명체가 숨을 죽였다.

"어제 무슨 일이 있었어요?"

하야코의 시선은 건봉사 후문 쪽에 향하고 있었다. 건봉사 쪽은 염불회를 맞이해 신도들이 손수 만든 수백 개의 등이 매달려 있었다.

"그게 무슨 소리요?"

"할아버지와 사이가 좋아진 것 같아요."

"……."

"처음에는 서로 말도 잘 하지 않는 것 같던데……."

"그건 댁이 신경 쓸 일이 아니오."

"화해라도 한 건가요?"

"싸우지도 않았는데 무슨 화해를 한단 말이오."

"저도 대충 얘기 들었어요. 삼 년 동안이나 인연을 끊고 살았다면서요?"

지나고 보니 그 삼 년은 참으로 길고도 험한 세월이었다. 너구리 영감이 없으니 무엇 하나 제대로 되는 게 없었다. 기껏해야 낡고 오래된 절 터 주위를 기웃거리며 값싼 유물을 몇 개 건져 올린 게 전부였다. 그나마 중국 산둥에서 들어온 북한 문화재 몇 점을 지하 밀매 시장에 팔아넘겨 간신히 입에 풀칠을 할 수 있었다.

"댁은 할아버지와 죽이 잘 맞는 것 같소."

"저흰 환상의 파트너죠. 호호."

"중국에 가 본 적은 있소? 듣자하니 댁의 할아버지도 중국에 오래 있었다고 하던데."

"난 아직 중국에 가 본 적이 없어요. 할아버지와 아버지만이 중국에 있었죠. 할아버지는 중국에 머물 때 일본 정부의 지원을 받은 적이 있어요. 그런데 별 성과가 없자 일본 정부는 할아버지를 매정하게 내버렸어요. 아버지가 돌아가신 것도 그 무렵이었고, 저 역시 떠돌이 생활을 하게 되었죠."

"그때 한국에 머문 거요?"

"그래요. 바로 코앞에 고향을 두고도 가지 못했어요. 그래서 할아버지는 지금도 일본 정부에 좋지 않은 감정을 가지고 있어요."

"그게 어디 댁뿐이겠소? 우리도 마찬가지요. 나 역시 오래전부터 그쪽이랑 인연을 끊고 산 지 오래요. 아버지도 그랬고, 할아버지도 그랬소."

"그러고 보니 우린 서로 닮은 데가 많은 것 같군요."

"……."

"이젠 할아버지도 예전 같지가 않아요. 여기까지 와서 저리 심한 열병을 앓을 줄은 몰랐어요."

재석은 슬그머니 오른손 주먹을 쥐어 보았다. 그날 식당에서 잡은 너구리 영감의 손은 따뜻했다. 오랜만에 핏줄만이 공유할 수 있는 끈끈한 정이 물결을 치듯 가슴속으로 스며 들어왔다. 그동안 너구리 영감도 많이 약해진 것 같았다. 팔씨름을 하려고 잡은 그의 손마디는 예전과는 달리 물렁물렁했다. 삼 년 전만 해도 너구리 영감의 손은 돌덩이를 만지는 것처럼 단단하고 우악스러웠다.

"초조대장경을 찾으면 어떻게 할 생각인가요?"

"그건 댁이 알 바 아니오."

"워낙 진귀한 유물이니 유통시키기가 만만치 않을 거예요."

"그런 댁은 어떻게 할 작정이오?"

"할아버지의 꿈은 박물관을 짓는 거예요. 저 역시 마찬가지구요."

"박물관에 초조대장경을 전시라도 할 생각이란 말이오?"

"아니에요. 박물관을 짓기 위해 초조대장경이 꼭 필요하다는 뜻이에요."

그때였다. 샛길 쪽에서 부스럭거리는 소리가 들려왔다.

"저기 누군가 오고 있소."

샛길을 따라 한 사람이 느릿느릿 걸어오고 있었다. 이곳에 발길을 들여놓은 후 처음 보는 사람이었다. 어깨까지 닿는 치렁치렁한 머리, 누더기 옷을 걸친 차림새가 영락없는 거지의 모습이었다.

"거지 아니오?"

하야코는 나무를 등지고 고개를 빠끔 내밀었다.

"저, 저 사람은……."

붉은 천으로 동여맨 머리띠, 텁수룩한 콧수염…… 그는 바로 장각 스님이 아닌가.

"장각 스님이에요!"

"장각 스님?"

"가야산 암자에 있던……."

"최만준에게 금강저 문양을 그려 주었던 그 스님이란 말이오?"

"그래요."

심상치 않은 일이다. 장각 스님이 갑자기 여기는 또 웬일이란 말인가.

"장각 스님도 초조대장경을 봉안한 곳을 알고 있는 것 같았어요."

재석은 숨을 죽이고 장각 스님을 매섭게 노려보았다.

"천향고로 가는 걸까요?"

"어디 지켜봅시다."

샛길에서 빠져나온 장각 스님은 그 자리에 우뚝 걸음을 멈춘 채 천향고 쪽을 넌지시 바라보고 있었다.

8

천향고는 거북 등처럼 누워 있었다.

세월은 속절없이 흘러도 천 년 영물을 감싸고 있는 자취는 그대로였다. 나뭇가지로 위장한 샛길이나 금강산 자락에서 뿜어져 나오는 미지근한 열기도 변함없었다. 천향고 역시 천 년 제국의 꿈을, 선승이 갈구하던 새로운 세상을 한 아름 품에 안고 있었다.

장각은 지난 감회에 젖은 듯 두 눈을 지그시 감았다. 천향고 안에서 장경을 판각하던 때가 엊그제 같았다. 그에게도 오직 불력 하나에만 의지하며 육신과 영혼이 일체되어 젊음을 불사른 때가 있었다. 반백 년도 안 되는 세월이 이럴진대, 천 년 풍파의 세월을 그 무엇과 견줄 수 있을까. 실로 다시는 경험할 수 없는 장엄하고 위대한 열정이었다.

매서운 바람이 낡은 승복을 스치고 저만치 물러났다. 예까지 오는 동안 수만 가지 잡념이 머릿속을 붕붕 떠다녔다. 육신은 가야산 암자에 있어도 마음은 늘 천향고에 머물러 있었다.

'몹쓸 것들 같으니……'

바람에 실려 가야산 암자까지 전해져 오는 소리는 탐욕에 눈먼 잡것들의 때 아닌 난장이었다. 최만준의 죽음은 이미 예상하던 바였다. 게

다가 며칠 전에는 정부의 관리조차 개죽음을 당했다고 하지 않던가. 천향을 노리는 사람치고 제명을 산 사람은 없었다. 그런 난장의 소리들이 가야산에 터 잡은 후 속세와 발길 끊은 그를 기어이 건봉사로 불러들였다. 두더지 같은 것들이 저리 날뛰고 있는데 마냥 가만히 지켜볼 수가 없었다.

사흘 내내 몹쓸 꿈에 시달렸다. 꿈에 봉허 스님이 나오고, 사명대사와 만해 스님도 나타나 두 눈을 부라리며 눈 끝에 날을 세웠다. 천향을 지켜 달라고, 저 간악한 무리로부터 천 년 영물을 구해 달라고 절규하고 있었다. 차마 그들의 외침을, 불력의 세상을 꿈꾸던 그들의 간절한 소망을 외면할 수 없었다.

어제 꿈은 아주 흉흉했다. 처음에는 손바닥만 한 불길이 천향고 주위를 겹겹이 에워싸더니 그새 집채만 한 불기둥으로 변해 시뻘건 혀를 날름 내밀었다. 천향고를 지키고 있던 승려들은 혼비백산 달아나고 천향고 안의 초조대장경은 불길 속에 꼼짝없이 갇혀 있었다. 꿈에서 깬 뒤에도 한동안 거대한 불기둥은 사라지지 않고 눈꼬리에 샛노란 불똥을 매달고 반짝거렸다.

불길한 전조였다. 지금까지 단 한 번도 꿈속에 초조대장경이나 천향고가 나타난 적은 없었다. 하도 꿈에 시달린 터라 등줄기에 식은땀이 마를 틈이 없었다.

장각은 천향고를 코앞에 두고 발길을 돌렸다. 천향고를 둘러보고 싶은 마음이 간절했지만, 그보다 더욱 시급한 일이 소매를 붙들었다. 그것은 선광 스님을 만나는 일이었다.

건봉사 불이문 앞은 시골 장터에 온 것처럼 혼잡했다. 만일염불회를 앞둔 탓인지 건봉사 주위는 외지에서 온 사람들로 붐비고 있었다. 예나 지금이나 불이문 돌기둥에는 금강저 문양이 선명하게 새겨져 있었다.

장각은 사명당의 승병 기념관 앞에 앉아 주위를 둘러보았다. 천향고에 들어서는 길은 변함이 없었지만, 건봉사 주변은 그동안 많은 변화가 있었다. 널따란 주차장이 생겼고, 대로변 입구에는 사명대사의 동상도 세워졌다. 그 앞의 도로도 매끈하게 잘 닦여져 있었다.

'건봉사에 온 것이 몇 년 만인가.'

선광 스님과 마지막으로 천향고를 둘러보고 해인사로 내려온 것이 20세기 말이었으니 십 년이 넘었다.

—이제 천 년이 오는 게야. 새로운 세상, 불심으로 가득한 새로운 천년의 새벽이 오는 게야…….

선광 스님의 목소리가 어렴풋이 떠올랐다. 세월은 흐르는 물과 같다더니, 그 천 년이 냇물이 되고 강물이 되고 바다가 되어 코앞에 이르렀다. 그러나 아직 그들이 꿈꾸는 세상, 대해(大海) 같은 불력의 제국은 요원해 보였다.

"장각 스님……."

그때 등 뒤에서 낯익은 목소리가 들려왔다. 혜원이었다.

"네놈 얼굴이 달덩이처럼 야들야들해졌구나."

"스님……."

"하라는 수행은 하지 않고 속세의 단물만 빼어 먹었더냐. 허허."

장각은 너털웃음을 지었다. 선광 스님이 사람을 보는 눈은 부처 못지않았다. 혜원을 수제자로 삼은 것은 정말 잘한 일이었다.

"스님께서 여긴 어인 일로……."

장각은 두툼한 입술을 씰룩 내밀었다.

"내가 못 올 곳을 왔다는 소리냐? 네놈이 이젠 내 수족까지 이래라저 래라 간섭하는 게냐?"

"아, 아닙니다."

혜원은 농담인 줄 잘 알면서도 얼굴을 붉혔다.

"선광 스님은 안에 계시느냐?"

"네."

"언제 올라왔느냐?"

"어제 올라왔습니다."

장각이 앉아 있는 주차장 앞에는 한 무리의 여행객이 관광버스에서 내리고 있었다. 장각은 화장을 짙게 한 여인네를 보더니 눈살을 찌푸 렸다.

"천향고에는 가 봤느냐?"

"아직 거긴 가 보지 못했습니다."

"염불회 때문이냐?"

"그렇습니다. 오늘은 천향고를 비워 둘 거라고 합니다."

"천향고를 비워 두다니?"

"만일염불회 첫날은 모든 스님이 예불을 드린다고 합니다. 천향고에 서 수행하는 스님들도 만일원에 계십니다."

불길한 일이다. 천향고 주변에 두더지 잡것들이 날을 세우고 있는데, 어찌 천향고를 비워 둔단 말인가. 그때 문득 최만준과 함께 찾아온 젊은 여자가 떠올랐다. 얼굴은 곱상하나 눈빛 속에 감춰진 가시는 피를 부르 고도 남을 관상이었다.

"혜원아."

"네, 스님."

"네놈이 보기엔 어떤 것 같으냐?"

"무슨 말씀이신지……."

"아직도 초조대장경을 천향고에 두어야 하는가 말이다. 이젠 저 많은 중생이 천 년의 영험한 빛을 볼 수 있도록 해야 하지 않겠느냐."

"……."

아직 수행이 덜된 탓일까. 장각의 마음은 어디에 중심을 두어야 할지 갈피를 잡지 못하고 이리저리 흔들렸다. 어느 때는 봉허 스님이나 선광 스님의 염원대로 불력의 제국이 다시 올지 의구심이 든 적도 있었다. 그들이 꿈꾸는 제국, 부처의 가피가 온 누리에 퍼지는 세상을 간절히 원한다면, 속세에 물든 중생의 허망한 욕망과 무엇이 또 다른가. 초조대장경은 결코 그들의 것만이 아니었다.

"가서 선광 스님께 전하거라. 장각이 왔다고 말이다."

그러나 한 가지 분명한 것은 예나 지금이나 변함이 없었다. 지난 천 년이 이 산하의 버팀목이 되었다면, 이젠 중생의 품에서 새로운 천 년을 맞이해야 할 때라는 것을!

9

아직 자정이 되기에는 이른 시각인데도 만일원 안은 신도들의 염불 소리로 가득 넘쳤다. 선광은 툇마루에 앉아 그들의 소리에 가만히 귀를 기울였다.

"세상에 이보다 더 청아한 소리가 어디에 있겠느냐. 염불은 하늘과 땅, 그리고 중생이 만나는 소리니라. 이 소리 안에 깨달음이 있고 부처가 있으니 이 소리가 천상의 소리가 아니고 무엇이겠느냐."

어디든 간에 봉허 스님의 자취가 배어 있지 않은 곳이 없었다. 건봉사는 해인사보다 더 살갑고 애착이 가는 사찰이었다. 한국전쟁 후 폐사나 다름없는 이곳을 이리 중건한 것도 봉허 스님이 있었기에 가능한 일이었다. 그뿐이 아니었다. 지금의 천향고 자리를 찾아낸 것도 봉허 스님이었다. 어느 날 어린 동자승이 꿈에 나타나 봉허 스님을 이끌고 간 곳이 바로 금강산 끝자락, 천향고 자리였다.

"그날 꿈자리가 어찌나 신기했는지 꿈에서 깬 뒤에도 꿈같지가 않았다. 허허. 이제와 돌아보니 그 동자승은 수기대사요, 사명대사가 아닌지 모르겠구나."

봉허 스님은 반년 동안 눈비 맞으며 백두대간 줄기를 누비고 다녔다. 지팡이 하나 달랑 들고 천향을 봉안할 장소를 찾으려 험한 산을 오르내리고 계곡 사이를 지나쳤다. 이 산하의 영기를 가득 품은 천 년 영물을 지키기 위해 몸이 부서지는 것도 마다하지 않았다. 일제의 서슬 퍼런 감시 속에서도 스님의 고행은 멈추지 않았다.

스님의 간절한 염원에 부처가 응답한 것일까. 마침내 봉허 스님은 숱한 역경을 딛고 금강산 끝자락에 고고하게 묻혀 있는 천향고 자리를 찾아냈다. 그 자리야말로 명산의 정기, 고승의 영기를 이어받은 천하의 명당이었다.

해방을 앞두고 고승다운 고승이 없었다. 이리저리 승적(僧籍)에 휘둘리고 일제에 앞장서며 보신만을 꾀하는 사이비만이 설쳐 댔다. 나라는 절망의 늪에 빠지고 중생은 의지할 곳이 없어 산천을 떠도는데 그들은 제 앞가림부터 챙겼다. 그러나 봉허 스님은 달랐다. 그는 일본 고등계 형사로부터 모진 고문을 당하고 육신까지 훼손당하면서도 끝까지 절개를 지켰다. 그리고 수백 년간 선승이 이어 왔듯이 초조대장경을 굳건하게 지켜 냈다.

'바로 저곳이로군.'

선광은 선방 툇마루에서 나와 십바라밀 석주 옆의 능파교로 다가갔다. 지금은 사라졌지만 오래전 능파교에서 대웅전으로 올라가는 길에는 넓은 마루가 있었다. 선광의 머릿속에 지난 기억이 새록새록 떠올랐다.

사십 년 전, 능파교 옆 마루에 봉허 스님과 일본 고승이 마주 앉았다. 일본 고승은 교토 남선사에서 온 미노루 스님이었다.

— 조만간 멀리서 귀하신 분이 오실 게다…….

당시 해인사 주지였던 봉허 스님은 건봉사 중건 작업으로 건봉사에 머무르고 있었다.

— 그분이 누구인가요?

선광이 물었다.

— 미노루 스님이다.

— 미노루 스님이라면 남선사 주시 아닙니까? 초조대징경 인쇄본을 처음으로 세상에 알린…….

— 그렇다.

— 미노루 스님이 이곳에 왜 오는 겁니까?

— 언젠가는 한번 부딪쳐야 할 일, 해인사에 들렀다가 조만간 건봉사로 올 것이다. 천향을 마음에 두고 있으니 이 거친 노도(怒濤)를 어찌 막을 것인고.

봉허 스님은 미노루 스님의 방문은 물론 그가 초조대장경 이야기를 꺼낼 것까지 훤히 꿰뚫고 있었다. 당시 미노루 스님은 초조대장경의 실체를 확인하기 위해 한국을 수시로 드나들고 있었다. 그러나 봉허 스님은 초조대장경의 존재가 세상에 알려지는 것을 원치 않았다.

─천향은 겨레의 혼이며 부처의 표상이다. 속세의 빛이 스며들면 영기가 죽고 영기가 죽으면 천 년을 이어 온 그 오묘한 향기도 잃으니 이 어찌 가만두고만 볼 수 있겠느냐.

미노루 스님의 방문이 있기 하루 전날, 봉허 스님은 선광과 함께 천향고를 둘러보았다. 천향고 안은 독경 소리가 낮게 울리고 향불이 은은히 타올랐다. 해방 전 처음 이곳에 보금자리를 만든 후 금강산과 가야산에서 모여든 승려들을 중심으로 대장경 판각 작업을 해 왔다. 수기대사가 철저한 고증에 의해 팔만대장경을 만들었듯이 봉허 스님 또한 천 년 전의 열정과 불심을 그대로 이곳에 옮겨 왔다.

위대하고 장엄한 작업이었다. 비록 천 년 전과는 비교될 수 없으나, 그 열정과 불심만은 결코 모자람이 없었다. 1944년 이후 어떤 천재지변이 일어나도 판각 작업이 중단된 적은 없었다. 한국전쟁이 한창이던 1950년에도 마찬가지였다. 건봉사가 불타 사라지고 수많은 양민이 피를 흘려도 위대한 여정은 멈추지 않았다. 오히려 더욱 많은 승려가 모여들어 새로운 제국을 꿈꾸며 천 년 지혜의 뜻을 모았다.

─멀리서 귀한 손님이 오는데 빈손으로 맞이할 수 있겠느냐.

봉허 스님은 천향고를 한참 동안 둘러본 뒤 깊은 산속으로 들어갔다. 그곳은 비무장지대가 코앞에 있는 터라 민간인의 출입이 통제된 곳이었다. 봉허 스님의 발길이 멈춘 곳은 만일염불회의 효시를 알리는 등공대 쪽이었다.

─건봉사가 무얼 닮았느냐?

봉허 스님이 멀리 건봉사 경내를 가리켰다. 그때 선광은 처음으로 건봉사가 연꽃의 꽃술 자리를 닮은 것을 알았다.

─육신이 살아 있는 그대로 허공에 날아오르니 그곳이 연화세계이고, 부처의 마음이니라.

그날 봉허 스님은 평소와는 너무도 달랐다. 초점을 잃은 휑한 눈빛, 이따금씩 미간을 찡그리는 스님의 시선에는 원인을 알 수 없는 불안감이 눅눅하게 고여 있었다. 산속에서도 혼을 빼놓았는지 여러 차례 발을 헛디뎌 엉덩방아를 찧었다. 미노루 스님의 방문을 앞두고 봉허 스님은 온갖 잡념과 싸우느라 진이 다 빠져 있었다.

─이게 무엇인 줄 아느냐?

산속을 한참 헤매던 봉허 스님은 바위틈에서 약초를 캐냈다. 잎은 언뜻 보아 커다란 쑥 같은 모양을 하고 있었고, 꽃은 진한 자줏빛으로 고깔이나 투구 모양을 하고 있었다. 숲 그늘에 잔뜩 웅크리고 있는 자태가 예사롭지 않은 위엄이 느껴졌다.

─이것은 초오(草烏)라고 불리는 투구꽃이다. 독성이 아주 강한 약초지…….

─…….

─임진왜란 때는 이 독초를 녹여 발라 침으로 사용하기도 했다. 왜군 적장을 거꾸러뜨린 영험한 독초이다.

봉허 스님은 숲 그늘에 맹수처럼 도사리고 있는 투구꽃을 잔뜩 캐었다. 그리고는 산을 내려오면서 비장한 어조로 말했다.

─귀한 손님이 오거든 이걸 내놓아라. 잎은 끓이지 말고 맑은 물에 헹구어 담으면 된다. 햇살을 오래 받아 그대로 물에 녹이면 향기가 더욱 진하게 우러나오지…….

다음 날, 봉허 스님의 예상대로 미노루 스님이 건봉사에 찾아왔다.

미노루 스님은 그때 이미 초조대장경이 전설의 영물이 아닌, 현존하는 대장경임을 잘 알고 있었다. 그는 1967년 초조대장경 인쇄본이 남선사에서 발견된 후 사 년여 동안 초조대장경을 직접 찾아 다니고 있었다. 그렇게 한국과 일본을 오가던 미노루 스님은 해방 전 합천 경찰서장을 지낸 다케우라의 문서를 찾아냈고, 이것이 실마리가 되어 초조대장경의 실체가 존재하고 있음을 밝혀냈다.

다케우라가 누구인가. 해인사 사건을 진두지휘하고 고경 스님의 목숨을 앗아 간 장본인이 아닌가. 그때 만당 당원이던 봉허 스님도 다케우라에게 큰 고초를 겪었다. 가야산에 봉안하고 있던 초조대장경을 금강산 자락으로 옮기게 된 것도 이 무렵이었다.

─저 문양은 무엇입니까? 일주문 돌기둥에도 이 문양이 새겨져 있던데요.

미노루 스님이 십바라밀 석주 기둥의 문양을 보며 물었다. 그는 유독 금강저 문양에 관심이 많았다.

─지혜를 깨쳐 피안(彼岸)에 이르는 깨우침의 과정을 상징하는 문양이지요. 속세에서는 잡귀를 쫓는 부적으로도 알려져 있습니다.

봉허 스님은 미노루 스님을 능파교 옆의 넓은 마루로 안내했다. 선광은 봉허 스님의 주문대로 미노루 스님에게 산속에서 캐 온 투구꽃을 내왔다. 아침 내내 잎을 바싹 말려 맑은 물에 잠깐 담갔다. 향기가 아주 진하게 우러나왔다.

그날 그들 사이에 어떤 대화가 오고갔는지 선광은 알지 못했다. 봉허 스님은 미노루 스님이 돌아간 뒤에도 그에 대해서는 아무 말이 없었다.

─허허, 이 또한 기구한 인연이 아니고 무엇이겠느냐. 사명대사가 왜군 적장을 만난 곳이 금강산 자락인데, 예서 일본의 고승을 만나다

니⋯⋯.

그날 선광이 유일하게 알고 있는 것은 봉허 스님이 미노루 스님에게 써 준 글귀였다. 그것은 바로 사명대사가 금강산에서 왜군 적장에게 남긴 글이었다.

苟非吾之所有 雖一毫而莫取
진실로 나의 소유가 아니라면 비록 털끝만큼이라도 가져서는 안 된다

미노루 스님은 끝내 초조대장경의 행방을 알지 못하고 일본으로 돌아갔다. 그리고 사흘 후 뜻밖의 소식이 전해졌다. 미노루 스님이 남선사에서 입적했다는 것이었다.

"스님, 스님."

그때 혜원이 거친 숨을 몰아쉬며 선광 앞으로 다가왔다. 그제야 선광은 아련한 지난 기억 속에서 깨어났다.

"무슨 일인데 이리 호들갑이냐?"

"장긱 스님께서 오셨습니다."

"장각이라고?"

선광은 정신이 번쩍 들었다.

"네. 스님."

"그놈이 지금 어디에 있다는 소리냐?"

"일주문 앞에 있습니다. 스님을 꼭 만나 뵙고 드릴 말씀이 있다고 하십니다."

선광의 이맛살이 험하게 출렁거렸다.

현재 시각 열한 시, 이곳에 온 지 세 시간이 훌쩍 지나갔다.

입술은 바싹 타 들어갔다. 염불회가 불과 한 시간밖에 남아 있지 않는데도 깜깜무소식이었다. 천향고 주변은 어떤 미세한 움직임도 감지되지 않았다.

"어떻게 된 거죠?"

하야코가 시계를 바라보며 물었다.

"글쎄 말이오."

천향고 안의 승려들은 염불회에 참가하지 않는 것일까. 그렇다면 너구리 영감의 말대로 손을 털고 일어서는 수밖에 없었다.

"날을 잘못 잡은 것 같소. 아무래도 승려들은 천향고에서 나올 생각이 없나 보오."

생각 같아서는 당장이라도 천향고로 달려가 승려들이 있는지 두 눈으로 확인하고 싶었다. 그러나 자칫 그곳에서 나오는 승려와 마주칠지도 모르는 일, 지금으로서는 꾹 참고 기다리는 수밖에 없었다.

"우리가 이곳에 오기 전에 이미 천향고를 빠져나간 건 아닐까요?"

하야코의 목소리에는 일말의 기대가 남아 있었다.

"조금만 더 지켜봅시다."

자정이 넘어서자 재석은 몸을 일으켰다. 더 이상 이곳에서 막연히 기다리는 것은 무의미한 일이었다. 재석은 몸을 낮추고 천향고 쪽으로 살금살금 다가섰다.

노승의 독경 소리는 들리지 않았다. 천향고 주위에는 승려는 물론 쥐새끼 한 마리도 보이지 않았다. 나무 문 틈으로 희미한 불빛이 새어 나왔으나, 아무런 기척도 느낄 수 없었다. 재석은 나무 문에 몸을 밀착시키고 문틈으로 동굴 안을 들여다보았다.

'아무도 없다!'

제기랄! 재석의 입에서 김빠진 소리가 새어 나왔다. 동굴 안은 텅 비어 있었다. 이곳에 도착하기 전에 승려들은 이미 천향고를 빠져나간 것이다. 공연히 엉뚱한 곳에 쭈그리고 앉아 금쪽같은 시간만 낭비한 꼴이었다.

"동굴 안엔 아무도 없소. 우리가 오기 전에 이미 나간 모양이오."

"잘됐군요."

하야코의 얼굴이 환하게 밝아졌다.

"이럴 줄 알았으면 진작 와 볼걸 그랬소."

"어쨌든 승려들이 없으니 다행이잖아요. 어서 서둘러요."

천향고 나무 문은 아이 머리만 한 자물통으로 굳게 잠겨 있었다. 남선사 석장굴의 자물통보다 두 배는 더 크고 단단해 보였다. 자물통을 치렁치렁 두르고 있는 쇠사슬도 마찬가지였다. 재석은 아예 절단기를 들이댈 생각도 않고 이내 포기하고 말았다.

하야코는 손전등을 켜고 나무 문 아래의 땅을 부지런히 살피고 있었다. 그러나 동굴 입구는 대부분 화강암 바위로 되어 있어 개구멍을 만들기가 수월해 보이지 않았다.

"여기가 좋겠어요."

마침 하야코가 동굴 입구에서 바위가 미치지 않는 곳을 찾아냈다. 재석은 가방에서 손삽을 꺼내 흙을 파내려 갔다. 오후 늦게 비가 온 터라 땅은 무른 편이었다. 하야코도 부지런히 손삽을 놀리며 공간을 넓혀 갔다. 십 분 정도 지나자 나무 문 아래로 사람이 드나들 수 있는 개구멍이 만들어졌다. 그들은 납작하게 몸을 엎드려 동굴 안으로 기어 들어갔다.

동굴 벽에 붙어 있는 등불이 낯선 침입자에 놀란 듯 가늘게 흔들렸다. 재석은 동굴 안을 차분하게 둘러보았다. 앉은뱅이책상 위에 있는 목판은 견실하고 단단해 보였다. 그 안에 새겨 넣은 글자는 천 교수가 남선사에서 보여 준 것처럼 우아하고 정교했다. 금방이라도 새로운 생명을 얻은 듯 미세하게 꿈틀거렸다. 그랬다. 천향고 안의 승려들은 목판 안에 새로운 생명을, 천 년을 이끌어 온 불력의 위대한 힘을 불어넣고 있었다. 그들은 생명을 창조하는 마법사였다.

동굴 안은 문틈으로 엿볼 때와는 느낌이 또 달랐다. 뭐랄까, 대장경을 판각하는 승려의 일원이 된 기분이라고나 할까. 길게 늘어선 앉은뱅이책상 앞에 앉은 자신의 모습이 희미하게 보였다. 그는 한지에 글자를 또박또박 적어 넣는 필생이었고, 필생이 적은 글을 목판에 새겨 넣는 각수였다.

"뭐 하고 있어요?"

하야코가 낮게 소리쳤다.

"아, 알았소."

그제야 재석은 정신을 차리고 노승이 앉아 있던 바위 쪽으로 다가갔다. 하야코도 애초부터 그곳을 점찍었는지 곧장 그리로 발걸음을 옮겼다.

"여기 굴이 또 있어요!"

바위 뒤에는 사람 두 명이 들어가면 꽉 들어찰 정도의 작은 굴이 있었다. 하야코는 몸을 숙이고 굴 안에 손전등을 비추었다. 불빛 속에 커다란 붉은 천이 어슴푸레 드러났다. 붉은 천을 걷어 내자, 그 안에는 빗살무늬 모양의 나무 상자가 시체처럼 누워 있었다. 나무상자 뚜껑에는 눈에 익은 문양이 선명하게 새겨져 있었다.

"연꽃 속의 卍 자 문양이에요!"

卍 자 문양 아래는 다음과 같은 글이 적혀 있었다.

火魔生蓮

千年之香

화마생련, 천년지향……. 잿더미 속에도 연꽃은 살아나 천 년의 향기를 지닌다는 뜻인가. 이것은 틀림없이 초조대장경을 일컫는 말이다. 초조대장경은 몽골군이 불사른 잿더미 속에서도 천 년 가까이 연꽃처럼 생생하게 살아 있었다.

"어서 상자를 뜯어 봐요."

재석은 삽날로 나무 상자 모서리를 내리찍었다. 그러나 나무 상자는 워낙 단단히 고정되어 있어 꼼짝도 하지 않았다. 망치와 절단기도 마찬가지였다. 모서리 끝에는 쇠로 만든 경첩을 두르고 있어 아무리 두들기고 패대기를 쳐도 끄떡없었다. 마치 쇠로 만든 나무 같았다.

"이걸로는 안 되겠소."

"그럼 어떻게 하죠?"

나무 상자를 통째로 가져가기에는 어림도 없었다. 상자를 해체하는 것만이 유일한 방법이었다.

"곡괭이가 있어야 할 것 같소."

"곡괭이요?"

"곡괭이로 나무 상자를 부순 뒤 경판을 낱개로 가져가는 수밖에 없소."

"……."

"그 정신 나간 노인네 집에 가 보는 게 어떻소? 장작더미 옆에 곡괭이가 있는 걸 봤는데…….”

하야코는 잠시 망설였다.

“시간이 없소. 염불회에 참가한 승려들이 다시 이리로 올지 모르오.
어서 곡괭이를 가져오시오.”

재석이 매섭게 다그쳤다.

“아, 알았어요.”

하야코는 떠밀리다시피 천향고를 나왔다. 그러고는 노인의 집을 향
해 뛰기 시작했다.

11

‘이제 됐어. 모든 것은 끝났어…….’

하야코는 정신없이 뛰고 또 뛰었다. 소슬바람이 그녀의 등을 밀어 주
고 달빛이 그녀가 갈 길을 비춰 주었다. 나무 상자 뚜껑에 새겨진 연꽃
속의 卍 자 문양을 보았을 때는 팔뚝에 소름이 오돌오돌 돋았다. 문양
아래 적혀 있는 글도 초조대장경을 암시하는 글귀였다.

노인의 집에 도착하자 숨이 턱 밑까지 차올랐다. 어느새 등줄기에는
촉촉한 땀이 배어 나왔다. 오 분 정도밖에 걸리지 않았는데 마치 다섯
시간은 걸린 것 같았다.

노인의 집은 짙은 어둠으로 둘러싸여 있었다. 하야코는 조용히 노인
을 불렀다.

“계세요.”

“…….”

"안에 계세요, 할아버지."

노인은 깊은 잠이 들었는지 아무런 반응이 없었다. 그때 마당 한쪽 벽에 꼿꼿하게 서 있는 곡괭이가 눈에 들어왔다. 나무 상자를 한 번에 부수고도 남을 크고 우직한 곡괭이였다. 하야코는 곡괭이를 들고 노인의 집을 벗어났다.

천향고로 향하는 길은 더 멀게 느껴졌다. 너무 서두른 탓인지 돌부리에 걸려 두 번이나 곤두박질쳤다. 무릎이 깨지고 어깨가 욱신거렸다. 하야코는 이를 앙다물고 부지런히 발걸음을 놀렸다.

'이제 다 왔어.'

그때였다. 저 멀리 천향고 앞으로 희미한 등불이 어질어질 다가왔다. 샛길 안으로 들어선 하야코는 걸음을 우뚝 멈추었다. 등불을 든 한 무리의 그림자가 천향고와 점점 간격을 좁히며 다가서고 있는 게 아닌가! 그들은 바로 건봉사 승려였다.

아아, 어찌 이럴 수 있단 말인가. 온몸에 힘이 쭉 빠지고 무릎 관절이 푹 꺾였다. 대여섯 명쯤 되어 보이는 승려들이 승복을 휘날리며 천향고 앞에 바짝 다가서고 있었다. 순간 천향고 안에서 자신이 오기만을 목이 빠지게 기다리고 있을 재석이 떠올랐다.

후회가 들불처럼 밀려왔다. 조금만 서둘렀어도, 천향고 안에 십 분만 일찍 들어갔어도 이런 일은 없었을 텐데, 천향고 밖에서 보낸 시간이 너무도 야속해 눈앞이 핑 돌았다. 하야코는 몸을 낮추고 천향고 쪽으로 천천히 다가갔다.

천향고 앞에 도착한 승려들은 자물통을 따고 안으로 우르르 몰려 들어갔다. 하야코는 두 눈을 질끈 감았다. 재석의 얼굴이, 승려들과 마주쳤을 그의 당혹스런 얼굴이 스쳐 지나쳤다.

잠시 후 천향고 나무 문이 열리고 등불을 앞세운 두 명의 승려가 유령처럼 나타났다. 뒤이어 온몸이 밧줄로 꽁꽁 묶여 있는 재석도 희미하게 모습을 드러냈다. 재석은 승려들이 이끄는 대로 천향고 위쪽으로 힘없이 걸어갔다. 하야코는 승려들에게 들킬세라 바닥에 배를 깔고 납작하게 엎드렸다. 고개만 바짝 치켜들고 그들이 우르르 몰려가는 곳으로 시선을 던졌다.

이윽고 그들의 발길이 멈춘 곳은 천향고 위쪽의 동굴 앞이었다. 그곳에도 천향고처럼 나무 문으로 입구를 막은 동굴이 있었는데, 그 크기는 천향고보다는 훨씬 작아 보였다. 승려 두 명이 짐짝 다루듯 재석의 몸을 그 안으로 힘껏 밀어 처넣었다.

철커덕!

동굴 문을 잠그는 소리가 어둠을 갈랐다.

불꽃 속으로 사라지다

1

"그래서 어, 어찌 되었느냐?"

장기봉의 입술이 파르르 떨렸다.

"천향고 위에 있는 동굴로 끌고 갔어요."

"동굴? 그곳에 동굴이 또 있다는 소리냐?"

"네."

하야코의 목소리는 침울하게 가라앉았다. 재석이 승려들에게 끌려가는 것을 두 눈으로 똑똑히 보고도 어찌해 볼 도리가 없었다. 한동안 그 주변에 머무르면서 승려들의 동태를 살폈지만, 도무지 빈틈이 보이지 않았다. 동굴 앞에는 세 명의 승려가 정승처럼 턱 버티고 서서 정처 없이 쏘다니는 뜨내기 바람마저 제압하고 있었다.

"아직 목숨이 붙어 있다니 그나마 다행이로군."

장기봉은 병실 창가 쪽으로 터벅터벅 걸어갔다. 어찌 그때의 기분과 이리 똑같을까. 하야코의 말을 듣는 동안 오랏줄에 묶인 채 붉은 피를 뚝뚝 흘리며 끌려가던 아들의 뒷모습이 환영처럼 떠올랐다. 아들이 끌려갈 때도 출구 없는 미로에 갇힌 것처럼 눈앞이 캄캄했고, 혼백이 빠져나간 듯 정신이 몽롱했다. 그때의 뼈아픈 기억이 또다시 숨통을 죄어 왔다.

어둠에 잠긴 읍내 거리는 고장 난 가로등 불빛만이 깜빡이고 있었다. 가로등 옆의 라일락 나무 가지 사이로 손자 녀석의 얼굴이 낮달처럼 희미하게 걸려 있었다.

손자 녀석과 화해한 지 불과 이틀밖에 되지 않았다. 아직도 그의 손마디에는 엊그제 손자 녀석과 팔씨름하던 때의 온기가, 핏줄만이 소통할 수 있는 끈끈한 기운이 남아 있었다.

'하늘도 무심하시지⋯⋯.'

굵은 눈물이 얼굴을 타고 주르르 흘러내렸다. 산둥 형무소 앞에서 아들의 얼굴도 보지 못하고 발길을 돌렸을 때 한 움큼 피눈물을 흘린 뒤로 처음이었다. 눈물은 뺨을 타고 내려와 그의 가슴속으로 촉촉이 스며들었다.

"오늘이 고비겠군."

장기봉은 애써 감정을 다스리려는 듯 열 손가락 마디를 우둑우둑 꺾었다. 앞으로 벌어질 일은 불을 보듯 훤했다. 그나마 손자 녀석의 숨통을 단박에 끊지 않은 것도, 저리 아슬아슬하게 숨이 붙어 있게 살려 둔 것도 별다른 위로가 되지는 못했다. 천향고 안에서 잡혔다면 이미 죽은 목숨이나 다름없지 않은가.

"날이 밝는 대로 손자 녀석을 해칠 거야."

손자 녀석을 즉각 해치우지 않는 것은 염불회 때문이 아닐까. 염불회 첫날만은 살생을 피하려고 잠시 녀석의 목숨을 유보하고 있는 게 아닐까.

"어떻게 하면 좋겠나?"

이라부의 얼굴이 하얗게 굳어졌다.

"달리 말해 뭐하겠나. 죽든 살든 손자 녀석을 구해야지. 앞으로 저 꼴을 보고도 이리 구차하게 명줄을 늘리는 건 차라리 죽는 것만도 못해."

장기봉은 입술을 지그시 깨물었다. 그 고통의 세월을 또다시 겪을 바에는 차라리 혀를 깨물고 죽는 게 더 나았다.

"당장 가야겠어. 한시가 급해……."

"나도 가겠네."

이라부는 침대에서 벌떡 일어나 환자복을 벗었다.

"그 몸으로 뭘 어쩌겠다는 건가?"

"움직일 만해. 상황이 이 지경이 되었는데 나 몰라라 하면 그건 사람의 도리가 아니지."

"할아버지, 괜찮겠어요?"

"염려 마라."

이라부는 병실 옷장에서 옷을 꺼내 입었다. 방금 전까지만 해도 병든 암탉처럼 기진맥진하던 그의 몸에서 알 수 없는 원기가 솟아났다.

"초조대장경은 동굴 안에 있더냐?"

장기봉이 물었다.

"네."

"눈으로 직접 확인한 게냐?"

"눈으로 본 건 아니지만…… 틀림없어요. 연꽃 속의 卍 자 문양이 그려진 상자에 담겨 있었어요. 그 상자를 뜯어내려고 곡괭이를 가져오려다가……."

하루 종일 고심 끝에 쥐어짜낸 시나리오는 착착 아귀가 맞아떨어졌다. 천향고 안에서 하야코를 따돌리는 데도 별 무리가 없었다. 하야코가 곡괭이를 가지러 가는 사이 손자 녀석은 천향고 안에 홀로 남아 있던 것이다.

욕심이 화를 부른 것인가. 그 찰나에 승려들이 패거리로 몰려오리라고 어찌 상상이나 했을까. 한 시간만, 아니 단 오 분만 승려들이 늦게 왔어도 모든 일이 깔끔하게 마무리될 수 있었다. 이제 와서 가슴을 치고 발을 구른들 소용이 없었다.

"어서 서둘러야 할 게 아닌가. 곧 날이 밝아올 텐데."

그새 옷을 다 갈아입은 이라부는 신발 끈을 조여 매고 있었다.

"자네 정말 갈 수 있겠나?"

"물론이지. 내 몸은 내가 잘 알아. 하야코, 어서 앞장서라."

"동굴 앞에는 승려들이 지키고 있어요."

"모두 몇 명이더냐?"

"세 명이에요."

"천향고에는?"

"거긴 잘 모르겠어요."

하야코의 얘기를 들으면서 장기봉은 분주하게 머리를 굴리고 또 굴렸다.

"이게 제대로 먹혀들지 모르겠군."

달리 묘안이 없다면 그 방법으로 승려들을 따돌리는 수밖에 없었다. 되든 안 되든 일단 저지르고 볼 일이었다.

"어, 어떻게 하실 건가요?"

"방법이 전혀 없는 것은 아니야."

하늘이 무너지고 땅이 꺼져도 살아날 방법은 있다. 그 역시 이 나이가 되도록 별의별 온갖 고비를 다 겪지 않았는가. 그때마다 오뚝이처럼 일어났고, 불사신처럼 되살아났다.

"시녀 한 통이면 돼!"

2

이곳은 또 어디인가?

생지옥이 따로 없었다. 사방은 빛 한 줄기 들어오지 않는 암흑천지였다. 정신이 이리 맑은 걸 보니 살아 있는 것은 분명한데, 무엇 하나 살아 있는 느낌이 들지 않았다. 동굴 벽에서 스멀스멀 기어 나오는 냉기가 뼈마디를 자근자근 씹어 대고 있었다.

재석은 어깻죽지로 동굴 벽에 기대 겨우 중심을 잡고 일어섰다. 그러나 한 발짝도 나가지 못하고 그 자리에 풀썩 자빠졌다. 양팔과 다리는 동아줄에 꽁꽁 묶여 꼼짝할 수가 없었다.

아직도 목숨을 부지하고 있는 게 용한 일이다. 천향고에서 승려들의 부릅뜬 두 눈과 마주쳤을 때는 그대로 저세상으로 가는 줄 알았다. 그런데 승려들은 그의 몸을 밧줄로 꽁꽁 묶고는 천향고에서 그리 멀리 떨어지지 않은 또 다른 동굴로 끌고 갔다.

그들은 왜 즉시 살해하지 않고 이런 동굴에 처박아 두는 것일까? 아직도 처리해야 할 게 남아 있는 것인가?

그러나 이렇게 맥없이 숨을 쉬고 있는 것이 달갑지만은 않았다. 살아도 산목숨이 아니었고, 되레 이런 동굴에 처박혀 목숨을 연장하는 것이 더 고통스러웠다.

어디선가 익숙한 냄새가 코끝에 와 닿았다. 정신 나간 노인의 집 마당에 쌓여 있는 장작더미에서 풍겨 나오던 냄새였다. 이 동굴은 대장경을 만들 때 쓰는 목판을 저장하는 장소였다. 그러고 보니 동굴에 들어서면서 승려들이 들고 있는 등불 위로 층층이 쌓아올린 목판을 본 것도 같았다.

하야코는 어찌 되었을까? 혹시 그녀도 승려들에게 붙잡힌 것은 아닐까?

재석은 고개를 절레절레 내저었다. 그건 아닐 것이다. 천향고에서 끌려 나올 때 하야코의 모습은 보이지 않았다. 어쩌면 동굴 밖에서 구원의 손길을 뻗치려고 호시탐탐 기회를 엿보고 있을 지도 모른다.

"하늘이 진노해 날벼락을 맞게 될지도 모르니 밤길을 조심해야 해. 사람 팔자라는 게 다 거기서 거기지만, 액땜 없이 하늘과 맞서다가는 뼈도 못 추스를 줄 알아."

미아리 점집에서 만난 처녀 점쟁이의 말이 떠올랐다. 두고두고 생각해도 참으로 용한 점쟁이였다.

"드디어 네놈의 낯짝을 볼 날도 멀지 않았군. 히히힛."

정찬국의 목소리도 벽 틈에서 슬금슬금 기어 나왔다.

재석은 쭈그려 앉은 자세에서 한 손을 아래로 쭉 내리뻗었다. 몸을 이리저리 비틀어 대자 손이 호주머니 속으로 쏙 기어 들어갔다. 너구리 영감이 전해 준 불사의 염주가 손에 잡혔다.

모든 일은 너구리 영감의 구상대로 차질 없이 진행되었다. 그러나 중간에 승려들이 끼어들어 어깃장을 놓을 줄은 몰랐다. 천향고 주위에서 하릴없이 보낸 시간이 너무도 아섭고 야속했다. 다시는 떠올리지 말자고 다짐하면서도 또다시 아쉬움의 밀물이 가슴팍을 흥건히 적셨다.

재석은 지그시 눈을 감았다. 빗살무늬 상자 안에는 초조대장경 경판이 이 열로 나란히 늘어서 있었다. 천 년의 유구한 세월이 경판 마디마디에 속속 배어 있었다.

'초조대장경은 인간의 손을 허락하지 않는 것 같아요…….'

강현주의 말대로 그것은 정말 인간의 무매한 손길을 허락하지 않는 것일까.

3

도무지 마음이 심란하고 어수선해서 집중이 되지 않았다.

혼백은 어디론가 훌쩍 달아나고 헐거운 육신만이 맥없이 뒤척이고 있었다. 신도들이 따라 외치는 염불 소리도 한곳에 모여들지 않고 공중에 붕붕 떠다니고 있었다.

선광은 목탁을 내려놓았다. 그러고는 염불에 집중하는 신도들에게 방해가 되지 않도록 조용히 만일원을 나왔다.

"스님, 어찌하면 좋겠습니까?"

만일원 문턱을 넘어서자 혜원이 다가왔다.

"오늘이 무슨 날이냐?"

"……."

"오늘이 무슨 날이냐고 묻지 않더냐."

선광의 목소리가 카랑카랑 울렸다.

"만일염불회가 열리는 날입니다."

"이런 상서로운 날에 어찌 그런 말을 함부로 입에 담는 게냐?"

"송구스럽습니다. 스님."

만일원에 들어서기 전에 들려온 소식은 너무도 충격적이었다. 초조대장경을 노리는 잡것들이 이젠 천향고 안에까지 침범한 게 아닌가.

'몹쓸 것!'

선광의 얼굴이 흉측하게 일그러졌다. 천향고가 어떤 곳인가. 천 년의 풍파를 굳건히 지켜 온 고려의 대보를 모신 곳이다. 새로운 세상, 천 년의 제국을 열기 위해 지금도 부처의 지혜를 모으는 곳인데, 어찌 알고 감히 그곳을 넘보려 했단 말인가.

"장각은 돌아갔느냐?"

"……."

"왜 말이 없는 게냐?"

"아직 경내에 머무르고 있습니다. 스님을 꼭 뵈어야겠다고……."

"끄응."

무슨 사나운 기라도 들어섰는지 염불회 첫날부터 시름의 골이 깊어 갔다. 가뜩이나 천향고 생각으로 머리가 지끈거리는데, 장각까지 이 외진 곳에 나타나 근심의 불을 지폈다.

장각을 떠올리면 지금도 신체 일부가 잘려 나간 듯 허전함이 밀려왔다. 오 년 전 장각이 해인사를 떠난다고 했을 때 선광은 차마 그를 붙들지 못했다. 사실 고된 수행을 정진해 오면서 장각만큼 듬직하고 진실한 말벗이 되어 준 승려도 없었다. 천향고 안에서 그와 함께 삼 년이라는 세월을 필생과 각수가 되어 판각 작업에 온 정열을 쏟았다. 앉은뱅이책상을 꿰차고 앉아 부처의 일심을 모으고 선승의 영기를 받들었다. 해인사에 내려온 후에도 동고동락하며 사십여 년이란 긴 세월을 보냈다. 피를 나눈 형제보다 더 가까이 둔 인물이 바로 장각이었다. 그런 장각과 점점 거리를 두게 된 것도, 결국 그가 해인사를 등지고 가야산 암자에 올라가게 된 것도 초조대장경 때문이었다. 어느 때부터인지 장각은 초조대장경이 빛의 세계로, 중생의 품으로 돌아올 때라고 입버릇처럼 중얼거렸다. 그러나 선광은 달랐다. 선승이 고대하던 세계, 새로운 천 년은 아직 오지 않았다.

선광은 능파교 아래쪽으로 발길을 잡았다. 건봉사 경내는 외지에서 몰려든 신도들과 장사치들로 발 디딜 틈이 없었다.

"스님!"

그때 능파교 위쪽에서 낯익은 목소리가 들려왔다. 고개를 돌아보니 웬 비렁뱅이가 그 앞에 턱을 쑥 내밀고 있었다. 장각이었다. 너무도 뜻밖의 모습이라 선광은 잠시 할 말을 잃었다.

"꼬락서니가 가관이로구나. 절을 떠나더니 무당집을 차린 게냐, 점장이집을 차린 게냐."

장각이 가야산 암자에 은둔하고 있다는 말은 듣기는 했어도 이런 험한 몰골일 줄은 몰랐다.

"네놈이 여긴 어쩐 일이냐?"

선광은 양미간을 모으고 장각의 두 눈을 매섭게 바라보았다. 겉의 몰골은 저리 꼴사납게 보여도 눈빛만은 여전히 총총히 빛나고 있었다.

"드릴 말씀이 있습니다."

"난 네놈에게 들을 말 없다!"

선광은 장각의 말을 단숨에 잘랐다.

"이제 때가 온 듯합니다."

장각은 작심을 한 듯 주저 없이 말했다. 그러나 선광도 틈을 주지 않고 받아쳤다.

"속세의 잡것들이 분수를 모르고 저리 방정맞게 날뛰니 네놈도 덩달아 날뛰는 게냐."

"지금이라도 늦지 않았습니다. 천향이 있어야 할 곳은……."

"허허, 아직도 그 뜻을 저버리지 않았더냐. 네놈 고집이 진작 황소고집인 줄은 알았다만 이리도 질길 줄은 미처 몰랐다."

장각은 돌기둥처럼 서서 가만히 머리를 숙였다.

"스님, 저도 방금 소식 들었습니다. 천향고 안에……."

"닥치거라."

"사흘 내내 몹쓸 꿈에 시달렸습니다. 이 또한 선승이 내리는 계시가 아니고 무엇이겠습니까."

선광은 가는 한숨을 토해 냈다. 그 역시 요 며칠 사이 요상한 꿈에 시달려 새벽마다 허튼 잡념을 씻어 내느라 계곡을 찾는 일이 부쩍 잦아졌다. 홍류동 계곡에 발을 담그면 여지없이 봉허 스님의 카랑카랑한 목소리가 등짝을 후려쳤다.

"천향은 그동안 이 산하를 묵묵히 지켜 왔습니다. 지난 천 년을 이 땅의 부처가 되어 두루 살피었으니 이제 새로운 천 년을 위해서라도……."

"허허, 네놈이 천향을 바람이며 빛이라 하지 않았느냐? 바람이든 빛이든 머무는 곳이 중생의 품 안이거늘 무얼 걱정하는 게냐."

"……."

"그곳이 곧 부처가 머무는 곳이며, 부처의 가피가 깃든 곳이 아니겠느냐."

"스님, 바람이 깊어지면 쇠도 갈아서 바늘을 만든다 하였습니다. 천년을 저리 바람처럼 떠다니며 방방곡곡 부처의 일심을 전하였으니 이제 그 영기를 중생의 품으로⋯⋯."

"허허, 이놈이 이제는 감히 내게 훈계를 하려고 드는 게냐?"

"바람이 쉬어 싹을 만들고 그 싹이 양식을 내리고 꽃을 피우니, 이것이 선승이 간절히 고대하던 뜻이 아니겠습니까?"

"닥치거라, 이놈!"

선광의 이마에 붉은 핏줄이 튀어나왔다.

"백두대간이 천기를 잃어 피를 토하고 산산이 부서져 내린 걸 벌써 잊은 게냐. 네놈의 방정맞은 주둥이가 이리 주절대는 것도 천 년 대보가 보살피기에 부지하고 있거늘 어찌 무매한 중생을 운운하며 선승의 뜻을 희롱하려 든단 말이냐."

"스님!"

"꼴도 보기 싫으니 썩 내려가거라⋯⋯."

선광은 찬바람을 일으키며 돌아섰다. 장각과 더 이상 얼굴을 맞대고 있다가는 험한 욕지거리가 나올 게 분명했다. 제아무리 입에 칼을 물고 덤벼들어도 선광의 마음을 움직일 수는 없었다.

선광은 만일원 쪽으로 빠르게 올라섰다. 능파교를 지나 슬쩍 뒤를 돌아보았을 때 장각은 두 발을 모으고 그 자리에 꼿꼿하게 서 있었다. 그 모습이 마치 험한 산줄기에 외로이 쓰러져 가는 고목 같았다.

"혜원아."

선광은 만일원 앞에 앉아 있는 혜원을 불렀다.

"네. 스님."

"지금 그놈은 어디에 있는 게냐?"

"목판 수장고에 있습니다."

"앞장서거라."

4

"저곳이에요!"

하야코가 재석이 갇혀 있는 동굴을 가리켰다. 동굴 앞에는 세 명의 승려가 말뚝을 박은 것처럼 우뚝 서 있었다.

장기봉은 입맛을 살짝 다셨다. 당장에라도 뛰쳐나가 저들과 한바탕 붙어 보고 싶은 생각이 간절했다. 아직도 웬만한 장정 하나쯤은 간단히 해치울 자신이 있었다. 그러나 세 명은 무리였고, 천향고 근처에 또 다른 승려가 있을지도 모를 일이었다.

현재 시각 새벽 세 시, 앞으로 두세 시간 후면 날이 밝는다. 동이 트기 전에 천둥 번개나 불덩이를 내려서라도 손자 녀석을 구해야 한다.

장기봉은 시너 통을 꼭 쥐었다. 이곳에 오기 전에 술에 취해 늘어지게 자고 있는 철물점 주인을 깨워 통사정을 해서 얻은 시너였다. 손자 녀석의 목숨이 바람 앞에 촛불인데 앞뒤 가릴 틈이 없었다. 앞으로 천향고 주변의 산자락은 대낮처럼 활활 타오를 것이다. 승려들이 불길을 잡는 틈을 이용해 동굴 문짝을 부수고 손자 녀석을 구하면 된다. 때마침 하야코가 가져온 곡괭이도 옆구리에 꿰차고 있었다.

"자네는 여기에 있게."

장기봉은 시너 통을 들고 일어났다.

"괜찮겠나?"

"일단 산불을 낸 뒤 상황을 지켜봐야겠네."

"잠깐만요."

그때 하야코가 장기봉을 막아섰다.

"저기 누가 와요!"

샛길 쪽에서 여러 개의 등불이 흔들리고 있었다. 승려 무리가 승복을 휘날리며 동굴 쪽으로 빠르게 다가오고 있었다.

"건봉사 승려들 같아요."

흰 고무신이 마른 땅바닥을 차고 오르는 소리가 점점 가깝게 들려왔다. 승려들은 천향고는 거들떠보지도 않고 곧장 손자 녀석을 가둔 동굴로 다가갔다.

"저, 저기……."

승려가 들고 있는 등불이 자물통에 들이대는 순간, 장기봉은 자신도 모르게 벌떡 일어났다. 승려 무리 중에 낯익은 인물이 보였다.

"어서 앉게!"

이라부가 장기봉의 소매를 잡아끌었다.

"저 스님은…… 서, 선광 스님이에요!"

"아!"

저 고약한 중늙은이를 예서 마주치게 되다니, 저승사자가 따로 없었다. 머리통에서 한시도 떠나지 않고 빙빙 맴돌던 불길한 조짐은 기어이 현실로 드러나고야 말았다. 건봉사에 온 후로도 시도 때도 없이 저 중늙은이가 면상을 들이밀고 나타나 그의 마음을 뒤흔들었다. 선광 스님은 등불을 앞세운 젊은 승려와 함께 동굴 안으로 들어갔다.

'이 꼴을 보자고 지금껏 명줄을 붙잡고 있었는가…….'

아들이 먼 이역 땅에 갇혀 있는 것도 서러운데, 바로 코앞에서 손자 녀석의 최후를 봐야 하다니. 그때 어떻게든지 손자 녀석을 설득해서 이곳을 떠나야 했다. 녀석의 머리채를 잡아끌고 다리몽둥이를 분질러서라도 데리고 갔어야 했다.

장기봉은 시너 통을 내려놓고 두 손을 꼭 쥐었다. 그러고는 두 눈을 감고 주문을 외듯 그 누군가를 간절히 불러냈다. 평소 기도를 올리거나 종교를 가지고 있는 것이 세월 좋은 인간들이나 누릴 수 있는 사치라고 여겼다. 팔십 평생 그런 종교적인 것과는 철저하게 담을 쌓고 살아온 그였다. 그러나 지금은 아니었다. 예수든 부처든 모두 불러내 바짓가랑이를 붙들고 간절하게 애원하고 싶었다. 제발 손자 녀석을 살려 달라고.

5

'새파랗게 젊은 것이…….'

혜원이 목판 수장고 안에 등불을 비추자, 겨우 서른 정도의 젊은이가 벌레처럼 꿈틀거렸다.

"네놈은 어디에서 왔느냐?"

"……."

"어떻게 예까지 왔는지 묻고 있지 않느냐?"

선광의 사자후 같은 목소리가 수장고 안을 쩌렁쩌렁 울렸다.

"전 천 년 영물을 만나러 왔습니다."

젊은이의 입에서 천 년 영물이라는 소리가 거침없이 튀어나왔다.

'보통 잡놈이 아니로군.'

목숨만은 살려 달라고 애걸복걸 울부짖으리라고 생각했는데, 이놈은 되레 숙연한 표정을 지으며 꼿꼿하게 고개를 세워 올렸다. 결코 죽음 앞에서 몸을 사리는 모습이 아니었다.

"네놈 혼자 왔느냐?"

"……."

"다른 일행은 없느냐?"

"저 혼자입니다."

"괘씸한 것, 감히 염불회 날을 택일하다니, 그러고도 네몸이 살기를 원한단 말이냐. 생명이란 고귀하고 소중하거늘 어찌 재물에 눈이 어두워 명줄을 재촉한단 말이냐."

"송구스럽습니다, 스님. 귀신에 씌었는지 제 눈이 잠깐 멀었나 봅니다."

사실 선광은 이곳에 오고 싶지 않았다. 날이 밝으면 저세상으로 가야 할 인간과 마주하는 것도 고역이었다. 그러나 이 젊은이가 어떻게 천향고를 알아냈는지, 또 다른 일행이 있는지는 반드시 짚고 넘어갈 일이었다.

"어떻게 예까지 오게 되었는지 말해 보거라."

"얼마 전 남선사에서 갔었습니다. 그곳에서 초조대장경의 실체를 알고 여기까지 오게 된 것입니다."

"남선사? 교토의 남선사 말이더냐?"

"그렇습니다. 남선사 석장굴에는 초조대장경의 존재를 기록한 고문서가 있었습니다. 이 고문시에는 가야산 일대에 희귀한 영물이 있다고 적혀 있었는데…… 그것이 바로 초조대장경이었습니다. 그리고 임진왜란 때의 연화단과 해방 전의 만당, 일본 경찰서장인 다케우라의 행적을 쫓다가…… 나중에는 해인사 주지였던 봉허 스님을 알게……."

"닥치거라, 이놈!"

봉허 스님 소리가 나오자, 선광은 분을 참지 못하고 소리를 버럭 질렀다. 선광의 눈빛이 금방이라도 그를 집어삼킬 듯 이글이글 타올랐다.

놀랍고 황당한 일이다. 이놈은 어찌 이를 다 꿰차고 있단 말인가. 그의 입에서 거침없이 튀어나온 말은 고작 몇 마디에 지나지 않았지만, 그 안에는 초조대장경의 내력이 간결하게 응축되어 있었다. 선광은 갑자기 말문이 막혀 거친 한숨만 토해 냈다. 그 소리만으로도 이 젊은 것이 어떤 과정을 거쳐 예까지 오게 되었는지 어렵지 않게 짐작되었다.

"다시 한번 묻겠다. 이곳을 아는 사람이 또 있느냐?"

"없습니다."

"방금 네놈이 말한 것을 혼자 다 알아냈단 말이냐?"

"최만준과 정찬국의 도움을 얻었습니다."

그때 등불을 들고 있던 젊은 승려가 선광에게 다가가 뭐라 귓속말로 소곤거렸다.

"못된 것들 같으니. 모두 한통속인 게로군."

"스님, 한 가지 여쭐 게 있습니다. 초조대장경을 천 년의 빛이라 하였습니다. 그런데 어찌 영험한 빛을 천향고 같은 동굴에 가두어 두는 겁니까?"

맹랑한 놈이었다. 지금쯤 목숨만은 살려 달라고 통사정을 해야 할 판국에 되레 질문을 하다니…….

"주둥아리 닥치거라."

"저야 이제 목숨이 다한 것을 잘 알고 있습니다. 저승길에 가기 전에 그 하나만은……."

"네놈은 그걸 말할 자격도, 알 이유도 없다. 네놈의 허물을 스스로 잘 알고 있을 터이니 그 허물의 끝을 보거라. 탐욕이 많은 것들은 황금을 나눠 줘도 옥(玉)을 얻지 못한 걸 한탄하는 법이다."

"……."

"너무 많은 것을 알려고 하지 마라. 모르는 마음이 바로 부처이다. 그 외에 특별한 것은 아무것도 없다. 모르면 미혹이지만 알면 곧 깨친 것이다. 미혹하면 중생이고 깨치면 바로 부처이다. '손을 쥐면 주먹이 되지만 이를 다시 펴면 다시 손이 되는 것(亦如手作擧擧作手)'과 같은 것이다."

"스님!"

"가자."

선광은 발길을 돌렸다.

어느 누구도 감히 천 년 영물을 품에 안을 수 없다. 만약 몹쓸 잡것들이 이를 탐하려 한다면 하늘이 진노해 불벼락을 내릴 것이다.

'이건 또 무슨 망측한 조화란 말인가.'

수장고를 나서는데 뒤끝이 영 개운치가 않았다. 아직 털어 내지 못한 잡스러운 앙금이 자꾸 소매를 붙들고 늘어졌다. 마음 같아서는 저놈을 사정없이 다그쳐서라도 모든 걸 밝히고 싶었지만, 공연히 영물의 자태만 욕보일지 몰라 그만두었다. 하여튼 저놈들이 보물을 찾아 용을 쓰는 데는 하늘도 놀랄 일이었다.

선광은 수장고 아래 있는 천향고로 발길을 잡았다. 혜원은 어느새 저만치 내려가 천향고 문을 따고 있었다. 천향고 안으로 들어서자, 장엄한 빛줄기가 한 무더기로 쏟아졌다. 곧이어 속세의 찌든 때가 말끔히 사라지고 달짝지근한 열기가 가슴에 푸근히 와 닿았다.

이게 몇 년 만인가. 족히 사오 년은 된 것 같았다. 일 년에 한두 차례 꼭 찾아왔지만, 어느 때부턴지 노쇠한 몸이 따라 주지 않아 발길이 뜸해졌다. 동굴 안에 고루고루 스며 있는 승려들의 뜨거운 숨결도 여전했다. 선광의 시선이 오른쪽 끄트머리에 있는 낡은 앉은뱅이책상 앞에 멈추었다.

'하나도 변한 게 없어······.'

처음 천향고 안에 들어섰을 때의 감격과 흥분을 잊을 수가 없었다. 묵향이 천향고 안에 은은하게 퍼지고 있는 가운데 날카로운 칼끝이 나무를 파먹는 소리가 사각거리며 들려왔다. 승려들의 아련한 숨결은 천년 전의 장엄한 모습을 그대로 재현하고 있었다. 반세기가 넘어 지천의 틀이 바뀌어도 천향고 안을 감싸고 있는 향기는 변함이 없었다. 까마득한 기억의 햇살이 슬그머니 그의 머리 위로 고개를 내밀었다.

뜨거운 태양이 작열하던 그해 여름, 천향고 주위는 날벌레들로 가득했다. 꼿꼿하게 하늘 향해 치솟은 소나무 위에서는 매미들이 맹렬하게 울어 대고 있었다. 등줄기에는 땀이 장대비처럼 흘러내리고, 낡은 승복은 홍건이 젖어 있었다. 바람 한 점 들어설 틈이 없는 천향고 안은 거대한 용광로 같았다. 그러나 누구 하나 투덜거리거나 더위를 탓하는 승려는 없었다. 어디 여름뿐인가. 한겨울의 천향고는 냉동실이나 다름없었다. 대패나 붓을 쥔 손이 부르트고 눈썹 위에는 서리가 끼었다. 숨을 쉴 때마다 허연 입김이 새어 나와 눈앞을 흐렸다. 그러나 그런 엄동설한의 추위도 이들의 불심을 가로막지는 못했다. 천상에서 내려온 불심의 손끝이 승려들의 몸에 깊이 스며들어 장경의 위대한 여정을 낳았다.

그렇게 선광은 천향고 안에서 꼬박 삼 년을 지냈다. 이 안에서 먹고 자고 수행하고 도를 닦았다. 그 외의 시간은 모두 대장경을 만드는 데 몰두했다. 한지에 글자 하나를 적어 넣고 큰절을 올렸고, 목판에 한 자를 새겨 넣고 큰절을 올렸다. 천향고는 그에게 집이며, 절이며, 부처가 터 잡고 있는 큰 도량이었다.

선광은 바위 뒤로 다가가 작은 굴 안으로 고개를 내밀었다.

火魔生蓮

千年之香

붉은 천에 쓰여 있는 이 글은 봉허 스님의 친필이었다.

― 화마의 재앙 속에서 연꽃이 살아나니 이 또한 부처의 가피가 아니고 무엇이겠느냐…….

봉허 스님의 말대로 초조대장경은 화마의 재앙 속에서 피어난 연꽃이었다. 천 년을 이어 오는 동안 초조대장경이 겪었던 험난한 여정을 어찌 이루 말할 수 있을까.

팔만대장경을 판각한 뒤에도 초조대장경은 고려 왕실과 조선의 고승을 통해 은밀히 전수되었다. 세상이 변해 새 왕조가 불심을 외면해도 초조대장경은 조선의 구심점이 되어 이 땅의 등불이 되고 큰 바다가 되었다. 나라가 위기에 처할 때는 불심의 산맥이 되고 가피의 봉우리가 되었다. 사명대사가 입적한 후 그의 수제자인 혜능 스님은 연화단을 만들어 초조대장경을 지키려했고, 만해 스님은 만당과 함께 천 년 영물의 부활을 꿈꾸었다. 수기대사에서 사명대사, 혜능 스님에서 만해 스님, 그리고 고경 스님에서 봉허 스님에 이르기까지 수십 명에 이르는 고승을 거치면서 지금에 이르렀다.

한편으로는 이 위대한 여정이 언제까지 이어질지 의문이었다. 선광의 흐릿한 눈동자에는 어느새 근심의 알갱이가 꾸역꾸역 몰려들었다.

'천 년을 거슬러 올라가도 오늘이요, 천 년을 앞으로 나가도 지금이다. 모진 풍파에도 마음의 물욕을 비우면 그대로 가을 하늘이거늘 무엇을 걱정하는 게냐?'

그때 살가운 목소리가 선광의 뒷덜미를 가볍게 어루만졌다. 봉허 스님이었다. 선광은 두 손을 모으고 가볍게 고개를 숙였다.

과연 선승이 꿈꾸던 세상은 무엇이었을까? 해방이 된 후에도 봉허 스님은 왜 새로운 대장경을 만들려고 했을까? 정말 그들은 영원불멸한 불력의 제국을 꿈꾸었던 것일까?

그러나 봉허 스님은 입적하는 순간에도 그에 대한 명쾌한 답을 주지 않았다. 새로운 세상, 새로운 천 년, 불력의 제국…… 과연 자연의 한 조각으로 돌아가기 전까지 해답을 찾을 수 있을까.

6

"선광 스님이 나왔어요."

천향고 문이 열리고 선광 스님이 터벅터벅 걸어 나왔다. 무언가 아쉬움이 남는지 그는 한동안 발길을 돌리지 못하고 천향고 주위를 서성거렸다. 이윽고 선광 스님과 그 일행이 샛길 어둠 속으로 사라지자, 장기봉은 다시 시녀 통을 움켜쥐었다.

"조심하게."

이라부가 장기봉의 손을 슬며시 잡았다. 한 시절을 풍미한 도굴꾼의 끈끈한 땀이 손마디에 물컥 잡혔다.

"곧 돌아올 테니 자넨 여기서 기다리고 있게나."

장기봉은 숲 속을 빠져나와 동굴 반대편 길을 따라 산으로 올라갔다. 산에 오르면서도 그의 눈길은 손자 녀석을 가둔 동굴을 떠나지 않았다. 혹시나 고약한 중늙은이가 손자 녀석의 사체를 질질 끌고 나오는 줄 알고 가슴이 조마조마했다.

간밤에 비가 내려서인지 바닥은 아직도 물기가 촉촉이 남아 있었다. 장기봉은 몸을 낮추고 잡초가 우거진 길을 따라 시너를 뿌렸다. 시너 통을 비우는 데는 얼마 걸리지 않았다. 산중턱의 비탈길로 내려오자마자 라이터를 켜고 잡초 더미에 불을 붙였다. 나뭇가지에 옮겨붙은 불은 시너를 뿌린 길을 따라 빠르게 번져 갔다.

"불이야!"

산불을 발견한 한 승려가 큰소리로 외쳤다. 그 소리와 함께 동굴 앞에 말뚝처럼 박혀 있던 승려들이 부랴부랴 산으로 기어 올라갔다. 천향고 앞에 있던 두 명의 승려도 불길 쪽으로 다가섰다.

불길은 샛노란 혀를 날름거리며 산허리를 부드럽게 휘감았다. 그때 한 차례 바람이 휘몰아치더니 거대한 불길이 동굴 쪽으로 방향을 틀었다.

"바로 지금이야!"

장기봉은 곡괭이를 쥐고 동굴 앞으로 다가섰다. 이라부와 하야코도 몸을 낮추며 그의 뒤를 따랐다. 이파리를 태우다가 떨어져 나온 불똥이 동굴 문짝 앞으로 우수수 내려앉았다. 그새 집채만 하게 변한 불길은 동굴을 집어삼킬 듯 맹렬하게 내려오고 있었다.

동굴 앞에 이르자마자 곡괭이로 냅다 문짝을 내리찍었다. 곡괭이를 단단히 쥐고 있는 손마디에 항우장사 못지않은 엄청난 힘이 모아졌다. 이윽고 한쪽 문짝이 비스듬히 기울어지면서 틈새가 벌어졌다. 벌어진 틈새를 골라 집중적으로 내리찍자, 문짝이 뜯겨 나가고 동굴 안이 어슴푸레 드러났다.

"이제 됐네."

장기봉은 곡괭이를 내려놓고 뒤를 힐끔 돌아보았다.

"……!"

그런데 어찌 된 일인가. 등 뒤에는 아무런 기척이 없었다. 방금 전까지 거친 숨을 몰아쉬며 따라오던 이라부와 하야코가 보이지 않았다. 동굴 아래에는 두 그림자가 시뻘건 불길을 등지고 천향고 쪽으로 다가서고 있었다.

7

산속은 거대한 용광로로 변해 있었다.

거머번질한 연기가 하늘 높이 치솟아 오르고 나무 타는 소리가 요란하게 들려왔다. 산불을 잡으려고 덤벼든 승려들은 그 근처에 얼씬도 못하고 발만 동동 굴렀다. 불길이 워낙 넓게 퍼져 있어 이를 따라잡는 것도 버거워 보였다.

'지금 천향고는 비어 있다!'

이라부는 장기봉의 뒤를 따르다말고 걸음을 멈추었다. 천향고 앞을 지키던 승려들도 산불을 잡느라 정신이 없었다. 이거야말로 절호의 기회가 아닌가.

"하야코, 이리 와라!"

이라부는 하야코의 손을 덥석 잡고 천향고 쪽으로 발길을 틀었다.

"어, 어디 가시게요?"

"천향고로 가자!"

"할아버지……."

"이건 하늘이 준 기회다. 지금 그곳엔 아무도 없지 않느냐."

"……."

"어서 서둘러야 한다."

천향고 쪽으로 내려오면서 뒤를 돌아보자, 장기봉은 반쯤 정신 나간 사람처럼 문짝을 부수고 있었다. 여든의 노인네에게서 어떻게 저런 힘이 나오는지 그저 놀라울 따름이었다.

"할아버지, 여기예요!"

하야코가 먼저 천향고 문 아래 개구멍으로 들어갔고, 이라부도 빠르게 그 뒤를 따랐다. 천향고 안은 아직 불길이 미치지 않았지만, 동굴 벽 틈으로 희뿌연 연기가 새어 나오고 있었다. 하야코는 바위 뒤로 성큼 다가가 나무 상자를 가리고 있는 붉은 천을 벗겼다.

"아아……"

빗살무늬 상자가 드러나자 갑자기 온몸에 힘이 쭉 빠졌다. 하야코는 뒤늦게 곡괭이를 가져오지 않은 것을, 그 곡괭이가 장기봉의 손아귀에 있는 것을 깨우쳤다.

"방법이 있을 거다."

천향고 안에는 대장경을 판각할 때 사용하던 연장이 한쪽에 가지런히 정렬되어 있었다. 이라부는 그중에서 가장 큰 정과 망치를 움켜쥐었다.

"그걸로는 어림없을 거예요."

온갖 연장으로 두들기고 패대기를 쳐도 끄떡없던 상자가 이런 정과 망치 따위로 부서질 리가 없었다. 그래도 이라부는 한 가닥 희망을 걸고 상자 모서리에 정을 들이대고 망치로 내리쳤다. 그런데 이게 어떻게 된 일인가. 나무 상자의 모서리가 힘없이 주저앉으면서 속살을 훤히 드러내는 게 아닌가.

나무 상자 안에는 커다란 자루가 비스듬히 누워 있었다. 이라부는 붉은 끈으로 묶여 있는 자루의 매듭을 풀었다. 자루 안에는 초조대장경 경판이, 천 년의 세월을 품에 안은 신비의 영물이 가지런히 놓여 있었다.

"오오, 이거로구나……"

경판을 집어 올리는 이라부의 손끝이 파르르 떨렸다. 팔십 평생 이보다 더 짜릿한 손맛은 없었다.

"이제 됐다. 어서 여기를 나가자!"

8

'대체 동굴 밖에서는 무슨 일이 벌어지고 있는 것인가?'

동굴 안이 한증막에 들어선 것처럼 후끈 달아오르고 천장에서는 흙더미가 부스스 쏟아져 내렸다. 어디선가 나무 문짝을 부수는 소리도 요란하게 고막을 때렸다.

"재석아, 재석아!"

그때 손전등 불빛과 함께 낯익은 목소리가 들려왔다.

"할아버지, 여기예요!"

장기봉은 목소리가 흘러나오는 곳으로 다가갔다. 손자 녀석은 동굴 구석에 달팽이처럼 쭈그리고 앉아 있었다.

"이, 이게 대체 어떻게 된 일이에요?"

녀석의 얼굴은 대낮에 몽달귀신이라도 본 것처럼 넋이 빠져 있었다.

"보면 모르냐?"

장기봉은 허리춤에서 칼을 꺼내들었다.

"동굴 밖의 승려들은 어쩌구요?"

"걱정 마라. 이 할애비가 그 중놈들을 다 때려눕혔다."

"정말이에요?"

"원 녀석두……. 지금 산불을 끄느라 똥오줌 못 가리고 있어."

"산불이라뇨?"

"네놈을 구하려고 불을 질렀다. 낄낄."

"하, 할아버지……."

"서둘러야 한다. 지금쯤 산불을 보고 중놈들이 떼거리로 몰려오고 있을 거야."

손자 녀석을 묶고 있는 동아줄은 칼날이 잘 먹히지 않았다. 하도 겹겹이 묶은 터라 이걸 잘라 내는 데도 시간이 제법 걸렸다.

그때 천장 위에서 흙더미가 우수수 쏟아져 내렸다. 부서진 문짝 틈새로 매캐한 연기도 끊임없이 쳐들어오고 있었다.

"초조대장경은 찾았느냐?"

"물론이죠. 할아버지 말대로 자루에 옮겨 놨어요. 바위 뒤쪽에 좁은 통로가 있는데, 그 중간쯤에 묻어 뒀어요."

"통로라니? 동굴 안에 또 다른 길이 있다는 소리냐?"

"네. 승려들만 아는 비밀 통로 같아요."

"어찌 됐든 잘했다."

간발의 차이였다. 조금만 늦었어도 경판을 담은 자루를 승려들에게 들킬 뻔했다. 때마침 천향고 안에 좁은 통로를 발견한 게 천만다행이었다. 지금에 와서 생각해 보니 그때는 제정신이 아니었다. 천향고 안에서 승려들에게 붙잡히면 죽은 목숨과 다름없는데, 어떻게 그런 와중에도 자루를 숨길 생각을 했을까.

"하야코는 어디에 있어요? 함께 오지 않았어요?"

"아마 천향고로 갔을 거다."

"네?"

"천하의 보물을 앞에 두고 마음이 변한 게지……. 후후. 이라부라고 별수 있다더냐."

장기봉의 얼굴에 비릿한 미소가 흘렀다. 만약의 사태에 대비하는 것, 이는 오랜 연륜과 경험 속에서 깨달은 진리였다. 제아무리 이라부가 개코보다 더 냄새를 잘 맡는다고 해도 손자 녀석이 감춰 둔 초조대장경은 찾지 못할 것이다. 장기봉은 마지막으로 남아 있는 동아줄 마디를 힘껏 끊었다.

"다 됐다. 어서 나가자."

장기봉은 손전등을 비추며 입구 쪽으로 발길을 틀었다. 그새 동굴 안은 매캐한 연기로 가득했고, 천장에서는 돌멩이가 우르르 떨어졌다. 그때였다.

"으윽!"

사람 머리통만 한 돌덩이가 장기봉의 옆구리를 때리고 바닥으로 데굴데굴 굴러갔다. 장기봉은 옆구리를 움켜쥔 채 그 자리에 풀썩 자빠졌다.

"할아버지!"

"으으……."

갈비뼈가 서너 개는 부러진 듯 심한 통증이 밀려왔다. 재석은 장기봉의 겨드랑이를 목덜미에 끼고 한 손으로 그의 허리춤을 꼭 잡았다. 그러나 장기봉은 두 걸음도 채 가지 못하고 무릎 관절이 힘없이 꺾이면서 털썩 주저앉았다.

"난 틀렸다. 몸이…… 몸이 말을 듣지 않아……."

"안 돼요. 할아버지."

"여기서 나간들 금방 중놈들에게 잡힐 거야."

"힘을 내세요, 어서요!"

재석은 장기봉을 업으려고 허리를 구부렸다. 그때 수장고 안에 높이 쌓아올린 목판이 그들 쪽으로 와르르 쏟아졌다.

"재, 재석아……."

장기봉은 있는 힘을 다해 재석을 밀쳐 내고 쏟아지는 목판들을 온몸으로 막았다.

"아악!"

목판의 날카로운 모서리가 정강이와 옆구리, 그리고 가슴팍을 사정없이 후려쳤다. 목판 더미가 해일처럼 덮치고 간 자리에는 장기봉의 얼굴만이 삐쭉 튀어나왔다. 목판 더미에 갇힌 그의 몸은 여러 조각으로 해체된 듯 아무런 감각이 없었다.

"어서…… 여길 빠져나가라……."

"할아버지!"

"어서 말 들거라…… 시간이 없다……."

장기봉의 머리 위로 흙더미가 쏟아졌다. 그는 목판 더미에 파묻혀 옴짝달싹 못하고 천장에서 쏟아지는 흙더미를 묵묵히 받아들였다.

"할아버지!"

재석이 두 손으로 미친 듯이 흙더미를 파헤쳐도 소용이 없었다. 흙더미는 그새 장기봉의 목젖을 내리누르고 아래턱까지 차올랐다.

"어서 초조대장경을……."

머리맡에 쌓여 있는 흙 부스러기가 콧잔등을 타고 내려와 입속으로 스며들었다. 장기봉은 입 안에 있는 흙을 내뱉으며 간신히 입을 열었다.

"어서…… 가거라…… 어서……."

목구멍에 가래가 끓어오르고 점점 숨이 막혀 왔다. 숨을 쉴 때마다 한 줌 흙이 입 안으로 들어와 간당간당한 숨통을 틀어막았다.

이제 저세상으로 가는 것이다. 이 동굴이 무덤이라면 마지막 이승을 보내는 자리치고는 그리 나쁠 것도 없다. 손자 녀석이 뼈를 추슬러 이곳에 뿌려 주면 그럴듯한 마무리가 아닌가.

'이만하면 자넨 살 만큼 살지 않았나.'

어느새 허연 분칠을 한 저승사자가 코앞까지 다가와 히쭉히쭉 웃고 있었다. 후회도 미련도 없었다. 그러나 자식을 이역 땅에 남겨 두고 눈을 감는 것이 못내 아쉬웠다.

그때 하늘길이 두 쪽으로 열리면서 찬란한 오색 채운이 눈주름 속으로 파고들었다. 오색 채운 아래에는 동화 속 그림에서나 볼 법한 드넓은 초원이 펼쳐져 있었다.

오오, 아프리카 초원이었다. 초원 한가운데는 한 무리의 얼룩말이 한가롭게 풀을 뜯고 있었다. 얼룩말 무리 옆에는 톰슨가젤과 기린, 그리고 그 주위를 빙빙 맴도는 사자 무리도 보였다. 드디어 꿈에 그리던 아프리카 초원에 도착했다. 대초원의 붉은 노을을 등에 지고 사자 한 마리가 그를 향해 어슬렁거리며 다가오고 있었다. 갈기가 축 늘어진 늙은 수사자였다.

"할아버지!"

재석의 눈에 눈물이 그렁그렁 맺혔다. 이제 장기봉의 몸은 목판과 흙더미에 파묻혀 형체조차 보이지 않았다.

동굴 밖으로 나오자 거대한 불길이 동굴을 뒤덮고 있었다. 승려들은 산불을 잡는 것을 포기하고 불길이 천향고 쪽으로 내려오지 못하도록 배수진을 치고 있었다. 샛길 쪽에는 산불을 발견한 건봉사 승려들이 수십 개의 등불을 밝히며 천향고 쪽으로 다가오고 있었다.

재석은 천향고 쪽으로 몸을 틀었다.

9

천향고 문짝 밑으로 시퍼런 불길이 혀를 날름거렸다. 매캐한 연기는 동굴 벽을 타고 천장 위로 빠르게 번져 갔다. 그새 천향고 안에까지 치고 들어온 불길은 앉은뱅이책상과 목판 등 닥치는 대로 집어삼키며 시뻘건 불똥을 토해 내고 있었다.

"쿨럭쿨럭."

이라부는 손으로 입을 막고 산만하게 주위를 둘러보았다. 잠시도 지체할 틈이 없었다. 지금쯤 산불을 보고 승려들이 달려오고 있을 것이다. 그들의 발자국 소리가, 등불을 들고 달려오는 그들의 고함 소리가 희미하게 들려오는 것 같았다. 그러나 벽 틈으로 끊임없이 새어 나오는 연기 때문에 눈앞이 캄캄했다. 하야코가 어디에 있는지 보이지도 않았다.

'어서 여길 빠져나가야 해.'

천향고 입구는 불길에 휩싸여 빠져나갈 엄두도 나지 않았다. 하야코는 자루를 꼭 쥐고 나무 상자가 놓여 있던 굴 안으로 머리를 들이밀었다. 자욱한 연기 사이로 구불구불한 좁은 통로가 나타났다. 예사롭지 않은 통로였다. 순간 발끝에 찌르르한 전류가 흐르면서 등줄기에 아주 특별한 느낌이 꽂혔다.

'하늘이 내린 길인가.'

천향고 안에도 이런 비밀 통로가 있는 줄은 까맣게 몰랐다.

"할아버지, 여기 통로가 있어요!"

하야코는 허리를 숙이고 통로 안으로 고개를 집어넣었다. 천향고 안이 아수라장이 되어도 아직 이곳엔 불길이 미치지 않았다.

"어서 이쪽으로 오세요!"

이라부는 하야코가 소리 지르는 쪽으로 고개를 돌렸다. 그때였다.

"이놈!"

천향고 입구 쪽에서 천둥 같은 소리가 지축을 흔들었다. 뒤를 돌아보니 희미한 그림자가 자욱한 연기를 뚫고 이라부 앞으로 성큼성큼 다가오고 있었다. 아아, 그새 건봉사 승려들이 천향고 안에 들어온 것인가.

"할아버지, 어서요!"

등 뒤에서는 하야코의 간절한 목소리가 울려 퍼졌다.

"하야코, 너 먼저 빠져나가거라!"

"안 돼요. 할아버지."

"어서! 나도 곧 나가마."

어떻게든 하야코가 이곳을 무사히 나가도록 해야 한다. 시간을 조금이라도 끌어서 하야코가 통로를 빠져나갈 수 있게 해야 한다.

이라부는 승려가 다가오지 못하게 통로 입구를 가로 막아섰다. 그런데 거친 숨을 토해 내며 코앞까지 다가온 그림자는 승려 같지가 않았다. 뿌연 연기가 눈앞을 가려 잘 보이지 않으나, 그가 움직일 때마다 길게 늘어뜨린 머리칼이 어지럽게 출렁거렸다.

"고얀 것!"

걸쭉한 외마디와 함께 그림자의 한쪽 손이 번쩍 허공을 향해 치켜 올라갔다.

"퍽!"

그러고는 뭔가 사정없이 이마에 내리꽂혔고, 눈앞에 커다란 불뚱이 사방으로 튀었다. 정신이 아득했다. 잠시 후 이마에서 찝찌름한 피가 뚝 뚝 떨어졌다.

"몹쓸 것!"

이번에도 벽력같은 일갈에 둔탁한 파열음이 이마를 갈랐다. 머리가 으깨어지는 고통이 밀려오면서 온몸에 힘이 쭉 빠졌다.

이라부는 밑동 잘린 고목처럼 옆으로 풀썩 자빠졌다. 붉은 피는 바닥에 처박힌 관자놀이 위로, 고장 난 수도꼭지처럼 쉼 없이 흘러내렸다. 콧잔등에도, 아랫입술에도, 목덜미에도 여러 갈래로 퍼져 나갔다.

"할아버지!"

하야코의 목소리가 꿈결처럼 아득하게 들려왔다.

"어서 가거라……. 어서……."

거머번질한 연기 속에 평생 떠돌아다니던 지난날이 주마등처럼 스치고 지나쳤다.

숨 가쁜 시절이었다. 동료들이 하나둘씩 사라져도 운이 좋게 그만이 살아남았다. 죽을 고비를 넘긴 것이 열 손가락을 꼽을 정도였다. 하늘이 돕지 않았다면 벌써 한 무덤 차지하고 앉아 저승에서 자리 잡고 있는 늙은 벗들과 노닥거리고 있었을 것이다. 이제 그 벗들을 만날 때가 왔다.

눈꺼풀이 무겁게 내려앉고 있었다. 시퍼런 불길 사이로 아들의 얼굴이 희미하게 보였다.

10

산불의 기세는 좀처럼 수그러들지 않았다.

천향고 아래로 떠밀려 내려온 승려들은 불길의 꼬리를 잘라 내려고
사투를 벌이고 있었다. 그러나 불길의 꼬리는 물론 몸통까지 시뻘건 혀
를 드러내며 기어이 천향고 안으로 머리를 내밀었다.

재석은 천향고 입구를 가로질러 동굴 위쪽으로 기어 올라갔다. 그때
천향고 쪽에서 희뿌연 그림자가 재빠르게 산속으로 올라가는 모습이
보였다.

"……!"

불길 속에 붉게 투영된 그림자는 하야코였다. 등짝에 큼지막한 자루
를 들쳐 메고 하야코가 힘겹게 산비탈을 오르고 있었다. 곧이어 하야코
는 어둠의 잔영 속으로 사라졌다.

건봉사 후문 쪽에는 등불을 든 승려 무리가 천향고와 점점 거리를 좁
히며 다가오고 있었다. 시간이 촉박했다. 재석은 서둘러 천향고로 다가
섰다.

'이쯤 어딘가에 비밀 통로가 있을 거야…….'

천향고 중간쯤에 이르자, 가슴 높이께로 층층이 쌓아 올린 돌덩이가
한눈에 들어왔다. 머리통만 한 돌덩이들은 이미 누군가 손을 댔는지 비
탈 쪽으로 어지럽게 무너져 있었다.

재석은 천향고 안과 연결된 좁은 통로로 얼굴을 내밀었다. 예상은 정
확히 맞아떨어졌다. 이곳에도 남선사 석장굴처럼 동굴 외부와 이어지
는 비밀 통로가 있었다. 이곳이야말로 그의 간절한 바람에 하늘이 응답
한 축복의 통로가 아닌가.

"쿨럭쿨럭."

통로 안은 희뿌연 연기로 꽉 들어차 있었다. 몸을 움직일 때마다 매
캐한 연기가 숨통을 죄어 왔다. 통로 끝 쪽에는 천향고 안을 점령한 불

길이 사방을 휘젓고 있었다.

재석은 두 무릎을 꿇은 채로 통로 안으로 기어 들어갔다. 천향고 안에서 쉴 새 없이 뿜어져 나오는 연기가 두 눈을 찌르고 목젖 안까지 파고들었다. 재석은 끝이 뾰족한 돌덩이로 통로 바닥을 긁어 댔다. 얼마 안 가 바닥을 더듬어 오던 한쪽 손끝에 묵직한 자루가 잡혔다. 천 년을 이어온 고려의 대보, 초조대장경이었다.

'오오, 드디어 찾았어!'

자루 주위에는 오묘한 빛깔이 퍼져 있었는데, 그 빛깔은 너무도 밝고 화려해서 통로 안에 스며든 연기를 모두 빨아들이고 있었다.

하야코가 곡괭이를 가지러 간 사이 상자 안에 있는 초조대장경을 이 자루에 옮겨 담았다. 그리고 또 다른 자루에는 천향고 안에 널려 있는 경판을 넣었다. 이 모든 것은 밤새도록 짜낸 할아버지의 지략이었다.

'하늘은 날 버린 게 아니었어!'

천향고에서 승려들에게 끌려갈 때만 해도 꼼짝없이 죽은 목숨이라고, 저 무심한 하늘이 자신을 버린 것이라고 내내 하늘을 원망했다.

이젠 모든 섯이 끝났다. 그 짧은 순간에 지난 발자취가 머리를 스치고 지나쳤다. 개성 현화사 터에서 발견한 족자 두루마리, 남선사 석장굴, 고려미술관, 안국사에서 건봉사에 이르기까지의 장면이 휙휙 지나쳤다.

할아버지의 유언대로, 팔십 평생 구름처럼 떠돌던 유해를 이곳에 뿌리는 일만이 남았다. 재석은 자루 끄트머리를 두 손으로 꼭 쥐고 오던 길로 몸을 틀었다.

"……!"

그런데 이게 어떻게 된 일인가. 초조대장경을 담은 자루가 꼼짝도 하지 않았다. 뒤를 돌아보니 누군가 자루를 꼭 쥐고 있는 게 아닌가.

"이놈……!"

뿌연 연기 틈 사이로 그의 얼굴이 희미하게 드러났다. 불길에 그슬린 그의 얼굴은 차마 눈 뜨고 보지 못할 정도로 처참해 보였다. 그러나 이 자루만은 결코 빼앗기지 않겠다는 듯 온몸으로 막아섰다.

"고얀……."

그때 통로 천장에서 흙더미와 돌덩이가 한데 섞여 와르르 쏟아졌다. 곧이어 금방이라도 통로가 무너질 듯 지축이 흔들렸다.

아아, 이게 무슨 날벼락이란 말인가. 천장에서는 흙더미가 계속 쏟아지고 정체 모를 인간은 자루를 꽉 움켜쥔 채 버티고 있었다. 아무리 자루를 잡아 끌어내리려고 발버둥을 쳐도 소용이 없었다. 순간 커다란 굉음과 함께 통로 중간이 폭삭 주저앉았다. 그와 동시에 초조대장경을 담은 자루도 흙더미에 파묻혔다.

"아, 안 돼……."

방금 전 할아버지가 흙더미에 묻혔을 때처럼 자루는 형체조차 보이지 않았다. 이제야 건봉사 승려들이 도착했는지 천향고 쪽의 통로 입구에서 웅성거리는 소리가 들려왔다.

"아아……."

재석은 겨우 통로를 빠져나와 하야코가 사라진 산비탈 쪽으로 몸을 숨겼다.

이제 겨우 천상의 빛줄기를 발견했다. 천 년 동안 베일에 가려져 있던 영물이 비로소 오랜 신화의 잠에서 깨어 일어났다.

그러나 끝내 하늘은 그의 손길을 허락하지 않았다.

11

멀리 동이 터 오르고 있었다.

산불은 간신히 진화되었다. 천향고 주변은 꼭두새벽의 난데없는 불벼락으로 처참하게 뭉개져 있었다.

'이게 대체 무슨 변괴란 말인가.'

선광의 가슴이 소리 없이 무너져 내렸다. 천 년 풍파를 견디어 온 천향도 이대로 사라지고 마는 것인가. 몽골군이 불사른 잿더미 속에서도, 왜군과 일제의 서슬 퍼런 총칼 앞에도 의연하게 살아남아 이 산하를 굳건히 지킨 영물이었다.

불기둥이 휩쓸고 간 자리는 아직도 검은 연기가 모락모락 피어오르고 있었다. 목판 수장고는 아예 흔적조차 없이 사라졌고, 천향고는 절반가량이 주저앉았다.

수색 작업을 벌인 지 두 시간이 지나자, 화마가 할퀴고 간 참상이 속속들이 세상 밖으로 드러났다. 가장 먼저 목판 수장고에 파묻혀 있던 한 구의 사체가 나왔다.

사체의 얼굴은 확인한 선광의 두 눈이 휘둥그레졌다. 수장고에서 나온 사체는 그 맹랑한 젊은이가 아니라 여든은 족히 되어 보이는 노인네였다. 해괴한 일이었다. 젊은이를 가두었던 수장고에서 어찌 노구의 사체가 나왔단 말인가. 흉측하게 뜯겨 나간 수장고 문짝은 반쯤 파손되어 있었고, 문짝 옆에는 커다란 곡괭이가 시체처럼 누워 있었다.

"스, 스님. 이곳에도……."

천향고 안에서도 또 한 구의 사체가 발견되었는데, 이 또한 수족이 물러 터진 노인이었다. 검게 그을린 노구의 사체는 나무 상자 옆의 흙더미에 묻혀 있었다. 그런데 이 노인의 몰골은 하도 끔찍하고 볼썽사나워서 눈살이 절로 찌푸려졌다. 산산이 으깨어진 마빡은 물론 낯짝과 목덜미 아래까지 딱딱하고 검붉은 핏덩이로 뒤덮여 있었다. 노인 옆에는 경구가 반쯤 새겨진 목판이 뒹굴고 있었는데, 목판 모서리에는 붉은 핏자국이 선명하게 남아 있었다.

'화마도 천향을 피해 간 것일까.'

빛살 무늬 나무 상자를 보자, 선광은 안도의 한숨을 가늘게 내쉬었다. 그나마 천운의 기를 받아서인지 초조대장경을 봉안한 나무 상자에는 화마의 노기가 미치지 않았다. 그러나 상자를 덮고 있는 봉허 스님의 친필은 흔적도 없이 사라졌다.

"어서 상자를 열어 봐라!"

두 명의 승려가 노인의 사체를 옆으로 치우고 나무 상자 뚜껑을 열었다. 그런데 초조대장경을 봉안한 나무 상자 안은 텅 비어 있었다.

"해괴한 일이로다. 해괴한 일이로다."

간밤에 온갖 잡귀들이 모여 한바탕 난장이라도 부렸단 말인가. 승려들은 이 기이한 광경에 입을 다물지 못했다. 화마의 진노가 저리 드센 걸 보아하니 사뭇 그 연유가 예사롭지 않았다. 하늘이 두더지 잡것들의 염탐을 알아채고 때 아닌 불기둥을 내린 게 틀림없었다.

해괴한 일은 여기서 그치지 않았다.

"스님, 자, 장각 스님입니다!"

그때 통로 쪽을 뒤지고 있던 혜원이 소리쳤다.

"장각이라니?"

선광은 노인의 사체를 훌쩍 뛰어 넘어 통로 쪽으로 다가갔다.

"아!"

장각은 통로 중간에 활처럼 굽은 자세로 누워 있었다. 그의 승복은 불에 타 형체조차 남아 있지 않았고, 겉으로 드러난 살갗은 숯덩이처럼 검게 변해 있었다.

어찌 이곳에 장각이 있단 말인가. 아직도 장각의 몸에서는 불덩이가 스치고 간 미지근한 열기가 뿜어져 나왔다.

"이게 무슨 자루냐? 어서 꺼내 봐라."

장각의 한쪽 손은 자루 끄트머리를 꼭 쥐고 있었다. 갈고리처럼 오그라든 그의 손마디는 워낙 억세고 단단해서 좀처럼 풀어지지 않았다. 두 명의 승려가 달려들어서야 겨우 자루 끄트머리를 쥐고 있는 장각의 손이 풀어졌다. 자루 몸통은 통로 천장에서 쏟아진 흙더미에 반쯤 묻혀 있었다.

"오오!"

흙더미를 파헤치고 자루 몸통을 끄집어 올리자, 여기저기서 탄성 소리가 흘러나왔다. 자루 안에는 초조대장경 경판이 고이 담겨 있었다. 불티 하나 묻지 않은 꼿꼿한 몸으로, 간밤의 날벼락으로 성한 곳 없는 천향고 안을 묵묵히 굽어보고 있었다.

선광의 눈에서 굵은 눈물이 뚝뚝 떨어졌다. 곳곳에 널려 있는 저 뜨악한 사체들이 입 한번 놀리지 않아도 대략이나마 간밤의 날벼락이 어디에서 비롯된 것인지 짐작이 갔다. 화마의 노기를 견디지 못해 천향고가 저리 맥없이 주저앉았어도 장각은 끝까지 손을 놓지 않았다. 온몸을 불살라 천향이 바람과 빛으로 머물 곳을 지켜 내니 이 또한 등신불의 표상이 아니고 무엇인가.

선광은 무릎을 꿇고 장각의 검게 오그라든 손을 꼭 잡았다.

12

"어떻소, 알아보겠소?"

대머리 형사가 뾰족한 아래턱을 내밀었다.

"……."

강현주의 입에서 가벼운 탄식 소리가 흘러나왔다. 읍내 병원 냉동실에는 두 구의 사체가 누워 있었는데, 대머리 형사가 지목한 사체는 장기봉이었다. 장기봉의 상체는 갈비뼈가 여러 개 부러진 듯 흉측하게 패여있었다.

"이 노인네도 한번 보쇼."

대머리 형사는 장기봉 옆에 나란히 누워 있는 사체의 흰 천을 내렸다.

"이 사체는 모르겠어요. 첨 보는 사람이에요."

장기봉과 엇비슷해 보이는 노인의 몰골은 더욱 처참했다. 어떤 흉기로 맞았는지 이마에는 동전만 한 구멍이 숭숭 뚫려 있었다.

"소지품을 보아하니 일본인 같소. 허허, 살다 살다 이런 괴상망측한 일은 처음이오."

대머리 형사에게 전화가 온 것은 어젯밤이었다. 그는 이틀 전에 건봉사 뒷산에서 아주 끔찍하고 해괴한 일이 벌어졌다고 두서없이 주절거렸다. 그러고는 산불로 세 구의 사체가 발견되었는데, 혹시 모르니 사체를 확인해 줄 수 있냐고 물었다. 그때 무심코 떠오른 인물이 장기봉과 장재석이었다. 날이 밝자마자 강현주는 곧바로 건봉사로 향하는 버스에 몸을 실었다.

"나머지 한 명은 누구라고 했죠?"

"그분은 스님이라고 하던데…… 법명이 장각이라고 했던가."

대머리 형사는 두 구의 사체에 다시 흰 천을 씌우고 냉동실 안으로 밀어 넣었다.

"이 사체는 어떻게 되는 건가요?"

"연고자가 나타나지 않는데 난들 어찌 알겠소."

장재석은 어디로 사라진 것일까?

장기봉의 사체를 남겨 두고 홀로 이곳을 떠나지는 않았을 것이다. 문득 터미널에서 그와 헤어질 때의 마지막 모습이 스르르 떠올랐다.

"산불이 난 곳이 어디인지 알고 있나요?"

"물론이오. 가 보겠소?"

금강산 자락 끝에 땅거미가 주춤주춤 내려서고 있었다. 건봉사 경내에는 꿈결 같은 염불 소리가 끊임없이 이어지고 있었다.

강현주는 건봉사 후문을 빠져나와 샛길로 접어들었다. 대머리 형사는 뭐라 홀로 주절거리면서 그녀와 나란히 보폭을 맞추었다. 새들이 그들의 방문을 환영이라도 하듯 연신 재잘거렸다.

건봉사에 다시 발길을 들여놓은 게 꼭 열흘 만이었다. 그때나 지금이나 건봉사 주위에는 아득하고 오묘한 기운이 감돌고 있었다. 정체를 알 수 없는 괴괴한 전율이 등짝에 찰거머리처럼 따라붙는 것도 여전했다.

"바로 이 동굴이오!"

이윽고 대머리 형사는 낮은 구릉 앞에 보란 듯 팔자걸음을 멈추었다. 동굴 주위에 시커멓게 그을린 나무들은 그날의 참혹했던 광경을 말없이 대신해 주고 있었다. 대체 이 동굴에서 무슨 일이 벌어진 것일까?

"이 동굴이 어떤 곳인지 아시오?"

"……"

연꽃 속의 卍 자 문양, 정찬국의 사체에서 나온 지도는 바로 이곳을 가리키고 있었다.

"암만 해도 이 동굴에서 뭔가 큰 일이 벌어진 것 같소. 산불이 난 것 말고 말이오. 그렇지 않고서야 이리 떼죽음을 당할 리가 없지 않소."

"……"

"뭐 좀 짐작 가는 데라도 있소?"

대머리 형사는 한숨을 푹푹 내쉬었다.

"이제 툭 까놓고 말 좀 합시다. 정말 읍내 소문대로 도굴꾼들이 고성의 보물을 찾으러 온 거 아니오?"

"……"

"대체 초조대장경이라는 게 뭐요? 팔만대장경 같은 거요?"

"저도 잘 몰라요."

"듣자 하니 고려 때 모두 불탔다고 하던데…… 그게 정말 있기는 한 거요?"

"글쎄요……"

산자락을 타고 서서히 내려온 땅거미는 폐허가 된 동굴 앞에 길게 자리를 잡고 누웠다.

"이 동굴이 어떤 곳이라고 하던가요?"

동굴 주위를 살피던 강현주는 뭔가를 발견한 듯 경사진 길을 따라 동굴 아래로 내려왔다.

"글쎄올시다. 건봉사 승려들이 저리 입을 꼭 닫고 있으니…… 달리 알아낼 재간이 없소. 요 근처에 사는 정신 나간 노인네는 승려들이 밤마다 이 동굴 안에 모여 먼저 간 귀신들을 달래 주려고 염불을 왼다고 하던데……"

커다란 돌덩이가 틈 사이로 불에 그슬린 천 조각 일부가 살짝 모습을 드러냈다. 어쩐지 그 천 조각이 예사롭지 않아 보였다.

"선광 스님은 아직도 건봉사에 있나요?"

"아니오. 어제 염불회 행사를 마치고 곧바로 해인사로 내려갔소."

강현주는 돌덩이를 한쪽으로 치우고 천 조각 끄트머리를 두 손으로 힘껏 잡아 당겼다. 그러자 사람 몸 크기만 한 천이 돌덩이 틈을 비집고 쑥 빠져 나왔다. 불에 반쯤 타서 너덜너덜해진 붉은 천에는 다음과 같은 글이 적혀 있었다.

火魔生蓮, 千年之香

13

교토 하늘은 어둡고 침침했다.

비가 오려는지 창밖 하늘은 먹구름이 꾸역꾸역 몰려오고 있었다. 모든 것이 한순간에 비꺼었다. 마지막으로 할아버지의 소원이 유일하게 남아 있는 몫이었다.

하야코는 두 눈을 감았다. 한국을 떠나 교토에 오기까지 꼬박 열흘이 걸렸다. 그 열흘 내내 눈물 마를 날이 없었다. 어젯밤에는 한숨도 자질 못했다. 독한 양주를 한 병 다 비웠는데도 좀처럼 눈까풀이 내려앉지 않았다. 술을 마시는 동안에도 내내 할아버지의 얼굴이 떠나지를 않았다.

"수고하였소. 정말 수고하였소."

그때 이노우에가 환한 얼굴로 문화재관리국 대기실에 들어섰다.

"난 당신이 초조대장경을 꼭 가지고 올 것이라고 굳게 믿고 있었소.

하하."

"……."

그러나 하야코의 얼굴은 밝지 않았다. 천향고에 묻힌 할아버지 생각에 단 하루도 마음 편히 잠을 잔 적이 없었다.

아직 하늘 길이 열리지 않은 것일까, 아니면 영혼의 안식처를 찾지 못한 것일까. 할아버지의 영혼은 거실과 정원을 넘나들며 집 안을 빙빙 맴돌고 있었다. 방공호 안의 유물 속에도, 아버지의 영정을 모신 작은 별채에도 대중없이 넘나들었다. 교토 집에 도착한 후 하루 종일 피눈물이 쏟아져 나왔다. 그동안 흘린 눈물만 해도 샛강 하나는 가득 채우고도 남지 않았을까.

"할아버지의 일은 정말 안된 일이오."

이노우에가 하야코의 마음을 읽은 듯 위로의 말을 건넸다.

"할아버지의 시신은 어떻게 되는 건가요?"

"그건 염려하지 않아도 되오. 곧 교토에 도착할 수 있을 거요."

지금도 천향고에서 벌어진 일을 떠올리면 가슴이 쿵쾅쿵쾅 뛰었다. 조금만 일찍 천향고의 비밀 통로를 발견했어도 할아버지의 목숨은 건지지 않았을까.

"애초 약속한 대로 정부에서는 박물관을 건립하는 데 최대한 지원을 아끼지 않을 것이오."

"……."

"어디가 좋겠소? 박물관을 세울 곳 말이오?"

할아버지는 교토의 집을 개조해 작은 박물관을 만들고 싶어 했다. 그곳에서 마지막 남은 여생을 보내는 것이 할아버지의 유일한 희망이었다.

"아직도 끝나려면 멀었나요?"

또다시 피로감이 몰려왔다. 교토 문화재관리국에 들어선 것이 오전 열 시 무렵이니 꼬박 반나절이 걸렸다. 오랜 시간이 흘렀는데도 감정 위원들의 평가는 나오지 않았다.

"거의 다 되어 가는 모양이오. 여기서 기다릴 게 아니라 직접 가 보는 게 어떻소?"

하야코는 이노우에를 따라 문화재관리국 안에 있는 감정 평가실로 들어갔다. 스무 평 남짓한 평가실에는 미지근한 열기가 새어 나왔다. 다섯 명이나 되는 고미술 감정 전문가들은 하얀 장갑을 끼고 경판을 꼼꼼히 살피고 있었다. 그들의 얼굴은 하나같이 표정이 없었다. 한 평가 위원은 대장경 경판에서 채취한 자그만 나뭇조각을 현미경에 올려놓고 유심히 들여다보았다. 그 옆의 위원은 초조대장경 인쇄본 책자와 경판에 새겨진 경구를 비교하고 있었다. 그렇게 평가실에서 또 한 시간이 흘러갔다.

"음. 초조대장경을 새긴 경판은 틀림없는데……"

이윽고 나이가 지긋한 감정 위원이 이노우에 앞으로 다가섰다. 금테 안경을 낀 그의 얼굴이 살짝 구겨졌다.

"아무래도 이것은 진품이 아닌 것 같소."

그는 목소리를 낮게 깔며 고개를 절레절레 흔들었다.

"진품이 아니라니, 그게 무슨 소리죠?"

하야코가 손 사례를 치며 그 앞에 고개를 치켜 올렸다.

"이건 가짜가 분명하오. 경판에 새긴 서체는 매우 정교하여 흠잡을 데가 없으나…… 이 목판은 불과 오십 년도 채 되지 않은 것이오."

그럴 리가 없다. 이 경판은 천향고 안의 빗살무늬 상자에 고이 담겨 있지 않았는가.

"여기를 잘 보시오. 나뭇결이나 경판의 생김새가 고려 때 판각된 경판과는 차이가 있지 않소?"

"아니에요, 아니에요. 다시 한번 감정해 보세요. 이건 틀림없는 진품이에요!"

하야코의 목소리가 평가실 안에 애절하게 울려 퍼졌다. 그러나 감정 평가 위원들은 하야코의 목소리에 아무도 귀를 기울이지 않았다. 하야코는 한동안 평가 위원들에게 매달리다가 제풀에 지쳐 바닥에 털썩 주저앉았다.

'초조대장경 진품을 빼돌렸단 말인가?'

그때 할아버지가 내려친 망치에 나무 상자가 맥없이 속살을 드러내던 모습이 떠올랐다.

"우우우……."

하야코는 온몸을 부르르 떨었다. 곡괭이를 가지러 간 사이 천향고 안에서는 무슨 일이 있었던 것인가?

귀는 먹먹하고 눈앞은 침침했다. 갑자기 머리가 하얗게 굳어진 느낌이었다. 하야코의 몸은 누군가 손이 닿으면 금방이라도 쩍쩍 갈라질 것처럼 위태로워 보였다.

창밖에는 가랑비가 추적추적 내리고 있었다.

14

기괴한 암벽 사이로 물안개가 뽀얗게 피어올랐다.

한차례 비가 내려서인지 울창하게 우거진 나무들 사이로 물의 흐름이 더 빠르고 거칠었다.

재석은 눈을 가늘게 뜨고 암벽 사이에 시선을 고정시켰다. 암벽 틈을 비집고 들어간 선광 스님은 좀처럼 모습을 드러내지 않았다.

"저 중늙은이는 언제 나오는 게냐?"

오소리 영감이 몸을 움츠리고 재석을 힐끔 쳐다보았다.

"……"

아직도 초조대장경의 보금자리를 찾지 못한 것일까? 선광 스님은 열흘 내내 가야산 자락을 뒤지더니 엊그제부터는 문경 새재 쪽으로 방향을 틀었다.

재석은 주머니 안에 있는 염주 팔찌를 꺼냈다. 스물일곱 개의 수정 알로 만든 염주 팔찌에는 불사(不死)라는 글자가 선명하게 새겨져 있었다.

'이 불사의 염주가 널 지켜 줄 거다……'

뿌얀 물안개 사이로 할아버지의 마지막 모습이 떠올랐다. 건봉사를 떠난 후에도 할아버지의 혼백은 적당한 간격을 두고 그의 뒤를 졸졸 따라다녔다.

"또 할아버지 생각하는 게야?"

오소리 영감은 불사의 염주를 보더니 인상을 찡그렸다. 그는 할아버지와는 엇비슷한 나이로, 키는 작지만 아주 다부진 체격을 가진 노인이었다. 뒷짐을 지고 살짝 움켜쥔 두 주먹은 재석의 주먹의 곱절은 되어 보였다.

"너무 슬퍼할 것 없어. 그래도 그 나이까지 명줄을 쥐고 있었으면, 호상 중의 호상이 아니더냐."

"……"

"하나를 얻으려면 열을 잃을 각오를 해야 하는 게야……. 보물이라는 게 원래 그래."

할아버지의 시신은 오소리 영감이 수습해 주었다.

그날 천향고를 벗어난 후로 재석은 사흘 내내 읍내 거리를 미친 듯 쏘다녔다. 당장에라도 이 천형(天刑)의 땅을 떠나고 싶었지만, 차마 할아버지의 시신을 그곳에 두고 갈 수가 없었다. 그때 금강산 끝자락에서 할아버지가 남긴 말이 떠올랐다.

─저세상에 가거든 장례를 치러 주기로 서로 약조했으니 내게 무슨 일이 생기면 오소리 영감에게 꼭 연락해라.

결국 오랜 고민 끝에 오소리 영감에게 도움의 손길을 내밀었다. 오소리 영감은 재석의 요청을 흔쾌히 들어주었고, 할아버지의 시신을 수습하는 데 잔일까지 도맡았다.

─나 죽거든 무덤은 만들지 말고 화장하거라. 뼈만 추려서 나 뒈진 곳에 뿌려 주면 돼…….

할아버지의 목소리는 화장터로 가는 길목에도, 화로로 들어서는 문턱에도 어김없이 나타나 재석의 가슴을 뒤흔들었다. 화로 안의 불길은 두 시간 가까이 맹렬하게 타올랐다. 그렇게 온몸을 태워 한 줌 뼛가루로 나온 할아버지의 유해는 이제 형체조차 남아 있지 않은 천향고에 뿌려졌다. 할아버지의 조촐한 장례 의식은 주위의 시선을 의식해서 새벽녘에 겨우 치를 수 있었다.

건봉사를 떠난 후에는 곧바로 오소리 영감과 함께 해인사로 내려왔다. 도저히 이대로는 포기할 수가 없었다. 비밀 통로에 묻힌 초조대장경을 떠올리면, 너무도 아쉽고 분통해서 잠도 오지 않았다.

"저기 나와요."

낡은 승복을 걸친 선광 스님이 암벽 틈 사이에서 모습을 드러냈다. 선광 스님은 바위에 앉아 두 다리를 길게 뻗었다.

"그런데 저 중늙은이는 왜 이리 쏘다니는 게야?"

정신이 오락가락하는 것일까. 벌써 열 번도 더 넘게 들은 소리였다.

"초조대장경을 봉안할 장소를 찾는 거라고 했잖아요."

의심의 여지가 없었다. 해인사로 내려와 선광 스님의 뒤를 쫓아다닌 것이 벌써 보름째였다. 선광 스님은 혜원 스님과 함께 백두대간 줄기를 따라 하염없이 걷고 또 걸었다. 동굴이나 암벽 등을 유심히 살피는 것으로 봐서 초조대장경을 봉안할 곳을 찾고 있는 것이 분명했다.

"천하의 보물을 얻는 데는 하늘의 허락이 따라야 하는 게야……. 흠흠. 나도 초조대장경 인쇄본을 손에 넣을 때 반년 동안이나 하늘에 대고 제를 올렸어. 흠흠."

그날, 하늘은 그의 손길을 받아들이지 않았다. 그렇다고 손을 턴 것은 아니었다. 두 눈으로 그 오묘한 영물의 자태를 확인한 이상, 여기서 주저앉을 수는 없었다.

재서은 고개를 들고 하늘을 올려다보았다. 구름 한 점 없는 하늘은 낮달을 쏘아올리고는 질펀히 늘어져 있었다. 문득 교토 남선사에서 건봉사 천향고에 이르기까지, 그 험난한 발자취가 아릿하게 눈을 적셔 왔다. 그것이 대물림의 운명이라면, 기꺼이 그런 운명을 받아들일 각오가 되어 있었다.

열망은 아직 끝나지 않았다.

15

바람이 한결 매서워졌다.

오전 내내 뒤를 졸졸 따라붙던 실구름은 그새 어디론가 숨어 버렸다. 발길을 옮길 때마다 낙엽 밟히는 소리가 사각사각 들려왔다. 단풍이 든 게 엊그제 같은데, 백두대간 줄기는 벌써 앙상한 맨몸뚱이를 드러내고 있었다.

"혜원아."

선광이 두어 발짝 앞서 가는 혜원을 불렀다.

"네. 스님."

"좀 쉬었다 가자."

선광은 지팡이를 어깨에 걸치고 바위 위에 털썩 주저앉았다. 승복 사이로 매서운 칼바람이 쉴 새 없이 치고 들어왔다.

세월은 흐르는 물이라던데 험한 봉우리를 곁에 두고 걸어 보니 떠도는 바람이 더 제격이었다. 바람에도 낮이 있고 밤이 있고 새벽이 있었다. 어제와 오늘의 바람이 다르고 산세 따라 샛바람의 기세가 된바람 못지않았다. 마파람에 곡식 자라듯 하늬바람 사흘에 명산 한 봉우리가 훌쩍 눈앞에 지나쳤다.

지팡이와 온갖 바람을 벗 삼아 백두대간 줄기를 뒤진 지 벌써 반년이 흘렀다. 등골에는 식은땀이 차오르고 발바닥은 흉측하게 부르텄다. 틈만 나면 바늘로 물집을 터뜨리고 어둠이 찾아오면 첩첩산중의 암자를 찾아 새벽이슬을 피했다.

천향고가 화마에 주저앉은 후 대장경 판각은 일시 중단되었다. 백두대간의 새로운 보금자리를 찾을 때까지 초조대장경도 건봉사 경내로 옮겼다. 필생이 되고 각수가 된 승려들의 피눈물은 사흘 낮밤 쉼 없이 흘러내렸다. 어딜 가든 대역(大逆)의 죄인이 되어 차마 고개를 들지 못했다. 마시는 물이 피였고, 씹히는 쌀이 돌멩이였다. 선잠이 들어도 선승의 노기 띤 얼굴이 생생하게 나타나 꾸지람 대신 묵언으로 더 매운 회초리를 들었다. 봉허 스님은 하도 딱해서인지 틈틈이 일갈하던 목소리마저 들려주지 않았다.

"스님……."

혜원이 낮은 목소리로 선광을 불렀다.

"왜 그러느냐?"

혜원은 어설픈 미소를 입가에 달고 하늘을 바라보았다. 눈이 내리고 있었다. 첫눈이었다. 맨몸뚱이 나뭇가지 위에도, 낡은 승복 어깨 위에도 흰 눈이 살포시 내려앉았다.

선광의 눈길이 능선을 쭉 훑어 오다가 코앞의 바위틈 앞에 멈추었다. 그때 지팡이가 기대고 있는 바위틈으로 백옥같이 흰 꽃이 슬며시 고개를 내밀었다.

이게 어찌 된 일일까. 늦여름 소슬바람 맞으며 산그늘에 피는 꽃이 어찌 입동의 높바람 험한 산줄기에 모시 옷감을 드러내는가.

"이 꽃이 무슨 꽃인 줄 아느냐?"

선광은 바위 틈새에 피어난 꽃을 가리켰다.

"옥잠화 아닙니까?"

옥잠화는 승려들 사이에는 해탈꽃이라고 불렸다. 이는 수행자들이 공부를 해제할 무렵에 핀다고 해서 붙여진 이름이다. 놀랍고 신기한 일이었다. 첫눈이 오는 드센 산자락에 해탈꽃이라니, 이 또한 길조가 아닐까.

아직 천향을 봉안할 곳은 나타나지 않았다. 백두대간 줄기는 가도 가도 끝이 없었다. 그나마 위안인 것은 바람결에 묻어온 봉허 스님의 영롱한 자취였다. 높새바람이든 산들바람이든 바람이 머무는 곳마다 봉허 스님이 지나간 자취가 진하게 우러나왔다. 돌이켜 보니 천향고야말로 부처가 내린 천혜의 땅이었다.

바위 틈 사이에 하얀 옥잠화가 가늘게 흔들렸다. 첫눈이 오는 험한 산자락에, 해탈꽃을 내리니 연화세계가 따로 없었다. 선광의 얼굴에 때 이른 아지랑이가 피어올랐다.

오늘은 봉허 스님이 어린 동자승을 불러내 천 년 길잡이가 되어 주지는 않을까. 천향을 봉안할 곳을 점지해 주지 않을까.

백두대간 계곡 사이로 순백의 모시가 구름바다를 만들고 있었다.

천년을 훔치다

1판 1쇄 2011년 8월 17일 | 1판 7쇄 2016년 5월 11일

지은이 조완선 | 펴낸이 염현숙

책임편집 지혜림 | 편집 임지호 | 디자인 엄혜리 이원경 | 저작권 한문숙 박혜연 김지영
마케팅 정민호 나해진 박보람 이동엽 | 홍보 김희숙 김상만 이천희
제작 강신은 김동욱 임현식 | 제작처 (주)상지사P&B

펴낸곳 (주)문학동네
출판등록 1993년 10월 22일 제406-2003-000045호
임프린트 엘릭시르

주소 10881 경기도 파주시 회동길 210
문의 031) 955-1901(편집) 031) 955-3576(마케팅) 031) 955-8855(팩스)
전자우편 editor@elmys.co.kr
홈페이지 www.elmys.co.kr

ISBN 978-89-546-1551-8 03810

* 이 도서의 국립중앙도서관 출판예정도서목록(CIP)은 서지정보유통지원시스템 홈페이지(http://seoji.nl.go.kr)
  와 국가자료공동목록시스템(http://www.nl.go.kr/kolisnet)에서 이용하실 수 있습니다.
  (CIP제어번호: CIP2011003187)